블랙 앤 블루

BLACK AND BLUE

블랙 앤 블루

Black and Blue
존 리버스 컬렉션

이언 랜킨 지음
정세윤 옮김

오픈하우스

일러두기

1. 외국 인명, 지명은 외래어표기법을 따르되 일부는 관용적인 표기를 따랐다.
2. 책·신문·잡지명은 『 』, 영화·연극·TV·라디오 프로그램명은 「 」, 시·곡명은 〈 〉,
   음반·오페라·뮤지컬명은 《 》로 묶어 표기했다.

오, 그 배신자가 우리를 팔아넘긴
그 날을 보기 전에
희끗희끗해진 늙은 내 머리는 흙 위에 놓이게 되리
로버트 브루스, 그리고 충성스러운 윌리엄 월리스와 함께!
힘없고 하찮은 존재지만, 죽는 날까지
나 이렇게 선언하노라
나라 안에 있는 도둑놈들이 우리를
금화 한 꾸러미에 잉글랜드에게 팔아넘겼노라고.
– 로버트 번즈, 〈우리 스코틀랜드의 명성이여, 잘 있거라
(Fareweel to a' Our Scottish Fame)〉 가사 중에서

당신이 롤링 스톤스의 앨범을 갖고 있다면……
나는 나만의 설명서에 따라 역사를 다시 쓸 수 있다.
당신은 그걸 던져버릴 수 있고.
– 제임스 엘로이

작가의 말

1996년 12월 하순이었다. 프랑스에서 6년을 보낸 후, 에든버러로 돌아와 집을 한 채 빌려 살고 있었다. 문제는 집주인이 1년 중 대부분 런던에서 보내지만, 크리스마스에는 그 집을 필요로 한다는 사실이었다. 그 결과, 우리 가족은 일시적으로 떠돌이가 되고 말았다. 크리스마스 때는 처가 식구들과 보냈고, 새해는 캠브리지에 사는 친구들과 함께 맞았다. 브래드포드에 사는 이모, 링컨셔에 사는 조카가 각각 며칠씩 우리를 거둬 주었다. 브래드포드에서 지낸 후에는 요크 근처에 사는 친구들 집에 들렀다. 『더 타임스』에서 서평 예고를 본 것은 친구들 집에 머물던 이 시기였다. 예고편의 문장은 '1997년 최고의 범죄소설은 이미 집필이 끝났습니다. 어떤 작품인지는 다음 주에 확인하십시오' 같은 식이었다. 내 최신작이 1월 말에 출간 예정이었기 때문에, 나는 혹시나 하면서 예고된 날 『더 타임스』를 샀다.

서평자는 마르셀 벌린스였다. 역시 그가 고른 책은 『블랙 앤 블루』였다.

그의 안목은 틀리지 않았다. 내 여덟 번째 '존 리버스 시리즈'는 1997년 영국추리작가협회에서 그해 최고의 범죄소설에 수여하는 '골드 대거 상'을 수상했다. 그리고 골드 대거 상에 필적하는 미국의 '에드거 상'의 최종 후보작에 올랐고 – 에드거 앨런 포의 이름을 따서 제정된 상이다. 나는 제임스 리 버크에게 밀렸다— 덴마크범죄소설협회의 '팔레 로젠크란츠 상'도 수상했다. 스코틀랜드에서 대학 교재로도 선정되었고, 세인트 앤드류스 대학의 한 교수는 이 책의 주제에 관해 책 한 권 분량의 평론을 발표했다.

그러면 『블랙 앤 블루』를 내 이전 작품들과 그토록 다르게 만들었던 건 대체 무엇일까?

글쎄. 우선 이 작품은 외관부터 달라 보였다. 내 책을 내는 오리온 출판사는 나무를 찍은 으스스한 사진 몇 장을 찾아 그 위에 새로운 볼드체를 더함으로써 『블랙 앤 블루』를 훨씬 더 범죄소설처럼 보이게 만들었다. 또한 포스터와 광고를 통해 책의 홍보에 힘썼다. 하지만 내 생각에는 이런 것들보다는 이 책이 내 이전 소설들보다 대단히 훌륭한 작품이었기 때문이 아니었나 싶다. 나는 이제 수습 기간은 벗어났다고 느꼈다. 이전의 존 리버스 시리즈들이 모두 이 작품으로 이어진 것 같았다. 나는 리버스 형사를 더 이상 에든버러와 그 주변 지역에 가둬 놓지 않았다. 리버스는 글래스고, 애버딘, 셰틀랜드를 방문하며, 심지어 수백 킬로미터 떨어진 혹독한 환경의 북해 유전까지 찾아간다. 석유는 이 작품의 주제였고, 나로 하여금 스코틀랜드 산업의 쇠퇴와 재편성에 관해 살펴볼 수 있게 해 주었다. 이 작품은 정치적이기도 하다. 정치를 빼놓고는 석유와 관련된 방정식을 논하기 어렵기 때문이다. 그리고 리버스의 위상도 높였다. 리버스의 명성, 경력, 그리고 삶을 위기에 처하게 했다. 메인 스토리에 다양한 서브 플롯을 넣고 빼면서 내러티브들을 뒤얽히게 만들었다.

그리고 이 모든 작업들과 함께, 30년 전의 실제 미해결 살인 사건들을 배경으로 사용하고, 그 살인자를 작품 속에 캐릭터로 집어넣었다. 나는 거의 10년 넘게, 그리고 지금도 이것이 대담한 계책이라고 생각한다. 그리고

'바이블 존'은 아직 나를 명예훼손으로 고소하지 않았다.

하지만 이 책 자체는 와인 한 병 또는 세 병, 그리고 호주 출신의 내 친구로부터 시작한다.

그 친구의 이름은 로나다. 에든버러에서 함께 대학을 다녔고, 계속 연락해온 사이다. 로나는 호주에 살면서 교사로 일하지만, 가끔 가족을 방문하러 유럽에 온다. 그리고 남부 프랑스에 있는 우리 가족의 시골 농가에서 일주일 정도 지낸다. 어느 날 밤, 멋진 식사를 하고 와인을 마시고 난 후 우리는 소파에 앉았고, 로나는 나에게 얘기를 하나 해 줬다. 자기 오빠에게 일어났던 일이라고 했다. 로나의 오빠는 해상 유전 채굴 시설에서 일하다 휴가차 에든버러로 돌아왔다. 그리고 펍에서 두 사람을 만났는데, 그들은 파티에 가는 길이라고 했다. 괜찮다면 같이 가자는 권유를 받았다. 하지만 폐가 같은 아파트에 다다르자 술이 확 깼다. 하지만 이미 늦었다. 그들은 로나의 오빠를 의자에 결박하고 머리에 비닐봉지를 씌워 테이프로 묶은 뒤 가버렸다. 그는 간신히 결박을 풀고 비닐봉지를 찢어낸 다음, 가장 가까운 경찰서로 숨넘어가게 달려갔다. 그는 경찰관과 함께 현장으로 돌아갔지만, 상황을 설명할 수 없었다. 강도를 당한 것도 아니었고, 수법도 생소한 데다, 동기가 없었다.

로나는 그저 어깨를 으쓱하면서 병에 남은 와인 찌꺼기를 톡톡 쳐 잔에 따랐다. "얘기는 그게 다야." 로나가 말했다. 하지만 나는 그렇지 않다는 걸 알았다. 시작일 뿐이었다. 이 이야기가 내 안에 파고들었다. 그 일이 왜 일어났는지 알아야 했다. 그 사건을 어떤 식으로든 마무리해야 했다. 그리고 그 마무리가 500페이지짜리 소설이라고 해도 그렇게 할 수밖에 없었다. 어쨌든 나는 첫 번째 장을 완성할 수 있었다 – 하지만 나는 로나의 오빠가 자신에게 일어났던 일을 소설화한 것을 어떻게 생각하는지는 듣지 못했다―.

집필 과정에서 '속삭이는 비', '죽음의 원유'를 포함해 수많은 제목들을 생각해 봤다―저 두 가지는 장 제목으로 사용되었다―. 겨우 시간을 내 스코틀랜드로 돌아가 조사를 했다. 일정에 애버딘은 포함시켰지만 셰틀랜드는 넣지 못했다. 셰틀랜드 장면은 여행 안내서에 의지했다. 헬리콥터를 타고 석유 채굴 시설까지 가지는 못했지만 차선책을 찾았다. 빌 키튼이라는 애버딘 작가를 소개받은 것이다. 키튼은 리버스가 헬리콥터를 타고 가는 장면을 실감나게 묘사하는 데 필요한 세부 사항을 풍부하게 제공해 주었다. 석유회사들은 홍보 자료들을 아낌없이 보내 주었지만, 범죄소설에서 내가 그들의 자화자찬을 그대로 읊어대지 않을 거라는 사실은 쉽게 깨닫지 못했을 것이다. 나는 탄광촌에서 자랐다. 석탄 자체가 '검은 다이아몬드'로 간주되던 곳이었다. 석유는 때로 '검은 황금'이라고 불린다. 그리고 이들 산업의 중요성을 느끼게 하려면 제목에 '블랙'을 넣어야 했다. 이전 작품인 '렛 잇 블리드(Let It Bleed)'에서 롤링 스톤스의 앨범 제목을 사용했는데, 우연찮게 '블랙 앤 블루'라는 앨범도 있었다. '블랙'은 석유, '블루'는 경찰을 의미한다. 리버스는 이 책에서 최소 한 번 크게 얻어터지면서 전신에 시퍼렇게 멍이 든다.*

나는 드디어 제목을 정했다.

하지만 지금까지 내 소설에서 빠져 있던 요소가 하나 있다. 분노다. 1994년 7월, 아들 키트가 태어났다. 미란다가 임신하고 있던 동안에는 아무 문제도 없어 보였다. 하지만 키트가 3개월이 됐는데도 왜 잘 움직이지

---

* 'black and blue'는 시퍼렇게 멍이 든다는 뜻이다.

못하는지 의문이 들기 시작했다. 6개월이 되자, 프랑스의 우리 가족 주치의도 염려하기 시작했다. 9개월이 되자 키트에게 심각한 문제가 있다는 사실을 발견했다. 검사를 받기 위해 가장 가까이 있는 아동병원까지 일주일에 두 번 장거리 운전을 해야 했다. 보르도에 있는 아동 치료 전문 시설까지 가려면 장거리 운전을 더 해야 했다. 내 프랑스어는 아내 미란다만큼 유창하지 않다. 질문을 채 다 하지도 못한 채 집으로 돌아오면서, 프랑스어를 제대로 하지 못하는 나 자신에게 좌절했고, 신이 우리를 가지고 노는 것 같아 화가 났다. 나는 곧 부러질 것 같은 나무사다리를 타고 천장에 달린 작은 문을 지나 우리 낡은 농가의 거미줄투성이 다락으로 올라갔다. 다락에는 컴퓨터와 지도 몇 장, 그리고 에든버러의 사진들밖에 없었다. 나는 바닥에 앉아 내가 쓰고 있던 책으로 돌아가려고 애썼다. 그리고 그 책이 마침내 『블랙 앤 블루』가 되었다. 나는 갑자기 이 허구의 세계를 주관하게 되었다. 신의 역할을 할 수 있었다. 다시 말들이 쏟아져 나오기 시작했고, 리버스가 펀치백인 양 육체적, 정신적 주먹을 퍼부었다. 그 결과 이 책은 이전 작품들보다 훨씬 터프해졌고, 내 기분도 좋아졌다.

이 책을 통해 소원성취도 했다. 그린피스가 애버딘에서 개최하는 공연(13장 참조)의 오프닝을 장식할 세계적인 밴드로 U2나 REM이 아닌 댄싱 피그스를 선택했기 때문이다. 알다시피 댄싱 피그스는 '나의' 밴드였고, 내가 열아홉 살 때 보컬로 활동했던 밴드였다. 현실에서 우리 밴드는 이렇다 할 성과를 보여주지도 못한 채 불과 1년 만에 해산했다. 하지만 이 평행 우주에서 우리는 어마어마한 스타가 되었다.

소설을 쓸 충분한 이유가 될 만큼.

Jon Renk.

텅 빈 수도

세월에 지쳐
이 텅 빈 수도는 거대한 야수처럼 코를 킁킁거린다
그 야수는 잠에 갇혀, 자유를 꿈꾼다.
하지만 믿지는 않는다······

— 시드니 굿서 스미스*, 『카인드 키톡**의 땅』

---

* 뉴질랜드 출신의 스코틀랜드 시인·예술가·극작가 및 소설가.
** 중세 발라드에 나오는 에든버러의 선술집 주인.

1

"왜 죽였는지 다시 얘기해봐."

"말했잖아. 그냥 '충동' 때문이었다고."

리버스는 수첩을 다시 보았다. "전에는 '강박'이란 말을 썼더군."

의자에 털썩 앉아 있던 남자가 고개를 끄덕였다. 역한 냄새가 풍겼다. "충동이나 강박이나 그게 그거지."

"그래?" 리버스는 담배를 비벼 껐다. 양철 재떨이에는 꽁초가 수북했다. 몇 개는 금속 테이블 위로 넘쳐 나왔다. "첫 번째 피해자 얘기부터 해보지."

맞은편의 남자는 신음 소리를 냈다. 이름은 크로포드 샌드, 일명 '크로'였다. 마흔 살, 독신이었고 크레이그밀러의 공동 주택 단지에서 혼자 살았다. 6년째 무직이었다. 그는 기름으로 떡진 어두운색 머리칼을 손가락으로 넘겨 넓게 벗어진 정수리를 덮어 놓았다.

"첫 번째 피해자." 리버스가 말했다. "우리한테 얘기해봐."

'우리'라고 한 건 취조실 안에 CID 형사가 한 명 더 있기 때문이었다. 형사의 이름은 맥클레이였고, 리버스가 잘 모르는 사람이었다. 리버스는 아직 크레이그밀러의 형사들과 친하지 않았다. 맥클레이는 팔짱을 끼고 벽에 기대어 눈을 가늘게 뜨고 있었다. 멈춰 있는 기계 부품 같았다.

"그 여자 목을 졸랐어."

"뭐로?"

"밧줄로."

"밧줄은 어디서 구했지?"

"가게에서 샀어. 어딘지는 기억 안 나지만."

세 박자 쉬었다. "그러고는 뭘 했지?"

"여자가 죽고 나서?" 샌드는 의자에서 몸을 조금 움직였다. "옷을 벗기고 섹스를 했지."

"시체하고?"

"몸이 아직 따뜻했거든."

리버스가 일어섰다. 샌드는 의자가 삐걱대는 소리에 불안해하는 것 같았다. 이런 놈을 다루는 건 식은 죽 먹기다.

"어디서 죽였지?"

"공원."

"어디에 있는 공원?"

"여자 집 근처."

"거기가 어딘데?"

"애버딘의 폴뮈르 로드."

"애버딘에선 뭘 하고 있었지, 샌드 선생?"

샌드는 어깨를 으쓱했다. 손가락은 테이블 가장자리를 만지고 있었다. 땀과 기름 자국이 남았다.

"나 같으면 안 그러겠어." 리버스가 말했다. "모서리가 날카로워서 손가락이 베일 테니까."

맥클레이가 콧방귀를 뀌었다. 리버스는 벽으로 가서 맥클레이를 쳐다보았다. 맥클레이는 잠깐 고개를 끄덕였다. 리버스는 테이블로 돌아왔다.

"어떤 공원인지 설명해봐." 리버스는 테이블 끝에 몸을 기대고 담배를 한 대 더 꺼내 불을 붙였다.

"그냥 공원이었어. 나무하고 잔디, 애들 놀이터가 있는."

"문이 잠겨 있었나?"

"뭐라고?"

"늦은 밤이었잖아. 문이 잠겨 있었냐고."

"기억나지 않아."

"기억 못 하는군." 두 박자 쉬었다. "여자하고는 어디서 만났지?"

바로 대답이 나왔다. "디스코텍에서."

"디스코텍 다닐 타입 같진 않은데, 샌드 선생." 맥클레이가 다시 콧방귀를 뀌었다. "어떤 디스코텍이었지?"

샌드는 다시 어깨를 으쓱했다. "그런 데가 다 똑같지. 어둡고, 조명이 번쩍이고, 바가 있었어."

"두 번째 피해자는?"

"똑같은 순서였어." 샌드의 눈은 어둡고 얼굴은 수척했다. 하지만 상황을 즐기기 시작하면서 다시 떠벌렸다. "디스코텍에서 만나, 꼬셔서 집으로 갔어. 죽인 다음에 섹스를 했고."

"그 후에는 접촉도 없었고? 기념품은 챙겼나?"

"뭐?"

리버스는 바닥에 담뱃재를 튕겼다. 재 부스러기가 신발 위에 내려앉았다. "현장에서 가지고 온 게 있었냐고."

샌드는 생각해 보더니 고개를 저었다.

"이번 범행 장소가 정확히 어디였지?"

"워리스톤 묘지."

"여자 집 근처였나?"

"인버리스 로Inverleith Row에 살았어."

"무엇으로 목을 졸랐지?"

"밧줄로."

"같은 밧줄이었나?" 샌드가 고개를 끄덕였다. "주머니에 넣고 다녔나?"

"그래."

"지금 가지고 있어?"

"버렸어."

"애 좀 먹겠군" 샌드는 즐거운 듯 몸을 꿈틀댔다. 네 박자 쉬었다. "세 번째 피해자는?"

"글래스고였어." 샌드가 말을 이어갔다. "켈빙그로브 공원이었지. 이름 은 주디스 케언스였어. 자기를 '주주'라고 불러달라더군. 다른 여자들하고 똑같이 해줬지." 리버스는 의자에서 자세를 바로하고 팔짱을 꼈다. 손을 뻗어 성직자가 안수를 하듯 샌드의 이마를 만졌다. 그러고는 밀었다. 그다 지 세게는 아니었다. 샌드는 속수무책으로 당했다. 의자와 함께 뒤로 넘어 가 바닥에 쓰러졌다. 리버스는 그 앞에 무릎을 꿇고 샌드의 셔츠를 움켜잡 았다.

"넌 거짓말쟁이야." 리버스가 낮은 목소리로 말했다. "네가 아는 건 전 부 신문에서 읽은 내용이야. 그걸 보고 쓰레기 같은 얘기를 꾸며냈지." 그 는 손을 놓고 일어섰다. 셔츠를 잡았던 손이 축축했다.

"거짓말 아니야!" 여전히 쓰러진 상태에서 샌드가 주장했다. "난 진실을 말했어!"

리버스는 반쯤 피운 담배를 비벼 껐다. 재떨이의 꽁초가 테이블로 넘쳐 나왔다. 리버스는 꽁초 하나를 집어 들어 샌드에게 튕겼다.

"기소하지 않을 거야?"

"기소할 거야. 경찰한테 시간 낭비하게 만든 죄로 말이지. 소튼 교도소에서 후장 따먹는 죄수의 룸메이트가 되게 해 주지."

"보통 때는 그냥 풀어줬는데요." 맥클레이가 말했다.

"유치장에 처넣어." 취조실을 나서며 리버스가 지시했다.

"내가 그 사람이야!" 맥클레이가 바닥에서 일으켜 줄 때도 샌드는 끈질기게 주장했다. "난 조니 바이블이야! 내가 조니 바이블이라고!"

"턱도 없는 소리야, 크로." 주먹을 날려 입을 다물게 하면서 맥클레이가 말했다.

손을 씻고 세수도 좀 해야 했다. 화장실에는 제복 경관 둘이 담배를 피우면서 잡담을 하고 있다가 리버스가 들어오자 웃음을 그쳤다.

"경위님." 둘 중 하나가 물었다. "취조실에 있던 건 누구였습니까?"

"광대 한 놈." 리버스가 말했다.

"여긴 그런 놈들 천지죠." 두 번째 순경이 한마디 했다. 리버스는 그가 크레이그밀러 경찰서만을 말하는지, 아니면 시내 경찰서 전부를 얘기한 건지 알 수 없었다. 크레이그밀러 경찰서에 한해서라면 웃을 일이 아니었다. 에든버러에서 가장 힘든 근무지였다. 최대 2년이 한계였고, 그 이상 버틴 사람은 없었다. 에든버러에서 이렇게 거친 지역은 거의 없었기 때문에

'브롱크스의 아파치 요새*'라는 별명이 붙을 만했다. 경찰서는 막다른 길에 있는 상점가 뒤에 자리한 음침한 저층 건물이었고, 뒤에는 더 음침한 공동 주택 단지가 있었다. 골목에 군중이 몰려들면 쉽게 대로와 차단되었기 때문에, 포위당했던 적도 수없이 많았다. 그렇다. 한마디로 크레이그밀러는 찍힌 사람들이 가는 근무지였다.

리버스는 자신이 왜 이리로 전보되었는지 알고 있었다. 중요한 인물들의 심기를 거슬렀기 때문이었다. 확 자를 순 없으니 지옥 같은 곳에 보내버린 것이다. 영원히 처박아둘 수 없다는 걸 리버스가 알고 있었기 때문에 진짜 지옥은 될 수 없었다. 속죄의 장소라고나 할까. 근무지 이동을 알리는 발령장에서는 리버스가 입원한 동료의 자리를 대신하게 될 것이라고 했다. 구舊 크레이그밀러 경찰서의 폐쇄를 감독하는 업무를 보조할 것이라는 언급도 있었다. 청사 전체를 폐쇄하고 인근의 새 청사로 이전할 예정이었다. 구 청사는 이미 포장 박스와 빼낸 책장들로 발 디딜 틈이 없었다. 형사들은 각자 맡은 사건을 해결하는 것조차 힘에 부칠 지경이었다. 존 리버스 경위를 환영할 여력 같은 건 당연히 없었다. 경찰서라기보다는 병동 같았고, 환자들은 쥐죽은듯 조용했다.

리버스는 '헛간'이라고 불리는 CID 사무실로 돌아왔다. 도중에 맥클레이와 샌드를 지나쳤다. 샌드는 유치장으로 끌려가면서 아직도 자기가 유죄라고 우기고 있었다.

"내가 조니 바이블이야! 진짜라니까!"

턱도 없는 소리.

---

* 뉴욕 빈민가 브롱크스의 경찰서를 무대로 한, 폴 뉴먼 주연의 1981년작 영화 「암흑의 브롱크스」의 원제.

6월의 화요일 저녁 9시였다. 헛간에 있는 사람이라고는 도드 베인 경사뿐이었다. 그는 잡지 – 로디언 앤 보더스 경찰 소식지인 『오프비트Offbeat』 –를 보고 있다가 얼굴을 들었다. 리버스는 고개를 저었다.

"아닐 줄 알았어요." 페이지를 넘기며 베인이 말했다. "크로는 허위 자백으로 악명 높죠. 그래서 경위님께 맡긴 거고요."

"열의라고는 카펫 압정만큼 작군."

"압정은 날카롭기도 하죠. 그걸 잊지 마세요."

리버스는 책상에 앉아서 심문 보고서에 쓸 말을 생각했다. 또 다른 광대, 또 다른 시간 낭비. 그리고 조니 바이블은 아직 저 밖에 있다.

우선, 1960년대 말 글래스고를 공포에 떨게 했던 '바이블 존'이 있었다. 붉은 기가 있는 금발에 잘 차려입은 젊은 남자였다. 성서에 해박했고 배로우랜드 무도회장*에 자주 나타났다. 거기서 여자 셋을 유혹한 다음, 구타하고, 강간하고, 교살했다. 글래스고 역사상 최대 규모의 범인 수색이 이루어졌지만, 자취를 감추고 다시는 나타나지 않았다. 사건은 현재까지 미제 상태다. 경찰은 마지막 피해자의 여동생에게서 바이블 존에 대한 확실한 인상착의를 알아냈다. 그녀는 두 시간 동안 범인과 함께 있었고, 심지어 함께 택시도 탔다. 언니는 그녀를 내려주고 뒤 유리창으로 손을 흔들어 작별 인사를 했다. 하지만 그녀가 말해 준 인상착의는 도움이 되지 않았다.

그리고 지금은 조니 바이블이 있다. 언론은 재빨리 그 이름을 붙였다. 여자 셋, 구타, 강간, 교살. 존 바이블과 비교될 요소를 전부 갖추었다. 피해자 중 두 명은 나이트클럽과 디스코텍에서 골랐다. 피해자들과 춤을 췄던 남자에 대해서는 모호한 인상착의만 있었다. 옷을 잘 차려입었고 숫기

---

* 글래스고 중심가에 있는 건물로 콘서트홀과 무도회장으로 유명하다.

가 없었다는. 오리지널 바이블 존과 똑같았다. 바이블 존이 아직 살아 있다면 50대겠지만 새로운 살인자는 20대 중반에서 후반이라는 점만 달랐다. 그래서 조니 바이블이 된 것이다. 바이블 존의 정신적인 아들.

물론 차이점이 있었지만 언론은 무시했다. 차이점을 하나만 들자면, 바이블 존의 피해자들은 모두 같은 댄스홀에서 춤을 췄다. 반면, 조니 바이블은 피해자를 사냥하러 스코틀랜드를 두루 훑었다. 그 결과 일반적인 추론이 도출되었다. 장거리 트럭 운전사거나 영업사원. 경찰은 어떤 가능성도 배제하지 않았다. 사반세기 전의 바이블 존 자신일 수도 있다. 20대 중후반이라는 설명에 결함이 있을 수 있다. 목격자의 확실한 증언이 없는 한 단정은 금물이다. 경찰은 바이블 존 때와 마찬가지로 조니 바이블에 대해서도 몇 가지를 숨겼다. 덕분에 수없이 많은 허위 자백들을 걸러낼 수 있었다.

리버스가 막 보고서를 쓰기 시작했을 때 맥클레이가 몸을 흔들며 사무실 안으로 들어왔다. 양쪽으로 몸을 흔드는 걸음걸이였다. 술이나 약물에 취해서가 아니라 심각한 과체중으로 인한 신진대사 문제가 원인이었다. 코에도 문제가 있었다. 종종 숨이 차 힘겹게 쌕쌕거렸고, 목소리는 뭉툭한 판이 나뭇결에 쓸리면서 내는 소리 같았다. 경찰서에서의 별명은 '헤비(heavy)'였다.

"크로 호송하고 오는 길이야?" 베인이 물었다.

맥클레이는 리버스의 책상 쪽으로 고개를 끄덕였다. "우리 시간을 낭비하게 만든 죄로 집어넣으라고 하셔서."

"그거야말로 시간 낭비인데."

맥클레이는 리버스가 있는 쪽으로 몸을 흔들며 걸어갔다. 머리카락은

22

칠흑 같은 검은색에 번질번질한 곱슬머리가 매달려 있었다. 경찰 대표 꽃미남이었을 가능성도 있다. 옛날 일이겠지만.

"경위님." 맥클레이가 말했다.

리버스는 고개를 젓고 계속 타자기를 두드렸다.

"젠장."

"내버려둬." 베인이 일어서면서 말했다. 의자 뒤에 걸쳐놓았던 재킷을 집어들었다. "한잔할래?" 그가 맥클레이에게 말했다.

맥클레이는 길게 한숨을 내쉬었다. "일 때문에 마시는 거야."

리버스는 그들이 갈 때까지 숨을 멈추고 있었다. 같이 가자는 제안은 기대하지 않았다. 그들에게나 중요한 일이었다. 타이핑하던 걸 멈추고 맨 아래 서랍으로 손을 뻗어 루코자데*를 꺼내 뚜껑을 열었다. 43도 몰트위스키 냄새를 맡고는 한입 가득 부었다. 병을 서랍에 다시 넣으면서 박하사탕 한 알을 물었다.

훨씬 낫군. 이제 더 확실히 알겠어.**

리버스는 타자기에서 종이를 잡아 빼 공 모양으로 구겼다. 그리고는 데스크에 전화를 걸어 샌드를 한 시간 정도 잡아두고 있다가 놓아주라고 말했다. 수화기를 내려놓자마자 전화가 울렸다.

"리버스 경위입니다."

"브라이언이에요."

아직 세인트 레너즈 경찰서에 있는 브라이언 홈스 경사였다. 둘은 계속 연락을 해왔다. 오늘 밤 그는 목소리에 활기가 없었다.

---

* Lucozade, 일본 산토리 사의 에너지 드링크
** 마빈 게이의 노래 〈I can see clearly now〉를 인용한 것.

"무슨 문제라도?"

홈스는 웃었지만 기분은 별로인 것 같았다. "골칫거리가 끊이지 않네요."

"그럼 최신 것만 말해 봐." 리버스는 한 손으로 담뱃갑을 열어 담배를 꺼낸 다음 불을 붙였다.

"경위님이 거기서 그렇게 물먹고 계신데 말해도 될지 모르겠어요."

"크레이그밀러도 그렇게 나쁘진 않아." 곰팡내 나는 사무실을 둘러보며 리버스가 말했다.

"이건 다른 얘기예요."

"그렇군."

"저…… 제가 어떤 일에 말려든 것 같은데요……."

"무슨 일인데?"

"어떤 용의자를 체포했는데, 그놈 때문에 지금 엄청 고민이에요."

"때렸군."

"그놈 말로는 그래요."

"자네를 고소했나?"

"진행 중이에요. 그놈 변호사는 끝장을 보려고 해요."

"자네는 그러고 싶지 않은데?"

"맞아요."

"내사과에서 처리해줄 거야."

"그랬으면 좋겠네요."

"아니면 쇼반한테 도와달라고 하든지."

"휴가 중이에요. 심문할 때 파트너는 글래미스였고요."

24

"안 좋은데. 그 녀석은 뉴욕 택시 기사처럼 겁쟁이야."

잠시 침묵이 흘렀다. "때린 게 맞느냐고 물어보지 않으세요?"

"알고 싶지 않아. 용의자가 누구였는데?"

"멘탈 민토요."

"젠장, 그 주정뱅이는 지방 검사보다 법에 더 빠삭한데. 알았어. 직접 만나서 얘기하지."

경찰서 밖으로 나오니 좋았다. 리버스는 차창을 내렸다. 바람이 따뜻했다. 포드 에스코트 경찰차는 오랫동안 청소를 안 한 게 분명했다. 초콜릿 포장지, 빈 감자칩 봉지, 찌그러진 오렌지주스와 리베나* 페트병이 널려 있었다. 스코틀랜드식 다이어트의 핵심이었다. 설탕과 소금. 거기에 알코올이 더해지면 심장과 영혼을 갖게 된다.

민토는 사우스 클럭 스트리트의 공동 주택 단지 아파트 2층에 살고 있었다. 예전에 몇 번 와봤지만 좋았던 적은 한 번도 없었다. 차도 가장자리는 차들로 꽉 차 있어서 이중 주차를 해야 했다. 하늘에서는 장밋빛이 점점 퍼져가는 어둠에 밀려 사라지고 있었다. 이 모든 것 아래에는 할로겐 전구의 오렌지색 불빛만 있을 뿐이었다. 거리는 시끄러웠다. 길가 극장에서 사람들이 나오고 있는 것 같았다. 아직도 영업 중인 펍에서는 1차로 패잔병들이 흩어져 나오고 있었다. 뜨거운 튀김옷, 피자 토핑, 인도 향료 같은 음식 냄새가 밤공기에서 풍겨 나왔다. 브라이언 홈스는 주머니에 손을 찔러 넣고 자선 가게 밖에 서 있었다. 차는 없었다. 세인트 레너즈에서 걸어온 모양이었다. 두 남자는 고개를 끄덕여 인사했다.

---

* 영국의 소프트 음료 브랜드

홈스는 피곤해 보였다. 불과 몇 년 전까지만 해도 젊고, 생기 있고, 열정적이었다. 리버스는 가정생활에는 대가가 따른다는 것을 알고 있었다. 여러 해 전에 파탄 났던 자신의 결혼 생활이 그랬다. 홈스의 반려자는 홈스가 경찰을 그만두길 원했다. 자기와 더 많은 시간을 보내줄 사람을 원했다. 리버스는 그녀가 원하는 것을 너무나 잘 알고 있었다. 집에 있을 때 자기에게 신경을 써줄 사람, 사건과 수사에만 빠져 있지 않은 사람, 게임과 홍보 전략에 개의치 않는 사람을 바랐다. 경찰은 삶의 반려자보다도 직장의 파트너와 더 가까운 경우가 비일비재하다. CID에 들어가면 악수와 함께 종이 한 장을 받는다. 그 한 장의 종이는 바로 이혼 판결문이다.

"저기 있는 건 확인했어?" 리버스가 물었다.

"전화를 했어요. 받더군요. 반쯤 취한 것 같은 목소리였어요."

"무슨 말 했나?"

"제가 바본 줄 아십니까?"

리버스는 건물의 창을 올려다보았다. 1층은 상점이었다. 민토는 열쇠가게 위층에 살았다. 범죄자가 열쇠가게 위에 산다는 게 아이러니했다.

"좋아, 따라오게. 하지만 층계참에 있어. 이상한 소리가 날 때만 들어오고."

"괜찮으시겠어요?"

"이야기만 할 생각이야." 리버스는 홈스의 어깨를 두드렸다. "긴장 풀어."

문은 잠겨 있지 않았다. 둘은 말없이 나선형 계단을 올라갔다. 리버스는 벨을 누르고 심호흡했다. 민토가 문을 당겨 열려고 했다. 리버스는 어깨를 들이밀어서 흐릿한 불이 켜진 현관으로 민토와 그가 들어가게 만들었다.

그는 문을 쾅 닫았다.

민토는 덤벼들려다 상대가 누군지 보았다. 그러고는 화가 나서 투덜거리며 거실로 돌아갔다. 좁은 방이었다. 절반은 간이 주방이었고, 바닥에서 천장까지 이어진 좁은 벽장과 샤워실이 있었다. 침실 하나, 장난감 같은 세면대가 있는 화장실이 하나 있었다. 이글루도 이 집보다는 넓어 보일 지경이었다.

"원하는 게 뭐야?" 민토는 알코올 도수가 높은 맥주 캔으로 손을 뻗었다. 그는 서서 캔을 비웠다.

"얘기 좀 하지." 리버스는 무심한 듯 주위를 둘러보았다. 하지만 손은 준비된 상태로 양 옆구리에 댔다.

"이건 불법 침입이야."

"계속 짖어봐. 진짜 불법 침입이 뭔지 보여주지."

민토는 별 감흥이 없는 듯 지친 얼굴이었다. 30대 중반이었지만 50대 같아 보였다. 빌리 위즈, 스캑, 모닝사이드 스피드 같은 당대에 유명한 마약은 다 해 본 자였다. 지금은 필로폰 중독 치료 프로그램에 나가고 있다. 약을 하고 있을 때의 민토는 짜증을 유발하는 작은 문제였다. 약을 하고 있지 않을 때는 순수한 분노 그 자체, 그야말로 '멘탈'이었다.*

"물먹었다고 들었는데." 민토가 말했다.

리버스는 한 걸음 가까이 다가섰다. "맞아, 멘탈. 그러니 스스로에게 물어봐. 내가 잃을 게 뭐가 있지? 어차피 이판사판이야."

민토가 손을 들었다. "알았어, 진정해. 문제가 뭐야?"

리버스는 얼굴의 긴장을 풀었다. "내 문제는 너야, 멘탈. 내 동료를 고소

---

* 민토의 이름인 '멘탈(Mental)'은 '정신병자'를 가리키는 속어이기도 하다.

했잖아."

"나를 두들겨 팼어."

리버스는 고개를 저었다. "나도 거기 있었지만 그런 일 없었어. 홈스 경사한테 전할 메시지가 있어서 들렀거든. 어디 안 가고 그 자리에 있었어. 그러니 홈스가 널 폭행했다면 내가 몰랐을 리 없잖아?"

둘은 말없이 마주 보고 서 있었다. 그러다가 민토는 몸을 돌려서 방에 하나 있는 안락의자에 털썩 앉았다. 화가 난 것 같았다. 리버스는 몸을 굽혀 바닥에서 뭔가 집어 들었다. 시내 관광 안내 책자였다.

"어디 좋은 구경 가려고?" 리버스는 호텔, 민박, 주방 시설이 있는 숙소들의 목록을 훑어보았다. 그러고는 안내 책자를 민토에게 흔들었다. "이중에 한 군데라도 문제가 생기면, 너부터 찾아올 거야."

"이건 괴롭힘(harassment)이야." 민토가 조용히 말했다.

리버스는 책자를 던졌다. 민토는 지금은 정신병자처럼 보이지 않았다. 인생에 끝없이 시달린 듯 극히 지쳐 보였다. 리버스는 몸을 돌려 자리를 떴다. 현관을 걸어가 문에 손을 뻗었을 때 민토가 부르는 소리가 들렸다. 민토는 겨우 3미터 정도 떨어진 현관 반대쪽 끝에 서 있었다. 헐렁한 검은색 티셔츠를 어깨까지 당겨 올리더니 몸을 돌려 등을 보여주었다. 조명이 어두웠지만 ―지저분한 40와트 백열전구였다― 볼 수 있었다. 처음에는 문신인 줄 알았다. 하지만 타박상이었다. 갈비뼈, 옆구리, 신장 쪽에 있었다. 자해했나? 그럴 수도 있다. 그럴 가능성은 언제나 있다. 민토는 셔츠를 내리고 매섭게 쏘아보았다. 눈 한 번 깜빡이지 않았다. 리버스는 아파트를 나갔다.

"괜찮으세요?" 브라이언 홈스가 초조하게 말했다.

"전할 말이 있어서 들렀던 걸로 해. 취조실에 나도 있었고."

홈스가 들릴 정도로 숨을 내쉬었다. "그렇게 된 건가요?"

"맞아."

홈스가 긴장한 건 리버스의 말투 때문이었을 것이다. 리버스와 눈이 마주친 그는 먼저 시선을 피했다. 밖으로 나가서 홈스가 손을 내밀고는 말했다. "고맙습니다."

하지만 리버스는 몸을 돌려 가버렸다.

차를 몰고 에든버러의 텅 빈 거리를 지나갔다. 길가에는 수십만 파운드짜리 집들이 늘어서 있었다. 요즘 에든버러에서 살려면 돈이 많이 든다. 가진 걸 다 털어 넣어야 할 수도 있다. 리버스는 자기가 한 일을, 홈스가 했던 일을 생각하지 않으려고 했다.

대충 크레이그밀러 경찰서 방향으로 들어섰다가 생각을 바꿨다. 대신 집으로 향했다. 기자들이 밖에 진을 치고 있지 않기를 기도했다. 집에 가면 밤새 있던 일을 푹 불린 다음 벅벅 닦아 없앨 생각이었다. 가끔은 거리나 경찰서에서 자는 게 더 쉬웠다. 때로는 밤새 운전을 했다. 에든버러뿐만 아니라 리스까지 가서 부두, 가끔은 퀸스페리를 따라 서 있는 매춘부들을 지나쳐 갔다. 그러고는 포스 브리지까지 올라가 파이프를 지나는 M90 도로를 타고 퍼스를 통과해 던디까지 간 다음에 방향을 돌렸다. 그때쯤이면 녹초가 돼서 길가에 차를 세운 다음 차에서 잠이 들었다. 그러면 시간이 잘 갔다.

리버스는 자기가 타고 있는 차가 경찰차라는 사실이 떠올랐다. 필요하면 경찰이 와서 가져갈 수 있다. 마치몬트에 도착해 보니 아든 스트리트에는 주차할 데가 없어서 주차 금지 구역에 차를 세웠다. 기자들은 없었다. 기자들도 잠은 자야 한다. 워랜더 파크 로드를 따라 걸어서 좋아하는 피시 앤 칩스 가게로 갔다. 양도 푸짐했고 치약과 화장지도 파는 곳이었다. 천 천히 걸어 되돌아왔다. 걷기 좋은 밤이었다. 집 계단을 반쯤 올라갔을 때 호출기가 울렸다.

2

그의 이름은 앨런 미치슨이었다. 그는 '집' 근처 바에서 술을 마시고 있었다. 허세를 부리는 건 아니었지만 돈 걱정 같은 건 안 한다는 표정이었다. 그는 두 남자와 이야기를 했다. 한 명이 농담을 했다. 꽤 웃기는 얘기였다. 그들이 다음번 잔을 샀고, 미치슨도 답례로 한 잔 샀다. 미치슨이 알고 있는 유일한 농담을 하자, 둘은 눈물이 날 정도로 웃었다. 세 잔 더 주문했다. 미치슨은 그들과 함께 있는 게 즐거웠다.

에든버러에는 남은 친구가 별로 없었다. 예전 친구들 몇은 그에 대해, 그가 벌고 있는 돈에 대해 분개했다. 가족도 없었다. 가족이 있어 본 기억이 없었다. 두 남자는 우연히 만난 일행일 뿐이었다. 자신이 왜 집에 돌아왔는지, 심지어 왜 에든버러를 '집'이라고 했는지도 알 수 없었다. 대출금이 남은 아파트가 있었지만, 집을 장식하거나 가구를 들여놓진 않았다. 그 아파트는 그저 숙소일 뿐이고, 그것 때문에 돌아올 만한 가치는 없었다. 하지만 다들 집에 간다. 그게 중요했다. 16일 동안 계속 일만 하고 있으면 집에 대해 생각하게 마련이다. 집에 대해 말하게 되고, 집에 가면 할 일 − 술, 여자, 클럽 −에 대해 얘기하게 된다. 애버딘이나 그 인근에 사는 사람도 몇 있었지만, 대부분은 그보다 멀리 떨어진 곳에 집이 있었다. 16일이 빨리 끝나고 14일의 휴가가 시작되길 기다리느라 몸이 달 지경이었다.

오늘은 14일간의 휴가 첫날이었다.

휴가는 처음에는 천천히 흘러가지만 나중에는 뭘 했는지 모를 정도로 빠르게 지나간다. 첫날인 오늘이 가장 긴 날, 반드시 통과해야 하는 날이다.

그들은 다른 바로 갔다. 둘 중 하나는 구식 아디다스 가방을 들고 있었다. 빨간 비닐에 옆 주머니가 달렸고, 줄은 끊어졌다. 학교 다니던 열넷, 열다섯 살 때 딱 저런 가방 하나를 가지고 있었지.

"가방엔 뭐가 있어?" 미치슨이 농담을 했다. "게임기?"

둘은 웃음을 터뜨리고 그의 등을 철썩 쳤다.

새 바에서는 독한 술을 한 잔만 마셨다. 펍은 붐볐고 여자들 천지였다.

"내내 여자 생각뿐이었지?" 둘 중 하나가 말했다. "석유 채굴 기지에서는. 나도 그래. 머리가 돌 지경이야."

"아니면 눈이 뒤집히거나." 다른 한 명이 말했다.

미치슨이 씩 웃었다. "술이나 마시지." 그는 블랙 하트* 한 잔을 더 들이켰다. 전에는 다크 럼**을 마셔본 적이 없었다. 스톤헤이븐***의 어부가 그에게 소개해준 것이다. 그는 블랙 하트를 가장 좋아했다. 이름이 마음에 들었기 때문이다.

파티를 계속하려면 포장 음식이 필요했다. 피곤했다. 애버딘에서 여기까지 기차로 세 시간 걸렸고, 그 전에는 헬리콥터를 타야 했다. 친구들은 바에서 주문을 하고 있었다. 벨스 한 병, 블랙 하트 한 병, 맥주 캔 열두 개, 감자칩과 담배. 그렇게 사느라 돈이 꽤 들었다. 그래도 셋이 나눠서 낸 덕분에 돈이 바닥나진 않았다.

---

* 자메이카산 럼주 브랜드.
** 짙은 갈색의 럼주.
*** 북해에 면한 스코틀랜드의 항구도시.

밖에 나가서는 택시를 잡느라 애를 먹었다. 택시는 많았지만 이미 손님들이 타고 있었다. 택시를 잡느라 차도로 내려서자 그들이 잡아당겼다. 잠깐 비틀거리다가 한쪽 무릎을 꿇었다. 그들이 부축했다.

"채굴 기지에선 정확히 뭘 했어?" 친구 하나가 물었다.

"붕괴 사고를 막는 일을 했지."

택시가 서고 커플이 내렸다.

"엄마랑 온 거야? 그렇게 여자가 없냐?" 미치슨이 남자 승객에게 시비를 걸었다. 친구들이 입 다물라고 하고는 그를 차 안으로 밀어 넣었다. "여자 얼굴 봤어?" 미치슨이 그들에게 물었다. "너무 심하던데." 자기 아파트로는 가지 않을 생각이었다. 아무것도 없었으니까.

"우리 집으로 가자." 친구들이 말했다. 가는 동안 좌석에 등을 기대고 거리를 내다보는 것 말고는 할 게 없었다. 에든버러는 애버딘과 비슷했다. 작은 도시였다. 글래스고나 런던과는 달랐다. 애버딘은 에든버러에 비하면 멋은 부족하지만 돈은 많았다. 으스스한 건 비슷했다. 아니, 좀 더 으스스했다. 택시는 끝없이 달리는 것 같았다.

"여기가 어디야?"

"니드리." 누군가가 말했다. 그들의 이름이 기억나지 않았다. 너무 혼란스러워서 묻지도 못했다. 마침내 택시가 섰다. 바깥 거리는 어두웠다. "건물 전체가 전기요금을 떼먹은 것 같군." 미치슨이 말했다. 다들 눈물이 날 정도로 웃으며 그의 등을 쳤다.

자갈박이 몰타르로 외벽을 한 3층 건물이었다. 대부분의 유리창은 강철판으로 막혔거나 브리즈 블록*으로 채워져 있었다.

---

* breeze block, 모래, 석탄재를 시멘트와 섞어 만든 가벼운 블록.

"여기 살아?" 미치슨이 물었다.

"대출금을 감당할 수가 없어서." 친구들이 말했다.

사실이다. 정말 그렇다. 미치슨은 여러 면에서 운이 좋았다. 그들이 정문을 세게 밀어 열었다. 양옆에서 친구들이 그의 등에 손을 대고 안으로 들어갔다. 건물 안은 축축하고 썩은 냄새가 났다. 계단은 찢어진 매트리스, 화장실 시트, 파이프, 굽도리널*로 반쯤 막혀 있었다.

"꽤 깨끗하네."

"지내다 보면 괜찮아."

두 층을 걸어 올라갔다. 층계참에는 문이 두 개 있었는데 모두 열려 있었다.

"여기야, 앨런."

그래서 들어갔다.

전기는 들어오지 않았지만, 친구 하나가 토치를 가지고 있었다.

"자네들이 빈털터리인 줄 몰랐어."

"부엌은 쓸 만해."

그래서 그들은 앨런을 부엌으로 데려갔다. 테이프가 붙은 자국이 있는 나무 의자를 보았다. 의자는 리놀륨 바닥재 쓰레기 위에 있었다. 술이 확 깼지만 이미 늦었다.

의자에 강제로 앉혀졌다. 테이프를 뜯는 소리가 들렸다. 그들은 테이프로 미치슨의 전신을 의자에 결박했다. 그러고는 입을 테이프로 틀어막았다. 그다음에는 다리를 무릎 아래부터 묶었다. 틀어막힌 입으로 소리를 지르려고 했다. 옆머리에 주먹이 날아왔다. 눈과 귀가 한순간 흐릿해졌다. 옆

---

* 방 안 벽의 밑부분에 대는 좁은 널빤지.

34

머리는 기둥에 부딪힌 것처럼 아팠다. 그림자들이 멋대로 벽을 가로질러 날아다녔다.

"미라 같지 않아?"

"그러네. 좀 있으면 아빠 찾으면서 올겠지."

아디다스 가방이 앞쪽 바닥에 지퍼가 열린 채 놓여 있었다.

"이제," 둘 중 하나가 말했다. "게임 도구를 꺼내야지."

그들은 펜치, 장도리, 스테이플 건, 톱을 가방에서 꺼냈다.

미치슨은 식은땀이 흘렀다. 소금기가 눈을 찌르면서 흘러들어왔다가 다시 흘러나갔다. 어떻게 된 일인지 알았지만 믿을 수 없었다. 두 남자는 아무 말도 하지 않았다. 그들은 튼튼한 폴리에틸렌 시트를 바닥에 깔았다. 그러고는 미치슨이 앉은 의자를 시트 위로 옮겼다. 그는 몸부림쳤다. 결박된 몸을 꿈틀거리며 눈을 질끈 감고 비명을 지르려고 했다. 눈을 뜨자 투명한 비닐봉지가 보였다. 그들은 봉지를 그의 머리 위에 씌우고 테이프로 목 주위를 감았다. 그가 코로 숨을 들이쉬자 봉지가 쭈그러들었다. 남자 하나가 톱을 집어 들었다가 내려놓고는 대신 장도리를 들었다.

극심한 두려움에 자극받은 앨런 미치슨은 의자에 묶인 채로 어찌어찌 일어섰다. 눈앞에 부엌 창문이 있었다. 창문을 가렸던 널빤지는 떼어진 상태였다. 창틀은 있었지만 창 유리는 조각만 남아 있었다. 두 남자가 도구를 손보느라 바쁜 틈을 타 그는 둘 사이로 비틀대며 걸어가 창밖으로 몸을 던졌다.

그들은 미치슨이 추락하는 모습을 보지 않았다. 둘은 도구를 챙기고 비닐 시트를 대충 접은 다음 아디다스 가방에 집어넣고 지퍼를 닫았다.

"왜 접니까?" 호출을 받은 리버스가 물었다.

"왜냐하면," 상사가 말했다. "신입이잖나. 여기 단지 사람들과 적이 될 만큼 오래 있지 않았으니까."

그게 다가 아니겠지. 리버스는 한마디 하고 싶었다. 맥클레이나 베인을 찾을 수 없었겠지.

그레이하운드 개를 데리고 산책을 하던 주민이 신고했다. "길엔 온갖 물건들이 널려 있긴 하지만 이런 건 처음 봐요."

리버스가 도착했을 때 현장에는 순찰차 두 대가 일종의 통제선 역할을 하고 있었다. 하지만 주민들이 모여드는 것을 막을 수는 없었다. 누군가 돼지 흉내를 내며 꿀꿀 소리를 냈다. 주민들은 원래부터 여기 산 사람들이 대부분이었고, 전통을 완고하게 지켰다. 주택들은 거의 방치되어 철거를 앞둔 상태였다. 가족들은 다른 곳으로 이주했다. 건물 중에는 아직 사람들이 살고 있는 아파트가 몇 있었다. 리버스라면 그런 곳에 살고 싶지 않았을 것이다.

시체에는 사망 선고가 내려졌고, 적어도 주변 상황은 의심스러웠다. 과학수사팀과 사진사가 현장에 모이고 있었다. 부^剖검사가 검시관 커트 박사와 이야기를 나누고 있었다. 커트가 리버스를 보고 고개를 끄덕여 인사했다. 하지만 리버스는 시체만 보고 있었다. 구식 철조망이 단지를 가로질러 쳐 있었고, 시체는 철조망에 꽂힌 채 아직도 피를 흘리고 있었다. 리버스는 처음에는 시체가 크게 변형되었다고 생각했다. 하지만 가까이 가 보니 상황을 알 수 있었다. 의자였다. 추락 중에 절반은 부서졌다. 은색 테이프로 시체를 의자에 감아놓은 상태였다. 시체의 머리에는 비닐봉지가 씌워져 있었다. 투명했던 봉지는 이제 반쯤 피로 차 있었다.

커트 박사가 다가왔다. "시체 입에 오렌지가 있을지도 모르겠어."

"그걸 농담이라고 합니까?"

"전화하려고 했어. 소식은 들었네. 자네가, 음……"

"크레이그밀러도 그렇게 나쁘지는 않아요."

"그런 얘기가 아니야."

"알아요." 리버스가 올려다보았다. "몇 층에서 떨어졌죠?"

"2층 같아. 저기 창."

뒤에서 무슨 소리가 들렸다. 제복 경관 하나가 길에 토하고 있었다. 동료가 등을 두드려주었다.

"시체 내려." 리버스가 말했다. "저 불쌍한 친구를 보디 백*에 넣어."

"전기가 안 들어옵니다." 리버스에게 손전등을 건네주며 누군가가 말했다.

"바닥은 안전해?"

"아직 무너질 것 같지는 않습니다."

리버스는 아파트 안으로 들어갔다. 이런 곳에는 수도 없이 와 봤다. 갱들이 머물면서 사방에 낙서를 하고 오줌을 쌌다. 다른 사람들은 바닥 깔개, 문짝, 전선, 실링 로즈**까지 푼돈이라도 될 만한 것이라면 죄다 가져갔다. 거실에는 다리 하나가 없는 테이블이 뒤집혀 있었다. 테이블 위에는 쭈글쭈글한 담요와 신문지 몇 장이 놓여 있었다. 대단한 집이군. 욕실에는 아무것도 없었다. 붙박이장이 있던 자리에 남은 구멍뿐이었다. 침실 벽에

---

* body bag, 시체 운반용 부대.

** ceiling rose, 천장에 전선이 지나가게 고정해 놓은 둥근 물체.

도 큰 구멍이 있었다. 구멍을 통해 옆집을 볼 수 있을 정도였다. 옆집도 똑같은 상황이었다.

과학수사팀 팀원들은 부엌을 집중 조사하고 있었다.

"뭐 좀 건졌나?" 리버스가 물었다. 누군가가 구석에 손전등을 비췄다.

"술이 가득 든 봉지입니다, 경위님. 위스키, 럼주, 맥주하고 안주들이요."

"파티용이군."

창가로 갔다. 제복 경관 하나가 거리를 내려다보고 있었다. 제복 경관 네 명이 철책에서 시체를 내리느라 애쓰고 있었다.

"시체가 정말 끔찍하더군요." 젊은 제복 경관이 돌아보았다. "어떻게 된 일일까요? 알코올 중독자가 자살한 걸까요?"

"이런 일에도 익숙해져야지." 리버스는 거실로 돌아갔다. "봉지에서 영수증 찾아서 내용을 조사해. 주류 판매점에서 샀다면 가격표가 있을 거야. 없으면 펍에서 산 거고. 찾아야 할 사람은 둘 이상일 가능성이 높아. 술을 판매한 사람이 인상착의를 말해 줄 수 있겠지. 여기는 어떻게 왔지? 버스? 택시? 그걸 알아내. 이 장소는 어떻게 알게 됐지? 이 지역 사람일까? 이웃들에게 물어봐." 그는 거실을 가로질러 걸어갔다. 세인트 레너즈 CID의 하위직 형사 두 명과 크레이그밀러 경찰서의 제복 경관 한 명이 서 있는 것을 알아챘다. "나중에 업무를 나누지. 끔찍한 사고거나 아니면 장난이 지나쳤을 수도 있어. 하지만 어찌됐든 피해자는 여기 혼자 있지 않았어. 같이 온 사람이 누군지 알아야 해. 그럼 수고들 해."

밖에서는 과학수사팀 팀원들이 마지막으로 의자와 그 주변의 테이프를 사진으로 찍은 다음 시체에서 떼어냈다. 의자도 찾아낸 조각들과 함께 봉지에 넣을 것이다. 그것들이 가지런히 놓인다니 재미있었다. 혼돈에서 나온 질서일까. 커트 박사는 검시는 아침에 한다고 말했다. 리버스에게는 그게 나았다. 그는 순찰차로 돌아가면서 그게 자기 차였으면 좋겠다는 생각을 했다. 운전석 아래 위스키 반병이 있는 사브. 심야 영업 허가를 받아 아직 문을 연 펍이 많을 것이다. 대신 그는 경찰서로 돌아갔다. 1마일도 떨어져 있지 않았다. 맥클레이와 베인은 방금 도착한 것 같았지만 뉴스는 벌써 들었다.

"살인인가요?"

"그 비슷해." 리버스가 말했다. "의자에 묶여 있었어. 머리에는 봉지를 씌웠고 입은 테이프로 막았고. 밀어버렸을 수 있어. 스스로 뛰어내렸거나 추락했을 수도 있고. 같이 있던 놈들은 서둘러 떠났어. 술을 산 봉지를 가져가는 것도 잊었지."

"약쟁이일까요? 아니면 노숙자?"

리버스는 고개를 저었다. "새 청바지를 입고 새 나이키 운동화를 신었어. 지갑에는 현금도 많고 체크카드에 신용카드도 있었어."

"그럼 신원은 알아냈군요."

리버스는 고개를 끄덕였다. "앨런 미치슨이야. 주소는 모리슨 스트리트고." 그는 차 열쇠를 흔들었다. "같이 갈 사람?"

베인은 맥클레이에게 '위치를 사수 – 아파치 요새에서 수없이 하는 말이다 –'하도록 하고 리버스와 함께 갔다. 조수석은 불편하다고 해서 리버스는 베인에게 운전을 맡겼다. 도드 베인 경사는 유명했다. 던디부터 폴커크, 그리고 에든버러까지 명성이 자자했다. 던디와 폴커크는 엄밀히 말하자면 둘 다 만만한 곳은 아니었다. 베인은 오른쪽 눈 아래 있는 칼침 자국

을 자랑했다. 그 자국을 손가락으로 노상 문질렀다. 의식하고 하는 행동은
아니었다. 키는 리버스보다 약간 작은 180센티미터였고 체중은 5킬로그
램 정도 가벼웠다. 미들급 아마추어 권투 선수였고 왼손잡이였다. 덕분에
한쪽 귀가 찌그러졌고 코가 얼굴의 반을 차지하게 되었다. 반백의 머리카
락은 짧게 깎았다. 결혼해서 아들이 셋이었다. 리버스는 터프가이라는 베
인의 명성을 확인할 만한 것을 크레이그밀러 경찰서에서 많이 보지 못했
다. 베인은 평범한 경찰에, 서류와 규정을 따지는 수사관이었다. 리버스는
앙숙을 하나 막 처리했고 ─ 앨리스터 플라워 경위는 보더스 주의 벽지로
승진 전보되어 거기서 잡범이나 교통사범들을 담당하고 있다─ 그 빈자
리를 채울 생각은 없었다.

앨런 미치슨의 아파트는 '금융가'로 불렸으면 하는 설계 구역에 있었
다. 로디언 로드에서 분할된 대지는 컨퍼런스 센터와 '고급 아파트'로 바
뀌었다. 바로 앞에는 새 호텔이 있었고, 보험회사가 새 본사를 칼레도니안
호텔에 두었다. 건물 확장과 도로 건설을 위한 공간이 더 있었다.

"대단하네요." 주차시키면서 베인이 말했다.

리버스는 전에 이 구역이 어땠는지 기억해 보려고 했다. 불과 1~2년 전
의 모습을 떠올리기도 쉽지 않았다. 땅 위에 큰 구멍이 있었던가? 아니면
건물을 철거했나? 토피첸 경찰서에서 채 1마일도 떨어지지 않은 곳에 있
었다. 리버스는 자신이 이 사냥터 전체를 알고 있다고 생각했다. 하지만
이제는 전혀 모른다는 사실을 깨달았다.

체인에는 여섯 개의 열쇠가 있었다. 그중 하나로 정문을 열었다. 조명
이 환한 로비의 벽에는 우편함이 줄지어 있었다. 미치슨이란 이름을 찾았
다. 312호였다. 리버스는 다른 열쇠를 사용해 우편함을 열어 편지를 꺼냈

다. 광고 편지 몇 개 – '열어보세요! 대박 정보가 있습니다!' – 와 카드 명세서가 있었다. 명세서를 꺼내보았다. 애버딘 HMV*, 에든버러의 스포츠용품 매장에서 나이키 56.50파운드, 애버딘에 있는 카레 전문점에서의 사용 내역이 있었다. 2주 정도 사용 내역이 없다 다시 카레 전문점에서 사용했다.

둘은 좁은 승강기를 타고 3층으로 올라갔다. 베인은 전신 거울 앞에서 섀도복싱을 했다. 그들은 12호를 찾았다. 리버스는 문을 열었다. 작은 현관의 벽에 붙은 경보기가 번쩍이는 것을 보고 다른 열쇠를 사용해 해제했다. 베인이 전등 스위치를 찾고 문을 닫았다. 아파트에서는 페인트와 회반죽, 카펫, 니스 냄새가 났다. 사람이 살지 않았던 새집이었다. 실내에는 가구 하나 없었다. 펼쳐진 침낭 옆에 전화기 하나가 있을 뿐이었다.

"소박한 삶이군요." 베인이 말했다.

부엌에는 세탁기, 가스레인지, 식기세척기, 냉장고까지 일체가 갖추어져 있었다. 하지만 식기세척기 도어는 아직 봉인되어 있었고, 냉장고 안에 있는 거라고는 사용설명서와 예비 전구, 냉장고용 선반 한 세트뿐이었다. 싱크대 아래 찬장에는 스윙형 쓰레기통이 있었다. 찬장 문을 열면 쓰레기통의 뚜껑이 자동으로 열린다. 리버스는 쓰레기통 안에서 찌그러진 맥주 캔 두 개와 케밥 냄새가 나는 붉은 얼룩이 진 랩을 보았다. 하나뿐인 침실에는 아무것도 없었다. 빌트인 옷장은 텅 비었고, 심지어 옷걸이 하나 걸려 있지 않았다. 하지만 베인은 작은 욕실에서 뭔가를 끌고 나왔다. 카리모Karrimor 브랜드의 파란색 배낭이었다.

"들어와서 씻고 옷을 갈아입고는 바로 다시 나간 것 같습니다."

그들은 배낭에 있는 물건을 꺼내기 시작했다. 옷 외에 휴대용 카세트와

---

* 유명 음반 매장.

테이프 몇 개－사운드가든, 크래시 테스트 더미스, 댄싱 피그스－, 그리고 이언 뱅크스의 소설 『위트^{Whit}』 한 부를 찾아냈다.

"이 책 사려고 했는데." 리버스가 말했다.

"가져가세요. 아무도 모를 겁니다."

리버스는 베인을 쳐다보았다. 순수해 보이는 눈이었지만 리버스는 고개를 저었다. 누구에게든 약점을 잡힐 수는 없었다. 그는 배낭의 옆 주머니에서 쇼핑백을 꺼냈다. 새 테이프들이었다. 닐 영, 펄 잼, 그리고 또 댄싱 피그스. 영수증은 애버딘에 있는 HMV 매장 것이었다.

"내 생각에는," 리버스가 말했다. "털장화 마을*에서 일한 것 같군."

베인이 다른 쪽 옆 주머니에서 두 번 접은 전단지 한 장을 꺼냈다. 앞면에는 석유 굴착용 해상 플랫폼의 컬러 사진과 함께 'T-버드 석유회사는 균형을 추구합니다'라는 표제, '해안 설비 해체, 적절한 제안'이라는 부제가 있었다. 안에는 짧은 글과 함께 컬러로 인쇄된 해도(chart), 도표, 통계가 있었다. 리버스는 서문을 읽었다.

"태초에 수백만 년 전부터 강과 바다에서 살고 죽었던 미생물들이 있었다." 그는 베인을 올려다보았다. "이들이 죽으면서 수백만 년 동안 우리는 차의 연료 탱크를 채울 수 있었다."

"철조망 씨는 석유회사에서 일했던 것 같군요."

"피해자 이름은 앨런 미치슨이야." 리버스가 조용히 말했다.

리버스가 마침내 집에 왔을 때는 날이 밝고 있었다. 소리를 들을 수 있을 정도의 볼륨으로만 오디오를 켜고, 부엌에 있는 잔을 씻은 다음, 라프로익 위스키를 1.5센티미터 정도 따르고 물을 조금 탔다. 어떤 몰트위스

---

* Furry Boot Town, 애버딘의 별칭.

키는 물을 타야 한다. 식탁에 앉아서 거기 놓인 신문, 오려낸 조니 바이블 사건 기사, 옛날 바이블 존 관련 복사물을 쳐다보았다. 국립도서관에서 하루 동안 1968년부터 1970년까지의 기사를 마이크로필름 판독기로 빠르게 훑듯이 열람했다. 눈길을 끄는 기사들이 있었다. 로사이스는 해군 기지를 잃게 되었다/인버고든에 5천만 파운드 가치의 석유화학 공업 단지를 건설한다는 계획이 발표되었다/ABC 방송에서 「카멜롯」*을 방영하고 있었다/'스코틀랜드는 어떻게 통치되어야 하는가'라는 소책자 판매 광고와 자치에 관해 편집자에게 보내는 편지들이 있었다/연봉 2500파운드에 판매 및 마케팅 관리자를 구하는 광고가 있었다/글래스고에서는 잠수부들이 증거 수색 작업을 벌이고 있었다/짐 클라크**가 호주 그랑프리에서 우승했다/스티브 밀러 밴드의 멤버들이 런던에서 마약 복용 혐의로 체포되었다/에든버러의 주차장이 포화 상태에 이르렀다……

1968년.

리버스는 이 신문 – 전문 판매상에게서 액면가보다 훨씬 높은 금액을 주고 구입한 – 을 가지고 있었다. 신문은 1969년으로 이어졌다. 8월. 바이블 존이 두 번째 피해자를 죽인 주말, 북아일랜드에서는 폭동이 발생했고, 우드스탁에는 30만 명의 팝 음악 팬들이 운집했다. 대단한 아이러니였다. 두 번째 피해자는 버려진 주택에서 여동생이 발견했다. 리버스는 앨런 미치슨을 떠올리지 않으려고 했다. 대신 옛날 뉴스에 집중했다. 그는 8월 20일의 표제 기사를 보며 미소를 지었다. '다우닝가 선언'***/애버딘에서 트롤선 파업/미국 영화 회사가 백파이프 16세트를 구하고 있음/로버트 맥

---

* 1967년작 뮤지컬 코미디.

** Jim Clark, 자동차 경주 선수.

*** Downing Street Declaration, 북아일랜드에서 영국의 지배권을 유지한다는 영국 정부의 선언.

스웰*의 페르가몬 신문사 관련 거래 보류. 다른 머리기사도 있었다. '글래스고의 폭력 범죄가 크게 감소.' 피해자에게 어디 그렇게 말해 보시지. 11월이 되자 스코틀랜드의 살인 사건 발생률은 잉글랜드와 웨일즈의 두 배라는 기사가 나왔다. 그 해에 52건의 기소가 이루어졌다. 사형 제도에 관한 토론회가 개최되었다. 에든버러에서 반전 시위가 벌어진 반면, 밥 호프**는 베트남에서 위문 공연을 했다. 롤링 스톤스는 LA에서 두 차례 공연을 했는데, 회당 공연으로는 팝 역사상 최고액인 71,000파운드의 수익을 올렸다.

11월 22일이 되어서야 바이블 존의 몽타주가 언론에 등장하기 시작했다. 그때 즈음에는 이미 언론이 그를 '바이블 존'이라고 부르고 있었다. 세 번째 살인과 몽타주 사이에는 3주의 간격이 있었다. 추적은 더욱 거세졌지만 이미 때늦었다. 두 번째 피해자가 발생한 후에도 몽타주는 나왔었다. 하지만 거의 한 달 가까이 지난 후였다. 너무 오래 걸렸다. 리버스는 그 점이 의문이었다.

리버스는 왜 바이블 존에게 흥미가 생겼는지 잘 설명할 수 없었다. 예전 사건을 이용해 다른 사건 – 스파벤 사건 – 을 피하려는 것일 수도 있다. 하지만 그렇다고 하기에는 너무 깊게 파고들었다. 바이블 존은 1960년대 스코틀랜드의 종말을 의미했다. 한 시대의 마무리와 새 시대의 개막에 재를 뿌렸다. 스코틀랜드가 이룩했던 평화와 사랑을 죽인 자였다. 리버스는 20세기가 같은 식으로 끝나는 건 바라지 않았다. 조니 바이블을 잡고 싶었다. 그러면서 현재 사건에 대한 그의 관심은 과거로 방향을 틀었다. 바

---

* Robert Maxwell, 영국의 출판 재벌이었으나 회사 자금을 횡령하고 파산했다.
** Bob Hope, 영국 출신의 미국 코미디언.

이블 존에 집중하기 시작해서 옛날의 추론들을 다시 살펴보고 그 시기의 신문을 구입할 정도에 이르렀다. 1968년과 1969년에 리버스는 군대에 있었다. 군대는 사람을 불구로 만들고 죽이는 방법을 가르쳤고 각지에 파병했다. 여기에는 마침내 북아일랜드까지 포함되었다. 그는 자신이 시대의 중요한 부분을 놓쳤다는 느낌이 들었다.

하지만 그래도 아직 살아는 있다.

잔과 술병을 들고 거실로 가 의자에 몸을 파묻었다. 지금까지 본 시체는 셀 수도 없었다. 시체를 보는 일은 절대 쉬워지지 않는다는 것만 알게 될 따름이다. 베인의 첫 번째 검시에 대한 소문, 검시관이 어떻게 던디에서 가장 잔인한 악당인 네이스미스로 불리게 되었는지에 대해 들었다. 검시관은 베인이 처음 검시를 참관한다는 사실을 알고, 확실히 보여준 것 같았다. 고물상이 차를 해체하듯 장기를 들어 올리고, 톱으로 두개골을 절단해 열고, 번들거리는 뇌를 손으로 꺼냈다. 요즘에는 C형 간염에 감염될 우려 때문에 그렇게 쉽게 할 수 없는 일이다. 네이스미스가 성기의 포피를 벗기기 시작하자 베인은 바닥에 털썩 주저앉고 말았다. 하지만 정당하게 평가하자면, 베인은 그 자리에서 버텼다. 꽁무니를 빼지도, 토하지도 않았다. 리버스와 베인은 일단 각자의 까칠한 부분이 마찰을 겪으며 좀 부드러워지고 나면 손발이 잘 맞을 것이다.

리버스는 베이 윈도우* 밖 거리를 내려다보았다. 차는 아직 주차 금지 구역에 있었다. 길 건너편 아파트 하나에 불이 들어와 있었다. 언제나 어딘가에는 불이 들어와 있다. 들이켜고 싶지는 않아서 술을 홀짝였다. 롤링 스톤스의 《검정과 파랑 Black and Blue》을 들었다. 흑인 음악(Black)과 블루스

---

* bay window, 벽면의 일부가 외부로 돌출한 창.

(Blues)의 영향. 명반은 아니지만 롤링 스톤스의 가장 원숙한 앨범이다.

앨런 미치슨은 카우게이트 검시소의 냉동고 안에 있었다. 미치슨은 의자에 결박당한 채 죽었다. 리버스는 이유를 알 수 없었다. 미치슨의 아파트는 어떤 면에서 리버스의 아파트와 그리 다르지 않았다. 별로 사용하지 않았고, 집이라기보다는 기지에 가까웠다. 리버스는 잔에 남은 술을 마시고 병에서 새로 따라서 또 비운 뒤 바닥에서 이불을 당겨 턱까지 끌어올렸다.

새로운 날이 시작되고 있었다.

리버스는 몇 시간 뒤 잠에서 깼다. 눈을 깜빡이다가 일어나 욕실로 가서 샤워와 면도를 하고 옷을 갈아입었다. 그는 조니 바이블의 꿈을 꾸었는데, 바이블 존과 죄다 뒤섞여버렸다. 현장에 출동한 경찰들은 딱 붙는 양복에 얇은 검은색 타이, 흰색 브라이나일론* 셔츠, 포크파이 모자** 차림이었다. 1968년에 바이블 존의 첫 번째 피해자가 나왔다. 리버스에게 이것은 밴 모리슨의 1968년 앨범《별의 주 Astral Weeks》를 의미했다. 1969년의 두 번째와 세 번째 피해자는 롤링 스톤스의 앨범《피 흘리게 하라 Let it Bleed》를 의미했다.*** 사냥은 1970년으로 이어졌다. 존 리버스는 아일 오브 와이트 페스티벌****에 가고 싶었지만 그럴 수 없었다. 하지만 그때 바이블 존은 자취를 감췄었다……. 리버스는 조니 바이블이 그냥 꺼져서 죽기를 바랐다.

부엌에는 먹을 게 없었다. 신문뿐이었다. 가장 가까운, 길모퉁이에 있는

---

* bri-nylon, 영국 ICI 파이버스 사의 나일론 제품.
** pork-pie hat, 높이가 낮고 챙이 모두 말려 올라간 중절모.
*** 1968년과 1969년에 각 앨범이 발매되었다.
**** Isle of Wight Festival, 대항문화적 성격을 가졌던 영국의 음악 페스티벌. 1970년에는 사상 최대의 인파가 몰렸다.

가게는 문을 닫았다. 조금만 더 걸어가면 그 옆에 식료품 가게가 있다. 아니, 가는 중에 어딘가 들르게 될 것이다. 리버스는 창밖을 내다보다가 밝은 청색 스테이션 왜건 한 대가 밖에 이중 주차를 하면서 차 세 대의 진로를 막고 있는 것을 발견했다. 차 뒤에는 장비가 실렸고, 남자 둘과 여자 하나가 보도에 서서 테이크아웃 컵에 담긴 커피를 홀짝이고 있었다.

"제기랄!" 넥타이를 매면서 리버스가 내뱉었다.

재킷을 걸치고 밖으로 나왔다. 그에게 질문이 퍼부어졌다. 남자 하나는 어깨에 비디오카메라를 메고 있었다. 다른 남자가 말했다.

"형사님, 잠깐 얘기 좀 할 수 있을까요? 레드건틀렛 TV의 「저스티스 프로그램」입니다."

이먼 브린. 리버스가 아는 사람이었다. 여자는 프로듀서인 케일리 버지스였다. 브린은 작가 겸 진행자로, 자기밖에 모르는 지독한 골칫거리였다.

"스파벤 사건 때문입니다. 정말 잠깐이면 돼요. 시청자들이 알 수 있게 도와주실……"

"내 코가 석 자입니다." 리버스는 카메라가 아직 준비가 안 된 상태임을 알아챘다. 그는 재빠르게 몸을 돌렸다. 그의 코가 브린의 코에 닿을 정도였다. 멘탈 민토가 '괴롭힘'이란 단어를 내뱉었던 걸 생각했다. 민토는 괴롭힘이 뭔지도, 리버스가 어떻게 그 일을 알게 되었는지도 모르면서 그 말을 했다.

"출산의 고통을 짐작하게 될 겁니다." 리버스가 말했다.

"네?" 브린이 눈을 깜빡였다.

"의사가 당신 엉덩이에서 그 카메라를 뺄 때 말이죠." 리버스는 앞 유리에 있는 주차 위반 딱지를 찢어버린 다음, 차 문을 열고 들어갔다. 마침내 비디오카메라가 돌아갔지만, 찍은 것이라고는 낡은 사브 900이 빠른 속도로 후진해 현장을 떠나는 장면뿐이었다.

리버스는 상사인 짐 맥카스킬 경감과 아침 회의를 했다. 상사의 사무실은 경찰서의 다른 부서처럼 혼돈 상태였다. 내용물이 다 채워져 라벨이 붙여지길 기다리는 포장 박스들, 반쯤 빈 책장, 서류가 무더기로 쌓인 서랍이 열려 있는 고물 캐비닛. 이 모든 것들은 어떤 가상의 순서에 따라 정리될 준비가 된 것 같았다.

"세상에서 가장 어려운 직소 퍼즐이지." 맥카스킬이 말했다. "모든 걸 흐트리지 않고 다른 쪽 끝으로 옮긴다는 건, 레이스 로버스*가 UEFA 컵에서 우승하는 거나 마찬가지야."

맥카스킬은 리버스와 마찬가지로 파이퍼 출신이었다. 조선소가 석유회사의 굴착 장비가 아니라 배를 만들던 시절에 메실에서 태어나 자랐다. 키가 크고 체격이 좋았으며, 리버스보다 나이가 아래였다. 악수는 프리메이슨 식**이 아니었고, 아직 미혼이었기 때문에 게이라는 소문이 돌았다. 리버스는 로퍼를 신은 적이 없기 때문에 걱정하지 않았다.*** 하지만 상사가 게이라도 죄책감은 가지지 않기를 바랐다. 비밀을 지키고 싶어 하면 협박범과 공갈범, 외부와 내부에서 망가뜨리려는 힘의 먹잇감이 된다. 사실 리버스는 그런 일에 밝은 사람이 아니다.

어쨌든 맥카스킬은 미남이었다. 숱이 많은 검은 머리 — 흰머리도 없었

---

* Raith Rovers, 스코틀랜드 커콜디의 축구 클럽.

** 엄지손가락으로 상대방의 손가락 관절 쪽을 누르는 악수.

*** 게이를 이르는 용어인 like-your-loafer에서 게이가 좋아하는 로퍼를 신은 적이 없기 때문에 걱정 없다는 말장난.

48

고 염색도 하는 것 같지 않았다 – 에 얼굴은 조각 같았다. 눈, 코, 턱이 모든 면에서 완벽한 조화를 이룬 덕분에, 웃고 있지 않을 때도 미소를 짓는 것처럼 보였다.

"그래서," 경감이 말했다. "자네가 보기엔 어떤가?"

"아직 확실하진 않습니다. 술자리에서 싸움이 난 끝에 추락사라니……이 사건이 정말 그런 걸까요? 술병은 따지도 않았습니다."

"그들이 함께 왔을까? 피해자가 혼자 왔다가 어떤 사람들이 뭔가를 하는 것을 보고 놀라서……"

리버스는 고개를 저었다. "택시 기사가 세 명을 내려줬다고 했습니다. 인상착의도 말했고요. 그중 하나가 피해자와 거의 일치합니다. 피해자가 진상짓을 했기 때문에 주의 깊게 봤다는군요. 다른 둘은 조용하고, 심지어 술도 마시지 않은 것 같았답니다. 이것만으로는 많은 걸 알아내지 못할 것 같습니다. 말스 바 밖에서 태웠다고 합니다. 바 직원들과 얘기해봤습니다. 테이크아웃 음식을 사갔다고 하더군요."

상사는 손을 넥타이에 댔다. "피해자에 대해 더 알아낸 건?"

"애버딘과 관련이 있다는 것뿐입니다. 석유회사에서 일한 것 같습니다. 에든버러의 아파트는 별로 사용하지 않았습니다. 제 생각엔 2주 근무, 2주 휴가의 고된 업무를 한 것 같습니다. 휴식기라고 꼭 집에 온 것도 아닌 것 같고요. '금융 지구'에 있는 집의 대출을 상환할 수 있을 정도로 연봉은 많이 받았고, 마지막으로 신용카드를 쓴 후로 2주의 간격이 있습니다."

"그 사이에 외국에 나가 있었을 수도 있지 않을까?"

리버스는 어깨를 으쓱했다. "요즘도 그런지는 모르겠지만, 전에 해상 유전에서 일하던 친구들의 얘기를 들어본 적이 있습니다. 작업 기간은 2

주고, 주 7일을 일했습니다."

"그럼 조사해볼 필요가 있겠군. 가족과 가까운 친척도 확인하고. 서류와 공식 신원을 우선하게. 그런데 말이야. 살해 동기가 뭘까? 말다툼이었을까?"

리버스는 고개를 저었다. "사전에 모의했던 정황이 유력합니다. 그 쓰레기장 같은 집에서 우연히 테이프와 비닐봉지를 발견했을까요? 가져왔을 겁니다. 크레이 형제가 잭 '더 햇' 맥비티를 어떻게 죽였는지 기억하시죠? 아니다. 경감님은 그때 어렸겠군요. 크레이 형제는 맥비티를 파티에 초대했습니다. 맥비티는 계약에 따라 돈을 받았지만 계약이 엎어지면서 돈을 갚지 못했죠. 파티 장소는 지하실이었고, 맥비티는 여자와 술을 청했습니다. 여자도, 술도 없었죠. 로니 크레이가 맥비티를 붙잡고 레지 크레이가 칼로 찔러 죽였습니다."*

"그러면 두 남자가 미치슨을 버려진 아파트로 유인했단 말인가?"

"그런 것 같습니다."

"무슨 목적으로?"

"범인들은 먼저 미치슨을 결박하고 머리에 봉지를 씌웠습니다. 물어볼게 없었다는 얘기죠. 고의적인 잔인성이 다소 들어간 명백한 청부살인이라고 생각합니다."

"그러면 범인들이 피해자를 집어던졌나? 아니면 피해자가 뛰어내렸나?"

"그게 중요합니까?"

"아주 중요해, 존." 맥카스킬이 일어나서 팔짱을 끼고 몸을 파일 캐비닛

---

* 1967년에 실제로 발생했던 살인 사건.

에 기댔다. "피해자가 뛰어내린 거라면 자살이나 마찬가지야. 심지어 범인들이 피해자를 죽일 생각이었다고 해도 말이지. 머리에 봉지를 씌우고 결박까지 했으니 과실치사가 될지도 몰라. 범인들은 피해자에게 겁을 줄 생각뿐이었는데 피해자가 너무 놀라서 예상 밖의 행동 – 창밖으로 뛰어내리는 –을 했다고 항변하겠지."

"그러려면 미쳐버릴 정도로 겁을 먹어야 하겠죠."

맥카스킬은 어깨를 으쓱했다. "그래도 아직 살인은 아니야. 핵심은 범인들이 피해자에게 겁을 주려고 했을까, 아니면 죽이려고 했을까."

"범인을 잡아서 물어보겠습니다."

"조폭 느낌이 나. 마약일 가능성도 있고. 아니면 사기를 당해 진 빚을 피해자가 갚지 않았을 수도 있지." 맥카스킬은 자기 의자로 돌아갔다. 서랍을 열고 아이언브루 캔 하나를 꺼내 딴 다음 마시기 시작했다. 맥카스킬은 퇴근 후에도 펍에 가는 경우가 없었고, 팀이 성과를 냈을 때도 위스키를 같이 마시지 않았다. 무알콜 음료만 마셨다. 게이라는 소문을 부채질하는 정보였다. 맥카스킬이 리버스에게 마시겠냐고 물었다.

"근무 중에는 마시지 않습니다."

맥카스킬이 트림을 참았다. "피해자의 배경 조사를 좀 더 하게. 실마리가 나오는지 보자고. 테이크아웃 용기에 있던 지문 감식과 검시 결과의 병리학적 소견도 확인하게. 피해자가 마약을 했는지도 궁금해. 그랬다면 일이 쉬워지겠지. 해결도 되지 않고 어떻게 진행해야 할지도 모르는 종류의 사건은 새 청사로 가져가고 싶지 않아. 알겠나?"

"여부가 있겠습니까."

리버스는 몸을 돌려 나가려 했지만, 경감은 아직 말을 끝내지 않았다.

"그 골칫거리…… 이름이 뭐였지?"

"스파벤 말씀입니까?" 리버스가 짐작했다.

"맞아, 스파벤. 이젠 조용해졌지?"

"쥐죽은 듯 조용해졌죠." 리버스는 거짓말을 하고 방을 나갔다.

3

리버스는 그날 저녁 ─오래전에 정해진 업무였다─ 잉글리스톤 전시장에서 열린 록 콘서트에 있었다. 미국의 인기 밴드에 영국 유명 그룹 둘이 찬조 출연하는 콘서트였다. 리버스는 각기 다른 네 개 도시의 경찰서에서 나온 8명의 경찰로 이루어진 팀의 일원으로, 소비자보호원*의 단속 업무를 지원 ─경호를 의미한다─ 하는 업무를 맡았다. 해적판 ─티셔츠, 프로그램, 테이프, CD─ 을 단속하고 밴드의 매니지먼트를 전면 지원했다. 무대 뒤쪽을 출입할 수 있고, 손님 접대용 천막과 공식 럭키백**을 자유롭게 이용할 수 있다는 의미였다. 현장 직원이 리버스에게 럭키백을 건네주며 미소를 지었다.

"자녀나 손자들이 좋아할······" 직원이 럭키백을 리버스에게 떠안겼다. 그는 한마디 쏘아붙이려다 꾹 참고 곧바로 주류가 있는 텐트로 갔다. 술 종류가 너무 다양해서 뭘 고를지 갈팡질팡하다 맥주로 만족하기로 했다. 그러고는 블랙 부쉬 위스키 한 모금 했으면 하는 생각이 들었다. 그래서 따지 않은 병 하나를 럭키백에 집어넣었다.

공연장 밖, 무대 뒤쪽으로 돌아간 곳에 위조범과 그들의 상품으로 가득

---

* Trading Standards, 소비자 보호 업무를 담당하는 영국 기관으로 환경, 안전, 보건, 저작권 위반 단속 업무도 한다.
** lucky-bag, 고객에게 주는 다양한 선물이 무작위로 들어 있는 가방.

찬 밴 두 대가 주차해 있었다. 맥클레이가 손가락 관절을 만지면서 밴 쪽으로 돌아왔다.

"누굴 패기라도 했나, 헤비?"

맥클레이는 이마의 땀을 닦으며 고개를 저었다. 짜증스러워하는 태도였다.

"잡범 주제에 반항하잖아요." 그가 말했다. "슈트케이스를 가져왔길래 주먹으로 구멍을 내줬죠. 그 후로는 꼼짝 못 하더라고요."

리버스는 잡범들을 붙잡아둔 밴 뒤쪽을 들여다보았다. 이런 일에 익숙해진 듯한 어린애가 둘, 이 바닥에서 잔뼈가 굵은 상습범이 둘 있었다. 하루치 임금에 해당하는 벌금형을 선고받을 것이다. 잔액이 좀 줄어드는 것뿐이다. 여름은 아직 많이 남았고 축제도 수없이 열릴 것이다.

"지랄 맞게 끔찍한 소음이군요."

맥클레이가 소음이라고 말하는 건 음악이었다. 리버스는 어깨를 으쓱했다. 이미 음악에 몰입해 있었다. 집에 갈 때 해적판 CD 몇 장 사갈지도 모르겠다고 생각했다. 그는 맥클레이에게 블랙 부쉬 병을 건넸다. 맥클레이는 레모네이드인 양 들이켰다. 마시고 나자 리버스는 박하사탕 하나를 주었고, 맥클레이는 감사 인사로 고개를 끄덕이고 사탕을 입에 넣었다.

"검시 결과가 오후에 나왔습니다." 맥클레이가 말했다.

리버스도 전화로 알아볼 생각이었지만 짬이 나지 않았었다. "그래서?"

맥클레이는 사탕을 가루가 되게 깨물어 먹었다. "추락으로 인한 사망이랍니다. 그거 말고는 별게 없어요."

추락으로 인한 사망. 살인죄가 성립할 가능성이 희박하군. "독극물 검사는?"

"아직 검사 중입니다. 게이츠 교수 말로는 위를 절개해 보니 다크 럼주 냄새가 강하게 풍겼다는군요."

"봉지에 럼주 병이 하나 있었어."

맥클레이가 고개를 끄덕였다. "피해자의 술이죠. 게이츠 교수는 약물 사용의 초기 증상은 없다고 했지만 검사가 끝날 때까지는 기다려야 합니다. 전화번호부에서 미치슨이란 이름을 찾아봤습니다."

리버스는 미소를 지었다. "나도 찾아봤네."

"압니다. 제가 번호 중 하나에 걸었더니 경위님이 벌써 거셨다더군요. 운도 없죠?"

리버스는 고개를 저었다. "애버딘에 있는 T-버드 석유회사 전화번호를 알아냈어. 거기 인사부장이 전화해 주기로 했지."

소비자보호원 단속반원이 팔에 티셔츠와 프로그램을 가득 안고 다가왔다. 힘들어서 얼굴이 벌게졌고 얇은 넥타이는 목에 헐렁하게 걸려 있었다. 그 뒤에는 'F 부대-리빙스턴 경찰서-'에서 나온 경찰 하나가 다른 잡범 하나를 끌고 왔다.

"거의 다 됐나요, 백스터 씨?"

단속반원은 티셔츠를 내려놓고는 한 장 집어 들어 얼굴을 닦았다.

"그래야 할 텐데요." 그가 말했다. "단속반원들을 불러모으겠습니다."

리버스가 맥클레이 쪽으로 몸을 돌렸다. "배고프군. 슈퍼스타를 위해 무슨 음식을 준비했는지 보자고."

통제선을 넘어오려는 팬들이 있었다. 대부분 10대였고 남녀가 반반이었다. 몇 명은 속임수를 써서 들어올 수 있었다. 그들은 경비 구역 뒤쪽을 돌아다니면서 침대 벽에 붙인 포스터에 있던 얼굴들을 찾아보려 하고 있었다. 그러다가 한 사람 발견했지만, 너무 감격하거나 수줍어서 말을 건네지 못했다.

"애가 있나?" 리버스가 맥클레이에게 물었다. 둘은 접대용 천막에서 리버스가 처음에는 알아채지 못했던 아이스박스에서 꺼낸 벡스 맥주를 마시고 있었다.

"말장난 같지만 그 문제가 생기기 전에 이혼했죠. 경위님은요?"

"딸 하나."

"다 컸나요?"

"가끔은 나보다 더 어른스러운 것 같아."

"요즘 애들은 우리 때보다 빨리 자라죠." 리버스는 그 말에 미소를 지었다. 맥클레이는 그보다 족히 열 살은 아래였다.

여자애 하나가 건장한 체격의 경비원 두 사람에게 끌려 나오면서 소리지르며 반항하고 있었다.

"지미 커즌스입니다." 맥클레이가 경비원 하나를 가리키며 말했다. "아십니까?"

"리스에서 한때 근무했지."

"작년에 퇴직했어요. 겨우 마흔일곱 살인데요. 30년 근속이었습니다. 이제는 연금도 받고 일자리도 있군요. 어떻게 생각하세요?"

"경찰을 그리워할 것 같군."

맥클레이가 미소를 지었다. "습관이 되죠."

"그래서 이혼했나?"

"그것도 이유였죠."

리버스는 브라이언 홈스가 생각났다. 걱정됐다. 스트레스에 시달리면 업무와 사생활 모두에 영향을 미친다. 리버스도 그랬다.

"테드 미치는 아시죠?"

리버스는 고개를 끄덕였다. 아파치 요새에서 리버스의 전임자였다.

"의사는 말기라고 보더군요. 수술은 거부했습니다. 신앙에 어긋난다면서요."

"한창때는 경찰봉의 달인이었다고 들었네."

찬조 출연 밴드 한 팀이 천막 안으로 들어오자 박수가 터져 나왔다. 20대 중반의 남자 다섯이었다. 웃통을 벗어젖히고 어깨에 타월을 둘렀다. 한껏 고양된 상태였다. 공연 때문일 것이다. 테이블에 있던 여자들의 포옹과 키스, 비명과 함성이 이어졌다.

"우리 완전 죽여줬다니까!"

리버스와 맥클레이는 기획사 관계자처럼 보이지 않으려고 애쓰며 계속해서 조용히 술만 마셨다.

그들이 밖으로 다시 나왔을 때는 조명 쇼를 볼 만할 정도로 어두워졌다. 불꽃놀이도 벌어져서 리버스는 휴가철임을 새삼 실감했다. 밤마다 열리는 시가행진만큼 길지는 않았지만, 불꽃놀이 소리는 창을 닫아도 마치 몬트까지 들릴 정도였다. 사진 기자 하나가 주최 측 촬영 담당 직원의 뒤를 몰래 따라가고 있었는데, 그 직원도 곧 공연할 준비가 된 메인 백업 밴드 뒤를 따라가고 있었다. 맥클레이가 그 행렬을 쳐다보았다.

"경위님을 쫓아온 게 아니라서 놀라셨겠군요." 장난기 섞인 목소리로 그가 말했다.

"시끄러워." 무대 옆쪽으로 가면서 리버스가 대꾸했다. 출입증은 색상별로 분류되어 있었다. 리버스의 출입증은 노란색이어서 공연을 볼 수 있는 무대 날개 쪽까지 갈 수 있었다. 음향 시스템은 신통찮았지만 근처에 모니터가 있어서 리버스는 거기에 집중했다. 관객들은 즐거운 것 같았다. 몸에서 분리된 듯한 머리들이 위아래로 불쑥 나타났다 가라앉았다. 리버스는 아일 오브 와이트 페스티벌을, 자신이 가지 못했던 다른 페스티벌을, 더 이상 활동하지 않는 인기 가수들을 생각했다.

그리고 한때 그의 멘토이자 상사였고 보호자였던 로슨 게데스를 생각했다. 기억이 20년 전으로 거슬러 올라갔다.

존 리버스는 20대 중반의 경장이었고, 군대 시절을, 유령과 악몽들을 떨쳐내려 하고 있었다. 아내와 젖먹이 딸은 그의 삶이 되려고 하고 있었다. 그리고 리버스는 아버지 같은 존재를 찾고 있었고, 에든버러 시 경찰청의 로슨 게데스 경위에게서 그것을 발견했다. 게데스는 마흔다섯 살이었고, 전직 군인이었고, 보르네오 전투*에 참전했다. 정글에서의 전투를 비틀스와 비교해 얘기했지만, 당시 영국에서는 흘러간 전쟁 이야기에 별로 관심을 보이지 않았다. 두 사람은 공통된 가치를 갖고 있다는 것을, 둘 다 밤마다 악몽에 식은땀을 흘린다는 것을 알게 되었다. 리버스는 CID 신입이었고, CID의 전부를 배워야 한다는 걸 게데스는 알고 있었다. 우정을 쌓아가던 첫해를 기억하는 것은 쉬웠다. 이제는 몇 가지 문제도 쉽게 용서할 수 있다. 게데스는 리버스의 젊은 아내에게 추근거렸다. 거의 매번 그랬다. 리버스는 게데스의 파티에서 필름이 끊겼다가 어둠 속에서 잠이 깼다. 화장실인 줄 알고 옷장 서랍에 오줌을 누었다. 마지막 명령 후에 몇 번 주먹다짐을 했지만 주먹이 오가지는 않았고 바닥에서 뒹구는 레슬링에 가

---

* 1963년부터 1965년까지 벌어졌던 말레이시아와 인도네시아의 전쟁. 영국군이 영연방의 일원으로 말레이시아군에 가담했다.

까웠다.

　용서하기는 아주 쉬웠다. 하지만 그 후에 살인 사건 수사를 맡게 되었다. 레너드 스파벤이 게데스의 가장 유력한 용의자였다. 게데스와 레니 스파벤은 특수 폭행, 성매매 알선, 담배 수송 트럭 강탈에 이르기까지 여러 해 동안 끊임없이 추격전을 벌였다. 심지어 한두 건의 살인 사건, 갱 사건에서도 맞붙었다. 스파벤은 게데스와 같은 시기에 스코틀랜드 방위군에 있었다. 둘 다 말한 적은 없지만, 증오는 그때부터 싹텄을 것이다.

　1976년 크리스마스에 스완스톤 근처 농장에서 끔찍한 게 발견되었다. 목이 잘린 여자의 시체였다. 머리는 거의 일주일 뒤 새해 첫날에 커리 근처의 다른 농장에서 발견되었다. 영하의 날씨였다. 부패 정도로 보아 몸에서 분리된 후 한동안 실내에서 보관된 것 같다는 게 법의학자의 소견이었다. 반면에 나머지 몸은 아직 부패가 진행되지 않은 상태였다. 글래스고 경찰은 미적지근한 반응을 보였다. 바이블 존 사건은 6년째 미결 상태였다. 처음에는 피해자의 옷으로 신원 확인 작업을 했다. 한 시민이 며칠째 보이지 않는 자기 이웃 사람 같다고 신고했다. 우유 배달원은 자신은 계속 우유를 배달했지만 집에는 아무도 없는 것 같았고, 피해자가 미리 알리지 않고 크리스마스 휴가를 갔다고 생각했다고 했다.

　경찰이 문을 열었다. 현관 카펫에는 뜯어보지 않은 크리스마스카드가, 난로에는 곰팡이로 얼룩덜룩해진 수프 냄비가 있었고, 라디오가 낮은 볼륨으로 흘러나오고 있었다. 친척을 찾아서 시체의 신원을 확인했다. 엘리자베스 린드였다. 친구들은 엘시라고 불렀다. 서른다섯 살이었고, 상선 선원과 결혼했다 헤어졌다. 맥주 회사에서 속기사와 타이피스트로 일했다. 인기도 많고 사교적인 유형이었다. 가장 유력한 용의자인 전남편은 철벽 같은 알리바이가 있었다. 사건 당시에 전남편이 탄 배는 지브롤터 해협에 있었다. 피해자의 친구들, 특히 남자친구들 명단 중에서 이름 하나가 등장했다. 레니였다. 성은 없었다. 엘시가 몇 주 동안 데이트한 남자였다. 함께 술을 마셨던 일행이 인상착의를 설명하자 로슨 게데스는 알아챘다. 레니 스파벤이었다. 게데스는 빠르게 추론했다. 레니는 엘시가 맥주 회사에서 일하는 것을 알고 표적으로 삼았다. 맥주 트럭 강탈이나 단순 절도를 도울 내부 정보원이 필요했을 것이다. 엘시가 거절하자 격분해서 죽인 것이다.

게데스는 이 추론이 사실이라고 생각했지만 다른 사람들을 납득시키기 어려웠다. 증거가 없었다. 사망 시간을 특정할 수 없어서 오차가 24시간이나 됐다. 그래서 스파벤은 알리바이를 증명할 필요가 없었다. 스파벤과 친구들의 집을 수색했지만 핏자국 하나 찾지 못했다. 아무것도 없었다. 다른 실마리를 따라가야 했지만 게데스는 스파벤 생각을 떨쳐낼 수 없었다. 존 리버스는 미칠 지경이었다. 둘은 몇 차례 대판 싸웠고, 함께 술을 마시러 가지 않게 되었다. 윗선에서는 게데스가 수사 결과의 신뢰성을 해치는 데 골몰하고 있다고 경고했다. 게데스는 휴가 명령을 받았다. 심지어 살인 사건 상황실에 게데스를 위한 휴가지 목록까지 준비해 놓을 정도였다.

그리고 어느 날 밤 게데스가 리버스를 찾아와서 부탁했다. 일주일도 넘게 잠도 못 자고 옷도 갈아입지 않은 것 같았다. 게데스는 스파벤을 미행한 끝에 스톡브리지에 있는 임대 창고까지 따라갔다. 서둘러 가면 거기 있는 스파벤을 잡을 수 있다고 했다. 리버스는 그래서는 안 된다는 걸 알고 있었다. 절차라는 게 있었다. 하지만 게데스는 몸을 떨고 있었고 눈에는 광기가 서렸다. 수색영장 같은 걸 받아야 한다는 생각은 멀리 날아가버렸다. 리버스가 계속 운전했고 게데스가 방향을 지시했다.

스파벤은 아직 차고에 있었다. 높이 쌓아 올린 갈색 상자들도 있었다. 11월에 있었던 사우스 퀸스페리 창고 절도 사건의 장물이었다. 디지털 시계 겸용 라디오였다. 스파벤은 여기에 플러그를 끼워서 펍과 클럽을 돌며 판매할 준비를 하고 있었다. 게데스는 박스 더미 뒤에서 비닐 쇼핑백을 발견했다. 쇼핑백 안에는 여자 모자와 크림색 숄더백이 있었다. 엘시 린드의 것으로 나중에 확인되었다.

스파벤은 게데스가 쇼핑백을 들어 올린 순간부터 무죄를 주장했고, 그 안에 뭐가 있느냐고 물었다. 수사 기간과 재판 기간 내내, 종신형을 선고받고 수감될 때까지 계속 항변했다. 게데스와 리버스는 법정에 있었다. 게데스는 정상으로 돌아왔고, 만족한 얼굴이었다. 리버스는 그냥 좀 불안했다. 둘은 이야기를 짜 맞춰야 했다. 장물이 운반되고 있다는 익명의 제보를 받아서 기회가 생겼다고. 옳은 일이었지만 동시에 잘못인 것 같았다. 그 후로 게데스는 그 일을 이야기하고 싶어 하지 않았다. 이상했다. 둘은 술을 마시면서 사건 이야기 – 성공했건 실패했건 – 를 하는 게 보통이었으니까. 그러고는 승진을 불과 1~2년 앞두고 퇴직해서 모두를 놀라게 했다. 그는 아버지의 주류 판매 회사 – 현직 경찰관에게는 항상 할인해 주었다 – 에 들어가서 돈을 좀 모은 다음, 비교적 젊은 나이인 쉰다섯에 은퇴했다. 그 후 지난 10년 동안 아내 에타와 함께 란사로테 섬에서 살고 있었다.

리버스는 10년 전에 그에게서 엽서를 받았다. 란사로테에는 '맑은 물은 부족한 편이지만 위스키에 탈 만큼은 되고, 토레스 와인은 다른 걸 섞을 필요가 없어.' 엽서 속 풍경은 마치 달 표면 같았다. '검은 화산재가 있어서 정원을 가꾸지 않을 핑계가 된다네!' 그 후로는 소식이 끊겼고, 란사로테 섬의 주소도 알려주지 않았다. 상관없었다. 우정이란 왔다가도 가는 것이니까. 당시에 게데스는 쓸모 있는 사람이었다. 그는 리버스에게 많은 것을 가르쳐주었다.

조명 쇼 때문에 눈이 따가웠다. 리버스는 눈을 깜빡여 눈물을 없애고는 무대에서 물러나 천막 쪽으로 돌아갔다. 팝스타와 측근들은 미디어의 관심을 즐기고 있었다. 플래시와 질문 세례가 이어졌다. 샴페인 거품도 퍼부어졌다. 리버스는 어깨에 묻은 것을 털어내고 이제 차로 돌아갈 때라고 생각했다.

스파벤 사건은 아무리 당사자가 시끄럽게 굴더라도 종결된 채로 있어야 했다. 하지만 스파벤은 교도소에서 편지를 쓰기 시작했고, 동료 재소자나 뇌물을 받은 교도관을 통해 외부로 몰래 내보내졌다. 편지 일부가 출판되기 시작했다. 처음에는 소설이었는데, 초반부가 어떤 신문사의 공모전에서 1등으로 당선되었다. 수상자의 진짜 정체와 소재지가 밝혀지자 신문사는 그 자체를 큰 기삿거리로 삼았다. 더 많은 글이 집필, 출간되었다. TV 드라마로 제작되기도 했는데, 스파벤이 각본을 썼다. 드라마는 독일, 프랑스에서 상을 받았고 미국에서도 방영되었다. 시청자는 전 세계적으로 약 2천만 명인 것으로 추산되었다. 후속편도 나왔다. 그 후에는 장편소설이, 그다음에는 논픽션이 출간됐다. 처음에는 스파벤의 젊은 시절 얘기였지만 리버스는 그 이야기가 어디로 이어질지 알았다.

이쯤 되자 언론에서 스파벤의 조기 가석방을 지지하는 목소리가 높아졌다. 스파벤의 가석방은 뇌 손상을 입을 정도로 다른 재소자를 심하게 폭행한 것을 이유로 취소된 바 있었다. 스파벤이 교도소에서 쓴 글은 점점 더 청산유수가 되었다. 폭행 피해자는 스파벤이 받는 관심을 질투해서 감방 밖 복도에서 그를 살해하려 했다. 정당방위였다. 그리고 결정적인 주장이 나왔다. 스파벤은 중대한 오심 때문에 이런 부당한 상황에 처하게 되었다는 것이었다. 스파벤의 자서전 2부는 엘시 린드 사건, 그리고 그에게 누명을 씌운 두 명의 경찰 로슨 게데스와 존 리버스 이야기로 끝났다. 스파벤은 게데스에게 증오를 쏟아부었고, 리버스는 조역이자 게데스의 졸개일 뿐이었다. 언론의 관심은 더 커졌다. 리버스는 이것을 스파벤이 오랜 수감 생활 동안 계획해 풀어놓은 복수의 판타지로 보았다. 하지만 스파벤의 글을 읽을 때마다 독자를 조종하는 강력한 힘을 보았고, 로슨 게데스가 그의 집 앞에 나타났던 그날 밤, 그 후에 그들이 했던 거짓말로 생각이 거슬러 올라갔다.

그리고 레니 스파벤이 죽었다. 자살이었다. 손이 들어갈 정도로 깊게 메스로 목구멍을 그었다. 소문이 더 돌았다. 몇몇 스코틀랜드 교도소에서의 생활과 약탈 행위를 자세히 다룬 자서전 3부를 완성하기 전에 재소자들에게 살해당했다는 것이다. 아니면 질투한 재소자가 스파벤의 감방에 접근하는 걸 허락받았다는 것이다.

하지만 그냥 자살이었다. 유서를 남겼는데, 초안 세 개가 바닥에 구겨져 뒹굴고 있었다. 끝까지 엘시 린드 살해에 대해 무죄를 주장했다. 언론이 냄새를 맡기 시작했다. 스파벤의 삶과 죽음은 큰 뉴스였다. 그리고 이제…… 세 가지 문제가 있었다.

첫 번째 문제. 미완결 자서전이 출판되었다. 어떤 평론가는 '가슴이 미어질 듯하다'고 했고, 다른 평론가는 '탁월한 성과'라고 평했다. 아직도 베스트셀러 목록에 있었고, 프린스 스트리트를 따라 늘어선 서점 유리창에는 스파벤의 얼굴 사진이 붙어 있었다.

두 번째 문제. 출소한 재소자 한 사람이 기자에게 자신이 스파벤이 살아 있는 걸 마지막으로 보거나 얘기했다고 말했다. 그에 따르면, 스파벤이 마지막으로 한 말은 '신께서는 내가 무고하다는 걸 아신다. 하지만 그 얘기를 수없이 되풀이하는 데 지쳤다'였다. 이 전과자는 이 이야기로 750파운드를 벌었다. 특종에 목맨 신문사를 속여먹기는 식은 죽 먹기다.

세 번째 문제. 「저스티스 프로그램」이라는 새 TV 시리즈가 방영되었다. 범죄, 시스템, 오심에 대해 직설적으로 비판하는 내용이었다. 시즌 1은 높은 시청률을 기록했다. 매력적인 진행자 이먼 브린이 여성 시청자들을 끌어모은 덕분이었다. 시즌 2 제작이 확정되었고, 스파벤 사건 – 잘려진 머리, 기소, 미디어 스타의 자살 – 이 그 첫 회를 장식할 예정이었다.

로슨 게데스가 영국을 떠난 데다 주소도 불명이어서, 존 리버스가 언론의 관심을 모두 감당해야 했다.

공연은 알렉스 하비의 〈누명^Framed〉, 제쓰로 툴의 〈과거에 살며^Living in the Past〉로 이어졌다.

리버스는 옥스퍼드 바에 들렀다가 집으로 갔다. 멀리 돌아가야 했지만 언제나 그만한 가치가 있었다. 갠트리*와 조명에는 평온한 최면 효과가 있었다. 단골들이 몇 시간이고 계속 앉아서 쳐다보는 이유라고는 그것밖에 없었다. 바텐더가 주문을 기다렸다. 리버스는 요즘 '일반적인' 술은 마시지 않았다. 인생의 다양한 양념 같은 것을 섞었다.

"다크 럼하고 베스트 반 잔."

나이가 들면서는 다크 럼을 마시지 않았지만, 젊은이들이 마시는 술이

---

* gantry, 교통신호기 또는 도로 위의 도로전광표지판을 지지하는 데 쓰이는 문형식 구조물.

라고 생각하지는 않았다. 하지만 앨런 미치슨은 마셨다. 다크 럼은 선원의 술이었고, 미치슨이 해상에서 일했다고 생각한 이유 중 하나였다. 리버스는 돈을 건네고 단숨에 한 잔을 넘긴 후, 맥주로 입가심을 했다. 너무 빨리 마셨다는 사실을 깨달았다. 바텐더가 거스름돈을 가지고 돌아왔다.

"이번에는 한 파인트 줘, 존."

"럼도?"

"럼은 됐어." 리버스는 눈을 비비고는 옆자리에서 졸고 있던 사람에게 담배를 한 대 얻었다. 스파벤 사건…… 그 사건은 리버스를 과거로 끌고 들어가 기억과 마주하게 한 다음, 그의 기억 자체가 자기를 속이는 건 아닌가 하는 의문이 들게 했다. 그에게 그 사건은 20년간 미해결 사건으로 남아 있었다. 마치 바이블 존처럼. 리버스는 기억을 떨치려고 머리를 흔들었다. 자신이 앨런 미치슨을 생각하고 있다는 걸 깨달았다. 철조망에 거꾸로 떨어지는 것을, 그들이 자기 쪽으로 일어서는 모습을, 눈 깜짝할 새 팔이 의자에 묶여서 단 하나의 선택만이 남았던 모습을 생각했다. 죽음을 마주할 때 눈을 뜰까? 아니면 감을까? 리버스는 전화를 쓰려고 바 주위로 갔지만, 전화할 만한 상대를 떠올릴 수 없었다.

"번호를 까먹었어?" 리버스가 동전을 다시 꺼냈을 때 어떤 술꾼이 말했다.

"응." 리버스가 말했다. "사마리탄스* 번호가 뭐였지?"

놀랍게도 그 술꾼이 번호를 알고 있었다.

응답기가 네 번 깜빡인다는 건 메시지가 네 개 있다는 뜻이었다. 리버스는 설명서를 집어 들어 6페이지를 펼쳤다. 빨간 펜으로 테두리를 친 '재

---

* Samaritans, 우울증과 자살 충동에 시달리는 사람들을 상담해 주는 영국의 자선 단체.

생' 부분의 밑줄 친 문단을 찾았다. 설명서대로 하자 응답기가 작동했다.

"브라이언입니다." 홈스였다. 리버스는 메시지를 들으면서 블랙 부쉬 병을 열어 따랐다. "그냥 말씀드릴 게…… 저…… 감사합니다. 민토가 고소를 취하했어요. 덕분에 짐을 덜었습니다. 어떻게 신세를 갚아야 할지……" 목소리에 생기가 없었다. 피곤한 말투였다. 메시지가 끝났다. 리버스는 위스키를 비웠다.

삐 소리와 함께 두 번째 메시지가 나왔다.

"야근 중인데 전화 드려야 할 것 같아서요, 경위님. 아까 통화했던 T-버드 석유회사 인사부장 스튜어트 민첼입니다. 앨런 미치슨은 저희 회사 직원이 맞습니다. 팩스 있으시면 세부 사항 보내드릴 수 있습니다. 내일 사무실로 전화 주십시오. 그럼."

빙고. 피해자의 음악 취향 말고 다른 걸 알게 되어서 다행이다. 콘서트와 알코올 때문에 리버스는 귀가 울리고 머리가 지끈거렸다.

세 번째 메시지. "여기 하우덴홀입니다. 급한 일 같은데 경위님을 찾을 수 없네요. CID 분들이 다 그렇죠." 리버스가 아는 목소리였다. 하우덴홀에 있는 과학수사연구소의 피트 휴이트였다. 피트는 열다섯 살로 보였지만 아마 20대 초반일 것이다. 말투만큼이나 재수 없는 녀석이었다. 지문이 전문 분야였다. "거의 대부분이 지문의 일부였지만 괜찮은 걸 두어 개 건졌습니다. 맞춰 보세요. 지문 주인이 컴퓨터에 올라와 있더군요. 폭행 전과가 있었습니다. 이름을 알고 싶으시면 전화 주세요."

리버스는 시계를 확인했다. 피트가 늘 하는 장난이었다. 11시가 넘었으니 집에 있거나 술 마시러 나갔을 것이다. 리버스는 피트의 집 전화번호를 몰랐다. 집에 있었어야 했다. 해적판 단속은 시간 낭비였다. 남은 거라곤 블랙 부쉬, 봉투 가득한 CD, 절대로 입지 않을 티셔츠, 여드름이 클로즈업된 애송이 네 명의 포스터였다. 전에 봤던 얼굴이었지만 기억이 나지 않았다.

메시지가 하나 남았다.

"존?"

여자였다. 아는 목소리였다.

"집에 있으면 전화 좀 받아요. 응답기 같은 건 싫어요." 기다리는 듯한 침묵. 한숨. "좋아요. 저기, 이제 우리는…… 이제 내가 당신 상관이 아니니까 같이 어울려도 되지 않아요? 저녁 식사 같은 거요. 집이나 사무실로 전화 줘요. 알았죠? 시간 있을 때요. 언제까지나 아파치 요새에 있게 되진 않을 거예요. 잘 지내요."

리버스는 자리에 앉아서 응답기가 깜빡이는 걸 지켜보았다. 질 템플러 경감이었다. 옛 '연인'. 질이 그의 상사가 된 건 최근이었다. 겉으로는 찬바람이 쌩쌩 불었지만 속까지 꼭 그랬던 건 아니었다. 한 잔 더 마시고 응답기를 껐다. 여자한테 데이트 신청을 받았다. 이런 일이 마지막으로 있었던 게 언제였지? 일어나서 욕실로 가 캐비닛 거울에 비친 자신의 모습을 살펴보고 턱을 문지르며 웃었다. 흐릿해진 눈, 볼품없이 뻗친 머리카락, 수평으로 올리면 떨리는 손.

"잘생겼군, 존." 그래. 이 정도 거짓말쯤이야. 처음 만났을 때와 마찬가지로 멋진 질 템플러가 데이트 신청을? 리버스는 계속 웃으며 고개를 저었다. 아니야, 분명 뭔가가 있어. 숨은 의도가.

거실로 돌아와 럭키백 속을 비우다, CD 중 하나의 색깔과 일치하는 밴드의 포스터를 발견했다. 누군지 알아볼 수 있었다. 댄싱 피그스였다. 최신 앨범이었고, 미치슨이 가지고 있던 테이프 중 하나였다. 접대용 천막에 있었던 밴드 멤버들의 얼굴을 떠올렸다. '우리 완전 죽여줬다니까!'. 미치슨은 그들의 앨범 중 적어도 두 개를 가지고 있었다.

공연 티켓을 가지고 있지 않았던 게 이상하군.

초인종이 짧게 두 번 울렸다. 현관으로 걸어가면서 시간을 확인했다. 11시 25분이었다. 그는 문구멍에 눈을 댔다. 문밖에 서 있는 사람을 확인하고도 믿을 수가 없었다. 그는 문을 활짝 열고 말했다.

"다른 직원들은 어디 있죠?"

케일리 버지스가 서 있었다. 무거운 가방을 어깨에 메고, 머리에는 커다란 녹색 베레모를 썼다. 곱슬한 머리카락 몇 가닥이 양쪽 귀를 지나 흘러내렸다. 귀여웠지만 동시에 냉소적이었다. '내가 원하지 않으면 추근대지 마'. 리버스는 오래전에 이런 사람을 본 적이 있다.

"보나마나 침대에서 자고 있겠죠."

"이면 브린은 관짝에서 자지 않나요?"

버지스는 조심스러운 미소를 지으며 어깨의 가방을 고쳐 멨다. "글쎄요." 그녀는 리버스를 보지 않으면서 가방과 씨름하고 있었다. "경위님은 우리하고는 말도 섞지 않으려고 하죠. 그러면 좋게 보이지 않을 거예요."

"할 얘기 없습니다."

"우린 누구 편을 들지 않아요. 「저스티스 프로그램」의 목적은 그런 게 아니에요."

"그래요? 늦은 밤에 문간에 서서 쓸데없는 얘기할 기분은 아닙니다만."

"아직 못 들으셨군요?" 이제 버지스는 리버스를 보고 있었다. "로슨 게데스와 인터뷰하려고 란사로테에 팀을 보냈어요. 오늘 저녁에 전화를 받았는데……"

리버스는 이런 얼굴과 말투를 알고 있었다. 자기 자신이 암울한 상황에서 이런 적이 많았다. 가족과 친구에게 소식을 전할 때……

"무슨 일이 있었죠?"

"자살했어요. 부인이 죽은 후 우울증에 시달렸던 것 같아요. 권총 자살이었어요."

"맙소사." 리버스는 문에서 몸을 돌렸다. 위스키병을 둔 거실로 돌아가는 발걸음이 무거웠다. 버지스는 따라와서 가방을 커피 테이블에 놓았다. 리버스는 버지스에게 같이 마시겠냐고 병을 흔들었고 그녀는 고개를 끄덕였다. 둘은 잔을 부딪쳤다.

"에타는 언제 죽었죠?"

"1년 전쯤이었어요. 심장마비 같더군요. 딸이 하나 있는데 런던에 살아요."

리버스는 게데스의 딸이 기억났다. 10대 초반이었고 건방진 표정에 치아 교정기를 끼고 있었다. 이름은 아일린이었다.

"나한테처럼 게데스를 쫓아다녔습니까?"

"우린 '쫓아다니지' 않아요, 경위님. 모든 사람이 발언을 할 수 있길 바랄 뿐이죠. 프로그램에는 그게 중요해요."

"프로그램이라……" 리버스는 고개를 저었다. "이제 프로그램에 내보낼 거리가 생겼군요?"

술 때문에 버지스의 얼굴이 붉어졌다. "정반대예요. 게데스 씨의 자살은 죄를 인정하는 것처럼 해석될 수 있어요. 최악이죠." 그녀는 원래대로 돌아왔다. 리버스는 버지스가 처음에 보였던 소심함은 연기가 아니었을까

하는 의문이 들었다. 그는 버지스가 거실 가운데 서 있다는 걸 깨달았다. LP, CD, 빈 병, 바닥에 높게 쌓아 올린 책들. 부엌을 보게 해서는 안 된다. 식탁 위에 펼쳐진 조니 바이블과 바이블 존 자료는 집착의 증거가 될 수 있다. "그게 여기 온 이유예요. 일부분은. 전화로 알려드릴 수도 있었지만, 직접 만나서 전해야 하는 소식이라고 생각했죠. 이제 경위님만 남았군요. 살아 있는 유일한 증인은⋯⋯" 버지스는 가방으로 손을 뻗어 전문가용으로 보이는 카세트 데크와 마이크를 꺼냈다. 리버스는 잔을 내려놓고 그녀 쪽으로 가서 손을 내밀었다.

"잠깐 봐도 될까요?"

버지스는 망설이다가 장비를 건네주었다. 리버스는 장비를 가지고 현관으로 갔다. 문은 아직 열려 있었다. 그는 층계참으로 들어서서 난간 쪽으로 손을 뻗어 녹음기를 던져버렸다. 장비는 두 층 아래 계단으로 떨어졌다. 돌바닥에 부딪히면서 케이스가 산산조각 났다. 버지스가 바로 뒤에 있었다.

"변상하세요!"

"청구서 보내요."

그는 집 안으로 들어와 문을 닫았다. 체인을 걸고 버지스가 갈 때까지 문구멍으로 내다보았다.

창가 옆 의자에 앉아 로슨 게데스를 생각했다. 전형적인 스코틀랜드인답게 눈물은 흘리지 않았다. 눈물은 축구에서 졌을 때, 용감한 동물 이야기나 '스코틀랜드의 꽃'*을 들었을 때 흘리는 것이다. 바보 같은 일에도 흐

---

* 스코틀랜드의 국화(國花)인 엉겅퀴를 말함. 1965년 2인조 포크 그룹 '더 컴즈(The Comes)'의 멤버인 로이 윌리엄슨이 작사한 곡 제목이기도 한데, 스코틀랜드 럭비팀과 축구팀이 공식 곡으로 채택하면서 스코틀랜드가 참가하는 모든 경기에서 비공식 국가처럼 불린다.

르던 눈물이, 오늘 밤에는 고집스럽게도 말라 있었다.

엿 같은 상황에 몰려 있다는 건 알았다. 이제 남은 건 자기뿐이었고, 저들은 프로그램을 살리기 위해 노력을 배로 늘리겠지. 게다가 버지스의 말이 맞았다. 재소자의 자살, 경찰관의 자살. 프로그램의 선전 문구로는 최악이다. 하지만 리버스는 그들에게 먹이를 주고 싶지 않았다. 그들처럼 진실을 알고 싶었다. 하지만 이유는 달랐다. 심지어 왜 알고 싶은지도 말할 수 없었다. 자신이 수사한 내용부터 시작하는 것도 하나의 방법이다. 사건을 파고들수록 자기 평판―그런 게 남아 있는지도 모르겠지만―에 대한 무덤을 파게 된다는 게 유일한 문제다. 더 중요한 문제는 한때 자신의 멘토, 파트너였던 친구의 명성이 그렇게 된다는 것이다. 문제는 첫 번째와 관련되어 있었다. 자신은 객관적일 수 없었다. 다른 길이, 대역이 필요했다.

수화기를 들고 일곱 자리 번호를 눌렀다. 졸린 목소리가 들렸다.

"여보세요?"

"브라이언, 존이야. 늦게 전화해서 미안해. 자네가 신세를 갚을 방법이 있어."

둘은 뉴크레이그홀에 있는 주차장에서 만났다. 심야 상영 중인 UCI 복합상영관의 조명이 비추고 있었다. 메가 보울은 문을 닫았고 맥도날드도 마찬가지였다. 홈스와 넬 스테이플턴은 더딩스톤 공원에서 좀 떨어져 포르토벨로 골프 코스와 프라이트라이너 터미널이 건너편에 보이는 집으로 이사했다. 홈스 말로는 화물차 소리가 들리긴 해도 자는 데는 지장이 없다고 했다. 골프 코스에서 만날 수도 있었지만, 리버스 생각에는 넬과 너무 가까운 곳이었다. 그는 몇 년 동안 넬을 보지 못했다. 심지어 사교 모임에서도. 둘 다 상대방의 참석 여부를 알아채는 능력이 있었다. 오랜 상처였다. 넬은 아직도 그 딱지를 집착적으로 긁어내고 있었다.

그래서 거기서 몇 마일 떨어진 곳에서 만났다. 문을 닫은 가게들—DIY 매장, 신발 매장, 토이저러스 매장—로 둘러싸인 배수로였다. 근무 중이 아니라도 여전히 경찰은 경찰이다.

근무 중이 아니라서 더욱 그렇다.

사이드미러와 룸미러를 통해 사람의 그림자를 찾아보았다. 아무도 보이지 않았지만 둘은 여전히 낮은 목소리로 얘기했다. 리버스는 원하는 것을 정확히 설명했다.

"이 TV 프로그램에 얘기하기 전에 자료가 필요해. 하지만 나에게는 너무 개인적인 일이야. 자네가 스파벤 사건을 살펴봐야 해. 사건 기록, 재판 절차 같은 것. 훑어보고 생각을 말해줘."

홈스는 리버스의 사브 조수석에 앉아 있었다. 어떤 상태였는지 짐작이 갔다. 옷을 벗고 잠자리에 들자마자 일어나 다시 입었겠지. 머리는 헝클어졌고, 셔츠는 단추 두 개가 열렸고, 신발은 신었지만 맨발이었다. 홈스는 머리를 흔들며 하품했다.

"감이 안 오네요. 뭘 찾아야 하죠?"

"뭔가 신경 쓰이는 게 있는지 찾아봐. 그냥…… 모르겠군."

"그럼 이 일을 심각하게 받아들이시나요?"

"로슨 게데스가 자살했어."

"세상에." 하지만 홈스는 눈도 깜빡하지 않았다. 알지도 못하는 과거의 인물에게 연민을 느낄 리가 없었다. 자기 일만으로도 머리가 복잡했다.

"뭔가 있어." 리버스가 말했다. "스파벤과 마지막으로 얘기했다는 전과

자를 추적해봐. 이름은 기억나지 않지만 당시 신문마다 도배됐어."

"질문 하나만 드릴게요. 게데스가 스파벤에게 누명을 씌웠다고 생각하십니까?"

리버스는 생각하는 시늉을 하다가 어깨를 으쓱했다. "사연을 얘기해 주지. 어떤 사건 기록에서도 찾아볼 수 없는 얘기야."

리버스는 이야기를 시작했다. 게데스가 그의 집 앞에 나타난 일. 너무 쉽게 찾은 비닐 쇼핑백. 전에는 제정신이 아니었던 게데스가 그 후에는 이상할 정도로 조용해진 일. 그들이 만들어낸 익명의 제보자 얘기. 홈스는 말없이 들었다. 영화관에서 사람들이 나오기 시작했다. 젊은 커플들이 껴안은 채 차로 뛰어오고 있었다. 차라리 섹스를 할 걸 하는 발걸음이었다. 엔진 소음, 배기가스와 헤드라이트, 협곡 벽의 긴 그림자와 함께 주차장이 한산해지고 있었다. 리버스는 자기 버전의 이야기를 마쳤다.

"다른 질문이 있습니다."

리버스는 기다렸다. 하지만 홈스는 쉽게 말을 꺼내지 못했다. 마침내 포기하고 고개를 저었다. 리버스는 그가 무슨 생각을 하는지 알았다. 고소할 이유가 충분한 걸 알면서도 리버스가 민토를 압박했다고 생각하는 게 분명했다. 그리고 지금은 리버스가 로손 게데스를 보호하고 그 유죄 판결을 유지하려고 거짓말하고 있다는 걸 알았다. 그의 머릿속에 든 의문은 이중으로 꼬였다. 리버스 버전의 이야기는 진실일까? 리버스는 어느 정도까지 부패한 것일까?

홈스 자신은 경찰에 있는 동안 어느 정도의 부패를 스스로에게 허용하게 될까?

리버스는 넬이 매일 홈스를 조용히 설득하면서 조르고 있다는 걸 알았다. 홈스는 다른 직업에 뛰어들기에 충분할 정도로 젊은 나이였다. 더 깨끗하고 위험이 없는 직업. 아직 경찰을 그만둘 수 있는 시간이 있었다. 하지만 그 시간이 많지는 않을 것이다.

"좋습니다." 차 문을 열며 홈스가 말했다. "되도록 빨리 시작하죠." 잠시 말을 멈췄다. "하지만 그 와중에 어떤 더러운 일을 숨긴 걸 찾아내면……"

리버스는 상향등을 켰고 시동을 건 다음 차를 몰고 떠났다.

4

리버스는 일찍 일어났다. 무릎에는 책이 펼쳐진 채였다. 잠들기 전에 마지막으로 읽었던 문단을 보았지만 아무것도 기억나지 않았다. 문 안에 우편물이 놓여 있었다. 에든버러의 주택 단지에 계단이 이렇게 많으니 누가 집배원을 하려 할까? 신용카드 청구서였다. 슈퍼마켓에서 두 번, 주류 판매점에서 세 번, 그리고 '밥의 희귀 LP 판매점'에서 한 번 결제한 내역이 있었다. 옥스퍼드 바에서 낮술을 한 토요일 오후의 충동구매였다. 새것과 다름없는 시크Chic의 《기겁하다Freak Out》 싱글 LP, 벨벳 언더그라운드의 벗겨진 바나나 앨범 재킷, 발췌 악보가 있는 비틀스의 《페퍼 상사Sergeant Pepper》. 리버스는 이 중 아무것도 아직 듣지 않았다. 벨벳 언더그라운드와 비틀스의 경우는 이미 잡음투성이 LP를 가지고 있었다.

마치몬트 로드에서 장을 봐 와서 바이블 존과 조니 바이블에 대한 자료가 식탁보처럼 놓인 부엌 식탁에서 아침을 먹었다. 그는 조니 바이블에 대한 머리기사를 읽었다. '이 괴물을 체포하라!', '순진한 얼굴의 살인자가 세 번째 범행을 저지르다', '경고: 주의하십시오!'. 사반세기 전에는 바이블 존에 대한 머리기사였다.

조니 바이블의 첫 번째 피해자는 애버딘의 더치 공원에서 발견되었다. 파이프 주 피텐윔 출신의 미셸 스트라챈이었다. 같은 고향 친구들은 그녀를 '미셸 파이퍼'라고 불렀다. 별명과는 달리 미셸 파이퍼와는 닮은 데가 하나도 없었다. 키가 작고 말랐으며, 칙칙한 갈색 머리를 어깨까지 길렀고, 앞니가 튀어나왔다. 그녀는 로버트 고든 대학교 학생이었다. 강간당한 후 목이 졸려 죽었고, 신발 한 짝이 사라졌다.

6주 후에 두 번째 피해자가 나왔다. 안젤라 리델이었다. 친구들은 앤지라고 불렀다. 그녀는 성매매업소에서 일하다 리스 부두 근처에서 체포된 전과가 있었고, 블루스 밴드를 조직했었다. 허스키 보이스였지만 역부족이었다. 레코드 회사는 이제 그 밴드의 유일한 데모를 싱글 CD로 발매해 엽기적이고 호기심 많은 사람들의 돈을 긁어모았다. 에든버러 CID는 수많은 시간 – 수천 명의 인력 – 을 투자해 앤지 리델의 과거를 샅샅이 훑었다. 옛날 고객, 친구, 밴드의 팬을 조사해 매춘부의 고객이 된 연쇄살인범이 있는지, 집착적인 블루스 팬이 있는지 등등을 찾아보았다. 시체가 발견된 워리스턴 묘지는 오토바이 폭주족, 아마추어 흑마술사, 변태와 외톨이들의 유명한 배회 장소가 되었다. 시체가 발견된 다음 날 한밤중에 가면, 십자가에 못 박힌 고양이보다는 잠자고 있는 불침번 팀에 걸려 넘어질 확률이 더 높다.

처음 두 살인이 연결되고 있던 한 달의 공백기 – 앤지 리델은 단순히 강간 후 교살된 게 아니었다. 콕번 스트리트에서 산, 5센티미터짜리 금속 십자가로 이어진 독특한 목걸이가 사라졌다 – 가 지난 후, 세 번째 살인이 벌어졌다. 이번에는 글래스고였다. '주주'라고 불리는 주디스 케언스였다. 실업 수당을 받는 신세였지만, 튀김 음식 전문점에서 늦은 시간까지, 가끔은 점심시간 때 펍에서, 주말 아침에는 호텔 메이드로 계속 일했다. 그녀의 시체가 발견되었을 땐 배낭이 사라져 있었다. 친구들은 주디스가 어디든, 심지어 클럽이나 창고 레이브*에 갈 때도 늘 그 배낭을 가지고 다녔다고 확언했다.

나이가 각각 19세, 24세, 21세인 세 여자가 석 달 사이에 살해되었다. 조니 바이블이 용의자로 떠오른 지 2주가 되었다. 1번 피해자와 2번 피해자 사이에 있는 6주의 공백은 2번 피해자와 3번 피해자 사이에서는 4주로 줄어들었다. 모든 사람이 가능한 최악의 소식을 기다리고 있었다. 리버스는 커피를 마시고 크루아상을 먹은 다음, 피해자 세 사람의 사진을 살펴보았다. 신문에서 골라낸 것들로, 선명하지 못한 확대 사진들이었다. 세 여자 모두 사진을 찍을 때나 보이는 그런 미소를 짓고 있었다. 카메라는 언제나 거짓말을 한다.

리버스는 피해자들은 잘 알았지만, 조니 바이블에 대해서는 아는 게 거의 없었다. 공식적으로 인정하지는 않았지만 경찰은 무력했고, 그저 수사하는 시늉만 할 뿐이었다. 이것은 조니 바이블의 연극이었다. 경찰은 그가 과도한 자신감이나 지루함이나 또는 체포되고 싶은 단순한 욕망, 무엇이 맞고 틀린지를 알고 있다는 생각에 빠져 실수를 저지르기만 기다렸다. 친구, 이웃, 애인의 신고, 어쩌면 익명의 제보─단순한 악의 때문이 아닌 것으로 판명되는─를 기다렸다. 다들 손가락만 빨고 있었다. 리버스는 앤지 리델의 가장 큰 사진 위에 손가락을 짚었다. 아는 여자였다. 리버스는 그날 밤 리스에서 앤지와 수많은 매춘부들을 체포했던 팀의 일원이었다. 분위기는 괜찮았다. 유부남 경관들에 대해 수많은 농담과 욕설이 오갔다. 대부분의 매춘부들은 돌아가는 상황을 잘 알았기 때문에 이런 단속이 처음인 애들을 진정시켰다. 앤지 리델은 히스테리 상태인 10대 마약 중독자의

---

* warehouse rave, 창고나 야외 등에서 테크노 음악을 틀어놓고 밤새 즐기는 파티.

머리를 토닥이고 있었다. 리버스는 그 모습이 마음에 들어 그녀를 심문했다. 앤지는 그를 웃겼다. 몇 주 뒤 리버스는 커머셜 스트리트로 차를 몰고 가서 앤지에게 어떻게 지내는지 물었다. 앤지는 시간이 금이라 공짜는 없지만, 화끈한 분위기에 더 실질적인 걸 원한다면 좀 할인해 주겠다고 말했다. 리버스는 다시 웃고는, 늦게까지 여는 카페에서 차 한 잔과 브라이디*를 사줬다. 2주 후 리버스는 다시 리스로 갔지만, 다른 매춘부들이 앤지가 안 보인 지 꽤 되었다고 했다.

그리고 그녀는 강간당하고 구타당한 뒤 교살되었다.

이 사건은 월드 엔드 살인 사건과 대부분 미제로 끝난 다른 젊은 여성 살인 사건을 떠올리게 했다. 월드 엔드 살인 사건은 스파벤 사건 1년 전인 1977년 10월에 일어났다. 하이 스트리트에 있는 '월드 엔드' 펍에서 두 명의 10대가 술을 마시고 있었다. 시체는 다음 날 아침에 발견되었다. 구타당했고, 손이 묶여 있었고, 교살당했으며, 가방과 장신구는 사라졌다. 리버스는 그 사건을 수사하지는 않았지만, 수사 담당자들과는 안면이 있었다. 그들은 사건을 해결하지 못했다는 좌절감에 시달렸으며, 그 감정은 죽을 때까지 이어질 것이다. 살인 사건을 수사할 때 많은 사람들에게서 볼 수 있는 현상이다. 그들의 의뢰인은 사망했고, 싸늘한 시체라 말은 할 수 없지만 여전히 소리 높여 정의를 외치고 있다. 이것은 진실이어야 한다. 있는 힘껏 귀 기울여 듣는다면 피해자들의 외침을 들을 수 있기 때문이다. 리버스는 창문 옆 의자에 앉아서 그 절망적인 외침을 수없이 들었다. 어느 날 밤, 앤지 리델의 외침을 들었고, 그 외침이 마음속으로 파고들었다. 그가 아는 사람, 좋아했던 사람이기 때문이다. 그 순간 리버스에게는 개인적

---

* bridie, 고기를 넣은 작은 파이.

인 사건이 되었다. 조니 바이블 사건에서 관심을 돌릴 수 없었다. 어떻게 해야 도움이 될지 알 수 없었다. 원래의 바이블 존에 대한 호기심은 전혀 도움이 되지 않을 것이다. 과거로 돌아가게 만들어서 현재의 사건에는 시간을 낼 수 없게 되기 때문이다. 가끔은 안간힘을 다해야 겨우 지금 현재로 돌아올 수 있었다.

리버스는 전화할 곳이 있었다. 먼저 하우덴힐의 피트 휴이트였다.

"안녕하세요, 경위님. 간밤에 재미 못 보셨나 보네요."

비꼬는 목소리였다. 리버스는 희뿌연 햇빛을 쳐다보았다. "자넨 힘 좀 썼나 보군, 피트."

"말도 마세요. 다리가 후들거릴 정도예요. 제 메시지 받으셨죠?" 리버스는 펜과 종이를 준비했다. "위스키병에서 상태 괜찮은 지문을 몇 개 떴어요. 엄지하고 검지예요. 비닐봉지하고 의자에 피해자를 묶었던 테이프에서도 뜨려고 했는데 부분 지문 몇 개뿐이라 증거가 될 만한 건 없네요."

"뜸 들이지 말고 신원이나 알려줘."

"연구소가 컴퓨터에 돈을 많이 쓴다고 불평하셨지만, 덕분에 15분 만에 일치하는 지문을 찾았어요. 이름은 앤서니 엘리스 케인이에요. 살인미수, 폭행, 장물 운반 전과가 있네요. 생각나는 게 있나요?"

"하나도 없어."

"글래스고 밖에서 일하곤 했어요. 지난 7년 동안에는 유죄 판결을 받은 기록이 없네요."

"경찰서에 가서 조사해볼게. 고마워, 피트."

다음 전화는 T-버드 석유회사 인사부였다. 장거리 전화라서 기다렸다가 아파치 요새에서 하기로 했다. 리버스는 창밖을 내다보았다. 레드건틀렛 방송사 기자들의 모습은 보이지 않았다. 리버스는 재킷을 집어 들고 문으로 향했다.

리버스는 상사의 사무실에 들렀다. 맥카스킬은 아이언브루를 들이켜고 있었다.

"누구 지문인지 알아냈습니다. 앤서니 엘리스 케인인데, 폭행 전과가 있습니다."

맥카스킬은 빈 캔을 쓰레기통에 던져 넣었다. 책상에는 오래된 서류가 잔뜩 쌓여 있었다. 파일 캐비닛 첫 번째 서랍에 있던 서류였다. 바닥에는 빈 포장 박스가 있었다.

"피해자의 가족이나 친구는?"

리버스는 고개를 저었다. "피해자는 T-버드 석유회사에서 일했습니다. 인사부장과 통화해서 세부 사항을 알아볼 예정입니다."

"그 일을 최우선으로 하게, 존."

"알겠습니다."

하지만 헛간에 도착해서 의자에 앉아서는 맨 먼저 질 템플러에게 전화하려고 했다. 하지만 그만두었다. 베인이 자기 책상에 있었다. 리버스는 누가 듣는 걸 바라지 않았다.

"도드." 리버스가 말했다. "앤서니 엘리스 케인을 조사해봐. 하우덴힐에서 포장용품에 있는 지문을 찾아냈어." 베인은 고개를 끄덕이고 키보드를 두드리기 시작했다. 리버스는 애버딘에 전화해서 이름을 말하고 스튜어트 민첼에게 연결해달라고 했다.

"안녕하십니까, 경위님."

"메시지 남겨주셔서 감사합니다, 민첼 씨. 앨런 미치슨의 세부 기록을 가지고 계십니까?"

"바로 앞에 있습니다. 알고 싶으신 내용은요?"

"친척이요."

민첼이 서류를 뒤적였다. "여기는 없는 것 같군요. 이력서를 확인해 보겠습니다." 긴 침묵이 흘렀다. 리버스는 집에서 전화하지 않은 게 다행이라고 생각했다. "경위님, 앨런 미치슨은 고아였던 것 같습니다. 학력 사항을 찾아봤는데 보육원이 나왔습니다."

"가족이 없다고요?"

"가족에 대한 언급은 없었습니다."

리버스는 미치슨의 이름을 종이에 적어 놓았다. 그 이름에 밑줄을 치고 나머지는 공백으로 남겼다.

"회사에서 미치슨 씨의 직책은 무엇이었습니까?"

"어디 보자…… 플랫폼 정비 부서였습니다. 페인트 작업 전문이고요. 우리 회사는 스코틀랜드에 기지가 있는데 거기서 일했던 것 같습니다." 서류를 더 뒤적이는 소리가 들렸다. "아니군요. 미치슨 씨는 플랫폼 자체에서 일했군요."

"페인트 작업인가요?"

"일반 정비 작업도요. 강철 부식 여부 점검 말입니다. 강철에 칠한 페인트가 북해에서는 얼마나 빨리 벗겨지는지 모릅니다."

"어느 채굴 설비에서 일했죠?"

"채굴 설비가 아니라 생산 플랫폼입니다. 확인해 봐야 합니다."

"그렇게 해 주시겠습니까? 그리고 미치슨의 인사 파일을 팩스로 보내

주실 수 있습니까?"

"미치슨이 죽었다고 하셨죠?"

"제가 마지막으로 봤을 때는 그랬습니다."

"그러면 아무 문제 없습니다. 그쪽 팩스 번호 좀 알려주시겠습니까?"

리버스는 그렇게 하고 전화를 끊었다. 베인이 그에게 손을 흔들고 있었다. 리버스는 방을 가로질러서 컴퓨터 화면을 더 잘 볼 수 있게 베인 옆에 섰다.

"이 친구 완전 또라이네요." 베인이 말했다. 전화가 울렸다. 베인이 수화기를 들고 통화를 시작했다. 리버스는 화면을 읽었다. '토니 엘'로 알려진 앤서니 엘리스 케인의 범죄 기록은 청소년 시절까지 거슬러 올라갔다. 현재 마흔네 살이고, 스트래스클라이드 경찰에는 잘 알려진 인물이었다. 성인이 된 후에는 대부분 일명 '엉클 조'로 알려진 조셉 톨의 부하로 일했다. 조셉 톨은 그의 아들이나 토니 엘 같은 덩치들을 이용해 글래스고를 실질적으로 지배하고 있었다. 베인이 수화기를 내려놓았다.

"엉클 조라……" 베인이 혼잣말했다. "토니 엘이 아직 그놈 밑에서 일한다면 사건이 완전히 달라질 수도 있겠는데요."

리버스는 상사가 한 말이 기억났다. '조폭 느낌이 나.' 마약이나 채무불이행일 수도 있다. 맥카스킬이 맞을지도 모른다.

"이게 무슨 의미인지 아시죠?" 베인이 물었다.

리버스는 고개를 끄덕였다. "글래스고로 가봐야겠군." 고속도로로 50분 정도 거리인 스코틀랜드의 두 주요 도시는 서로 경계하는 이웃과 같았다. 예전에 한쪽이 다른 쪽을 비난한 적이 있었고, 그 비난이 사실이건 아니건 간에 여전히 앙금이 남아 있었다. 리버스는 글래스고 CID에 연줄이 좀 있었다. 그래서 자리로 돌아가 전화를 했다.

"엉클 조에 대한 정보를 원하시면," 두 번째 통화 중에 그런 얘기를 들었다. "칙 안크램하고 얘기하시는 게 좋습니다. 잠깐만요, 번호를 알려드리죠."

나중에 알고 보니 찰스 안크램은 고반 경찰서 경감이었다. 리버스는 그를 찾으려고 30분 넘게 헛심만 쓰다가 산책을 나갔다. 아파치 요새 앞에 있는 가게들은 일반적인 금속 셔터와 철망 그릴이 달려 있었다. 심지어 직원이 백인인 경우에도 주인은 대부분 아시아인이었다. 가게 밖에는 몇몇 남자들이 티셔츠 차림에 문신을 과시하며 담배를 피우고 있었다. 눈빛은 닭장 속에 들어간 족제비 같았다.

달걀? 아니야. 족제비가 달걀로 만족할 리 없지.

가게 밖으로 나왔을 때 유모차가 리버스의 무릎을 쳤다. 어떤 여자가 그에게 눈 똑바로 뜨고 다니라고 말했다. 여자는 어린애를 힘겹게 끌고 바삐 사라졌다. 스물 아니면 스물하나 정도였고 금발로 염색했다. 앞니 두 개가 없었다. 맨팔에는 문신도 있었다. 길 건너편에는 새 차가 2만 파운드라는 광고판이 있었다. 그 뒤에는 문을 닫은 할인점이 있었다. 아이들이 할인점 주차장을 스케이트보드 링크로 사용하고 있었다.

헛간으로 돌아와 보니 맥클레이가 전화를 받고 있다가 리버스에게 수화기를 건네주었다.

"안크램 경감입니다. 경위님 전화 회신이라는군요." 리버스는 책상에 몸을 기댔다.

"여보세요?"

"리버스 경위? 안크램 경감이네. 할 얘기가 있다면서?"

"전화 주셔서 감사합니다, 경감님. 조셉 톨에 관한 얘깁니다."

안크램은 서부 해안 출신 같은 느린 말투에 비음이 섞였고, 언제나 약간 거들먹거리는 듯 말하려고 했다. "엉클 조 콜레오네? 우리 친애하는 대부님* 말인가? 내가 모르는 무슨 일을 저질렀나?"

"그자의 부하 중에 앤서니 케인이라는 놈을 아십니까?"

"토니 엘." 안크램이 확인해 주었다. "오랫동안 엉클 조 밑에서 일했지."

"과거형이군요?"

"한동안 소식이 없었어. 엉클 조를 배신했다는 소문이 돌아서 엉클 조는 스탠리에게 일을 맡겼지. 토니 엘은 조직에서 완전 찬밥 신세가 됐어."

"스탠리는 누굽니까?"

"엉클 조의 아들이야. 본명은 아닌데 취미 때문에 다들 스탠리라고 부르지."

"무슨 취미인데요?"

"스탠리 나이프를 수집해."

"스탠리가 토니 엘을 없앴다고 생각하십니까?"

"시체가 발견되지 않았네. 그 정도면 어떻게 됐는지 뻔하지."

"토니 엘은 멀쩡히 살아 있었습니다. 불과 며칠 전에 여기 있었습니다."

"그렇군." 안크램은 잠시 말이 없었다. 리버스는 그 뒤에서 분주한 목소리, 무선 통신, 경찰서의 소리를 들을 수 있었다. "머리 위에 비닐봉지를 씌웠나?"

"어떻게 아셨죠?"

"토니 엘의 트레이드마크지. 그놈이 이 바닥에 돌아왔군. 만나서 얘기

---

* 영화 「대부」의 주인공 성이 콜레오네이다.

좀 하는 게 좋겠어, 경위. 월요일 아침으로 하지. 고반 경찰서 아나? 아니야. 잠깐만. 패트릭 경찰서에서 만나세. 덤버튼 거리 613번지야. 9시에 거기서 회의가 있거든. 10시에 만날까?"

"10시 괜찮습니다."

"그때 보세."

리버스는 수화기를 내려놓았다. "월요일 아침 10시야." 베인에게 말했다. "난 패트릭 경찰서에 가야 해."

"안되셨네요." 베인이 진담처럼 대답했다.

"토니 엘의 인상착의 돌릴까요?" 맥클레이가 물었다.

"당장 해. 월요일 전에 잡을 수 있을지 해 보자고."

바이블 존은 화창한 금요일 아침에 스코틀랜드로 돌아왔다. 그가 공항에서 처음 한 일은 신문 몇 장을 사는 것이었다. 가판대에서 제2차 세계대전에 관한 신간이 나온 걸 보고 그 책도 샀다. 공항 중앙 홀에 앉아서 신문을 뒤적였지만 애송이에 대한 새로운 기사는 찾지 못했다. 그는 신문을 자리에 두고 짐을 찾으러 수하물 컨베이어로 갔다.

그 후 택시를 타고 글래스고로 향했다. 그는 시내에서 묵지 않기로 이미 결심했다. 옛 사냥터에 두려운 게 있어서가 아니었다. 시내에서 묵는게 별 이득이 되지 않기 때문이었다. 글래스고는 언제나 씁쓸하면서도 달콤한 기억을 불러온다. 60년대 후반의 글래스고는 재개발이 한창이었다. 옛 슬럼가를 철거하고 외곽에 같은 크기의 콘크리트 건물을 지었다. 새 도로, 다리, 고속도로. 그야말로 거대한 건설 현장이었다. 그는 아직 개발이 진행 중인 느낌이 들었다. 마치 도시는 아직 그가 편안해할 수 있는 정체성을 갖추지 못한 것 같았다.

바이블 존은 그 문제에 대해 알고 있었다.

퀸 스트리트 기차역에서 에든버러행 기차를 탔다. 늘 묵는 호텔에 휴대폰으로 예약했다. 회사 계정을 사용했다. 그는 아내에게 전화를 걸어 어디에 묵는지 알려줬다. 가져온 노트북으로 기차에서 몇 가지 작업을 했다. 일을 하면 마음이 편했다. 정신없이 바쁜 게 제일이었다. '당장 물러가서 일이나 하여라. 짚을 공급받을 생각은 아예 하지 말되 흙벽돌은 지정한 수량을 만들어내야만 한다.' 출애굽기에 나오는 말이다. 당시에 언론은 그에게 호의를 베풀었다. 경찰도 그랬다. 그의 이름이 존이라는 것, '성경을 인용하는 것을 즐긴다'는 내용의 수배령을 내렸다. 둘 다 사실과 거리가 있었다. 존은 미들네임이었고, 성경은 이따금 대놓고 인용할 뿐이었다. 최근에 다시 교회에 나가기 시작했지만 지금은 후회한다. 안전하다고 생각했던 것을 후회한다.

다음 세상에서와 마찬가지로 이번 세상에 안전한 곳은 없다.

그는 헤이마켓에서 내렸다. 여름에는 거기서 택시를 잡기가 쉬웠다. 하지만 햇볕 속으로 나서자마자 호텔까지 걸어가기로 결심했다. 5분에서 10분만 걸으면 된다. 가방에는 바퀴가 달렸고 숄더백은 그리 무겁지 않았다. 심호흡을 했다. 배기가스와 맥주 양조장의 호프 냄새가 났다. 눈을 가늘게 뜨고 있기가 힘들어서 선글라스를 꼈다. 즉시 기분이 나아졌다. 가게 유리창에 비친 모습은 출장에 지친 사업가였다. 얼굴이나 신체에 기억에 남을 만한 곳은 없었고, 옷은 늘 수수하게 입었다. 오스틴 리드 양복과 더블 2 브랜드의 셔츠였다. 잘 차려입은 성공한 사업가였다. 넥타이의 매듭을 확인하고, 혀로 의치 두 개를 핥았다. 사반세기 전에 필요했던 수술이었다.

그는 다른 사람과 마찬가지로 신호등에 따라 길을 건넜다.

호텔에 체크인하는 건 금방이었다. 호텔방의 둥근 탁자에 앉아 노트북을 열고 어댑터를 110볼트에서 240볼트로 바꿔 전원을 연결했다. 비밀번호를 입력하고 '애송이'라고 표시한 파일을 클릭했다. 파일에는 조니 바이블에 관한 메모가 있었다. 살인자에 대한 그의 심리 프로파일이었다. 멋지게 작성되었다.

바이블 존은 수사 당국에 없는 것을 자신은 가지고 있다고 생각했다. 연쇄살인범의 범행 방법, 생각, 생활, 해야 하는 거짓말, 속임수와 위장, 일상의 얼굴 뒤에 숨은 비밀스러운 삶 등이었다. 이런 것들 덕분에 게임에서 앞서갈 수 있었다. 운만 따라준다면 경찰보다 먼저 조니 바이블을 잡을 수 있을 것이다.

추적해야 할 경로가 있었다. 첫째, 행동 습성으로 볼 때 애송이는 바이블 존에 대한 사전 지식을 갖고 있는 게 분명했다. 이 지식을 어떻게 얻었을까? 애송이는 20대였다. 바이블 존을 기억하기에는 너무 젊었다. 그러니 어딘가에서 들었거나 읽은 다음에 세부 내용까지 조사했을 것이다. 바이블 존의 살인 사건을 전체나 일부 챕터에서 다룬 책들이 있었다. 최근에 나온 것도 있고 아닌 것도 있다. 조니 바이블이 꼼꼼하다면 가능한 모든 문헌을 참조했을 것이다. 하지만 자료의 일부는 절판되었기 때문에, 중고 책방을 찾아보거나 도서관을 이용한 게 분명했다. 추적 범위가 적절하게 좁혀졌다.

다른 관련 경로가 있다. 신문이다. 애송이가 사반세기 전의 신문에 쉽게 접근했을 가능성은 적다. 이번에도 도서관이다. 그리고 그렇게 오래전 신문을 보관하고 있는 도서관은 극히 적다. 추적 범위가 적절하게 좁혀졌다.

그다음은 애송이 자체. 많은 포식자들은 초기에 오류를 범하거나 실수를 저지르는데, 계획 부족이나 단순한 불안이 원인이다. 바이블 존 자신은 예외였다. 진짜 실수는 세 번째 피해자 때였다. 피해자의 여동생과 택시를 함께 탔던 것이다. 애송이한테서 빠져나온 피해자가 있었나? 이를 알아내려면 최근 신문을 조사해서 애버딘, 글래스고, 에든버러에서 여성에 대한 공격이 있었는지를 찾아보고, 살인범의 잘못된 시작과 초기 실패를 추적해야 한다. 시간을 잡아먹는 작업이다. 하지만 긴장을 푸는 데 도움이 되는 일이기도 하다.

그는 옷을 벗고 샤워한 다음, 편한 복장으로 갈아입었다. 진한 남색 블레이저와 카키색 바지였다. 객실 전화를 사용하는 위험은 무릅쓰지 않기로 했다. 번호가 데스크에 기록되어 공개될 것이다. 요즘 공중전화 부스에는 전화번호부가 없었다. 그래서 펍에 가 토닉워터를 주문한 다음 전화번호부가 있는지 물었다. 10대 후반에 코에는 피어싱을 하고 머리는 핑크색인 여자 바텐더가 미소와 함께 건네주었다. 테이블에 가서 노트와 펜을 꺼낸 다음 전화번호 몇 개를 적었다. 그러고는 공중전화가 있는 바 뒤로 갔다. 화장실 옆이었다. 목적에 적합할 만큼 은밀한 장소였다. 지금처럼 바가 거의 텅 빈 경우에는 특히 그랬다. 고서점 몇 군데와 도서관 세 곳에 전화를 했다. 전혀 몰랐던 사실을 새로 알게 된 것은 아니었다. 그 점은 불만이었다. 하지만 몇 주 전이었다면 시간이 더 소요되었을 것이다. 어쨌든 그는 자기만의 지식을 가지고 있긴 했지만, 경찰은 수천 명의 인력과 컴퓨터, 그리고 홍보 수단을 보유하고 있다. 그리고 경찰은 공개적으로 수사할수 있다. 애송이에 대한 자신의 수사는 더 신중해야 한다는 사실을 그는 알고 있었다. 하지만 도움이 필요하며, 그것은 매우 위험하다는 사실도 알고 있었다. 다른 사람을 끌어들이는 건 언제나 위험하다. 오랫동안 이 딜레마를 고심했다. 저울 한쪽에는 애송이를 추적하려는 열망이, 반대쪽에는 그렇게 함으로써 자신 – 자신의 정체 – 이 처하게 될 위험이 있었다.

그래서 자신에게 질문을 던졌다. 애송이를 간절히 잡고 싶은가?

그리고 대답했다. 아주 간절히, 정말 아주 간절하게, 잡고 싶다.

오후 내내 조지 4세 다리 부근의 스코틀랜드 국립도서관과 중앙 대출도서관을 돌아다녔다. 그는 국립도서관 이용자 카드를 가지고 있었다. 과거에 거기서 연구를 한 적이 있었다. 사업, 그리고 제2차 세계대전에 대해서. 당시의 주요 취미였다. 지역의 중고서점도 들러서 실제 범죄를 다룬 책이 있는지 물어보았다. 조니 바이블의 살인에 관심이 있다고 직원에게 말했다.

"실제 범죄를 다룬 책은 책장의 반 정도밖에 보유하고 있지 않아요." 처음 들른 서점의 보조 직원이 말하며 안내해 주었다. 바이블 존은 책에 흥미 있는 척하다 직원의 책상으로 돌아왔다.

"여긴 없네요. 없는 책도 구해 주실 수 있나요?"

"꼭 가능하지는 않아요." 직원이 말했다. "하지만 신청서는 보관해 둘게요." 그녀는 두꺼운 구식 원장을 꺼내 펼쳤다. "구하시는 책 제목과 성함, 주소를 적어주세요. 만일 구하게 되면 연락드릴게요."

"알겠습니다."

바이블 존은 펜을 꺼내 천천히 적으면서 최근의 신청 내용을 확인했다. 페이지 앞쪽을 뒤적이면서 제목과 주제 목록을 확인했다.

"사람들 취향이 거기서 거기네요." 그는 직원에게 미소 지으며 말했다.

다음에 찾아간 서점 세 곳에서도 똑같은 수법을 썼지만 애송이에 대한 증거는 찾지 못했다. 그런 다음, 최근 신문을 보관하고 있는 코스웨이사이드의 국립도서관 별관에 갔다. 거기서『스코츠맨The Scotsman』,『헤럴드』,『프레스 앤 저널스』한 달치를 열람하면서 특정 기사 – 폭행, 강간 – 를 메모했다. 물론 거기에 실패한 초기 범죄가 있더라도, 그 미수 행위가 반드시 신고되었다고는 볼 수 없다. 미국인들이라면 그가 하는 일에 한소리 했을 것이다. 헛수고라고.

국립도서관 본관으로 돌아왔다. 사서들을 관찰하면서 특별한 사람을 찾아보았다. 원하는 사람을 찾았다는 생각이 들자, 도서관 폐관 시간을 확인한 후 기다리기로 했다.

폐관 시간 즈음 국립도서관 앞에 가서 섰다. 저녁나절인데도 선글라스를 낀 그는 중앙도서관 쪽 차선을 느릿느릿 걸었다. 도서관 직원들이 혼자 또는 무리 지어 나오는 것을 보았다. 그중에서 그가 찾던 젊은 남자를 발견했다. 남자가 빅토리아 스트리트 쪽으로 향하자 바이블 존은 길을 가로질러 따라갔다. 보행자들, 관광객들, 술꾼은 많았지만 집으로 향하는 사람은 얼마 되지 않았다. 그들 중 하나가 되어 사냥감에 눈을 떼지 않고 성큼성큼 걸었다. 젊은 남자는 그로스마켓에서 처음 나오는 펍으로 향했다. 바이블 존은 걸음을 멈추고 생각했다. 집에 들어가기 전에 잠깐 한잔하는 걸까? 아니면 친구를 만나서 저녁 시간을 보내는 걸까? 그는 펍 안으로 들어가기로 결정했다.

바는 어두웠고, 회사원들로 시끄러웠다. 남자들은 양복 재킷을 어깨에 걸치고 있었다. 여자들은 긴 잔에 든 진토닉을 홀짝이고 있었다. 사서는 바에 혼자 있었다. 바이블 존은 그 옆자리에 끼어 앉아 오렌지주스를 주문했다. 그는 사서의 맥주잔 쪽으로 고개를 돌려 말했다.

"혼자인가요?"

젊은 남자가 몸을 돌려 쳐다보자, 바이블 존은 남자에게 가까이 몸을 기울이며 조용히 말했다.

"말하고 싶은 게 세 가지 있어요. 첫째, 난 기자입니다. 둘째, 당신에게 500파운드를 주고 싶어요. 셋째, 불법적인 일은 전혀 아니에요." 잠시 말을 멈췄다. "그 술 마실 건가요?"

젊은 남자는 아직 그를 쳐다보고 있었다. 마침내 고개를 끄덕였다.

"술을 마시겠단 뜻인가요, 아니면 돈을 받겠다는 얘긴가요?" 바이블 존도 미소를 지었다.

"술이요. 다른 얘기는 좀 더 해 보시죠."

"지루한 작업이에요. 아니면 내가 직접 하겠죠. 도서관에서는 열람 신청하거나 대출한 책의 기록을 보관하나요?"

사서는 잠깐 생각하더니 고개를 끄덕였다. "일부는 전산화했고, 일부는 아직 카드에 기재하죠."

"컴퓨터는 빠르겠지만 카드는 시간이 좀 걸리겠군요. 그래도 손쉽게 돈 벌 기회예요. 옛날 신문을 찾아보려면 어떻게 해야 하죠?"

"기록해야 해요. 얼마나 옛날 신문이죠?"

"지난 3개월에서 6개월 사이예요. 열람 신청했던 신문은 1968년부터 70년까지고."

바이블 존은 20파운드 지폐로 술값을 계산했다. 그리고 지갑을 열어서 사서에게 그 안에 지폐가 더 많이 있다는 것을 보여주었다.

"시간이 좀 걸릴 거예요." 젊은 남자가 말했다. "본관과 별관을 교차 참조해야 하니까요."

"빨리 처리해 주면 100파운드 더 드리죠."

"세부 사항이 필요할 거예요." 바이블 존은 고개를 끄덕이고 명함을 건네주었다. 이름과 가짜 주소가 있었지만 전화번호는 없었다.

"연락하려고 하지 말아요. 내가 전화하겠습니다. 이름이 뭐죠?"

"마크 젠킨스예요."

"좋아요, 마크." 바이블 존은 50파운드 지폐 두 장을 꺼내 마크의 셔츠 주머니에 쑤셔 넣었다. "선금이에요."

"그나저나 무슨 일이죠?"

바이블 존은 어깨를 으쓱했다. "조니 바이블이요. 옛날 사건들과의 연결 고리를 확인하는 중이에요."

젊은 남자가 고개를 끄덕였다. "어떤 책에 관심이 있죠?"

바이블 존은 인쇄된 목록을 건네주었다. 신문 목록도 건네주었다. 『스코츠맨』, 『글래스고 헤럴드』지 1968년 2월부터 1969년 12월까지.

"알고 싶은 게 뭐죠?"

"그 목록을 열람한 사람이요. 이름과 주소 필요해요. 할 수 있죠?"

"신문 원본은 별관에서 보관해요. 우리는 마이크로필름만 있고."

"무슨 얘기죠?"

"별관에 있는 동료에게 도움을 청해야 할지도 몰라요."

바이블 존은 미소를 지었다. "결과만 얻을 수 있다면 돈 걱정은 말아요. 당신 친구는 얼마를 원할까요?"

속삭이는 비

불행이 나를 덮칠 때
잔인함과 허영에서 나를 지켜주오

– 더 배더스(The Bathers)의 노래 〈표범 아베(Ave the Leopard)〉 가사 중에서

5

레인타운까지는 한 시간 만에 갔지만, 덤바튼 로드를 찾기까지는 40분이 더 걸렸다. 초행길이었다. 패트릭 경찰서는 1993년에 이전했다. 옛 건물인 '마린'에는 가 본 적이 있었지만 새 청사는 처음이었다. 글래스고에서 운전하는 것은 초심자에게는 악몽이다. 일방통행로와 부실한 도로표지판의 교차로가 미로처럼 얽혀 있다. 리버스는 두 번이나 차에서 내려서 전화로 위치를 물어봐야 했다. 두 번 다 빗속에서 공중전화 부스 앞에 줄을 서야 했다. 진짜 비가 아니라 안개비였다면 좋았을 것이다. 안개비는 서쪽에서 나타난다. 대서양에서 바로 오는 습기다. 우중충한 월요일 아침에 리버스에게 가장 필요한 건 그 안개비였다.

경찰서에 도착했을 때 그는 주차장에서 차 한 대를 발견했다. 안에는 두 사람이 있었다. 열린 창문 사이로 담배 연기가 피어올랐다. 차 안에 라디오가 켜져 있었다. 야간 근무조 기자들이 분명했다. 기자들은 자리를 떠서 다른 데로 갈 수 있게 두 층에서 근무조를 나눈다. 정찰조로 남은 기자는 그 층에 무슨 일이 있으면 다른 기자들에게 당장 연락하기로 약속한다.

마침내 경찰서 문을 밀고 들어가자 박수갈채가 터져 나왔다. 리버스는 프런트로 갔다.

"마침내 찾으셨군요." 담당 경사가 말했다. "수색대를 보내야 하나 생각했습니다."

"안크램 경감님은 어디 계시지?"

"회의 중이십니다. 올라와서 기다리라고 하셨어요."

그래서 리버스는 위층으로 올라갔다. CID 사무실이 살인 사건 수사본부로 확장된 것을 보았다. 벽에는 주주, 즉 주디스 케언스의 생전 사진과 사후 사진이 있었다. 현장 사진 – 켈빙그로브 공원 내의 관목으로 둘러싸인 은밀한 장소 – 도 더 있었다. 근무표도 벽에 붙어 있었다. 대부분 탐문 조사였다. 발품을 팔아야 하는 데다, 큰 건수를 기대하기도 어렵지만 그래도 해야 하는 일이다. 경관들이 키보드를 두드리고 있었다. 컴퓨터, 아니면 HOLMES*를 사용하고 있을 것이다. 모든 살인 사건 – 바로 해결된 사건은 제외 – 은 HOLMES에 입력된다. 형사와 제복 경관으로 구성된 전문 팀이 있어서 데이터를 입력하고 확인 및 교차 참조한다. 신기술에 열광하지 않는 리버스조차도 예전의 카드 색인 시스템보다 장점이 많다는 것을 알 수 있었다. 리버스는 컴퓨터 터미널 옆에 서서 누군가 진술을 입력하는 것을 보았다. 입력하던 사람이 고개를 들었을 때, 아는 얼굴인 것을 보고 그쪽으로 다가갔다.

"잘 있었어, 잭? 아직 폴커크에 있는 줄 알았는데?"

잭 모튼 경위가 몸을 돌리더니 믿을 수 없다는 듯 눈이 휘둥그레졌다. 모튼은 자리에서 일어나 리버스의 손을 잡고 세게 흔들었다.

"아직 거기 있어." 모튼이 말했다. "여기 일손이 부족하다고 해서." 그는 사무실을 둘러보았다. "그럴만하지."

리버스는 잭 모튼을 위아래로 살펴보았다. 자신의 눈을 믿을 수가 없었

---

* Home Office Large Major Enquiry System, 범죄 수사용 대형 컴퓨터.

다. 마지막으로 만났을 때, 잭은 엄청난 과체중에다 골초라서 순찰차 앞 유리에 금이 갈 정도로 기침을 심하게 했다. 지금은 살을 뺀 데다 담배도 피우지 않았다. 전문가의 솜씨인 듯한 헤어스타일에, 비싸 보이는 양복에 반짝거리는 구두, 빳빳한 셔츠와 넥타이 차림이었다.

"어떻게 된 일이야?" 리버스가 물었다.

모튼이 미소를 지으며 군살이 거의 없는 배를 두드렸다. "어느 날 내 모습을 보고는 거울을 깨버리고 싶더군. 술과 담배를 끊고 헬스클럽에 다니기 시작했어."

"그게 다야?"

"일생일대의 결단이었어. 어정쩡하게 넘어갈 일이 아니었지."

"멋져 보이네."

"자네도 할 수 있어, 존."

리버스가 재치 있게 대꾸할 말을 생각하고 있을 때 안크램 경감이 들어왔다.

"리버스 경위?" 두 사람은 악수했다. 경감은 금방 손을 놓지는 않았다. 리버스를 빨아들이듯 응시했다. "기다리게 해서 미안하네."

안크램 경감은 50대 초반이었고, 잭 모튼만큼 잘 차려입었다. 머리는 거의 벗겨졌지만 영화배우 숀 코네리 스타일의 대머리였고, 그에 어울리는 굵은 콧수염을 길렀다.

"잭이 안내해 주던 중이었나?"

"꼭 그렇지는 않습니다."

"여기가 조니 바이블 사건의 글래스고 수사본부지."

"켈빈그로브 공원에서 제일 가까운 경찰서라서요?"

안크램이 미소를 지었다. "현장과 가까운 건 하나의 고려 대상일 뿐이네. 주디스 케언스가 세 번째 피해자였는데, 그때 이미 언론에서는 바이블 존과의 연관성을 떠올렸지. 그리고 바이블 존 파일은 전부 여기 보관 중이고."

"파일을 좀 볼 수 있을까요?"

안크램이 리버스를 살펴보더니 어깨를 으쓱했다. "그러지. 보여주겠네."

리버스는 안크램을 따라 복도를 지나 다른 사무실로 갔다. 퀴퀴한 냄새가 났고, 경찰서라기보다는 도서관에 가까웠다. 리버스는 이유를 알 수 있었다. 방은 낡은 판지 상자들, 스프링으로 철한 박스형 파일들, 가장자리가 말려 올라간, 끈으로 철한 종이 묶음들로 가득했다. CID 경관 네 명 ― 남자 둘, 여자 둘 ―이 기존의 바이블 존 사건과 관련된 모든 작업을 하고 있었다.

"이 자료들은 모두 창고에 쌓여 있었지." 안크램이 말했다. "이걸 꺼냈을 때 먼지가 얼마나 날렸는지 모르네." 그는 폴더 하나를 훅 불었다. 고운 먼지가 일었다.

"정말 그와 관련이 있다고 생각하십니까?"

스코틀랜드의 모든 경찰이 다른 경찰에게 하는 질문이었다. 두 사건에, 두 살인범 사이에 아무 공통점이 없을 수도 있기 때문이다. 그러면 수백 명이 시간 낭비를 하게 된다.

"그럼." 안크램이 말했다. 리버스도 그렇게 느꼈다. "그렇게 생각할 만큼 범행 방법이 아주 흡사한 데다, 현장에서 범인이 가져간 기념품도 있어. 조니 바이블의 인상착의는 요행일 수도 있지만, 자신의 영웅을 모방하고 있다고 확신하네." 안크램이 리버스를 쳐다보았다. "그렇지 않나?"

리버스는 고개를 끄덕였다. 자료들을 보니 여기서 몇 주 보내고 싶다는 생각이 들었다. 어쩌면 아무도 눈치채지 못했던 뭔가를 찾아낼 수 있을 것이다. 물론 희망이고 공상이지만 진척이 없을 때는 그것도 충분한 동기가 될 수 있다. 리버스는 신문을 가지고 있었지만 거기에는 경찰이 대중에게 알리려고 하는 내용만 있을 뿐이었다. 그는 책자들이 있는 쪽으로 가서 박스형 파일들의 제목을 읽기 시작했다. '호별 조사', '택시 회사', '미용실', '양복점', '가발 매장'.

"가발 매장이요?"

안크램이 미소를 지었다. "범인의 짧은 머리가 가발일 수 있다고 생각했던 모양이야. 머리 모양을 알아볼 수 있는지 미용사들에게 물어봤지."

"양복점은 범인의 이탈리아 정장 때문이겠군요?"

안크램이 다시 그를 쳐다보았다.

리버스는 어깨를 으쓱했다. "사건에 흥미가 있어서요. 이건 뭐죠?" 그는 벽에 있는 도표를 가리켰다.

"두 사건의 유사점과 차이점이네." 안크램이 말했다. "댄스홀과 클럽. 인상착의. 키가 크고 말랐음. 숫기 없음. 적갈색 머리카락. 잘 차려입은 복장. 내가 보기에 조니는 바이블 존의 아들일 수도 있어."

"저도 제 자신에게 그걸 묻고 있었습니다. 조니 바이블이 그의 영웅에 기초하고 있고, 바이블 존이 아직 세상 어딘가에 있다면……"

"바이블 존은 죽었어."

리버스는 도표에서 눈을 떼지 않았다. "하지만 죽지 않았다고 가정만 해 보죠. 그러면 바이블 존은 기뻐했을까요? 아니면 화가 났을까요? 어땠을까요?"

"묻지 말게."

"글래스고의 피해자는 클럽에 있지 않았습니다." 리버스가 말했다.

"글쎄, 마지막으로 목격된 장소는 클럽이 아니긴 했지. 하지만 이른 저녁에 있긴 했어. 범인이 거기서부터 콘서트장까지 따라갔을 수도 있지."

첫 번째와 두 번째 피해자는 조니 바이블이 나이트클럽에서 골랐다. 60년대 댄스홀의 90년대 버전이었다. 더 시끄럽고, 어둡고, 위험했다. 일행이 있었지만 그날 밤에 친구와 함께 나간 사람에 대해 모호한 인상착의밖에 말해 줄 수 없었다. 하지만 세 번째 피해자인 주디스 케언스는 펍 위층록 콘서트장에서 선택되었다.

"다른 피해자들도 있네." 안크램이 말했다. "70년대 말 글래스고에 미제 사건이 세 건 있어. 세 건 모두 개인 소지품이 사라졌지."

"멀리는 가지 않은 것 같군요."

"조사할 건 많은데 아직 진전이 없어." 안크램이 팔짱을 꼈다. "조니는 어떻게 세 도시를 잘 알게 됐지? 클럽은 무작위로 골랐을까, 아니면 아는 곳에서 시작한 걸까? 범행 장소는 미리 골랐을까? 맥주 배달원일까? 아니면 DJ? 음악 담당 기자? 어쩌면 빌어먹을 여행 안내서를 썼을지도 모르지." 안크램은 억지로 웃기 시작하면서 이마를 문질렀다.

"어쩌면 바이블 존일 수도 있습니다." 리버스가 말했다.

"바이블 존은 죽어서 땅속에 있네, 경위."

"정말 그렇게 생각하십니까?"

안크램은 고개를 끄덕였다. 안크램뿐만이 아니었다. 바이블 존이 누구인지 알고 있고, 그리고 죽었다고 생각하는 경찰은 수없이 많았다. 하지만 회의적인 사람들도 있었다. 리버스도 그중 하나였다. DNA가 일치한다는 것만으로는 생각을 바꾸기에 모자랐다. 바이블 존이 살아 있을 가능성은 언제나 있었다.

경찰은 20대 남자의 인상착의를 확보했지만, 목격자의 증언은 일관성이 없기로 악명이 높았다. 그 결과, 보관 중이었던 바이블 존의 원래 몽타주 사진과 경찰 화가의 캐리커처 초상화를 다시 꺼내 언론의 협조를 얻어 공개했다. 통상적인 심리학적 계략도 사용했다. 언론을 통해 살인범에게 호소하는 것이다. '당신은 도움이 필요하다. 자수하기 바란다.' 허풍이었다. 응답은 없었다.

안크램이 한쪽 벽에 있는 사진을 가리켰다. 1970년대의 몽타주 사진이었다. 컴퓨터로 나이 보정이 되었고, 턱수염과 안경이 추가되고 머리는 정수리와 관자놀이까지 벗어졌다. 이 사진도 대중에게 공개되었다.

"누구라도 될 수 있어 보이지 않나?" 안크램이 말했다.

"경감님이라고 해도 되겠는데요?" 리버스는 경감이 자기에게 편하게 말해 주길 기다렸다.

"물론 나일 수도 있지." 안크램의 얼굴이 펴졌다. "왜 관심을 가지나?"

"별다른 이유는 없습니다."

"우리가 조니 바이블 때문에 여기 온 게 아니라는 말일세. 엉클 조 얘기하러 왔지."

"전 준비됐습니다."

"그럼 가세. 이 빌어먹을 건물에 빈 공간이 있는지 찾아보자고."

그들은 결국 자판기 커피를 들고 복도에 서 있을 수밖에 없었다.

"그가 무엇으로 피해자들의 목을 졸랐는지 아십니까?" 리버스가 물었다.

안크램의 눈이 커졌다. "또 조니 바이블 얘긴가?" 한숨을 쉬었다. "무엇이든 간에 별다른 흔적을 남기지 않았어. 최근의 추론은 긴 빨랫줄이라고 보고 있지. 플라스틱 코팅을 한 나일론 재질이야. 과학수사연구소에서는 밧줄부터 기타 줄까지 200여 가지 가능성을 점검했어."

"기념품은 어떻게 생각하십니까?"

"대중에게 공개해야 한다고 생각하네. 그 사실을 감추고 있으면 허위 자백을 하는 또라이들을 막는 데는 도움이 되겠지. 하지만 솔직히 말하면 시민들의 도움을 구하는 게 더 낫다고 생각해. 예를 들면 그 목걸이처럼 확실한 증거는 없어. 누군가 그걸 찾아냈거나 본 적이 있다면 대박이지."

"영매도 부르셨죠?"

안크램은 짜증이 난 것 같았다. "개인적으로는 반대했는데 윗선의 어떤 잘난 양반이 고집했어. 신문사에서 벌이는 서커스에 윗분들이 장단을 맞췄지."

"도움이 안 됐나요?"

"시범을 보여 달라고 했지. 에어 경마 대회의 2-15번 경주 우승마를 예측해 보라고."

리버스는 웃었다. "그래서요?"

"S와 P자가 보인다고 하더군. 기수는 노란 점이 있는 핑크색 기수복을 입었고."

"인상적인데요."

"문제는 에어 경마 대회에는 2-15번 경주가 없었다는 거야. 다른 경마 대회도 마찬가지고. 내가 보기에 그따위 부두교식 프로파일링은 완전 시간 낭비였어."

"단서가 없으셨군요?"

"거의 없었지. 현장에는 타액도, 머리카락도 하나 없었어. 범인은 콘돔을 사용한 다음에 가져갔지. 포장지까지 몽땅. 장갑도 낀 것 같아. 재킷 같은 것에서 나온 실오라기를 찾아냈는데, 과학수사연구소에서 아직 감식 중이야." 안크램은 컵을 입으로 가져가 후후 불며 마셨다. "엉클 조에 대한 얘기를 듣고 싶기는 한 건가?"

"그 일 때문에 왔습니다."

"정말 그런가 했던 참이네." 리버스는 어깨를 으쓱할 뿐이었다. 안크램은 심호흡을 했다. "좋아, 그럼 들어보게. 엉클 조는 다수의 근육 사업을 지배하지. 말 그대로야. 피트니스센터 몇 곳의 지분을 보유하고 있어. 사실은 좀 수상쩍은 사업에는 거의 모두 지분을 갖고 있지. 돈세탁, 보호비 갈취, 성매매, 도박 같은 거."

"마약은요?"

"가능성이 있지. 엉클 조에게는 뭐든 가능성이 있어. 파일을 읽어보면 알 걸세. 타이 목욕탕처럼 미끄러운 놈이야. 실제로 타이 마사지 업소도 운영해. 택시 회사도 다수 소유하고 있는데 미터기나 요금을 조작하지. 택시 기사들은 전부 실업보험을 타먹고 있고, 몇 명한테 접근해 봤지만 엉클 조에 관해서라면 입에 자물쇠를 채우더군. 마약반에서 엉클 조 주위를 탐문하기 시작하면 담당 형사는 편지를 받게 돼. 거기엔 그 형사의 주소, 배우자의 이름과 일상 활동 경로, 아이들 이름과 다니는 학교가 자세히 적혀 있지."

"안 봐도 훤하군요."

"그렇게 되면 다른 부서로 전보시켜 달라고 요청하지. 그사이에 불면증 치료를 받고."

"알겠습니다. 표창을 받을 만한 자는 아니군요. 주소는 어디죠?"

안크램이 잔을 비웠다. "웃기게도 임대 주택에 살아. 하지만 잊지 말게. 로버트 맥스웰도 임대 주택에 살았어. 이곳을 꼭 봐야 하네."

"그럴 생각입니다."

안크램은 고개를 저었다. "엉클 조는 자네하고 말하지 않을 거야. 집 안으로 들어오지도 못하게 할걸."

"내기하시겠습니까?"

안크램이 눈을 가늘게 떴다. "자신 있나 보군."

잭 모튼이 눈을 굴리며 그들을 지나쳐 갔다. 순간 그들은 일상적인 대화를 나눴다. 잭이 주머니를 뒤져 동전을 찾았다. 자판기에서 음료가 나오길 기다렸다가 그들에게 돌아왔다.

"칙, '더 로비'로 가실 건가요?"

안크램이 고개를 끄덕였다. "1시인가?"

"그렇습니다."

"엉클 조의 패거리들은 어떻습니까?" 리버스가 물었다. 그는 안크램이 별명인 칙으로 자기를 불러도 된다는 말을 그에게는 아직 하지 않았다는 사실을 눈치챘다.

"떼로 있지. 신중하게 고른 경호원들과 보디빌더들이야. 또라이들도 몇 있어. 진짜 미친놈들이지. 보디빌더들은 사업 생각을 할지도 모르지만, 이 또라이들은 그 자체가 사업이야. 그중에 토니 엘이 있었지. 비닐봉지광에다 전동 공구 애호가야. 엉클 조 밑에는 아직 그런 놈이 한둘 있어. 그리고 조의 아들 말키가 있지."

"스탠리 나이프요?"

"글래스고 응급실에는 그놈의 취미를 증언해줄 사람이 널렸지."

"하지만 토니 엘은 그간 뜸했고요?"

안크램은 고개를 저었다. "하지만 자네를 위해 끄나풀들을 풀어서 알아보았네. 오늘쯤 소식이 있을 거야."

남자 셋이 홀 끝에 있는 문을 열고 들어섰다.

"이런, 이런." 안크램이 목소리를 낮춰 말했다. "'수정구슬' 양반이야."

리버스는 잡지에 사진이 실렸던 남자를 알아보았다. 미국인 '영매' 올더스 제인이었다. 제인은 메리 맥Merry Mac 사건 수사에서 미국 경찰을 도왔다. 메리 맥 사건이라고 불린 이유는 살인 현장을 ─벽 반대쪽에서 무슨 일이 일어났는지 모른 채─ 지나가던 어떤 사람이 목구멍 깊이 울리는 웃음소리를 들었기 때문이다.* 제인은 살인범이 사는 장소에 대한 인상을 말해 주었다. 경찰이 마침내 메리 맥을 체포했을 때, 언론에서는 그 장소가 제인이 그렸던 그림과 놀라울 정도로 비슷하다는 사실에 주목했다.

올더스 제인은 몇 주 동안 전 세계의 뉴스 지면을 장식했다. 스코틀랜드의 타블로이드 신문이 조니 바이블 수사에 그의 능력을 이용하는 조건으로 돈을 내겠다고 할 정도였다. 경찰 고위층에서도 다급한 나머지 이에 협조하겠다고 제안했다.

"안녕하신가, 칙." 다른 남자 중 하나가 말했다.

"좋은 아침이군, 테리."

'테리'가 소개를 기다리며 리버스를 쳐다보았다.

"존 리버스 경위야." 안크램이 말했다. "이쪽은 톰슨 경감이네."

* 'Merry'는 '즐거운', 'Mac'은 '스코틀랜드인'을 뜻한다.

남자가 손을 내밀었고, 리버스는 악수했다. 경찰의 모든 이인자처럼 그도 프리메이슨 식 악수를 했다. 리버스는 단원이 아니었지만 프리메이슨 식 악수를 흉내 내는 법은 배운 적이 있었다.

톰슨이 안크램 쪽으로 몸을 돌렸다. "제인 씨가 증거물 일부를 볼 수 있게 모셔가는 중이네."

"그냥 보는 것만으로는 안 됩니다." 제인이 바로잡았다. "만져봐야 합니다."

톰슨이 왼쪽 눈을 찡그렸다. 안크램만큼이나 이 일에 회의적인 게 분명했다. "알겠습니다. 이쪽으로 가시죠."

세 남자는 자리를 떴다.

"말없이 있던 사람은 누구죠?" 리버스가 물었다.

안크램이 어깨를 으쓱했다. "제인의 경호원이야. 신문사에서 나왔대. 신문사에서는 제인이 하는 모든 일에 동석하려고 해."

리버스가 고개를 끄덕였다. "아는 사람입니다." 그가 말했다. "예전에 알았던 사람이죠."

"이름이 스티븐스였던 것 같은데."

"짐 스티븐스입니다." 여전히 고개를 끄덕이며 리버스가 말했다. "그런데 두 살인범 사이에는 또 다른 차이점이 있습니다."

"뭔가?"

"바이블 존의 피해자들은 모두 생리 중이었습니다."

리버스는 조셉 톨에 대해 참고할 파일을 가지고 혼자 책상에 앉았다. 엉클 조가 재판을 받은 적이 거의 없다는 사실 말고는 그다지 알아낸 게 없었다. 리버스는 그게 의아했다. 톨은 경찰이 언제 자신이나 자신의 사업체를 감시하고 있는지, 언제 들이닥치는지 알고 있는 것 같았다. 그래서 경찰은 항상 증거를 찾지 못하거나, 찾더라도 그를 교도소에 집어넣기에는 부족했다. 몇 차례 벌금형을 받은 게 전부였다. 대규모 수사가 몇 차례 있었지만, 언제나 결정적인 증거 부족이나 감시 실패로 인해 수포로 돌아갔다. 마치 엉클 조가 영매를 고용하고 있는 것 같았다. 하지만 리버스는 더 그럴듯한 이유를 댈 수 있었다. CID의 누군가가 조폭에게 정보를 흘리고 있었다. 리버스는 거의 모든 CID 형사들이 입고 있는 고급 양복과 시계, 구두, 부유하고 거들먹거리는 분위기를 생각했다.

마치 서해안의 먼지와도 같다. 쓸어버리거나 구석에 처박아둬야 한다. 파일 마지막에 손으로 쓴 메모가 있었다. 안크램의 필체 같았다.

'엉클 조는 더 이상 사람들을 죽일 필요가 없다. 명성 그 자체가 무기가 되었고, 이 개자식은 계속해서 점점 더 강해질 것이다.'

리버스는 남는 전화를 발견하고 발리니니 교도소에 전화를 했다. 그런 다음에는 칙 안크램에게서 별 연락이 없어서 산책을 하러 나갔다.

생각했던 대로 리버스는 괴물 바이블 존이 점령하고 있는 퀴퀴한 냄새의 방으로 돌아왔다. 글래스고 사람들은 아직도 바이블 존 얘기를 하고 있었다. 조니 바이블이 나타나기 전에도 그랬다. 바이블 존은 잠자리에서 들었던 부기맨*이 나타난 것이며, 시대를 넘어 이어지는 괴담이었다. 왠지 섬뜩한 이웃이고, 두 층 위에 사는 조용한 남자였고, 창문 없는 밴의 택배 배달원이었다. 생각에 따라 어떤 사람도 될 수 있는 존재였다. 70년대 초반에 부모들은 아이들에게 "말 잘 들어. 안 그러면 바이블 존이 잡아가!" 하고 겁주었다.

---

* bogeyman, 아이들에게 겁을 줄 때 들먹이는 귀신.

그 부기맨이 실제로 나타났다. 그리고 모방범까지 생겼다.

근무조 형사들이 단체 휴가라도 떠난 것 같았다. 리버스는 사무실 안에 혼자 있었다. 이유는 모르겠지만 문을 열어두고 서류를 자세히 읽었다. 5만 개의 진술이 있었다. 리버스는 신문 머리기사 몇 개를 읽었다. '살인을 생각하고 있는 댄스홀의 돈 후안', '여성 살해범 추적 100일'. 추적이 시작된 첫해에 5천 명이 넘는 용의자가 취조를 받고 제외되었다. 세 번째 피해자의 여동생이 자세한 인상착의를 말해 준 덕분에 경찰은 살인범에 대해 많은 것을 알게 되었다. 눈은 청회색이었다, 오른쪽 위의 덧니 하나를 빼고는 치열이 가지런했다, 선호하는 시가 브랜드는 엠바시Embassy였다. 엄격한 집안에서 자랐다는 얘기를 했다. 성경 구절을 인용했다. 하지만 그때쯤에는 너무 늦었다. 바이블 존은 역사였다.

바이블 존과 조니 바이블 사이에는 또 다른 차이점이 있었다. 범행 사이의 간격이었다. 조니는 몇 주마다 살인을 저질렀다. 반면 바이블 존은 특정한 시간 간격이 없었다. 첫 번째 피해자는 1968년 2월이었다. 그러고는 거의 18개월이 지난 1969년 8월에 두 번째 피해자가 나왔다. 그리고 두 달 반이 지난 후에 세 번째이자 마지막 피해자가 나왔다. 첫 번째와 세 번째 피해자는 목요일 밤에 살해되었고, 두 번째 피해자는 토요일이었다. 18개월은 지나치게 긴 간격이었다. 리버스는 추론들 – 범인은 해외에 있었다. 상선 선원이거나 해군 수병, 아니면 육군이나 공군으로 복무했을 수도 있다. 다른 경범죄로 복역 중이었던 재소자일 가능성도 있다 – 을 알고 있었다. 하지만 전부 추론일 뿐이었다. 바이블 존의 세 피해자는 모두 아이 엄마였다. 조니 바이블의 경우, 지금까지는 그렇지 않았다. 바이블 존의 피해자가 생리 중이었다거나 아이가 있었다는 사실이 중요할까? 그는 세 번째 피해자의 겨드랑이 밑에 생리대를 놓아두었다. 일종의 의식이었다. 사건에 관여한 다수의 심리학자들이 그 행위에서 많은 것을 읽어냈다. 이론은 이랬다. 성경은 바이블 존에게 여자는 매춘부라고 말했다. 유부녀들이 자신과 함께 댄스홀을 나갈 때 그는 그것이 증명되었다고 생각했다. 피해자들이 생리 중이었다는 사실이 어떤 면에서 그를 더 격분시켜 충동을 자극했고, 그래서 죽인 것이다.

리버스는 세 범행 사이에는 상황을 제외한 어떠한 연관성도 없다고 믿는 사람들이 늘 있어 왔다는 것을 알고 있었다. 그들은 살인자가 세 명 있다고 가정했고, 살인 사이에는 강한 우연의 일치만이 있다고 주장했다. 리버스는 우연을 별로 믿지 않기 때문에, 여전히 한 명의 강력한 살인범이 있다고 생각했다.

위대한 경찰 몇 명도 가세했다. 지미 보일을 추종하던 톰 구달이 있었다. 지미 보일은 피터 마누엘이 자백했을 때 현장에 있었다. 그리고 구달이 죽자 엘립스톤 달글리시와 조 비티가 그 자리를 채웠다. 비티는 용의자들의 사진을 오랫동안 응시했다. 가끔은 확대경을 사용했다. 비티는 바이블 존이 사람들로 붐비는 방에 들어오더라도 알아볼 수 있다고 주장했다. 몇몇 경찰들은 이 사건에 집착하면서 나락으로 떨어졌다. 그 모든 노력에도 불구하고 결과는 없었다. 경찰은, 경찰의 수사 방법은, 시스템은 조롱거리가 되었다. 리버스는 다시 로슨 게데스를 생각했다.

고개를 들었다. 누군가가 문가에서 자신을 지켜보고 있었다. 두 사람이 방 안으로 들어와서 리버스는 자리에서 일어났다.

올더스 제인과 짐 스티븐스였다.

"뭐 좀 건졌나요?" 리버스가 물었다.

스티븐스는 어깨를 으쓱했다. "초반인걸요. 올더스가 몇 가지 찾아냈어요." 그가 손을 내밀었다. 리버스가 악수를 했다. 스티븐스가 미소를 지었다. "저 기억하시죠?" 리버스가 고개를 끄덕였다. "아까 홀에서는 긴가민가했습니다."

"런던에 있는 줄 알았는데요."

"3년 전에 돌아왔습니다. 지금은 주로 프리랜서로 일하죠."

"경호원 일도 하시는 것 같더군요."

리버스는 올더스 제인 쪽을 쳐다보았지만 그는 듣고 있지 않았다. 그는 가장 가까운 책상 위에 있는 서류에 손바닥을 댔다. 중년에 키가 작고 말랐으며, 엷은 푸른색이 들어간 철테 안경을 썼다. 입술은 약간 벌어져서 작고 좁은 이가 보였다. 리버스는 스트레인지러브 박사*를 연기한 피터 셀러스를 떠올렸다. 그는 재킷 위에 카굴**을 걸쳤고, 움직일 때마다 획획 소리가 났다.

"이건 뭐죠?" 제인이 말했다.

"바이블 존입니다. 조니 바이블의 조상이죠. 이 사건 때도 무당을 초빙했습니다. 제럴드 크로이셋이요."

"영매(paragnost)겠죠." 제인이 조용히 말했다. "성과가 있었나요?"

"어떤 장소, 가게 주인 두 사람, 심문을 도와줄 노인 한 사람을 설명했습니다."

"그래서요?"

"그래서," 짐 스티븐스가 끼어들었다. "어떤 기자가 비슷해 보이는 장

* 스탠리 큐브릭의 영화 「닥터 스트레인지러브」의 주인공인 미친 과학자.
** cagoule, 비바람을 막기 위해 입는 모자 달린 긴 상의.

소를 찾아냈습니다."

"하지만 가게 주인은 없었죠." 리버스가 덧붙였다. "노인도요."

제인이 올려다보았다. "냉소주의는 도움이 되지 않습니다."

"불가지론자(par-agnostic)라고 해 두시죠."*

제인이 미소를 지으며 손을 내밀었다. 리버스가 손을 잡았다. 사람의 손바닥에서 나오는 것이라기에는 너무나 뜨거운 열기가 느껴졌다. 팔까지 얼얼했다.

"소름끼치죠?" 리버스의 속내를 읽었다는 듯 짐 스티븐스가 말했다.

리버스는 네 개의 책상 전부에 있는 자료들 위로 손을 흔들었다. "그래서 제인 씨, 뭔가 느껴지십니까?"

"슬픔과 고통뿐입니다. 둘 다 믿을 수 없을 정도예요." 그는 바이블 존의 나중 몽타주 사진 하나를 집어 들었다. "그리고 깃발을 본 것 같습니다."

"깃발이요?"

"성조기하고 나치 십자가 깃발입니다. 그리고 물건들로 가득 찬 트렁크가……" 제인이 눈을 감았다. 눈꺼풀이 떨리고 있었다. "현대식 주택의 다락 안입니다." 눈을 떴다. "그게 전부입니다. 거리가 멀어서요. 너무 멀군요."

스티븐스는 수첩을 꺼내 속기로 재빨리 적었다. 문가에 누군가 서 있었다. 세 사람이 함께 있는 걸 보고 놀란 것 같았다.

"경위." 칙 안크램이 말했다. "점심시간이야."

---

* 앞에서 제인이 말한 paragnost란 단어로 한 말장난.

그들은 경찰차 하나를 타고 웨스트엔드로 향했다. 안크램이 운전대를 잡았다. 안크램은 뭔가 달라졌다. 리버스에게 더욱 흥미가 생긴 동시에 경계하는 것 같았다. 대화는 점차 탐색전이 되었다.

마침내 안크램은 줄무늬 교통 고깔이 세워져 있는 차도 가장자리를 가리켰다. 교통 고깔은 거리에 남은 유일한 공간을 보호하고 있었다.

"나가서 저것 좀 치워주겠나?"

리버스는 그 말에 따라 고깔을 보도 위에 올려놓았다. 안크램은 그 공간에 차를 바짝 후진 주차했다.

"연습 많이 하신 것 같은데요."

안크램이 그의 넥타이를 바르게 펴며 말했다. "내 전용 주차 구역이야."

둘은 '더 로비'로 들어갔다. 최신 유행 스타일의 바였다. 높아서 불편해 보이는 바 스툴이 많았다. 벽에는 흑백의 타일이 붙어 있었고, 천장에는 일렉트릭 기타와 어쿠스틱 기타가 걸려 있었다.

바 뒤에는 칠판으로 된 메뉴판이 있었다. 직원 세 명은 점심시간에 몰려든 손님을 접대하느라 바빴다. 알코올보다는 향수 냄새가 많이 났다. 쿵쾅거리는 음악 위로 여성 회사원들이 높은 목소리로 이야기하며 화려한 색의 음료를 마시고 있었다. 가끔 나이 든 남자가 한두 명 그녀들과 함께하면서 말없이 미소를 짓고 있었다. 남자들은 '임원'이라고 써진 듯한 양복을 입고 있었다. 여자들의 상사였다. 테이블에는 잔보다 휴대폰과 호출기가 더 많이 있었다. 직원들도 그런 것들을 가지고 있는 것 같았다.

"뭘 드릴까요?"

"에이티* 한 파인트."

---

* 스코틀랜드의 맥주.

"드실 거는요?"

리버스는 메뉴를 훑어보았다. "고기가 든 거 있나요?"

"게임 파이$^{Game\ pie}$가 있습니다."

리버스는 고개를 끄덕였다. 바에서부터 줄이 늘어서 있었지만 안크램은 바텐더의 주의를 끌었다. 안크램은 발끝으로 서서, 스트로 파마$^{straw\text{-}perm}$를 한 10대들의 머리 위로 큰 소리로 주문을 외치고 있었다. 10대들은 돌아서서 적대적인 시선을 보냈다. 안크램이 새치기를 했다.

"괜찮겠지, 아가씨들?" 10대들은 다시 고개를 돌렸다.

안크램은 리버스를 데리고 바를 가로질러 먼 구석 자리로 갔다. 식탁 위에는 샐러드, 키시*, 과카몰리 같은 채소 요리가 가득했다. 리버스는 직접 의자를 빼 앉았다. 안크램의 의자는 이미 준비되어 있었다. 세 명의 CID 형사가 앉아 있었다. 한 사람을 빼고는 모두 앞에 파인트 잔이 놓여 있었다. 안크램이 소개했다.

"잭은 알고 있을 거고." 피타 빵**을 씹으며 잭 모튼이 고개를 끄덕였다. "이쪽은 앤디 레녹스 경사, 그리고 빌리 에그레스톤 경위야." 두 사람은 무뚝뚝하게 인사했다. 음식에 더 정신이 팔려 있었다.

"술은요?"

"기다려. 좀 참으라고. 저기 오네."

바텐더가 쟁반을 들고 다가왔다. 쟁반에는 리버스의 파인트 잔과 게임 파이, 안크램의 훈제 연어 샐러드와 진토닉이 있었다.

"12파운드 10펜스입니다." 바텐더가 말했다. 안크램이 5파운드 지폐

* quiche, 달걀, 우유에 고기, 야채, 치즈 등을 섞어 만든 파이의 일종.
** pitta bread, 가운데를 갈라서 다른 재료를 넣어서 먹을 수 있는, 길게 둥글넓적한 빵.

세 장을 건네준 다음 거스름돈은 가지라고 했다. 안크램이 리버스 쪽으로 잔을 들었다.

"우리를 위해."

"우리처럼 좋은 사람들은 없죠." 리버스가 덧붙였다.

"아주 적지. 그리고 그들은 다 죽었어."* 잭 모튼이 자기 잔을 들며 말했다. 잔에 든 건 아무래도 물 같았다. 다들 먹고 마시며 그날의 소문들을 주고받았다. 옷이 사람을 만드는 건 아니라고 리버스는 생각했다. 답답하고 불편한 느낌이 들었다. 식탁에는 충분한 공간이 없었고 의자는 안크램 쪽에 너무 가까이 붙어 있었다. 음악 때문에 머리가 어지러웠다.

"그래서 엉클 조를 어떻게 생각하나?" 마침내 안크램이 물었다.

리버스는 질긴 페이스트리 조각을 씹고 있었다. 다른 사람들이 대답을 기다리고 있는 것 같았다.

"오늘쯤 찾아가 볼 생각입니다."

안크램이 웃었다. "진담이라면 알려주게. 무기를 빌려줄 테니." 다른 사람들도 웃음을 터뜨리며 다시 음식을 먹기 시작했다. 리버스는 글래스고 CID에 엉클 조의 돈이 얼마나 많이 돌고 있는지 궁금했다.

"존하고 저는," 잭 모튼이 말했다. "'매듭과 십자가'** 사건을 함께 수사했죠."

"정말인가?" 안크램이 흥미를 보이는 것 같았다.

리버스는 고개를 저었다. "오래전 일입니다."

모튼이 리버스의 말투를 눈치채고 고개를 음식 쪽으로 숙이고는 물잔

---

* 로버트 번즈의 시의 한 구절로 스코틀랜드인이 즐겨 쓰는 건배사.
** 첫 번째 '존 리버스 컬렉션'의 제목이기도 하다.

에 손을 뻗었다.

오래전 얘기다. 그리고 너무나, 너무나 지독하게 고통스러웠다.

"오래전 일이라……" 안크램이 말했다. "스파벤 사건 때문에 좀 곤란을 겪는 것 같더군." 그가 짓궂게 미소를 지었다. "신문에서 읽었네."

"TV 프로그램들이 유난을 떠는 겁니다." 리버스는 그렇게만 말했다.

"DNA 때문에 더 문제가 많아졌습니다." 에그레스톤이 말했다. 그는 키가 크고 말랐으며 위엄이 있었다. 리버스는 회계사를 떠올렸다. 에그레스톤은 서류 작업에는 능숙하지만 현장에서는 엉망일 게 분명했다. 하지만 경찰서마다 그런 사람이 적어도 하나는 필요했다.

"전염병이나 마찬가지죠." 레녹스가 툴툴거렸다.

"사회적인 문제지." 안크램이 말했다. "우리한테는 그 DNA가 문제야."

"DNA요?"

안크램이 리버스 쪽으로 몸을 돌렸다. "'숙박 금지(Do Not Accommodate)' 말이야. 지자체가 '문제 손님'을 쫓아내고 있어. 심지어 야간 쉼터에도 숙박하는 걸 거부하지. 대부분 마약 중독자이고, 정신병자, 사회로 복귀했던 '정신 이상자'들이야. 이들은 공동체에서 곧바로 다시 쫓겨나지. 그래서 이들은 거리에 나앉아서 범죄를 저지르게 돼. 덕분에 우리만 고생이지. 소란을 피우고 약물을 주사하는 그런 짓들을 하니까."

"지랄 맞게 고생이죠." 레녹스가 말했다. 연한 적갈색의 빽빽한 곱슬머리에 뺨은 진홍색이었고, 얼굴에는 주근깨가 가득했지만 눈썹과 속눈썹은 깔끔했다. 식탁에 앉은 사람들 중 유일하게 담배를 피웠다. 리버스는 한 대 피워 물고 합세했다. 잭 모튼이 비난하는 듯한 표정을 지었다.

"그래서 어떻게 하실 거죠?" 리버스가 물었다.

"말해 주지." 안그램이 말했다. "다음 주말에 그놈들을 한곳에 모아서는 버스에 태워서 프린스 스트리트*에 죄다 떨구고 올 생각이야."

리버스를 향해 더 큰 웃음이 터져 나왔다. 안크램이 주도했다. 리버스는 시계를 확인했다.

"어디 가려고?"

"네. 가는 게 좋겠습니다."

"좋아." 안크램이 말했다. "자네가 정말 엉클 조의 집에 갈 생각이라면 나도 알아야 해. 오늘 저녁에 여기 있겠네. 7시부터 10시까지. 알겠나?"

리버스는 고개를 끄덕였다. 손을 흔들어 인사를 한 다음 자리를 떴다.

밖에 나오자 기분이 나아졌다. 걷기 시작했다. 확실한 목적지가 있는 건 아니었다. 도시의 중심부는 일방통행 도로의 망 시스템으로 이루어진 미국 스타일로 펼쳐져 있었다. 에든버러에는 기념비적인 건축물이 있는 정도지만, 글래스고는 도시 자체가 기념비적인 규모로 건설되었기 때문에, 에든버러가 장난감 나라처럼 보일 정도였다. 리버스는 계속 걷다가 좀 더 마음에 드는 스타일의 바를 발견했다. 그는 이제부터 해야 할 일을 떠받쳐 줄 게 필요하다는 걸 알았다. 바에는 TV가 조용하게 나오고 있었지만 음악은 없었다. 대화는 낮은 목소리로 이루어졌다. 리버스는 가장 가까이 있는 두 사람이 무슨 얘기를 하는지 알 수 없었다. 억양이 너무 강했다. 바에 여자라고는 바텐더뿐이었다.

"뭘 드릴까요?"

"그라우스 더블로 주세요. 반병은 가지고 갈 겁니다."

리버스는 잔에 물을 조금씩 부었다. 여기서 파이 몇 개를 먹고 위스키

---

* 에든버러의 중심가.

116

를 몇 잔 마시더라도 '더 로비'의 반값밖에 되지 않을 거라는 생각이 들었다. 하지만 거기서는 안크램이 계산했다. 멋진 양복의 주머니에서 빳빳한 5파운드 지폐 세 장을 꺼내서.

"콜라 한 잔이요."

리버스는 새 손님 쪽으로 몸을 돌렸다. 잭 모튼이었다.

"날 따라왔어?"

모튼이 미소를 지었다. "기분이 안 좋아 보였거든."

"자네와 자네 친구들은 너무 좋아 보였고."

"난 돈에 넘어간 게 아니야."

"자넨 아니라고? 넘어간 사람이 있긴 한가 보네?"

"진정해, 존. 농담이야." 모튼이 리버스 옆에 앉았다. "로슨 게데스 얘기 들었어. 그럼 이제 그 난리도 잦아드는 건가?"

"희망사항이지." 리버스가 잔을 비웠다. "저걸 봐." 바 구석에 있는 기계를 가리키며 그가 말했다. "젤리빈 판매기야. 한 번에 20펜스지. 스코틀랜드는 두 가지가 유명해. 단 것 중독과 알코올 소비."

"유명한 게 두 개 더 있지." 모튼이 말했다.

"뭔데?"

"문제를 피하고 내내 죄책감을 갖는 것."

"캘빈주의Calvinism?" 리버스가 빙그레 웃었다. "자네가 아는 캘빈이라곤 캘빈 클라인뿐이라고 생각했는데."

잭 모튼이 그를 쳐다보며 눈을 마주치려고 했다. "알코올 중독이 된 이유를 하나만 말해줘."

리버스는 코웃음 쳤다. "끊는 데 얼마나 걸렸어?"

모튼이 대답했다. "오래 걸렸지."

"그걸로는 부족해, 잭. 적당한 술이나 마셔."

"이게 적당한 술이야. 자네가 마시는 건 진짜 술이 아니야."

"그럼 뭔데?"

"핑계지."

잭은 리버스를 발리니니까지 차로 데려다주겠다고 했다. 왜 거기 가려는지 이유는 묻지 않았다. M8 도로를 타고 리드리로 갔다. 잭은 모든 경로를 알고 있었다. 가는 동안 둘은 별로 얘기를 하지 않았다. 그러다 잭이 둘 사이에 남은 질문을 했다.

"새미는 어떻게 지내?"

리버스의 딸 새미는 이제 성인이 되었다. 잭은 새미를 거의 10년 가까이 보지 못했다.

"잘 지내." 리버스는 화제를 돌리려고 했다. "칙 안크램이 날 안 좋아하는 것 같아. 계속 나를…… 관찰하고 있거든."

"상황 판단이 빠른 사람이야. 잘 대해줘."

"특별한 이유라도 있어?"

잭 모튼은 대답하려다 꾹 참고 고개를 저었다. 컴버놀드 로드를 벗어나 교도소에 가까이 다가갔다.

"존." 잭이 말했다. "내가 기다리고 있을 순 없어. 여기 언제까지 있을지 알려주면 순찰차를 보낼게."

"한 시간이면 될 거야."

잭 모튼이 시계를 확인했다. "한 시간." 그가 손을 내밀었다. "다시 만나서 반가웠어, 존."

리버스는 그의 손을 잡고 꽉 쥐었다.

6

면회실에 도착했을 때 '빅 제르' 캐퍼티가 기다리고 있었다.

"이런, 스트로맨. 이거 뜻밖인걸?"

스트로맨. 캐퍼티는 리버스를 그렇게 불렀다. 리버스를 면회실로 안내한 교도관은 자리를 지키겠다고 했고, 방 안에는 이미 캐퍼티를 감시하고 있는 교도관이 둘이나 있었다. 캐퍼티는 이미 발리니니에서 한 차례 탈옥했고, 다시 그를 붙잡아온 교도소 측은 경계를 늦추지 않았다.

"안녕하신가, 캐퍼티." 리버스는 캐퍼티 건너편 자리에 앉았다. 캐퍼티는 감옥에서 나이가 들었다. 피부색도 나빠졌고 근육 대신 여기저기 군살이 붙었다. 머리카락이 가늘어진 데다 빠르게 세었고, 턱과 광대뼈에는 삐죽삐죽 짧은 수염이 있었다. "뭘 좀 가져왔어." 리버스는 주머니에서 술 반병을 꺼내며 교도관을 쳐다보았다.

"안 됩니다." 교도관 하나가 빠르게 말했다.

"걱정마, 스트로맨." 캐퍼티가 말했다. "술이라면 넘치도록 있어. 목욕을 해도 될 정도라니까. 마음은 고마워."

리버스는 술병을 다시 주머니에 집어넣었다.

"부탁이 있는 것 같은데?"

"그래."

캐퍼티는 완전히 편한 자세로 다리를 꼬았다. "뭔데?"

"조셉 톨이라고 알지?"

"동네 개들도 엉클 조는 알지."

"맞아. 하지만 넌 진짜 알잖아."

"그래서?" 캐퍼티의 미소에는 날이 서 있었다.

"그자한테 전화해서 나와 연결해줘."

캐퍼티는 그 요청을 곰곰이 생각했다. "이유는?"

"앤서니 케인에 대해 물어보려고."

"토니 엘? 죽은 줄 알았는데."

"니드리의 살인 현장에서 그놈 지문이 나왔어." 리버스는 상관의 말은 아랑곳하지 않고 살인 사건으로 취급했다. 그리고 그게 캐퍼티에게 더 강한 인상을 준다는 걸 알았다. 적중했다. 캐퍼티의 입술이 동그래지면서 휘파람을 불었다.

"어리석은 짓이었네. 토니 엘은 그렇게 멍청한 놈이 아니었는데. 그리고 만일 아직도 엉클 조 밑에서 일한다면…… 결과가 안 좋을 수 있어."

리버스는 캐퍼티가 머릿속에서 연관성을 생각하고 있다는 것을 알았다. 조셉 톨을 발리니니 교도소의 자기 감방 옆에 데려다 놓을 수 있는 연관성이었다. 캐퍼티가 조셉 톨을 교도소에 처넣으려는 이유가 있을 것이다. 오랜 원한, 갚지 않은 빚, 영역 침범. 해결해야 할 오랜 원한은 언제나 존재한다. 캐퍼티는 결정을 내렸다.

"전화기 구해줘."

리버스는 "안 됩니다"라고 불통댔던 교도관에게 가서 위스키를 그의 주머니에 찔러넣었다.

"전화 좀 써야겠어요."

교도관들이 좌우에서 캐퍼티를 잡고 복도를 지나 공중전화가 있는 곳까지 갔다. 문 세 개를 통과해야 했다.

"이렇게 바깥세상과 가까운 곳까지 온 것도 오랜만이네." 캐퍼티가 너스레를 떨었다.

교도관들은 웃지 않았다. 리버스는 전화요금을 건넸다.

"자," 캐퍼티가 말했다. "번호가 기억나려나……" 그는 리버스에게 윙크하고 일곱 자리 숫자를 누른 다음 기다렸다.

"여보세요?" 캐퍼티가 말했다. "거기 누구지?" 누군가 자기 이름을 댔다. "처음 들어보네. 이봐, 엉클 조한테 빅 제르가 할 말이 있다고 전해. 그렇게만 말하면 돼." 캐퍼티는 기다렸다. 입술을 핥으며 리버스를 쳐다보았다. "뭐라고 했다고? 바-L에서 전화하는 거라고 전해. 동전 얼마 안 남았다고."

리버스는 동전을 더 집어넣었다.

"좋아." 캐퍼티는 점점 더 열 받았다. "등에 있는 문신 안다고 해." 그는 마우스피스를 꼈다. "엉클 조가 떠벌리지 못하는 거야."

리버스는 가능한 한 수화기 가까이 다가갔다. 느리고 거친 목소리가 들렸다.

"캐퍼티, 정말 자넨가? 누가 날 약 올리는 줄 알았지."

"안녕하신가, 엉클 조. 사업은 어때?"

"죽을 맛이야. 누가 옆에 있어?"

"세어 볼게. 원숭이 세 마리와 바보 하나."

"자넨 늘 관심받길 좋아했지. 그게 문제야."

"좋은 충고군. 하지만 너무 늦었어."

"그래서 그놈들이 원하는 게 뭐야?" '그놈들'은 바보 리버스와 세 마리 원숭이인 교도관들이다.

"에든버러 CID에서 온 바보가 자네하고 얘기하고 싶대."

"무슨 얘기?"

"토니 엘."

"할 얘기가 뭔데? 토니는 내 일 안 한 지 1년도 넘었어."

"경찰 나리한테 그렇게 말해. 토니가 옛날 수법을 쓰는 것 같아. 에든버러에서 시체가 발견됐는데 현장에 토니 지문이 있었대."

낮은 으르렁거림이 들렸다. 인간의 소리였다.

"거기 개라도 있어?"

"경찰한테 난 토니하고 아무 관계도 없다고 전해."

"직접 듣고 싶은 것 같은데?"

"그럼 바꿔줘."

캐퍼티는 리버스를 쳐다보았다. 리버스는 고개를 저었다.

"만나서 듣고 싶대."

"그 새끼 호모야 뭐야?"

"구식 인간이야. 마음에 들걸."

"자네한테는 왜 갔어?"

"지푸라기라도 잡으려는 심정이었겠지."

"자넨 왜 맞장구쳐주고 지랄이야?"

캐퍼티는 주저 없이 말했다. "위스키 반병 때문이지."

"맙소사. 바-L이 생각보다 더 빡빡한가 보네." 목소리가 좀 누그러졌다.

"위스키 한 병만 보내주면 그놈한테 꺼지라고 해줄게."

껄껄대는 웃음소리가 들렸다. "젠장, 캐퍼티. 보고 싶군. 얼마나 더 있어야 해?"

"변호사한테 물어봐."

"아직 손 안 떼고 있지?"

"어떻게 생각해?"

"그렇다고 들었어."

"귀는 살아 있네."

"그 새끼 보내. 5분 준다고 전해. 조만간 한번 보러 갈게."

"안 오는 게 좋아, 엉클 조. 면회 시간 끝나면 교도소 쪽에서 열쇠 잃어버렸다고 할지도 모르거든."

웃음소리가 더 들렸다. 전화가 끊어졌다. 캐퍼티는 수화기를 내려놓았다.

"나한테 신세 진 거야, 스트로맨." 캐퍼티가 툴툴댔다. "이제 내 부탁 들어줘. 저 늙은 개새끼를 없애버려."

하지만 리버스는 이미 자유를 향해 떠나고 있었다.

제복 경관 두 명이 탄 차가 기다리고 있었다. 모튼이 약속을 지켰다. 리버스는 톨의 파일에서 기억했던 주소를 알려주었다. 그는 뒷좌석에 앉았다. 조수석에 있던 경관이 몸을 돌렸다.

"엉클 조의 주소로 갑니까?"

리버스는 고개를 끄덕였다. 경관들이 눈빛을 교환했다.

"가기나 해." 리버스가 명령했다.

퇴근 시간이라 교통이 혼잡했다. 글래스고는 고무처럼 사방으로 뻗어나가 있었다. 그들이 도착한 주택 단지는 규모 면에서 에든버러의 그것과 거의 비슷했다. 회색 시멘트 외벽, 황량한 놀이터, 타맥* 도로와 요새화된 가게 몇 곳이 있었다. 자전거를 탄 아이들이 차를 구경하러 멈춰 섰다. 눈이 보초병처럼 날카로웠다. 금발로 염색한 못생긴 엄마들이 바삐 유모차를 끌고 있었다. 그들은 단지 안으로 천천히 운전해 들어갔다. 주민들이 창문 뒤에서 내다보았고, 길모퉁이에 남자들이 모여서 얘기를 나누고 있었다. 도시 안의 도시였다. 획일적이고 무기력하며, 활력이 떨어졌다. 고집만이 남아 있었다. 게이블** 끝에 '굴복하지 않는다(No Surrender)'라는 글귀가 쓰여 있었다. 얼스터***에서 보내는 메시지는 여기에 아주 적절했다.

"약속은 잡으셨습니까?" 운전하던 경관이 물었다.

"했네."

"최소한 그건 다행이군요."

"근처에 다른 순찰차는 없나?"

조수석에 앉은 경관이 신경질적으로 웃었다. "이곳은 국경입니다, 경위님. 국경에는 자신들만의 법과 정의를 지키는 방법이 있죠."

"엉클 조 정도의 돈을 가졌다면," 운전석의 경관이 말했다. "이런 곳에 사시겠습니까?"

"엉클 조는 여기서 태어났어." 리버스가 말했다. "그자의 집은 좀 특별하겠지."

---

* tarmac, 아스팔트 포장재.
** gable, 박공지붕의 옆면 지붕 끝머리에 '∧' 모양으로 붙여 놓은 두꺼운 널빤지.
*** Ulster, 옛 아일랜드 지방.

"특별하다고요?" 운전석의 경관이 코웃음 쳤다. "글쎄요. 직접 보고 판단하시죠."

경관이 차를 막다른 길 입구의 정거장에 세웠다. 리버스는 막다른 길 끝에 있는 집 두 채를 보았다. 단 한 가지 점이 이웃집들보다 두드러졌다. 외벽이 돌로 되어 있었다.

"저 집 중 하나인가?" 리버스가 물었다.

"아무 문으로나 가셔도 됩니다."

리버스는 차에서 내리다가 다시 안쪽으로 몸을 기댔다. "가버릴 생각은 말게." 리버스는 차 문을 닫고 막다른 골목으로 걸어갔다. 다른 집들과 반쯤 떨어져 있는 똑같은 두 집 중에서 왼쪽을 택했다. 안쪽에서 문이 열리고 터질 듯한 티셔츠를 입은 거대한 체구의 남자가 리버스를 안으로 안내했다.

"경찰이야?" 둘은 비좁은 현관에 서 있었다. 리버스는 고개를 끄덕였다. "저쪽으로 들어가."

리버스는 거실 문을 열고는 흠칫 놀랐다. 두 주택 사이를 연결하는 벽을 허물어서 거실 공간을 두 배로 만든 집이었다. 방도 실제 가능한 것보다 뒤쪽으로 더 뻗어 있었다. 리버스는 드라마 「닥터 후」에 나오는 우주선 '타디스'를 떠올렸다. 그리고 거실에 혼자 있다 집 뒤쪽으로 걸어갔다. 대형 온실을 포함한 큰 규모의 증축 건물이 있었다. 정원을 위해 남겨둔 공간을 최소화한 게 분명했지만 바깥의 잔디밭은 넓었다. 집 뒤에는 운동장이 있었다. 리버스는 엉클 조가 정원을 위해 이 운동장의 잔디 상당량을 떼어왔다는 걸 알았다.

허가 같은 건 애초에 안중에도 없었다.

하지만 그렇다면 누가 허가를 받으려 할까?

"귀가 먹었나?" 목소리가 들렸다. 리버스는 몸을 돌렸다. 작달막한 키에 구부정한 자세의 남자가 방으로 들어온 걸 보았다. 한 손에는 담배를, 다른 손에는 지팡이를 들었다. 그는 카펫용 슬리퍼를 끌고 길이 잘 든 안락의자로 가 파묻혔다. 손으로 매끄러운 팔걸이 덮개를 잡고, 지팡이는 무릎 위에 얹었다.

리버스는 남자의 사진을 본 적이 있었다. 하지만 현실과 맞닥뜨리는 데는 도움이 되지 않았다. 조셉 톨은 정말로 누군가의 삼촌처럼 보였다. 70대의 나이에 체격이 다부졌으며, 손과 얼굴은 예전에 탄광 광부였던 것처럼 보였다. 가는 회색 머리는 뒤로 벗어넘겨 헤어왁스를 발랐다. 사각턱에 눈에는 물기가 많았고 목 주위에 안경이 끈으로 걸려 있었다. 담배를 입으로 올렸을 때 니코틴에 절은 손가락과 멍들고 안으로 파고든 손톱이 보였다. 무늬 없는 카디건을 마찬가지로 무늬 없는 스포츠 셔츠 위에 걸쳐 입었다. 카디건에는 꿰맨 자국이 있었고, 거기서 삐져나온 실이 대롱거렸다. 헐렁한 갈색 바지는 무릎에 얼룩이 있었다.

"내 귀는 아무 이상 없습니다." 앞으로 다가서며 리버스가 말했다.

"다행이군. 딱 한 번만 말하려고 했거든." 엉클 조가 코웃음 치며 숨을 가다듬었다. "앤서니 케인은 내 밑에서 12년인가 13년 일했어. 내내 그랬던 건 아니고 단기 계약이었지. 하지만 1년쯤 전에 떠나서 독립하겠다고 했어. 좋은 분위기에서 헤어졌지. 그 후로는 본 적 없네."

리버스는 의자를 가리켰다. 톨은 앉아도 된다고 고개를 끄덕였다. 리버스는 시간을 들여 편안히 앉았다.

"톨 씨."

"다들 엉클 조라고 불러."

"스탈린처럼요?"*

"그걸 농담이라고 하나? 자네 질문이나 해."

"토니는 당신을 떠날 때 무엇을 하려고 했습니까?"

"특별한 건 없었어. 우리가 헤어질 때 나눈 대화는…… 딱딱했지."

리버스는 고개를 끄덕이며 생각했다. 나도 당신하고 아주 비슷한 삼촌이 있지. 이름도 기억나지 않지만.

"그게 전부라면……" 톨은 의자에서 일어나려는 몸짓을 했다.

"바이블 존이라고 기억하십니까?"

톨은 얼굴을 찡그렸다. 질문은 이해했지만 의도를 모르는 것 같았다. 그는 바닥에 있는 재떨이로 손을 뻗어 그 안에 담배를 비벼 껐다. "확실히 기억하지. 거리에 경찰이 쫙 깔렸잖나. 사업에는 악재였지. 우린 100% 협조했어. 애들을 풀어서 몇 달 동안 그놈을 추적했지. 몇 달이나! 이젠 또 새로운 개자식이 나타났더군."

"조니 바이블?"

톨이 자기 자신을 가리켰다. "난 사업가야. 무고한 사람 죽이는 꼴은 못봐. 내 밑에 택시 기사들이 있어." 잠시 말을 멈췄다. "지역 택시 회사에 지분이 있거든. 모든 택시 기사들한테 지시했어. 눈 똑바로 뜨고 귀 쫑긋하고 있으라고." 그는 거칠게 숨을 쉬었다. "들어오는 거 있으면 바로 경찰에 알릴 생각이야."

"시민 정신이 투철하시군요."

톨은 어깨를 으쓱했다. "사업하려면 그래야지." 그는 또 잠시 말을 멈추

---

* 스탈린의 별명이 '엉클 조'였다.

고 얼굴을 찡그렸다. "이 모든 게 토니 엘과 무슨 관계가 있나?"

"없습니다." 톨은 미심쩍어하는 것 같았다. "거의 없다고 해 두죠. 담배 피워도 됩니까?"

"시간이 없을 텐데."

리버스는 어쨌거나 담뱃불을 붙이고 자리에 눌러앉았다. "토니 엘은 어디로 갔습니까?"

"엽서를 안 보내서 몰라."

"짐작 가시는 게 분명 있을 텐데요."

톨은 생각해 보려다가 그럴 필요도 없다는 걸 알았다. "남쪽 어디였던 것 같아. 런던일지도 모르지. 거기 친구들이 있거든."

"런던이요?"

톨은 리버스를 보지 않았다. 고개를 저었다. "런던으로 갔다는 얘기를 들었어."

리버스는 자리에서 일어섰다.

"벌써 일어나려고?" 톨은 지팡이로 균형을 잡으며 일어서려고 했다. "이제 서로 알기 시작했는데 말이야. 요즘 에든버러는 어떤가? 우리가 에든버러에 대해 뭐라고 말하곤 했는지 아나? 빛 좋은 개살구, 그게 에든버러다." 갈라지는 듯한 웃음소리가 갈라지는 듯한 기침으로 바뀌었다. 그는 무릎이 거의 풀려서 양손으로 지팡이를 움켜잡았다.

리버스는 톨의 기침이 멎을 때까지 기다렸다. 노인의 얼굴은 암갈색이었고 땀이 맺혔다. "그 말이 맞을지도 몰라." 그가 말했다. "여기선 개살구 자체를 별로 보지 못했어. 빛 좋은 건 고사하고라도."

톨의 얼굴이 찡그려지면서 누런 틀니가 보였다. "캐퍼티는 내가 자네를 좋아하게 될 거라고 했어. 그리고 그거 아나?"

"뭘요?"

찌푸렸던 얼굴이 노려보는 것으로 바뀌었다. "그놈이 틀렸어. 직접 보니 자네를 나한테 보낸 이유가 점점 더 궁금해지는군. 술 반병 때문만은 아닐 거야. 캐퍼티가 그렇게 싼 놈도 아니고. 에든버러로 돌아가는 게 좋을 거야, 꼬마. 자기 몸이나 잘 건사해. 거기도 전만큼 안전하지 않다던데."

리버스는 거실 제일 끝으로 가서 다른 쪽 문으로 나가려고 했다. 그 옆에는 층계참이 있었다. 누군가가 뛰다시피 내려오다 리버스와 부딪힐 뻔했다. 형편없는 옷을 입은 거구의 사내였다. 그다지 똑똑해 보이지는 않는 얼굴에, 팔에는 엉겅퀴와 백파이프 문신이 있었다. 나이는 스물다섯 정도로 보였다. 리버스는 파일의 사진에 나왔던 그 얼굴을 알아보았다. 매드 (Mad) 말키 톨, 일명 '스탠리'였다. 조셉 톨의 아내는 출산 중 사망했다. 너무 노산이었다. 그녀는 첫 두 아이를 잃었었다. 하나는 유아였을 때, 하나는 차 사고로. 그래서 자식은 스탠리뿐이었다. 후계자 1순위였지만 머리로만 따지면 맨 뒷줄에 서야 했을 것이다.

스탠리는 악의와 위협이 서린 눈으로 오랫동안 리버스를 쳐다보다가 아버지에게 천천히 달려갔다. 줄무늬 양복바지와 티셔츠, 흰 양말, 운동화 차림이었다. 리버스는 지금껏 이런 패션의 조폭을 본 적이 없었다. 돈은 돈 대로 쓰고 스타일은 엉망이었다. 얼굴에는 큼직한 사마귀가 대여섯 개 돋아나 있었다.

"아빠, BMW 키를 잃어버렸어. 여벌 어디 있지?"

리버스는 자리를 떴다. 그는 순찰차가 아직 있는 걸 보고 안심했다. 아이들이 자전거를 타고 주위를 돌고 있었다. 머리 가죽을 벗기는 체로키 인디언 무리를 생각하고 있는 것 같았다. 리버스는 골목을 떠나면서 차들을 체크했다. 멋진 새 레인지로버, BMW 3 시리즈, 약간 오래된 대형 벤츠, 그리고 대단치 않아 보이는 차 몇 대가 있었다. 중고차 매장에 있었다면 거들떠보지도 않을 차들이었다.

자전거 두 대 사이를 비집고 들어가 차 뒷문을 열고 탔다. 운전석의 경관이 시동을 걸었다. 리버스는 뒤를 돌아보았다. 스탠리가 BMW로 뛰어가는 모습이 보였다.

"그럼," 조수석의 경관이 말했다. "출발하기 전에 손가락 발가락이 무사한지 확인해 보세요."

"웨스트엔드로." 뒷좌석에 기대 눈을 감으며 리버스가 말했다. 한잔 생각이 간절했다.

리버스는 먼저 호스슈 바에 들러 몰트위스키를 한 모금 마신 뒤 밖으로 나와 택시를 탔다. 기사에게 배틀필드에 있는 랭사이드 플레이스로 가자고 했다. 바이블 존 자료실에 발을 들여놓은 순간부터 이곳에 가게 될 걸 알았다. 순찰차를 타고 갈 수도 있었지만, 자신의 관심사를 설명하고 싶지 않았다.

랭사이드 플레이스는 바이블 존의 첫 번째 피해자가 살던 곳이었다. 그녀는 간호사로 일하면서 부모와 함께 살았다. 피해자의 아버지는 피해자가 춤추러 갔을 때 어린 손자를 돌봤다. 피해자의 원래 목적지는 호프 스트리트에 있는 마제스틱 볼룸이었지만, 가는 도중에 거기 대신 배로우랜드로 가기로 마음을 바꿨다는 사실을 리버스는 알고 있었다. 원래의 목적지로 가는 게 좋았을 것이다. 무엇 때문에 배로우랜드로 가게 되었을까?

단순히 운명이라고 치부해버릴 수 있을까?

리버스는 기사에게 기다리라고 한 다음 택시에서 내려 거리를 왔다 갔다 했다. 시체는 이 근처 카마이클 레인의 차고 바깥에서 발견되었다. 옷과 핸드백은 사라졌다. 경찰은 옷과 핸드백을 찾는 데 전력을 기울였다. 최선을 다해 그날 밤 배로우랜드에 있었던 사람들을 조사했지만 한 가지 문제가 있었다. 그곳의 목요일 밤은 악명이 높았다. 25세 이상만 입장 가능한 날이었기 때문에, 수많은 기혼 남녀들이 배우자와 결혼반지를 집에 놔두고 몰려나왔다. 배로우랜드에 있었던 게 들통나면 안 되었기 때문에, 목격자 진술을 하길 꺼려했다.

택시는 아직 시동이 걸려 있었다. 미터기도 계속 돌아갔다. 리버스는 여기서 무엇을 발견할 거라고 기대했는지 알 수 없었다. 그래도 와서 좋았다. 거리를 보고 1968년을 떠올리기는 힘들었다. 그 시대의 분위기를 느끼기도 어려웠다. 세상과 사람들 모두 바뀌었다.

그는 다른 주소도 알고 있었다. 맥키스 스트리트였다. 두 번째 피해자가 살다가 죽었던 곳이다. 여기에는 바이블 존과 관련된 게 하나 있었다. 피해자들을 집과 너무 가까운 곳으로 데려온 것이다. 자신감 아니면 주저함의 표현이다. 1969년 8월 즈음 경찰은 초기 수사를 거의 포기했고, 배로우랜드는 다시 문전성시를 이뤘다. 토요일 밤이었고, 피해자는 세 아이를 층계참 맞은편에 살던 여동생에게 맡기고 외출했다. 당시의 맥키스 스트리트는 공동 주택 단지였지만, 택시가 목적지에 도착했을 때 리버스가 본 건 위성 안테나가 달린 테라스 하우스들이었다. 공동 주택은 오래전에 사라졌다. 1969년에는 철거를 앞두고 다수가 비어 있었다. 피해자는 버려진 건물 중 하나에서 발견되었다. 그녀는 팬티스타킹으로 교살되었고, 핸드백을 포함해 소지품 몇 개가 없어졌다. 리버스는 택시에서 내리지 않았다. 현장을 보지도 않았다. 기사가 몸을 돌렸다.

"바이블 존 사건이죠?"

리버스는 놀라며 고개를 끄덕였다. 기사가 담뱃불을 붙였다. 쉰 살쯤 되어 보였다. 굵은 회색 곱슬머리에 얼굴은 불그레했고 파란 눈은 소년처럼 반짝였다.

"이봐요." 기사가 말했다. "난 그때도 택시를 몰았어요. 판에 박힌 생활은 그때나 똑같죠."

리버스는 책등에 '택시 회사'라고 제목이 붙었던 박스형 파일이 기억났다. "경찰이 당신한테도 물어봤나요?"

"그랬죠. 하지만 경찰들은 우리가 망을 봐주길 원했어요. 범인이 택시를 탈 수 있으니까요. 하지만 범인은 다른 손님들과 별다르지 않은 것 같았어요. 인상착의에 들어맞는 사람이 한둘이 아니었으니까요. 택시 기사들이 집단으로 구타한 적도 몇 번 있었어요. 경찰은 그런 사람들에게 '이 사람은 바이블 존이 아님'이라고 총경이 서명한 카드를 발급해줘야 했죠."

"바이블 존에게 무슨 일이 일어났다고 생각합니까?"

"누가 알겠어요? 어쨌거나 그는 범행을 멈췄죠. 그게 중요하잖아요?"

"정말 멈췄다면 그렇죠." 리버스가 조용하게 말했다. 세 번째 주소는 스콕스타운의 얼 스트리트였다. 피해자의 시체는 핼러윈에서 발견되었다. 저녁 내내 함께 있었던 피해자의 여동생은 그날 밤 상황을 전부 설명했다. 글래스고 크로스까지 타고 간 버스, 갤로우게이트까지 걸어간 길, 들렀던 가게, 트레이더스 태번에서 마신 술…… 그리고 배로우랜드. 둘 다 거기서 존이라고 하는 남자들을 만났다. 두 남자는 죽이 잘 맞는 것 같지 않았다. 하나는 버스를 타러 갔고, 다른 하나는 남아 있다가 그녀들과 택시를 함께 탔다. 그리고 얘기를 나눴다. 그 사실이 리버스를 괴롭혔다. 그런 게 수없이 많았다. 바이블 존은 피해자의 여동생이 그의 옷, 말한 내용, 덧니 같은 뚜렷한 인상착의를 설명할 수 있다는 걸 알면서도 왜 이런 확실한 목격자를 남겨뒀을까? 왜 그렇게 부주의했을까? 경찰을 조롱하는 것이었을까? 아니면 다른 이유가 있었을까? 글래스고를 떠날 참이었기 때문에 이렇게 대충 처리했던 것일까? 하지만 어디로 떠났을까? 인상착의가 아무 소용이 없는 곳 – 호주, 캐나다, 미국 – 이었을까?

리버스는 얼 스트리트로 가는 중간쯤에 생각이 바뀌었다며 기사에게 '마린'으로 가자고 했다. 옛 패트릭 기차역 – 바이블 존 수사의 중심지였다 – 은 텅 비어 거의 버려진 상태였다. 그래도 맹꽁이자물쇠를 열면 아직 건물 안으로 들어갈 수 있었다. 아이들은 자물쇠를 열지 않고도 어떻게든 그 안으로 들어갈 수 있었지만 리버스는 밖에 앉아서 쳐다볼 뿐이었다. 많은 사람들이 마린으로 연행되어 와서, 심문을 받고 범인 식별 절차*에 들어갔다. 공식적으로 용의자 대열에 오른 사람만 500명이었고, 비공식적인 경우는 더 많았다. 조 비티와 피해자의 여동생은 거기 서서 용의자들의 얼굴, 체격, 말투에 집중했을 것이다. 그러고는 고개를 젓고, 조는 출발점으로 돌아갔을 것이다.

"다음에는 배로우랜드를 보고 싶겠죠?" 기사가 말했다. 리버스는 고개를 저었다. 이 정도면 충분했다. 배로우랜드는 이미 알고 있는 사실 이상

---

* identity parade, 경찰에서 목격자의 확인을 받기 위해 용의자를 포함하여 사람들을 한 줄로 세워 놓는 일.

을 보여주지 못할 것이다.

"'더 로비'라고 하는 바 알아요?" 대신 그렇게 물었다. 기사가 고개를 끄덕였다. "그럼 그리로 갑시다."

리버스는 요금에 5파운드를 팁으로 얹어준 다음, 영수증을 달라고 했다.

"영수증은 발행 안 해요. 미안합니다."

"조 톨 밑에서 일하는 건 아니죠?"

기사가 리버스를 쳐다보았다. "못 들어본 사람인데요." 그러고는 저속 기어를 넣고 가버렸다.

안크램은 더 로비 안의 바에 서서 많은 사람의 주목을 받고 있었다. 남자 둘과 여자 둘이 안크램 주변에 모여 있었다. 바는 퇴근한 회사원들, 여자들을 힐끔거리는 백수들, 향수를 뿌린 여자들로 가득했다.

"뭐로 할 건가, 경위?"

"제가 사죠." 리버스는 먼저 안크램의 잔을, 그러고는 다른 사람들의 잔을 가리켰다. 하지만 안크램은 웃었다.

"안 사도 돼. 기자들이야."

"제가 살 차례예요." 여자 하나가 말했다. "뭐로 드시겠어요?"

"어머니가 낯선 사람이 사는 술은 절대 마시지 말라고 하셨죠."

여자가 미소를 지었다. 립글로스를 바르고 아이섀도를 칠했다. 의욕을 가지려고는 하지만 피곤한 얼굴이었다. "제니퍼 드라이스데일이에요." 리버스는 그녀가 왜 피곤한지 알았다. '남자 동료들과 스스럼없이 어울리는 척' 연기하는 건 힘든 일이라고, 메리 헨더슨이 말해 준 적이 있다. 패턴은 아주 느리게 변한다. 겉치레뿐인 표면상 평등 뒤에는 오래된 옛 관습이 남아 있다.

제프 벡의 노래가 흘러나왔다. 〈안녕, 실버 라이닝Hi-Ho Silver Lining〉. 바보 같은 가사, 그리고 20년 넘게 사랑받는 후렴구. 더 로비처럼 허세 가득한 장소도 오래된 후렴구를 고수하고 있다는 사실에 안심이 되었다.

"사실," 안크램이 말했다. "우린 지금 나가려던 참이었네. 괜찮지, 존?"

"괜찮습니다." 이름으로 불러준 게 힌트였다. 안크램은 나가고 싶어 했다. 기자들은 불만인 것 같았다. 안크램에게 조니 바이블에 대한 질문을 퍼부었다. 뭐든 좋으니 기삿거리를 원했다.

"나도 주고 싶지만 아무것도 없어요." 기자들을 달래면서 안크램이 손을 들었다. 리버스는 누군가 녹음하고 있는 것을 알았다. 바 위에 워크맨이 있었다.

"뭐라도 주세요." 남자 하나가 말했다. 그는 심지어 리버스 쪽도 쳐다보았다. 하지만 리버스는 시선을 피했다.

"기삿거리를 원하면," 기자들 사이를 빠져나오며 안크램이 말했다. "영매 탐정이라도 고용해 봐요. 술 잘 마셨습니다."

밖으로 나오자 안크램의 얼굴에서 미소가 사라졌다. 배우 뺨치는 연기였다. "찰거머리보다 질긴 놈들이야."

"찰거머리도 쓸모가 있긴 하죠."

"맞아. 하지만 같이 술을 마시고 싶진 않잖아. 차를 안 가지고 왔는데 좀 걷겠나?"

"어디로 가죠?"

"다음에 보이는 바."

하지만 실제로는 펍 세 군데를 지나친 뒤에야 ─ 경찰이 안전하게 마실 만한 곳이 아니었다─ 안크램의 마음에 드는 곳을 찾았다. 비가 내리긴 했지만 보슬비였다. 리버스는 땀에 젖은 셔츠가 등에 달라붙는 걸 느꼈다. 비가 오는데도『빅 이슈』잡지 판매원이 열심히 팔고 있었지만 아무도 사지 않았다. 선의를 베푸는 것은 피곤하다.

둘은 물기를 털어낸 다음 바의 스툴에 앉았다. 리버스는 몰트위스키와 진토닉을 주문하고 담뱃불을 붙였다. 안크램에게도 한 대 권했지만 그는 고개를 저었다.

"그래서 어디를 다녀왔나?"

"엉클 조의 집이요." 다른 곳은 말하지 않았다.

"어떻게 됐나?"

"얘기를 했습니다." 그리고 존경심도 표했지…….

"직접 만나서?" 리버스가 고개를 끄덕였다. 안크램이 그를 살펴봤다. "어디서?"

"엉클 조의 집에서요."

"그 대저택? 수색영장도 없는데 들여보내 줬다고?"

"집에는 아무 문제없었습니다."

"자네가 오기 전에 모든 전리품들을 위층에다 집어넣었을 거야."

"아들이 위층에 있었습니다."

"침실 보초를 서고 있었을 게 분명해. 이브는 봤나?"

"그게 누군데요?"

"엉클 조의 여자. 그 쌕쌕거리는 늙은이의 수법에 속지 말게. 이브는 쉰 살 정도지만 아직도 팔팔해."

"못 봤습니다."

"기억하게 될 거야. 그래서 그 영감한테서 뭐 좀 건졌나?"

"별로요. 토니 엘이 자기 밑에서 떠난 지 1년 되었다더군요. 그러고는 본 적이 없다고 했습니다."

한 남자가 바로 들어오려다가 안크램을 보고 돌아 나가려고 했다. 하지만 안크램이 이미 바의 거울에서 그를 보았다. 그래서 남자는 머리에서 빗물을 털며 안크램에게 다가왔다.

"안녕하세요, 칙."

"더스티, 잘 지냈나?"

"그저 그래요."

"약은 끊었고?"

"날 알잖아요, 칙." 남자는 고개를 숙이고 낮은 목소리로 말하며 바의 제일 끝쪽으로 천천히 향했다.

"아는 사람이야." 안크램이 설명했다. '끄나풀'이라는 뜻이다. 남자는 '반반─맥주 반 파인트를 탄 위스키 한 잔─'을 주문해 들이켰다. 그는 엠바시 시가통을 열었다. 바 쪽을 보지 않으려고 지나치게 애쓰고 있었다.

"엉클 조가 알려준 건 그게 다인가?" 안크램이 물었다. "흥미롭군. 어떻게 갔나?"

"순찰차가 태워다줬습니다. 나머지는 걸어갔고요."

"무슨 뜻인지 알잖나."

"엉클 조와 저에게 공통의 친구가 있습니다." 리버스는 몰트위스키를 마저 비웠다.

"같은 걸로 마시겠나?" 안크램이 물었다. 리버스는 고개를 끄덕였다. "자네가 바─L을 찾아간 걸 알고 있네." 잭 모튼이 말했나? "엉클 조에게 연락할 만한 사람은 딱 하나밖에 생각할 수 없지…… 빅 제르 캐퍼티?" 리버스는 소리 안 나게 박수를 쳤다. 안크램은 이번에는 기자들과 있었던 때와는 달리 진심으로 웃었다. "그리고 그 늙은이는 아무것도 말해 주지 않았고?"

"토니 엘이 남쪽으로 간 것 같다고만 하더군요. 런던 같다고요."

안크램이 술에서 레몬을 꺼내 버렸다. "그래? 재미있군."

"왜요?"

"정보를 주는 친구들이 있거든." 안크램이 고개를 살짝 움직였다. 그러자 바 끝자리에 있던 끄나풀이 스툴에서 내려와 그들에게 다가왔다. "나한테 했던 얘기를 리버스 경위한테도 해 줘, 더스티."

"소문으로는." 남자가 말했다. 여전히 고개를 숙이고 있어서 리버스는 그의 정수리만 쳐다봤다. "토니 엘이 북쪽에서 일했다고 하더군요."

"북쪽?"

"던디…… 북동부요."

"애버딘?"

"네, 그쪽이요."

"뭘 했는데?"

남자는 재빨리 어깨를 으쓱했다. "프리랜서 해결사일지도 모르죠. 여기저기서 봤답니다."

"고맙네, 더스티." 안크램이 말했다. 더스티는 바 끝자리로 돌아갔다. 안크램이 바텐더에게 신호를 보냈다. "두 잔 더." 그가 말했다. "그리고 더스티가 마시는 것도 달아." 안크램은 리버스 쪽으로 몸을 돌렸다. "누구 말을 믿겠나? 엉클 조인가 더스티인가?"

"엉클 조가 저를 엿 먹이려고 거짓말을 했다고 보십니까?"

"헛심 쓰게 하려고 했을 수도 있지."

그래. 런던까지 헛걸음하면 수사는 허탕 치는 거다. 시간, 인력, 수사력 낭비지.

"피해자는 애버딘에서 일했습니다." 리버스가 말했다.

"모든 실마리가 그리로 이어지는군." 술이 나왔다. 안크램은 20파운드를 건넸다. "잔돈은 됐어. 더스티가 마시는 건 뭐든 그걸로 계산하고, 남는 돈은 그에게 주게. 1파운드는 자네가 가지고."

바텐더는 알겠다는 듯 고개를 끄덕였다. 리버스는 북쪽으로 향하는 실마리를 곰곰이 생각했다. 애버딘으로 가고 싶은가? 그러면 「저스티스 프로그램」을 털어낼 수 있다. 로슨 게데스 생각도 하지 않을 수 있게 될지 모른다. 오늘은 그 점에서는 휴일 같았다. 에든버러에는 유령들이 너무 많았다. 하지만 글래스고도 마찬가지였다. 짐 스티븐스, 잭 모튼, 바이블 존과 그 피해자들.

"바-L에 갔다는 얘기는 잭이 했습니까?"

"내가 상급자라서 강요했네. 잭을 탓하지 말게."

"많이 달라졌더군요."

"자네를 귀찮게 했나? 왜 점심시간에 자네를 쫓아다녔는지 모르겠군. 개종자의 열정인가?"

"모르겠습니다." 리버스는 잔을 들어 부드럽게 술을 넘겼다.

"잭이 말하지 않던가? 잭은 AA*에 가입했네. 보험 얘기가 아니야." 안크램이 잠시 말을 멈췄다. "생각해 보게. 나도 가볼지 몰라." 그가 윙크하며

---

* Alcoholics Anonymous, 알코올 중독자 갱생회.

미소 지었다. 안크램의 미소에는 뭔가 짜증스러운 면이 있었다. 비밀과 동기를 가지고 있는 것 같았다. 잘난 체하는 미소였다.

아주 글래스고적인 미소.

"잭은 알코올 중독자였네." 안크램이 말을 이었다. "아직도 중독 상태야. 한번 중독되면 영원히 중독된다고 하지. 폴커크에서 무슨 일이 일어났네. 잭은 병원에 실려 갔지. 거의 의식불명 상태였어. 엄청나게 땀을 흘리고, 토하고, 점액질이 흘러내렸지. 극도로 겁에 질렸네. 깨어나자마자 사마리탄스의 전화번호를 찾더군. 거기서 잭을 주스 교회*에 데려다줬고." 안크램이 리버스의 잔을 보았다. "맙소사, 빨리도 마시는군. 여기 한 잔 더." 바텐더가 이미 잔을 가지고 왔다.

"고맙습니다." 차분한 느낌이 들지 않기를 바라며 리버스가 말했다. "돈이 많으신 것 같네요. 양복도 멋지고."

안크램의 눈에서 웃음이 사라졌다. "아가일 스트리트에 양복점이 있지. 현직 경찰에게는 10% 할인해줘." 그의 눈이 가늘어졌다. "속에 있는 말을 해봐."

"아뇨, 아무것도 아닙니다. 그저 톨의 파일을 살펴보다 보니 언제나 내부 정보원이 있었던 것 같은 생각을 떨칠 수 없더군요."

"말조심해, 꼬마."

'꼬마'가 마음에 걸렸다. 의도적이었다.

"글쎄요." 리버스는 말을 이었다. "서해안에 검은돈이 돈다는 건 다들 알죠. 꼭 현금만은 아닙니다. 시계나, 이름이 새겨진 팔찌나, 반지나, 어쩌면 양복일 수도……"

---

* Juice Church, 개신교에 속하는 교회.

안크램이 리버스의 말을 들은 사람이 있는지 찾아보려는 듯 바를 둘러보았다.

"구체적으로 이름을 댈 수 있나, 경위? 아니면 에든버러 CID는 소문만으로 움직이나? 내가 듣기로 페테스에는 선반 공간이 빈 곳이 없다더군. 해골들로 가득 차서 말이야." 안크램이 잔을 들었다. "그리고 그 해골들 절반에는 자네 지문이 남아 있다던데."

안크램이 다시 미소를 지었다. 눈은 반짝거렸고, 입가에는 잔주름이 생겼다. 어떻게 알았지? 리버스는 몸을 돌려 나갔다. 안크램의 목소리가 펍 밖까지 따라왔다.

"우린 발리니니에 있는 친구한테 쪼르르 달려가지 않아! 나중에 보세, 경위."

7

애버딘.

'애버딘'은 에든버러에서 멀어진다는 의미다. 「저스티스 프로그램」도, 아파치 요새도, 리버스가 치워야 할 똥도 없다. 괜찮아 보였다.

하지만 에든버러에서 해야 할 일이 있었다. 그는 현장을 낮에 보고 싶었다. 그래서 차를 몰고 갔다. 자신의 사브를 몰고 가는 위험은 무릅쓰지 않았다. 사브는 아파치 요새에 두고 여분의 에스코트를 탔다. 짐 맥카스킬은 리버스가 사건을 맡길 바랐다. 아직 적을 만들 만큼 오래 근무하지 않았기 때문이다. 리버스는 니드리에서 친구를 만들 방법이 있기나 한지 의문이었다. 현장은 낮에도 음산했다. 창문은 막혔고 타맥 도로 위에는 파편 같은 유리가 있었다. 나와서 노는 아이들도 별 의욕이 없어 보였다. 아이들은 리버스의 차가 지나가자 눈을 찌푸리며 입을 다물었다.

많은 건물이 철거되었다. 그 뒤에는 좀 더 상태가 좋은 이호주택*이 있었다. 위성 안테나는 집주인이 실직 상태라는 표식이었다. 부지에는 화재 보험 처리가 이루어지지 않아 버려진 펍과 잡화점 – 유리창은 비디오 포스터로 덮여 있었다 – 이 있었다. 아이들은 이곳을 기지로 삼았다. BMX**

---

* 한쪽 벽면이 옆집과 붙어 있는 주택.
** 거친 노면에서도 탈 수 있는 튼튼한 자전거.

를 탄 악동들이 풍선껌을 불고 있었다. 리버스는 그곳을 천천히 지나가면서 아이들에게서 눈을 떼지 않았다. 범행 현장인 아파트는 단지의 맨 끝에 있는 건 아니었지만 니드리 주 도로에서 잘 보이지는 않았다. 리버스는 생각했다. 토니 엘은 이곳 출신이 아니야. 만일 현장을 우연히 고른 것이라면, 주 도로에 더 가까운 다른 버려진 아파트가 있을 거야.

남자 둘과 피해자. 토니 엘과 공범자.

공범자는 이 지역을 잘 알고 있었다.

리버스는 아파트 계단을 올라갔다. 현장은 폐쇄되어 있었지만, 리버스는 자물쇠 두 개의 열쇠를 모두 가지고 있었다. 거실은 그대로였다. 뒤집힌 테이블과 담요. 리버스는 누가 저기서 자고 있었을지도 모른다는 생각이 들었다. 있었다면 뭔가를 봤겠지. 하지만 그들을 찾아서 얘기를 들을 수 있는 가능성은 1%도 채 안 된다고 생각했다. 부엌, 욕실, 침실, 현관. 리버스는 바닥이 무너지지 않게 최대한 벽 가까이 붙었다. 이 블록에는 아무도 살지 않았다. 하지만 옆 블록에는 유리가 끼워진 창문이 두 개 있었다. 하나는 1층, 하나는 2층이었다. 리버스는 첫 번째 문을 두드렸다. 부스스한 차림의 여자가 나왔다. 어린아이가 여자의 목에 매달려 있었다. 리버스는 자기소개를 할 필요도 없었다.

"아무것도 몰라요. 보지도 듣지도 못했고요." 여자가 문을 닫으려고 했다.

"결혼하셨나요?"

여자가 문을 다시 열었다. "무슨 상관이죠?"

리버스는 어깨를 으쓱했다. 좋은 질문이었다.

"아마 술집에 갔을 거예요." 여자가 말했다.

"애가 몇입니까?"

"셋이요."

"집이 좁겠는데요."

"늘 그 얘기를 해요. 정부에선 우리가 명단에 올라가 있다고만 하죠."

"큰애가 몇 살이죠?"

여자의 눈이 가늘어졌다. "열한 살이요."

"그 애가 뭘 봤을 가능성도 있을까요?"

여자는 고개를 저었다. "그랬다면 얘기했을 거예요."

"남편은요?"

여자는 미소를 지었다. "그 인간은 모든 게 두 개로 보이죠."

리버스도 미소를 지었다. "아이들이나 남편한테 무슨 얘기 들으시면……"

"네, 알았어요." 여자는 말썽을 일으키지 않으려는 듯 문을 천천히 닫았다.

리버스는 위층으로 올라갔다. 층계참에는 개똥, 그리고 사용한 콘돔이 있었다. 리버스는 그 두 개를 연관시키지 않으려고 애썼다. 문에는 펠트 마커로 쓴 낙서-'재수 없는 새끼', '감옥에나 갈 개새끼', 섹스 장면을 그린 만화-가 있었다. 주인은 지우는 걸 포기한 것 같았다. 리버스는 초인종을 눌렀다. 답이 없었다. 다시 눌렀다.

안에서 목소리가 들렸다. "꺼져!"

"잠깐 얘기 좀 할 수 있을까요?"

"누군데?"

"CID입니다."

체인이 풀리고 문이 아주 조금 열렸다. 리버스는 얼굴을 반만 볼 수 있었다. 나이 든 여자였다. 남자일 수도 있다. 리버스는 신분증을 보여주었다.

"날 쫓아내진 못해. 철거해도 여기 있을 거야."

"쫓아내러 온 게 아닙니다."

"그래?"

리버스가 목소리를 높였다. "아무도 쫓아내려 하지 않아요."

"아니. 하지만 난 안 나가. 그렇게 전해." 리버스는 숨에서 냄새를 맡았다. 고기 냄새였다.

"옆집에서 무슨 일이 일어났는지 들으셨나요?"

"뭐라고?"

리버스는 틈 사이로 안을 들여다보았다. 현관에는 신문지와 고양이 사료 깡통이 널려 있었다. 한 번 더 말했다.

"옆집에서 누가 살해당했습니다."

"속임수 쓰지 마!" 상대의 목소리에 분노가 담겼다.

"속임수 같은 건…… 관둡시다." 리버스는 몸을 돌려 아래층으로 내려갔다. 따스한 햇살이 비치는 바깥세상이 갑자기 멋져 보였다. 모든 게 상대적이었다. 리버스는 잡화점으로 가서 아이들에게 박하사탕을 나눠주면서 몇 가지 물어보았다. 아무것도 알아내진 못했지만 가게 안으로 들어갈 수는 있었다. 나중을 위해 박하사탕 한 통을 사서 주머니에 넣고, 카운터 뒤에 있는 아시아인 직원에게 몇 가지 질문을 했다. 직원은 열다섯 아니면 열여섯 살 정도였고 굉장히 예뻤다. 한쪽 벽에 높이 걸린 TV에서는 홍콩 갱들이 총격전을 벌이는 비디오가 재생되고 있었다. 직원은 리버스에게 해줄 얘기가 없었다.

"니드리 좋아해요?" 리버스가 물었다.

"좋아요." 토종 에든버러 말투였다. 눈으로는 TV를 보고 있었다.

리버스는 아파치 요새로 돌아왔다. 헛간은 텅 비어 있었다. 커피 한 잔을 마시고 담배를 피웠다. 니드리, 크레이그밀러, 웨스터 헤일스, 뮤어하우스, 필튼, 그랜톤…… 리버스에게는 전부 사회공학의 끔찍한 실험 같았다. 흰 가운을 입은 과학자들이 가족들을 여기저기 미로에 집어넣고는 무슨 일이 일어나는지, 대응하려면 얼마나 강해져야 하는지, 출구를 찾을 수 있을지를 관찰한다…… 리버스는 에든버러에서 여섯 자리 숫자의 금액으로 침실 세 개가 딸린 아파트를 살 수 있는 지구에 살았다. 그걸 팔아서 갑자기 부자가 된다는 생각을 하면 기분이 좋았다. 물론 그렇게 되면 당장 살 곳이 없어지고, 에든버러에서 그보다 더 좋은 곳으로 이사 가기에는 돈이 모자란다는 점만 빼면. 리버스는 자신이 니드리나 크레이그밀러에 사는 사람들처럼 덫에 걸렸다는 사실을 깨달았다. 덫이 조금 더 좋은 모델이라는 차이점이 있을 뿐이었다.

전화가 울렸다. 리버스는 수화기를 들었다. 받지 말걸 하는 생각이 들었다.

"리버스 경위님?" 여성의 사무적인 목소리였다. "페테스에서 내일 열리는 회의에 참석 가능하신가요?"

리버스는 등골이 오싹했다. "어떤 회의죠?"

차가운 미소를 띤 목소리였다. "저는 그 정보를 알 수 없습니다. ACC 사무실에서 요청이 왔습니다."

리버스가 'CC 라이더'라고 부르는 경찰청 차장보 콜린 카스웰이었다.*

---

* CC는 콜린 카스웰(Colin Carswell)을, 라이더(rider)는 '부칙, 첨부 서류'라는 뜻이 있으니 '부록처럼 신통치 않다'는 조롱의 의미로 볼 수 있다.

그는 요크셔 출신이었다. 잉글랜드보다 스코틀랜드에 가까운 곳이다. 로디언 앤 보더스 경찰청에서 2년 반 근무했는데, 지금까지 그만큼 욕을 먹은 사람도 없었다. 기네스북에 올려도 될 정도였다. 전임 차장이 사임하고 어수선한 몇 달 후, 새 차장이 임명되기 전에 카스웰이 수를 썼다. 카스웰은 너무 '잘난' 사람이라 총경이 되지 못할 것이라는 소문이 있었다. 로디언 앤 보더스 경찰청은 차장 한 명과 차장보 두 명을 두었지만, 차장보 자리 하나는 이제 '협력 서비스국 국장'이 되었다. 무슨 일을 하는 부서인지는 경찰 내에서 아무도 모르는 것 같았다.

"몇 시죠?"

"2시입니다. 오래 걸리지는 않을 겁니다."

"차와 비스킷은 나오나요? 없으면 안 갑니다."

놀란 듯 침묵이 흘렀다. 농담이라는 걸 깨달은 듯한 안도의 한숨이 들렸다. "준비할 수 있는지 알아보겠습니다, 경위님."

리버스는 수화기를 내려놓았다. 다시 전화가 울리자 수화기를 들었다.

"존? 질이에요. 메시지 받았어요?"

"네, 메시지 고마워요."

"전화할 줄 알았는데요."

"음……"

"존? 무슨 일 있어요?"

리버스는 몸을 떨었다. "모르겠어요. CC 라이더가 날 좀 보자네요."

"무슨 일로요?"

"아무도 얘길 안 해줘요."

한숨이 들렸다. "이번에는 또 무슨 일을 저질렀어요?"

"정말 아무것도 안 했어요, 질. 맹세할 수 있어요."

"새 근무지에서 적을 만든 거 아니에요?" 질이 말할 때 베인과 맥클레이가 문으로 들어왔다. 리버스는 고개를 끄덕여 인사했다.

"그런 거 없어요. 내가 무슨 잘못이라도 저지른 것 같아요?" 맥클레이와 베인은 관심 없는 척하며 재킷을 벗었다.

"저기, 내가 남긴 메시지 말이에요······"

"네, 경감님?" 맥클레이와 베인이 못 들은 척하는 걸 그만뒀다.

"만날 수 있어요?"

"그럼요. 오늘 저녁이요?"

"오늘······ 좋아요. 그렇게 하죠."

질은 모닝사이드에, 리버스는 마치몬트에 살았다. 고속도로를 타고 와야 만날 수 있다.

"브로엄 스트리트로 하죠." 리버스가 말했다. "얇은 널빤지 블라인드가 있는 그 인도 레스토랑이요. 8시 반으로 할까요?"

"좋아요."

"거기서 뵙죠, 경감님."

베인과 맥클레이는 자기 자리로 돌아가서 잠시 아무 말도 하지 않았다. 베인이 헛기침을 하고 입을 열었다.

"레인타운은 어땠습니까?"

"살아서 나왔지."

"엉클 조와 토니 엘에 대해 뭐 좀 알아내셨습니까?" 베인이 손으로 눈 아래 칼자국을 만졌다.

리버스는 어깨를 으쓱했다. "그럴 수도 있고 아닐 수도 있지."

"알겠습니다. 저희한테는 말하지 않으시겠다는 거군요." 베인이 의자에 앉았다. 재미있어하는 것 같았다. 베인의 의자는 다리를 모두 1.5센티미터 정도 톱으로 잘라냈다. 그래서 허벅지가 책상의 가장자리 아래에 딱 들어맞았다. 리버스가 처음 왔을 때, 맥클레이는 왜 책상다리를 1.5센티미터 정도 높이지 않느냐고 물어보았다. 그때까지 맥클레이는 그런 생각을 해보지 않았다. 의자 다리를 톱질하는 것은 베인의 아이디어였다.

"말할 게 없어서 그렇지." 리버스가 대꾸했다. "이것만 빼고는. 소문에 따르면 토니 엘은 프리랜서라는군. 북동부에서 활동한대. 그러니 그람피언 CID에 연락해서 놈에 대해 물어봐."

"세부 내용을 팩스로 보내겠습니다." 맥클레이가 말했다.

"어떤 조짐은 없었나?" 리버스가 물었다.

베인과 맥클레이가 고개를 저었다.

"경위님한테 비밀 하나 알려드리죠." 베인이 말했다.

"뭔데?"

"브로엄 스트리트에는 널빤지 블라인드가 있는 인도 레스토랑이 적어도 두 곳 있습니다."

리버스는 둘이 신나게 웃는 것을 지켜본 다음, 피해자의 배경 조사에서 뭐가 나왔는지 물어보았다.

"별건 없습니다." 베인이 의자에 등을 기대며 서류 한 장을 흔들었다. 리버스는 일어나서 서류를 가져왔다.

앨런 미치슨. 외아들. 그레인지머스 출생. 어머니가 출산 중 사망. 아버지는 절망에 빠진 끝에 2년 뒤 아내의 뒤를 따랐다. 유아였던 앨런은 다른 친척이 없어 보육 시설에 맡겨졌다. 처음에는 보육원, 그다음에는 위탁 가정이었다. 입양 대상이었으나 다루기 힘든 문제아였다. 비명을 지르며 발작하고 짜증을 낸 다음 오랫동안 부루퉁했다. 결국 도망쳤지만 언제나 보육원으로 돌아왔다. 조용한 10대로 성장했으나 여전히 화를 내고 부루퉁해하는 경향이 있으며, 간헐적 감정 폭발이 있었다. 하지만 몇몇 과목 – 영어, 지리, 미술, 음악 – 에 재능을 보였으며 대체로 유순했다. 위탁 가정보다는 여전히 보육원을 선호했다. 열일곱 살에 졸업했다. 북해 유전 플랫폼에 관한 다큐멘터리를 보고 마음에 들어 했다. 멀리 떨어져 있고 보육원과 그리 다르지 않은 통제된 공간. 미치슨은 단체 생활, 기숙사, 공유 공간을 좋아했다. 그림을 잘 그렸다. 작업 패턴은 불규칙했다. 해상에서뿐만 아니라 육지에서도 시간을 보냈다. 한동안 RGIT-OSC에서 교육을 받았다······.

"RGIT-OSC가 뭐지?"

맥클레이는 그 질문을 기다리고 있었다. "로버트 고든 기술 연구소 해상 생존 센터입니다."

"로버트 고든 대학교하고 같은 건가?"

맥클레이와 베인은 서로를 쳐다보며 어깨를 으쓱했다.

"신경 쓰지 말게." 리버스가 말하며 생각했다. 조니 바이블의 첫 번째 피해자도 로버트 고든 대학교에 다녔지.

미치슨은 셰틀랜드 제도의 술롬 보 터미널*과 다른 몇몇 곳에서 일했다. 친구와 직장 동료 중에서 후자가 압도적으로 많았고 전자는 극히 적었다. 에든버러는 막다른 길이었다. 이웃들 중 누구도 그를 알아보지 못했다. 애버딘과 북쪽에서 들은 얘기는 겨우 몇 가지 – 생산 플랫폼의 직원 한 명과 술롬 보의 직원 한 명의 이름 두 개 – 만 도움이 되었다.

---

* Sullom Voe terminal, 해상 송유관 터미널.

"이 사람들은 조사에 기꺼이 응하겠대?"

베인이 말했다. "맙소사. 설마 거기 가실 생각은 아니죠? 처음에는 글래스고더니 이제는 북부의 극지대요? 올해 휴가 안 쓰셨습니까?"

맥클레이는 높은 소리로 웃음을 터뜨렸다.

리버스가 말했다. "난 여기서는 서 있는 표적이야. 오늘 이런 생각이 떠올랐어. 그 아파트를 고른 놈은 그 동네를 잘 알아. 난 지역 주민일 거라 생각하고 있네. 자네들 니드리에 끄나풀 있지?"

"물론이죠."

"그러면 걔들한테 얘기해. 토니 엘의 인상착의와 비슷한 놈이 펍과 클럽을 돌아다니면서 지역을 잘 아는 사람을 물색했을 거야. 피해자의 고용주에 관해서는 뭐 나온 거 없나?"

베인이 미소를 지으며 다른 서류를 집어 들고는 흔들었다. 리버스는 다시 일어나서 가져와야 했다.

"'T-버드' 석유회사의 이름은 '톰 버드'의 이름에서 딴 겁니다. '소령' 랜들 위어와 공동 창업자죠."

"소령?"

베인이 어깨를 으쓱했다. "다들 그렇게 부릅니다. 위어 소령이라고."

위어와 버드는 모두 미국인이었지만 스코틀랜드에 깊은 뿌리를 가지고 있었다. 버드가 1986년에 세상을 떠나면서 위어가 회사를 책임지게 됐다. 해저에서 석유와 가스를 채굴하는 소규모 회사 중 하나였다.

리버스는 석유 산업에 대해 자신이 아는 게 거의 없다는 사실을 깨달았다. 머릿속의 이미지 몇 가지뿐이었는데 대부분 사고 – 파이퍼 알파*, 브래

---

* Piper Alpha, 1988년에 폭발 사고가 난 북해 유전 플랫폼.

어호 사건* – 였다.

T-버드는 애버딘의 다이스 공항 근처에 영국 지사를 두고 있었지만 글로벌 본사는 미국에 있었다. 그리고 알래스카, 아프리카, 멕시코 만에 기타 석유와 가스 지분을 보유하고 있었다.

"지루하시죠?" 맥클레이가 말했다.

"농담인가?"

"그냥 대화를 하려는 것뿐입니다."

리버스는 일어나서 재킷을 걸쳤다. "종일 자네들의 감미로운 목소리를 들으면 좋겠지만……"

"어디 가십니까?"

"다른 경찰서."

아무도 리버스가 세인트 레너즈 경찰서로 돌아온 것에 큰 관심을 보이지 않는 것 같았다. 제복 경관 두어 명이 멈춰 서서 인사를 했을 뿐이다. 심지어 리버스가 전보되었다는 사실도 모르고 있었다.

"자네 소식이나 내 소식이나 별거 없기는 마찬가지야."

CID 사무실에서 리버스는 쇼반 클락이 책상에 앉아 있는 걸 봤다. 쇼반은 통화 중이었고 리버스가 지나쳐 가자 펜을 흔들었다. 그녀는 반소매 블라우스를 입었다. 맨팔은 심하게 탔고, 목과 얼굴도 그랬다.

리버스는 계속 바라보았다. 그리고 몇몇 미지근한 인사를 받았다. 그가 '집'에 오는 게 드물긴 했으니까. 리버스는 미치슨과 그의 텅 빈 아파트를 생각했다. 미치슨이 에든버러로 돌아온 것은 그곳이 자신이 가졌던 집과

* MV Braer, 1993년에 전복 및 유출 사고가 난 유조선.

153

가장 가까웠기 때문이다.

마침내 리버스는 브라이언 홈스를 찾아냈다. 어떤 여자 경찰과 잡담을 하고 있었다. 말이 좀 많았다.

"잘 있었나, 브라이언? 부인도 별일 없고?"

여자 경찰은 얼굴이 빨개지더니 우물쭈물 양해를 구하고 자리를 떴다.

"하하, 이런……" 홈스가 말했다. 여자 경찰이 가버리자 홈스는 몹시 피곤해 보였다. 어깨는 처졌고 피부는 회색이었다. 너무 대충 한 면도 때문에 짧은 수염 자국이 삐죽삐죽 남아 있었다.

"그 부탁……" 리버스가 입을 뗐다.

"하고 있습니다."

"그리고?"

"하고 있다고요!"

"이봐, 진정해. 여긴 다 친구들뿐이잖아."

홈스는 좀 누그러지는 것 같았다. 눈을 문지르고 손가락으로 머리를 긁었다.

"죄송합니다." 홈스가 말했다. "완전히 지쳐서 그래요. 그게 답니다."

"커피 좀 줄까?"

"통으로 사주신다면요."

휴대용 물통은 '초대형' 크기까지 늘릴 수 있었다. 두 사람은 앉았다. 홈스는 설탕 봉지를 뜯어 통에 부었다.

"저기," 홈스가 말했다. "그날 밤에 멘탈 민토가……"

"그 얘긴 하지 말지." 리버스가 단호히 말했다. "과거지사야."

"여긴 과거지사가 너무 많아요."

"스코틀랜드에 그거 말고 뭐가 있겠어?"

"두 분 꼭 휴가 떠나는 수녀들처럼 즐거워 보이네요." 쇼반 클락이 의자 하나를 빼 자리에 앉았다.

"멋진 휴가지?" 리버스가 물었다.

"편안해지네요."

"날씨는 엉망이잖아."

클락은 한쪽 팔에 손을 얹었다. "해변에서 지냈더니 이렇게 됐어요."

"자넨 늘 성실하니까."

그녀는 다이어트 펩시를 홀짝였다. "다들 왜 이렇게 우울하죠?"

"알고 싶지 않을걸."

쇼반은 눈썹을 치켜올렸지만 아무 말도 하지 않았다. 지치고 우울한 남자 둘. 햇볕에 타고 생명력이 충만한 젊은 여자 하나. 리버스는 저녁 데이트를 위해 힘을 좀 내야겠다고 생각했다.

"그래서," 리버스는 홈스에게 무심코 물었다. "내가 조사해 보라고 한 건……?"

"천천히 진행하고 있어요. 제 의견을 물어보신다면," 홈스는 고개를 돌려 리버스를 쳐다보았다. "메모를 쓴 사람이 누군지는 몰라도 에둘러 말하기의 대가예요. 주제 주변을 빙글빙글 돌기만 한 게 많아요. 대부분의 독자들은 파고들기보다는 포기해버릴 겁니다."

리버스는 미소를 지었다. "필자는 왜 그렇게 했을까?"

"사람들이 읽지 못하게 하려고요. 독자들이 요약본만 보고 가운데 있는 헛소리들은 빼먹겠거니 생각했겠죠. 그런 식으로 잊기를 바라는 것들을 문장 속에 묻어두죠."

"잠깐만요." 쇼반이 말했다. "혹시 제가 우연히 프리메이슨 회합에 끼어들었나요? 제가 이해하지 못하는 암호 같은 건가요?"

"전혀 아니야, 클락 형제." 리버스가 일어서면서 말했다. "홈스 형제가 말해 줄 걸세."

홈스가 쇼반을 쳐다보았다. "휴가 때 찍은 사진을 자랑하지 않겠다고 약속하면 말해 주지."

"그럴 생각도 없었어요." 쇼반이 등을 쭉 폈다. "누드 비치에 관심 없다는 걸 알거든요."

리버스는 일부러 약속 시간보다 일찍 나갔다. 베인은 거짓말을 한 게 아니었다. 널빤지 블라인드를 한 레스토랑이 두 개 있었다. 두 곳은 70미터 떨어져 있었기 때문에 리버스는 양쪽을 걸어서 왔다 갔다 했다. 질이 톨크로스 모퉁이를 도는 것을 보고 손을 흔들었다. 질은 과하게 차려입지는 않았다. 새로 산 데님 바지, 수수한 크림색 블라우스, 목까지 채운 노란색 캐시미어 점퍼 차림이었다. 선글라스를 끼고 금색 체인 목걸이에 5센티미터짜리 구두를 신었다. 그녀는 걸을 때 소리를 내는 걸 좋아했다.

"안녕, 존."

"안녕, 질."

"여기예요?"

리버스는 레스토랑을 쳐다보았다. "마음에 안 들면 저기 바로 길 위쪽에 다른 곳도 있어요. 아니면 프렌치 레스토랑이나 타이 레스토랑도 있고……"

"여기도 좋아요." 질은 문을 당겨 열고는 앞장서 들어갔다. "예약했어요?"

"붐빌 거라고 생각 못 했어요." 리버스가 말했다. 손님이 다 찼지만 창가에 2인용 예비 테이블이 있었다. 찌그러지는 음향의 스피커 바로 아래였다. 질은 갈색 가죽 숄더백을 벗어 의자 아래 놓았다.

"음료는 뭐로 하시겠습니까?" 웨이터가 물었다.

"위스키소다요." 질이 말했다.

"위스키. 다른 건 타지 말고." 리버스가 주문했다. 첫 번째 웨이터가 떠나자 다른 웨이터가 메뉴판, 포파덤*, 피클을 들고 나타났다. 그 웨이터가 가자 리버스는 주위를 둘러보았다. 다른 테이블의 손님들이 아무도 신경 쓰고 있는 것 같지 않아서 손을 뻗어 스피커 케이블을 잡아당겨 뺐다. 자리 위의 음악이 그쳤다.

"훨씬 낫네요." 질이 미소 지으며 말했다.

"그러게요." 냅킨을 허벅지 위에 놓으며 리버스가 말했다. "이건 업무인가요, 친목인가요?"

"둘 다요." 질이 인정했다. 술이 나오자 둘은 말을 멈췄다. 웨이터는 뭔가 잘못된 것 같다고 생각하다가 마침내 알아챘다. 그는 음악이 나오지 않는 스피커를 쳐다보았다.

"금방 고칠 수 있습니다." 웨이터가 말했다. 둘은 고개를 젓고 메뉴판을 살펴보았다. 리버스는 주문을 마치고 잔을 들었다.

"건배."

"건배." 질이 한 모금 마시고 나서 숨을 내쉬었다.

"그래서," 리버스가 말했다. "처리할 세부 사항이…… 업무 말이에요."

---

* popadum, 얇고 넓적하게 기름에 부친 인도 빵의 일종.

"스코틀랜드 경찰에서 얼마나 많은 여성들이 경감으로 승진하는 줄 알아요?"

"가뭄에 콩 나듯 하겠죠."

"바로 그거예요." 질은 말을 멈추고 식기를 다시 정리했다. "난 망치고 싶지 않아요."

"그러고 싶은 사람이 어디 있겠어요?"

질이 미소를 지으며 리버스를 쳐다보았다. 리버스는 생각했다. 내 인생은 세상의 온갖 바보짓으로 천장까지 가득 찬 창고와 같아. 폭발물보다 더 옮기기 힘들 정도야.

"좋아요." 리버스가 말했다. "나더러 수사 책임을 맡으라고요?"

"그게 낫죠."

"아니요." 그는 고개를 저었다. "난 아직도 엉망인 상태거든요."

질이 미소를 지었다. "다섯 달이에요, 존. 하지만 아직도 이렇다 할 성과를 내지 못했죠."

"하지만 바뀌지 않을까요?"

"모르겠어요." 그녀는 다시 술을 들이켰다. "누군가 마약 거래에 대한 정보를 나한테 알려줬어요. 큰 건이에요."

"규정에 따르면 그 정보를 스코틀랜드 경찰청 강력반에 넘겨야 하겠군요."

질이 리버스를 쳐다보았다. "그리고 그 게으름뱅이들한테 영광을 돌리고? 말도 안 돼요."

"나도 규정을 엄수해 본 적은 없어요. 그래도……" 그래도. 리버스는 질이 엉망이 되길 바라지 않았다. 이 일이 질에게 중요하다는 건 알았다. 아마 너무나도 중요할 것이다. 그녀는 균형감이 필요했다. 자신이 스파벤 사건에서 그랬던 것처럼.

"그래서 그 정보는 누가 줬죠?"

"퍼거스 맥루어요."

"겁쟁이 퍼기?" 리버스는 입술을 오므렸다. "플라워의 끄나풀이잖아요?"

질이 고개를 끄덕였다. "플라워가 전보되었을 때 명단을 넘겨받았어요."

"맙소사. 당신한테서 얼마나 뜯어냈어요?"

"신경 쓰지 말아요."

"플라워의 끄나풀 대부분은 물어다 줄 범죄자보다 더 나쁜 놈들이에요."

"어쨌거나 나한테 명단을 줬어요."

"겁쟁이 퍼기요?"

퍼기 맥루어는 반평생 동안 병원을 들락날락했다. 불안 때문에 오벌틴*보다 독한 건 마시지 못했고 「펫츠 윈즈 프라이즈」**보다 자극적인 내용은 볼 수 없었다. 계속 약 처방을 받은 덕분에 영국 제약 산업의 호황에 기여할 정도였다. 퍼기가 합법의 경계선에서 자신만의 멋진 작은 제국을 운영하고 있다는 말이 있었다. 보석상을 하면서 페르시아 카펫, 화재나 수해로 손상된 상품, 파산 회사 경매권도 팔았다. 그는 도시 끝에 있는 동네인 라토에 살았다. 겁쟁이 퍼기는 유명한 게이였지만, 리버스가 알고 있는 몇몇 판사들과는 달리 조용하게 살았다.

질이 포파덤을 먹었다. 처트니 소스가 남은 조각 위로 흘렀다.

"그래서 문제가 뭐죠?" 리버스가 물었다.

---

* Ovaltine, 코코아와 비슷한 음료.

** Pets Wins Prizes, BBC의 애완동물 게임 쇼.

"퍼거스 맥루어와 잘 알아요?"

리버스는 어깨를 으쓱하며 거짓말했다. "이름만 들은 정도죠. 왜요?"

"행동에 나서기 전에 미리 확실히 해 두고 싶으니까요."

"끄나풀의 문제는, 언제나 확실한 증거가 있는 건 아니라는 점이에요."

"맞아요. 하지만 난 두 번째 옵션이 있죠."

"나보고 그자하고 얘기해 보라고요?"

"존, 당신의 모든 결점에도 불구하고……"

"나야 그 결점으로 유명하죠."

"사람의 특성을 파악하는 능력이 있잖아요. 정보원들에 대해서도 잘 알고."

"주모자를 잡기 위한 보조물이죠."

"맥루어의 말을 믿을 수 있다고 생각하는지 알고 싶을 뿐이에요. 수사 개시에 온 힘을 기울였는데 ─감시, 도청, 심지어 함정수사를 할 수도 있어요─ 뒤통수 맞고 싶지는 않아요."

"이해해요. 하지만 강력반 애들은 자기네들을 깜깜이로 만들었다는 걸 알면 가만있지 않을 거예요. 이런 종류의 일엔 인력과 경험이 풍부하니까."

질은 리버스를 응시할 뿐이었다. "언제부터 규정대로 했죠?"

"내 얘기를 하는 게 아니잖아요. 난 골초에 망나니예요. 그런 사람은 하나로 족하죠."

음식이 나왔다. 테이블이 각종 접시로 가득 찼다. 난nan은 세계 지도를 그려도 될 정도로 컸다. 둘은 더 이상 배고프지 않다는 걸 깨달으며 서로를 쳐다보았다.

"완전 붕어빵 커플이네요." 리버스가 말하고는 웨이터에게 빈 잔을 건네주었다. 질에게 말했다. "퍼기 얘기 더 해 봐요."

"개략적인 내용이에요. 골동품 화물 안에 마약이 숨겨져서 북쪽으로 오고 있대요. 그 마약들이 마약상에게 넘어갈 거고."

"마약상들이라면?"

질이 어깨를 으쓱했다. "맥루어는 미국인들이라고 생각해요."

리버스는 얼굴을 찌푸렸다. "누구요? 판매자가요?"

"아니요. 구매자요. 판매자는 독일인들이고."

리버스는 에든버러의 주요 마약상들을 떠올려봤지만 미국인은 단 한 사람도 생각나지 않았다.

"나도 알아요." 그의 생각을 읽은 질이 말했다.

"신흥 세력이 끼어들려고 한다?"

"맥루어는 마약이 더 북쪽으로 향하고 생각해요."

"던디?"

질이 고개를 끄덕였다. "그리고 애버딘이요."

맙소사, 또 애버딘이야. 완전 악의 도시군.

"퍼기는 어쩌다 말려들었대요?"

"매장 하나가 완벽한 위장이 될 거래요."

"퍼기가 바지사장인가요?"

질이 다시 고개를 끄덕였다. 닭고기를 씹고, 난을 소스에 찍었다. 리버스는 질이 먹는 모습을 보며 그녀에 관한 몇 가지가 기억났다. 음식을 씹을 때 귀가 움직이는 모습, 여러 요리를 재빠르게 살펴보는 눈, 먹고 나서 손가락을 함께 비비는 모습. 질의 목에는 5년 전에는 없었던 주름이 있었다. 그리고 미용실에 갈 때마다 염색을 하는 것 같았다. 하지만 괜찮아 보였다. 멋져 보였다.

"그래서요?" 질이 물었다.

"말해 준 건 그게 다인가요?"

"퍼기는 이 마약상들을 무서워했어요. 너무 두려워해서 쫓아내지 못할 정도였죠. 하지만 우리가 자기를 잡아서 교도소에 노리갯감으로 처넣는 건 그것보다 더 끔찍하다고 생각했어요. 그래서 밀고한 거예요."

"겁을 먹었는데도?"

"네."

"이 모든 일이 언제 일어난답니까?"

"그들이 퍼기한테 전화하면요."

"모르겠어요, 질. 이게 빨래집게라면 손수건 한 장도 집을 수 없어요. 코트는 말할 것도 없고."

"색깔 멋지네요."

질이 리버스의 넥타이를 바라보며 말했다. 요란한 색의 넥타이였다. 의도적으로 고른 것이었다. 다림질도 하지 않고 단추도 빠진 셔츠에서 주의를 돌리기 위해서였다.

"좋아요. 내일 퍼기한테 가 보죠. 짜낼 게 더 있는지 알아볼게요."

"살살 해요."

"그놈은 우리 손바닥 안에 있어요."

식사는 절반밖에 하지 않았고 여전히 붕 뜬 느낌이었다. 커피와 박하사탕이 나왔다. 질은 나중에 먹으려고 박하사탕 두 개를 모두 핸드백에 넣었다. 리버스는 위스키를 세 잔째 마셨다. 앞일을 생각해 보았다. 둘이 레스토랑 밖에 서 있는 게 보였다. 리버스는 질에게 집까지 데려다주겠다고 제안할 수 있었다. 자신의 아파트로 돌아가자고 청할 수 있었다. 다만 자고 갈 수는 없었다. 아침이면 밖에 기자들이 있을 것이다.

존 리버스. 주제도 모르는 자식.

"왜 웃어요?" 질이 물었다.

"웃지 않으면 웃지 못한다고 해서요."

계산은 나눠서 했다. 술값이 밥값만큼 나왔다. 둘은 밖으로 나왔다. 밤 공기가 차가워지고 있었다.

"택시를 잡을 수 있을까요?" 질은 거리 위아래를 쳐다보았다.

"펍이 아직 문을 닫지 않았으니까 잡을 수 있을 거예요. 내가 차를 집에 두고 와서……"

"고마워요, 존. 괜찮을 거예요. 봐요, 저기 한 대 오네요." 질이 택시 쪽으로 손을 흔들었다. 기사가 신호를 보내고 끼익 하는 브레이크 소리와 함께 차를 세웠다. "일이 어떻게 됐는지 알려줘요."

"마치면 바로 전화할게요."

"고마워요." 질은 균형을 잡으려고 리버스의 어깨에 손을 얹고는 뺨에 가볍게 입을 맞췄다. 그러고는 택시에 타서 문을 닫고 기사에게 주소를 말했다. 리버스는 택시가 천천히 유턴해서 톨크로스 쪽으로 향하는 것을 보았다.

리버스는 신발을 내려다보며 잠시 서 있었다. 질은 그에게 부탁할 게 있었다. 그게 다였다. 어떤 면에서는 자신이 아직 쓸모 있다는 걸 알게 돼서 다행이었다. '겁쟁이 퍼기' 퍼거스 맥루어. 과거에서 나온 이름. 그는 레니 스파벤과 한때 친구였다. 확실히 하기 위해 아침에 라토로 가볼 가치가 있었다.

　다른 택시가 오는 소리가 들렸다. 착각할 수 없는 엔진음이었다. 노란색 등이 켜져 있었다. 리버스는 손을 흔들어 세워서 택시를 탔다.

　"옥스퍼드 바로 갑시다." 리버스가 말했다.

　바이블 존은 애송이에 대해 더욱더 연구했고, 애버딘이 핵심이라는 사실을 더욱 확신하게 되었다.

　그는 바깥세상으로 통하는 문을 잠그고 서재에 앉아 노트북에 있는 '애송이' 파일을 살펴보았다. 첫 번째와 두 번째 피해자 사이의 간격은 6주, 두 번째와 세 번째 사이의 간격은 겨우 4주였다. 조니 바이블은 탐욕스러운 작은 악마였지만, 그때까지는 다시 범행을 저지르지 않고 있었다. 만일 저질렀다면 아직 시체와 놀고 있을 것이다. 하지만 그건 애송이의 방식이 아니었다. 애송이는 피해자들을 빠르게 죽인 다음, 시체를 세상에 내놓았다. 바이블 존은 많은 시간을 들인 끝에 신문기사 두 개를 찾았다. 둘 다 애버딘의 「프레스 앤 저널」이었다. 한 여성이 나이트클럽에서 집으로 돌아가는 길에 공격을 받았다. 남자가 그녀를 골목으로 끌고 들어가려고 했다. 비명을 지르자 남자는 당황해 도망쳤다. 바이블 존은 어느 날 밤 차를 몰고 현장에 가 보았다. 애송이가 거기 서서 나이트클럽이 끝날 때까지 때를 엿보는 장면을 생각해 보았다. 근처에 주택 단지가 있었고, 집으로 가는 길에 골목 입구를 지나가게 되어 있었다. 겉보기에는 완벽한 장소였다. 하지만 애송이는 초조해했고 준비가 부족했다. 그림자 뒤에 숨어서 한두 시간 정도 기다리면서 누군가 자신을 발견하지 않을까 두려워했을 것이다. 불안감이 엄습했다. 마침내 피해자를 골랐지만 빠르게 무력화시키지 못했다. 비명 소리에 도망쳐야 했다.

그래. 애송이라면 충분히 그럴 수 있다. 애송이는 자신의 실패를 연구해 더 나은 계획을 세웠다. 나이트클럽에 들어가서 피해자와 얘기한다. 피해자를 안심시킨 다음 공격한다.

두 번째 기사. 뒤뜰에서 누가 훔쳐본다고 신고한 여성이 있었다. 출동한 경찰은 부엌문에서 흔적을 발견했다. 서투른 주거 침입 시도였다. 첫 번째 사건과 연관이 있을 수도, 아닐 수도 있었다. 첫 번째 기사는 첫 번째 살인이 일어나기 8주 전의 사건이었다. 두 번째 기사는 그보다 짧은 4주 전이었다. 한 달 간격이라는 패턴이 저절로 세워지고 있었다. 첫 번째 패턴 위에 다른 패턴이 있었다. 훔쳐본 다음 공격한다. 물론 상이한 추론이 성립될 수 있는 다른 기사, 다른 도시에서 일어난 다른 사건을 놓쳤을 수 있다. 하지만 바이블 존은 애버딘이 핵심이라는 확신이 점점 들었다 첫 번째 피해자. 첫 번째 피해자는 지역 주민인 경우가 많다. 살인자는 자신감이 커지면 사냥터의 범위를 넓힌다. 그래서 첫 번째 살인의 성공이 매우 중요하다.

서재 문에서 머뭇거리는 노크 소리가 들렸다. "커피 끓였어요."

"곧 나갈게요."

그는 컴퓨터로 돌아왔다. 경찰이 자체적으로 심리학적 프로파일을 구축하고 있다는 사실은 알고 있었다. 정신과 의사 하나가 그에 대한 프로파일을 작성했던 게 기억났다. 그 의사는 '권위자'로 알려져 있었다. 이름 뒤에 붙은 갖가지 직함 덕분이었다. 이학 학사, 바츠 앤 런던 의대 졸업, 보조 의사, 의학 학사, 외과 전공, 의료법 전공, 공공의료 담당의, 왕립 병리학 연구 대학 임상강사. 거창하지만 아무 의미 없었다. 보고서도 마찬가지였다. 바이블 존은 몇 년 전에 책에서 그 보고서를 읽었다. 자신에 대한 진단 중 맞는 게 몇 개 있어서 그걸 개선하려고도 했다. 연쇄살인범은 내향적이며 가까운 친구가 거의 없다고 추정된다. 그래서 억지로 사람들과 어울리려고 했다. 추진력이 부족하고 성숙한 관계를 두려워하는 유형으로 알려졌기 때문에, 추진력과 관계가 중요한 직업을 택했다. 나머지 명제는 대부분 쓰레기였다.

연쇄살인범에게는 동성애적 행동을 한 이력이 드물지 않다.

– 죄는 아니다.

미혼인 게 보통이다.

– 요크셔 리퍼*한테 이 얘길 해 보시지.

종종 머릿속에서 선과 악의 두 가지 목소리를 듣는다. 무기를 수집하고 애칭을 붙인다. 여자 옷을 입는 경우가 많다. 흑마술이나 괴물에 흥미를 보이고 사디즘 포르노를 수집하는 경우가 있다. 후드, 인형, 고무 잠수복 같은 물건들을 보관하는 '비밀 장소'를 가지고 있는 경우가 많다. 뭐 이런 말들.

그는 서재를 둘러보고 고개를 저었다.

이 정신과 의사가 맞게 지적한 건 몇 개에 지나지 않았다. 맞다. 인류의 절반이 그러하듯 자기중심적이다. 맞다. 단정하고 깔끔하다. 맞다. 제2차 세계대전에 흥미가 있다 – 하지만 나치즘이나 강제수용소에만 관심이 있는 건 아니다–. 맞다. 타고난 거짓말쟁이다. 아니면 사람들이 너무 쉽게 속아 넘어가는 것일 수도 있다. 그리고 맞다. 지금 애송이가 그러는 것처

---

* Yorkshire Ripper, 1975년 7월부터 5년간에 걸쳐 13명을 살해한 영국의 연쇄살인범 피터 서트클리프. 매춘부 연쇄 살인 사건의 범인으로 유명한 잭 더 리퍼와 흡사하여 요크셔 리퍼라고 부르기도 한다. 기혼자였다.

럼 범행을 사전에 면밀히 계획한다.

사서는 아직 그의 신문 목록을 정리하지 못했다. 바이블 존의 자료를 신청한 사람은 없었다. 나쁜 소식이었다. 좋은 소식도 있었다. 원래의 바이블 존 사건에 대한 관심이 최근에 급증한 덕분에, 다른 미제 살인 사건 일곱 건의 상세한 기사를 확보했다. 다섯 건은 1977년, 한 건은 1978년, 나머지 한 건은 훨씬 최근에 일어났다. 이 사실로 그는 두 번째 명제를 세웠다. 첫 번째 명제는 애송이가 연쇄살인을 막 시작했다는 것이고, 두 번째 명제는 오랜 시간이 지난 후에 범행을 재개했다는 것이다. 외국에 나가 있거나, 시설에 수용되었거나, 심지어는 죽일 필요가 없다고 생각하는 관계를 맺었을 수도 있다. 경찰이 꼼꼼했다면 −그럴 것 같지는 않지만− 1978년이나 79년에 결혼했다가 최근 이혼한 남자를 찾아볼 것이다. 바이블 존은 이런 방법을 쓸 수 없었다. 그 점이 불만스러웠다. 일어나서 책장을 쳐다보았지만 건성으로 훑었다. 애송이가 바이블 존이고 인상착의는 틀렸다는 견해가 있었다. 그 결과 경찰과 언론은 과거의 합성 사진과 몽타주를 다시 살펴보게 되었다.

위험했다. 이런 추측을 잠재우는 방법은 애송이를 찾아내는 것뿐이다. 모방은 진정한 아첨이라고 할 수 없다. 치명타가 될 수도 있다. 애송이를 찾아야 한다. 그가 직접, 아니면 경찰이 애송이를 잡게 해야 한다. 어쨌든 찾는 게 우선이다.

8

아침 6시였다. 리버스는 우선 잠에서 완전히 깨야 했다.

너무 이른 시간에 일어났다. 그는 옷을 입고 산책을 가기로 했다. 메도우스를 가로질러 조지 4세 다리와 하이 스트리트 쪽으로 내려와 콕번 스트리트에서 왼쪽으로 향했다. 콕번 스트리트는 10대들과 히피들의 쇼핑 천국이었다. 리버스는 지금보다 평판이 더 안 좋았을 때의 콕번 스트리트 시장을 기억하고 있었다. 앤지 리델은 콕번 스트리트의 가게에서 목걸이를 샀다. 앤지는 리버스가 카페로 데려왔던 날 그 목걸이를 했을지도 모른다. 하지만 리버스는 그렇게 생각하지 않았다. 그 생각을 떨쳐버리고 가파른 높이의 계단으로 된 통로를 내려와 다시 마켓 스트리트에서 다시 왼쪽으로 향했다. 웨이벌리 역 반대쪽이었고 문을 연 펍이 있었다. 이 펍은 야간 근무를 마치고 집으로 돌아가기 전에 한두 잔 하려는 노동자들을 상대로 하고 있었다. 하지만 펍에는 다가올 하루를 준비하려는 사업가들도 있었다.

신문사가 근처에 있었기 때문에 인쇄공과 편집 기자들이 단골이었고, 막 잉크가 마른 신문 초판을 늘 볼 수 있었다. 리버스는 여기서 알려진 얼굴이었기 때문에, 아무도 그를 방해하려고 하지 않았다. 술을 마시던 기자가 있더라도 리버스에게 기삿거리나 멘트를 요청하지 않았다. 그게 불문율이었고, 결코 깨진 적이 없었다.

오늘 아침, 10대 세 명이 술에는 입도 대지 않은 채 테이블에 고꾸라지
듯 앉아 있었다. 부스스하고 비몽사몽인 것으로 보아하니 '24시간 음주
코스'를 완주한 상태임을 알 수 있었다. 주간 코스는 쉽다. 아침 6시에 이
런 펍에서 시작한다. 펍의 허가받은 영업시간은 자정이나 새벽 1시까지
다. 그다음에는 클럽이나 카지노, 그리고 로디언 로드에서 아침 6시까지
영업하는 피자 가게가 마라톤의 골인 지점이다. 이 지점에서 코스의 마지
막 잔을 마시기 위해 여기로 돌아오는 것이다.

바는 조용했다. TV도 라디오도 없었다. 슬롯머신은 아직 작동하기 전이
었다. 또 다른 불문율이었다. 이런 시간에 여기서 할 일이라고는 술 마시
는 것뿐이었다. 그리고 신문 읽기. 리버스는 위스키에 물 한 컵을 부은 다
음, 신문과 함께 가지고 테이블로 왔다. 창밖에는 태양이 우윳빛 하늘에
분홍빛으로 걸려 있었다. 즐거운 산책이었다. 리버스는 도시가 조용한 게
좋았다. 택시, 일찍 일어난 사람들, 산책 중인 애완견, 깨끗하고 맑은 공기
가 있었다. 하지만 아침이 오기 전의 밤이 여전히 매달려 있었다. 뒤집힌
쓰레기통, 등판이 부서진 메도우스의 벤치, 버스 정류장 지붕 위에 날려
올라간 도로 안내판이 있었다. 바도 마찬가지였다. 지난밤의 탁한 공기가
아직 빠지지 않았다. 리버스는 담뱃불을 붙이고 신문을 읽었다.

안쪽 페이지의 기사가 눈길을 끌었다. 애버딘에서 해상 오염과 석유회
사의 역할에 관한 국제회의가 개최된다. 16개국 대표단이 참석할 예정이
었다. 짧은 보충 기사가 추가로 적혀 있었다. 셰틀랜드에서 북동쪽으로
160킬로미터 떨어진 곳에 있는 배녁 유전과 가스전의 '유용한 경제 수명'
이 끝나게 되어 곧 폐쇄될 것이라는 내용이었다. 환경 운동가들은 배녁의

메인 생산 플랫폼에 대해 문제를 제기하고 있었다. 20만 톤이나 되는 강철 콘크리트 구조물이었다. 플랫폼의 소유자인 T-버드 석유회사의 향후 계획을 듣고자 했다. 회사는 법률에서 정한 바에 따라 무역산업부의 석유가스국에 폐기 프로그램을 제출했지만 그 내용은 공개되지 않았다.

환경 운동가들은 영국 대륙붕에 200개가 넘는 석유 및 가스 채굴 시설이 있으며, 모두 한정된 생산 수명을 가지고 있다고 주장했다. 정부는 심해 플랫폼의 대다수를 최소한의 정비만 하는 상태로 유지하는 옵션을 지지하고 있는 것 같았다. 심지어 다른 용도 – 교도소와 카지노/호텔 복합 시설이 포함된 개발 계획 – 를 위해 매각한다는 얘기도 있었다. 정부와 석유회사는 비용 효과를 말하면서 비용, 안전, 환경의 균형을 추구한다고 주장했다. 반대 측의 주장은 어떤 비용을 치르더라도 환경을 보호해야 한다는 것이었다. 압력 단체들은 브렌트 스파* 사건에서 셸 석유회사에 거둔 승리를 바탕으로, 배녁에 대해서도 문제를 제기하고 애버딘 회의가 열리는 현장 근처에서 행진, 시위, 야외 콘서트를 개최할 계획을 세웠다.

애버딘이 빠르게 리버스의 우주의 중심이 되고 있었다.

리버스는 첫 번째 위스키 잔을 비우고, 두 잔은 마시지 않으려고 하다가 마음을 바꿨다. 그는 신문의 나머지 기사들을 훑었다. 조니 바이블에 관해서는 새로운 내용이 없었다. 부동산 코너가 있었다. 마치몬트/사이언느의 시세를 확인하다가 뉴 타운의 사양 몇 가지를 보고는 웃었다. '고급 타운하우스. 5층 건물에서의 우아한 삶', '차고는 2만 파운드에 별도로 매

---

* Brent Spar, 셸 석유회사가 1976년 세운 북해의 원유 저장 탱크이자 브렌트 유전의 부표 역할을 하는 대형 구조물이다. 해당 구조물은 1991년 저장 시설로서의 기능을 상실하였고, 이에 1995년 해체가 예정되어 있었으나 환경에 미칠 영향에 대한 우려로 인해 큰 논쟁거리가 되었다. 결국 브렌트 스파는 그린피스 등 환경 단체의 압력에 의해 해저에 가라앉힌다는 초기 계획 대신 재활용하는 방향으로 폐기 계획을 선회하였으나, 어느 쪽이 옳은 판단이었는지에 대해서는 여전히 논쟁이 계속되고 있다.

도' 스코틀랜드에는 아직 2만 파운드로 살 수 있는 집이 몇 있었다. 차고도 포함일 것이다. '교외 부동산' 목록을 보니 엄청난 가격에 실물보다 잘 나온 듯한 사진이 덧붙여져 있었다. 마치몬트의 아파트 시세면 에든버러 남동부의 해안에서는 바다를 볼 수 있는 대형 전망창이 달린 집을 살 수 있다. 꿈을 가져라, 뱃사람이여.

리버스는 집으로 돌아와 차를 타고 크레이그밀러로 갔다. 아직 부동산 코너에 올라와 있지 않은 지역이었다. 그런 때가 올 가능성은 없었다.

야간 근무조가 퇴근하는 시간이었다. 리버스는 초면인 경관들을 보았다. 그들에게 이것저것 물어보았다. 조용한 밤이었다. 유치장에는 사람이 없었고, 취조실도 마찬가지였다. 리버스는 자리에 앉았다. 책상 위에 새 서류가 놓인 게 보였다. 커피를 가져온 다음 첫 번째 서류를 집어 들었다.

앨런 미치슨에 관한 또 다른 막다른 길이었다. 지역 CID가 미치슨이 있었던 보육원 원장과 인터뷰를 했다. 은행 계좌를 확인해 보았지만 문제가 없었다. 애버딘 CID에서는 토니 엘에 대한 새로운 소식이 없었다. 제복 경관이 리버스 앞으로 온 소포를 가져왔다. 애버딘 소인이 찍혔고 'T-버드 석유회사'라는 레이블이 인쇄되어 있었다. 리버스는 소포를 뜯었다. 인사부장 스튜어트 민첼의 증정 문구가 있는 홍보 책자였다. A4 여섯 장으로 된 팸플릿으로 레이아웃과 종이 질이 우수했으며, 전면 컬러에, 사실은 최소한으로 담았다. 수많은 보고서를 작성해 본 리버스는 이 책자가 속 빈 강정이라는 걸 알 수 있었다. 민첼은 'T-버드 석유회사는 균형을 추구합니다'라고 적힌 책자 한 부를 동봉했다. 미치슨의 배낭 옆 주머니에 있던 것과 동일했다. 리버스가 책자를 펼치자 어느 블록을 점유하고 있는지 보여주는 격자무늬 위로 표시된 배넉 유전 지도가 나왔다. 주석에 따르면 북해는 각각 258제곱미터의 블록으로 구분되며, 석유회사는 초기에 이 블록 탐사권에 입찰했다. 배넉은 국경선에 거의 인접한 지역이었다. 동쪽으로 몇 마일만 가면 유전이 더 있지만, 이 시기에는 영국이 아니라 노르웨이 영해였다.

리버스는 그 부분을 읽어보았다. '배넉은 엄격한 폐쇄 절차를 실행하는 첫 번째 T-버드 유전이 될 것입니다.' 현장 방치부터 완전 제거까지 일곱 개의 옵션이 있는 것 같았다. 회사의 '적절한 제안'은 훗날의 거래를 위해 구조물을 방치하는 보류안이었다.

"놀랍군, 놀라워." 리버스는 보류안이란 게 '향후의 탐사와 개발을 위해 자금을 남겨둔다'는 의미인 걸 깨닫고 중얼거렸다.

팸플릿을 봉투에 다시 넣어 서랍 안에 대충 쑤셔두고는 다시 서류를 살폈다. 아래쪽에 팩스 용지 한 장이 숨겨져 있었다. 꺼내보았다. 스튜어트 민첼이 전날 저녁 7시에 보낸 팩스로, 앨런 미치슨의 두 동료에 관한 추가 세부 사항이었다. 술롬 보 터미널에서 일했던 동료는 제이크 할리였다. 세틀랜드 어딘가에서 하이킹/들새 관찰 휴가를 보내고 있으며, 아직 친구의 사망 소식은 듣지 못했을 것이라고 했다. 해상 유전에서 일했던 친구는 윌리 포드라고 했다. 작업 기간 16일 중 절반을 보내고 있으며, '당연히' 앨런 미치슨의 소식을 들었다고 했다.

리버스는 수화기를 들고 서랍에 손을 뻗어 민첼의 증정문을 찾아내 전화번호를 보고 버튼을 눌렀다. 이른 시간이었지만 할 수 없었다.

"인사부입니다."

"스튜어트 민첼 씨 부탁합니다."

"접니다." 빙고. 민첼은 회사형 인간이며 아침형 인간이었다.

"민첼 씨, 또 리버스 경위입니다."

"운이 좋으셨군요, 경위님. 보통은 받지 않거든요. 근무 시간 전에 몇 가지 업무를 처리하려면 그 방법밖에 없으니까요."

"보내주신 팩스에서 왜 윌리 포드가 '당연히' 앨런 미치슨의 사망 사실을 알고 있다고 하셨습니까?"

"같이 일했으니까요. 제가 말씀드리지 않았던가요?"

"해상에서요?"

"네."

"어느 플랫폼이죠?"

"그것도 말씀드리지 않았나요? 배넉입니다."

"보류 중인 그 플랫폼이요?"

"네. 회사 홍보팀에서는 책자에서 그 부분을 빼려고 합니다." 그는 잠시 말을 멈췄다. "그게 중요한가요?"

"글쎄요." 리버스가 말했다. "어쨌든 감사합니다." 리버스는 수화기를 내려놓고 손가락으로 톡톡 두드렸다.

밖으로 나가 가게에서 아침 식사로 콘비프와 양파를 채운 롤빵을 샀다. 롤빵은 밀가루가 너무 많이 묻었고, 입천장에 달라붙었다. 커피를 사서 입을 헹궜다. 헛간으로 돌아왔을 때, 베인과 맥클레이가 자기들 책상 옆에 서서 타블로이드 신문을 읽고 있었다. 베인은 베이글 샌드위치를 먹고 있었고, 맥클레이는 소시지 빵을 먹고 트림을 했다.

"끄나풀들 보고는?" 리버스가 물었다.

"아직은 아무것도 없습니다." 신문에서 눈을 떼지 않으며 베인이 말했다.

"토니 엘은?"

맥클레이 차례였다. "스코틀랜드의 경찰서마다 인상착의를 보냈는데 응답이 없습니다."

"그람피언 CID에 직접 전화했습니다." 베인이 덧붙였다. "미치슨이 갔던 인도 레스토랑을 조사해 보라고 했습니다. 단골인 것 같으니 뭔가 알고 있을지도 모릅니다."

"잘했네, 도드." 리버스가 말했다.

"얼굴만 잘생긴 건 아니죠?" 맥클레이가 말했다.

일기예보에서는 맑은 날씨에 가끔 소나기가 내린다고 했다. 라토로 차를 몰고 가는 리버스가 보기에는 소나기가 10분 간격으로 내리는 것 같았다. 거대한 먹구름, 햇살, 맑은 하늘, 그리고 다시 구름이 모였다. 하늘에 구름이 없는 것 같았는데 어느 순간부터 비가 내리기 시작했다.

라토는 농장 지대로 둘러싸였고, 유니온 운하가 북쪽 경계를 이루고 있었다. 여름에는 사람이 많았다. 운하에서 보트를 타거나, 오리한테 먹이를 주거나, 부두 레스토랑에서 식사할 수 있다. M8 도로에서는 1마일도 채 안 떨어졌고, 턴하우스 공항과는 2마일 거리였다. 리버스는 자신의 방향감각을 믿으면서 칼더 로드를 따라 달렸다. 퍼거스 맥루어의 집은 할크로프트 공원에 있었다. 찾을 수 있을 것 같았다. 시내 전체에 도로가 십여 개밖에 없었다. 맥루어는 재택근무를 한다고 했다. 전화는 하지 않기로 했다. 미리 경계하게 만들 필요는 없으니까.

라토에 도착하자, 5분 만에 할크로프트 공원을 찾을 수 있었다. 그는 퍼기의 주소를 발견하고 차를 세운 다음, 문으로 걸어갔다. 사람이 있는 것 같지 않았다. 초인종을 다시 눌렀다. 레이스 커튼이 가려서 창으로 들여다볼 수 없었다.

"그냥 전화를 할걸." 리버스가 중얼거렸다.

어떤 여자가 목줄을 맨 테리어를 끌고 빠르게 지나가고 있었다. 작은 개는 보도에 코를 킁킁대며 목이 메는 듯한 소리를 냈다.

"집에 없나 보죠?" 여자가 물었다.

"네."

"재미있네요. 차는 여기 있는데." 볼보가 주차된 방향을 고갯짓하자마자 개가 여자를 끌고 가버렸다. 파란색 940 스테이션 왜건이었다. 리버스는 차창으로 안을 들여다보았지만 깨끗한 내부뿐이었다. 주행 거리를 확인해 보았다. 새 차였다. 타이어 휠도 광택이 그대로였다.

리버스는 자기 차 ― 주행 거리가 볼보의 50배였다 ― 로 돌아와 글래스고 로드를 타고 시내로 돌아가기로 했다. 하지만 운하 다리를 건넜을 때, 레스토랑 주차장 제일 끝에 경찰차 한 대가 운하 쪽으로 내려가는 미끄러운 도로 위에 서 있는 것을 보았다. 리버스는 차를 세우고 후진한 다음, 주차장 안으로 들어가 천천히 현장으로 향했다. 제복 경관이 와서 접근하지 말라고 경고했지만 리버스는 신분증을 준비하고 있었다. 그는 차를 세우고 밖으로 나왔다.

"무슨 일인가?"

"누군가가 옷을 입은 채 물에 뛰어들었습니다." 경관이 리버스를 따라 부두까지 갔다. 부두에는 유람선 몇 척이 정박되어 있었고, 그중 하나에 타려고 왔던 관광객 같은 커플이 있었다. 다시 비가 내리면서 운하 수면에 곰보 자국을 만들고 있었다. 오리들은 간격을 유지하고 있었다. 시체는 물

밖으로 끌어 올려졌다. 옷은 흠뻑 젖었고, 부두를 이루고 있는 얇은 돌판 위에 놓였다. 의사처럼 보이는 남자가 혹시 그가 살아 있는지 확인하고 있었지만, 얼굴에는 희망의 기색이 보이지 않았다. 레스토랑 뒷문은 열려 있었다. 직원들이 서 있었는데, 흥미를 보이면서도 두려움으로 가득 찬 얼굴을 하고 있었다.

의사가 고개를 저었다. 관광객 중에 한 여성이 울기 시작했다. 일행인 남자가 비디오카메라를 떠받치면서 여자에게 팔을 둘렀다.

"미끄러지면서 빠진 게 분명해." 누군가가 말했다. "머리를 부딪혔겠지."

의사가 시체의 머리를 확인했다. 깊고 깨끗하게 파인 상처가 보였다.

리버스는 직원들 쪽으로 고개를 돌렸다. "뭐라도 본 사람 있어요?" 직원들이 고개를 저었다. "누가 신고했죠?"

"제가요." 여성 관광객이었다. 잉글랜드 억양이었다.

리버스가 의사 쪽으로 몸을 돌렸다. "얼마나 오랫동안 물속에 있었죠?"

"저는 일반의일 뿐이고 전문가는 아닙니다. 그래도 추정해 보자면 그렇게 오래되지는 않았습니다." 익사한 남자의 주머니에서 뭔가 굴러 나와 두 개의 석판 사이에 끼였다. 흰색 플라스틱 뚜껑이 있는 작은 갈색 병이었다. 처방약이었다. 리버스는 부푼 얼굴을 쳐다보고 그 얼굴을 훨씬 젊은 남자의 것으로 바꿔 떠올려보았다. 1978년에 래리 스파벤과의 관련성 여부를 조사했던 남자였다.

"이 지역 주민이야." 리버스가 같이 온 경관에게 말했다. "이름은 퍼거스 맥루어고."

리버스는 질 템플러에게 전화하려고 했지만 연결되지 않아서 여러 곳에 메시지를 남겼다. 집으로 돌아와서 구두를 닦고 가장 좋은 양복으로 갈아입었다. 제일 덜 구겨진 셔츠를 집어 들고 가진 것 중 - 장례식용을 빼고 - 에 가장 수수한 넥타이를 찾았다.

그는 거울에 비친 모습을 쳐다보았다. 샤워와 면도를 하고 머리를 말린 다음 빗질을 했다. 넥타이 매듭은 괜찮아 보였다. 그리고 이번에는 어울리는 양말을 찾아냈다. 좋아 보였다. 별문제 없다는 느낌이었다.

1시 30분이었다. 페테스로 갈 시간이었다.

차는 그다지 막히지 않았다. 신호에도 걸리지 않았다. 마치 그가 약속에 늦지 않게 해 주려는 것 같았다. 로디언 앤 보더스 경찰청 본청에 일찍 도착했다. 주변을 좀 돌까 생각했지만 그러면 점점 더 초조해질 뿐이라는 사실을 알고 있었다. 대신 안으로 들어가 살인과를 찾았다. 2층에 있었다. 커다란 중앙 사무실에 선임 형사들을 위한 별도의 작은 구역이 있었다. 이곳이 조니 바이블 사건 삼각편대의 에든버러 측 본부였고, 앤지 리델 사건 수사의 핵심 부서였다. 리버스는 근무 중인 형사 몇 명의 얼굴을 알고 있었다. 그들은 미소를 지으며 고개를 끄덕였다. 벽은 지도, 사진, 도표로 덮여 있었다. 순서화하려는 시도였다. 경찰 업무의 상당 부분은 사물을 일정한 순서에 따라 배치하는 것이다. 연대표를 고정하고, 세부 사항을 바로잡고, 사람들의 삶과 죽음 후의 혼란을 정리한다.

오늘 오후에 근무하는 대부분의 형사들은 피곤하고 의욕이 떨어져 보였다. 그들은 전화 옆에서 숨어 있는 제보, 잃어버린 연결 고리, 이름이나 장소, 어떤 사람을 기다리고 있었다. 오랫동안. 누군가 조니 바이블의 합성 사진을 만들어냈다. 머리에서부터 구부러진 뿔, 콧구멍에서 흘러나오는 연기, 송곳니와 파충류의 두 갈래 혀.

부기맨이었다.

리버스는 더 가까이서 보았다. 합성 사진은 컴퓨터로 만든 것이었다. 출발점은 바이블 존의 오래된 합성 사진이었다. 뿔과 송곳니를 붙이고 보니, 앨리스터 플라워와 어쩐지 비슷한 점이 있었다.

리버스는 앤지 리델의 부검 사진에서 눈을 피하며 생전 사진을 살펴보았다. 앤지를 체포했던 날의 모습이, 차에 앉아 얘기하던 모습이 기억났다. 그녀는 생명력으로 가득 차 있었다. 자기 자신에게 결코 만족하지 못했던 것처럼, 거의 모든 사진에서 각기 다른 색깔로 머리를 염색했다. 아마도 앤지는 계속 달라져야 했고, 과거의 자기로부터 도망쳐야 했고, 울지 않기 위해 웃어야만 했는지 모른다. 분칠한 서커스 광대의 미소였다.

리버스는 시계를 확인했다. 젠장, 시간이 됐다.

9

카펫이 깔린 편안한 사무실에는 콜린 카스웰, 그러니까 CC 라이더가 혼자 리버스를 기다리고 있었다.

"앉게." 카스웰이 반쯤 일어서서 리버스를 맞이한 다음 다시 자리에 앉았다. 리버스는 맞은편에 앉아서 책상을 살펴보며 실마리를 찾아보려 했다. 요크셔 출신의 카스웰은 키가 크고 술배가 처져 있었다. 머리카락은 갈색에 가늘었고, 코는 작다 못해 퍼그처럼 거의 납작했다. 카스웰이 코를 쿵쿵댔다. "미안하지만 비스킷은 준비 못 했네. 원한다면 차나 커피는 가능해."

리버스는 통화 내용이 기억났다. '차와 비스킷은 나오나요? 없으면 안 갑니다.' 그 말이 전해졌군.

"괜찮습니다. 감사합니다."

카스웰이 폴더를 열어 뭔가를 꺼냈다. 신문 기사 스크랩이었다. "로슨 게데스 때문에 창피해 죽겠군. 한때는 대단한 경찰이었다고 들었는데."

게데스의 자살 기사였다.

"그렇습니다." 리버스가 말했다.

"자살은 겁쟁이의 탈출구라고 하지만, 나라면 그럴 용기가 없었을 거야." 카스웰이 리버스를 올려다보며 말했다. "자네는 어떤가?"

"그럴 일이 없기를 바랄 뿐입니다."

카스웰이 미소를 지으며 스크랩을 다시 집어넣고 폴더를 닫았다. "존, 언론이 갈수록 등쌀이야. 처음에는 TV 제작진뿐이었는데 이젠 개나 소나 서커스에 들어오려고 해." 그가 리버스를 쳐다보았다. "좋지 않아."

"그렇죠."

"그래서 우리는 –총경님하고 내가– 뭔가 조치를 취해야 한다고 결정했네."

리버스가 침을 삼켰다. "스파벤 사건을 재수사하시려고요?"

카스웰이 폴더에서 보이지도 않는 먼지를 털었다. "바로 하지는 않을 거야. 새 증거도 없고, 그러니까 사실 필요는 없지." 그가 재빠르게 리버스를 올려다보았다. "자네가 뭔가 이유를 알고 있다면 다르겠지만."

"완전히 끝난 사건입니다."

"언론에다 대고 그렇게 얘기해 보게."

"그러죠. 저만 믿으십시오."

"내부 감찰에 착수할 생각이네. 당시에 간과했거나 부당한 일이 없었는지 확인하려는 것뿐이야."

"저를 의심하시는군요." 리버스는 분노가 치미는 걸 느꼈다.

"자네가 뭔가를 숨기고 있을 때만 그렇지."

"왜 이러십니까. 차장보님이 수사를 재개하면 모든 사람이 깨끗하지 않아 보일 겁니다. 그리고 스파벤과 로슨 게데스는 죽었으니 제가 뒤집어쓰겠죠."

"책임질 게 있다면 그렇겠지."

리버스는 벌떡 일어섰다.

"앉아, 경위. 말 안 끝났어!"

리버스는 자리에 앉아서 팔걸이를 움켜쥐었다. 열이 머리끝까지 뻗쳤다. 카스웰은 잠시 흥분을 가라앉히려고 했다.

"일을 객관적으로 처리하기 위해, 감찰반은 여기 사람이 아닌 외부 인사에게 맡기고 나한테 직접 보고하게 할 거야. 원래 파일부터 조사하고……"

홈스에게 경고해줘야겠군.

"필요한 경우 후속 심문을 하고 보고서를 작성하게 되네."

"공표하실 생각입니까?"

"최종 보고서를 받기 전까지는 아니야. 눈 가리고 아웅 하는 것처럼 보이면 안 되니까. 감사 중에 어디서든 규정 위반 사실이 드러나면, 상응하는 조치가 있을 거야. 알겠나?"

"네, 차장보님."

"하고 싶은 말 있나?"

"둘만의 얘깁니까? 아니면 감찰반도 끌어들이실 겁니까?"

카스웰은 농담으로 받아들였다. "자네가 그 사람에게 전화나 할 수 있을지 모르겠군."

그 사람.

"누가 책임자입니까?"

"찰스 안크램 경감이라고 스트래스클라이드 경찰서 사람이야."

이런 빌어먹을! 안크램과 마지막으로 만났을 때 뇌물을 받았다고 비난했지. 그리고 안크램은 알고 있었다. 비밀을 알고 있다는 듯 미소 짓던 모습, 리버스를 살펴보던 모습을 생각해 보니, 안크램은 이런 일이 생기리라

181

는 걸 내내 알고 있었다. 적으로 대치하게 되리라는 사실을.

"안크램 경감과 저 사이에는 악감정이 좀 있습니다."

카스웰이 리버스를 쳐다보았다. "설명해 보겠나?"

"죄송하지만 안 하겠습니다."

"좋아. 그럼 대신 플라워 경감을 임명할 수도 있어. 지금으로서는 최적 임자라고 할 수 있지. 국회의원 아들을 대마초 재배 혐의로 잡아들였으니까."

리버스가 침을 삼켰다. "안크램 경감이 낫겠습니다."

카스웰이 노려보았다. "자네가 주제넘게 결정할 일이 아니야, 경위."

"알겠습니다."

카스웰이 한숨을 쉬었다. "안크램은 벌써 브리핑을 받았네. 괜찮다면 계속하도록 해도 되겠지?"

"감사합니다." 어쩌다 이 꼴이 됐을까. 리버스는 생각했다. 안크램을 내 꼬리에 붙인 사람한테 감사해야 하다니. "가도 되겠습니까?"

"아니." 카스웰은 폴더를 다시 살펴보고 있었다. 그사이에 리버스는 화를 삭이려고 애썼다. 카스웰은 메모를 읽으며 그를 올려다보지 않고 말했다.

"오늘 아침에 라토에서는 뭘 했나?"

"네?"

"운하에서 시체가 발견됐어. 거기 있었단 얘길 들었네. 크레이그밀러 관할은 아니지 않나?"

"우연히 현장에 있었을 뿐입니다."

"시체의 신원을 확인했다면서?"

"그렇습니다."

"하여튼 마당발이라니까." 비꼬는 투가 역력했다. "어떻게 아는 사이인가?"

입을 열까, 아니면 다물까? 둘 다 아니었다. 말을 꾸몄다. "우리 끄나풀 중 하나였습니다."

카스웰이 올려다보았다. "정확히 누구?"

"플라워 경감이 경위였을 때요."

"그놈을 가로채려고 했나?" 리버스는 카스웰이 제멋대로 결론을 내게 입을 다물었다. "이른 아침에 운하에 뛰어들었다…… 이상한 우연의 일치 아닌가?"

리버스는 어깨를 으쓱했다. "그런 일도 일어나곤 하죠." 그는 카스웰에게서 눈을 떼지 않았다. 둘은 서로를 노려보았다.

"이만 가 보게, 경위." 카스웰이 말했다.

리버스는 복도로 돌아갈 때까지 눈 한 번 깜빡이지 않았다.

페테스에서 세인트 레너즈로 전화했다. 손이 떨렸다. 하지만 질은 거기 없었고, 아무도 행방을 몰랐다. 리버스는 교환원에게 질의 호출기로 연락해달라고 한 다음, CID로 연결해달라고 요청했다. 쇼반이 받았다.

"브라이언 거기 있나?"

"두어 시간 못 봤는데요. 두 분이 뭐 꾸미세요?"

"도둑질도 손발이 맞아야 하지. 보면 나한테 전화하라고 해. 질 템플러한테도 그렇게 전하고."

리버스는 쇼반이 입도 떼기 전에 끊었다. 쇼반은 돕겠다고 할 것이다. 하지만 리버스는 지금 누구를 끌어들이고 싶지 않았다. 그는 자신을 위해 거짓말을 했다. 그리고 질 템플러를 위해 거짓말을 했다. 질…… 질에게 물어볼 게 있었다. 급한 질문이었다. 질의 집에 전화를 걸어 응답기에 메시지를 남긴 다음, 홈스의 집으로 걸었다. 응답기에 같은 메시지를 남겼다. 전화해.

잠깐만. 생각해 보자.

홈스에게 스파벤 사건을 조사하라고 했다. 파일을 살펴보라는 뜻이었다. 그레이트 런던 로드 경찰서가 화재로 전소되면서 많은 파일도 잿더미가 됐지만, 옛날 파일들은 그렇지 않았다. 당시에 옛날 파일들은 공간 확보를 위해 반출되었기 때문이다. 그 파일들은 다른 아주 옛날 사건들 전부, 덜거덕거리는 해골들과 함께 그랜턴 항구 근처의 창고에 보관되었다. 리버스는 홈스가 그 파일을 열람할 거라고 추측했다. 하지만 아닐 수도 있다.

페테스에서 창고까지는 10분 거리였지만 리버스는 7분 만에 주파했다. 주차장에서 홈스의 차를 보자 절로 빙긋 웃음이 나왔다. 정문으로 가 문을 열고 크고 어두우며 소리가 울리는 공간으로 들어섰다. 가지런하게 정렬된, 무거운 판지 상자로 가득 찬 녹색 금속 책장이 창고에 길게 늘어서 있었다. 상자 안에는 1950년대부터 1970년대까지 로디언 앤 보더스 경찰 – 그리고 해체되기 전까지의 에든버러 시 경찰* – 의 곰팡내 나는 역사가 담겨 있었다. 문서는 계속 반입되고 있었다. 레이블이 붙은 차 상자가 개봉을 기다리며 놓여 있었다. 변화의 현장 같았다. 뚜껑이 있는 플라스틱 상자가 무거운 판지 상자를 대체하고 있었다. 키가 작고 나이 들었지만 아주 깔끔해 보이는 남자가 리버스에게 다가왔다. 두꺼운 안경에 검은 콧수염

---

* 1975년에 에든버러 시 경찰과 로디언, 보더스 주의 여러 지구대가 통합되어 '로디언 앤 보더스 경찰청'으로 재편되었다.

을 길렀다.

"무슨 일이시죠?"

남자는 '사무관' 그 자체였다. 바닥을 보고 있지 않을 때는 리버스의 오른쪽 귀 너머 어딘가를 응시하고 있었다. 그는 칼라가 해어진 흰색 셔츠와 트위드 넥타이 위에 회색 나일론으로 된 전신 작업복을 입고 있었다. 윗주머니에는 펜과 연필이 튀어나와 있었다.

리버스는 신분증을 보여주었다. "홈스 경사라는 동료를 찾고 있습니다. 옛날 사건 기록을 찾으러 왔을 텐데요."

남자는 신분증을 자세히 보았다. 클립보드로 가서 리버스의 이름과 계급, 그리고 방문 날짜와 시간을 기재했다.

"그게 필요한가요?"

남자는 이런 질문을 평생 처음 듣는 것 같았다. "서류 작업이죠." 그는 창고의 내용물을 돌아보며 투덜댔다. "전부 필요한 일입니다. 아니라면 난 여기 없겠죠." 그리고 남자는 미소를 지었다. 천장의 조명이 그의 렌즈에서 반짝였다. "이쪽입니다."

남자는 상자들 사이로 난 길을 따라 리버스를 데리고 가다가 오른쪽으로 돈 다음, 끝에서 잠깐 망설이다 왼쪽으로 돌았다. 거기에는 빈 공간이 있었는데, 잉크통이 완전히 보존된 옛날 책상 의자 같은 것에 홈스가 앉아 있었다. 책상 위에는 램프가 있어서 빛이 퍼졌다. 사무관이 기침을 했다.

"누가 찾으러 왔어요."

홈스가 몸을 돌렸다. 누구인지 알아보고 자리에서 일어났다. 리버스는 사무관 쪽으로 재빨리 몸을 돌렸다.

"도와주셔서 감사합니다."

"별일도 아닌걸요. 방문객이 거의 없어서."

키 작은 남자는 발을 끌며 걸어갔다. 발자국 소리가 멀어졌다.

"걱정마세요." 홈스가 말했다. "돌아가는 길을 찾을 수 있게 빵조각을 흘려놨으니까요." 그는 주위를 둘러보았다. "이렇게 으스스한 데는 처음 와보셨죠?"

"다섯 손가락 안에 들겠군. 그런데 브라이언, 문제가 생겼어." 리버스는 오른손을 들었다. "하나는 엿 같고," 그러고는 왼손을 들었다. "하나는 똥 같아." 그는 손뼉을 쳤다. 짝 소리가 창고에 울렸다.

"말해 주세요."

"CC 라이더가 스파벤 사건 재수사에 앞서 감찰에 착수했어. 내가 최근에 악연을 만든 사람한테 책임을 맡겼고."

"어리석은 짓을 하셨군요."

"바보 같았지. 그들이 조만간 여기 와서 사건 기록을 가져갈 거야. 자네까지 끌려가지 않으면 좋겠어."

홈스는 불거져 나온 파일을 쳐다보았다. 각 표지마다 검은색 잉크가 바래 있었다. "음, 파일은 분실되기도 하죠. 그렇지 않나요?"

"물론 그럴 수 있지. 하지만 두 가지 문제가 있어. 첫째, 의심을 크게 살 거야. 둘째, 자네가 어떤 파일을 열람했는지 저 클립보드 씨가 알고 있을 것 같아."

"맞아요." 홈스가 인정했다. "기록도 해 뒀고요."

"자네 이름과 함께 말이지."

"돈을 좀 찔러 줄까요?"

"그런 타입은 아닌 것 같아. 돈 때문에 이 일을 하는 건 아닌 듯해."

홈스는 곰곰이 생각하는 것 같았다. 모습도 엉망이었다. 수염은 삐죽삐죽했고, 머리는 빗질도 안 해 까치집이었다. 처진 눈 밑 살은 가슴까지 내려올 것 같았다.

"제가," 마침내 홈스가 말했다. "반쯤 살펴봤어요. 반 조금 더요. 밤새 빠르게 살펴보면 내일까진 끝낼 수 있을 것 같아요."

리버스는 천천히 고개를 끄덕였다. "지금까지 본 느낌은 어때?" 그는 파일을 만지기도, 뒤적거리기도 두려울 지경이었다. 역사가 아니라 고고학이었다.

"경위님 타이핑 실력은 제자리걸음이더군요. 바로 말씀드리죠. 뭔가 의심쩍은 일이 벌어지고 있어요. 행간을 읽으면 알 수 있을 정도예요. 경위님이 숨기려고 했던 부분, 진짜 얘기를 본인 버전에 맞게 다시 쓴 부분을 찾을 수 있었어요. 당시에는 그렇게 영리하지는 못하셨더라고요. 게데스 선배의 버전은 좀 더 읽기 좋고 대담했어요. 은근슬쩍 넘어가고, 축소하는 것도 마다하지 않았어요. 전 무엇보다 게데스 선배와 스파벤 사이에 대체 무슨 일이 있었는지 알고 싶어요. 두 사람이 버마인가 어딘가에서 함께 복무했단 얘긴 해 주셨죠. 어쩌다 멀어진 거예요? 그걸 알게 되면 게데스 선배가 가진 악감정이 얼마나 타당한지, 그것 때문에 어떤 일까지 했는지 파악할 수 있을 거예요."

리버스는 다시 손뼉을 쳤다. 이번에는 소리를 죽인 박수였다.

"사건 파악 능력이 훌륭하군."

"하루만 더 주시면 바이블 존에 대해 다른 걸 찾아낼 수 있어요. 경위님을 위해서라도 그러고 싶어요."

"감찰반한테 걸리면?"

"알아서 빠져나올게요. 걱정하지 마세요."

리버스의 호출기가 울렸다. 그는 홈스를 쳐다보았다.

"빨리 가세요." 홈스가 말했다. "그래야 제가 다시 일을 할 수 있어요."

리버스는 홈스의 어깨를 툭툭 치고 서류 더미 사이를 따라 돌아갔다. 브라이언 홈스는 친구였다. 멘탈 민토를 구타한 사람과 동일인이라고 생각하기 힘들었다. 경찰 세계에서 조현병이란 쓸모 있는 두 개의 인격을 말한다.

사무관에게 전화를 쓸 수 있는지 물었다. 벽에 전화기가 있었다. 리버스는 전화를 걸었다.

"리버스 경위입니다."

"네, 경위님. 템플러 경감님한테 연결해달라고 하셨죠?"

"맞아요."

"경감님 현재 위치를 파악했습니다. 라토의 어떤 레스토랑에 계세요."

리버스는 거칠게 수화기를 내려놓았다. 더 빨리 생각하지 못한 자신에게 욕을 퍼부었다.

맥루어의 시체가 놓여 있었던 나무 통로는 바람에 완전히 말라서, 아주 최근에 사망 사건이 있었다는 흔적은 하나도 남지 않았다. 오리들은 물 위를 스치듯 지나가고 있었다. 대여섯 명의 승객을 태운 보트가 막 떠났다. 레스토랑의 손님들은 식사를 하며 운하 부두에 있는 두 사람을 내다보고 있었다.

"반나절 내내 회의가 있었어요." 질이 말했다. "한 시간 전에야 소식을 들었죠. 어떻게 된 거예요?"

질은 코트 주머니에 손을 깊이 찔러넣고 있었다. 크림색 버버리 코트였다. 슬퍼 보였다.

"검시관한테 물어봤어요. 맥루어의 머리에 큰 상처가 있었다더군요. 하지만 그것만으로는 알 수 있는 게 많지 않아요. 미끄러졌을 때 생겼을 수도 있으니까요."

"아니면 누군가 머리를 강타한 후에 밀어 넣었을 수도 있죠."

"투신했을 가능성도 있어요." 리버스는 몸을 떨었다. 미치슨 사건이 떠올랐다. "검시를 하면 물에 빠졌을 때 살아 있는 상태였는지 알 수 있을 거예요. 내 생각엔 살아 있었을 거예요. 그렇다고 해도 사고였는지, 자살이었는지, 아니면 머리를 강타당한 후 밀려서 빠졌는지 답은 알 수 없어요."

질은 몸을 돌려 강변길을 따라 걷기 시작했다. 리버스는 질과 함께 걸었다. 다시 비가 내리기 시작했다. 가는 빗방울이 드문드문 뿌려졌다. 리버스는 질의 코트에 빗방울이 떨어지면서 코트 색이 점점 어두워지는 걸 보았다.

"큰 연결 고리(collar)가 한순간에 사라졌네요." 질이 말했다. 목소리에 날이 서 있었다. 리버스는 질의 코트 칼라를 올려주었다. 질은 리버스가 '칼라'로 말장난 한 것을 알아채고 미소를 지었다.

"다른 연결 고리가 있을 거예요." 리버스가 말했다. "그래도 한 사람이 죽었어요. 그 사실은 잊지 말아요." 질이 고개를 끄덕였다. "들어봐요." 리버스가 말했다. "차장보가 오늘 오후에 날 불렀어요."

"스파벤 사건이요?"

리버스가 고개를 끄덕였다. "오늘 아침에 내가 여기서 뭘 했는지도 알고 싶어 하더군요."

질이 리버스를 쳐다보았다. "뭐라고 했어요?"

"아무 말도 하지 않았어요. 하지만 문제는…… 맥루어가 스파벤과 연관이 있어요."

"뭐라고요?" 이제 질은 완전히 집중하고 있었다.

"둘은 예전에 친구였어요."

"맙소사. 왜 말해 주지 않았죠?"

리버스는 어깨를 으쓱했다. "별문제 아닌 것 같았어요."

질이 열심히 생각했다. "하지만 카스웰이 맥루어를 스파벤과 연관시킨다면……"

"그러면 내가 오늘 아침에 여기 온 것과 겁쟁이 퍼기가 저승사자를 만난 게 좀 더 수상해 보이겠죠."

"카스웰한테 말해야 해요."

"내 생각은 달라요."

질이 돌아서서 리버스의 옷깃을 잡았다. "날 보호하고 있는 거군요."

비가 점점 거세졌다. 빗방울이 질의 머리 위에서 반짝였다.

"방사능 보호복 역할이라고 해 두죠." 질의 손을 잡고 바로 들어가면서 리버스가 말했다.

간단한 식사를 했다. 둘 다 식욕이 없었다. 리버스는 위스키를 곁들였고 질은 하이랜드 생수를 마셨다. 둘은 벽감 쪽 테이블에 마주 앉았다. 바는 3분의 1 정도만 차 있었다. 엿들을 수 있을 정도로 가까운 자리에 있는 사람은 없었다.

"또 누가 알죠?" 리버스가 물었다.

"당신 말고는 없어요."

"놈들이 어떻게든 알아냈을 수도 있어요. 퍼기가 용기를 잃고 털어놨을지도 모르죠. 어쩌면 놈들이 그냥 추측했을 수도 있고요."

"온통 추측이네요."

"다른 방법이 없잖아요." 리버스는 말을 멈추고 식사를 했다. "당신이 넘겨받은 다른 끄나풀들은요?"

"끄나풀들은 왜요?"

"그놈들은 이런저런 소문을 듣죠. 이 마약 거래 얘기를 들은 게 퍼기 혼자만이 아닐 수도 있어요."

질이 고개를 저었다. "그때 맥루어한테 물어봤어요. 이 거래가 매우 은밀하게 이루어지고 있다고 확신하는 것 같았어요. 당신은 그가 살해당했다고 생각하는군요. 하지만 맥루어는 신경증과 정신 질환 이력이 있다는 걸 잊지 말아요. 너무 공포에 질렸던 것일 수도 있어요."

"우리 서로 부탁을 들어주기로 하죠, 질. 수사를 면밀하게 계속해요. 오늘 아침에 퍼기를 찾아온 사람이 있었는지, 방문객들 중에 이상하거나 수상쩍은 사람이 있었는지 이웃들한테 물어봐요. 가능하면 통화 기록도 확인해 보고요. 이 사건이 사고로 처리되면 아무도 그 일을 열심히 파고들려 하지 않을 거예요. 그래도 밀어붙여요. 필요하면 부탁도 하고요. 퍼기가 아침 산책을 나가곤 했는지도 확인해요."

질이 고개를 끄덕였다. "다른 건요?"

"음, 퍼기네 집 열쇠를 누가 가지고 있죠?"

질이 전화를 하고 나서 둘은 커피를 마셨다. 어떤 경장이 시체 공시소에서 막 받아온 열쇠를 가지고 나타났다. 질이 스파벤 사건을 물어봤다.

리버스는 모호한 대답만 했다. 그리고 둘은 조니 바이블과 앨런 미치슨 사건 등 경찰서에서 도는 모든 얘기를 했다. 개인적인 문제는 에둘러 피했다. 하지만 어느 순간 둘의 눈이 마주쳤다. 하지만 어느 순간 둘의 시선이 고정되면서 함께 미소를 지었다. 물어보든 안 물어보든, 문제는 그대로 남아 있다는 걸 알았기 때문이다.

"그럼," 리버스가 말했다. "뭘 알고 있죠?"

"맥루어가 준 정보에 관해서요?" 질이 한숨을 쉬었다. "그걸로는 아무것도 할 수 없어요. 너무 모호해요. 이름도, 세부 사항도, 회합 날짜도 없어요. 사라져버렸죠."

"그건," 리버스가 열쇠를 집어 들고 흔들었다. "가서 염탐해볼 수 있는가에 달렸죠."

라토의 보도는 좁았다. 질과 거리를 유지하기 위해 리버스는 차도 위를 걸었다. 둘은 아무 말도 하지 않았다. 할 필요가 없었다. 오늘은 두 사람이 두 번째 보내는 저녁이었다. 리버스는 친밀감을 뺀 모든 것을 함께 나누고 있어서 편안했다.

"저게 퍼기의 차예요."

질은 볼보 주위를 돌며 차창 안으로 들여다보았다. 대시보드 위에 작은 빨간색 불빛이 반짝이고 있었다. 자동 알람이었다. "가죽 시트네요. 전시장에서 바로 나온 것 같군요."

"전형적인 퍼기 차네요. 멋지고 안전한 차."

"글쎄요." 질이 혼잣말했다. "터보 버전이군요."

리버스는 알아채지 못했다. 자신의 낡은 사브를 생각했다. "무슨 일이 일어날지……"

"여기가 맥루어의 집인가요?"

둘은 문으로 가 장붓구멍 자물쇠*와 원통형 자물쇠를 열었다. 리버스는 현관 불을 켰다.

"경찰이 여기 왔다 갔는지 알 수 있어요?" 리버스가 물었다.

"내가 알기론 우리가 처음이에요. 왜요?"

"시나리오 한두 개를 시험해 보는 것뿐이에요. 누군가 퍼기를 만나러 여기 와서 겁을 줬다, 산책을 가라고 강요했다……"

"그래서요?"

"퍼기는 문을 이중으로 잠글 만큼 여전히 멀쩡한 정신 상태였어요. 그러니 그다지 겁을 먹은 건 아니죠."

"이중으로 잠그는 게 맥루어의 평소 행동이 아니었다면, 함께 있던 사람이 한 거겠죠."

리버스는 고개를 끄덕였다. "하나 더 있어요. 알람 시스템이요." 그는 벽에 있는 박스를 가리켰다. 녹색 불이 들어온 상태였다. "알람이 켜져 있지 않았어요. 만일 퍼기가 안절부절못하는 상태였다면 잊어버렸을 수 있죠. 살아 돌아오지 못할 거라고 생각했다면 켤 필요가 없었을 테고요."

"잠깐 산책할 거라서 굳이 켤 필요가 없었을 수도 있어요."

리버스는 그 점은 수긍했다. "마지막 시나리오예요. 이중 잠금을 한 사람이 누구든 알람 시스템이 있다는 걸 잊었거나 분명히 몰랐을 거예요. 봐요. 문은 이중으로 잠갔는데 알람 시스템은 꺼져 있다는 건 앞뒤가 맞지 않아요. 그리고 내 생각에 퍼기 같은 사람, 그러니까 볼보를 모는 사람은 언제나 그런 걸 확인해요."

---

* 보통 현관문에 사용하는, 문에 구멍을 파서 박아 넣은 자물쇠.

"글쎄요. 훔쳐간 게 있는지 확인해 보죠."

둘은 거실로 들어갔다. 그곳은 가구와 골동품으로 미어터질 것 같았다. 일부는 현대적이었고, 많은 것들은 수 세대에 걸쳐 내려온 것처럼 보였다. 그럼에도 거실은 깔끔했고 먼지 하나 없었다. 바닥에는 비싸 보이는 깔개가 있었다. 전혀 불에 손상된 것 같지 않았다.

"맥루어를 만나러 온 사람이 정말 있었다면," 질이 말했다. "채취용 가루를 뿌려야 지문을 뜰 수 있겠어요."

"그렇겠네요. 우선 과학수사팀을 불러야겠어요."

"알겠습니다, 경위님."

리버스가 미소를 지었다. "죄송합니다, 경감님."

둘은 주머니에 손을 넣고 방을 돌아다녔다. 무심코 물건을 만져보려는 충동은 언제나 강하기 때문이다.

"싸움이 있던 흔적은 없네요. 다른 자리로 옮긴 물건도 없는 것 같고."

"맞아요."

거실을 지나가니 또 다른 짧은 복도가 나왔다. 손님용 침실과 한때는 라운지였던 것 같은 곳으로 이어졌다. 누군가 방문할 때만 사용되는 것 같았다. 사방에 서류가 있었고 펴진 식탁 위에는 새것으로 보이는 컴퓨터가 있었다.

"이걸 전부 살펴봐야겠군요." 싫은 기색으로 질이 말했다.

"난 컴퓨터가 싫어요." 리버스가 말했다. 키보드 옆에 두툼한 노트패드가 있는 게 보였다. 주머니에서 손을 빼 노트패드의 끝부분을 잡고 집어 올린 다음 빛 쪽으로 기울였다. 마지막으로 쓴 종이에 눌린 자국이 있었다. 질이 와서 봤다.

"말하지 말아요."

"알아볼 수가 없네요. 연필로 문질러 봐도 나타날 것 같지 않고."

둘은 마주 보다가 동시에 생각을 말했다.

"하우덴홀로 보내죠."

"다음엔 쓰레기통을 뒤져볼 건가요?" 질이 말했다.

"당신이 해요. 난 위층을 살펴볼게요."

리버스는 앞쪽 홀로 돌아왔다. 문이 몇 개 더 있어서 열어보았다. 가족 사진이 벽에 걸린 작은 구식 부엌, 화장실, 작은 비품실이었다. 계단을 올라갔다. 발이 두툼한 카펫에 파묻혀서 소리가 거의 나지 않았다. 리버스는 침대 밑, 매트리스, 베개, 침대 옆 캐비닛, 서랍장, 옷장 같은 일상적인 장소에 주목했다. 모든 게 강박적으로 정리되어 있었다. 카디건은 똑바로 접혀 색깔별로 층을 지어 쌓여 있었다. 슬리퍼와 신발도 갈색은 갈색끼리, 검은색은 검은색끼리 줄지어 있었다. 작은 책꽂이에는 카펫과 동양 예술의 역사, 프랑스 포도원 사진 기행 같은 재미없는 책들만 있었다.

아무 문제없는 삶이었다.

겁쟁이 퍼기의 삶이나 그에 관한 정보는 다른 데 있었다.

"뭐 좀 찾았어요?" 질이 계단 아래에서 소리쳤다. 리버스는 복도를 따라 돌아갔다.

"아니요. 하지만 퍼기의 사무실을 확인해 봐야 할 것 같아요."

"내일 당장 할게요."

리버스는 내려왔다. "당신은요?"

"아무것도 없어요. 쓰레기통에 있겠거니 기대할 만한 건 없었어요. '마약 거래. 금요일 2시 30분 카펫 경매장'이라고 쓴 메모 같은 거요."

195

"아깝군요." 리버스가 미소 지으며 말했다. 시계를 확인했다. "한잔 더 할래요?"

질은 고개를 저으며 몸을 쭉 폈다. "집에 가는 게 낫겠어요. 긴 하루였어요."

"또 다른 긴 하루죠."

"맞아요." 질이 고개를 기울이며 리버스를 쳐다보았다. "당신은요? 한잔 더 하러 갈 건가요?"

"무슨 뜻이죠?"

질의 표정은 단호했다. "그러면 안 된다는 뜻이에요."

"제가 얼마나 마셔야 하는지는 어떻게 아시죠, 의사 선생님?"

"그런 식으로 받아들이지 말아요."

"내가 얼마나 마시는지는 어떻게 알았죠? 누가 찔렀나요?"

"우린 어젯밤에도 만났잖아요. 기억나죠?"

"위스키 두어 잔만 마셨어요."

"내가 간 다음에는요?"

리버스는 침을 삼켰다. "곧바로 집에 가서 잤어요."

질이 슬픈 미소를 지었다. "거짓말. 그리고 아침 일찍 다시 마시러 갔잖아요. 웨이벌리 역 뒤에 있는 펍에서 나오는 걸 순찰차가 봤어요."

"내가 감시당하고 있었다니!"

"당신을 염려하는 사람들이 있어요. 그게 다예요."

"믿을 수 없군요." 리버스가 문을 열었다.

"어디 가요?"

"빌어먹을 술이 필요해요. 원하면 와요."

10

아든 스트리트로 들어섰을 때, 한 무리의 사람들이 리버스의 집 정문 밖에 진을 치고 있는 게 보였다. 그들은 사기를 올리려는 듯 서성거리며 농담을 하고 있었다. 한두 명은 신문지에 싼 칩을 먹고 있었다. 대단한 역설이었다. 기자처럼 보였기 때문이다.

"젠장."

리버스는 룸미러를 보며 그들을 지나쳐 계속 갔다. 어쨌거나 주차할 자리도 없었다. 교차로에서 우회전한 다음 좌회전해 설레스테인 수영장 밖 주차장에 차를 세웠다. 시동을 끄고 핸들을 몇 차례 주먹으로 내리쳤다. 언제든 멀리 갈 수 있었다. M90 도로를 타고 던디까지 간 다음 돌아올 수도 있었다. 하지만 그럴 기분이 들지 않았다. 피가 끓고 귀에 격렬한 소음이 들리는 느낌에 심호흡을 몇 차례 했다.

"어디 한번 해보자고." 차에서 나오면서 리버스는 혼잣말을 했다. 그는 마치몬트 크레센트를 걸어 내려가 단골 칩 가게에 들른 다음, 종이를 통해 배어 나오는 튀김 기름에 손바닥이 뜨거워지는 걸 느끼면서 집으로 향했다. 아든 스트리트로 올라갈 때는 천천히 걸었다. 기자들은 리버스가 걸어올 거라고는 예상하지 못했기 때문에, 누군가 알아보기 전에 집에 갈 수 있을 뻔했다.

촬영 팀도 있었다. 레드건틀렛 방송사의 카메라맨, 케일리 버지스, 이먼 브린이었다. 브린이 갑자기 알아채고는 담배를 길에 던지고 마이크를 잡았다. 비디오카메라에는 스포트라이트가 달려 있었다. 스포트라이트는 언제나 눈을 찡그리게 만들어 죄가 있는 것처럼 보이게 한다. 그래서 리버스는 눈을 계속 크게 떴다.

기자 하나가 처음으로 질문을 던졌다.

"경위님, 스파벤 사건 감찰에 관한 의견은요?"

"수사를 재개한다는 게 정말입니까?"

"로슨 게디스의 자살 소식을 들었을 때 어떤 기분이셨습니까?"

그 질문에 리버스는 케일리 버지스 쪽을 쳐다보았다. 버지스는 고개를 숙일 정도의 양심은 있는 것 같았다. 리버스는 이제 길을 반쯤 올라갔다. 집 정문까지는 몇 미터 남았을 뿐이지만 기자들에게 포위되고 말았다. 늪을 헤치고 가는 것 같았다. 그는 발을 멈추고 기자들 쪽으로 얼굴을 돌렸다.

"기자 양반들, 제가 짧은 성명을 발표하겠습니다."

기자들이 눈이 휘둥그레져서 서로 쳐다보았다. 그러고는 녹음기를 꺼냈다. 여기 너무 자주 와서 심드렁해 보이는 뒤쪽의 나이 든 기자들은 펜과 수첩을 사용했다.

소음이 잦아들었다. 리버스는 포장 봉지를 높이 들어 올렸다.

"스코틀랜드의 칩 애호가들을 대표해서, 야간 포장 서비스를 제공해주심에 감사합니다."

기자들이 할 말을 생각하기도 전에 리버스는 문 안으로 들어갔다.

그는 아파트 불을 끄고 거실 창문으로 가 밖을 내다보았다. 기자들 몇몇이 고개를 설레설레 흔들면서, 집에 가도 되는지 휴대폰으로 확인하고 있었다. 젊은 기자 하나가 브린의 머리 위로 손가락 두 개를 올리더니 놀리듯이 토끼 귀 모양을 만들었다.

길 건너편을 내다보던 리버스는 한 남자가 팔짱을 끼고 차 옆에 서 있는 걸 보았다. 남자는 리버스의 집 창문을 보고 있었다. 얼굴에는 미소를 짓고 있었다. 남자는 팔을 조금 풀어 소리 없이 박수를 치고는 차에 타 시동을 걸었다.

짐 스티븐스였다.

리버스는 거실로 돌아와 앵글포이즈 램프Anglepoise lamp를 켜고 의자에 앉아 칩을 먹었다. 하지만 여전히 식욕이 별로 없었다. 누가 하이에나들한테 먹이를 던져줬는지 의문이었다. CC 라이더는 오늘 오후에야 감찰 사실을 알려줬다. 그리고 리버스는 브라이언 홈스와 질 템플러 말고는 아무한테도 얘기하지 않았다. 응답기가 맹렬하게 깜빡였다. 메시지가 네 개 있었다. 설명서에 의지하지 않고 간신히 응답기를 작동시켜 기뻤지만, 글래스고 악센트에 기분이 나빠졌다.

"리버스 경위, 나 안크램 경감이네." 딱딱하고 사무적인 말투였다. "감찰을 실시하러 내일 에든버러에 도착할 예정이네. 빨리 착수할수록 빨리 끝나니까 모든 관계자들에게 그게 최선이겠지? 전화해 달라고 크레이그 밀러 경찰서에 메시지 남겼지만 그럴 마음이 없는 것 같군."

"고마워 죽겠군요. 잠이나 잘 주무시길." 리버스가 투덜거렸다.

삐 소리가 났다. 두 번째 메시지였다.

"경위, 또 나일세. 다음 주 자네의 이동 계획을 알려줬으면 좋겠군. 시간을 최대한 효율적으로 써야 하니까. 가능한 한 상세하게 작성해 제출해 주면 고맙겠네."

"상세 같은 소리 하고 있네."

리버스는 다시 창가로 갔다. 기자들은 떠나고 있었다. 레드건틀릿 방송사는 스테이션 왜건에 카메라를 싣고 있었다. 세 번째 메시지가 나왔다. 리버스는 목소리를 듣고는 입을 떡 벌리고 응답기를 쳐다보았다.

"경위, 감찰반은 페테스 경찰서에 자리할 걸세. 부하 한 명은 데려가겠지만 그 외에는 페테스 경찰서의 경찰관과 민간인 직원을 활용할 계획이네. 그럼 내일 아침 거기서 보세."

리버스는 응답기로 다가가서 내려다보았다. 감히, 감히……

삐 소리가 났다. 네 번째 메시지였다.

"첫 번째 회의는 내일 오후 2시네, 경위. 무슨 일 있으면 미리……"

리버스는 응답기를 잡아채 벽에 던졌다. 뚜껑이 열리면서 테이프가 튀어나왔다.

초인종이 울렸다.

문구멍으로 내다보았다. 리버스는 자기 눈을 의심했다. 그는 문을 활짝 열었다.

케일리 버지스가 한 걸음 물러섰다. "어머, 표정이 험악하네요."

"그럴 수밖에요. 무슨 일이죠?"

버지스는 맥켈란 위스키병을 보여주며 등 뒤에서 손을 내밀었다. "화해의 선물이에요." 그녀가 말했다.

리버스는 병을 본 다음, 버지스를 보았다. "이거 함정 취재죠?"

"절대 아니에요."

"마이크나 카메라 숨겼죠?"

버지스가 고개를 저었다. 구불거리는 갈색 머리카락 가닥이 뺨과 눈 양쪽으로 흘러내렸다. 리버스는 현관으로 물러섰다.

"내가 술 고팠던 게 다행인 줄 알아요." 리버스가 말했다.

버지스가 앞장서 거실로 향한 덕분에 리버스는 그녀의 몸매를 감상할 기회가 생겼다. 겁쟁이 퍼기의 집만큼이나 아주 훌륭했다.

"이봐요." 리버스가 말했다. "녹음기 일은 미안해요. 청구서 보내요. 진심이에요."

버지스는 어깨를 으쓱하고 응답기를 쳐다보았다. "경위님과 신기술 사이에 무슨 문제가 생겼나요?"

"10초도 안 돼서 질문부터 하는군요. 기다려요. 잔 가져올게요." 리버스는 부엌으로 가서 문을 닫았다. 그러고는 테이블 위에 있던 스크랩과 신문들을 모아 찬장에 집어넣었다. 리버스는 잔 두 개를 씻은 다음 시간을 들여 말리면서 싱크대 위 벽을 쳐다보았다. 버지스가 왜 왔지? 당연히 정보 때문일 것이다. 질의 얼굴이 떠올랐다. 질은 리버스에게 부탁을 하나 했다. 그리고 한 사람이 죽었다. 그리고 케일리 버지스는…… 게데스의 자살에 책임이 있을지도 모른다. 그는 잔을 들고 나왔다. 버지스는 오디오 앞에 쭈그리고 앉아서 앨범을 살펴보고 있었다.

"LP 플레이어는 가져본 적이 없어요." 그녀가 말했다.

"차세대 히트상품이라고 하더군요." 리버스는 맥켈란 병을 따 잔에 부었다. "얼음이 없어요. 냉동실 벽에 붙은 걸 긁어올 수는 있지만."

버지스는 일어나 잔을 받았다. "스트레이트도 괜찮아요."

버지스는 엉덩이와 무릎 쪽이 색이 바랜 타이트한 데님 바지와 플리스 안감의 데님 재킷을 입었다. 리버스는 그녀의 눈이 약간 동글납작하고 눈썹은 아치 모양이라는 걸 알아챘다. 따로 다듬지 않아 자연스럽다고 생각했다. 광대뼈도 조각 같았다.

"앉아요." 리버스가 말했다.

버지스는 잔을 얼굴 쪽으로 든 채로 소파에 앉아서 다리를 살짝 벌리고 팔꿈치를 무릎에 댔다.

"오늘 처음 마시는 거 아니죠?" 그녀가 물었다.

리버스는 한 모금 마신 다음, 팔걸이에 잔을 놓았다. "언제든 원할 때면 그만 마실 수 있어요." 그는 팔을 활짝 벌렸다. "봤죠?"

버지스는 잔 둘레 위로 리버스를 보면서 미소를 짓고 마셨다. 리버스는 신호를 파악하려고 했다. 요부, 깍쟁이, 편안한 여자, 관찰력이 뛰어난 여자, 계산적인 여자, 재미있어하는 여자……

"감찰 얘기는 누가 흘렸죠?" 리버스가 물었다.

"언론 전체에 제보하거나 나한테만 알려준 사람이 누구냐는 얘기죠?"

"어느 쪽이든요."

"누가 시작했는지는 몰라요. 하지만 기자 하나가 다른 기자한테 말했고, 거기서부터 퍼져나갔죠. 『스코틀랜드 선데이』에 있는 친구가 전화해줬어요. 우리가 이미 스파벤 사건을 파고 있다는 걸 알고 있었거든요."

리버스는 감독처럼 사이드라인에 서 있던 짐 스티븐스를 생각했다. 스티븐스는 글래스고가 활동 무대였다. 칙 안크램도 글래스고에 있다. 안크램은 리버스와 스티븐스가 오래 알고 지낸 사이라는 걸 알고 이야기를 흘렸다.

개자식. 리버스에게 자기를 칙이라고 부르게 하지 않은 게 당연했다.

"톱니바퀴가 돌아가는 소리가 들리는 것 같군요." 리버스는 엷은 미소를 지었다. "아귀가 딱 맞아떨어지는군요." 그는 손닿는 거리에 두었던 병

쪽으로 손을 뻗었다. 케일리 버지스는 소파에 등을 기대고 주위를 둘러보았다.

"방이 좋네요. 넓고."

"인테리어를 다시 해야 해요."

버지스가 고개를 끄덕였다. "처마돌림띠*를 확실하게 해야죠. 창문 주변도요. 난 없애버렸지만." 그녀는 난로 위에 있는 그림을 보았다. 항구에 있는 낚싯배 그림이었다. "저긴 어디죠?"

리버스는 어깨를 으쓱했다. "존재한 적 없었던 어딘가겠죠." 리버스는 그 그림을 좋아하지 않았지만 떼어내 버릴 수는 없었다.

"문도 뜯어내요." 버지스가 말을 이어갔다. "훨씬 보기 좋아질 거예요." 그녀는 리버스의 표정을 보았다. "전 얼마 전에 글래스고에 집을 샀어요."

"잘됐군요."

"천장이 내 취향보다 너무 높긴 하지만……" 그녀는 리버스의 말투를 알아채고 말을 멈췄다.

"미안해요." 리버스가 말했다. "잡담엔 좀 서툴러서요."

"그래도 비꼬지는 않으시네요."

"나름 연습 많이 했거든요. 프로그램은 어떻게 돼 가요?"

"그 얘기는 안 하고 싶으실 것 같았는데요."

리버스는 어깨를 으쓱했다. "DIY보다는 흥미가 생기더군요." 그는 일어나서 버지스의 잔을 다시 채웠다.

"잘돼 가요." 버지스는 리버스를 올려다보았다. 리버스는 그녀의 잔에 시선을 고정했다. "하지만 경위님이 인터뷰에 응해 주시면 더 좋아질 거

---

* 장식용 천장 돌림띠.

예요."

"안 됩니다." 리버스는 자기 자리로 돌아갔다.

"안 됩니다." 버지스가 되풀이했다. "경위님 인터뷰가 있건 없건 프로그램은 나갈 거예요. 방영 날짜도 잡혔고요. 스파벤 씨 책 읽어보셨나요?"

"소설은 좋아하지 않아서요."

버지스는 몸을 돌려 오디오 부근에 쌓인 책들을 보았다. 리버스의 거짓말을 보여주고 있었다.

"무고하다고 주장하지 않는 재소자는 거의 못 봤어요." 리버스가 말을 이었다. "생존 메커니즘이죠."

"오심을 본 적이 없다고는 못 하시겠죠?"

"많이 봤죠. 하지만 '오심'이란 건 범죄자가 가벼운 처벌을 받는 거예요. 사법 제도 자체가 오심이죠."

"그 발언 인용해도 될까요?"

"이 대화는 절대 비보도가 전제입니다."

"말씀하시기 전에 미리 밝히셨어야죠."

리버스는 버지스에게 손가락을 흔들었다. "비보도입니다."

그녀는 고개를 끄덕이고 잔을 들어 건배했다. "비보도 발언을 위하여!"

리버스는 잔을 입에 가져다 댔지만 마시지는 않았다. 위스키가 피로에 폭발해버릴 것 같은 머리를 뒤섞으면서 긴장이 풀려 버렸다. 위험한 칵테일이다. 좀 더 조심해야겠다는 느낌이 바로 들었다.

"음악 틀어줄까요?"

"교묘한 화제 전환인가요?"

"그냥 물어본 거예요." 리버스는 오디오로 가서 《간섭^{Meddle}》 테이프를 슬롯에 넣었다.

"누구 노래죠?"

"핑크 플로이드요."

"아, 저도 좋아해요. 신보인가요?"

"그렇진 않아요."

리버스는 버지스가 일이 어떤지, 언론계에 들어온 계기가 무엇인지, 어린 시절부터의 삶이 어땠는지 말하게 했다. 버지스는 가끔 그의 과거에 대해 물었지만, 리버스는 고개를 젓고 그녀가 자신의 이야기를 하게 유도했다.

리버스는 그녀가 휴식처럼 숨 돌릴 게 필요하다고 생각했다. 하지만 버지스는 일에 몰두했다. 아마도 이게 나름의 숨 쉬는 방법일지도 몰랐다. 그녀는 지금 리버스와 함께 있다. 그러니 이것도 일의 하나. 다시 책임 문제로 간다. 책임과 직업윤리. 리버스는 어떤 이야기를 생각했다. 제1차 세계대전의 크리스마스. 적군이 참호에서 나와 아군과 악수하고 축구를 한 다음 참호로 돌아가 다시 총을 잡는다…….

한 시간 뒤, 위스키 네 잔을 마신 버지스는 한 손은 머리 뒤에, 다른 손은 배 위에 놓고 소파에 누웠다. 재킷은 벗었다. 그 안에는 하얀 스웨터를 입었다. 소매는 걷어 올렸다. 램프 불빛이 버지스의 팔 위에 금색 발 같은 걸 만들고 있었다.

"택시를 불러야겠어요." 버지스가 조용히 말했다. 〈튜블라 벨즈Tubular Bells〉가 배경음악으로 흐르고 있었다. "이건 또 누구 음악이죠?"

리버스는 아무 말도 하지 않았다. 그럴 필요도 없었다. 버지스는 잠들었다. 깨워서 택시를 잡아줄 수 있었다. 집까지 직접 태워다줄 수도 있었다. 이 시간이면 글래스고까지 한 시간도 걸리지 않는다. 하지만 리버스는 그

대신 버지스에게 자기 이불을 덮어주고, 비브 스탠셜*의 인트로가 겨우 들릴 정도로 최대한 볼륨을 낮췄다. 그는 코트를 몸에 두르고 창에 앉았다. 가스난로를 켜서 방은 따뜻했다. 버지스가 스스로 깰 때까지 기다릴 것이다. 그런 다음에 택시를 부르거나 직접 데려다줄 것이다. 그녀가 원하는 대로.

생각할 게, 계획할 게 많았다. 내일 일, 안크램과 감찰에 대해 아이디어가 있었다. 아이디어를 떠올리고, 형태를 만들고, 살을 붙였다. 생각할 게 너무 많았다.

리버스는 가로등이 꺼질 때쯤 잠에서 깼다. 별로 오래 잔 것 같지 않은 느낌이었다. 소파를 보니 케일리는 가버리고 없었다. 다시 눈을 붙이려다 케일리가 바닥에 던져버린 데님 재킷이 그대로 있는 걸 발견했다. 리버스는 의자에서 일어났다. 아직 몸을 가누기 어려운 상태였지만 갑자기 정신이 들었다. 현관 불이 켜져 있고 부엌문이 열려 있었다. 불도 켜져 있었다.

버지스는 식탁 옆에 서 있었다. 한 손에는 파라세타몰을, 다른 손에는 물 한 잔을 들고 있었다. 앞에는 신문 스크랩이 펼쳐져 있었다. 버지스는 리버스를 보고 깜짝 놀랐다. 그러고는 식탁을 보았다.

"술 깨려고 커피를 찾고 있었어요. 대신 이걸 발견했네요."

"사건 연구예요." 리버스는 간단하게 말했다.

"조니 바이블 사건을 수사하시는 줄 몰랐네요."

"안 해요." 리버스는 자료들을 모아서 다시 찬장에 넣었다. "커피는 없어요. 내가 다 마셔서."

"물이면 됐어요." 버지스가 약을 삼켰다.

---

* Viv Stanshall, 마이크 올드필드의 〈튜블라 벨즈〉에 참여했던 뮤지션.

"숙취?"

버지스는 물을 벌컥벌컥 마시고는 고개를 저었다. "괜찮을 것 같아요." 그녀는 리버스를 쳐다보았다. "염탐하려던 거 아니었어요. 경위님이 믿어 주는 게 나한테는 중요해요."

리버스는 어깨를 으쓱했다. "프로그램에 도움이 될 때나 그렇겠죠. 우리 둘 다 알잖아요."

"왜 조니 바이블에 관심을 가지죠?"

"이유는 없어요." 버지스가 수긍하지 못하는 게 보였다. "설명하기 힘들어요."

"해 보세요."

"모르겠어요. 순수한 목적이라고 해 두죠."

리버스는 물 몇 잔을 마시고 버지스가 알아서 거실로 돌아가게 두었다. 그녀는 재킷을 입고 다시 나타났다. 머리를 칼라 뒤로 뺐다.

"가야겠어요."

"태워다줄까요?" 버지스는 고개를 저었다. "남은 술은요?"

"다른 때 마저 마시죠."

"남아 있으리란 보장이 없는데."

"괜찮아요." 버지스는 문을 연 다음 리버스 쪽으로 몸을 돌렸다.

"라토에서 있었던 익사 사건 들었어요?"

"네." 리버스는 무표정하게 말했다.

"퍼거스 맥루어예요. 최근에 인터뷰했죠."

"정말요?"

"스파벤의 친구였어요."

"몰랐네요."

"그래요? 재미있네요. 원래 사건 수사 중에 경위님이 자기를 연행해서 심문했다던데요. 거기에 대해 할 말 있으신가요, 경위님?" 버지스는 차갑게 미소 지었다. "없으시겠죠."

리버스는 문을 닫고 버지스가 아래층으로 내려가는 소리를 들었다. 그러고는 거실로 돌아가 창가에 서서 내려다보았다. 버지스는 오른쪽으로 돌아 메도우스로 향하더니 택시를 잡았다. 길 건너편에 차 한 대가 있었다. 스티븐스의 차는 보이지 않았다. 리버스는 창문에 비친 자기 모습에 시선을 고정했다. 버지스는 스파벤 – 맥루어 커넥션에 대해 알고 있었다. 리버스가 맥루어를 심문했던 것도 알고 있었다. 칙 안크램이 필요로 하는 종류의 정보였다. 거울에 비친 모습이 조롱하듯 태연하게 리버스를 되쏘아보았다. 유리창에 주먹을 날리지 않으려고 의지력을 총동원해야 했다.

11

리버스는 도망치고 있었다. 그는 움직이는 표적 같은 신세였다. 아침의 숙취도 속도를 늦추지 못했다. 먼저 짐부터 쌌다. 슈트케이스를 반 정도만 채우고 호출기는 벽난로 위 선반에 두었다. 보통은 차량 정기 검사 때 이용하던 정비소에서 사브의 타이어 압력, 오일 상태 등을 대략 점검했다. 15분 점검에 15파운드가 들었다. 정비소에서 찾아낸 유일한 문제는 핸들이 느슨하다는 것이었다.

"내 운전도 그래요." 리버스가 말했다.

전화할 곳이 있었다. 하지만 집, 아파치 요새, 다른 경찰서는 피했다. 일찍 문을 연 펍을 생각했지만 그곳은 사무실이나 마찬가지였다. 리버스가 거기서 일한다는 사실은 잘 알려져 있었다. 안크램이 찾아낼 가능성이 너무 높았다. 그래서 동네 코인 빨래방을 이용했다. 서비스 세탁 −이번 주에만 10% 할인− 제안에 고개를 저었다. '홍보 기간'이라고 했다. 언제부터 코인 빨래방에 '홍보 기간'이 필요했지?

동전 교환기에서 5파운드 지폐를 동전으로 바꾼 다음, 다른 자판기에서 커피와 초콜릿맛 비스킷을 사고는, 벽에 걸린 전화 쪽으로 의자를 하나 끌고 왔다. 처음 전화를 건 곳은 브라이언 홈스의 집이었다. '수사'에 관한 마지막 철수 명령 카드를 보내기 위해서였다. 응답이 없었다. 메시지는 남기지 않았다. 두 번째 전화는 홈스의 사무실이었다. 목소리를 꾸며 전화를 한 다음, 젊은 순경에게서 브라이언이 아직 출근하지 않았다는 답변을 들었다.

"메시지 남기시겠습니까?"

리버스는 아무 말도 하지 않고 수화기를 내려놓았다. 브라이언이 집에서 '수사'를 하면서 전화를 받지 않는 것일 수도 있다. 가능한 일이었다. 세 번째 전화는 질 템플러의 사무실이었다.

"템플러 경감입니다."

"존이에요." 리버스는 빨래방을 둘러보았다. 손님 둘이 잡지에 얼굴을 파묻고 있었다. 세탁기와 회전식 건조기의 부드러운 모터 소리만 들렸다. 섬유유연제 냄새가 났다. 여자 매니저가 세탁기에 가루 세제를 넣고 있었다. 라디오 소리가 배경으로 들렸다. 데이브 앤 안셀 콜린스의 〈2연발총 Double Barrel〉이었다. 가사가 바보 같았다.

"업데이트를 원해요?"

"아니면 내가 왜 전화했겠어요?"

"역시 노련한 수완가(smooth operator)시군요, 리버스 경위님."

"샤데이*한테 그렇게 말해 주세요.** 퍼기 일은 어떻게 처리했어요?"

"노트패드는 하우덴홀로 보냈는데 아직 결과가 안 나왔어요. 과학수사 팀이 오늘 집으로 가서 지문이랑 다른 것들을 확인할 거예요. 왜 이런 일에 동원되는지 의아해하더군요."

"말 안 해줬어요?"

---

* Sade, 나이지리아 출신 영국 가수.
** 샤데이의 히트곡 〈Somoth Operator〉로 하는 말장난.

"계급으로 밀어붙였죠. 이럴 때 쓰라고 있는 거니까."

리버스는 미소 지었다. "컴퓨터는요?"

"오늘 오후에 가서 직접 디스켓들을 살펴볼 예정이에요. 이웃들한테 방문객이나 낯선 차에 대해서도 물어볼 거고요."

"퍼기의 사무실은요?"

"30분 안에 그리로 출발해요. 내 일솜씨 어때요?"

"지금까지는 흠잡을 데가 없군요."

"좋아요."

"나중에 전화해서 상황 확인할게요."

"재미있네요."

"뭐가요?"

"뭔가 꾸미고 있는 것 같아서요."

"난 그런 사람 아니에요. 끊을게요."

다음 전화는 아파치 요새였다. 헛간 직통으로 걸었다. 맥클레이가 받았다.

"잘 잤나, 헤비?" 리버스가 말했다. "나한테 온 메시지 있어?"

"농담하세요? 전화통에 불이 날 지경이에요."

"안크램 경감?"

"어떻게 아셨어요?"

"초능력이지. 계속 연락하려고 했거든."

"그나저나 어디십니까?"

"뺐어. 감기인가 봐."

"목소리는 멀쩡한 것 같은데요."

"겉으로만 그래."

"댁이세요?"

"친구 집이야. 그녀가 간호해 주고 있지."

"정말요? 더 얘기해 주세요."

"지금은 안 돼, 헤비. 안크램이 또 전화하면,"

"그럴 겁니다."

"내가 연락한다고 전해."

"그 나이팅게일 여사님 집에는 전화 없어요?"

하지만 리버스는 전화를 끊었다. 그는 자기 집으로 전화를 걸어 어젯밤 그 난리를 겪은 후에도 응답기가 제대로 작동하는지 확인했다. 메시지가 둘 있었는데, 다 안크램이 남긴 것이었다.

"숨 좀 돌리자고." 리버스가 낮은 목소리로 혼잣말을 했다. 그러고는 커피를 마저 마시고 초콜릿맛 비스킷을 먹었다. 그는 앉아서 회전식 건조기의 창을 바라보았다. 건조기 안에서 밖을 내다보는 느낌이었다.

T-버드 석유회사와 그람피언 CID에 전화를 더 한 다음, 넬이 없기를 바라면서 브라이언 홈스의 집에 잠깐 가 보기로 결심했다. 좁은 테라스 하우스였지만 두 사람이 살기엔 좋았다. 앞에는 작은 정원이 있었는데, 시급하게 손을 볼 필요가 있었다. 문 양쪽에는 끈으로 매다는 화분이 있었는데, 물을 안 줘서 말라가고 있었다. 넬이 솜씨 좋은 정원사라고 생각했었는데.

문에서는 대답이 없었다. 창으로 가 안을 들여다보았다. 집에는 레이스 커튼이 없었다. 요즘 젊은 커플 일부는 군이 레이스 커튼을 달려 하지 않았다. 거실은 난장판이었다. 바닥에 신문, 잡지, 음식 포장지, 쟁반, 머그잔, 빈 파인트 잔이 널려 있었다. 쓰레기통에서는 맥주 캔이 쏟아져나오고 있었다. 빈 거실에 TV만 나오고 있었다. 드라마였다. 피부가 햇볕에 탄 커플이 서로 얼굴을 맞대고 있었다. 대사를 듣지 못하니 오히려 그럴싸해 보였다.

리버스는 옆집에 물어보기로 했다. 꼬마가 문을 열었다.

"안녕, 카우보이. 엄마 계시니?"

젊은 여자가 행주에 손을 닦으며 부엌에서 나왔다.

"실례합니다." 리버스가 말했다. "옆집 사는 홈스 씨를 찾고 있는데요."

여자가 문밖을 내다보았다. "차가 없네요. 늘 같은 자리에 주차하는데." 그녀는 리버스의 사브가 주차한 곳을 가리켰다.

"오늘 아침에 홈스 씨 부인을 보셨나요?"

"못 본 지 오래됐어요." 여자가 말했다. "데이먼한테 줄 사탕이나 초콜릿을 가지고 가끔 들르곤 했는데." 그녀는 아이의 머리카락을 문질렀다.

"어쨌든 감사합니다." 리버스가 말했다.

"오늘 저녁에는 돌아올 거예요. 외출을 자주 하지 않거든요."

리버스는 고개를 끄덕였다. 차에 타면서도 계속 고개를 끄덕였다. 운전석에 앉아서 핸들을 문질렀다. 넬은 홈스를 떠났다. 얼마나 오래된 걸까? 왜 그 고집쟁이 녀석은 아무 말도 하지 않았지? 당연하지. 경찰은 감정을 내보이거나 개인적 위기를 털어놓지 않는 것으로 유명하니까. 리버스 자신이 바로 그런 케이스고.

창고로 차를 몰았다. 홈스의 흔적은 없었다. 하지만 사무관이 홈스가 지난밤 폐관 시간 직전까지 일하고 있었다고 말했다.

"일을 끝낸 것 같았습니까?"

사무관은 고개를 저었다. "갈 때 내일 보자고 했어요."

리버스는 메시지를 남길까 생각했지만 위험을 무릅쓸 수는 없었다. 그는 차로 돌아와 그곳을 떠나 필톤과 뮤어하우스를 통과해 갔다. 혼잡한 퀸스페리 로드에 너무 일찍부터 들어가고 싶지 않았다. 외곽으로 나가는 도로는 그리 막히지 않았다. 적어도 움직이기는 했으니까. 그는 포스 다리 요금소에 낼 잔돈을 준비했다.

북쪽으로 향했다. 이번에는 던디뿐만이 아니었다. 애버딘으로 가고 있었다. 도망치고 있는지, 아니면 대결하러 가는지 알 수 없었다.

둘 다면 안 될 이유도 없었다. 가끔은 겁쟁이가 위대한 영웅이 된다. 카세트 플레이어에 테이프를 집어넣었다. 로버트 와이어트의 《밑바닥Rock Bottom》이었다.

"그 마음 알아, 밥." 리버스가 말했다. 그리고 나중에 덧붙였다. "힘을 내. 그런 일은 결코 없을 거야."

테이프를 바꾸며 한 말이었다. 딥 퍼플의 《불길 속으로Into the Fire》였다. 차가 그럭저럭 속도를 내기 시작했다.

털장화 마을

12

리버스가 애버딘에 갔던 건 여러 해 전이었다. 그것도 오후 잠깐뿐이었다. 그는 숙모를 방문하러 갔었다. 숙모는 돌아가셨는데 장례식이 끝난 후에야 그 사실을 알았다. 숙모는 피토드리 스타디움 근처에 사셨다. 오래된 집은 신개발 지역에 둘러싸여 있었다. 지금은 아마 철거되어 사라졌을 것이다. 애버딘 하면 화강암을 연상하지만, 뭔가 덧없다는 느낌이 있다. 요즘에 애버딘이 가진 건 거의 모두 석유 덕분이지만, 석유라고 무한정 있는 건 아니다. 리버스는 파이프에서 자라면서 똑같은 경우를 석탄에서 보았다. 아무도 석탄이 고갈될 때를 대비하지 않았다. 석탄이 고갈되자, 희망도 함께 고갈되어 버렸다.

린우드, 배스게이트, 스트래스클라이드. 아무도 교훈을 얻지 못한 것 같았다.

리버스는 석유 산업 시대 초기를 떠올렸다. 로랜드 사람 — 실직한 조선소 노동자와 철강 노동자, 학교 중퇴자, 학생들 — 은 일은 힘들어도 높은 임금을 받는 일자리를 찾아 북부로 빠르게 몰려들었다. 스코틀랜드의 엘도라도였다. 토요일 오후 에든버러와 글래스고의 펍에 앉아 북부 소식이 실린 페이지를 펼치면, 꿈에 젖은 사람들이 북부로의 대탈출을 이야기했다. 일자리가 남아돌았고, 버려진 어항*에 작은 댈러스**가 세워졌다. 믿을 수 없을 정도로 엄청난 일이었다. 마법이었다.

사람들은 J.R.***이 성공을 거두는 것을 보면서, 서해안 지대에서도 그런 성공을 쉽게 거둘 수 있다고 꿈꾸었다. 그리고 미국의 침공****이 있었다. 미국인들 – 석유 채굴 인부, 주식 투기꾼, 유전 잡역부 – 은 조용하고 자급 자족하는 해안 마을이 아니라 지옥을 원했고, 밑바닥에서부터 그 지옥을 지어 올리기 시작했다. 그래서 엘도라도 전설은 창녀촌, 피의 학살, 음주 난동 같은 암흑가 이야기로 바뀌었다. 부패가 만연했고, 도박사들은 수백 만 달러를 주물렀으며, 동시에 주민들은 돈과 일자리를 빼앗기면서 이러 한 사태에 분노했다. 애버딘 남부의 노동자 계급 남자들에겐 돈으로 존경 을 사고 돈만을 떠받드는 약육강식의 세상, 보통 남자의 세상이 아닌 강한 남자의 세상처럼 보였다. 몇 주도 지나지 않아 분위기가 바뀌었다. 북쪽으 로 갔던 사람들이 돌아와서 고개를 설레설레 흔들며 노예제, 24시간 근무, 악몽 같은 북해에 대해 불만을 털어놓았다.

진실은 지옥과 엘도라도 사이 중간쯤에 있었다. 신화처럼 흥미롭지는 않겠지만. 경제적으로 볼 때 북해는 석유 덕분에 상대적으로 별 수고도 들 이지 않고 이익을 보고 있었다. 도심을 지나치게 훼손시키는 재개발은 에 든버러와 마찬가지로 허용되지 않았다. 하지만 외곽에는 일반적인 공업 단지, 저층의 공장 건물들이 있었다. 이들의 다수는 '온-오프', '그람피언

---

* 漁港, 어선이 어업을 수행하기 위해 이용하는 항구.
** 텍사스 주 석유 산업의 중심 도시.
*** 짐 랙클리프(Jim Ratcliffe), 영국의 억만장자로 석유 산업에서의 성공을 바탕으로 금융 등에도 진출해 젊은 나이에 큰 부자가 되었다.
**** 1960년대 비틀스를 비롯한 다수의 영국 뮤지션들이 미국에 진출해 큰 인기를 모은 현상을 가리키는 '영국의 침공(British Invasion)'의 패러디.

석유회사', '플랫텍'처럼 해상 유전 산업과 관련된 이름을 갖고 있었다.

하지만, 그 전에 드라이브 코스 자체가 장관이었다. 리버스는 해안 도로를 따라 최대한 멀리 달리면서, 절벽 꼭대기를 따라 골프 코스를 설계한 사고방식에 경탄했다. 그는 잠깐 쉬려고 주유소에 들렀을 때 애버딘 지도를 사서 그람피언 경찰청의 위치를 확인했다. 도심의 퀸 스트리트에 있었다. 리버스는 일방통행로 시스템이 문제가 되지 않기를 바랐다. 애버딘에 가 본 건 평생 대여섯 번 정도였는데, 그중 세 번은 어린 시절에 간 휴가였다. 현대적인 도시라고 생각하면서도, 여전히 많은 로랜드 사람들이 하는 식으로 애버딘에 대한 농담을 했다. 그곳은 토치터*, 웃기는 악센트를 쓰는 바닷가 마을 사람들로 가득했다. 애버딘 사람들이 "어디 출신이냐(where were you from)?"고 말할 때는 마치 "퍼리 부트 예 프레(Furry boot ye frae)"처럼 들린다. 그래서 애버딘이 '털장화 마을(Furry Boot Town)'이라고 불린다. 반면 애버딘 사람들은 '화강암의 도시(Granite City)'를 고집한다. 리버스는 현지에 적응하기 전까지는 농담과 말장난을 자제해야 한다는 것을 알고 있었다.

도심으로 향하는 교통은 병목 현상을 보이고 있었다. 오히려 다행이었다. 지도와 거리 이름을 살펴볼 수 있었기 때문이다. 퀸 스트리트를 찾아 주차한 다음 경찰청으로 들어가 신분을 밝혔다.

"샹크스 경장이라는 분과 미리 통화했습니다."

"CID에 연락해 드리겠습니다." 프런트에 있던 제복 경관이 말했다. 그녀는 리버스에게 앉으라고 권했다. 리버스는 자리에 앉아서 경찰청을 출입하는 사람들의 움직임을 보았다. 일반 방문객 사이에 있는 사복형사들

---

* teuchter. 게일 어를 쓰는 하이랜드 사람들을 칭하는 말.

을 구별할 수 있었다. 눈을 마주쳐 보면 알 수 있다. 남자 두 명은 무성하지만 깔끔하게 다듬지는 않은 CID식 콧수염을 기르고 있었다. 나이 들어 보이고 싶어 하는 젊은 친구들이었다. 아이들 몇 명이 리버스 맞은편에 앉아 있었다. 차분해 보였지만 눈은 반짝이고 있었다. 아이들 중에 둘은 금발, 하나는 빨강머리였다.

"리버스 경위님?"

한 남자가 리버스 오른쪽에 서 있었다. 몇 분 정도 기다린 것 같았다. 리버스는 일어나서 악수를 했다.

"럼스덴 경사입니다. 섕크스 경장이 경위님 메시지를 전해 주었습니다. 석유회사에 무슨 문제가 있습니까?"

"여기 기반의 회사야. 에든버러에 있는 주택 단지에서 직원 하나가 투신했네."

"투신이요?"

"현장에 다른 사람들이 있었네. 그중 하나는 앤서니 엘리스 케인이라고 하는 유명한 범죄자지. 여기서 활동하고 있다는 소문을 들었어."

럼스덴이 고개를 끄덕였다. "네. 에든버러 CID가 조회하고 있다는 얘기는 들었습니다. 죄송하지만 저한테는 별 의미가 없네요. 보통은 경위님을 돕기 위해 석유 업계 연락 담당관을 배정하지만, 휴가를 가서 제가 그 자리를 때우고 있죠. 그래서 계시는 동안 안내해드리게 됐습니다." 럼스덴이 미소 지었다. "은색 도시에 오신 걸 환영합니다."

은색은 도시를 흐르는 디 강River Dee를 의미했다. 은색은 햇빛에 비친 건물의 색깔을 의미했다. 회색 화강암 건물이 희미하게 빛난다. 은색은 석유 붐이 가져다준 돈을 의미했다. 리버스가 모는 차를 타고 유니온 스트리트로 돌아갈 때 럼스덴이 설명해 주었다.

"애버딘에 관한 또 다른 근거 없는 얘기는," 럼스덴이 말했다. "사람들이 인색하다는 거죠. 하지만 토요일 오후에 유니온 스트리트에 가 보면 그런 얘기 못 합니다. 영국에서 가장 번화한 쇼핑가죠."

럼스덴은 반짝이는 구리 단추가 달린 파란색 블레이저, 회색 바지, 슬립온 슈즈 차림이었다. 셔츠는 흰색 줄무늬의 품위 있는 파란색이었고, 넥타이는 주황색이 도는 분홍색이었다. 옷만 보면 회원제 골프 클럽의 총무 같았지만 얼굴과 몸을 보면 얘기가 달라진다. 키가 188센티미터에 체격은 단단해 보였고, 짧게 치켜 깎은 금발은 이마의 V자형 머리 선을 강조하고 있었다. 눈은 염소 처리한 것 같은 빨간 테가 있었지만 두드러지지는 않았고, 홍채는 사람을 꿰뚫어보는 듯한 파란색이었다. 결혼반지는 없었다. 나이는 서른 살과 마흔 살 사이 어디쯤일 것이다. 리버스는 그의 악센트를 잘 알아챌 수 없었다.

"잉글랜드 출신인가?" 리버스가 물었다.

"원래는 켄트 주 질링엄 출신이죠." 럼스덴이 인정했다. "가족이 여기 저기 옮겨 다녔습니다. 아버지는 군인이셨고요. 악센트를 알아채다니 대단하십니다. 대부분은 제가 보더 주 출신인 줄 아는데."

둘은 호텔로 갔다. 리버스는 적어도 하룻밤, 또는 그 이상 묵을 것 같다고 미리 알려졌다.

"문제없습니다." 럼스덴이 말했다. "제가 좋은 곳을 압니다."

호텔은 정원이 내다보이는 유니온 테라스에 있었다. 럼스덴은 입구 밖에 주차하라고 말했다. 그는 주머니에서 카드 한 장을 꺼내 앞 유리 안으로 밀어 넣었다. '그람피언 경찰. 공무 수행 중'이라고 적혀 있었다. 리버스는 자기 경우는 해당되지 않는다고 했지만 럼스덴은 괜찮다고 고집했다. 그리고 프런트에서 세부 사항까지 확인했다. 포터porter가 슈트케이스를 위층으로 들고 갔고, 리버스는 따라갔다.

"방이 마음에 드셨으면 좋겠네요." 럼스덴이 말했다. "바에서 뵙죠."

방은 2층이었다. 리버스가 지금껏 본 중에서 제일 긴 유리창이 있어서 정원을 내려다볼 수 있었다. 실내는 타는 듯이 더웠다. 포터가 커튼을 닫았다.

"해가 들어오면 늘 이렇습니다." 포터가 설명했다. 리버스는 방의 나머지 부분을 대략 둘러봤다. 지금까지 묵었던 중에서 가장 좋은 방 같았다. 포터가 쳐다보고 있었다.

"잠깐만요. 샴페인은 없나요?"

포터는 농담을 이해하지 못했다. 그래서 리버스는 고개를 젓고 1파운드 지폐를 건넸다. 포터는 유료 채널 시청 방법, 룸서비스, 레스토랑, 기타 편의시설에 대해 설명하고 열쇠를 건네주었다. 리버스는 포터를 따라 아래층으로 내려왔다.

바는 조용했다. 점심 시간대 손님들은 접시, 그릇, 잔을 남기고 다시 일하러 돌아갔다. 럼스덴은 바에 있는 스툴에 걸터앉아서 땅콩을 씹으며 MTV를 보고 있었다. 앞에는 맥주 파인트 잔이 놓여 있었다.

"경위님 술을 주문하는 걸 잊었네요." 리버스가 옆에 앉자 럼스덴이 말했다.

"같은 걸로 한 파인트 줘요." 리버스가 바텐더에게 말했다.

"방은 어땠던가요?"

"솔직히 말하면 내 취향엔 좀 호화롭네."

"걱정 마십시오. 그람피언 CID에서 계산할 겁니다." 럼스덴이 윙크했다. "공짜죠."

"더 자주 와야겠군."

럼스덴이 미소를 지었다. "여기 계시는 동안 뭘 하실 생각입니까?"

리버스는 TV 화면을 보았다. 롤링 스톤스가 최신 앨범을 요란하게 공연하고 있었다. 맙소사. 고대 화석들이 블루스 리프를 연주하는 것 같았다.

"석유회사에 연락해서 내가 피해자의 친구들 몇 명을 조사해볼 수 있는지 알아봐줘. 토니 엘에 관한 자료가 있는지 찾아보고."

"토니 엘이요?"

"앤서니 엘리스 케인 말이야." 리버스는 주머니에 손을 뻗어 담배를 꺼냈다. "피워도 될까?"

럼스덴은 고개를 두 번 저었다. 한 번은 리버스가 담배를 피워도 상관하지 않는다는 뜻이었고, 리버스가 권하는 담배를 사양하려고 한 번 더 저었다.

"건배." 맥주를 한입 가득 마시며 리버스가 말했다. 리버스는 혀로 입술을 핥았다. 맥주 맛이 좋았다. "조니 바이블 사건 수사는 어떻게 진행 중인가?"

럼스덴이 땅콩을 한 줌 더 입에 넣었다. "진행 중이 아닙니다. 중지됐다고 할 정도로 진전이 없어요. 에든버러 쪽 수사본부에 계십니까?"

"협력 업무만 해. 또라이들 몇 명을 심문했지."

럼스덴이 고개를 끄덕였다. "저도 그렇습니다. 몇 놈은 목을 조르고 싶을 정도죠. RPO 몇 놈도 심문해야 했습니다." 얼굴을 찡그렸다. RPO는 '등록된 잠재적 범죄자'를 말한다. '유력한 용의자들', 다시 말해 알려진 변태들, 성범죄자들, 노출증과 관음증 환자들의 명단이다. 조니 바이블 사건 같은 경우에는 이들 모두를 심문하고, 알리바이를 제출받아 확인해야 한다.

"끝나면 목욕이라도 하며 쉬어야겠군."

"최소한 대여섯 번은 해야죠."

"새 단서는 없고?"

"전혀요."

"이 지역 사람이라고 생각하나?"

럼스덴은 어깨를 으쓱했다. "어떤 생각도 하지 않습니다. 열린 마음을 유지해야 하니까요. 왜 관심을 가지십니까?"

"뭐라고?"

"조니 바이블에 대해서요."

리버스가 어깨를 으쓱할 차례였다. 둘은 한동안 말없이 앉아 있었다. 그러다 리버스가 질문 하나를 생각해냈다. "석유 업계 연락 담당관은 무슨 일을 하나?"

"말 그대로죠. 석유 업계와의 연락을 담당합니다. 여기서는 중요한 직책입니다. 그람피언 경찰은 일반적인 육상 경찰만이 아니니까요. 해상 시설도 우리 관할이죠. 플랫폼에서 절도나 폭행이나 기타 신고할 사건이 발생하면 우리가 수사합니다. 파라핀 잉꼬를 타고 세 시간을 날아가 지옥의 한가운데에 들어가는 거죠."

"파라핀 잉꼬?"

"헬리콥터요. 세 시간을 내리 토하면서 거기까지 가서는 사소한 사건만 수사할 수도 있습니다. 보통은 관여하지 않는다는 게 정말 다행이죠. 거긴 국경 순찰대가 있는 진짜 국경입니다."

글래스고의 제복 경관 하나도 엉클 조의 집 근처에서 같은 얘기를 했다.

"자체 경비대가 있다는 얘긴가?"

"좀 거칠지만 효과적이죠. 덕분에 여섯 시간이 절약된다면 유감이라고 할 수는 없어요."

"애버딘 자체는 어떤가?"

"주말 빼고는 비교적 조용합니다. 토요일 밤의 유니온 스트리트는 사이공의 도심가가 따로 없죠. 좌절한 젊은이들이 많습니다. 돈과 함께, 돈 얘기를 들으며 자랐죠. 이제 자기들 몫을 바라는데 그게 없는 겁니다. 엄청나게 빨리 사라졌죠." 리버스는 자기 잔을 다 마셨다는 걸 알아챘다. 럼스덴의 잔은 거의 그대로였다. "전 맥주를 두려워하지 않는 사람을 좋아합니다."

"이걸로 하나 주게." 리버스가 말했다. 바텐더는 이미 준비하고 서 있었다. 럼스덴은 더 이상 마시려 하지 않았다. 그래서 리버스는 참고 반 잔만 주문했다. 좋은 첫인상을 주려 했다.

"필요하신 동안 그 방 계속 쓰세요." 럼스덴이 말했다. "술은 현금으로 계산하지 마시고 방 앞으로 달아 놓으세요. 식사는 포함되어 있지 않지만 식당 몇 군데 알려드릴게요. 경찰이라고 얘기하면 싸게 해줄 겁니다."

"이런." 리버스가 혀를 찼다.

럼스덴이 다시 미소를 지었다. "모든 동료들을 이렇게 대접하는 건 아닙니다. 하지만 어쨌든 우리는 같은 배를 탔다고 봅니다. 그렇지 않습니까?"

"그렇다고 볼 수 있지."

"저는 대체로 사람을 잘 보는 편입니다. 혹시 압니까? 제 다음 근무지가 에든버러가 될지. 호의적인 태도는 언제나 큰 자산이죠."

"그래서 말인데, 내가 여기 있다는 걸 비밀로 했으면 하네."

"네?"

"언론이 쫓고 있어. 아주 오래전 사건에 관한 프로그램을 만들고 있는데 나하고 얘기를 하려고 해."

"무슨 말씀인지 알겠습니다."

"동료인 척하고 전화를 걸어 수소문할 수도 있어."

"그러면 경위님이 여기 계신 건 저하고 샹크스 경장만 알고 있군요. 다른 사람한테는 알리지 않겠습니다."

"고맙네. 안크램이란 이름을 쓸지도 몰라. 그런 게 기자들이니까."

럼스덴은 윙크를 하고 그릇에 남은 땅콩을 마저 먹었다. "비밀 꼭 지키겠습니다."

둘은 남은 술을 마셨다. 럼스덴은 경찰청으로 돌아가야 한다고 말했다. 리버스에게 전화번호 – 집과 사무실 – 를 알려주고 리버스의 방 번호를 적었다.

"도와드릴 일 있으면 언제든 전화하십시오."

"고맙네."

"T-버드 석유회사까지 가는 길은 아시죠?"

"지도가 있어."

럼스덴이 고개를 끄덕였다. "오늘 밤에 뭘 하십니까? 같이 식사라도 할까요?"

"좋지."

"7시 반쯤에 들르겠습니다."

둘은 다시 악수를 나눴다. 리버스는 럼스덴이 가는 걸 본 다음, 바로 돌아와 위스키 한 잔을 시켰다. 얘기 들은 대로 방 앞으로 달아 놓고 위층으로 가져갔다. 커튼을 닫으니 방은 좀 시원해졌지만 여전히 답답했다. 창문을 열 수 있을까 살펴보았지만 어림없었다. 높이가 3미터가 넘었다. 침대에 누워 신발을 벗은 다음, 럼스덴과의 대화를 곱씹었다. 이러고 있다 보면 할 수 있었던 이야기와 그 이야기를 더 잘할 수 있는 방법이 생각나곤 했다. 리버스는 갑자기 일어나 앉았다. 럼스덴은 T-버드 석유회사를 언급했다. 하지만 리버스는 회사 이름을 말한 기억이 없었다. 말했을지도 모른다. 아니면 샹크스 경장에게 전화로 얘기했고 샹크스가 럼스덴에게 말했을 수도 있다.

더 이상 여유를 만끽할 수 없어서 방 안을 서성거렸다. 서랍 하나에서 애버딘에 관한 자료, 관광 안내서, 홍보 책자를 발견했다. 그는 화장대에 앉아 읽기 시작했다. 사실이 엄청난 힘으로 다가왔다.

그람피언 지역의 주민 5만 명이 석유와 가스 업계에서 일했다. 전체 고용의 20%였다. 70년대 초반 이래 이 지역의 인구는 6만 명까지 증가하고 주택 공급이 늘면서, 애버딘 주변에 주요한 새 교외 지구가 생겼다. 도시 주변에 400만 제곱미터의 공업 단지가 조성되었다. 애버딘 공항의 승객 수는 열 배 늘어났고, 현재는 세계에서 가장 분주한 헬리콥터 이착륙장이다. 올드 토리라고 하는 어촌에 대한 약간의 언급을 제외하면, 책자 어디에도 부정적인 견해는 없었다. 올드 토리는 콜럼버스가 아메리카 대륙을 발견한 해부터 3년 후 – 1495년 – 에 권리증서를 수여받았다. 북동부에 석유가 발견되자, 올드 토리는 셸 석유회사의 공급 기지에 길을 내주기 위해 철거되었다. 리버스는 잔을 들어 올드 토리의 추억에 건배했다.

그는 샤워하고 옷을 갈아입은 다음 다시 바로 갔다. 타탄 무늬의 긴 스커트에 흰 블라우스를 입은, 허둥대는 것처럼 보이는 여자가 서둘러 다가왔다.

"회의 참석자세요?"

리버스는 고개를 저었다. 회의에 관해 읽은 게 기억났다. 북해의 오염인가 뭔가에 관한 회의였다. 마침내 여자는 뚱뚱한 사업가 세 사람을 안내하면서 호텔 밖으로 나갔다. 리버스는 로비로 들어가서 그들이 리무진을 타고 떠나는 모습을 쳐다보았다. 시계를 확인했다. 떠날 시간이었다.

다이스를 찾는 건 쉬웠다. 공항으로 가는 표지판만 따라가면 됐다. 아니나 다를까, 하늘에 헬리콥터가 보였다. 공항 주변 지역은 농지, 새 호텔, 공업 단지가 뒤섞여 있었다. T-버드 석유회사는 수수한 3층 육각형 건물에 본사를 두고 있었다. 건물 대부분은 스모크드 글라스*로 되어 있었다. 앞쪽에는 주차장과 조경 정원이 있었다. 정원에는 정원 사이를 통과해 건물로 이어지는 구불구불한 길이 있었다. 멀리서 경비행기가 이착륙하고 있었다.

로비는 널찍하고 밝았다. 유리 아래 북해 유전과 T-버드의 생산 플랫폼 몇 개의 모형이 있었다. 배넉이 가장 크고 오래된 곳이었다. 축소된 크기의 이중 갑판 선박이 그 옆에 있었는데, 채굴 설비에 비하면 왜소해 보였다. 벽에는 대형 컬러 사진과 도표, 액자에 든 각종 상장이 있었다. 안내 직원이 리버스의 약속을 확인하고, 2층까지 엘리베이터를 타라고 말해 주었다. 엘리베이터 안에 거울이 있어서 리버스는 자기 모습을 살펴보았다. 앨런 미치슨의 아파트에서 탔던 엘리베이터가 기억났다. 베인이 거울에 비

* smoked glass, 연기를 쐬어 까맣게 만든 유리.

친 자기 모습과 섀도복싱을 했었지. 리버스는 지금 자기가 그렇게 한다면 아마도 거울 속의 자신이 이길 거라는 사실을 알고 있었다. 박하사탕을 한 알 더 깨물어 먹었다.

예쁜 여자가 기다리고 있었다. 여자는 리버스에게 따라오라고 했다. 둘은 평범한 개방형 사무실을 통과해 갔다. 책상의 절반만이 현재 사용되고 있었다. 텔레텍스트*, 주가 지수, CNN이 방송되고 있는 TV들이 있었다. 사무실에서 나와 다른 복도로 들어섰다. 바닥에 두꺼운 카펫이 깔려 있어서 훨씬 조용했다. 열려 있던 두 번째 문에서 여자가 리버스에게 들어가라고 손짓했다.

문에 스튜어트 민첼의 이름이 있었다. 그래서 리버스는 지금 일어나서 악수를 청하는 남자가 민첼이라고 생각했다.

"리버스 경위님? 마침내 뵙게 되었군요. 반갑습니다."

사람들이 목소리에 대해 하는 얘기가 맞았다. 목소리만으로 얼굴을 알아맞힐 수 있는 경우는 드물다. 민첼은 권위 있는 목소리였지만 너무 젊어 보였다. 기껏해야 20대 중반이었다. 얼굴엔 윤기가 흘렀고, 뺨은 붉었으며, 짧은 머리는 기름을 발라 넘겼다. 둥근 금속 테 안경을 썼는데 눈썹은 굵고 어두운색이어서 장난꾸러기처럼 보였다. 아직도 바지에 넓은 빨간색 멜빵을 매고 있었다. 민첼이 반쯤 몸을 돌렸을 때, 리버스는 그의 뒷머리가 꽁지머리로 단정하게 모아져 있는 걸 보았다.

"커피나 차 드릴까요?" 여자가 물었다.

"시간이 없어, 사브리나." 민첼이 말했다. 그는 리버스에게 팔을 활짝 벌려 사과했다. "계획이 변경되었습니다, 경위님. 북해 회의에 참석해야

---

* teletext, 텔레비전을 통해 자막 뉴스와 정보를 제공하는 서비스.

해요. 연락해서 알려드리려고 했습니다."

"괜찮습니다." 리버스는 망했다고 생각했다. 민첼이 아파치 요새에 연락했다는 건, 자신이 여기 있다는 사실을 거기서 알게 된다는 의미였다.

"제 차로 가면서 이야기하시죠. 30분 정도밖에 시간이 없습니다. 궁금한 게 있으시면 나중에 얘기하고요."

"좋습니다."

민첼이 어깨를 추슬러서 재킷에 팔을 끼워 넣었다.

"파일요." 사브리나가 상기시켰다.

"체크했어." 민첼이 파일 대여섯 개를 집어 들어 서류가방에 넣었다.

"명함요."

그는 필로팩스 다이어리를 열고 준비물을 확인했다. "체크했어."

"휴대폰요."

민첼은 주머니를 두드려보고는 고개를 끄덕였다. "차는 준비됐나?"

사브리나는 확인해 보겠다고 하면서 전화를 찾으러 갔다.

"아래층에서 기다리는 게 좋겠군요." 그가 말했다.

"체크했습니다." 리버스가 말했다.

둘은 엘리베이터를 기다렸다. 도착한 엘리베이터에는 이미 남자 둘이 타고 있었지만 아직 자리가 있었다. 민첼은 망설였다. 기다리자고 말할 참이었지만 리버스가 이미 엘리베이터 안으로 들어섰다. 할 수 없이 민첼도 두 남자 중 나이 든 쪽에 목례를 하면서 뒤따라 탔다.

리버스는 거울을 보았다. 나이 든 남자가 자기를 쳐다보고 있는 게 보였다. 남자의 긴 은발은 이마에서 쓸어 넘겨 양쪽 귀 뒤로 내려와 있었다. 손잡이에 은장식이 된 지팡이에 양손을 얹었고, 헐렁한 리넨 양복 차림이었다. 테네시 윌리엄스 희곡의 등장인물처럼 보였다. 조각 같은 얼굴을 찌푸리고 있었고, 걸음걸이는 그 나이에도 불구하고 약간 구부정한 정도였다. 리버스는 아래를 내려다보다가 남자가 낡은 운동화를 신은 걸 발견했다. 남자는 지팡이를 잡은 채로 주머니에서 수첩을 꺼내 뭔가를 적은 다음, 찢어서 두 번째 남자에게 건넸다. 두 번째 남자가 그걸 읽고 고개를 끄덕였다.

엘리베이터가 1층에서 열렸다. 민첼이 다른 두 사람이 나갈 때까지 리버스의 등을 잡았다. 리버스는 두 사람이 건물 정문으로 향하다가 메모를 받은 남자가 갑자기 방향을 돌려 로비에서 전화하는 걸 보았다. 바로 앞에 빨간색 재규어가 주차되어 있었다. 제복을 입은 운전사가 회사 설립자를 위해 뒷문을 열어놓고 기다리고 있었다.

민첼이 한쪽 손가락으로 이마를 문질렀다.

"누굽니까?" 리버스가 물었다.

"위어 소령님이요."

"알았더라면 왜 내 휘발유에는 더 이상 녹색 방패 모양 스탬프*를 받을 수 없는지 물어봤을 텐데요."

민첼은 농담할 기분이 아니었다.

"대체 그 메모는 뭡니까?"

"소령님은 말을 많이 하지 않아요. 서면으로 소통하죠." 리버스는 웃었다. 통신 장애군. "진담입니다." 민첼이 말했다. "제가 여기 들어온 이래 소령님이 스무 단어 이상 말하는 걸 못 들어본 것 같아요."

"목소리에 문제가 있나요?"

---

* 영국의 판촉 쿠폰.

"아니요. 약간 꺽꺽거리긴 해도 그런대로 괜찮은 편이에요. 문제는 악센트가 미국식이에요."

"그래서요?"

"본인은 스코틀랜드식이었으면 하죠."

재규어가 떠나자 둘은 주차장으로 나왔다. "소령님은 스코틀랜드에 집착해요." 민첼이 말을 계속했다. "부모님이 스코틀랜드 이민자였는데, 계속 '고국'에 대한 얘기를 해 주곤 했대요. 완전히 빠져들었죠. T-버드 석유 회사는 전 세계에 지사가 있거든요. 그런데 여기서 3년 정도 있었을 뿐이지만 떠나고 싶어 하지 않아요."

"제가 알아야 할 게 또 있나요?"

"술을 한 방울도 안 마셔요. 술 냄새를 조금이라도 풍기는 직원은 그 자리에서 모가지죠."

"결혼했나요?"

"사별했어요. 부인 묘지가 이탈리아인가 어디 있어요. 이게 제 차예요."

어두운 청색의 마쓰다 레이싱 모델이었다. 높이가 낮고 버킷 시트 두 개가 겨우 들어갈 공간만 있었다. 서류가방은 뒤에 놓을 수밖에 없었다. 민첼은 시동을 걸기 전에 전화를 연결했다.

"아들이 하나 있어요." 민첼이 말을 이었다. "하지만 죽은 것 같아요. 아니면 상속권이 박탈됐거나. 소령님은 아들 얘기는 하지 않아요. 좋은 소식과 나쁜 소식 중에 어느 쪽을 먼저 전해드릴까요?"

"나쁜 쪽부터 하죠."

"제이크 할리의 소식은 아직 없어요. 하이킹 여행에서 아직 안 돌아왔어요. 하루 이틀 안에 복귀하기로 되어 있어요."

"어쨌든 술롬 보에 가 보고 싶군요." 리버스가 말했다. 안크램이 애버딘까지 쫓아올 수도 있었다.

"문제없습니다. 헬기로 모셔다 드리죠."

"좋은 소식은요?"

"경위님이 배녁에 가서 월리 포드와 얘기할 수 있게 헬기를 수배해 뒀습니다. 당일치기 일정이기 때문에 생존 훈련 같은 건 받으실 필요 없어요. 제 말 믿으세요. 이건 정말 '좋은' 소식입니다. 훈련 코스 중에는 고속으로 회전하는 시뮬레이터에 들어가거나 수영장에 빠지는 것도 있어요."

"받아보셨나요?"

"그럼요. 1년에 열흘 이상 다녀오는 사람은 반드시 이수해야 해요. 무서워 죽는 줄 알았죠."

"하지만 헬기는 안전하잖아요?"

"그건 걱정 안 해요. 그리고 경위님은 운이 좋네요. 창밖을 보세요." 민첼이 리버스의 무표정한 얼굴을 보았다. "날씨 얘기예요. 큰 비바람이 없어요. 석유 산업은 사시사철 돌아가긴 하지만 계절별로 차이는 있거든요. 플랫폼에 언제든지 오고 갈 수 있는 건 아니에요. 날씨에 따라 다르죠. 설비를 바다로 예인해 가려면 날씨를 감안해서 계획을 짠 다음, 최선의 결과를 기원해야 하죠. 거기 날씨를 겪다 보면⋯⋯" 민첼은 고개를 절레절레 흔들었다. "가끔은 신을 믿고 싶어진다니까요."

"구약성경에 나오는 재앙의 변종 같은가 보죠?" 리버스가 추측했다. 민첼은 미소를 지으며 고개를 끄덕였다. 그러고는 휴대폰으로 전화를 했다. 다이스를 나와, 애버딘 박람회장 및 컨퍼런스 센터 방향 표지판을 따라 돈 다리^{Bridge of Don}로 들어섰다. 리버스는 민첼이 통화를 마치기를 기다렸다가 질문을 던졌다.

"위어 소령은 어디로 갔죠?"

"지금 가는 곳이요. 연설할 예정이에요."

"말은 안 한다고 하지 않았나요?"

"안 하죠. 아까 옆에 있던 남자가 홍보 전문가 헤이든 플레처예요. 그 사람이 연설문을 읽고, 소령님은 옆에 앉아서 듣죠."

"좀 이상하지 않나요?"

"억만장자들은 그런 거 상관 안 해요."

13

컨퍼런스 센터 주차장은 고급 차들로 가득했다. 벤츠, BMW, 재규어, 그리고 가끔 벤틀리나 롤스로이스도 있었다. 운전사들이 모여서 담배를 피우며 잡담을 나누고 있었다.

"자전거로 오면 더 주목받겠군." 센터 입구를 표시하는 프리즘 모양 돔 밖에 모인 시위대를 보면서 리버스가 말했다. 누군가가 옥상에서부터 거대한 현수막을 펼쳐놓았다. 흰색 바탕에 녹색 글씨로 '우리의 바다를 죽이지 마라!'라고 쓰여 있었다. 경비원들이 옥상에 있는 시위대를 연행하려 하고 있었지만, 시위대는 아직 균형과 품위를 유지하고 있었다. 메가폰을 든 사람이 구호를 선창했다. 전투복에 방사능 후드를 입거나, 인어로 가장한 시위대도 있었다. 풍선처럼 공기를 주입해 만든 고래 모형도 있었는데 거센 바람에 날려갈 위험이 있었다. 제복 경관들이 시위대 주변을 순찰하며 어깨의 무전기에 대고 얘기하고 있었다. 리버스는 근처에 진압용 방패, 헬멧, 미국식 방어용 곤봉 등으로 중무장한 진압 부대가 탄 왜건이 있을 거라고 추측했다. 어쨌거나 아직까지는 그런 유형의 시위로 보이지는 않았다.

"시위대를 뚫고 가야겠는데요." 민첼이 말했다. "짜증나네요. 우리 회사는 환경 보호에 수백만 달러를 씁니다. 심지어 저는 그린피스, 옥스팜 같은 단체의 회원이기도 해요. 하지만 매년 똑같은 사태가 일어나죠." 민첼은 서류가방과 휴대폰을 잡고, 리모컨으로 차 문을 잠그고 알람을 설정한 다음, 문으로 향했다.

"들어가려면 대표단 배지가 있어야 합니다." 민첼이 설명했다. "경위님은 신분증만 보여주시면 별문제 없을 거예요."

둘은 주 시위대와 가까이 있었다. 휴대용 확성기에서 음악이 흘러나오고 있었다. 고래에 관한 노래였다. 어쩌면 웨일스어일 수도 있다.* 리버스는 보컬을 알아챘다. 댄싱 피그스였다. 사람들이 리버스에게 전단을 내밀었다. 전부 받고는 감사하다고 말했다. 젊은 여자가 우리에 갇힌 표범처럼 화가 난 듯 서성거렸다. 그녀는 메가폰을 잡고 있었다. 목소리는 비음 섞인 북아메리카 억양이었다.

"여기서 내려지는 결정이 여러분의 자녀들의 손자들에게까지 영향을 미칩니다! 미래에 값을 매길 수 없습니다! 모두를 위해 미래를 생각하세요!"

리버스가 지나갈 때 여자가 쳐다보았다. 무표정했고 증오도, 비난도 없었다. 그저 일을 하고 있을 뿐이었다. 탈색한 머리는 쥐꼬리 같았고, 밝은 색의 땋은 머리가 몇 가닥 빠져나와 있었다. 그중 하나는 이마 중간에 흘러 내려와 있었다.

"바다가 죽으면 지구도 죽습니다! 돈보다 환경을 생각하세요!"

리버스는 문에 도착하기도 전에 설득되었다.

안에는 쓰레기통이 있었다. 전단들은 거기 처박혀 있었다. 하지만 리버스는 받은 전단을 접어서 주머니에 넣었다. 경비원 두 명이 출입증을 보여

* 고래(Whales)와 웨일스어(Wales)의 발음이 비슷한 것을 두고 하는 말장난.

달라고 요구했다. 하지만 예상대로 신분증을 보여주자 무사통과였다. 중앙 홀에는 더 많은 경비원들이 순찰을 돌고 있었다. 아무 의미 없이 번쩍거리는 모자를 쓰고 제복을 입은 민간 경비회사 경비원들이었다. 성가신 사교 행사에 하루 특별히 동원된 것 같았다. 중앙 홀 자체는 양복을 입은 사람들로 가득했다. PA* 시스템을 통해 메시지가 전달되고 있었다. 고정 디스플레이, 자료가 높이 쌓인 테이블, 무슨 내용인지도 모를 홍보 행사가 있었다. 몇몇 부스는 거래가 활발한 것 같았다. 민첼은 자리를 뜨면서 리버스에게 30분 후에 정문에서 만나자고 했다. 그는 몇 가지 '시시한 일'을 해야 한다고 말했다. 사람들과 악수하고, 미소를 짓고, 몇 마디 나누고, 가끔은 명함을 교환하고, 자리를 뜨는 걸 말하는 것 같았다. 리버스는 곧 민첼을 놓쳤다.

리버스는 채굴 설비들의 사진을 그렇게 많이 보지는 않았다. 원유 시추, 반＊잠수형 해양 굴착 장치 정도였다. 정말 흥미 있어 보이는 것은 유조선 비슷한 FPSO**로, 이 설비 때문에 플랫폼이 완전히 필요 없어지고 말았다. 유량 라인(Flowline)을 FPSO에 직접 연결하면 석유 30만 배럴을 저장할 수 있었다.

"인상적이죠?" 영업사원 양복을 입은 스칸디나비아 사람이 리버스에게 말했다. 리버스는 고개를 끄덕였다.

"플랫폼이 필요 없겠군요."

"다 쓰고 폐기하기도 쉽죠. 저렴하고 환경친화적입니다." 남자가 말을 멈췄다. "리스에 관심이 있으십니까?"

---

* public address, 극장, 홀, 야외 등에서 많은 사람들을 대상으로 연설하기 위한 확성 장치.
** Floating Production Storage and Offloading, 부유식 원유 생산 저장 하역 설비.

"저걸 어디다 주차하라고요?" 리버스는 영업사원이 이게 무슨 말인지 생각해 보기도 전에 자리를 떴다.

추적자일지도 모른다. 하지만 리버스는 쉽게 바를 찾아서 제일 먼 쪽 끝에 앉아 위스키 한 잔과 안주 한 접시를 시켰다. 점심이라고는 주유소에서 샌드위치 하나 먹은 게 다여서, 안주를 게걸스레 먹었다. 남자 하나가 와서 옆자리에 앉았다. 그는 커다랗고 흰 손수건으로 얼굴을 닦고는 얼음을 가득 채운 소다수를 주문했다.

"내가 왜 아직도 이 짓을 하고 있지?" 남자가 투덜거렸다. 영국식과 미국식이 섞인 악센트였다. 키가 크고 말랐다. 붉은 기가 있는 금발은 가늘어지고 있었다. 40대로도 볼 수 있는 얼굴이었지만 목 주변에 늘어진 살 때문에 50대 초반으로 보였다. 소다수가 나왔다. 남자는 한입에 들이켜고 한 잔 더 시켰다. "한 잔 드릴까요?" 그가 말했다.

"아니요, 괜찮습니다."

남자는 리버스가 출입증이 없는 걸 눈치챘다. "대표단이신가요?"

리버스는 고개를 저었다. "참관인입니다."

"신문기자?"

리버스는 다시 고개를 저었다.

"아니라고 생각했어요. 석유 업계에서는 뭔가 잘못됐을 때만 뉴스가 되죠. 원자력 산업보다 크지만 뉴스거리는 절반밖에 안 됩니다."

"그게 전부 나쁜 뉴스라면 차라리 잘된 거 아닌가요?"

남자는 리버스의 말을 생각해 보고는 이를 드러내며 크게 웃었다. "눈물 나게 웃기네요." 그는 다시 얼굴을 닦았다. "그래서 정확히 뭘 참관하고 계시죠?"

"지금은 근무 시간이 아닙니다."

"다행이군요."

"당신은요?"

"죽어라 일하는 중이죠. 하지만 이 얘긴 해야겠어요. 우리 회사는 석유 업계에 뭔가를 팔겠다는 생각을 포기하려는 것 같아요. 미국제나 스칸디 나비아제를 선호하니까요. 개새끼들. 스코틀랜드가 망해가는 것도 당연하 죠. 그리고 우린 독립을 원하고." 남자는 고개를 젓고는 바 위로 몸을 기댔 다. 리버스도 공모자인 양 똑같이 했다. "내가 하는 일은 대부분 이런 지루 한 회의에 참석하는 거죠. 그리고 밤에 집에 가서 이게 다 무슨 소용인가 생각해요. 한잔하시죠?"

"그럽시다."

그래서 리버스는 남자가 술을 사게 두었다. '개새끼들'이라고 말하는 투로 봐서는 그런 말을 자주 쓰지는 않는 것 같다고 생각했다. 그저 서먹 한 분위기를 깨기 위해, 마치 비보도를 전제로 한 듯 솔직하게 말한다는 걸 보여주기 위해 한 말일 뿐이었다. 리버스는 담배를 권했지만 남자는 고 개를 저었다.

"끊은 지 몇 년 됐어요. 아직도 당기지 않는 건 아니지만." 그는 말을 멈 추고 바를 둘러보았다. "내가 어떤 사람이 되고 싶은지 알아요?" 리버스는 어깨를 으쓱했다. "맞춰봐요."

"짐작도 못 하겠는데요."

"숀 코네리요." 남자가 고개를 끄덕였다. "생각해봐요. 숀 코네리가 영 화 한 편당 받는 출연료면 이 나라의 모든 남녀와 어린이들에게 1파운드 씩 줄 수 있어요. 그러고도 몇 백만 파운드가 남죠. 엄청나죠?"

"그래서 숀 코네리가 되면, 모든 사람들한테 1파운드씩 줄 건가요?"

"세상에서 가장 섹시한 남자가 됐는데 돈이 무슨 필요가 있겠어요?"

좋은 지적이었다. 둘은 거기에 건배했다. 유일한 문제는, 숀 코네리 얘기를 하면 안크램이 떠오른다는 사실이었다. 비슷하게 생겼으니까. 리버스는 시계를 확인했다. 가야 할 시간이었다.

"가기 전에 한 잔 더 살까요?"

남자는 고개를 젓고 마치 마법사처럼 순식간에 명함을 꺼냈다. "혹시 몰라서요. 그나저나 제 이름은 라이언입니다." 리버스는 명함을 읽었다. 라이언 슬로컴. 엔지니어링 부서 영업부장. 제일 위에 회사 이름이 있었다. '유진 건설'.

"존 리버스입니다." 슬로컴과 악수하며 리버스가 말했다.

"존 리버스." 슬로컴이 고개를 끄덕이며 말했다. "명함은 없으신가요?"

"경찰입니다."

슬로컴의 눈이 휘둥그레졌다. "제가 혹시 범죄가 될 만한 발언을 한 건 아니죠?"

"하셨어도 상관없습니다. 에든버러 경찰이거든요."

"멀리서 오셨네요. 조니 바이블 사건인가요?"

"왜 그렇게 생각하시죠?"

"두 도시에서 살인을 저지르지 않았나요?"

리버스는 고개를 끄덕였다. "아니요. 조니 바이블 사건 때문에 온 건 아닙니다. 건강히 지내세요, 라이언."

"당신도요. 바깥세상이 미쳐 돌아가니까요."

"언제는 안 그랬나요?"

스튜어트 민첼이 문에서 리버스를 기다리고 있었다. "알고 싶으신 게 더 있나요? 아니면 돌아갈까요?"

"돌아갑시다."

럼스덴이 방으로 전화했다. 리버스는 그를 만나러 내려갔다. 럼스덴은 잘 차려입었지만 캐주얼한 복장이었다. 블레이저는 크림색 재킷으로 갈아 입었고, 노란색 셔츠는 목 단추를 풀었다.

"그러면," 리버스가 말했다. "계속 럼스덴이라고 불러야 하나?"

"이름은 루도빅입니다."

"루도빅 럼스덴?"

"네. 친구들은 루도라고 부릅니다."

저녁은 따뜻하고 아직 밝았다. 새들이 정원에서 짹짹거렸고, 살찐 갈매 기들은 보도를 따라 조심스레 날아다녔다.

"10시나 11시까지도 밝습니다." 럼스덴이 설명했다.

"지금껏 본 중에서 제일 뚱뚱한 갈매기들이군."

"딱 질색입니다. 보도 상태를 보세요."

사실이었다. 발아래 석판이 새똥으로 얼룩져 있었다. "어디로 가는 거 지?" 리버스가 물었다.

"미스터리 여행*이라고 해 두죠. 전부 걸어서 갈 수 있는 거리입니다. 미 스터리 여행 좋아하세요?"

"난 가이드가 있는 게 좋아."

처음 들른 곳은 럼스덴이 유명인사인 이탈리안 레스토랑이었다. 모두

---

* mystery tour, 목적지를 알리지 않고 하는 여행.

가 럼스덴과 악수하고 싶어 했다. 주인은 리버스에게 미리 양해를 구한 다음, 조용히 얘기를 나누기 위해 럼스덴을 한쪽으로 데려갔다.

"여기 이탈리아인들은 얌전합니다." 럼스덴이 나중에 설명했다. "절대로 이 도시를 장악하지 못할 거예요."

"그럼 이 도시는 누구 손에 있지?"

럼스덴은 곰곰이 생각했다. "섞여 있어요."

"미국인들도 있나?"

럼스덴이 리버스를 쳐다보고 고개를 끄덕였다. "다수의 클럽과 신축 호텔 몇 곳을 손에 넣고 있죠. 서비스 산업이요. 1970년대에 들어와서 뿌리를 내렸죠. 나중에 클럽에 가볼까요?"

리버스는 어깨를 으쓱했다. "괜찮을 것 같군."

럼스덴이 웃었다. "아, 유흥을 원하세요? 애버딘 하면 유흥이라고들 하니까. 그렇죠? 그런데 잘못 아셨어요. 여긴 회사들만 있으니까요. 나중에 정 생각이 있으시면 부두 쪽으로 모시고 갈게요. 얼마 없긴 하지만 스트리퍼나 술꾼들이 있으니까."

"남부 쪽에 가면 그런 건 얘깃거리도 아니야."

"물론이죠. 고급 창녀촌, 마약과 포르노, 도박과 술. 우리도 얘기는 듣죠. 하지만 실제로 보는 건……" 럼스덴이 고개를 저었다. "석유 산업은 완전히 한물갔어요. 유전 인부들도 사라졌고요. 합법화됐죠."

리버스는 거의 설득될 뻔했다. 하지만 럼스덴은 너무 집요했다. 끊임없이 말을 했고, 말이 많아질수록 신뢰감이 떨어졌다. 주인이 와서 할 얘기가 더 있다면서 럼스덴을 레스토랑 구석으로 데려갔다. 럼스덴은 계속 주인의 등을 토닥였다. 그는 넥타이를 바로잡고는 다시 자리에 앉았다.

"아들이 말썽이래요." 럼스덴이 설명했다. 그 이상은 할 말이 없다는 듯 어깨를 으쓱하고는 리버스에게 미트볼을 권했다.

다음에는 나이트클럽에 갔다. 낮에는 가게 점원이었다가 밤에는 몸에 딱 붙는 옷을 입은 여우로 변신한 여자들의 관심을 받으려고 사업가들이 젊은 터키 애들과 다투는 곳이었다. 음악은 요란했고 의상도 그랬다. 럼스덴은 리듬에 맞춰 고개를 끄덕거렸지만, 정말로 음악을 즐기는 것처럼 보이지는 않았다. 여행 가이드 같았다. 루도*의 게임 플레이어. 리버스는 럼스덴이 속고 있다는 걸 알았다. 북부로 오는 관광객들이 속는 것과 마찬가지였다. 여기는 백스터**의 통조림 수프, 치마를 입은 남자들, 그리고 '하이랜드에 있던 할머니 집'***의 나라였다. 석유는 도시와 시민들이 그 위에서 자라난, 그저 다른 하나의 산업일 뿐이었다. 아직도 하이랜드식 사고방식이 있었다.

그 사고방식이 달라지는 일은 없다.

"여기가 흥미롭다고 생각하실 줄 알았는데요." 럼스덴이 음악을 뚫고 소리쳤다.

"어째서?"

"미셸 스트라챈이 조니 바이블을 만난 곳이니까요."

리버스는 침을 삼키려 했지만 불가능했다. 그는 클럽 이름은 몰랐다. 춤추는 사람들과 술꾼들을, 내키지 않는 상대와 억지로 춤을 추려는 모습을, 굶주린 눈과 짝을 찾는 데 돈을 쓰는 모습을 새로운 시선으로 보았다.

---

*   Ludo, 한국의 윷놀이와 비슷한 보드게임의 일종.

**   Baxter, 스코틀랜드 식품 가공 회사.

*** 〈Granny's Hieland Hame〉, 고향을 그리워하는 내용으로 큰 인기를 모은 스코틀랜드 노래의 제목.

조니 바이블이 바 옆에 조용히 서서 가능성을 체크하면서 표적을 하나로 줄이는 모습을 상상했다. 그리고 미셸 파이퍼에게 춤을 청한다……

리버스가 자리를 뜨자고 하자 럼스덴은 반대하지 않았다. 술값은 이미 냈고, 레스토랑에서 식사한 건 아니었기 때문에, 클럽 정문 경비원은 둘이 계산대를 통하지 않고 바로 나갈 때 고개를 끄덕여주었다.

나이트클럽을 나갈 때 한 남자가 젊은 여자와 함께 그들을 지나쳐갔다. 리버스는 고개를 반쯤 돌렸다.

"아는 사람인가요?" 럼스덴이 물었다.

리버스는 어깨를 으쓱했다. "아는 얼굴 같았는데." 오늘 오후에 딱 한 번 본 얼굴이었다. 검은색 곱슬머리, 안경, 올리브색 얼굴빛. 위어 소령의 '홍보 전문가' 헤이든 플레처였다. 기분 좋은 하루를 보낸 것 같았다. 플레처의 동행자가 리버스를 흘낏 돌아보며 미소를 지었다.

바깥에 나오니 하늘에는 아직 보라색 빛이 비스듬하게 비치고 있었다. 길 건너 묘지에는 찌르레기들이 나무에 모여들고 있었다.

"이제 어디로 갈까요?" 럼스덴이 말했다.

리버스는 등을 쭉 폈다. "사실은 호텔로 돌아가려고. 일정을 빨리 끝내서 미안하네."

럼스덴은 안도하는 기색을 보이지 않으려고 애썼다. "그럼 내일 일정은요?"

리버스는 갑자기 알려주고 싶지 않아졌다. "피해자의 고용주와 한 번 더 만나기로 했어." 럼스덴은 만족하는 것 같았다.

"그러고는 돌아가십니까?"

"하루 이틀 안에."

럼스덴은 실망한 티를 내지 않으려고 했다. "그럼," 그가 말했다. "편안히 주무십시오. 돌아가는 길은 아시죠?"

리버스는 고개를 끄덕이고 악수를 했다. 호텔 방향으로 천천히 걸었다. 윈도우 쇼핑을 하면서 뒤를 확인했다. 그러고는 발을 멈추고 지도를 살펴보았다. 항구 구역이 걸어갈 만한 거리에 있다는 사실을 알았다. 하지만 빈 택시가 와서 바로 잡아탔다.

"어디로 모실까요?" 기사가 물었다.

"괜찮은 술집 아무 데나요. 부두 옆이면 어디든 좋아요." 리버스는 생각했다. '술고래들이 춤추는 곳으로.'*

"얼마나 거친 곳으로 갈까요?"

"제일 거친 곳으로요."

기사는 고개를 끄덕이고 시동을 걸었다. 리버스는 좌석에서 몸을 앞으로 기울였다. "도시가 좀 더 활기찰 거라고 생각했는데."

"좀 이른 시간이라 그래요. 주말이면 난리죠. 채굴 시설에서 돈줄들이 나오거든요."

"엄청 퍼마시겠군요."

"술뿐만이 아니죠."

"클럽은 미국인들 거라고 하던데요."

"양키놈들." 기사가 말했다. "어디나 있죠."

"어둠의 세계에도요?"

운전사가 룸미러로 리버스를 쳐다보았다. "특별히 뭐 찾는 거 있습니까?"

---

* 〈Down Where the Drunkards Roll〉, 리처드 앤 린다 톰슨의 1974년 히트곡.

"기분 좋아지게 하는 거라면 뭐든."

"손님은 그런 타입 같지 않은데요."

"그런 타입이 뭔데요?"

"경찰처럼 보이지는 않죠."

리버스가 웃었다. "비번인 데다 집도 아니에요."

"집이 어딘데요?"

"에든버러요."

기사는 신중하게 고개를 끄덕였다. "'내가' 기분이 좋아지고 싶으면," 그가 말했다. "칼리지 스트리트에 있는 '버크 클럽'을 생각해볼 겁니다. 우리가 지금 있는 곳이요."

리버스는 택시를 세웠다. 미터기에는 겨우 2파운드 넘게 나왔다. 5파운드를 주고 잔돈은 가지라고 했다. 기사가 차창 밖으로 몸을 기울였다.

"손님이 탔던 곳은 버크 클럽에서 100미터도 떨어져 있지 않았어요."

"알아요." 당연히 알고 있었다. 버크 클럽은 조니 바이블이 미셸을 만났던 곳이니까.

택시가 떠난 뒤 리버스는 주위를 찬찬히 살펴보았다. 길 바로 건너는 항구였다. 보트들이 정박되어 있었고, 사람들이 일하는 곳에는 불빛이 비치고 있었다. 아마 정비 직원들일 것이다. 길 이쪽에는 주택, 가게, 펍이 섞여 있었다. 여자들 두어 명이 거리에서 영업을 하고 있었지만 차량은 별로 없었다. 리버스는 '야드맨'이라는 곳 밖에 있었다. 가라오케, 이국적인 댄서, 즐거운 시간, 게스트 비어*, 위성 TV, 그리고 '따뜻한 접대'를 약속하고 있었다.

---

* guest beer, 특정 펍에서 특정 기간 동안만 할인된 가격으로 제공하는 맥주.

문을 열고 들어서자마자 바로 온기가 느껴졌다. 안은 타는 듯이 더웠다. 문에서 바까지가 꽤 멀었다. 그사이에 그의 무감각한 눈에도 연기가 찌르는 듯했다. 손님들 몇몇은 체리색 얼굴, 매끄럽게 뒤로 넘긴 헤어스타일, 두꺼운 셔츠로 보아 어부 같았다. 손이 기름으로 새까매진 다른 사람들은 부두 정비사 같았다. 여자들은 술에 취해 눈이 처졌고, 화장은 너무 두껍거나 아예 안 했다. 바에서 리버스는 더블 위스키를 주문했다. 미터법으로 바뀌면서 35밀리리터가 4분의 1질*보다 많은지 적은지 알 수가 없었다. 같은 장소에서 이렇게 많은 술꾼들을 본 것은 힙스/하츠 매치** 이후 처음이었다. 리버스는 이스터 로드에서 술을 마시고 있었고, 힙스가 이겼다. 그곳은 아수라장이 되었다.

옆에서 마시던 사람과 5분 만에 이야기를 나눌 수 있었다. 채굴 설비에서 일하던 사람이었다. 키가 작고 야위었지만 강인해 보였고, 30대인데도 머리가 완전히 벗겨졌다. 그는 두꺼운 렌즈의 버디 홀리 안경***을 쓰고 있었다. 구내식당에서 일했다고 했다.

"최고의 식사가 매일 나오죠. 세 가지 메뉴가 2교대로 돌아가요. 퀄리티는 최고예요. 신입들은 배가 터지게 먹지만 곧 질리죠."

"2주 일하고 2주 쉬었나요?"

"다들 그래요. 일주일 내내 쉬지 않고." 말하면서 남자의 얼굴은 머리가 너무 무거워서 들어 올릴 수 없는 양 아래쪽을 가리켰다. "거기에 중독돼요. 육지에 나와 있으면 안절부절못하죠. 바다로 돌아갈 날만 기다려요."

---

* gill, 영국과 미국에서 쓰는 부피 단위. 1질은 약 118밀리리터.
** 에든버러를 연고지로 하는 두 축구팀인 하이버니언 FC와 하츠 FC의 라이벌 경기.
*** 미국의 로큰롤 가수 버디 홀리가 쓰던 검은색의 두꺼운 뿔테 안경.

"그래서 어떻게 되나요?"

"시간을 보내기가 힘들어지죠. 너무 남아도니까요."

"거긴 마약 천지라고 들었는데, 본 적 있나요?"

"젠장, 그럼요. 사방에 마약이에요. 긴장을 풀기 위해서죠. 이해되세요? 약에 취해서 일하는 멍청이는 없어요. 까딱 잘못하면 손이 날아가니까요. 난 알아요. 본 적이 있거든요. 균형을 잃기라도 하면 바다로 추락해요. 그래도 마약과 술이 넘쳐나요. 여자는 없을지 몰라도 포르노 잡지와 영화는 사람 키만큼 쌓여 있어요. 그런 건 처음 봤어요. 취향도 갖가지인데 어떤 건 더럽게 역겨워요. 속물들의 세상이죠. 무슨 뜻인지 알 거예요."

알 것 같았다. 남자에게 술을 한 잔 샀다. 남자는 코가 잔에 빠질 정도로 바에 쓰러지듯 몸을 기댔다. 5분 안에 가라오케가 시작한다고 누군가 알렸다. 리버스는 떠날 시간이라는 걸 알았다. 가라오케는 질색이다. 지도를 보고 유니온 스트리트 쪽으로 다시 향했다. 밤거리는 점점 활기가 넘쳤다. 10대들이 무리 지어 배회했고, 경찰 왜건 – 평범한 파란색 포드 트랜싯이었다 – 이 그들을 검문했다. 힘센 제복 경관들이 있었지만 아무도 겁먹는 것 같지 않았다. 사람들은 고함치고, 노래하고, 박수 쳤다. 주중의 애버딘은 끔찍한 토요일 밤의 에든버러와 비슷했다. 제복 경관 두 명이 젊은 남자 둘과 뭔가를 얘기하고 있었고, 여자 친구들은 그 옆에서 껌을 씹으며 서 있었다. 뒷문이 열린 왜건이 그들 옆에 주차하고 있었다.

여기서 난 그냥 관광객일 뿐이야. 리버스는 혼잣말하며 빠르게 지나쳤다.

어딘가에서 길을 잘못 들었는지, 클레이모어*를 휘두르는 윌리엄 윌리

---

* claymore, 과거 스코틀랜드에서 쓰던, 끝이 두 갈래인 대검.

스* 동상의 반대 방향에서 호텔로 가고 있었다.

"안녕하신가, 멜.**" 리버스가 말했다.

호텔 계단을 올라갔다. 자기 전에 술을 한 잔 하고 한 잔은 방으로 가지고 가기로 했다. 바는 회의 참석자들로 가득했다. 일부는 아직 대표단 배지를 달고 빈 잔들로 넘쳐나는 테이블에 앉아 있었다. 어떤 여자가 혼자 앉아서 검은색 담배를 피우며 연기를 천장 쪽으로 뿜고 있었다. 머리카락은 과산화수소수로 탈색했고, 금으로 된 장신구를 많이 하고 있었다. 투피스 정장은 진홍색이었고, 타이즈인지 스타킹인지는 검은색이었다. 리버스는 여자를 보고 스타킹이라고 생각했다. 얼굴은 딱딱했고, 머리는 뒤로 묶어 커다란 금색 머리핀으로 고정했다. 뺨에는 파우더를 발랐고 입술에는 어두운색의 립스틱을 칠했다. 리버스의 나이쯤이거나 한두 살 위 같았다. 남자들이 '잘생겼다'고 하는 종류의 여자였다. 한두 잔 마신 것 같았다. 그래서 아마 미소를 짓고 있을 것이다.

"회의에 오셨나요?" 여자가 물었다.

"아니요."

"다행이네요. 다들 말을 걸어왔는데, 한다는 얘기가 너무 뻔했죠." 여자가 말을 멈췄다. "예를 들어 원유 얘기를 하면서, '죽여주는 원유'와 '끝내주는 원유'가 있다는 거예요. 차이를 아시겠어요?"

리버스는 미소를 지었다. 고개를 젓고 술을 주문했다. "한잔 더 하실 건가요? 얘기 더 하고 싶으신 것 같아서요."

"맞아요. 마실게요." 여자는 리버스가 그녀의 담배를 보고 있는 걸 알았

---

* William Wallace, 13세기 스코틀랜드 독립을 위해 싸운 영웅.
** 윌리엄 월리스를 주인공으로 한 영화 「브레이브하트」의 주연배우 멜 깁슨을 부르는 말.

다. "소브라니예요."

"검은색 궐련지를 쓰면 담배 맛이 더 좋아지나요?"

"담배 맛은 담배에 달렸죠."

리버스는 자기 담배를 꺼냈다. "이것도 지저분해 보이지만 맛은 좋아요."

"그렇군요."

술이 나왔다. 리버스는 전표에 사인을 하고 방 앞으로 달아 놓았다.

"출장 오신 건가요?" 여자의 목소리는 깊었다. 서해안 쪽, 교육받은 노동자 계급 말투였다.

"그런 셈이죠. 당신은요?"

"사업 때문에요. 무슨 일을 하시죠?"

대화에서 나올 수 있는 최악의 대답이 나왔다. "경찰입니다."

여자는 한쪽 눈썹을 치켜뜨며 흥미를 보였다. "CID?"

"네."

"조니 바이블 사건 수사해요?"

"아니요."

"신문에 나오기로는 스코틀랜드의 모든 경찰이 달려들었다던데."

"나만 빼고요."

"바이블 존이 기억나요." 담배를 빨아들이며 여자가 말했다. "글래스고에서 자랐거든요. 몇 주 동안 엄마가 집 밖으로 발도 내밀지 못하게 했죠. 감옥에 갇힌 것 같았어요."

"많은 여자를 상대로 범행을 저질렀죠."

"이제 그런 일이 다시 일어나고 있네요." 여자가 잠시 말을 멈췄다. "내가 바이블 존이 기억난다고 말했을 때 '그렇게 나이 들어 보이지 않는데요'라고 대답했어야죠."

"덕분에 내가 작업 거는 게 아니라는 사실이 입증됐군요."

여자가 리버스를 응시했다. "안됐네요." 술에 손을 뻗으며 여자가 말했다. 리버스도 자기 술을 받침대 삼아 시간을 벌었다. 여자는 그가 필요한 모든 정보를 줬다. 그에 따라 행동할지 여부를 결정해야 한다. 방으로 가자고 청해볼까? 아니면 호소해볼까? 정확히 무엇에? 죄책감? 두려움? 자기혐오?

두려움이다.

리버스는 필요에서 아름다움을, 어떤 절망에서 열정을 뽑아내려 애쓰면서, 밤이 어떻게 흘러갈지를 보았다.

"내가 우쭐했네요." 마침내 리버스가 말했다.

"그러지 말아요." 여자가 재빨리 말했다. 그는 또다시 아마추어 체스 선수가 프로를 상대한 꼴이 되었다.

"그러면 뭘 '하세요?'"

여자가 그에게 몸을 돌렸다. 게임의 모든 수를 안다는 눈빛이었다. "영업을 해요. 석유 산업에 필요한 제품들을요." 여자는 바의 다른 남자들 쪽으로 고개를 기울였다. "저 사람들하고 같이 일해야 할지도 몰라요. 하지만 근무 중이 아닐 때 시간을 함께 보내야 하는 건 아니죠."

"애버딘에 사세요?"

여자는 고개를 저었다. "제가 한 잔 더 살게요."

"내일 일찍 나가야 해요."

"한 잔쯤은 괜찮잖아요?"

"그럴지도 모르죠." 여자의 눈을 마주 보며 리버스가 말했다.

"결국," 여자가 말했다. "완벽하게 엿 같은 날의 완벽한 엔딩이 펑 하고 사라졌군요."

"미안해요."

"신경 쓰지 말아요."

리버스는 바를 나가 프런트로 갈 때 여자의 눈길을 느꼈다. 그는 방으로 가는 계단으로 억지로 발을 옮겼다. 여자의 매력은 강했다. 리버스는 심지어 그녀의 이름도 모른다는 사실을 깨달았다.

옷을 벗으면서 TV를 켰다. 할리우드를 흉내 낸 싸구려 영화였다. 여자들은 해골에 립스틱을 칠한 것 같았다. 남자들은 목을 자르는 연기가 엉망이었다. 이발사를 시켜도 그보다는 잘할 것 같았다. 리버스는 다시 여자를 생각했다. 여자는 게임을 했던 걸까? 분명 아니다. 하지만 여자는 빠르게 추파를 던졌다. 그는 여자에게 우쭐했다고 말했다. 사실은 갈팡질팡했다. 리버스는 여자와 관계를 맺는 게 언제나 힘들었다. 탄광촌에서 자라서 그런지 자유로운 섹스 같은 문제에서는 다소 시대에 뒤떨어졌다. 여자애 블라우스에 손을 집어넣으면, 그 아버지가 가죽 벨트를 휘두르며 쫓아오는 동네였으니까.

그러고는 군에 입대했다. 군대에서 여자는 번갈아 가며 환상적인 몸매 아니면 감히 손댈 수 없는 존재, 창녀 아니면 성녀가 된다. 중간은 없다. 제대한 후에는 경찰에 들어갔다. 그때쯤 결혼도 했지만, 일이 더 매혹적이었다. 관계보다도, 어떤 관계보다도 마음을 온통 빼앗기고 말았다. 그 이후로, 리버스의 연애는 길어야 몇 달, 몇 주였고 때로는 며칠 만에 끝났다. 영원한 것을 바라기에는 이제는 너무 늦었다고 느꼈다. 여자들은 그를 좋아하는 것 같았다. 그건 문제가 아니었다. 문제는 자신에게 있었다. 그리고 그 문제는 조니 바이블 사건처럼 여자를 학대하고 살해하는 것으로는 해결되지 않는다. 강간은 전적으로 권력의 문제다. 살인도 그 나름대로는 그렇다. 권력은 남자들의 궁극적인 환상이 아니던가? 그 자신도 가끔은 꿈꾸지 않았던가?

리버스는 앤지 리델의 사후 사진을 보았다. 그리고 처음 든 생각, 그리고 떨쳐버려야 했던 그 생각은 '몸매 좋군'이었다. 그 생각에 괴로웠다. 그 순간에 앤지는 그저 또 다른 대상에 지나지 않았기 때문이었다. 그리고 법의학자가 검시를 시작하자, 그마저도 아니게 되었다.

머리가 베개에 닿자마자 잠이 들었다. 거의 매일 밤마다 꿈을 꾸지 않게 해 달라고 기도했다. 어둠 속에서 잠이 깼다. 등은 땀으로 흠뻑 젖었다. 째깍거리는 소리가 났다. 시계는 아니었다. 손목시계 소리도 아니었다. 손목시계는 캐비닛 안에 있었다. 가까이서 들렸다. 훨씬 근접한 곳에서. 벽에서 나는 소리일까? 아니면 침대 헤드보드? 불을 켜자마자 소리가 멈췄다. 나무좀벌레가 있나? 헤드보드 주위 나무에는 구멍이라고는 찾아볼 수 없었다. 램프를 끄고 눈을 감았다. 다시 소리가 들렸다. 메트로놈보다는 가이거 계수기에 가까웠다. 무시하려고 했지만 너무 가까워서 들렸다. 빠져나갈 수 없었다. 베개였다. 깃털 베개였다. 안에 뭔가 있었다. 살아 있는 뭔가. 그게 귀로 들어왔나? 알을 깠나? 돌연변이나 번데기가 되는 중인가? 아니면 그저 귀지와 고막을 파먹고 있을 뿐인가? 등과 시트의 땀이 식었다. 방에는 공기가 없었다. 너무 지쳐서 일어날 수도 없었고, 너무 불안해서 잠들 수도 없었다. 그는 진작 했어야 할 일을 했다. 베개를 벽 쪽으로 집어 던졌다.

째깍거리는 소리는 더 이상 들리지 않았지만 여전히 잠을 이룰 수 없었다. 전화벨 소리가 구원처럼 다가왔다. 바에서 만났던 여자가 걸었는지도 모른다. 말해야겠다. 난 알코올 중독자라고. 엉망진창이라고. 누구에게도 도움이 못 된다고.

"여보세요."

"루도입니다. 깨워서 죄송합니다."

"아직 안 잤어. 무슨 일인가?"

"순찰차가 모시러 갈 겁니다." 리버스는 얼굴을 찡그렸다. 안크램이 벌써 쫓아왔나?

"무슨 일로?"

"스톤헤이븐에서 자살 사건이 있었습니다. 관심이 있으실 것 같아서요. 사망자 이름이 앤서니 엘리스 케인 같습니다."

리버스는 침대에서 튀어나왔다. "토니 엘? 자살?"

"그래 보입니다. 차가 5분 안에 도착할 겁니다."

"준비하겠네."

존 리버스가 현재 애버딘에 있으니 일은 더 위험해졌다.

존 리버스.

사서의 명단에서 제일 처음 나온 이름이었다. 에든버러 EH9, 아든 스트리트라는 주소도 함께였다. 단기 독자 카드를 보면, 리버스는 1968년 2월부터 1969년 12월까지의 『스코츠맨』 신문을 찾아보았다. 지난 6개월 동안 같은 신문의 마이크로필름을 찾아본 사람이 네 명 있었다. 바이블 존이 알기로 두 사람은 기자였고, 세 번째 사람은 작가였다. 스코틀랜드 살인자들을 다룬 책의 한 장에서 사건에 대해 썼다. 네 번째는…… 이름을 '피터 마누엘'이라고 적었다. 또 다른 단기 독자 카드에 이 이름을 적어 넣은 사서에게는 아무 의미도 없을 것이다. 하지만 진짜 피터 마누엘은 1950년대에 열두 명을 살해했고, 그 죄로 발리니니 교도소에서 교수형에 처해졌다. 바이블 존은 이제 명확히 보이기 시작했다. 애송이는 유명한 살인자들에 대해 읽었다. 그 연구 중에 마누엘과 바이블 존을 모두 알게 되었다. 연구 범위를 좁혀 가면서 바이블 존에 집중하기로 결심했고, 당시의 신문을 읽으면서 사건에 대해 더 많이 알게 되었다. '피터 마누엘'은 1968년부터 1970년까지의 『스코츠맨』뿐만 아니라 『글래스고 헤럴드』도 찾아보았다.

연구는 철두철미했다. 독자 카드에 적힌 주소도 이름처럼 가짜였다. 애버딘의 래너크 테라스. 진짜 피터 마누엘은 래너크셔에서 살인 파티를 벌였다.

주소는 가짜였지만 바이블 존은 애버딘이 궁금해졌다. 자신이 수사한 결과, 이미 애송이가 애버딘 지역에 있다는 것은 파악했다. 추가적인 연결 고리가 있는 것 같았다. 이제 존 리버스도 애버딘에 있다. 바이블 존은 심지어 존 리버스가 누구인지 알기 전에도 그를 좋아했다. 처음에는 수수께끼였고 이제는 골칫거리였다. 바이블 존은 리버스를 어떻게 할까 생각하면서 컴퓨터에서 애송이에 관한 가장 최근의 기사 스크랩을 찾아 읽어보았다. 다른 경찰관의 말이 있었다. "이 사람은 도움이 필요합니다. 자수하길 권합니다. 그러면 우리가 도울 수 있습니다." 추가적인 추측이 이어졌다. 경찰들은 지레짐작만 했다.

지금 애버딘에 있는 경찰 한 사람만 빼고는.

그리고 바이블 존은 아까 그에게 명함을 줬다.

애송이를 추적하는 과정에서 명함을 돌리는 게 위험하다는 사실은 늘 알고 있지만, 경찰과 우연히 만나게 되리라고는 꿈도 꾸지 않았다. 그것도 단순한 경찰이 아니라 바이블 존 사건을 수사하는 경찰을. 존 리버스. 경찰. 에든버러에서 근무. 주소는 아든 스트리트. 현재는 애버딘에 있음. 컴퓨터에 리버스 전용 파일을 만들기로 했다. 최근 신문을 몇 개 찾아보고, 리버스가 애버딘에 있는 이유를 알아냈다. 석유회사 직원이 에든버러의 주택에서 추락사했는데, 살인이라는 의심이 있었다. 리버스가 바로 이 사건을 수사하고 있다는 결론을 내리는 게 합리적이다. 하지만 리버스가 바이블 존 사건을 조사하고 있었다는 사실은 여전히 의문으로 남는다. 왜? 무슨 일로?

두 번째 사실이 더 문제였다. 리버스는 이제 그의 명함을 가지고 있다. 리버스에게는 아무 의미도 없을 것이다. 없어야 한다. 아직까지는. 하지만 때가 올 것이다. 애송이에게 가까이 다가갈수록 더 많은 위험에 맞닥뜨리게 되겠지. 그 와중에 언젠가 그 명함은 리버스에게 뭔가를 의미하게 될 것이다. 바이블 존이 그 위험을 감수할 수 있을까? 두 개의 옵션이 있을 수 있다. 하나는 애송이 사냥을 서두르는 것이다.

다른 하나는 리버스를 게임에서 쫓아내는 것.

시간을 두고 생각할 일이다. 그동안에는 애송이에 집중해야 한다.

국립도서관에 있는 연락책은 독자 카드를 만들려면 운전면허증 같은 신분증이 있어야 한다는 사실을 알려주었다. 애송이가 '피터 마누엘' 같은 새로운 신분을 직접 위조했을 수도 있지만 그랬을지는 의문이었다. 신원을 증명하는 대신 말로 속여 넘겼을 가능성이 더 높았다. 말솜씨가 좋고 아첨과 감언이설에 능하겠지. 괴물처럼 보이지는 않을 것이다. 누구든 신뢰할 수 있는 얼굴일 것이다. 한두 시간 전에 만났을 뿐인 여자와 나이트클럽에서 함께 나올 수 있는 놈이다. 보안 절차를 피하는 것쯤이야 식은 죽 먹기다.

바이블 존은 일어나서 거울에 비친 얼굴을 살펴보았다. 경찰은 일련의 합성 사진을 공개한 바 있다. 바이블 존의 원래 합성 사진에 나이를 보정 처리해 컴퓨터로 생성한 사진이었다. 그중 하나는 꽤 비슷했지만 여러 사진 중 하나일 뿐이었다. 두 번 이상 볼 사람은 없을 것이다. 동료 중에도 비슷하다고 얘기할 사람은 아무도 없다. 리버스조차도 아무것도 눈치채지 못했다. 그는 턱을 문질렀다. 면도하지 않은 부분에 짧은 털들이 피부 사이로 보였다. 집은 조용했다. 아내는 다른 데 있었다. 그가 결혼한 이유는 그게 프로파일에 거짓말을 더하는 하나의 방책이었기 때문이다. 그는 잠근 서재를 열고 정문으로 가 잠겨 있는지 확인했다. 그러고는 위층 방으로 가는 계단을 올라가 다락방 안으로 통하는 슬라이드식 사다리를 당겨 내렸다. 그는 다락방에 올라가는 게 좋았다. 그가 유일하게 찾는 장소였다. 트렁크 위에 낡은 상자가 두 개 있었다. 위장이었다. 상자는 움직인 적이 없다. 그는 상자를 들어내고 주머니에서 열쇠를 꺼내 트렁크의 자물쇠를 풀고, 딸깍 소리와 함께 두 개의 육중한 황동 걸쇠를 열었다. 그리고 다시 귀를 기울였다. 흐릿한 심장 박동 위로 침묵만이 흐르는 걸 들었다. 그는 트렁크 뚜껑을 들어 올렸다.

그 속은 보물로 가득했다. 핸드백, 신발, 스카프, 싸구려 장신구, 시계, 지갑. 이 물건들의 진짜 주인들을 알아낼 수 있는 방법은 아무것도 없다. 핸드백과 지갑은 비웠고, 숨길 수 없는 이니셜이나 흠, 눈에 띄는 표시가 없는지 꼼꼼하게 확인했다. 편지와 그 외 이름이나 주소가 있는 것들은 모두 태워버렸다. 그는 아무것도 손대지 않으면서 열린 트렁크 앞 바닥에 앉았다. 만질 필요가 없었다. 여덟인가 아홉 살 때 같은 동네에 살던 여자애를 떠올렸다. 한 살 아래였다. 둘은 게임을 했다. 한 사람이 땅바닥에 눈을 감고 쥐죽은 듯 조용히 누워 있으면, 다른 사람은 벗긴다는 느낌이 들지 않게 하면서 최대한 많은 옷을 벗기는 게임이었다.

바이블 존은 여자애의 손가락이 닿는 걸 금방 느꼈고 그는 규칙대로 했다. 하지만 여자애가 누웠을 때, 그가 버튼과 지퍼를 만졌을 때, 여자애는 눈꺼풀이 떨렸고 입술에는 미소가 배어 나왔다. 그의 서투른 손가락을 느꼈던 것이 분명한데도 아무 말도 하지 않고 누워 있었다.

여자애는 속임수를 쓴 것이다.

그의 할머니는 계속 경고했다. 향수 범벅인 여자를 조심해라. 기차에서 낯선 사람과 카드 게임을 하지 마라……

경찰은 애송이가 기념품을 가져갔다는 얘기는 하지 않았다. 숨기고 있는 게 분명했다. 나름 이유가 있겠지. 하지만 애송이는 기념품을 가져갔을 것이다. 지금까지 세 개다. 애버딘에 숨겨 놓았을 것이다. 애송이는 독자 카드에 주소를 애버딘이라고만 적어놓았다. 바이블 존은 벌떡 일어났다. 순간 그는 깨달았다. 사서와 '피터 마누엘' 사이에 거래가 있었다는 걸. 애송이는 참고 도서관*을 사용해야 한다고 신청했을 것이다. 사서는 신원 증명을 위한 세부 사항을 요구했을 것이고, 애송이는 신분증을 집에 두고 왔다며 허둥댔을 것이다. 집에 가서 가져올 수 있냐고 물었다면? 불가능하다고 했을 것이다. 애버딘에서 하루 날을 잡아서 왔기 때문이다. 먼 걸음

---

* 대출은 할 수 없고 열람만 가능한 도서관.

이다. 결국 사서는 사정을 봐서 독자 카드를 발급해 주었다. 하지만 애송이는 애버딘을 주소로 기재해야 했다.

애송이는 애버딘에 있었다.

활기를 되찾은 바이블 존은 트렁크를 잠갔다. 상자를 정확히 원래 자리에 되돌려놓은 다음 아래층으로 내려왔다. 존 리버스가 가까이 접근했기 때문에 트렁크를 옮겨야 할지도 모르고 자신도 거처를 옮겨야 한다는 사실이 유감이었다. 그는 서재 책상 앞에 앉았다. 애송이는 애버딘을 근거로 하지만 옮겨 다닌다. 그는 첫 번째 실수에서 교훈을 얻었고, 표적을 잘 추려낼 계획을 세웠다. 피해자는 무작위로 골랐을까? 아니면 어떤 패턴이 있나? 무작위로 고르지 않는 게 더 쉽다. 하지만 그러면 경찰이 패턴을 찾아내기도 더 쉽고, 결국에는 잡히고 만다. 하지만 애송이는 어리다. 아직 '그' 교훈은 얻지 못했다. '피터 마누엘'을 고른 것은 어떤 자만심을 보여준다. 따라올 수 있으면 따라와보라고 도발하는 것이다. 피해자를 알고 있었을 수도, 아닐 수도 있다. 두 가지 경로를 따라가야 한다. 첫 번째 경로는 애송이가 피해자들을 '알았고', 세 피해자 모두를 애송이와 연결시키는 일정한 패턴이 존재한다는 가정이다.

프로파일 하나. 애송이는 트럭 운전사나 영업사원처럼 자주 이동하는 직업을 가진 사람이다. 스코틀랜드 전체를 많이 돌아다닌다. 이런 사람들은 외롭다. 가끔은 매춘부를 찾는다. 에든버러의 피해자는 매춘부였다. 그리고 이런 사람들은 호텔에 묵는 경우가 잦다. 글래스고의 피해자는 객실 청소부였다. 첫 번째 피해자―애버딘의 표적―는 그 패턴에 들어맞지 않는다.

혹시 들어맞는 건 아닐까? 경찰은 놓쳤지만 자신은 찾아낼 수 있는 뭔가가 있나? 그는 수화기를 들어 전화번호 안내 서비스에 전화를 걸었다.

"글래스고 전화번호 문의하려는데요."

14

한밤중에는 애버딘 남쪽으로 20분만 가면 스톤헤이븐에 도착한다. 스피드광이 운전한다면 특히 그렇다.

"서두르지 않아도 시체 어디 안 가, 친구." 리버스가 운전석의 경관에게 말했다.

토니 엘은 아침 식사를 제공하는 민박의 욕실에서 마라처럼 욕조 한쪽 위로 팔을 내놓은 채 죽어 있었다.* 정석대로 손목을 그었다. 좌우가 아닌 상하로. 욕조의 물은 차가워 보였다. 리버스는 너무 가까이 가지는 않았다. 한쪽으로 내놓은 팔에서 나온 피가 바닥 전체에 흘렀다.

"주인 여자는 욕실에 누가 있는지 몰랐답니다." 럼스덴이 설명했다. "누군지는 몰라도 너무 오래 있었다는 것만 알았죠. 대답이 없자 가서 '애' 하나를 데려왔죠. 여기는 석유회사 직원들을 대상으로 하거든요. 케인 씨도 석유회사 직원인 줄 알았답니다. 어쨌든 숙박 손님들 중 하나가 문을 열어서 시체를 발견한 거죠."

"뭘 보거나 들은 사람은 없고?"

"요란하게 자살하는 사람은 없는 편이죠. 따라오십시오."

좁은 통로를 지나 토니 엘의 침실로 이어지는 짧은 계단 두 개를 올라

---

* 프랑스 혁명의 지도자 장 폴 마라는 목욕하던 중 암살당했다.

갔다. 방은 꽤 깔끔했다. "일주일에 두 번 청소기를 돌리고 먼지를 턴답니다. 시트와 수건도 일주일에 두 번 갈고요." 뚜껑이 열린 싸구려 위스키 한 병이 절반쯤 남은 채 있었다. 그 옆에 빈 잔이 있었다. "여기 좀 보세요."

리버스는 살펴보았다. 화장대 위에는 작업 도구 풀 세트가 있었다. 주사기, 숟가락, 탈지면, 라이터, 갈색 가루가 든 작은 비닐봉지.

"헤로인이 대량으로 유입된다는 얘기를 들었습니다." 럼스덴이 말했다.

"팔에 주사 자국이 안 보이더군." 리버스가 말했다. 럼스덴이 있었다고 말했지만 리버스는 욕실로 돌아가 확인했다. 왼쪽 팔뚝 안쪽에 작은 구멍 두어 개가 있었다. 그는 침실로 돌아갔다. 럼스덴은 침대에 앉아서 잡지를 뒤적이고 있었다.

"약을 오래 하진 않았어." 리버스가 말했다. "팔이 아주 깨끗하던데. 칼은 못 봤고."

"이걸 보세요." 럼스덴이 말하며 잡지를 보여주었다. 머리에 비닐봉지를 뒤집어쓴 여자가 후배위로 섹스를 하고 있었다. "정신 이상한 인간들이라니까요."

리버스는 잡지를 받아들었다. '스너프 베이브스'라는 이름이었다. 표지 안쪽 페이지에는 미국에서 인쇄했다고 '당당하게' 서술되어 있었다. 불법일 뿐만 아니라 리버스가 지금껏 본 중 가장 하드코어한 잡지였다. 페이지마다 가짜로 연출된 죽음에 섹스가 덧붙여져 있었다.

럼스덴이 주머니에 손을 넣어 증거물 봉투를 꺼냈다. 안에는 핏자국이 있는 나이프가 있었다. 하지만 보통 나이프가 아니었다. 스탠리 나이프였다.

"자살이라는 확신이 안 드는데." 리버스가 조용히 말했다.

그러고는 이유를 설명해야 했다. 엉클 조를 만난 일, 엉클 조의 아들이 그런 별명을 갖게 된 이유, 토니 엘이 엉클 조의 심복이었다는 사실.

"문이 안쪽에서 잠겨 있었습니다."

"그래서?"

"그럼 집주인의 '애'는 어떻게 들어올 수 있었을까요?" 리버스는 럼스덴을 데리고 욕실로 돌아갔다. 둘은 문을 살펴보았다. 스크류드라이버를 이용하면 밖에서도 잠그고 열 수 있었다.

"저희가 살인 사건으로 처리하길 바라십니까?" 럼스덴이 물었다. "이 스탠리라는 친구가 들어와 케인 씨를 찌른 다음, 욕실로 끌고 가 손목을 그었다? 방이 여섯 개에 계단 두 개를 올라와야 합니다. 누군가 눈치채지 않았을까요?"

"손님들한테 물어봤나?"

"분명히 말씀드리는데, 본 사람이 아무도 없었습니다."

"그럼 나도 분명히 말하지. 이건 전부 조셉 톨의 짓이야."

럼스덴은 고개를 저으며 잡지를 돌돌 말았다. 잡지가 재킷 주머니에서 삐져나왔다. "제가 보기엔 자살입니다. 말씀해주신 얘기를 생각해 보면 이런 개새끼가 죽어서 오히려 다행이네요. 얘기 끝입니다."

리버스는 같은 순찰차를 타고 애버딘으로 돌아왔다. 여전히 엄청난 속도였다.

정신이 말짱했다. 방으로 가 담배 세 대를 피웠다. 대형 창문 밖의 도시는 완전히 잠이 들었다. 유료 성인 영화 채널만 이용할 수 있었다. 다른 채널이라고는 캘리포니아의 비치발리볼뿐이었다. 기분전환이 필요해서 리버스는 시위대에게 받은 전단을 꺼냈다. 고등어와 기타 어종들은 이제 북해에서 '상업적으로 멸종'되었다. 요리에 주로 사용되는 해덕*을 포함한 다른 어종은 21세기에는 살아남지 못한다. 바다에 있는 400개의 석유 채굴 설비는 언젠가는 쓸모없어질 것이고, 만일 중금속이나 화학 물질과 함께 버려진다면, 물고기들은 끝장이다.

어차피 물고기들은 죽음의 길을 가게 되었을지도 모른다. 하수도에서 나오는 질산염과 인산염, 여기에 농약까지 모두 바다로 유입되었다. 리버스는 더 기분이 나빠져서 전단을 쓰레기통에 던져 넣었다. 그중 하나는 읽어보지 않아서 다시 집어 들었다. 토요일에 행진과 시위, 댄싱 피그스를 비롯한 밴드들의 자선 공연이 있을 예정이었다. 전단을 버리고 집에 있는 응답기를 확인하기로 했다. 메시지가 둘 있었다. 하나는 안크램에게서 온, 짜증보다는 분노에 가까운 메시지였다. 다른 하나는 질이었는데, 언제든 전화해달라고 말했다. 그래서 그렇게 했다.

"여보세요." 입을 붙여놓은 듯한 목소리였다.

"늦게 전화해서 미안해요."

"존." 질이 말을 멈추고 시계를 확인했다. "늦다 못해 차라리 너무 이른 시간이네요."

"당신이 메시지로 언제든 전화……"

"알아요." 침대에서 억지로 몸을 일으키는 것 같은 목소리였다. 질이 크게 하품을 했다. "하우덴힐에서 그 노트패드를 감식했어요. ESDA**를 사용했어요. 정전기요."

"그래서요?"

---

* haddock, 대구의 일종.
** Electrostatic Deposition Analysis, 정전기 퇴적물 분석기로, 진술서를 작성하는 순서를 확인하는 데 사용되는 기술.

"전화번호를 하나 건졌대요."

"어딘데요?"

"애버딘 번호예요."

등이 욱신거렸다. "애버딘 어디요?"

"어떤 디스코텍의 유료 전화예요. 잠깐만요. 이름을 적어뒀는데…… 버크 클럽이요."

머릿속에 자료가 입력되는 소리가 들렸다.

"뭐 짚이는 거 있어요?"

있다. 내가 여기서 사건 둘, 아니 셋을 수사하고 있다는 뜻이다.

"유료 전화라고 했어요?"

"공중전화예요. 전화해봐서 알아요. 소리로 봐서는 바에서 멀리 있는 것 같지 않아요."

"번호 알려줘요." 질이 알려줬다. "다른 건요?"

"발견한 지문은 하나뿐이었는데, 퍼기 거였어요. 집 컴퓨터에는 별다른 게 없었어요. 탈세를 시도하려던 것 빼고는요."

"아직 단정 짓지 말아요. 사무실은요?"

"아직까지는 아무것도 없어요. 존, 당신 괜찮아요?"

"좋아요. 왜요?"

"전화 감이…… 모르겠어요. 멀게 들리는 것 같아요."

리버스는 절로 미소를 지었다. "난 여기 잘 있어요. 눈 좀 붙여둬요, 질."

"잘 자요, 존."

"잘 자요."

경찰서에 있는 럼스덴에게 전화하기로 했다. 성실한 친구였다. 새벽 3

시인데 아직 있었다.

"꿈나라에 계신 줄 알았는데요." 럼스덴이 말했다.

"전부터 묻고 싶었던 게 있네."

"뭔데요?"

"우리가 갔던 클럽 말이야. 미셸 스트라챈이 조니 바이블을 만난 곳."

"버크 클럽이요?"

"그냥 궁금해서 그러는데." 리버스가 말했다. "문제없는 곳인가?"

"적당히요."

"무슨 뜻이지?"

"가끔 살얼음을 밟죠. 클럽 내에서 어쩌다 마약 거래가 이뤄져요. 주인은 없애려고 노력하죠. 그런대로 잘 하고 있다고 생각합니다."

"주인이 누군데?"

"양키들 두어 명이요. 왜 이런 걸 물으시죠?"

리버스는 눈 깜짝할 새 거짓말을 꾸며냈다. "에든버러에서 추락사한 사망자가 주머니에 성냥갑을 갖고 있었어. 버크 클럽의 성냥이었지."

"인기 있는 곳이니까요."

리버스는 맞장구치는 척했다. "이 주인들 말인데, 이름은 뭐지?"

"말할 수 없습니다." 이제는 입을 다문다.

"비밀인가?"

건성으로 웃는 소리가 들렸다. "아닙니다."

"내가 귀찮게 굴까봐 그러는 것 같군."

"존……" 과장된 한숨이 들렸다. "K가 들어가는 에릭(Erik) 스테몬스와 저드 풀러예요. 이 사람들과 얘기할 거리가 있을지 모르겠네요."

"나도 그렇다네, 루도. 이름만 알고 싶었을 뿐이야." 리버스는 미국식 악센트를 시도해 보았다. "챠오*, 베이비." 그는 수화기를 놓으며 미소를 지었다. 시계를 봤다. 3시 10분이었다. 칼리지 스트리트까지는 걸어서 5분이었다. 하지만 아직 열었을까? 전화번호부를 꺼내 버크 클럽을 찾아보았다. 올라와 있는 번호는 질이 준 것과 똑같았다. 전화를 걸었다. 받지 않았다. 일단 놔두기로 했다. 당분간은.

좁아지는 나선을 도는 기분이었다. 앨런 미치슨, 조니 바이블, 엉클 조, 퍼거스 맥루어의 마약 거래.

리버스는 바닥에서 베개를 집어 들고 한동안 귀를 기울여보았다. 그러고는 침대에 베개를 다시 던져놓고 잠에 빠져들었다.

리버스는 일찍 잠에서 깼다. 입맛이 없어서 대신 산책을 나갔다. 화창한 아침이었다. 갈매기들이 전날 밤에 남은 찌꺼기들을 분주하게 먹어치우고 있었다. 하지만 거리는 그와는 달리 한산했다. 그는 미어캣 교차로까지 간 다음, 킹 스트리트를 따라 왼쪽으로 돌았다. 막연하게나마 숙모 집 방향으로 가고 있다는 건 알았지만 걸어서 찾을 수 있을지 의문이었다. 대신, 낡은 학교 건물처럼 보이지만 자신들을 '해상 RGIT'라고 부르는 곳에 갔다. RGIT는 '로버트 고든 기술 연구소'라는 것과, 앨런 미치슨이 한때 RGIT-OSC(로버트 고든 기술 연구소 해상 생존 센터)에서 공부했다는 건 알고 있었다. 조니 바이블의 첫 번째 피해자가 로버트 고든 대학 학생인 건 알고 있었지만, 전공은 몰랐다. 여기서 수업을 들었을까? 그는 회색 화강암 벽을 바라보았다. 첫 번째 살인은 애버딘에서 있었다. 조니 바이블은 나중에

---

* Ciao, '안녕'을 뜻하는 인사.

야 글래스고와 에든버러로 왔다. 이게 무슨 의미일까? 살인자에게 애버딘은 특별히 중요했을까? 조니 바이블은 피해자와 나이트클럽에서 더치 공원까지 걸어왔다. 그렇다고 꼭 주민이라고 볼 수는 없다. 미셸 자신이 안내했을 수도 있다. 리버스는 다시 지도를 꺼내 칼리지 스트리트를 찾았다. 그런 다음 손가락으로 버크 클럽에서 더치 공원까지 따라가 봤다. 오래 걸어야 하는 거리에다 주택가였는데도 전체 경로에서 목격자가 하나도 없었다. 조용한 이면도로로 갔던 걸까? 리버스는 지도를 접어 주머니에 넣었다.

그는 시립 병원을 지나 에스플러네이드*에 도착했다. 길게 펼쳐진 잔디가 잔디 볼링장, 테니스장, 퍼팅 연습장과 연결되어 있었다. 오락 시설들이 있었지만 이른 시간이라 닫혀 있었다. 사람들이 에스플러네이드에서 조깅, 개 산책, 아침 운동을 하고 있었다. 리버스도 거기 가세했다. 제방은 대부분 모래인 해변을 오목조목한 구역으로 나누었다. 낙서를 빼면 리버스가 본 도시의 다른 구역들처럼 깨끗했다. '제로'라는 아티스트가 열심히 작업해 이곳을 자신의 개인 갤러리로 만들고 있었다.

어디선가 '영웅 제로(Zero the Hero)'를 들어봤는데…… 맞아, 공!** 맙소사. 오랫동안 생각도 안 했다. 몽롱한 신시사이저 사운드를 들려주던 찻주전자 머리 요정들.***

에스플러네이드 끝, 항구 옆에는 정사각형으로 된 주택 단지 몇 개가 있었다. 도시 안의 마을이었다. 정사각형 자체는 말라버린 잔디와 정원 창

---

* Esplanade, 해변을 따라 해안 도로, 골프 코스, 공원 등이 있는 지역.
** Gong, 1970년대 록 밴드로 히트곡 중에 〈영웅 제로와 마녀의 주문(Zero the Hero and the Witch's Spell)〉이 있다.
*** 뮤직비디오의 애니메이션을 말한다.

고로 구성되어 있었다. 리버스가 지나가자 개가 경고하듯 짖었다. 리버스는 파이프 동부의 외딴곳에 있는 어부의 오두막을 떠올렸다. 밝게 페인트칠이 되어 있지만 눈에 띄지 않는 곳이다. 택시가 항구를 지나가고 있었다. 리버스는 손을 흔들어 세웠다. 휴식은 끝났다.

T-버드 본사 밖에서는 시위가 벌어지고 있었다. 전날 대단히 설득력 있었던, 땋은 머리의 젊은 여자가 마치 휴식을 취하듯 잔디 위에 책상다리를 하고 앉아서 손으로 직접 만 담배를 피우고 있었다. 마이크를 잡은 남자는 여자의 분노나 우아함의 절반도 갖고 있지 못했지만 친구들이 응원해 주고 있었다. 시위 게임의 신입생 같았다.

시위대와 나이가 비슷해 보이는 젊은 제복 경관 두 사람이, 빨간색 전신 작업복을 입고 가스 마스크를 한 환경 운동가 서너 명과 얘기를 하고 있었다. 경찰관들은 환경 운동가들이 가스 마스크를 벗으면 대화가 좀 더 편해질 거라고 말했다. T-버드 소유의 부지에서 시위대가 떠나줄 것도 요청하고 있었다. 다시 말해 정문 앞 잔디밭에서 나가라는 얘기였다. 시위대는 무단 침입에 관한 법률에 대해 뭔가 얘기하고 있었다. 요즘 법률 지식은 상식과도 같았다. 신병들이 비무장 교전 수칙을 아는 것과 마찬가지였다.

시위대가 리버스에게 전날과 똑같은 자료를 건넸다.

"벌써 받았어요." 리버스는 미소를 지으며 말했다. 땋은 머리가 올려다보며 마치 사진을 찍듯 눈을 가늘게 떴다.

누군가 로비에서 유리창을 통해 비디오로 시위를 촬영하고 있었다. 경찰 정보나 T-버드의 자체 파일용일 것이다. 스튜어트 민첼이 리버스를 기다리고 있었다.

"놀랍지 않습니까?" 민첼이 말했다. "'여섯 자매'와 우리처럼 작은 회사 앞에서마다 저런 그룹들이 시위를 벌인다더군요."

"여섯 자매요?"

"북해의 석유 대기업 여섯 곳이요. 엑손, 셸, BP, 모빌…… 나머지 둘은 잊어버렸네요. 갈 준비는 되셨습니까?"

"모르겠군요. 잠은 잘 수 있을까요?"

"꽤 흔들릴 겁니다. 좋은 소식은, 그리로 가는 회사 비행기가 있어서 헬리콥터를 타지 않아도 된다는 겁니다. 적어도 오늘은요. 스캇사 공항까지 비행기로 가게 됩니다. 전에 RAF* 기지였거든요. 귀찮게 섬버그 공항에서 갈아타지 않으셔도 됩니다."

"술롬 보에서 가까운가요?"

"바로 옆입니다. 누군가 나와서 기다릴 겁니다."

"감사합니다, 민첼 씨."

민첼은 어깨를 으쓱했다. "셰틀랜드 제도에 가 보신 적이 있으신가요?" 리버스는 고개를 저었다. "하늘에서 보는 것 말고는 별로 볼 게 없을 겁니다. 명심하세요. 비행기가 이륙하면 경위님은 더 이상 스코틀랜드에 계시는 게 아닙니다. 아무것도 없는 곳을 향해 가는 '수스 무서'**이신 거죠.

---

* Royal Air Force, 영국 공군.
** Sooth-Moother, 셰틀랜드 제도 방문자.

15

리버스는 민첼이 모는 차로 다이스 공항까지 갔다. 비행기는 트윈 프로펠러 모델이었다. 좌석은 열네 개였지만 오늘 승객은 여섯 명뿐이었고, 전부 남자였다. 그중 네 명은 양복을 입었는데, 재빨리 서류가방을 열어 서류뭉치, 링 바인더에 끼운 보고서, 계산기, 펜, 노트북을 쏟아냈다. 한 사람은 양가죽 재킷을 입었는데, 다른 사람들이 아마도 '적절한 옷차림'이라고 부를 만한 게 부족했다. 그는 손을 주머니에 찔러 넣은 채 창밖을 바라보고 있었다. 통로 쪽 좌석이라도 신경 쓰지 않는 리버스는 그 남자 옆에 앉기로 했다.

남자는 리버스를 노려보아 다른 데로 보내려고 했다. 눈에는 핏발이 섰고, 까칠하게 자란 회색 수염이 뺨과 턱을 덮었다. 리버스는 대답으로 안전벨트를 조였다. 남자는 툴툴거렸지만 몸을 세워 리버스에게 팔걸이 반을 내주었다. 그러고는 다시 창밖을 내다보았다. 차 한 대가 다가와서 섰다.

프로펠러가 돌면서 엔진이 작동하기 시작했다. 비좁은 구역 뒤에 승무원이 있었다. 아직 문은 닫지 않았다. 창밖을 보던 남자가 양복 입은 남자들 쪽으로 몸을 돌렸다.

"엿 먹을 준비들 하쇼." 그러고는 웃기 시작했다. 전날 밤에 마신 위스키 냄새가 리버스에게 퍼져왔다. 다행히 아침을 먹지 않은 모양이었다. 누군가가 비행기에 탑승하고 있었다. 리버스는 통로 쪽을 흘낏 보았다. 위어 소령이었다. 스포란*이 달린 킬트 차림이었다. 양복 차림의 남자들은 얼어붙었다. 양가죽 남자는 여전히 빙그레 웃고 있었다. 문이 세게 닫혔다. 잠시 후 비행기가 천천히 나아가기 시작했다.

비행을 싫어하는 리버스는 멋진 인터시티 125**가 하늘로 날아오를 생각 없이 육지를 따라 속도를 내고 있다고 상상했다.

"팔걸이 좀 살살 잡아요." 옆자리의 남자가 말했다. "그러다 뽑히겠네."

남자의 악센트는 비포장도로 같았다. 리버스는 치아 구멍에 박은 봉이 느슨해져 튀어나오는 게 느껴지고 비행기의 각종 볼트와 용접 이음이 부러지는 소리가 들린다고 생각했다. 하지만 비행기가 수평을 유지하자 모든 게 평온해졌다. 리버스는 다시 숨을 쉬기 시작했다. 손바닥과 이마에 땀이 맺혔다. 그는 머리 위의 공기 흡입구를 조정했다.

"좀 낫죠?" 남자가 말했다.

"그러네요." 리버스가 동의했다. 바퀴가 접히고 커버가 닫혔다. 양가죽 재킷은 그 소리가 무엇이었는지 설명했다. 리버스는 고개를 끄덕여 감사 표시를 했다. 뒤에 있는 승무원이 말하는 소리를 들을 수 있었다.

"죄송합니다, 소령님. 오시는 줄 알았다면 커피를 준비했을 텐데요."

그녀는 자기에게 닥친 문제에 쩔쩔맸다. 양복들은 일을 시작했지만 집중할 수 없었다. 비행기가 난기류에 휘말렸고, 리버스의 손은 다시 팔걸이로 향했다.

"비행공포증이군요." 양가죽이 윙크하며 말했다.

---

* sporran, 스코틀랜드 남성의 민속 전통 의상인 킬트(kilt) 앞에 매다는 작은 주머니 혹은 커다란 백의 일종.
** 영국의 기차.

리버스는 정신을 딴 데로 돌려야 한다는 걸 알았다. "술롬 보에서 일하십니까?"

"사실은 그곳을 운영하죠." 남자는 양복들 쪽으로 고개를 끄덕였다. "여기 직원은 아닙니다. 비행기를 얻어 탔을 뿐이에요. 컨소시엄에서 일합니다."

"'여섯 자매'요?"

"그리고 나머지 회사요. 마지막으로 세어봤을 때는 서른 곳 남짓이었습니다."

"보시다시피 전 술롬 보에 대해 아무것도 모릅니다."

양가죽이 곁눈질했다. "기자세요?"

"CID 형사입니다."

"기자만 아니면 됐죠. 난 교대 정비 관리자입니다. 파이프 균열과 석유 누출에 관한 기사 때문에 언제나 죽을 맛이죠. 장담하는데, 내 터미널에서 흘러나가는 건 빌어먹을 신문들에게 싸는 오줌뿐입니다!" 남자는 대화가 자연스럽게 끝난 듯 다시 창밖을 내다보았다. 하지만 한참 뒤에 리버스 쪽으로 몸을 돌렸다.

"터미널 안으로 들어오는 파이프라인이 두 개 ─브렌트와 니니안─ 있고, 여기에 우리가 유조선에서 버리는 게 더해집니다. 거의 계속 사용하는 부두가 네 개죠. 난 초창기인 1973년부터 여기 왔습니다. 첫 탐사선들이 러윅*에 들어온 지 겨우 4년 지났을 때였어요. 맹세코 난 어부들의 표정을 보는 게 좋았어요. 헛수고의 시작이라고 생각했겠죠. 하지만 석유가 나오면서, 어촌들을 정리해야 했죠. 그리고 그들은 컨소시엄에서 마지막 한 푼

---

* Lerwick, 셰틀랜드 제도의 메인 항구.

까지 뜯어냈습니다. 마지막 한 푼까지요."

양가죽은 말하면서 입이 풀렸다. 리버스는 그가 아직도 취한 상태인지도 모른다고 생각했다. 남자는 대부분 얼굴을 창 쪽으로 하면서 조용히 말했다.

"70년대의 그곳을 봤어야 해요, 친구. 트레일러 주차장, 판자촌, 진흙투성이 도로가 마치 클론다이크* 같았죠. 정전이 다반사였고, 깨끗한 물도 부족했고, 주민들은 우리를 지랄 맞게 싫어했죠. 난 그게 좋았어요. 우리가 모두 술을 마실 수 있는 펍이 하나 있었어요. 컨소시엄에서는 마치 전쟁 때처럼 헬기로 생필품을 공수했죠. 빌어먹을. 정말 전쟁이었는지도 몰라요."

남자는 리버스 쪽으로 몸을 돌렸다.

"그리고 날씨는…… 얼굴에서 살이 떨어져나갈 정도였죠."

"그럼 면도기는 가져갈 필요가 없겠군요."

남자는 콧방귀를 뀌었다. "술롬 보에는 무슨 일로?"

"의심스러운 사망 사건이 생겨서요."

"셰틀랜드에요?"

"에든버러요."

"어떻게 의심스러운데요?"

"대단한 건 아니지만 점검해봐야 해서요."

"압니다. 마치 터미널과 같죠. 필요하건 아니건 매일 수백 개의 점검을 합니다. LPG 냉각 구역에서는 의심되는 문제가 있어요. 그리고 난 '의심'을 강조하죠. 장담하는데, 우리는 상상하는 것 이상으로 많은 인원이 대기

---

* Klondike, 캐나다 클론다이크 강 유역의 금광 지대.

하고 있어요. 원유 저장소에서 그렇게 멀지 않거든요."

리버스는 고개를 끄덕였지만 남자가 무슨 말을 하는지 잘 알 수 없었다. 남자는 또 화제에서 벗어나는 것 같았다. 끌어당겨야 할 때다.

"사망자는 술롬 보에서 잠시 일했습니다. 이름이 앨런 미치슨입니다."

"미치슨?"

"정비 부서에서 일했던 것 같습니다. 그게 특기 같았어요."

양가죽이 고개를 저었다. "이름이 기억이…… 안 나는군요."

"제이크 할리는요? 술롬 보에서 일했습니다."

"아, 네. 만난 적 있어요. 별로 좋아하지는 않았지만 얼굴은 압니다."

"왜 안 좋아하셨죠?"

"녹색 개자식들 중 하나였거든요. 생태학인지 뭔지 하는." 남자는 내뱉다시피 단어를 말했다. "도대체 생태학이 우리에게 해준 게 뭡니까?"

"그러니까 그 사람을 아시는군요."

"누구요?"

"제이크 할리요."

"그렇다고 말했잖아요."

"하이킹 휴가를 떠났습니다."

"셰틀랜드에서요?" 리버스가 고개를 끄덕였다. "그랬을 것 같군요. 언제나 고고학이나 탐조(bird-watching) 같은 데 빠져 있었으니까. 내가 온종일 보는 유일한 새는 빌어먹을 깃털 하나 없는데.* 나한테도 알려주지."

리버스는 혼잣말했다. 난 내가 나쁜 놈이라고 생각했는데 이 인간 앞에서는 명함도 못 내밀겠군.

---

* T-버드(bird) 회사의 시설물을 말한다.

"그럼 하이킹 겸 탐조 여행을 간 거군요. 어디로 갔을지 아시겠습니까?"

"보통 가는 데겠죠. 터미널에는 새를 보는 사람이 몇 있어요. 오염 통제 같은 거죠. 우리는 새들이 갑자기 나타나는 일이 없게 만전을 기합니다. '네그리타 호 사건'처럼요." 남자는 단어의 마지막을 거의 끊다시피 하며 마른침을 세게 삼켰다. "중요한 건 바람이 사납고 물결도 사납다는 사실이죠. 그래서 유출된 기름이 확산됩니다. 브레어 호 사건처럼요. 누군가 셰틀랜드는 15분마다 공기가 완전히 달라진다고 하더군요. 완벽한 확산 조건이죠. 빌어먹을. 그놈들은 그저 새일 뿐이에요. 대체 무슨 소용이 있습니까?"

남자는 머리를 창에 기댔다.

"터미널에 도착하면 지도를 하나 구해서 할리가 갔을 만한 곳 몇 군데를 표시해 드리죠." 잠시 후 남자의 눈이 감겼다. 리버스는 일어나서 화장실이 있는 객실 뒤로 갔다. 가장 뒷줄에 앉은 위어 소령을 지나갈 때, 리버스는 위어가 『파이낸셜 타임스』를 읽는 데 몰두해 있는 걸 봤다. 화장실은 어린이용 관만 했다. 리버스가 조금만 더 뚱뚱했다면, 비행기 측은 그를 굶겨 죽였을 것이다. 리버스는 자신의 오줌이 북해에 뿌려지는 생각을 하며 변기의 물을 내렸다. 오염이 문제라지만 바다에 그저 한 방울 떨어졌을 뿐이다. 그리고 아코디언 도어를 잡아당겨 열었다. 그는 위어 소령으로부터 복도를 가로질러 있는 좌석에 미끄러져 들어가 앉았다. 아까는 승무원이 거기 앉아 있었지만, 지금은 조종실 앞에 서 있는 게 보였다.

"경마 결과를 미리 알 수도 있나요?"

위어 소령은 신문에서 눈을 들고, 고개를 돌려 처음 보는 이상한 사람을 바라보았다. 이 모든 과정이 1분도 채 안 걸렸다. 위어는 아무 말도 하지 않았다.

"어제 만났죠." 리버스가 말했다. "제 이름은 리버스 경위입니다. 말씀을 많이 하지 않는다는 건 알지만……" 그는 재킷을 톡톡 쳤다. "필요하시다면 제 주머니에 수첩이 있습니다."

"근무 시간 끝나면 코미디언으로 일합니까, 경위님?" 목소리는 교양 있고 느릿느릿했다. 점잖다는 게 무엇인지 압축해서 보여주고 있었다. 하지만 건조하고 약간 쉰 목소리이기도 했다.

"뭐 좀 여쭤봐도 될까요, 소령님? 왜 귀리 쿠키 이름을 따서 유전 이름을 지으셨습니까?"

위어의 얼굴이 급작스러운 분노로 시뻘게졌다. "'배넉번'*을 줄인 단어요!"

리버스는 고개를 끄덕였다. "우리가 그 지역을 점령했습니까?"

"자신들의 역사를 모르시나, 젊은이?" 리버스는 어깨를 으쓱했다. "맹세컨대 난 가끔 절망합니다. 당신은 스코틀랜드인이잖소."

"그래서요?"

"그러니 과거가 중요하죠! 과거를 알면 배우게 됩니다."

"뭘 배운다는 거죠?"

위어가 한숨을 쉬었다. "시인에게서 한 구절 인용하는 거요. 단어에 대해 이야기하는 스코틀랜드 시인 말이죠. 우리 스코틀랜드인들은 '잔인함에 의해 길들여진 존재들이다' 하는 식으로. 아시겠습니까?"

---

* Bannockburn, 영국 스코틀랜드 스털링 시(Stirling council area)의 일부. 원래 도시였던 이곳은 게일어로 '희게 빛나는 강'이라는 뜻이다.

"집중이 잘 안 되는 것 같네요."

위어가 얼굴을 찡그렸다. "술 마셨습니까?"

"제 가운데 이름은 '티토털'*이죠." 소령은 만족한 듯 중얼댔다. "문제는," 리버스가 말을 계속했다. "제 이름은 '전혀 아님'이라는 거죠."

위어는 마침내 이해했고 찌푸리는 듯 미소를 지었다. 리버스는 자신의 말장난이 먹힌 걸 처음 보았다.

"사실 제가 여기 온 건……"

"이유는 알고 있습니다, 경위. 어제 당신을 봤을 때 헤이든 플레처를 시켜서 누군지 알아보게 했죠."

"왜 그러셨죠?"

"엘리베이터에서 나를 되쏘아봤기 때문이죠. 그런 종류의 행동엔 익숙하지 않습니다. 당신이 내 밑에서 일하는 사람이 아니라는 뜻인데, 우리 회사 인사부장과 함께 있으니……"

"일자리를 구하러 왔다고 생각하셨군요."

"일자리를 구하지 못하는 일이 없도록 하려고 했죠."

"으쓱해지네요."

소령이 다시 리버스를 쳐다보았다. "우리 회사 비행기를 타고 술롬 보로 가는 이유는요?"

"미치슨의 친구와 이야기를 하려고요."

"앨런 미치슨 말이군요."

"아십니까?"

---

* Teetotal, 19세기 영국의 리처드 터너란 사람이 금주를 주장하며 만들어낸 단어로 '절대금주주의자'의 의미.

"터무니없는 얘기 마시오. 어제 저녁에 민첼에게 보고서를 제출하라고 했죠. 내 회사에서 일어나는 일은 다 알아야 하니까. 질문이 있습니다."

"말씀하시죠."

"미치슨 씨의 죽음이 T-버드와 관계있습니까?"

"지금으로서는…… 아니라고 생각합니다."

위어 소령은 고개를 끄덕이고 신문을 눈높이로 들어 올렸다. 인터뷰는 끝났다.

16

"메인랜드에 오신 걸 환영합니다." 안내자가 타맥 도로 위에서 리버스를 맞으며 말했다.

위어 소령은 이미 레인지로버에 타고 빠르게 이착륙장을 나가고 있었다. 헬리콥터 한 줄이 근처에서 휴식 상태로 서 있었다. 바람은…… '심각했다'. 헬리콥터의 날개를 펄럭거리게 했고, 리버스의 귓가에서 쌩쌩 소리를 내고 있었다. 에든버러의 바람은 프로 선수였다. 때때로 문밖으로 나가면 얼굴에 주먹을 날리는 것 같았다. 하지만 셰틀랜드의 바람은…… 사람을 들어 올려서 흔들고 싶어 했다.

하강은 순탄치 않았다. 하지만 리버스는 그 전에 셰틀랜드의 첫인상을 파악했다. '가도 가도 아무것도 없는 곳'은 맞는 표현이 아니었다. 나무는 거의 없었지만 양들이 많았다. 황량한 해안선에 하얀 쇄파*가 부딪히는 모습은 장관이었다. 침식이 문제 되는 건 아닌지 궁금했다. 섬들은 그렇게 크지는 않았다. 그들은 러윅 동쪽을 가로지른 다음 몇 개의 교외 주택지를 통과했다. 교외 주택지는 양가죽의 의견에 따르면 1970년대에는 아주 작은 마을에 지나지 않았다. 양가죽은 그때쯤 잠에서 깨어 몇 개의 사실과 환상을 더 얘기해 주었다.

---

* 해안을 향해 부서지며 달려오는 큰 파도.

"우리가 뭘 했는지 알아요? 석유회사 말입니다. 마거릿 대처가 권력을 유지하게 해줬죠. 석유에서 얻은 수익이 감세로 인한 세수 부족분을 메꿨죠. 포클랜드 전쟁 비용도 석유 수익에서 나왔죠. 석유는 대처의 빌어먹을 집권 기간 내내 동력을 공급해줬는데, 대처는 감사의 말 한마디 없었다니까요. 단 한마디도요. 나쁜 년이죠." 그가 웃었다. "좋아하지 않을 수 없다니까요."

"대처가 좋다니 약도 없군요." 하지만 양가죽은 듣고 있지 않았다.

"석유와 정치는 분리할 수 없어요. 이라크에 대한 제재의 핵심은 시장에 값싼 석유가 대량 유입되는 사태를 막는 것이었어요." 그는 잠시 말을 멈췄다. "노르웨이가 나쁜 놈들이죠."

리버스는 뭔가 놓친 것 같은 느낌이었다. "노르웨이요?"

"노르웨이도 석유가 있었어요. 하지만 수익을 예금했다가 다른 산업들을 시작하는 데 사용했죠. 대처는 전쟁 비용과 빌어먹을 선거에 썼는데."

러윅을 지나 바다 쪽으로 갈 때, 양가죽은 보트 ─더럽게 큰 보트─ 몇 척을 가리켰다.

"클론다이커예요." 그가 말했다. "공장선*이죠. 생선을 처리하느라 바빠요. 북해의 석유 산업 전체보다 환경에 더 피해를 끼치고 있을 겁니다. 그래도 주민들은 개의치 않고 계속하게 내버려두죠. 어업은 석유와는 달리 유산 같은 거니까. 죄다 빌어먹을 짓이죠."

리버스는 활주로에서 헤어질 때까지도 양가죽의 이름을 알지 못했다. 거기에는 리버스를 기다리는 사람이 있었다. 가냘픈 체구의 남자가 활짝 웃고 있었다. 치아가 너무 많았다. 그리고 그 남자가 "메인랜드(Mainland)

---

* 가공 설비를 갖춘 어선.

에 오신 걸 환영합니다"라고 말했다. 그리고 술롬 보 터미널까지 가는 동안 차에서 메인랜드가 무슨 뜻인지 설명했다. "셰틀랜드 사람들이 주요 섬을 부르는 말입니다. 소문자 m을 쓰는 메인랜드(mainland)의 반대말로 쓰죠. 뜻은 뭐, 주요(main) 지대(land)란 의미죠." 남자는 크게 웃고는 재킷 소매로 코를 닦았다. 남자는 10대 청소년이 아버지의 차를 탔을 때처럼 운전했다. 앞으로 몸을 구부리고, 손은 핸들 위에서 과도하게 바삐 움직였다.

이름은 월터 로보탬이었고 술롬 보 홍보부의 신입사원이었다.

"안내해드리게 돼서 기쁩니다, 경위님." 무리해서 크게 웃으며 그가 말했다.

"시간이 될지 모르겠네요." 리버스가 말했다.

"아시겠지만 터미널은 건설에만 13억이 들었습니다. 달러가 아니라 파운드로요."

"흥미롭군요."

로보탬의 얼굴이 밝아졌다. "1978년에 술롬 보에 처음으로 석유가 흘러들어왔습니다. 술롬 보는 주요한 고용주가 되었고, 셰틀랜드의 실업률을 낮추는 데 크게 기여했습니다. 현재 실업률은 4%, 또는 스코틀랜드 평균 실업률의 절반 정도입니다."

"뭐 좀 물어보겠습니다, 로보탬 씨."

"월터라고 불러 주십시오. 아니면 월트도 괜찮습니다."

"월트." 리버스가 미소 지었다. "LPG 냉각에 더 문제가 있습니까?"

로보탬의 얼굴이 절인 사탕무처럼 빨개졌다. 언론이 좋아할 만한 친구라고 리버스는 생각했다.

리버스의 목적지까지 가려면 터미널의 반을 통과해야 했다. 그래서 어쩔 수 없이 관광 안내를 들어야 했다. 덕분에 알고 싶었던 것 이상으로 탈^脫 부탄화, 탈 에탄화, 탈 프로판화에 대해 배우게 되었다. 서지 탱크와 통합 계량기는 말할 것도 없다. 리버스는 통합 계량기를 인체에 부착시킨다면 멋지지 않을까 생각했다.

메인 관리동에서는 제이크 할리가 공정 제어실에서 일하고 있으며, 할리의 동료들이 거기서 기다리고 있고, 경찰이 와서 그들에게 얘기할 거라는 사실을 알고 있었다. 그들은 원유 유입 라인, 피그 탐사 스테이션, 최종 보유 저장고를 지나갔다. 그리고 어떤 지점에서 월트는 길을 잃었다고 생각했는데 다행히 소형 안내 지도를 가지고 있었다.

길을 잃는 것도 당연했다. 술롬 보는 거대했다. 건설에 7년이 걸렸고, 공정에 관한 모든 기록을 깼다 – 그리고 월트는 이 모든 기록을 다 알고 있었다 – . 그리고 리버스는 술롬 보가 인상적인 괴물이라는 사실을 인정해야 했다. 그레인지머스*와 모스모란**을 여러 차례 지나쳐 갔지만 눈에 들어오지 않았다. 그리고 원유 탱크와 하역 부두 너머로 – 술롬 보 자체에서 남쪽으로, 그리고 글루스 섬에서 서쪽으로 – 보이는 바다는 훼손되지 않은 자연이라는 좋은 인상을 준다. 과학소설에 나오는 도시가 선사 시대로 이동한 것 같았다.

그렇지만 공정 제어실은 리버스가 지금까지 가 본 곳 중에서 가장 평화로운 장소였다. 방 중앙에 있는 컴퓨터 콘솔 뒤에 남자 둘과 여자 하나가 앉아 있었고, 벽에 걸린 전자 해도^{海圖}에서 은은하게 점멸하는 빛이 석유와 가스의 흐름을 표시하고 있었다. 들리는 소리라고는 키보드 두드리는 소

---

* Grangemouth, 스코틀랜드 중부 포스 만에 면한 항구도시로, 대규모 석유 정제 시설이 있다.
** Mossmorran, 북해 카우덴비스 외곽에 있는 유전 및 천연가스 채굴 공업 단지.

리, 그리고 가끔씩 있는 낮은 목소리의 대화뿐이었다. 월트는 리버스를 소
개하는 게 자기 일이라고 생각했다. 하지만 분위기 때문에 마치 예배 중간
에 들어온 것처럼 입을 열 수가 없었다. 월트는 중앙 콘솔에 가서 거기 앉
아 있는 삼총사에게 낮은 목소리로 얘기했다.

두 남자 중에 더 나이가 든 사람이 일어나 다가와서 리버스와 악수했다.

"경위님, 제 이름은 밀른입니다. 어떻게 도와드릴까요?"

"밀른 씨. 제이크 할리와 꼭 얘기하고 싶습니다. 하지만 행방이 묘연하
기 때문에 여러분이 조금이라도 얘기해 주셨으면 합니다. 특히 앨런 미치
슨과의 친분에 대해서요."

밀른은 소매가 말려 올라간 체크무늬 셔츠를 입고 있었다. 그는 리버스
가 말하는 동안 한쪽 팔을 긁었다. 나이는 30대에 빨간 머리는 헝클어졌
고, 얼굴에는 10대 시절의 여드름 자국이 남아 있었다. 밀른은 두 동료 쪽
으로 반쯤 몸을 돌렸다. 대변인 역할을 받아들인다는 듯 그가 고개를 끄덕
였다.

"저희는 모두 제이크와 함께 일하니 말씀드릴 수는 있습니다. 제이크가
소개시켜주기는 했지만 개인적으로는 앨런에 대해 잘 모릅니다."

"만난 기억도 없어요." 여자가 말했다.

"저는 한 번 만났습니다." 다른 남자가 덧붙였다.

"앨런은 여기서 고작 두세 달 일했어요." 밀른이 말을 이었다. "제이크
와 친한 건 알았습니다." 어깨를 으쓱했다. "사실 그게 전부입니다."

"두 사람이 친했다면 공통의 취미 같은 게 있었겠군요. 탐조였나요?"

"아닌 것 같습니다."

"환경 문제였어요." 여자가 말했다.

"맞아요." 밀른이 고개를 끄덕이며 말했다. "물론 이런 곳에서는 언제나 결국에는 생태학 얘기를 하게 되죠. 민감한 주제니까요."

"제이크에게는 중요한 문제였나요?"

"그 정도까지는 모르겠습니다." 밀른은 도움을 청하는 듯 동료들을 쳐다보았다. 동료들은 고개를 저었다. 리버스는 다들 낮은 목소리로 얘기한다는 걸 깨달았다.

"제이크가 바로 여기서 일했나요?"

"맞습니다. 교대 근무를 하죠."

"그럼 가끔은 함께 일하기도 하고……"

"가끔은 그렇지 않기도 합니다."

리버스는 고개를 끄덕였다. 아무 소득이 없었다. 애초에 실제로 소득을 기대했는지도 확실하지 않았다. 미치슨은 생태학에 몰두했다. 큰 문제였다. 하지만 여기는 분위기가 좋고 편안했다. 에든버러와 모든 문제들은 멀리 있었다. 그리고 그게 느껴졌다.

"이 일은 좀 수월해 보이는군요." 리버스가 말했다. "누구나 지원할 수 있나요?"

밀른이 미소를 지었다. "서두르셔야 할 겁니다. 석유가 언제까지 나올지 아무도 모르니까요."

"한동안은 괜찮지 않을까요?"

밀른이 어깨를 으쓱했다. "회수의 경제학과 관련되죠. 회사들은 서쪽으로 눈을 돌리기 시작하고 있습니다. 대서양 유전 말이죠. 셰틀랜드 서쪽에서 나오는 석유는 플로타에서 처리하고 있습니다."

"오크니 제도에 있는 섬이에요." 여자가 설명했다.

"우리에게서 계약을 따냈죠." 밀른이 말을 이었다. "지금으로부터 5년 이나 10년 동안은 그쪽의 이윤 폭이 더 커질 수 있습니다."

"그리고 북해는 찬밥 신세가 되고요?"

셋 모두 한 몸인 양 동시에 고개를 끄덕였다.

"브리오니하고는 얘기해 보셨나요?" 여자가 갑자기 물었다.

"브리오니가 누구죠?"

"제이크의…… 부인은 아니죠?" 여자는 밀른을 쳐다봤다.

"그냥 여자친구 같던데요."

"어디 살죠?" 리버스가 물었다.

"제이크하고 집을 같이 쓰고 있어요." 밀른이 말했다. "브래에 있어요. 브리오니는 수영장에서 일합니다."

리버스는 월트 쪽으로 몸을 돌렸다. "얼마나 멀죠?"

"10킬로미터 정도 됩니다."

"갑시다."

수영장에 먼저 가봤지만 브리오니는 근무조가 아니었다. 그래서 집으로 찾아갔다. 브래는 정체성의 위기를 겪는 것처럼 보였다. 갑자기 태어나는 바람에 스스로 무엇을 해야 하는지 모르는 것 같았다. 새집이었지만 특색이 없었다. 사방에 돈이 깔린 건 분명했지만 돈으로 모든 걸 해결할 수는 없었다. 술룸 보 이전 시절의 마을로 돌아갈 수 없었다.

집을 찾아냈다. 리버스는 월트에게 자동차에서 기다리라고 했다. 노크하자 20대 초반의 여자가 나왔다. 조깅용 바지와 러닝셔츠를 입었다. 화장을 안 한 민낯이었다.

"브리오니 씨?" 리버스가 물었다.

"그런데요?"

"죄송합니다. 성을 몰라서요. 들어가도 될까요?"

"아니요. 누구세요?"

"존 리버스 경위입니다." 리버스는 신분증을 보여줬다. "앨런 미치슨 씨 일로 왔습니다."

"미치요? 무슨 일 있나요?"

그 질문에는 해줄 대답이 많았다. 리버스는 하나를 골랐다. "죽었습니다." 그러자 브리오니의 얼굴이 새하얘지는 게 보였다. 기대려는 듯 문을 잡았지만 리버스를 들여보내주지는 않았다.

"좀 앉으시죠?" 리버스가 넌지시 말했다.

"미치한테 무슨 일이 생긴 거죠?"

"확실하지 않습니다. 그래서 제이크 씨와 얘기하려고 왔습니다."

"확실하지 않다고요?"

"사고일 수 있습니다. 배경 조사 중입니다."

"제이크는 여기 없어요."

"압니다. 계속 연락을 시도했어요."

"인사부에서 계속 전화했어요."

"저 대신 한 겁니다."

브리오니는 천천히 고개를 끄덕였다. "제이크는 아직 여기 없어요." 그녀는 문설주에서 손을 떼려 하지 않았다.

"메시지를 남겨도 될까요?"

"어디 있는지 몰라요." 말하는 동안 브리오니의 뺨에 핏기가 다시 돌기 시작했다. "불쌍한 미치."

"제이크가 어디 있는지 전혀 모르십니까?"

"가끔 멀리 여행을 떠나요. 어디로 갈지 본인 자신도 모른 채로요."

"전화는 안 하나요?"

"제이크는 자기만의 공간이 필요해요. 저도 그렇고요. 저는 수영할 때 저만의 공간을 찾죠. 제이크는 하이킹이고."

"업무 복귀 날짜가 내일인가요? 아니면 모레?"

브리오니는 어깨를 으쓱했다. "그야 모르죠."

리버스는 주머니에 손을 뻗어 수첩에 뭔가 적은 다음 찢어서 브리오니에게 건넸다. "전화번호가 둘 있습니다. 전화하라고 전해 주시겠어요?"

"물론이죠."

"감사합니다." 브리오니는 시큰둥하게 종이를 들여다보았다. 눈물은 흘리지 않았다. "미치에 관해 해 주실 말씀은 없나요? 도움이 될 만한 거라도?"

브리오니는 리버스를 올려다보았다.

"없어요." 그녀가 말했다. 그러고는 리버스의 눈앞에서 천천히 문을 닫았다. 문이 닫히기 전 마지막으로 잠깐 보았을 때, 리버스는 브리오니의 눈에서 뭔가를 발견했다. 당황하거나 슬퍼하는 것만은 아니었다.

두려움 비슷한 것이었다. 그리고 그 뒤에 일종의 계산 같은 게 있었다.

리버스는 배가 고프다는 사실을 깨달았다. 커피 생각도 간절했다. 그래서 두 사람은 술롬 보 구내식당에서 식사를 했다. 깨끗한 흰색 공간에 화분과 금연 표지판이 있었다. 월트는 셰틀랜드가 왜 스코틀랜드보다는 노르웨이 쪽에 가까운지 계속 떠들었다. 거의 모든 지역명이 노르웨이어였다. 리버스는 그게 마치 세상의 가장자리처럼 느껴져서 마음에 들었다. 월트에게 비행기에서 만났던 양가죽 남자 얘기를 했다.

"마이크 서트클리프 씨 같은데요."

리버스는 그에게 데려다 달라고 부탁했다.

마이크 서트클리프는 양가죽 재킷을 벗고 빳빳한 작업복으로 갈아입었다. 리버스는 선박 평형수 탱크 옆에서 열띤 대화를 하고 있는 그를 발견했다. 부하 두 사람이 서트클리프의 잔소리를 듣고 있었다. 서트클리프는 그들을 긴팔원숭이로 교체해도 아무도 눈치채지 못할 것이라며 야단쳤다. 그는 먼저 탱크를, 그다음에는 부두를 가리켰다. 부두 하나에 유조선이 정박되어 있었다. 축구 경기장 대여섯 개를 합친 크기였다. 서트클리프는 리버스를 보고 할 말을 놓쳤다. 그는 부하들을 보내고 자리를 뜨기 시작했다. 먼저 리버스를 피해야 했다.

리버스는 미소를 띨 준비를 했다. "서트클리프 씨, 저한테 그 지도 구해 주신다고 했죠?"

"무슨 지도요?" 서트클리프는 계속 걸었다.

"제이크 할리를 어디서 찾을 수 있을지 알 것 같다고 하셨잖아요."

"그랬나요?"

리버스는 서트클리프를 따라잡으려고 거의 뛰다시피 했다. 그의 얼굴에서 미소가 사라졌다. "네." 리버스가 싸늘하게 말했다. "그러셨습니다."

서트클리프가 갑자기 멈췄다. 리버스는 그의 눈앞에 서게 되었다. "이봐요, 경위님. 난 지금 발등에 불이 떨어진 참입니다. 이럴 시간이 없어요."

그는 계속 걸어갔다. 리버스와 눈을 맞추려 하지 않았다. 리버스는 말없이 옆에서 같이 걸었다. 리버스는 백여 미터를 그렇게 가다가 발을 멈췄다. 서트클리프는 필요하다면 부두를 따라 바다를 가로지르기라도 할 듯 계속 걸었다.

리버스는 월트가 서 있는 곳으로 돌아왔다. 시간을 들여 곰곰이 생각했다. 저 작자가 서두르던 것 말고도 여러 가지를 생각했다. 무엇 때문에, 아니면 누구 때문에 서트클리프의 생각이 달라졌을까? 킬트와 스포란 차림의 백발 늙은이가 생각났다. 그림이 딱 들어맞았다.

월트는 메인 관리동에 있는 자기 사무실로 리버스를 데리고 돌아왔다. 리버스에게 전화가 있는 곳을 안내해준 다음, 커피를 가지고 오겠다고 말했다. 리버스는 사무실 문을 닫고 책상 앞에 앉았다. 석유 플랫폼, 유조선, 파이프라인, 그리고 술롬 보 자체에 둘러싸여 있었다. 벽에는 엄청나게 큰 사진 액자가 걸렸고, PR 자료가 높이 쌓여 있었다. 책상에는 초대형 유조선의 축소 모형이 있었다. 리버스는 외선 전화를 들어 에든버러에 전화를 걸었다. 의례적인 대화와 헛소리의 장단점을 가늠해 본 뒤, 진실만 말해야 시간이 절약될 수 있다고 결정했다.

메리 헨더슨은 집에 있었다.

"메리, 존 리버스예요."

"오, 세상에." 메리가 말했다.

"근무 시간 아니에요?"

"이동식 사무실이라고 들어 봤어요? 팩스 모뎀과 전화만 있으면 돼요. 들어봐요. 경위님 나한테 빚 있어요."

"무슨 빚이요?" 리버스는 억울한 척하려고 했다.

"경위님을 위해 온갖 일을 해 줬는데 결국 남는 게 없잖아요. 그건 공평한 거래가 아니잖아요? 기자들은 코끼리보다 기억력이 더 좋아요."

"이안 경의 사임 소식 알려줬잖아요."

"다른 기자들한테 다 퍼지기 고작 90분 전이었죠. 우선, 그건 세기의 범죄라고 할 수도 없어요. 시간 때우기로 던져준 거 알아요."

"메리, 나 상처받았어요."

"좋아요. 이건 그냥 안부 전화라고 하죠."

"그럼요. 잘 지냈어요?"

메리가 한숨을 쉬었다. "원하는 게 뭐죠?"

리버스는 의자를 90도로 돌렸다. 잠을 자도 될 만큼 편안한 의자였다.

"좀 파볼 게 있어요."

"놀라 자빠지겠네요."

"이름은 위어예요. 위어 소령이라고 자칭하는데, 계급은 가짜 같아요."

"T-버드 석유회사죠?"

메리는 역시 대단한 기자였다. "바로 그 사람이에요."

"방금 회의에서 연설했어요."

"글쎄요. 누군가에게 대신 읽게 했죠."

메리는 잠시 말이 없었다. 리버스는 움찔했다.

"존, 애버딘에 있어요?"

"그런 셈이죠."

"말해줘요."

"나중에요."

"그리고 기삿거리가 있으면-"

"당신이 0순위죠."

"90분보다는 더 일찍 줘야 해요."

"물론이죠."

전화선에 침묵이 흘렀다. 메리는 리버스가 거짓말을 할 수 있다는 걸 알았다. 메리는 기자였다. 이런 일은 잘 알고 있었다.

"좋아요. 위어에 대해 뭘 알고 싶어요?"

"모르겠어요. 전부요. 재미있는 거."

"사업? 아니면 사생활?"

"둘 다요. 주로 사업."

"애버딘에 연락할 번호 있어요?"

"메리, 난 애버딘에 '없어요'. 특히 누가 물어보는 경우에는요. 곧 돌아갈 겁니다."

"스파벤 사건을 재수사한다고 들었어요."

"내부 감찰이에요. 그게 다예요."

"재수사의 예비 단계죠?"

월트가 긴 플라스틱 컵에 든 커피 두 잔을 가지고 들어왔다. 리버스는 자리에서 일어났다. "가야 해요."

"꿀 먹은 벙어리가 되셨나요?"

"안녕, 메리."

"확인해봤습니다." 월트가 말했다. "경위님 비행기는 한 시간 안에 출발합니다." 리버스는 고개를 끄덕이고 커피를 집어 들었다. "즐거운 방문이셨길 바랍니다."

17

그날 저녁, 다이스로 돌아온 비행의 피로가 풀리자 리버스는 앨런 미치슨의 단골이었던 인도 레스토랑에서 저녁을 먹었다. 우연이 아니었다. 그 장소를 혼자 가 보려고 한 이유는 알 수 없었다. 그냥 그렇게 했다. 식사는 괜찮았다. 닭고기 도피아자*는 에든버러보다 더 좋지도 나쁘지도 않았다. 식당에는 젊은 커플, 중년 커플이 있었다. 말소리는 조용했다. 16일간의 해상 근무 후에 소동을 일으킬 그런 종류의 레스토랑은 아니었다. 문제가 있다면, 이곳은 사색하기 위한 장소라 언제나 손님이 혼자 오는 것을 가정하고 있다는 점이다. 계산서가 나오자 리버스는 미치슨의 신용카드 명세서에 있던 금액을 떠올렸다. 지금 액수의 거의 두 배였다.

리버스는 신분증을 보여주며 매니저와 얘기하겠다고 청했다. 매니저가 리버스의 테이블로 뛰다시피 왔다. 불안한 미소를 짓고 있었다.

"무슨 문제가 있으십니까, 경관님?"

"아무 문제없습니다." 리버스가 말했다.

매니저는 식탁에서 계산서를 집어 들어 찢으려고 했다. 리버스가 제지했다.

"계산은 할 겁니다." 리버스가 말했다. "몇 가지 질문만 하면 됩니다."

---

* dopiaza, 고기를 양파 소스에 넣어 만든, 아시아 남부 지역의 요리.

"물론이죠." 매니저가 맞은편에 앉았다. "뭘 도와드리면 될까요?"

"앨런 미치슨이라는 젊은 남자가 여기서 2주에 한 번씩 정기적으로 식사를 했더군요."

매니저가 고개를 끄덕였다. "경찰이 와서 그 손님에 대해 물었습니다."

애버딘 CID다. 베인이 미치슨에 대해 확인해달라고 요청했다. 송부된 보고서는 거의 빈 종이였다.

"기억나십니까? 그 손님 말입니다."

매니저는 고개를 끄덕였다. "정말 좋은 분이죠. 아주 조용했습니다. 열 번 정도 오신 것 같네요."

"혼자서요?"

"가끔은 혼자서, 어떨 때는 여자분과 함께 왔습니다."

"여자분 인상착의가 생각나십니까?"

매니저는 고개를 저었다. 주방에서 달가닥거리는 소리에 신경이 쓰이는 것 같았다. "언제나 혼자 온 건 아니었다는 점만 기억나네요."

"다른 경찰한테는 왜 이 얘기를 하지 않으셨죠?"

매니저는 질문을 이해하지 못한 것 같았다. 그가 자리에서 일어섰다. 분명 주방 때문일 것이다. "얘기했는데요." 그는 자리를 뜨면서 말했다.

애버딘 CID가 보고서에서 제멋대로 누락했던 내용이다.

버크 클럽 정문에는 다른 경비원이 서 있었다. 리버스는 다른 사람과 마찬가지로 입장료를 냈다. 클럽 안은 1970년대의 밤을 주제로, 그 시대 최고의 의상을 입은 사람에게 상을 주고 있었다. 리버스는 플랫폼 슈즈,

옥스퍼드 백*, 미디와 맥시 드레스, 키퍼 타이**의 퍼레이드를 구경했다. 악몽이 따로 없었다. 리버스는 자신의 결혼사진이 떠올랐다. 「토요일 밤의 열기」의 존 트라볼타도 있었고, 「택시 드라이버」의 조디 포스터를 그럴듯하게 흉내 내는 여자도 있었다.

음악은 키치 디스코와 퇴행적 록의 짬뽕이었다. 시크, 도나 서머, 머드, 쇼와디와디, 루베츠, 그 사이사이에 로드 스튜어트, 롤링 스톤스, 스테이터스 쿠오, 강렬한 호크윈드와 제프 벡의 빌어먹을 〈안녕, 실버 라이닝〉까지. 다 때려 부숴! 당장!

괴상한 노래가 그에게 파고들면서 과거를 돌아보게 했다. DJ는 이제 몬트로즈의 〈커넥션Connection〉을 틀고 있었다. 롤링 스톤스 곡을 리메이크한 것 중 단연 최고다. 리버스는 군대에 있을 때, 남들에게 들리지 않게 산요 카세트에 이어폰을 꽂고 밤늦게 막사에서 이 곡을 들었다. 다음 날 아침, 한쪽 귀가 나간 줄 알았다. 그는 귀가 손상되지 않게 거의 매일 밤마다 이어폰을 바꿔가며 들었다.

리버스는 바에 앉았다. 바는 혼자 있는 남자들이 댄스 플로어를 말없이 평가하기 위해 모이는 곳 같았다. 부스와 테이블은 커플과 회사 파티, 순수하게 자기들끼리 즐기러 와서 꽥꽥거리는 여자들을 위한 장소였다. 여자들은 가슴이 깊게 파인 상의에다가 몸에 쫙 달라붙는 짧은 스커트를 입었다. 어슴푸레하게 반쯤 켜진 조명 아래에서는 죄다 끔찍해 보였다. 리버스는 자신이 너무 빨리 마시고 있다는 생각이 들었다. 그래서 위스키에 물을 더 타고, 바텐더에게 얼음도 더 달라고 했다. 그는 공중전화에서 2미터

---

* Oxford bag, 폭이 넓은 바지.
** kipper tie, 색상이 화려하고 폭이 아주 넓은 넥타이.

도 떨어지지 않은 바 구석 자리에 앉았다. 음악이 쿵쾅거리고 있을 때는 전화를 쓰는 게 불가능했다. 그래서 리버스는 전화를 쓰기에 적당한 시간은 영업이 끝나고 클럽이 조용해질 때밖에 없겠다고 생각했다. 하지만 그 시간에는 손님은 없고 직원만 있겠지…….

리버스는 스툴에서 내려와 댄스 플로어 주변을 돌아보았다. 화장실은 통로 아래쪽으로 표시가 되어 있었다. 화장실 안으로 들어가자 양변기 칸 하나에서 누군가가 뭔가를 흡입하는 소리가 들렸다. 리버스는 손을 씻고 기다렸다. 변기 물이 내려가는 소리가 들리고 잠금장치가 딸깍하며 열렸다. 양복을 입은 젊은 남자가 나왔다. 리버스는 신분증을 준비하고 있었다.

"당신을 체포합니다." 리버스가 말했다. "당신이 하는 말은 전부……"

"이봐요, 잠깐만 기다려요!" 남자는 아직 콧구멍에 흰 가루가 묻어 있었다. 20대 중반이었고, 중간 간부로 승진하려고 버둥대는 하급 관리자였다. 재킷은 비싸지는 않았지만 어쨌거나 신상품이었다. 리버스는 남자를 벽으로 밀어붙이고 손 건조기를 기울인 다음, 버튼을 눌러 뜨거운 공기가 얼굴을 지나가게 했다.

"거기," 리버스가 말했다. "그 가루나 날려버려."

남자는 뜨거운 공기에서 얼굴을 돌렸다. 그는 제대로 시작하기도 전에 얼이 빠져 벌벌 떨었고 전신이 늘어졌다.

"하나만 묻지." 리버스가 말했다. "그렇게 되면 여기서 걸어나갈 수 있을 거야. 그 노래 가사가 어떻게 되더라? 새처럼 자유롭게. 그냥 질문 하나면 돼."

남자는 고개를 끄덕였다. "뭔데요?"

리버스는 좀 더 강하게 밀어붙였다. "약."

"금요일 밤에만 해요."

"마지막으로 묻는다. 어디서 구했지?"

"어떤 사람한테서요. 여기 가끔 와요."

"오늘도 왔나?"

"못 본 것 같아요."

"어떻게 생겼지?"

"특별한 건 없어요. 평범 그 자체죠. 질문 하나라고 했잖아요."

리버스는 남자를 풀어주었다. "거짓말이었어."

남자는 코를 훌쩍이며 재킷을 똑바로 했다. "가도 되나요?"

"꺼져."

리버스는 손을 씻고, 윗단추를 풀 수 있게 넥타이 매듭을 느슨하게 했다. 남자는 자기 부스로 돌아갔을 것이다. 클럽을 나가려고 하겠지. 클럽 쪽에 불평할 수도 있다. 클럽 쪽은 이런 불시 단속이 일어나지 않게 미리 손을 써두었을지도 모른다. 화장실을 나와 사무실을 찾아보았지만 발견할 수 없었다. 입구 밖에 층계참이 있었다. 경비원이 그 앞에 자리를 잡고 있었다. 리버스는 경비원에게 매니저와 얘기하고 싶다고 말했다.

"안 됩니다."

"중요한 일입니다."

경비원은 천천히 고개를 흔들었다. 그는 리버스의 얼굴에서 시선을 떼지 않았다. 리버스는 경비원이 뭘 보고 있는지 알았다. 중년의 알코올 중독자. 값싼 양복을 입은 무기력한 존재. 이제 바로잡아 줄 시간이다. 리버스는 신분증을 내밀었다.

"CID다." 리버스는 경비원에게 말했다. "클럽 안에서 마약을 팔고 있더군. 전화 한 통이면 단속반이 바로 들이닥칠 거야. 이제 당신 상사하고 얘기할 수 있겠지?"

리버스는 상사와 얘기할 수 있게 되었다.

"제 이름은 에릭 스테몬스입니다." 남자가 책상에서 돌아 나와 리버스와 악수했다. 작은 사무실이었지만 가구가 잘 갖춰져 있었다. 방음도 우수했다. 댄스 플로어에서 나오는 베이스 소리도 거의 들리지 않을 정도였다. 하지만 비디오 화면이 여섯 개 있었다. 세 개는 메인 댄스 플로어를, 두 개는 바를, 하나는 부스 쪽을 보여주고 있었다.

"화장실에도 하나 다시는 게 좋겠습니다." 리버스가 말했다. "거래는 거기서 하니까요. 바 쪽에 두 개 있군요. 직원 문제인가요?"

"카메라를 단 후로는 없었습니다." 스테몬스는 청바지과 흰색 티셔츠 차림이었다. 셔츠 소매는 어깨까지 걷어 올렸다. 머리가 곱슬했는데, 파마를 한 것일 수도 있다. 하지만 머리카락은 가늘어지고 있었고, 얼굴에는 주름살을 숨길 수 없었다. 리버스보다 나이가 그렇게 아래는 아니었지만, 젊게 보이려고 애쓸수록 더 늙어 보인다.

"그람피언 CID신가요?"

"아뇨."

"그런 것 같았습니다. 여기 경찰들은 제가 거의 알죠. 좋은 손님들입니다. 앉으시죠."

리버스는 앉았다. 스테몬스는 자기 책상 뒤에 편하게 자리 잡았다. 책상에는 서류가 가득했다.

"솔직히 경위님 말씀에 놀랐습니다." 스테몬스가 말을 이었다. "저희는 지역 경찰에 전적으로 협조하고 있거든요. 그리고 이 클럽은 이 도시 어디보다 깨끗합니다. 아시다시피 완전히 없애기란 불가능하지만요."

"누군가 화장실에서 약을 하고 있었습니다."

스테몬스는 어깨를 으쓱했다. "맞습니다. 그렇다고 어떻게 할 수 있을까요? 입장할 때 손님 전부를 몸수색해야 합니까? 마약 탐지견이 순찰을 돌게 할까요?" 그는 짧게 웃었다. "문제를 아실 겁니다."

"여기 얼마나 사셨습니까, 스테몬스 씨?"

"78년에 왔습니다. 마음에 들어서 눌러앉았죠. 거의 20년이 됐군요. 현지인이나 다름없는 셈이죠." 스테몬스는 다시 웃었지만 리버스는 아무 반응도 하지 않았다. 스테몬스는 책상 위에 손바닥을 얹었다. "미국인들이 세계 어느 곳을 가든 ─베트남, 독일, 파나마─ 기업이 따라오죠. 수익이 좋은 한 떠날 이유가 없습니다." 그는 자기 손을 내려다보았다. "'진짜로' 원하시는 게 뭡니까?"

"퍼거스 맥루어에 관해 얘기해주실 수 있는 내용을 원합니다."

"퍼거스 맥루어요?"

"아실 텐데요. 죽은 사람. 에든버러 인근에 살았습니다."

스테몬스는 고개를 저었다. "죄송합니다. 그 이름은 제게 아무 의미가 없네요(means nothing to me)."

'오, 비엔나.'* 리버스는 거의 노래가 나올 지경이었다. "여긴 전화가 없는 것 같네요."

"뭐라고요?"

"전화요."

---

* Oh, Vienna. 영국 밴드 울트라복스의 노래 〈Vienna〉 가사 중에 'means nothing to me'가 있다.

"휴대폰을 가지고 다닙니다."

"이동식 사무실이군요."

"24시간 통화 가능하죠. 불만 있으시면 지역 경찰에게 얘기하십시오. 저는 이런 골칫거리가 필요하지 않습니다."

"아직 제대로 된 골칫거리를 못 보셨군요, 스테몬스 씨."

"이봐요." 스테몬스는 손가락을 내밀었다. "할 말 있으면 하고 아니면 나가요. 당신 뒤에 황동 손잡이(brass neck)가 달린 문이 있습니다."

"그리고 당신은 내 눈앞에 있는 철면피*지." 리버스는 일어서서 책상 위로 몸을 기댔다. "퍼거스 맥루어는 마약 거래에 대한 정보를 쥐고 있었어. 그러다 갑자기 죽었지. 당신 클럽 전화번호가 책상에 있었어. 맥루어는 클럽 같은 데 갈 타입이 아닌데."

"그래서?"

리버스는 스테몬스가 정확히 같은 얘기를 하며 법정에 서 있는 모습을 볼 수 있었다. 배심원들이 스스로에게 질문하는 것도 볼 수 있었다.

"이봐." 스테몬스가 좀 누그러지며 말했다. "내가 마약 거래를 준비하고 있다면, 이 맥루어란 자에게 누구나 받을 수 있는 클럽의 공중전화 번호를 줄까? 아니면 내 휴대폰 번호를 줄까? 어떻게 생각해, 형사 양반?"

리버스는 판사가 사건을 기각하는 게 눈에 선했다.

"조니 바이블이 첫 번째 피해자를 여기서 만났지?"

"맙소사. 그 얘기는 꺼내지도 마. 당신 구울**이야 뭐야? CID가 우릴 몇 주나 귀찮게 굴었다고."

---

* '황동 손잡이'와 동음인 철면피(brass neck)로 말장난한 것.
** ghoul, 죽음·재난 등에 관심이 많은 엽기적인 사람.

"조니 바이블의 인상착의를 알아보지 못했나?"

"아무도. 심지어 경비원들도 못했어. 얼굴 기억하라고 월급 주는 놈들인데. 당신 동료한테도 말했어. 여자가 클럽을 떠난 뒤에 만났을 수도 있다고. 아무도 모를 일이야."

리버스는 문으로 가다 잠시 멈췄다.

"당신 파트너는 어디 있지?"

"저드? 오늘 밤에는 안 왔어."

"저드도 사무실이 있나?"

"옆방이야."

"볼 수 있나?"

"열쇠가 없어."

리버스는 문을 열었다. "저드도 휴대폰이 있나?"

스테몬스가 경계심을 푸는 게 보였다. 그는 대답으로 기침을 했다.

"묻는 말 못 들었어?"

"저드는 휴대폰 없어. 전화를 싫어해."

"그러면 비상시에는? 봉화라도 피우나?"

하지만 리버스는 저드 풀러가 어떻게 할지 빌어먹게 잘 알고 있었다.

공중전화.

리버스는 집에 가기 전에 마지막으로 한잔할 수 있겠다고 생각했다. 하지만 바로 가는 중간에 얼어붙었다. 부스 하나에 새 커플이 있었고 리버스는 둘 다 알아보았다. 여자는 호텔 바에 있었던 금발이었다. 여자 옆에서 부스 뒤에 팔을 걸치고 앉은 남자는 여자보다 스무 살은 어려 보였다. 넥타이를 매지 않은 셔츠를 입었고 목에 금으로 된 사슬을 잔뜩 걸고 있었다. 언젠가 영화에서 저런 복장을 한 사람을 본 것 같았다. 아니면 가장무도회에 나왔는지도 모른다. 70년대의 악당으로. 리버스는 그 사마귀투성이 얼굴을 바로 알아보았다.

매드 말키 톨. 엉클 조의 아들. 스탠리였다.

리버스는 연관성을 생각해 보았다. 너무 많았다. 머리가 어지러웠고, 자신이 벽의 공중전화에 기대고 있다는 걸 알았다. 수화기를 들고 투입구에 동전을 넣었다. 수첩에 전화번호가 있었다. 패트릭 경찰서였다. 잭 모튼 경위를 바꿔달라고 하고 한참 기다렸다. 동전을 더 집어넣었지만, 누군가 와서 모튼이 퇴근했다고 알려주었다.

"긴급 상황입니다." 리버스가 말했다. "난 존 리버스 경위입니다. 모튼 경위 집 전화번호 있습니까?"

"모튼 경위님께 전화하라고 전해드릴 수 있습니다." 전화 상대가 말했다. "그러면 되겠습니까, 경위님?"

되겠냐고? 글래스고는 안크램의 안방이었다. 리버스가 전화번호를 알려주면 안크램 귀에도 들어갈 것이고, 그러면 리버스의 소재도 드러난다. 빌어먹을. 여기 고작 하루 있었을 뿐이다. 그는 전화번호를 알려주고 수화기를 내려놓았다. 다행히 DJ는 느린 곡을 틀고 있었다. 파이톤 리 잭슨의 〈깨진 꿈속에서In a Broken Dream〉.

아직 여유가 있었다.

스탠리와 여자 쪽으로 등을 돌리고 바에 앉았다. 하지만 옵틱* 뒤의 거울을 통해 둘의 찌그러진 모습을 볼 수 있었다. 어두운 거울 속에서 둘의

---

* optic, 술의 양을 재는 기구.

모습이 멀게도 가깝게도 보였다. 스탠리는 시내에 있었다. 스탠리가 토니 엘을 죽였나? 하지만 왜?

더 급한 질문이 두 개 있었다. 여기 버크 클럽에는 우연히 왔을까? 호텔에 있던 금발 여자와는 뭘 하고 있는 거지?

리버스는 감이 오기 시작했다. 전화가 오기를 기다리며 귀에 온 신경을 집중했다. 느린 곡이 나오길 기도했지만 데이비드 보위의 〈존, 난 그냥 춤을 추고 있을 뿐이야^{John, I'm Only Dancing}〉가 흘러나왔다. 기타 소리가 귀청을 찢을 것 같았다. 상관없었다. 전화는 울리지 않았다.

"여기 차라리 잊었으면 할 곡이 있습니다." DJ가 느릿느릿 말했다. "하지만 여러분이 이 곡에 맞춰 춤추는 걸 보고 싶군요. 춤추지 않으면 또 틀겠습니다."

루테넌트 피전^{Lieutenant Pigeon}의 〈케케묵은 낡은 돈^{Mouldy Old Dough}〉. 전화가 울렸다. 리버스는 서둘러 받았다.

"여보세요?"

"존? 오디오 소리 좀 줄여."

"디스코 클럽이야."

"자네 나이에? 그게 긴급 상황이야? 내가 거기로 갈까?"

"아니. 이브에 대해 설명 좀 해줘."

"이브?"

"엉클 조의 여자 말이야."

"사진으로만 봤어." 잭 모튼은 생각했다. "염색한 금발에 바늘로 찔러도 피 한 방울 안 나오게 생겼지. 20~30년 전에는 마돈나 비슷했을 수도 있어. 근데 이건 내가 여자 외모에 좀 관대해서 그렇게 생각하는지도 몰라."

이브. 엉클 조의 여자. 애버딘 호텔에서 리버스와 이야기를 나눴던. 우연일까? 그럴 리 없다. 정보를 빼내려고 했을까? 모험이지만 가능성은 있다. 그리고 여기서 스탠리와 함께 있다. 둘은 아주 친밀해 보였다. 리버스는 이브가 한 말이 기억났다. "영업을 해요. 석유 산업에 필요한 제품들을요." 그래. 이제 리버스는 그게 어떤 제품인지 알 것 같았다.

"존?"

"왜?"

"이 전화번호, 애버딘 번호야?"

"자네만 알고 있어. 안크램한테는 입 다물고."

"하나만 물어볼게."

"뭔데?"

"지금 나오는 노래가 설마 〈케케묵은 낡은 돈〉이야?"

리버스는 전화를 끊었다. 그는 술을 마저 마시고 클럽을 나왔다. 길 반대편에 차 한 대가 서 있었다. 운전자가 차창을 내려서 리버스는 누군지 볼 수 있었다. 루도빅 럼스덴 경사였다.

리버스는 미소를 짓고 손을 흔든 다음, 길을 건너기 시작했다. 그는 생각했다. 자넬 믿지 않아.

"안녕, 루도." 리버스가 말했다. 술 마시고 춤추러 나온 모양새였다. "여긴 어쩐 일인가?"

"방에 안 계시더군요. 여기 오셨을 거라 추측했습니다."

"대단한 추측이네."

"저한테 거짓말하셨더군요. 버크 클럽의 성냥갑 얘기를 하셨었잖아요."

"그랬지."

"버크 클럽은 성냥갑을 쓰지 않아요."

"아."

"태워다 드릴까요?"

"호텔이 코 닿을 거리야."

"존." 럼스덴의 눈초리가 싸늘했다. "태워다 드릴까요?"

"그러지." 리버스는 차 주위를 돌아 조수석에 탔다.

둘은 부두로 가 빈 거리에 차를 세웠다. 럼스덴은 시동을 끄고 좌석에서 몸을 돌렸다.

"그래서요?"

"그래서라니?"

"오늘 술룸 보에 가셨는데 저한테는 말도 안 하셨죠? 왜 제 구역이 갑자기 경위님 구역이 됐습니까? 제가 에든버러에서 경위님 몰래 돌아다니면 좋으시겠어요?"

"죄수 취급인가? 난 내가 좋은 놈이라고 생각했는데."

"경위님 동네가 아닙니다."

"깨닫는 중이네. 하지만 자네 동네도 아냐."

"무슨 말씀이죠?"

"장막 뒤에서 실제로 이곳을 지배하는 사람 말이야. 애들을 좌절감으로 돌아버리게 하고, 준비된 청중에게 약이나 그 밖에 인생을 나락으로 떨어뜨릴 것들을 구해 주지. 오늘 밤 클럽에서 전에 말했던 미친놈을 봤네. 스탠리를."

"톨의 아들?"

"바로 그자야. 그놈이 꽃 전시회 하러 여기 왔을까?"

"물어보셨습니까?"

리버스는 담뱃불을 붙인 다음, 재를 털 수 있게 차창을 내렸다. "날 못 봤어."

"우리가 그자에게 토니 엘에 대해 물어봐야 했다고 보시는군요." 팩트를 말한 거라 대답은 필요 없었다. "스탠리가 우리한테 뭐라고 대답했을까요? '그래, 내가 했다'? 왜 이러세요, 존."

여자 하나가 차창을 두드렸다. 럼스덴이 창을 내리자 여자가 영업을 시작했다.

"둘이네. 음, 난 셋이서 하는 섹스는 보통은 하지 않지만 잘생겼으니까, 이런, 안녕, 럼스덴 씨."

"안녕, 클레오."

여자는 리버스를 바라본 후 다시 럼스덴을 보았다. "자기 취향이 달라졌나 보네."

"미친 소리 그만해, 클레오." 럼스덴이 다시 차창을 올렸다. 여자는 어둠 속으로 사라졌다.

리버스는 럼스덴 쪽으로 몸을 돌렸다. "이봐. 난 자네가 얼마나 썩었는지 몰라. 내 호텔비를 누구 돈으로 낼 건지도 모르고. 모르는 게 한둘이 아니지. 하지만 이 도시를 알 것 같다는 느낌이 들기 시작하는군. 에든버러하고 아주 비슷하기 때문이지. 자네가 수면 아래 무엇이 있는지는 외면하면서 이곳에서 오래 살 거라는 건 알겠군."

럼스덴은 웃기 시작했다. "여기 얼마나 계셨죠? 하루하고 반? 경위님은 여기선 관광객이에요. 괜히 아는 척하지 마십시오. 전 여기서 그보다는 더 오래 살았어요. 그래도 어디 가서 명함도 못 내밀죠."

"그래도 루도." 리버스가 조용히 말했다.

"이런 얘기가 무슨 의미가 있죠?"

"얘기하고 싶다고 한 건 자네였어."

"그리고 얘기는 경위님 혼자 하고 계시죠."

리버스는 한숨을 쉬고, 아이에게 하듯 천천히 말했다. "엉클 조는 글래스고를 지배해. 내 짐작이지만 상당량의 마약 거래도 포함되지. 이제 그 아들이 여기 와서 버크 클럽에서 술을 마시고 있어. 에든버러의 끄나풀이 북쪽으로 운반되는 마약에 관한 정보를 가지고 있었어. 버크 클럽의 번호도. 그리고 죽었지." 리버스는 손가락 하나를 들었다. "그게 첫 번째 실마리야. 토니 엘은 석유회사 직원을 고문했어. 결국 그 직원은 죽었지. 토니 엘은 서둘러 여기로 돌아왔지만 깔끔하게 죽어버렸어. 지금까지 세 명이 죽었어. 전부 다 의심스럽지. 그런데 아무도 손을 거의 안 대고." 두 번째 손가락을 들었다. "두 번째 실마리야. 둘 사이에 연관이 있을까? 모르겠어. 지금까지는 그들을 연관시키는 건 애버딘 그 자체뿐이야. 하지만 이건 시작이야. 자넨 날 몰라, 루도. 나한테 필요한 건 그 '시작'이야."

"주제를 잠깐 돌려도 될까요?"

"말해 봐."

"셰틀랜드에서 뭔가 건지셨나요?"

"나쁜 느낌뿐이었지. 그걸 수집하는 게 내 작은 취미야."

"그리고 내일은 배넉에 가시고요?"

"자넨 바쁘잖아."

"전화 몇 통만 하면 됐잖아요. 이거 아십니까?" 럼스덴이 차 시동을 걸었다. "경위님이 가셨으면 좋겠어요. 경위님이 오시기 전까지 제 삶은 단순했습니다."

"지루하지는 않았겠지." 문을 열며 리버스가 말했다.

"어디 가십니까?"

"걷겠네. 산책하기 좋은 밤이군."

"좋을 대로 하십시오."

"난 늘 그런다네."

리버스는 차가 떠나는 것을 보고 모퉁이를 돌았다. 엔진 소리가 사라지는 것을 듣고 타맥 도로에 담뱃재를 털고는 걷기 시작했다. 처음 지나친 곳은 야드암이었다. 스트립 댄서가 있는 클럽이었다. 문에는 입장료를 받는 호객꾼이 있었다. 리버스는 야드암에 가 본 적이 있다. 스트립 댄서의 전성기는 70년대 후반이었다. 에든버러의 거의 대부분의 펍에 스트립 댄서가 있는 것 같았다. 남자들은 파인트 잔 뒤에서 구경했고, 스트리퍼는 주크박스에서 세 곡을 골랐다. 스트리퍼가 더 추기를 원한다면 그다음에는 히트곡 모음집을 골라야 했다.

"2파운드면 돼요, 친구." 호객꾼이 불렀다. 하지만 리버스는 고개를 젓고 계속 걸었다.

주변에서 들리는 밤의 소리는 똑같았다. 술에 취한 고함 소리, 호루라기, 시간이 얼마나 늦었는지 모르는 여자들. 순찰 경관이 10대 두 명을 심문하고 있었다. 리버스는 그저 관광객처럼 그 옆을 지나쳤다. 럼스덴의 말이 맞을지도 모른다. 하지만 리버스는 그렇게 생각하지 않았다. 애버딘은 에든버러와 거의 비슷하게 느껴졌다. 가끔 전혀 이해가 안 되는 마을이나 도시를 방문하기도 하지만 애버딘은 그런 곳에 속하지 않았다.

유니온 테라스에는 낮은 석벽이 있었다. 석벽 너머는 아래에 도랑이 있는 정원이었다. 리버스는 길 건너 호텔 바로 밖에 자기 차가 아직도 서 있는 걸 보았다. 리버스가 길을 건너려고 했을 때 누군가가 팔을 잡고 뒤로 끌었다. 리버스는 허리가 벽에 부딪히는 것을, 뒤로 쓰러지면서 나동그라지는 것을 느꼈다.

그는 넘어지고 구르면서 정원으로 이어지는 가파른 경사를 미끄러져 내려갔다. 멈출 방법이 없어서 굴러 내려갈 수밖에 없었다. 관목에 부딪히면서 셔츠가 찢어지는 걸 느꼈다. 땅바닥에 코를 박았다. 눈물이 솟았다. 그러고는 평평한 땅 위에 있었다. 손질한 잔디였다. 등을 대고 누워 숨을 돌렸다. 아드레날린 덕분에 바로 통증을 느끼지는 않았다. 소리가 들렸다. 관목을 헤치면서 나는 소리였다. 리버스를 쫓아오고 있었다. 무릎으로 반쯤 일어섰지만 발이 꼬이면서 앞으로 고꾸라져 뻗었다. 발 하나가 리버스의 머리를 계속 세게 눌렀다. 그 때문에 잔디가 입으로 들어왔다. 코는 부러지기 직전이었다. 누군가 리버스의 손을 뒤로 비튼 다음 올렸다. 바로 압력이 느껴졌다. 극심한 통증이 엄습했다. 하지만 움직인다면 팔이 빠져버릴 거라는 사실은 잊지 않았다.

두 사람, 적어도 둘이었다. 하나는 발로 누르고, 하나는 팔을 비틀고 있다. 술집이 있는 거리와는 많이 떨어져 있는 것 같았고, 차량이라고는 멀리서 웅웅거리는 소리뿐이었다. 이제 뭔가 차가운 게 관자놀이에 닿았다. 리버스는 이 느낌을 알고 있었다. 권총이다. 드라이아이스보다 차갑다.

낮은 목소리가 귀 가까이에서 들렸다. 심장이 귀에서 쿵쾅거리는 것 같아서 목소리를 듣기 위해 안간힘을 써야 했다. 속삭임에 가까운 낮은 목소리였다. 누구 목소리인지 알아채기 어려웠다.

"메시지가 있으니 잘 들어."

리버스는 말을 할 수 없었다. 입 안이 흙먼지로 가득했다.

메시지를 기다렸지만 오지 않았다. 그러다가 왔다.

권총이었다. 머리 옆, 귀 바로 위를 강타했다. 눈 뒤에서 빛이 터졌다. 그러고는 깜깜해졌다.

그는 정신이 들었다. 아직 밤이었다. 앉아서 주위를 둘러보았다. 눈을 움직일 때 통증이 느껴졌다. 머리를 만져보았다. 피는 나지 않았다. 그런 종류의 타격이 아니었다. 둔기였다. 날카로운 무기가 아니었다. 느낌만으로도 알 수 있었다. 리버스가 의식을 잃고 난 뒤 그들은 떠났다. 주머니를 뒤져보았다. 돈, 자동차 열쇠, 신분증, 카드들이 그대로 있었다. 하지만 당연히 이건 강도가 아니었다. 메시지였다. 그들 스스로 그렇게 말하지 않던가?

일어나보려고 했다. 옆구리가 아팠다. 확인해 보니 비탈을 굴렀을 때 피부가 까졌다. 이마도 까졌고 코에서는 피를 좀 흘렸다. 주변 땅을 확인해 보았지만 그들은 아무것도 남기지 않았다. 프로라면 당연한 일이다. 그래도 리버스는 혹시 뭐라도 있을까 싶어, 그들이 내려온 길을 최선을 다해 추적해 보려고 했다.

아무것도 없었다. 다시 벽에 몸을 기댔다. 택시 기사가 역겹다는 듯 리버스를 보고는 액셀을 더 세게 밟았다. 남의 눈에 리버스는 주정뱅이, 부랑자, 낙오자였다.

막장 인생.

리버스는 절뚝거리며 호텔로 가는 길을 건넜다. 프런트에 있던 여자가 보더니 전화기로 손을 뻗어 지원을 요청하려고 했다. 하지만 그러기 전에 리버스를 알아보았다.

"어떻게 된 일이에요?"

"계단에서 굴렀어요."

"의사 불러드릴까요?"

"열쇠나 주세요."

"구급상자가 있어요."

리버스는 고개를 끄덕였다. "방으로 보내줘요."

욕조에 오랫동안 몸을 푹 담갔다. 그러고는 몸을 닦고 상처를 살펴보았다. 둔기에 맞은 관자놀이는 부어올랐고, 지독한 숙취를 겪을 때보다 더 심한 두통이 있었다. 옆구리에는 가시가 박혔지만 손톱으로 빼낼 수 있었다. 까진 데를 씻었다. 반창고는 필요 없었다. 아침에는 아프겠지만 째깍거리는 소리가 들리지 않는 한 어쨌든 잠은 잘 수 있을 것이다. 구급상자와 함께 더블 브랜디가 왔다. 떨리는 손으로 한 모금 마셨다. 침대에 누워 집으로 전화를 해 응답기를 확인했다. 안크램, 안크램, 안크램이었다. 메리에게 전화하기에는 너무 늦은 시간이었다. 하지만 브라이언 홈스의 번호는 눌렀다. 한참 울린 후에 홈스가 수화기를 들었다.

"네?"

"브라이언, 나야."

"뭘 해드릴까요?"

리버스는 눈을 질끈 감았다. 통증을 참기 힘들었다. "넬이 나갔다는 얘기 왜 안 했나?"

"어떻게 아셨어요?"

"자네 집에 들렀네. 하나를 보면 열을 알지. 그 얘기, 하고 싶나?"

"아니요."

"전하고 같은 문제야?"

"경찰을 그만두래요."

"그리고?"

"넬이 맞을지도 몰라요. 하지만 전에 그러려고 해봤지만 힘들었죠."

"알아."

"그만두는 방법은 여러 가지죠."

"무슨 뜻이야?"

"아무것도 아닙니다." 그리고 더 이상 그 얘기는 하지 않으려고 했다. 그는 스파벤 사건을 얘기하려고 했다. 홈스가 읽어준 메모의 핵심은 이랬다. 안크램은 부패의 냄새가 난다. 어느 정도는 사실일 것이다. 그렇다고 방법이 있는 건 아니다.

"당시에 경위님이 스파벤의 친구 하나를 심문했다는 것도 알아냈어요. 퍼거스 맥루어요. 아시다시피 얼마 전 사망했습니다."

"그래."

"라토로 나가는 길의 운하에서 익사했죠."

"검시 결과는?"

"물에 빠지기 전에 머리를 심하게 부딪혔어요. 의심스러운 점이죠. 그래서……"

"그래서?"

"그래서 제가 경위님이라면 문제의 소지를 없애겠어요. 안크램에게 실탄을 더 주고 싶지 않으니까."

"안크램 얘기라면……"

"경위님을 찾고 있어요."

"첫 번째 심문을 빼먹은 셈이니까."

"어디 계세요?"

"바짝 엎드려 있지." 눈을 감고 배 속에는 파라세타몰 세 알이 있는 채로.

"감기 걸렸다는 변명은 안크램한테 안 통할 것 같은데요."

"그건 그쪽 문제지."

"그럴지도 모르죠."

"스파벤 사건은 끝낸 거야?"

"그런 것 같아요."

"그 재소자는? 마지막으로 스파벤하고 얘기했던 사람."

"조사 중이에요. 일정한 주거가 없어서 시간 좀 걸릴 것 같아요."

"정말 고마워. 안크램한테 걸렸을 때의 핑계는 준비했어?"

"문제없어요. 조심하세요, 존."

"자네도, 아들." 아들? 어디서 그런 말이 튀어나왔지? 리버스는 수화기를 내려놓고 TV 리모컨을 집어 들었다. 오늘 밤에는 비치발리볼도 괜찮겠지…….

죽음의 원유

18

석유. 검은 황금. 북해의 석유 탐사 개발권은 오래전에 배분되었다. 석유회사들은 초기 탐사에 엄청난 돈을 쏟아부었다. 블록에서 석유나 가스가 나오지 않을 수도 있었다. 과학 장비가 탑재된 선박을 보냈고, 데이터를 연구하고 논의했다. 이 모두는 시험용 유정油井 하나를 파기 전에 이루어졌다. 석유는 해저 3,000미터 아래에 매장되어 있을 수도 있었다. 지구는 숨긴 자원을 쉽사리 내주려 하지 않았다. 하지만 약탈자들은 더 많은 과학 지식으로 무장했다. 수심 200미터는 더 이상 문제가 되지 않았다. 사실 최근에 발견된 석유 – 셰틀랜드에서 200킬로미터 서쪽에 있는 대서양 유전 – 는 수심 400에서 600미터 사이에 있었다.

시범 시추가 성공해 모험을 걸 만한 매장량이 발견되면 생산 플랫폼과 그에 부속되는 다양한 모듈이 건설된다. 북해 일부 지역의 날씨는 유조선으로 석유를 운반하기에는 너무나 예측 불가능했기 때문에 파이프라인을 매설해야 했다. 브렌트와 니니안 파이프라인은 원유를 직접 술롬 보로 수송했고, 다른 파이프라인들은 가스를 애버딘셔로 보냈다. 이 모든 방법에도 불구하고 석유는 여전히 다루기 힘든 것으로 입증되었다. 많은 유전에서 예상 매장량의 40~50퍼센트 정도만을 개발할 수 있을 것으로 예측되었지만, 그렇다고 해도 매장량은 15억 배럴은 될 것으로 추정되었다.

그리고 플랫폼 그 자체가 있었다. 높이는 때로 300미터가 넘고 무게는 40,000톤에 달하는 재킷으로, 800톤이 넘는 페인트로 외부를 칠하고, 총 무게 30,000톤에 이르는 추가 모듈과 설비까지 있었다. 그 모습은 압도적 이었다. 리버스는 어느 정도인지 가늠해 보려고 해봤지만, 곧 포기하고 그 저 경탄만 하기로 했다. 설비를 본 것은 메실에 있는 친척을 보러 갔을 때 딱 한 번뿐이었다. 건설 현장을 따라 조립식 방갈로로 된 거리가 이어졌 고, 그 옆에는 3차원 격자가 하늘을 찌를 듯 솟아올라 있었다. 1킬로미터 쯤 되는 거리에서 보면 장관이었다. 홍보물의 번쩍이는 사진을 보니 그때 가 떠올랐다. 홍보물은 전부 배닉에 관한 것이었다. 그는 그걸 읽어보았 다. 플랫폼에는 1,500킬로미터의 전기 케이블이 있으며, 거의 200명 가까 운 직원들을 수용하고 있다. 일단 재킷이 유전까지 예인되어 고정되면, 그 위에 수용 설비에서 석유 및 가스 분리 시설에 이르는 수십 개의 모듈이 설치된다. 전체 구조물은 시속 185킬로미터의 바람과 높이 30미터의 파 도를 견딜 수 있게 설계되었다.

리버스는 오늘은 바다가 잔잔하길 빌었다.

그는 다이스 공항 라운지에 앉아 있었다. 오늘 비행이 약간 불안했다. 안내 책자는 '이러한 잠재적인 위험 환경'에서는 안전을 가장 중요시한다 는 것을 강조하면서, 상시 대기 중인 소방 팀과 경비정, 각종 장비가 완비 된 구명보트의 사진을 보여주었다. '파이퍼 알파의 교훈을 잊지 않았습니 다.' 애버딘 북동부의 파이퍼 알파 플랫폼에서는 1988년 여름밤에 벌어진 사고로 160명이 넘는 사망자가 발생했다.

픽이나 안심이 되는군.

홍보 책자를 건네준 직원은 리버스에게 읽을거리를 가져가야 한다고 말했다.

"왜요?"

"비행에는 총 세 시간이 걸리는데, 얘기를 나누기에는 너무 소음이 심해요."

세 시간. 리버스는 공항 터미널의 서점에 가서 책을 한 권 샀다. 일정은 두 단계로 구성된다. 먼저 섬버그에 도착한 다음, 슈퍼 퓨마 헬리콥터를 타고 배넉으로 간다. 가는 데 세 시간, 오는 데 세 시간이다. 하품을 하고 시계를 확인했다. 아직 8시까지는 좀 남았다. 아침은 건너뛰었다. 비행 중에 토할 것 같았다. 오늘 아침에 먹은 거라고는 파라세타몰 네 알과 오렌지주스 한 잔이 다였다. 그는 손을 앞으로 뻗었다. 떨림은 후유증 탓이었다.

홍보 책자에 있는 일화 중에 마음에 드는 게 둘 있었다. '데릭'*은 17세기의 교수형 집행인 이름을 딴 것이었다. 그리고 첫 번째 석유는 브램 스토커**가 휴가를 보낸 크루덴 베이에 하역되었다. 하나의 뱀파이어에서 다른 뱀파이어로…… 홍보 책자에서 그렇게 표현하지 않았을 뿐이다.

앞에 있는 TV에서는 안전 교육 영상이 방영되고 있었다. 헬기가 북해에 추락했을 때의 행동 요령을 알려주고 있었다. 속 빈 강정 같은 내용이었다. 영상 속에서는 아무도 혼란에 빠지지 않았다. 그저 자리에서 빠져나와 공기 주입식 구명보트에 탄 다음, 실내 수영장의 잔잔한 물 위로 배를 띄웠을 뿐이다.

"세상에, 어쩌다 그렇게 된 겁니까?"

고개를 들었다. 루도빅 럼스덴이 서 있었다. 주머니에는 접은 신문을 넣

---

* derrick, 배에 화물을 싣는 크레인.
** Bram Stoker, 『드라큘라』의 작가.

고, 손에는 플라스틱 커피잔을 들고 있었다.

"습격을 당했어." 리버스가 말했다. "자넨 모르는 일이지?"

"습격이요?"

"어젯밤에 호텔 밖에서 두 놈이 기다리고 있었어. 정원 쪽으로 들어가는 벽에 날 집어던진 다음에 총으로 머리를 갈겼지." 리버스는 관자놀이의 혹을 문질렀다. 보기보다 아팠다.

럼스덴은 두어 자리 떨어진 곳에 앉았다. 크게 놀란 것 같았다. "얼굴은 보셨어요?"

"아니."

럼스덴은 커피를 바닥에 놓았다. "놈들이 가져간 게 있나요?"

"물건을 노린 게 아니었어. 나한테 전할 메시지가 있었지."

"뭔데요?"

리버스는 관자놀이를 톡톡 쳤다. "여길 세게 갈기더군."

럼스덴은 얼굴을 찡그렸다. "그게 메시지라고요?"

"숨은 뜻을 파악하란 의미겠지. 자넨 촉이 별로 안 좋군."

"무슨 뜻이죠?"

"아무것도 아니야." 리버스는 럼스덴을 매섭게 쏘아보았다. "여기서 뭘 하나?"

럼스덴은 타일 바닥을 보고 있었다. 생각이 딴 데 가 있었다.

"같이 가려고요."

"왜?"

"연락 담당관이니까요. 석유 시설을 방문하시니까 저도 있어야 합니다."

"감시하겠다?"

"절차입니다." 럼스덴은 TV 쪽을 보았다. "바다에 불시착해도 걱정마세요. 제가 교육을 이수했습니다. 물에 빠졌을 때부터 5분 정도 시간이 있다는 게 핵심입니다."

"5분 뒤에는?"

"저체온증이 옵니다." 럼스덴이 커피 컵을 들고 마셨다. "그러니 밖에 폭풍이 없길 바라야죠."

섬버그 공항을 지나서는 리버스가 지금까지 본 중에서 가장 넓은 바다와 하늘만이 이어졌다. 엷은 구름이 그 위를 가로질러 걸려 있었다. 트윈 엔진 퓨마 헬기는 낮고 요란하게 날았다. 내부는 비좁았고 그들이 착용해야 하는 구명복도 꽉 끼었다. 리버스의 것은 후드가 달린 밝은 오렌지색 원피스 타입이었고, 턱까지 지퍼를 올린 상태로 유지하라는 지시를 받았다. 조종사는 후드도 올리라고 했지만, 리버스는 후드를 타이트하게 머리에 쓰고 앉으면 구명복 때문에 가랑이가 찢어질 위험이 있다는 걸 알았다. 헬기는 전에도 타 봤다. 군대에 있을 때. 하지만 짧은 비행뿐이었다. 세월이 흐르면서 디자인은 달라졌지만, 육군이 사용하던 낡은 헬기와 소음 면에서는 오십 보 백 보였다. 모든 사람들이 방음 보호구*를 끼고 있었고 조종사는 보호구를 통해 그들에게 얘기했다. 함께 탄 두 사람은 계약직 엔지니어였다. 하늘 높은 곳에서는 북해가 잔잔하게 보였다. 부드럽게 오르내리며 해류를 보여주고 있었다. 바다는 까만색으로 보였는데, 하늘이 흐렸기 때문이다. 홍보 책자는 오염 방치 대책에 관한 세부 내용으로 이어졌

---

* 소음이 많은 곳에서 난청 방지를 위해 착용하는 보호구.

다. 리버스는 책을 읽으려고 했지만 불가능했다. 무릎에서 엄청나게 흔들리는 바람에 글씨가 흐릿해져서 내용에 집중할 수 없었다. 럼스덴은 눈을 가늘게 떠 햇빛을 피하면서 창밖을 내다보고 있었다. 리버스는 럼스덴이 자기에게 눈을 떼지 않는다는 걸 알고 있었다. 리버스가 어젯밤 그의 신경을 거슬리게 했기 때문이다. 럼스덴이 리버스의 어깨를 톡톡 치면서 창밖을 가리켰다.

아래 오른쪽으로 세 개의 굴착 설비가 있었다. 유조선 한 척이 그중 하나로부터 멀어지고 있었다. 높게 솟은 플레어*에서 밝은 노란색 불길을 하늘을 삼킬 듯이 내보내고 있었다. 조종사는 배넉에 도착하기 전에 니니안과 브렌트 유전 서쪽을 지나가게 될 것이라고 말했다. 나중에 조종사의 목소리가 다시 무선에 나왔다.

"이제 곧 배넉에 도착합니다."

리버스는 럼스덴의 어깨 너머로 내다보았다. 플랫폼 하나가 시야에 들어왔다. 가장 높은 구조물은 플레어였지만 불길은 없었다. 배넉은 거의 수명이 다해가고 있기 때문이었다. 개발할 가스나 석유가 거의 남아 있지 않았다. 플레어 옆에는 산업용 굴뚝과 우주 로켓을 섞은 듯한 모양의 타워가 서 있었다. 타워는 플레어처럼 빨간색과 흰색의 줄무늬로 페인트칠되어 있었다. 아마도 시추 타워일 것이다. 리버스는 그 아래 재킷에 'T-버드' 글자가 211/7이라는 블록 번호와 함께 있는 걸 알아보았다. 플랫폼 한쪽 끝에는 대형 크레인 세 개가 있었다. 전체 모퉁이는 헬기 착륙장이었는데, 녹색 바탕에 노란색 원이 알파벳 H를 둘러싸고 있었다. 돌풍이라도 불면 헬기가 뒤집히겠다고 리버스는 생각했다. 200개의 발(foot) 구조물이 바

---

* flare, 석유 화학 공정에서 남은 폐가스를 연소시키는 시설물.

다에 들어가 있었다. 오렌지색 구명보트가 재킷 아래쪽에 붙어 있었고, 다른 모퉁이에는 흰색 포터캐빈*이 마치 벌크 컨테이너처럼 층층이 쌓여 있었다. 플랫폼 옆에는 선박 한 척이 있었다. 경비정이었다.

"보세요." 조종사가 말했다. "저게 뭘까요?"

조종사는 800미터 정도 거리를 두고 플랫폼을 선회하고 있는 다른 배를 가리켰다.

"시위대입니다." 조종사가 말했다. "진짜 멍청이들이죠."

럼스덴은 시위대를 가리키며 창밖을 내다보았다. 리버스도 보았다. 오렌지색으로 칠한, 돛을 내린 좁은 보트였다. 경비정에 아주 가까이 있는 것 같았다.

"저러다 죽을 수도 있어요." 럼스덴이 말했다. "그러면 속이 시원하겠는데."

"경찰이 그런 소리 하면 안 되지."

헬기는 다시 바다 쪽으로 밀려 나가면서 급격히 옆으로 기울었다. 그런 다음 착륙장으로 향했다. 리버스는 헬기가 갑판 위 겨우 15미터 정도 높이에서 난폭하게 누비듯 빠져나갈 때 간절히 기도했다. 헬기 이착륙 마크, 흰 파도에 덮인 바다, 그리고 다시 헬기 이착륙 마크가 보였다. 그들은 아래로 내려가 흰색 대문자 H를 덮고 있는 고기잡이 그물 같은 것 위에 착륙했다. 문이 열리고 리버스는 방음 보호구를 벗었다. 마지막으로 들린 말은 "나갈 때 머리 숙여요"였다.

리버스는 나가면서 머리를 숙였다. 오렌지색 전신 작업복에 노란색 안전모와 방음 보호구를 착용한 사람 둘이 헬기 착륙장을 벗어나게 안내한

---

* portacabin, 임시 사무실 등으로 쓸 수 있도록 차량에 달고 이동 가능한 작은 건물.

다음 안전모를 건넸다. 엔지니어들은 한쪽 길로, 리버스와 럼스덴은 다른 쪽 길로 안내되었다.

"끝나면 차 한잔 생각이 간절하실 겁니다." 안내자가 말했다. 안내자는 리버스가 안전모 때문에 애를 먹는 걸 봤다. "끈을 조정하세요." 그는 시범을 보여주었다. 바람이 거세게 불었다. 리버스도 같은 얘기를 했다. 안내자는 웃었다.

"이 정도면 산들바람이죠." 안내자가 바람 속에서 외쳤다.

리버스는 뭔가를 꽉 붙잡고 싶었다. 그냥 바람이 아니었다. 이 시설물 전체가 취약하다는 느낌이었다. 석유를 보고 석유 냄새를 맡게 될 거라고 예상했지만 이 부근의 가장 확실한 생산물은 석유가 아니었다. 바닷물이었다. 주변의 바다는 한 줌도 안 되는 이 용접 금속 설비에 비하면 어마어마하게 거대했다. 바다는 그 자체로 폐에 파고들었고, 소금기 섞인 세찬 바람이 뺨을 때렸다. 집어삼킬 듯 거대한 파도가 일었다. 바다 위 하늘보다도 거대해 보였고, 자연의 어느 힘보다도 위협적이었다. 안내자는 미소를 지었다.

"무슨 생각 하시는지 압니다. 저도 처음 왔을 때 같은 생각을 했죠."

리버스는 고개를 끄덕였다. 독립주의자들은 석유는 스코틀랜드 것이고, 석유회사는 개발권을 가지고 있을 뿐이라고 주장하지만, 여기 와서 보면 생각이 달라진다. 석유는 바다의 소유고, 싸우지 않으면 바다는 석유를 포기하지 않는다.

안내자는 상대적으로 안전한 구내식당으로 둘을 안내했다. 구내식당은 깨끗하고 조용했다. 다음 근무조를 위해 준비된 긴 흰색 식탁이 있었는데 오렌지색 전신 작업복을 입은 커플이 식탁 하나에서 차를 마셨고, 다른 테이블에서는 체크무늬 셔츠를 입은 남자 셋이 초콜릿 바와 요거트를 먹었다.

"점심시간에는 만원이죠." 쟁반을 잡으며 안내자가 말했다. "차 괜찮으시죠?"

럼스덴과 리버스는 좋다고 했다. 긴 배식구가 있었고, 제일 끝에서 어떤 여자가 미소를 지었다.

"안녕, 델마." 안내자가 말했다. "차 석 잔 줘요. 음식 냄새가 좋은데요."

"라따뚜이, 스테이크와 칩스 또는 칠리예요." 델마가 큰 포트에서 차를 따랐다.

"구내식당은 24시간 열려 있죠." 안내자가 리버스에게 말했다. "대부분 신입일 때는 과식하게 됩니다. 푸딩이 웬수죠." 그는 배를 두드리며 웃었다. "그렇죠, 델마?" 리버스는 야드암에 있던 남자가 거의 똑같은 얘기를 했던 게 기억났다.

자리에 앉았을 때도 리버스의 다리는 떨렸다. 비행 탓이려니 했다. 안내자는 자신의 이름이 에릭이라며, 두 사람은 경찰이니 안전 교육 영상 시청은 생략해도 된다고 했다.

"원래는 의무적으로 시청해야 하지만요."

럼스덴과 리버스는 고개를 저었다. 럼스덴은 플랫폼이 폐쇄될 때까지 얼마나 남았는지 물어보았다.

"마지막 석유는 이미 채굴되었어요." 에릭이 말했다. "마지막으로 퍼낸 해수를 펌프로 급수장에 넣은 다음, 우리 대부분은 배로 떠납니다. 정비 담당 직원들만 남아서 플랫폼에서 할 작업을 결정하게 되죠. 되도록 빨리 정하는 게 낫겠죠. 정비 인력만 유지하는 것도 비용이 많이 드니까요. 필수품도 공급해야 하고, 근무 교대도 해야 하고, 경비정도 여전히 필요합니다. 전부 돈이죠."

"배넉에서 석유를 생산하는 동안은 괜찮죠?"

"맞습니다." 에릭이 말했다. "하지만 생산을 하지 못하면 회계 부서에서는 속이 타들어 가겠죠. 지난달에도 며칠 날려 먹었어요. 열교환기에 문제가 생겨서요. 회계 부서 애들은 먼 데서 계산기나 두드려 대는데." 에릭이 웃었다.

에릭은 전설적인 유전 잡역부나 신화적인 석유 채굴 인부 같지는 않았다. 키는 165센티미터 정도에 마른 체구였고, 날카로운 코와 뾰족한 턱에 철테 안경을 끼고 있었다. 리버스는 구내식당에 있는 다른 사람들이 유전의 '곰' 이미지 – 원유로 까매진 얼굴, 분출하는 석유를 힘껏 누르느라 떡 벌어진 이두박근 – 에 맞는지 둘러보았다. 에릭은 리버스가 둘러보는 걸 보았다.

"저기 있는 세 사람은," 체크무늬 셔츠의 남자들 얘기였다. "제어실에서 일합니다. 요새는 거의 모든 게 전산화됐어요. 로직 회로, 컴퓨터 모니터링…… 둘러보시면 나사^{NASA} 같다고 생각할 겁니다. 전체 시스템을 가동하는 데 서너 명이면 충분합니다. '텍사스 차'*에서 많은 발전을 이뤘죠."

"보트에 탄 시위대들을 봤습니다." 차에 설탕을 타면서 럼스덴이 말했다.

"겁을 상실했죠. 여기선 그런 배로는 위험하거든요. 게다가 너무 가까이서 돌고 있어서 강풍이 불면 플랫폼에 충돌할 수도 있어요."

리버스는 럼스덴 쪽으로 몸을 돌렸다. "자네는 그람피언 경찰이잖아. 무슨 조치를 취해야 할 것 같은데."

럼스덴은 콧방귀를 뀌고 에릭 쪽으로 몸을 돌렸다. "아직 불법적인 행

---

* Texas Tea, 원유의 속어.

위는 하지 않았죠?"

"지금까지는 해상 불문율을 어긴 정도입니다. 차를 다 마시면 윌리 포드를 만나실 거죠?"

"맞아요." 리버스가 말했다.

"휴게실에서 만나자고 얘기해뒀습니다."

"앨런 미치슨의 방도 보고 싶은데요."

"윌리 방이 앨런 방입니다. 이곳의 선실은 트윈 베드거든요."

"알려주십시오." 리버스가 말했다. "폐쇄 후에 T-버드는 플랫폼을 어떻게 할 예정입니까?"

"가라앉지 않을까요?"

"브렌트 스파가 그렇게 문제 됐는데도요?"

에릭은 어깨를 으쓱했다. "회계 부서에서는 그쪽을 선호합니다. 걔들은 두 개만 필요하거든요. 정부를 자기편으로 끌어들이는 일과 탁월한 홍보 캠페인. 후자는 이미 순조롭게 진행 중입니다."

"헤이든 플레처가 책임자인가요?" 리버스가 추측했다.

"맞습니다." 에릭은 안전모를 집어 들었다. "다 드셨나요?"

리버스는 잔을 비웠다. "앞장서시죠."

바깥은 이제 바람이 거셌다. 리버스는 난간을 잡으면서 걸어갔다. 몇몇 직원들은 플랫폼 측면 위로 몸을 기댔다. 리버스는 그들 너머에서 거대한 파도 거품을 볼 수 있었다. 난간 가까이 가서 보니 경비정이 시위대 보트 쪽으로 물을 분사하고 있었다.

"겁을 줘서 쫓아내려는 겁니다." 에릭이 설명했다. "다리 쪽에 너무 가까이 오지 못하게요."

리버스는 생각했다. 맙소사. 왜 오늘? 막 시위대의 보트가 플랫폼을 들이받고 강제 대피하는 게 보였다. 그는 더 가까이 갔다. 물 분사기 네 개는 모두 맡은 일을 하고 있었다. 리버스는 누군가 건네준 쌍안경을 시위대 보트 쪽으로 향했다. 오렌지색 방수포가 보였다. 갑판 위에는 여섯 명이 있었고 난간에 현수막이 걸려 있었다. '유해 물질 투기 반대! 바다를 구하자!'

"보트 상태가 심각한 것 같네." 누군가 말했다.

보트 위의 시위대는 아래로 내려갔다가 다시 나타나 뭔가를 설명하면서 팔을 흔들었다.

"멍청한 놈들. 엔진이 나갔나 보네."

"표류하게 놔둘 순 없어."

"트로이 목마가 될 수 있다고, 친구."

그 말에 모두 웃음을 터뜨렸다. 에릭이 움직이기 시작했고 럼스덴이 따라갔다. 셋은 사다리를 오르락내리락했다. 리버스는 강철 바닥재의 격자를 통해 아래쪽 바다가 휘도는 것을 확실하게 볼 수 있었다. 사방에 케이블과 파이프가 있었지만 그 위를 넘어 다닐 수는 없다. 마침내 에릭이 문을 열고 복도 쪽으로 안내했다. 바람에서 벗어나니 안심이 되었다. 리버스는 바깥에 있던 시간은 전부 8분이었다는 사실을 깨달았다.

당구대, 탁구대, 다트 보드, 비디오 게임이 있는 방들을 지나쳤다. 비디오 게임이 인기 있는 것 같았다. 탁구 치는 사람은 아무도 없었다.

"수영장이 있는 플랫폼도 있습니다." 에릭이 말했다. "저희는 없습니다만."

"상상인지 모르지만," 리버스가 물었다. "바닥이 흔들리는 건가요?"

"아, 네." 에릭이 말했다. "진동은 약간 있습니다. 그래야 하고요. 큰 파도가 그래야 빠져나갑니다." 그가 다시 웃었다. 아무도 없는 도서실과 TV 시청실을 지나 복도를 계속 걸어갔다.

"TV 시청실은 셋 있습니다." 에릭이 설명했다. "위성 TV만 방영하죠. 하지만 대부분의 직원들은 비디오를 선호합니다. 윌리는 분명 여기 있을 겁니다."

등받이가 딱딱한 의자 대여섯 개와 대화면 TV가 있는 큰 방으로 들어섰다. 창문은 없었고 조명은 어둑했다. 화면 앞에 아홉 명쯤 되는 남자가 팔짱을 긴 채 앉아 있었다. 그는 뭔가 투덜거리고 있었다. 비디오 앞에 테이프를 들고 선 남자가 테이프를 뒤집어보더니 어깨를 으쓱했다.

"이거 미안하네." 남자가 말했다.

"저 사람이 윌리입니다." 에릭이 말했다.

윌리 포드는 40대 초반이었다. 체격이 좋았지만 등이 약간 굽었고, 머리카락이 덥수룩했다. 코가 얼굴의 4분의 1을 차지했고, 나머지 대부분은 수염이 가렸다. 피부만 조금 더 태우면 이슬람 근본주의자가 따로 없었다.

"경찰입니까?" 윌리 포드가 물었다. 리버스가 고개를 끄덕였다.

"다들 지루해서 난리인 것 같던데요."

"이 비디오 때문이에요. 마이클 더글러스가 나오는 「블랙 레인」인 줄 알았죠. 그런데 제목만 같은 일본 영화더군요. 온통 히로시마 얘기만 나와요. 비슷하긴 한데 정답은 아니죠."* 포드가 관객 쪽으로 몸을 돌렸다. "살다 보면 이럴 때도 있지. 다른 거 봐." 그는 어깨를 으쓱하고는 자리를 떴다. 리버스는 따라갔다. 넷은 복도를 따라 도서실로 돌아갔다.

"그럼 당신이 오락부장이군요, 포드 씨?"

---

* 마이클 더글러스가 나오는 영화 「블랙 레인」의 배경도 일본이다.

"아니요. 영화를 좋아할 뿐이에요. 애버딘에 2주간 대여해 주는 비디오 가게가 있어요. 거기서 몇 편 가져오죠." 포드는 아직 비디오를 들고 있었다. "믿을 수가 없어요. 마지막으로 많이들 본 외국 영화는 아마 「엠마뉴엘」일 거예요."

"포르노 영화를 가지고 계신가요?" 방금 대화를 시작한 것처럼 리버스가 물었다.

"10여 편 정도요."

"얼마나 센가요?"

"다양하죠." 재미있어 하는 표정이었다. "경위님, 포르노 비디오 물어보시려고 여기까지 오셨나요?"

"아니요. 앨런 미치슨에 대해 물어보려고 왔습니다."

포드의 얼굴이 바깥 날씨처럼 흐려졌다. 럼스덴은 창가에서 보고 있었다. 하룻밤을 묵어야 하는지 생각하는 것인지도 모른다.

"불쌍한 미치." 포드가 말했다. "아직도 믿기지 않아요."

"방을 같이 쓰셨죠?"

"지난 6개월 동안요."

"포드 씨, 시간이 별로 없습니다. 그러니 직설적이라도 양해해 주십시오." 리버스는 포드가 이해할 수 있게 잠시 말을 멈췄다. 생각의 반은 럼스덴에게 가 있었다. "미치는 앤서니 케인이라는 청부업자에게 살해당했습니다. 케인은 글래스고의 조폭 두목 밑에 있었지만 최근에는 애버딘에서 프리랜서로 활동하는 것 같습니다. 그제 밤에 케인 씨도 죽은 채로 발견되었습니다. 케인이 미치를 죽인 이유를 아십니까?"

포드는 충격을 받은 듯 눈을 몇 번 깜빡이고 입을 다물지 못했다. 에릭도 믿지 못하는 것 같은 표정이었다. 반면 럼스덴은 직업상의 흥미만을 보이고 있었다. 마침내 포드가 입을 뗐다.

"저는…… 저는 전혀 모릅니다." 포드가 말했다. "실수 아닐까요?"

리버스는 어깨를 으쓱했다. "뭐든 가능하죠. 그래서 제가 미치의 살아온 모습을 구성해 보려고 하는 겁니다. 그러려면 미치 친구들의 도움이 필요하죠. 도와주시겠습니까?"

포드는 고개를 끄덕였다. 리버스는 의자에 앉았다. "그러면 시작하죠." 리버스가 말했다. "미치에 대해 말해 주십시오. 어떤 것이든 전부요."

어느 시점에서 에릭과 럼스덴은 점심 식사를 하러 갔다. 럼스덴은 리버스와 윌리 포드를 위해 샌드위치를 사서 돌아왔다. 포드는 물을 마실 때만 빼고는 계속 얘기했다. 미치슨이 해준 배경 이야기를 리버스에게 말했다. 부모님이 친부모가 아니었고, 기숙사가 있는 특수학교에 다닌 사실 등이었다. 그래서 미치는 동료애, 공유 숙소 같은 게 있는 채굴 설비를 좋아했다. 리버스는 미치가 왜 에든버러의 아파트에 정을 붙이지 못했는지 이해하기 시작했다. 포드는 미치에 대해 많은 것을 알고 있었다. 하이킹과 생태학 같은 취미도 알고 있었다.

"그래서 제이크 할리와 친구가 됐군요?"

"슬롭 보에 있는 사람 말인가요?" 리버스는 고개를 끄덕였다. 포드도 따라 고개를 끄덕였다. "네, 미치가 말해줬습니다. 둘 다 생태학에 관심이 많았죠."

리버스는 밖에 있는 시위대 보트를 생각했다. 앨런 미치슨이 환경 운동가들의 표적이 되는 업계에서 일하고 있는 걸 생각했다.

"얼마나 관여했죠?"

"아주 적극적이었습니다. 여기 작업 일정 때문에 늘 적극적일 수는 없습니다. 매달 절반은 해상에 있죠. TV 뉴스는 보지만 신문만큼 자세하지는 않아요. 미치는 신문 읽는 걸 좋아하지 않았습니다. 그렇다고 해서 그 콘서트를 준비하는 걸 그만두진 않았습니다. 그 불쌍한 친구는 그걸 고대하고 있었는데."

리버스는 얼굴을 찡그렸다. "무슨 콘서트요?"

"더치 공원에서요. 날씨가 괜찮다면 아마 오늘 하는 걸로 압니다."

"저항 콘서트요?" 포드가 고개를 끄덕였다. "앨런 미치슨이 그 콘서트를 준비했다고요?"

"자기 맡은 일을 했죠. 공연해줄 수 있는지 알아보려고 몇몇 밴드를 섭외했습니다."

리버스의 머리가 빙빙 돌았다. 댄싱 피그스가 거기서 공연했다. 미치슨은 댄싱 피그스의 열성팬이었다. 하지만 에든버러 공연 티켓은 가지고 있지 않았다. 필요가 없었기 때문이다. 손님 명단에 있을 테니까! 이게 정확히 무슨 의미지?

답은 이렇다. 아무 의미도 없다.

미셸 스트라챈이 더치 공원에서 살해된 것만 빼고는.

"포드 씨, 미치의 고용주가 미치의 애사심에 대해 걱정했습니까?"

"이 업계에 일자리를 얻으려고 세상을 파괴하는 일에 찬성해야 하는 건 아닙니다. 사실 산업이 발전하면 어떤 면에서는 지금보다 더 깨끗해집니다."

리버스는 이 말을 곰곰이 생각해 보았다. "포드 씨, 선실을 볼 수 있을까요?"

"물론이죠."

선실은 작았다. 밤이면 폐소 공포증에 시달릴 것 같았다. 좁은 싱글 베드 두 개가 있었다. 포드의 침대 위에는 핀으로 고정한 사진들이 있었다. 다른 침대 위에는 압정을 꽂았던 구멍 말고는 아무것도 없었다.

"미치의 짐은 전부 싸뒀습니다." 포드가 설명했다. "혹시 연고자가……"

"아무도 없습니다."

"그러면 옥스팜에 기부해야겠네요."

"편한 대로 하십시오, 포드 씨. 비공식 유언집행자가 되신 셈이네요."

그게 결정적이었다. 포드는 침대에 털썩 주저앉아 머리를 손에 묻었다. "오, 세상에." 몸을 흔들며 말했다. "세상에, 세상에."

요령이 좋군, 존. 나쁜 소식을 잘도 전하네. 포드는 눈물이 그렁그렁한 채 양해를 구하고 방을 나갔다.

리버스는 일에 착수했다.

서랍과 작은 붙박이장을 열어보았지만, 원하던 것은 미치슨의 침대 아래에서 나왔다. 비닐봉지와 종이 쇼핑백 여러 개였다. 사망자가 생전에 가지고 있던 물품들이었다.

많지는 않았다. 미치슨의 배경과 관련이 있을 것이다. 짐이 많지 않으면 어디로든 언제나 떠날 수 있다. 옷 몇 벌, 책 몇 권이 있었다. 그는 사진이 든 봉투 몇 개를 발견하고 훑어보았다. 플랫폼, 동료들, 헬기와 승무원들. 이번에는 육지에 있는 그룹들이었다. 배경에 나무가 있었다. 이 사진의 인물들은 동료 같지 않았다. 긴 머리, 홀치기염색을 한 티셔츠, 레게 모자. 친구들? 지구의 친구들? 두 번째 꾸러미는 가벼웠다. 리버스는 사진을 세어 보았다. 열네 장이었다. 그러고는 원판 필름을 꺼내보았다. 스물다섯 장이 었다. 열한 장이 모자랐다. 원판 필름을 조명에 비춰보았지만 별로 알아내 지 못했다. 빠진 사진은 거의 똑같은 것 같았다. 단체 사진, 서너 명만이 함 께 찍은 사진들 몇 장이었다. 리버스는 원판 필름을 주머니에 넣었다. 그 때 윌리 포드가 방으로 돌아왔다.

"죄송합니다."

"제 잘못입니다, 포드 씨. 생각 없이 말했네요. 아까 제가 포르노 물어봤 던 거 기억하십니까?"

"네."

"약은요?"

"하지 않습니다."

"하지만 하셨다면……"

"약쟁이들은 폐쇄적인 집단입니다, 경위님. 저는 약을 하지 않습니다. 권한 사람도 없고요. 아주 가까운 곳에 약을 하는 사람이 있을 수 있지만 저는 절대 모릅니다. 그 집단의 멤버가 아니니까요."

"하지만 멤버가 있긴 하죠?"

포드가 미소를 지었다. "그럴지도 모르죠. 하지만 휴식 시간에만 합니 다. 약을 하는 사람 옆에서 일했다면 눈치챘을 겁니다. 약쟁이들도 그렇게 어리석지는 않아요. 플랫폼에서 일할 때는 남한테 빌려서라도 제정신을 차리고 해야 합니다."

"사고가 있었나요?"

"한두 번 정도요. 하지만 우리 회사의 안전 기록은 우수합니다. 마약 관런 사고가 아니었어요."

리버스는 생각에 잠긴 것처럼 보였다. 포드는 뭔가 기억난 것 같았다.

"밖에 무슨 일이 벌어지는지 보셔야 합니다."

"뭔데요?"

"시위대를 시설 위로 끌어올리고 있어요."

정말 그랬다. 리버스와 포드는 밖으로 나갔다. 포드는 안전모를 착용했지만 리버스는 들고만 갔다. 제대로 쓰기도 힘들었거니와 하늘에서 떨어지는 거라고는 비뿐이었기 때문이다. 럼스덴과 에릭은 이미 다른 사람들 몇과 함께 나와 있었다. 비에 젖은 시위대가 마지막 계단 몇 개를 오르는 걸 보았다. 방수포가 있었지만 파워 호스 때문에 발끝까지 젖은 것 같았다. 리버스는 그들 중 하나를 알아보았다. 땋은 머리였다. 침울하고 몹시 화가 난 상태에 가까웠다. 리버스는 여자가 자기를 볼 때까지 그쪽으로 다가갔다.

"이런 식으로 만나는 건 그만둬야죠." 리버스가 말했다.

하지만 여자는 그에게 관심을 보이지 않았다. 대신에 "지금이야!" 하고 외치고는 주머니에서 손을 빼며 오른쪽으로 꿈틀꿈틀 움직였다. 이미 수갑 한쪽을 손목에 찼고, 다른 하나를 상부 난간에 단단히 채웠다. 동료 두 사람도 똑같이 한 다음, 목청껏 구호를 외치기 시작했다. 수갑이 찰칵하고 잠겼다.

"열쇠는 누가 가지고 있어?" 석유회사 직원이 외쳤다.

"메인랜드에 두고 왔다!"

"맙소사." 석유회사 직원이 동료들 쪽으로 몸을 돌렸다. "가서 산소 용접기 가져와." 직원이 땋은 머리 쪽으로 몸을 돌렸다. "걱정하지 마. 불꽃 때문에 화상을 입을 수는 있지만, 수갑은 바로 잘라줄게."

여자는 그를 무시하고 계속해서 동료들과 구호를 외쳤다. 리버스는 미소를 지었다. 존경할 만하네. 트로이 목마가 분명해.

용접기가 도착했다. 리버스는 그들이 정말 그걸 사용할 생각이라는 걸 믿을 수 없었다. 그는 럼스덴 쪽으로 몸을 돌렸다.

"입도 뻥끗 마세요." 럼스덴이 경고했다. "국경의 정의에 대해 제가 한 말 기억하세요. 우리는 외부인이에요."

용접기에 불이 붙었다. 작은 불꽃이 일었다. 머리 위에 헬기가 나타났다. 리버스는 용접기를 반대쪽으로 집어 던져야겠다고 생각했다.

"빌어먹을! 방송국 헬기야!"

다들 올려다보았다. 헬기는 낮게 선회했다. 비디오카메라가 그들 쪽으로 바로 향하고 있었다.

"빌어먹을 TV 뉴스."

대단해. 리버스는 생각했다. 딱 맞춰 왔군. 눈에 띄지 마, 존. 전국에 방영되는 TV 뉴스야. 안크램에게 엽서라도 한 장 보내야겠군…….

19

애버딘에 돌아왔지만 아직도 발아래에서 갑판이 움직이는 것 같은 느낌이었다. 럼스덴은 집으로 갔다. 리버스는 내일 아침 짐을 꾸려 떠나겠다고 약속했다. 다시 돌아올 수도 있다는 말은 하지 않았다.

초저녁이었다. 서늘하지만 밝았다. 거리는 집으로 향하는 마지막 쇼핑객들과 일찍부터 토요일 밤의 유흥을 즐기기 시작한 사람들로 번잡했다. 리버스는 버크 클럽으로 걸어갔다. 다른 경비원이라 별 고민도 없었다. 착한 아이처럼 입장료를 내고, 음악 사이를 헤치고 걸어가 바에 도착했다. 영업 시작한 지 얼마 되지 않아서 손님이 몇 명밖에 없었다. 손님들은 재미있는 일이 일어나지 않으면 자리를 뜰 것 같았다. 리버스는 얼음을 채운 위스키를 좀 비싸게 산 다음, 거울을 통해 주위를 둘러보았다. 이브나 스탠리의 낌새는 없었다. 마약상처럼 보이는 사람도 없었다. 하지만 윌리 포드의 말이 맞다. 마약상처럼 생겼다는 게 어떤 건데? 약쟁이를 제외하면, 마약상들은 다른 사람이나 별반 다르지 않게 생겼다. 거래는 이미 상대방을 아는 상태에서 눈맞춤을 통해 이루어진다. 거래와 말 걸기의 혼합이다.

리버스는 미셸 스트라첸이 여기서 춤을 추는 모습을, 생의 마지막 움직임을 시작하는 것을 상상했다. 잔 주변의 얼음을 찰박거리면서, 클럽부터 더치 공원까지의 경로를 걸어가 보기로 마음먹었다. 미셸이 걸었던 길이 아닐 수도 있고, 실마리 같은 게 나타날 것 같지도 않았지만 그렇게 하고 싶었다. 앤지 리델이 살던 곳에 조의를 표하기 위해 리스까지 차를 몰고 갔던 것과 마찬가지였다. 그는 사우스 칼리지 스트리트 쪽으로 걸어가기 시작했다. 지도를 보니 이 경로를 유지하면 디 강과 나란히 이어지는 직통로를 걷게 된다. 교통량이 많았다. 미셸이 페리힐을 가로질렀을 것 같아서 그렇게 했다. 여기서 길은 더 좁아지고 조용해지며, 잎이 무성한 나무가 있는 큰 집들이 있다. 쾌적한 중산층 거주지였다. 우유, 얼음과자, 석간신문 등을 파는 잡화점 두어 곳이 아직 문을 열고 있었다. 뒤뜰에서 아이들이 노는 소리가 들렸다. 미셸과 조니 바이블은 새벽 2시에 이 길을 걸어 내려갔다. 인적이 뜸했을 것이다. 무슨 소리를 냈다면 레이스 커튼 뒤에서 누군가 들었을 것이다. 하지만 신고한 사람은 없었다. 미셸은 술에 취하지 않았다. 학교 친구들 말로는 미셸은 취하면 목소리가 커진다. 다소 들뜬 바람에 생존 본능이 작동하지 않았을 수도 있다. 그리고 조니 바이블은…… 조용하고 진지했다. 속셈을 감추려고 미소를 지었을 것이다.

리버스는 폴뮈어 로드 쪽으로 돌았다. 미셸의 셋방은 중간쯤에 있었다. 하지만 조니 바이블은 공원까지 계속 걸어가자고 청했을 것이다. 어떻게 해냈지? 리버스는 혼란을 정리하려고 고개를 저었다. 셋방 주인이 엄격해서 남자를 들일 수 없었을지도 모른다. 그 방을 마음에 들어 했기 때문에 규정 위반으로 쫓겨나고 싶지 않았겠지. 아니면 조니 바이블이 즐겁고 편안한 밤이었다고 하면서, 미셸이 정말 좋아서 여기서 끝내고 싶지 않다고 말했을 수도 있다. 공원까지만 걸어갔다가 돌아올 수도 있었을까? 그러면 완벽할까?

조니 바이블은 더치 공원을 알고 있었을까?

음악 소리 같은 게 들렸다. 그러고는 침묵, 그다음에는 박수였다. 맞아, 저항 콘서트가 있었지. 댄싱 피그스와 친구들. 리버스는 공원으로 들어가 어린이 놀이터를 지나갔다. 미셸과 남자친구는 이 길로 왔을 것이다. 시체는 이 근처, 윈터 가든과 찻집에서 멀지 않은 곳에서 발견되었다. 공원 중심에 있는 개방된 대형 공간에 무대가 세워져 있었다. 수백 명의 10대들이 관객을 이루고 있었다. 해적판 판매자들이 잔디 위에 상품을 펼쳐놓았다. 타로 카드 점쟁이, 머리 땋아주는 미용사, 허브 판매상들도 나란히 있었다. 리버스는 미소를 짓지 않을 수 없었다. 완전히 잉글리스톤 콘서트의 축소판이었다. 사람들이 모금함을 달가닥거리며 군중 사이를 돌아다니고 있었다. 컨퍼런스 센터 옥상을 장식했던 현수막 – 우리의 바다를 죽이지 마라! – 이 지금은 무대 위에서 펄럭였다. 심지어 공기 주입식 고래 모형도 있었다. 10대 중반의 여자애가 리버스에게 다가왔다.

"기념 티셔츠나 프로그램 사세요."

리버스는 고개를 저었다가 생각을 바꿨다. "프로그램 줘요."

"3파운드예요."

스테이플러로 묶은 복사물이었고 겉장은 컬러였다. 종이는 재활용한 것이었고 내용도 그랬다. 리버스는 내용을 훑어보았다. 맨 뒷면에는 후원자 명단이 있었다. 명단 세 번째 줄에서 어떤 이름을 발견했다. '미치, 사랑과 감사를 담아'. 미치는 공연 준비 과정에서 자신의 역할을 했다. 그리고 이것은 그 보상이자 추모의 글이기도 했다. 리버스는 프로그램을 말아서 주머니에 집어넣었다.

그는 무대 뒤로 갔다. 반원 안에 트럭과 밴들을 정렬시켜 출입 통제 구역으로 만들어놓았다. 반원 안에서는 밴드와 그 관계자들이 우리 안의 동물들처럼 돌아다녔다. 신분증을 제시한 덕분에, 못마땅한 시선을 받기는 했지만 원하는 곳에 갈 수 있었다.

"책임자세요?" 리버스는 앞에 있는 뚱뚱한 남자에게 물었다. 남자는 50대였고, 제리 가르시아*가 빨간 머리에 킬트를 입은 것 같았다. 얼룩진 흰색 속옷에 땀이 흐르는 게 비쳐 보였다. 돌출된 이마에서 땀방울이 떨어져 내렸다.

"책임자는 없습니다." 남자가 리버스에게 말했다.

"하지만 공연 주최가……"

"이봐요, 대체 무슨 일이에요? 공연 허가는 받았어요. 말썽날 일은 없습니다."

"그런 게 아닙니다. 공연 주최와 관련해서 물어볼 게 있어요."

"뭔데요?"

"앨런 미치슨, 미치요."

"네?"

"미치를 아십니까?"

"아니요."

"댄싱 피그스를 섭외하는 일을 맡았다고 들었습니다."

남자는 생각해 보더니 고개를 끄덕였다. "미치, 맞아요. 알지는 못해요. 주변에서 보기는 했지만."

"미치에 대해 물어볼 만한 사람이 있나요?"

"왜요? 미치가 무슨 일이라도 저질렀나요?"

---

* Jerry Garcia, 덥수룩한 머리와 수염, 안경이 트레이드마크인 전설적 록밴드 '그레이트풀 데드(Grateful Dead)'의 리더.

"죽었습니다."

"안타깝군요." 남자가 어깨를 으쓱했다. "도움은 못 드릴 것 같네요."

리버스는 무대 앞쪽으로 돌아갔다. 사운드 시스템은 일반적인 싸구려 제품이었고, 밴드는 스튜디오 앨범만큼 좋은 소리는 거의 들려주지 못했다. 앨범의 일등공신은 프로듀서였군. 갑자기 음악이 멈췄다. 잠깐의 침묵은 어떤 선율보다도 달콤했다. 보컬이 마이크 앞으로 나왔다.

"친구 몇 분을 모시겠습니다. 불과 몇 시간 전에 우리의 바다를 구하기 위해 용감히 싸운 분들입니다. 박수 부탁드려요."

박수와 환호가 터져 나왔다. 리버스는 두 사람이 무대 위로 여전히 오렌지색 방수복을 입은 채 걸어 나오는 걸 보았다. 배녁에서 봤던 얼굴이었다. 기다려봤지만 땋은 머리는 보이지 않았다. 연설이 시작되자 리버스는 몸을 돌려 나왔다. 마지막으로 모금함 하나만 피하면 됐지만, 그러지 않기로 하고 5파운드 지폐를 접어 투입구에 집어넣었다. 그리고 호텔에 돌아가서 자신에게 식사를 대접하기로 했다. 물론 방 앞으로 달아 놓고.

소음이 계속 들렸다.

리버스는 꿈이려니 하고 무시하려 했지만 결국 포기했다. 한쪽 눈이 떠졌다. 두꺼운 커튼 사이로 빛이 새어 들어왔다. 제기랄, 지금 대체 몇 시야? 그는 침대 옆 램프를 켰다. 시계를 보며 눈을 깜빡였다. 아침 6시였다. 뭐? 럼스텐이 자신을 이렇게나 빨리 쫓아내고 싶어 했나?

침대에서 빠져나와 뻣뻣해진 다리로 있는 힘을 다해 문까지 갔다. 끝내주는 저녁 식사를 와인을 곁들여 해치웠다. 와인만으로는 아무 문제가 없었다. 하지만 입가심으로 몰트위스키 네 잔을 마셨다. 포도주와 곡물주를 절대로 섞어 마시지 말라는 술꾼의 규칙을 노골적으로 무시한 것이다.

쿵, 쿵, 쿵.

리버스는 문을 잡아당겨 열었다. 제복 경관 두 사람이 서 있었다. 한 시간 넘게 기다린 것 같았다.

"리버스 경위님?"

"날 아나?"

"옷 입으십시오, 경위님."

"이 복장은 별론가?" 그는 팬티와 티셔츠 차림이었다.

"옷이나 입으십시오."

리버스는 경관들을 쳐다본 다음, 그렇게 하기로 했다. 방 안으로 돌아오자 그들이 따라와서 경찰이 언제나 그렇게 하듯 주위를 둘러보았다.

"내가 무슨 짓을 했지?"

"경찰서에 가서 말씀하십시오."

리버스가 경관을 쳐다봤다. "빌어먹을 농담이라고 말해 주게."

"말씀 조심하십시오." 다른 경관이 말했다.

리버스는 침대에 앉아 깨끗한 양말을 신었다. "아직 영문을 모르겠군. 아무도 모르게 말해 주게. 경찰 대 경찰로 말이야."

"몇 가지 답변만 하시면 됩니다. 서두르십시오."

두 번째 경관이 커튼을 열었다. 햇빛이 리버스의 눈을 찔렀다. 경관은 창밖으로 보이는 전망이 인상적인 것 같았다.

"며칠 전에 정원에서 싸움이 있었지. 기억나나, 빌?"

동료도 창가로 갔다. "2주 전에는 누군가 다리에서 투신했지. 텐번 로드에 그대로 부딪혔고."

"차에 있던 여자는 놀라서 정신이 나갔어."

둘은 기억을 떠올리며 미소 지었다.

"시간 너무 *끄*시는데요, 경위님."

이제 둘은 리버스를 보며 미소를 지었다. 리버스는 속이 뒤집히는 것 같았다. 해기스 탱발*…… 묽은 과일 소스를 친 크라너컨**…… 와인과 위스키를 생각하지 않으려고 애썼다.

"속이 안 좋으십니까?"

제복 경관은 면도날처럼 예리한 것 같았다.

---

* timbale of haggis, 양의 순대를 다진 다음 틀에 넣고 구운 스코틀랜드 요리.
** cranachan, 스코틀랜드의 디저트.

20

"나는 에드워드 그로간 경감이야. 몇 가지 질문이 있네, 리버스 경위."

다들 말을 못 해 안달이라고 리버스는 생각했다. 하지만 아무 말도 하지 않았다. 그저 팔짱을 끼고 앉아서 부당한 대우를 받는 사람의 불만스러운 표정만 지었다. 테드 그로간. 들어본 적 있다. 거친 개자식. 외모도 그랬다. 굵은 목에 대머리. 체격은 프레이저*보다는 알리에 가까웠다. 눈은 가늘고 입술은 두꺼워서 거리의 싸움꾼 같았다. 원숭이처럼 앞이마가 튀어나왔다.

"럼스덴은 이미 알고 있겠고." 문 옆에 앉아 있던 럼스덴이 목례했다. 지치고 당혹해하는 모습이었다. 그로간은 테이블 맞은편에 앉았다. 세 사람은 취조실 안에 있었다. 털장화 마을에서는 아마 다르게 부르겠지만.

"돌려 말할 생각은 없네." 그로간이 말했다. "멍은 어쩌다 들었나?"

"럼스덴에게 말했습니다."

"얘기해 보게."

"메시지를 전하는 놈들한테 습격을 받았습니다. 아래쪽에 있는 가시덤불에 부딪혔죠. 옆구리에 찰과상이 생겼습니다."

"그랬나?"

---

* Frazier, 미국의 헤비급 권투 선수.

"그랬습니다. 걱정해 주시는 건 고맙지만……"

"걱정하는 게 아니야, 경위. 럼스덴 말로는 그저께 밤에 부두 쪽에 경위를 내려줬다더군."

"맞습니다."

"호텔까지 태워다주겠다고 제안했다던데."

"그랬던 것 같군요."

"하지만 자네가 원하지 않았다고 했고."

리버스는 럼스덴 쪽을 보았다. 빌어먹을, 대체 이게 무슨 일이야? 하지만 럼스덴의 시선은 바닥 쪽으로만 향해 있었다. "좀 걷고 싶었습니다."

"호텔까지?"

"그렇습니다."

"도중에 구타당했다고?"

"권총도 있었습니다."

그로간은 연민과 불신이 뒤섞인 미소를 지었다. "애버딘에서?"

"애버딘에는 권총이 없답니까? 이게 그것과 무슨 관련이 있는지 모르겠군요."

"조금만 참아. 그래서 집까지 걸어갔다고?"

"그람피언 경찰에서 제공해준 비싼 호텔까지요."

"아, 그 호텔. 어떤 총경님이 방문하시기로 되어 있어서 예약해뒀는데, 그분이 막판에 취소했지. 그래도 어쨌든 돈은 내야 해서 럼스덴 경사가 직권으로 자네를 거기 묵게 한 것 같군. 하이랜드식 호의지."

하이랜드식 거짓말이겠지.

"그렇게 말씀하신다면야."

"여기서 중요한 건 내 얘기가 아니야. 돌아가는 길에 누굴 만나거나 얘기한 적 있나?"

"아니요." 리버스는 잠시 말을 멈췄다. "경찰 몇 명이 10대 커플과 얘기하는 걸 봤습니다."

"그들과 말을 했나?"

리버스는 고개를 저었다. "방해하고 싶지 않았습니다. 제 구역도 아니니까요."

"럼스덴 경사는 자네가 자기 구역처럼 행동했다던데."

리버스는 럼스덴의 시선을 느꼈다. 자신을 뚫어져라 응시하고 있었다.

"의사에게 상처를 보였나?"

"제가 치료했습니다. 호텔 프런트에 구급상자가 있더군요."

"호텔 측에선 자네한테 의사가 필요한지 물어봤다고 하더군."

"필요 없다고 했습니다. 로랜드식 자립심이죠."

그로간이 싸늘하게 미소 지었다. "어제 석유 채굴 시설에 있었다지."

"럼스덴을 꼬리에 달고요."

"밤에는?"

"술을 마시고 산책을 나간 다음, 호텔에서 저녁 식사를 했습니다. 방 앞으로 달아 놨고요."

"어디서 술을 마셨지?"

"버크 클럽입니다. 칼리지 스트리트에 있는 마약상의 낙원이죠. 제 생각에 절 공격한 자들은 거기서부터 나온 것 같습니다. 여기는 해결사 비용이 어떻게 됩니까? 그냥 패는 데 50파운드? 부러진 갈비뼈 한 대당 75파운드?"

그로간이 코웃음 치며 일어났다. "그 액수는 좀 비싸 보이는군."

"죄송하지만 전 두 시간 안에 여길 뜰 겁니다. 이게 일종의 경고라면 너무 늦었는데요."

그로간은 아주 조용하게 말했다. "경고가 아니야, 경위."

"그럼 뭡니까?"

"버크 클럽을 나가서 산책을 갔다고 했지?"

"네."

"어디로?"

"더치 공원으로요."

"꽤 먼 길인데."

"댄싱 피그스의 광팬이라서요."

"댄싱 피그스?"

"밴드 이름입니다." 럼스덴이 말했다. "지난밤에 공연이 있었습니다."

"확인해 보시죠."

"그럴 필요 없네, 경위." 그로간이 리버스 뒤에 서 있었다. 심문자가 보이지 않는다. 몸을 돌려 그를 볼 것인가? 아니면 벽을 볼 것인가? 리버스 자신도 이 수법을 여러 번 써먹었다. 목적은 죄수를 불안하게 하는 것이다.

맙소사, 죄수라니.

"기억하실 겁니다." 럼스덴이 말했다. 목소리에 거의 높낮이가 없었다. "미셸 스트라챈이 걸었던 경로였습니다."

"맞네. 그렇지, 경위? 알고 있다고 생각하네만."

"무슨 뜻이죠?"

"글쎄. 자네는 조니 바이블 사건에 큰 관심을 가지고 있었지?"

"살짝 관심을 두고 있죠."

"아, 살짝?" 그로간이 짧게 다듬어진 것처럼 보이는 누런 이를 드러내며 다시 눈앞에 나타났다. "그런 표현도 있군. 럼스덴 경사 말로는 계속 질문을 하면서 애버딘 쪽 수사 상황에 깊은 관심을 보였다던데."

"미안한 얘기지만, 그건 럼스덴 경사의 해석일 뿐이죠."

"그럼 자네 해석은 뭐지?" 그는 책상 위에 주먹을 대며 몸을 기울였다. 두 사람의 거리가 가까워졌다. 용의자에게 겁을 주고, 누가 주도권을 가지는지 보여주려는 목적.

"담배 피워도 될까요?"

"대답이나 해!"

"젠장할 용의자 취급이나 그만두시지!" 리버스는 폭발한 것을 즉각 후회했다. 약하다는 것, 겁먹었다는 신호다. 군대에서는 심문 기술 훈련 때 끝까지 버텼다. 맞다. 하지만 그 당시에 리버스의 머리는 죄책감을 느낄 여지도 거의 없을 만큼 텅 빈 상태였다.

"하지만 경위." 그로간은 리버스가 화를 벌컥 낸 것에 상처받은 듯한 말투였다. "자네 현재 처지가 바로 그거야."

리버스는 책상 가장자리를 움켜잡았다. 거친 금속 질감이 느껴졌다. 일어나려고 했지만 다리에 힘이 들어가지 않았다. 똥 싸는 자세처럼 보일 것 같았다. 그는 억지로 손을 놓았다.

"어제저녁," 그로간이 싸늘하게 말했다. "부둣가에 있는 나무상자 안에서 여자 시체가 발견되었네. 검시관은 그 전날 저녁쯤에 살해된 것으로 판단했고. 교살이었고 강간당했지. 신발 한 짝이 사라졌고."

리버스는 고개를 저었다. 그는 생각했다. 맙소사, 더 이상은 안 돼.

"저항한 흔적은 없었네. 손톱 아래 피부 조각도 없었고. 하지만 주먹으로 누군가를 때리려고 했어. 단호하고 결연한 표정이었지."

리버스는 자기도 모르게 관자놀이의 멍에 손이 갔다.

"자네는 부두에 있었네. 그리고 럼스덴 경사 말에 따르면 기분이 언짢았고."

리버스는 일어섰다. "덮어씌우려는 수작입니다!" 공격이 최선의 방어라고 한다. 반드시 정답은 아니지만, 럼스덴이 치사하게 나온다면 리버스는 그만큼 되갚아줄 작정이었다.

"앉아, 경위."

"저자는 자기의 빌어먹을 고객들을 보호하려는 겁니다! 일주일에 얼마 받지, 럼스덴? 놈들이 얼마나 찔러주나?"

"앉으라고 했네!"

"닥쳐!" 리버스가 말했다. 뚜껑이 열리는 것 같았다. 치미는 화를 참을 수가 없었다. "내가 조니 바이블이라는 얘기잖아! 난 그놈 애비뻘이라고, 젠장!"

"자네는 여자가 살해될 때 부두에 있었네. 옷은 엉망에 여기저기 찢어지고 멍든 상태로 호텔에 돌아왔지."

"개소리야! 들을 필요도 없어!"

"들어야 해."

"그럼 기소하시든가."

"물어볼 게 몇 가지 더 있네. 쉽게 갈 수도 있고 더럽게 힘들 수도 있어. 자네 선택에 달렸지. 하지만 그 전에 앉기나 해!"

리버스는 입을 벌린 채 서 있었다. 그는 턱에 흐른 침을 닦았다. 럼스덴을 보았다. 아직 앉아 있었고, 긴장하는 것 같았지만, 명령만 떨어지면 달려들 것이다. 그런 만족을 줄 수는 없었다. 리버스는 자리에 앉았다.

그로간이 심호흡을 했다. 방 안의 분위기 – 그런 게 남아 있는지는 모르겠지만 – 가 급격히 나빠졌다. 7시 반도 지나지 않았다.

"전반전 끝나고 휴식인가요?" 리버스가 물었다.

"아직 멀었어." 그로간이 문으로 가 열고는 머리를 밖으로 내밀었다. 그런 다음, 밖에 있던 누군가가 들어올 수 있게 문을 활짝 열었다.

칙 안크램 경감이었다.

"뉴스에 나온 거 봤네, 존. TV에 잘 맞는 얼굴은 아니더군."

안크램이 재킷을 벗어 의자에 조심스럽게 걸었다. 아주 즐거운 것 같았다. "안전모를 썼다면 못 알아볼 뻔했어." 그로간은 태그 – 팀 레슬러*가 링을 떠나듯 럼스덴이 앉아 있는 쪽으로 갔다. 안크램이 소매를 걷기 시작했다.

"후끈하지?"

"타는 것 같군요." 리버스가 중얼거렸다. CID가 왜 새벽에 급습하는 걸 좋아하는지 이제야 알 것 같았다. 이미 기진맥진한 느낌이었다. 피로는 머리에 영향을 미쳐 실수를 하게 만든다. "커피 있나요?"

안크램이 그로간을 쳐다보았다. "괜찮겠지? 자네도 마시겠나, 테드?"

"나중에 따로 마시겠네." 그로간이 럼스덴 쪽으로 몸을 돌렸다. "자네가 가져와."

"좆만 한 심부름꾼 새끼." 리버스는 기어이 한마디 내뱉고 말았다.

럼스덴이 튀어 일어나려고 했지만 그로간이 잡아 말렸다.

"진정해. 가서 커피나 가져오게."

* 팀당 2인이 상황에 따라 교대하면서 하는 프로레슬링 경기.

"럼스덴 경사." 안크램이 불렀다. "리버스 경위에게는 디카페인 커피로 주게. 예민해지면 안 되니까."

"예민해지면 눈에 뵈는 게 없긴 하죠. 카페인만 빼, 럼스덴. 오줌이나 가래는 넣지 말고."

럼스덴은 말없이 방을 나갔다.

"이제야 만나는군." 안크램이 리버스 맞은편에 앉았다. "찾기가 좀 힘들어야지."

"땀 좀 빼셨겠네요."

"자넨 그럴만한 가치가 있지. 조니 바이블에 대해 말해 주게."

"어떤 거요?"

"뭐든지. 방법, 배경, 프로파일."

"종일 걸릴 텐데요."

"상관없네."

"경감님이야 그렇겠죠. 하지만 전 11시까지 방을 비워줘야 합니다. 안 그러면 하루치 요금이 더 붙습니다."

"경위 방은 이미 치웠네." 그로간이 말했다. "짐은 내 사무실에 있고."

"증거로 인정되진 않겠군요. 영장이 없었으니까."

안크램이 그로간과 함께 웃었다. 리버스는 두 사람이 왜 웃는지 알았다. 자신도 저들 같은 상황이었다면 그랬을 테니까. 하지만 웃지 않았다. 리버스는 많은 사람들을 심문했다. 그중 몇몇은 겨우 성년이 된 나이였다. 같은 의자, 같은 방, 같은 계략. 수백 수천의 용의자들. 법적인 관점에서 보면 유죄가 입증될 때까지는 무죄로 추정된다. 심문자의 관점에서 보면 정반대다. 용의자가 무고하다는 걸 자신에게 입증하려면 용의자를 무너뜨려야 한다. 때로는 확신이 들 때까지 몰아붙여야 한다. 리버스는 이런 심문을 몇 차례나 했는지 확실히는 알 수 없었지만 수백 번이라는 건 분명했다. 용의자가 무죄라는 걸 알아내려는 목적만으로 무너뜨린 용의자도 수십은 될 것이다. 리버스는 자신의 상황도, 그래야 하는 이유도 알고 있었지만, 그렇다고 더 쉬워지는 건 아니었다.

"조니 바이블에 관해 몇 가지 말해 주지." 안크램이 말했다. "조니 바이블의 프로파일은 몇 가지 직업군에 들어맞아. 그중 하나는 현직 또는 전직 경찰이지. 경찰의 수사 방법을 잘 알고 미세 증거를 남기지 않는 자야."

"인상착의를 확보했잖습니까. 저는 너무 늙었어요."

안크램이 얼굴을 찡그렸다. "존, 우린 신원의 한계를 알잖나."

"난 조니 바이블이 아닙니다."

"그렇다고 모방범이 아니라고는 할 수 없지. 자네가 그렇다고 하진 않았어. 물어볼 게 몇 가지 있을 뿐이라고 했지."

"그럼 물어보시죠."

"자네는 패트릭 경찰서에 왔었네."

"그렇습니다."

"표면상 이유는 나한테 엉클 조 톨에 관한 얘기를 하는 거였고."

"그래서요."

"기억날지 모르겠지만, 나에게 조니 바이블에 대한 질문을 많이 했어. 바이블 존 사건에 대해서도 많이 아는 것 같았고." 안크램은 리버스가 기억하고 있는지 보려고 기다렸다. 하지만 리버스는 아무 반응도 없었다. "패트릭 경찰서에 있으면서 자네는 바이블 존에 관한 원본 파일을 확인하는 방에 오래 머물렀어." 안크램이 다시 말을 잠시 멈췄다. "방송국 기자

말로는 자네가 부엌 찬장에 바이블 존과 조니 바이블에 관한 신문 스크랩과 메모를 쑤셔 넣고 있다고 하더군."

이 나쁜 년!

"잠깐만 기다려 주십시오." 리버스가 말했다.

안크램이 뒤로 몸을 젖혔다. "그러지."

"경감님이 말씀하신 건 전부 사실입니다. 두 사건에 관심이 있어요. 바이블 존…… 이건 설명이 필요하겠군요. 그리고 조니 바이블의 경우…… 피해자 중 한 사람을 제가 압니다."

안크램이 몸을 앞으로 기울였다. "누구?"

"앤지 리델이요."

"에든버러의 피해자?" 안크램과 그로간이 시선을 교환했다. 리버스는 둘이 무슨 생각을 하는지 알았다. 또 다른 연결 고리군.

"리델을 연행했던 팀에 있었습니다. 그 후에 한 번 봤고요."

"봤다고?"

"리스로 차를 타고 가며 시간을 보냈죠."

그로간이 콧방귀를 뀌었다. "그런 식으로 돌려 말하는군."

"얘기를 한 것뿐입니다. 차 한 잔과 브라이디를 사줬죠."

"그리고 아무한테도 말하지 않았다? 그게 어떻게 보일지 모르나?"

"또 찍혔겠죠. 너무 많이 찍혀서 빈 자리가 있을지 모르지만."

안크램이 일어났다. 한시바삐 방을 나가고 싶었지만 이것만으로는 부족했다. "이건 안 좋아." 안크램이 말했다.

"진실인데 어떻게 안 좋을 수 있죠?" 하지만 리버스는 안크램의 말이 맞는 걸 알았다. 안크램의 말에는 어떤 것도 동의하고 싶지 않았다. 심문자의 덫 - 감정 이입 - 에 걸려드는 꼴이다. 하지만 이 한 가지는 부인할 수 없었다. 이건 안 좋다. 삶이 킨크스의 노래처럼 〈막다른 길$^{Dead\ End\ Street}$〉에 몰리고 있었다.

"지금 똥줄이 타들어가겠군." 안크램이 말했다.

"알려줘서 고맙네요."

그로간이 담뱃불을 붙여 리버스에게 권했다. 리버스는 미소를 지으며 그 수법을 거절했다. 담배가 당기면 직접 피울 생각이었다.

당기긴 했다. 하지만 아직은 아니었다. 대신 손바닥을 손톱으로 긁으며 말초신경을 깨우려고 했다. 방에는 잠시 침묵이 흘렀다. 안크램이 등을 뒤로 기댔다.

"이 친구 커피 농장까지 간 거 아냐?"

그로간이 어깨를 으쓱했다 "교대 시간이라서. 구내식당이 만원일 거야."

"직원도 없다면서 만원은 무슨." 리버스가 말했다. 안크램이 고개를 숙이고 큭큭 웃었다. 그러고는 리버스를 곁눈질했다.

시작이군. 리버스는 생각했다. 공감하는 척하기. 안크램이 리버스의 속내를 읽고 그에 따라 생각을 바꿨는지도 모른다.

"바이블 존 얘기를 좀 더 해 보지." 안크램이 말했다.

"좋습니다."

"스파벤 사건 자료부터 시작했네."

"그래요?" 브라이언 홈스를 알아냈나?

"읽어보니 재미있더군."

"요새는 관심을 갖는 사람이 별로 없죠."

이번에는 미소를 짓지 않았다. "몰랐던 사실인데." 안크램이 조용히 말했다. "로슨 게데스가 바이블 존 사건을 수사했더군."

"그랬나요?"

"그러다 수사팀에서 퇴출됐더군. 이유를 아나?"

리버스는 아무 말도 하지 않았다. 안크램은 빈틈을 찾아내고 일어서서 리버스 쪽으로 몸을 기울였다.

"몰랐나?"

"수사한 건 알고 있었습니다."

"하지만 수사에서 빠지라는 명령을 받은 건 몰랐지. 게데스가 자네한테 말해 주지 않았기 때문이야. 바이블 존 파일에서 그 사실을 알았네. 하지만 이유는 언급되지 않았더군."

"엉뚱한 얘기로 빠지는 거 아닙니까?"

"게데스가 바이블 존 얘기를 했나?"

"한두 번 정도요. 옛날 사건 얘기를 많이 했습니다."

"그랬겠지. 자네하고 가까웠으니까. 게데스는 생각 없이 아무 말이나 떠들곤 했다던데."

리버스는 안크램을 노려보았다. "훌륭한 경찰이었습니다."

"게데스가?"

"그렇게 생각합니다."

"하지만 훌륭한 경찰이라도 실수는 하지. 아무리 훌륭한 경찰도 살면서 한 번은 선을 넘을 수 있어. 소식통들 얘기로는 자네도 몇 번 선을 넘었다던데."

"소식통이 아니라 소식똥이겠죠."

안크램이 고개를 저었다. "지금 문제가 되는 건 자네의 과거 행적이 아니야." 이 말을 충분히 음미하는 듯 안크램이 허리를 쭉 펴고는 몸을 돌렸다. 여전히 등을 돌린 채 그가 말했다. "알고 있나? 이 방송사는 스파벤 사건에 관심을 가지고 있어. 스파벤 사건은 조니 바이블의 첫 번째 살인과 동시에 일어났지. 사람들이 어떻게 생각할 것 같나?" 이제 안크램은 몸을 돌려서 손가락 하나를 들어 올렸다. "어떤 경찰이 옛날 파트너가 들려줬던 바이블 존 사건을 기억해내고 거기에 집착했지." 그는 두 번째 손가락을 들어 올렸다. "그 경찰이 오래전에 묻었다고 생각한 스파벤 사건이 이제 다시 세상의 빛을 보게 될 참이었어." 이제 세 번째 손가락을 들어 올렸다. "지금까지는 그 폭탄이 머릿속에서만 있었는데, 이제 도화선에 불이 붙은 거지."

리버스는 일어섰다. "사실이 아니라는 걸 아시지 않습니까."

"설득시켜보게."

"그럴 필요도 없을 것 같습니다."

안크램은 실망한 것 같았다. "타액, 혈액, 지문을 채취하게 될 거야."

"뭣 때문에요? 조니 바이블은 단서를 남기지 않았습니다."

"과학수사연구소가 자네 옷도 살펴보게 할 생각이야. 팀을 보내 아파트도 수색할 거고. 아무 짓도 하지 않았다면 반대할 이유가 없겠지." 안크램은 반응을 기다렸지만 아무것도 얻지 못했다. 그때 문이 열렸다. "더럽게 오래 걸렸군."

럼스덴이 쏟아진 커피로 흥건한 쟁반을 들고 있었다.

휴식 시간이었다. 안크램과 그로간은 얘기를 하려고 복도로 나갔다. 럼스덴은 보초를 선다고 생각하면서 팔짱을 낀 채 문 옆에 서 있었다. 리버스가 자기 머리를 날려버릴 정도로 뚜껑이 열리지는 않았다고 생각했다.

하지만 리버스는 남은 커피를 마시면서 그저 앉아 있을 뿐이었다. 맛이 형편없는 걸 보니 싸구려인 것 같았다. 담배 하나를 꺼내 불을 붙인 다음, 세상 마지막 담배인 양 들이마셨다. 담배를 수직으로 들고는, 이렇게 작고 부러지기 쉬운 게 어째서 자신을 사로잡고 있는지 생각해 보았다. 이 사건도 다르지 않았다. 담배가 흔들렸다. 그의 손이 떨리고 있었다.

"자네 짓이군." 럼스덴에게 말했다. "상관한테 내 이야기를 팔아먹었어. 참아는 주겠지만 잊을 거라는 생각은 말게."

럼스덴이 쏘아보았다. "겁먹을 것 같습니까?"

리버스는 맞받아 쏘아보았다. 담배를 피우면서 아무 말도 하지 않았다. 안크램과 그로간이 사무적인 태도로 방에 돌아왔다.

"존." 안크램이 말했다. "그로간 경감과 나는 이 사건을 에든버러에서 다루는 게 최선이라고 결정했네."

아무것도 입증하지 못했다는 얘기군. 약간의 가능성이라도 있었다면 그로간은 순순히 물러나지 않았을 것이다.

"징계 문제도 있네." 안크램이 말을 이었다. "하지만 스파벤 사건 감찰과 함께 다루기로 했어." 잠시 말을 멈췄다. "홈스 경사만 안됐지."

리버스는 미끼를 물 수밖에 없었다. 그래야 했다. "홈스가 왜요?"

"스파벤 사건 파일을 가지러 갔을 때, 사무관이 최근에 그 자료에 관심을 보인 사람이 많았다고 하더군. 홈스가 사흘 연속으로 그 파일을 열람했고, 한 번에 몇 시간씩 봤던 것 같아. 심지어 근무 시간에도." 안크램은 다시 말을 멈췄다. "자네 이름도 적혀 있더군. 홈스를 찾아갔겠지. 홈스가 뭘 하고 있었는지 말해 주겠나?"

침묵이 흘렀다.

"증거 인멸?"

"꺼져."

"그렇게 보이는군. 무엇이었든 간에 바보 같은 짓이었어. 홈스는 징계를 각오하고 묵비권을 행사하고 있지. 파면될 수도 있어."

리버스는 무표정한 얼굴을 했지만 속은 그럴 수 없었다.

"이보게." 안크램이 말했다. "여기서 나가지. 자네 차는 사람을 시켜 보내고, 내 차를 타고 가자고. 가는 도중에 이야기하세."

리버스는 일어나 그로간 쪽으로 걸어갔다. 그로간은 공격을 예상한 듯 어깨에 힘이 바짝 들어갔다. 럼스덴은 주먹을 쥐고 준비하고 있었다. 리버스는 얼굴을 그로간의 코앞에 가져갔다.

"경감님도 받아먹었습니까?" 얼굴이 터질 듯 팽팽해지면서 혈관과 주름살이 두드러지는 꼴을 보니 재미있었다.

"존." 안크램이 경고했다.

"솔직하게 물어보는 겁니다." 리버스는 말을 이었다. "그런 게 아니라면, 여기서 휴가를 보내는 것처럼 보이는 글래스고 사람 둘한테 감시를 붙여도 나쁘지 않을 텐데요. 이브와 스탠리 톨이라고 하는데, 스탠리의 진짜 이름은 말키죠. 아버지는 엉클 조라고도 하는 조셉 톨인데, 글래스고의 지배자입니다. 안크램 경감님이 근무하고 생활하면서 돈을 뿌리고 양복을 사는 곳이죠. 이브와 스탠리는 버크 클럽에서 술을 마십니다. 거기선 코카인이 술처럼 흔하게 거래되더군요. 럼스덴 경사가 데려가줬는데, 전에도 가 본 것 같았습니다. 조니 바이블이 첫 번째 피해자를 고른 곳이라고 경사가 알려줬어요. 그날 밤 나를 부두로 데려갔죠. 청하지도 않았는데 말입니다." 리버스는 럼스덴을 살펴보았다. "럼스덴 경사는 약삭빠른 사기꾼이죠. 선수입니다. 루도라고 불리는 것도 당연하죠."

"내 부하에 대한 험담은 용납하지 않겠네."

"이브와 스탠리에게 감시를 붙이세요." 리버스가 강조했다. "그러다 발각되면 누가 흘렸는지 알게 되겠죠." 리버스는 그로간과 같은 곳을 바라보고 있었다.

럼스덴이 리버스에게 달려들어 목에 주먹을 날렸다. 리버스는 럼스덴을 밀어냈다.

"넌 하수구처럼 썩었어, 럼스덴. 내가 모른다고 생각하지 마!"

럼스덴이 주먹을 날렸지만 빗나갔다. 안크램과 그로간이 둘을 떼어놓았다. 그로간이 리버스를 가리켰지만 말은 안크램에게 했다.

"저자를 여기 잡아두는 게 낫겠네."

"데려갈 거야."

"그럴 수 있을지 모르겠군."

"데려가겠다고 말했네, 테드."

"날 두고 다투는 걸 본 것도 오랜만이군요." 리버스가 미소를 지으며 말했다.

애버딘 경찰 둘은 리버스를 잡아먹을 듯 노려보았다. 안크램이 주인인 듯 리버스의 어깨를 쳤다.

"리버스 경위." 안크램이 말했다. "가는 게 좋겠군."

"부탁이 하나 있습니다." 리버스가 말했다.

"뭔가?" 둘은 리버스의 호텔로 가는 안크램의 차 뒷좌석에 있었다. 거기서 리버스의 차를 가져갈 예정이었다.

"부두까지 잠깐만 우회해 주십시오."

안크램이 리버스를 쳐다보았다. "이유는?"

"피해자가 사망한 장소를 보고 싶습니다."

안크램이 다시 쳐다보았다. "뭣 때문에?"

리버스는 어깨를 으쓱했다. "조의를 표하려고요." 리버스가 말했다.

안크램은 시체가 발견된 장소를 대략적으로만 알았다. 하지만 현장을 보존하기 위해 밝은색의 출입 통제선이 쳐 있는 곳을 금방 찾을 수 있었다. 부두는 조용했다. 시체가 발견되었던 나무 상자의 자취도 없었다. 과학수사연구소 어딘가에 있을 것이다. 리버스는 통제선 오른쪽에서 주위를 둘러보았다. 거대한 흰색 갈매기가 안전한 거리에서 뽐내듯 걷고 있었다. 바람이 상쾌했다. 이곳과 럼스덴이 내려줬던 장소가 얼마나 가까운지 알 수 없었다.

"피해자에 대해 아시는 건요?" 리버스는 안크램에게 물었다. 안크램은 주머니에 손을 찔러넣고 서서 리버스를 살펴보고 있었다.

"이름은 홀든. 나이는 스물일곱인가 스물여덟이네."

"범인이 기념품을 가져갔나요?"

"신발 한 짝뿐이네. 자네, 매춘부한테 차 한 잔 사줬다고 이렇게 관심을 보이는 건가?"

"앤지 리델이었습니다." 리버스가 잠시 말을 멈췄다. "눈이 예뻤어요." 그는 부둣가를 따라 이어진 녹슨 선체 쪽을 바라보았다. "제 자신에게 계속 했던 질문이 있었습니다. 우리가 그 일이 일어나게 놔둔 걸까? 아니면 그 일을 일어나게 만든 걸까?" 리버스는 안크램을 쳐다보았다. "어떻게 생각하십니까?"

안크램이 얼굴을 찡그렸다. "무슨 말인지 모르겠군."

"저도 그렇습니다." 리버스는 인정했다. "운전사한테 제 차 조심해서 다루라고 해 주십시오. 핸들이 좀 느슨합니다."

악몽

21

그들은 가파른 사다리를 오르내리며 쫓아왔다. 아래에는 성난 바다가 철썩이며 금속을 찌그러뜨리고 있었다. 리버스는 손잡이를 놓쳐 발판에서 굴렀다. 깊게 베인 옆구리에 손을 갖다 대니 피 대신 석유가 흘러나오고 있었다. 그들은 6미터 위에서 여유 있게 내려다보며 웃고 있었다. 어디로 가야 하지? 날 수 있을지도 모른다. 그는 팔을 퍼덕이며 공중으로 몸을 날렸다. 추락하는 것 말고는 두려울 게 없었다.

콘크리트 위에 박치기하는 거나 마찬가지다.

못 위로 추락하는 것보다 나은 것일까? 아니면 나쁜 것일까? 결정해야 했다. 추적자들이 가까이 다가왔다. 상처를 입은 상태임에도 아직까지는 앞서고 있었지만 거리를 더 벌릴 수는 없었다. 그래도 벗어날 수 있다고 생각했다.

벗어날 수 있어!

바로 뒤에서 목소리가 들려왔다. "꿈에서나 그렇지." 그러고는 누군가가 허공으로 그를 밀었다.

리버스는 갑자기 잠에서 깨면서 머리를 차 천장에 부딪혔다. 공포와 아드레날린이 온몸에 몰려왔다.

"저런." 운전석에서 안크램이 핸들을 다시 바로잡으며 말했다. "무슨 일인가?"

"제가 얼마나 잤죠?"

"자는 줄도 몰랐네."

리버스는 시계를 봤다. 불과 몇십 분 정도일 것이다. 얼굴을 문지르며 심장의 두근거림은 언제든 원하면 멈출 수 있다고 속으로 말했다. 안크램에게 악몽이라고, 공황 발작이라고 말할 수 있었다. 하지만 아무 말도 하고 싶지 않았다. 달리 밝혀지기 전까지는, 안크램은 총잡이 조폭들이나 마찬가지로 확실한 적이었다.

"뭐라고 하셨죠?" 리버스는 대신에 이렇게 물었다.

"거래에 대해 설명하고 있었네."

"거래 좋죠." 일요일자 신문이 리버스의 무릎에서 흘러내렸다. 그는 바닥에 떨어진 걸 주워들었다. 조니 바이블의 최근 범행은 1면에만 나와 있었다. 다른 면까지 싣기에는 너무 일렀다.

"지금 당장도 자네를 정직시키기에는 충분해." 안크램이 말했다. "한두 번 겪는 일도 아니겠지만."

"많이 당해봤죠."

"조니 바이블은 관두고라도, 스파벤 사건 감찰에 제대로 응하지 않았다는 문제가 있어."

"감기 때문입니다."

안크램은 무시했다. "우리 둘 다 두 가지를 알고 있지. 첫째, 가끔은 좋은 경찰도 곤경에 빠진다는 것. 나도 과거에 소송을 당한 적이 있네. 둘째, 이 TV 프로그램은 새로운 증거를 거의 제시하지 못하고 있다는 것. 전부 추측과 짐작뿐이야. 반면에 경찰 수사는 세밀하지. 우리가 취합한 정보는 고등법원 형사부에 제출되고 영국 최고의 형사법 변호사들이 살펴보게 돼."

리버스는 이 이야기의 의도를 궁금해하면서 몸을 돌려 안크램을 살펴보았다. 룸미러를 통해 뒤쪽을 보니, 안크램의 부하가 리버스의 차를 조심스럽게 몰면서 따라오고 있었다. 안크램은 계속 도로에서 눈을 떼지 않고 있었다.

"존, 내가 하고 싶은 말은 이거야. 무서운 게 없다면서 왜 도망쳤나?"

"무서운 게 없다고 누가 그러던가요?"

안크램은 미소를 지었다. 늙다리들의 판에 박힌 행동이 바로 저랬다. 판에 박힌 행동. 안크램을 믿느니 놀이터에 있는 소아성애자를 믿겠다. 그렇긴 해도, 엉클 조가 토니 엘에 대해 거짓말했을 때, 애버딘에 관한 정보를 알려준 건 안크램이었다. 이자는 대체 어디 편이지? 이중 스파이 게임을 하나? 아니면 그저 리버스가 정보 여부에 관계없이 아무것도 찾아내지 못할 것이라고 생각했나? 자신이 엉클 조의 손바닥 안에 있다는 걸 감추려는 술책이었나?

"제대로 들은 건지 모르겠군요." 리버스가 말했다. "제가 스파벤 사건에서 두려워할 건 아무것도 없다는 말씀인가요?"

"그럴 수도 있지."

"그렇게 되게 하신다는 얘깁니까?" 안크램은 어깨를 으쓱했다. "대가는요?"

"존, 자네는 닭장 안에 들어온 살쾡이처럼 여기저기 들쑤시고 다녔어. 그리고 아주 교묘했고."

"더 교묘하게 하라는 말씀인가요?"

안크램의 목소리가 단호해졌다. "한 번만 넘어가줬으면 하네."

"미치슨 사건 수사를 덮으라고요?" 안크램은 아무 말도 하지 않았다. 리버스는 질문을 되풀이했다.

"자네한테도 절대 손해가 아니야."

"그리고 경감님은 엉클 조한테 크게 생색내고요?"

"현실을 직시해. 이건 흑백으로 나눌 수 있는 바둑판이 아니야."

"그럼요. 회색 실크 양복과 빳빳한 현찰의 세계죠."

"기브 앤 테이크야. 엉클 조 같은 놈은 어디에나 있어. 그자를 없애면 새파란 위선자가 설치기 시작하겠지."

"그러느니 아는 악마가 낫다?"

"나쁜 좌우명은 아니지."

"좌우명이라면 또 하나 있죠." 리버스가 말했다. "평지풍파 일으키지 마라. 이런 말씀 같군요."

"자네를 위해 충고하는 거야."

"별로 감사하는 마음이 안 드네요."

"리버스, 자네가 언제나 겉도는 이유를 알 것 같군. 호감을 갖기 어려워."

"6년째 우리 경찰서 호감 1위인데요?"

"그럴 것 같지 않네."

"캣워크* 위에서 울어본 적도 있어요." 리버스는 잠시 말을 멈췄다. "저에 관해 잭 모튼에게 물어보셨습니까?"

"잭은 이상할 정도로 자네를 높게 평가하더군. 내가 보기에는 감성적인

---

* catwalk, 사람이 접근할 수 없는 장소에 있는 기기를 점검하기 위해 두어진 사다리꼴의 수평 통로.

부분이 있는 것 같아."

"관대하시군요."

"이래서는 답이 안 나와."

"네. 하지만 시간은 잘 가겠죠." 리버스는 휴게소 안내판을 보았다. "들러서 점심 드실 건가요?

안크램은 고개를 저었다.

"경감님이 아직 묻지 않으신 게 하나 있습니다."

안크램은 묻지 않을까 했지만 걸려들었다. "뭔가?"

"스탠리와 이브가 애버딘에서 뭘 하고 있었는지 묻지 않으셨어요."

안크램은 휴게소로 들어가라는 신호를 보내고 브레이크를 세게 밟았다. 리버스의 사브를 몰던 운전자는 진입로를 놓칠 뻔했다. 타이어가 타맥 도로 위에서 끼익 소리를 냈다.

"떼어놓으시려고요?" 리버스는 안크램이 당황하는 모습을 보는 게 즐거웠다.

"커피나 한잔하지." 안크램이 문을 열며 으르렁거렸다.

리버스는 타블로이드 신문을 가지고 앞 테이블에 앉아 조니 바이블 기사를 읽었다. 이번 범행의 피해자는 바네사 홀든이었다. 스물일곱 살이었고 기혼이었다. 다른 피해자들은 전부 미혼이었다. '기업 프레젠테이션'을 전문으로 하는 회사의 이사였다. 리버스는 어떤 회사인지 잘 알 수 없었다. 신문에 실린 사진은 친구가 찍은 것이었는데 전형적인 카메라 앞 미소를 짓고 있었다. 웨이브 진 머리를 어깨까지 길렀고, 치아 모양이 예뻤다. 이렇게 일찍 죽으리라고는 생각하지 못했을 것이다.

"이 괴물을 잡아야 합니다." 리버스는 기사의 마지막 문장을 되풀이해 말했다. 그러고는 신문을 구겨버리고 커피에 손을 뻗었다. 테이블 아래를 내려다보다 바네사 홀든의 옆모습을 힐끗 보게 되었는데, 전에 어디선가 본 것 같다는 느낌이 들었다. 그냥 스치면서 본 것뿐이었지만. 사진 속 그녀의 머리카락을 손으로 덮어보았다. 옛날 사진이었다. 아마도 헤어스타일을 바꿨을 것이다. 나이가 좀 더 든 얼굴을 상상해 보았다. 안크램은 부하와 이야기하느라 리버스를 보고 있지 않았다. 그래서 피해자를 알아보고 충격받은 리버스의 얼굴을 보지 못했다.

"전화 좀 해야겠습니다." 리버스가 일어나며 말했다. 공중전화는 정문 옆에 있었다. 테이블에서 볼 수 있는 위치였다. 안크램이 고개를 끄덕였다.

"무슨 일로?" 안크램이 말했다.

"오늘 일요일인데 교회를 안 가서요. 목사님이 걱정하실 겁니다."

"차라리 이 베이컨을 먹겠네." 안크램이 문제의 베이컨을 포크로 찔렀다. 하지만 리버스를 보내주기는 했다.

리버스는 전화를 하면서 잔돈이 충분하기를 바랐다. 일요일이니 요금이 저렴할 것이다. 그람피언 경찰서의 누군가가 전화를 받았다.

"그로간 경감님 부탁합니다." 그는 안크램에게서 눈을 떼지 않았다. 레스토랑은 일요일에 놀러 나온 운전자들과 가족들로 붐볐다. 안크램에게 들릴 위험은 없었다.

"지금 바쁘신 것 같은데요."

"조니 바이블의 최근 피해자에 관한 일입니다. 공중전화인데 돈이 아슬아슬해요."

"잠깐만 기다리세요."

30초 지났다. 안크램이 얼굴을 찡그리며 리버스를 보고 있었다. 마침내 나왔다. "그로간 경감입니다."

"리버스입니다."

그로간이 숨을 들이쉬었다. "대체 원하는 게 뭔가?"

"부탁 하나 하려고요."

"부탁?"

"경감님한테 큰 도움이 될 수 있습니다."

"농담하나? 분명히 말하는데."

"농담 아닙니다. 제가 이브와 스탠리 톨에 대해 한 얘기 들으셨죠?"

"들었지."

"뭔가 하실 생각입니까?"

"그럴지도."

"꼭 해 주십시오. 저를 위해서요."

"그러면 이 신세를 반드시 갚겠다?"

"그렇습니다."

그로간이 기침을 하고 목청을 가다듬었다. "좋아." 그가 말했다.

"정말이죠?"

"약속은 지키네."

"그럼 말하죠. 방금 조니 바이블의 최근 피해자 사진을 봤습니다."

"그런데?"

"전에 본 적이 있는 여자였어요."

잠시 침묵이 흘렀다. "어디서?"

"럼스덴과 내가 버크 클럽을 나갈 때 클럽으로 들어오고 있었습니다."

"그래서?"

"내가 아는 사람과 팔짱을 끼고 있었습니다."

"자네가 아는 사람이 한둘인가?"

"내가 조니 바이블과 관계있다는 뜻이 아닙니다. 하지만 피해자와 팔짱을 끼고 있던 남자는 관계가 있죠."

"누군지 아는 사람인가?"

"헤이든 플레처. T-버드 석유회사의 홍보 담당입니다."

그로간이 받아 적었다. "조사해 보겠네." 그가 말했다.

"약속 잊지 마십시오."

"무슨 약속? 기억나지 않는군." 전화가 끊어졌다. 리버스는 수화기를 박살내고 싶었지만 안크램이 보고 있었다. 게다가 옆에는 어린애들이 군침을 흘리며 장난감 진열장을 들여다보면서 부모를 조를 궁리를 하고 있었다. 그래서 보통 사람처럼 수화기를 제자리에 놓고 테이블로 돌아갔다. 안크램의 부하가 일어나서 리버스에게는 눈길 한 번 주지 않고 밖으로 나갔다. 그래서 리버스는 그가 명령을 받았다는 사실을 알았다.

"별일 없나?" 안크램이 물었다.

"더할 나위 없이 좋죠." 리버스는 안크램 맞은편에 앉았다. "감찰은 언제 시작합니까?"

"빈 고문실을 찾는 대로 즉시." 둘 다 미소를 지었다. "이보게, 리버스. 20년 전에 자네 친구 게데스와 레니 스파벤 사이에 무슨 일이 있었는지 개인적으로는 병아리 오줌만큼도 관심이 없어. 근데 이 이야기를 꾸며대는 악당 놈들을 본 적이 있어. 그렇다고 그걸 이유로 잡아넣을 수는 없지. 다른 명목으로 엮어야 해. 놈들이 하지 않은 걸로." 안크램이 어깨를 으쓱했다. "그렇게 되는 거지."

"바이블 존도 그렇게 된 거라는 소문이 있던데요."

안크램은 고개를 저었다. "그런 것 같지 않아. 하지만 여기에 핵심이 있지. 자네 친구 게데스가 스파벤에 집착해서, 그놈을 – 알았건 몰랐건 자네의 도움을 받아 – 엮어 넣었다면…… 무슨 뜻인지 알겠지?"

리버스는 고개를 끄덕였지만 아무 말도 할 수 없었다. 그들은 스파벤을 몇 주 동안 몰아붙였다. 그 전부터도 몇 주 동안 계속 닦달했다.

"무슨 뜻이냐면," 안크램이 말을 이었다. "진짜 살인범은 도망쳤다는 거야. 아무도 찾을 생각조차 안 하니 완전 자유의 몸이지." 안크램은 이 마지막 문장을 말하며 미소를 지었다. 그러고는 의자에 등을 기댔다. "이제 엉클 조에 대해 몇 가지 말해 주지." 리버스는 주목했다. "엉클 조는 마약 거래에 관련되었을 거야. 큰 이권이 걸렸으니 그냥 지나치지 않겠지. 하지만 글래스고는 이미 자기 손아귀에 있으니, 전쟁을 벌이기보다는 그물을 더 넓게 치는 쪽을 택한 것 같아."

"애버딘까지요?"

안크램이 고개를 끄덕였다. "강력반하고 감시 작전을 펴기 전에 미리 파일을 조사하는 중이네."

"과거에 경감님이 시도한 감시는 전부 실패했습니다."

"이 문제에는 이중의 덫이 있네. 누군가 엉클 조에게 흘렸다면, 어디서부터 새어나간 건지 우리가 파악할 수 있게 돼."

"그러면 엉클 조나 그 끄나풀을 잡을 수 있겠군요? 성공할지도 모릅니다. 경감님이 동네방네 소문만 안 내면."

"자네한테 달렸네."

"왜요?"

"일을 망칠 수 있기 때문이지. 아주 완벽하게."

"아시다시피 전에도 이런 적이 있습니다. 전부 자기들에게 맡기고 손을 떼라고 했죠."

"그런데?"

"그런 경우 대체로 뭔가 숨기고 있더군요."

안크램은 고개를 저었다. "이번에는 아니야. 하지만 정말로 제안할 게 있네. 말했듯이, 개인적으로는 스파벤 사건에 관심이 없지만 직무상 처리해야 해. 보고서를 작성하는 방법은 수없이 많아. 전체 사건에서 자네의 역할을 최소화하고 빼줄 수 있어. 수사를 중단하라는 얘기가 아니야. 1~2주 보류하라는 거지."

"그렇게 묵혀 두는 동안 몇 건의 자살 사건과 사고사가 일어날지도 모릅니다."

안크램은 화가 난 것 같았다.

"경감님은 경감님 일을 하십시오." 리버스가 말했다. "저는 제 일을 하겠습니다." 그는 일어나서 조니 바이블 기사가 실린 신문을 보고는 주머니에 쑤셔 넣었다.

"거래를 하세." 안크램이 부글거리듯 말했다. "부하를 하나 자네한테 붙여서 나한테 보고하게 하겠네. 이 조건을 받아들이지 않으면 정직당할 거야."

리버스는 창 쪽으로 엄지손가락을 움직였다. "밖에 저 친구요?" 운전자는 밝은 태양 아래서 담배를 피우고 있었다. 안크램은 고개를 저었다.

"자네를 더 잘 아는 사람."

안크램이 입을 열기도 전에 리버스는 답을 알 수 있었다.

"잭 모튼이야."

잭은 아파트 밖에서 리버스를 기다리고 있었다. 이웃 사람이 세차를 하는 쪽 접시 안테나에서 물이 흘러내렸다. 잭은 자기 차 안에 앉아 있었다. 차창은 내렸고 신문의 십자말풀이 코너가 펼쳐져 있었다. 그는 차에서 나와 팔짱을 끼고, 머리를 햇빛 쪽으로 기울였다. 반소매 셔츠와 물 빠진 청바지 차림에 발에는 새것처럼 보이는 운동화를 신었다.

"주말을 망쳐서 미안해." 안크램의 차에서 나오면서 리버스가 말했다.

"잊지 말게!" 안크램이 잭에게 소리쳤다. "리버스 경위를 눈에서 놓치지 마. 화장실에 가면 열쇠 구멍으로 엿봐. 쓰레기 버리러 간다면 봉지 안에 숨어 들어가 있고. 알겠나?"

"명심하겠습니다." 잭이 말했다.

운전했던 경찰이 리버스에게 어디다 주차해야 하는지 물었다. 리버스는 도로 구석에 있는 주차 제한선을 가리켰다. 앞 유리에는 아직 '그람피언 경찰서 공무 수행 중' 안내판이 있었다. 리버스는 그걸 군이 서둘러 떼어내려 하지 않았다. 안크램이 운전석에서 나와 뒷문을 열었다. 운전자가 리버스에게 사브 열쇠를 건네고 트렁크에서 슈트케이스를 꺼낸 다음, 안크램의 차에 타 좌석과 룸미러를 조정했다. 리버스와 잭은 안크램이 떠나는 모습을 보았다.

"그나저나," 리버스가 말했다. "요새 주스 교회에 다닌다던데."

잭이 코를 찡그렸다. "열성 신자인지는 모르겠지만, 술을 끊는 데는 도움이 됐어."

"대단하군."

"자네 말은 농담인지 진담인지 모르겠어."

"다년간의 연습이 필요하지."

"휴일은 즐겁게 지냈나?"

"말도 마."

"한 대 맞은 얼굴이군."

리버스는 관자놀이를 문질렀다. 혹은 가라앉고 있었다. "선수를 뺏기면 짜증을 내는 사람들이 있지."

둘은 층계참을 올라갔다. 잭은 리버스보다 한두 걸음 뒤에 있었다.

"진심으로 눈을 떼지 않을 생각이야?"

"상관 명령이잖아."

"그래서 뭘 알아내려는 거지?"

"나한테 좋은 일이겠지. 오랜 세월을 들여 알아낸 사실인데, 난 나한테 좋은 것을 진심으로 원해."

"철학자 같은 얘기네." 리버스는 자물쇠에 열쇠를 꽂고 문을 밀어 열었다. 현관 카펫에는 우편물이 몇 개 있었다. 많지는 않았다. "이건 수십 개의 법률을 위반하는 행위야. 내가 원하지 않으면 자네는 날 따라다닐 수 없어."

"그럼 유럽 인권 법원에 제소하든가." 잭이 리버스를 따라 거실로 들어왔다. 슈트케이스는 현관에 놔둔 채였다.

"한잔하겠나?" 리버스가 웃었다.

"하하."

리버스는 어깨를 으쓱하고는 깨끗한 잔을 찾아 케일리 버지스가 준 위스키를 따랐다. 술이 술술 넘어갔다. 그는 요란하게 숨을 내쉬었다. "이게 그립지?"

"늘 그립지." 소파에 주저앉으며 잭이 인정했다.

리버스는 한 잔 더 따랐다. "나도 그래."

"그게 전쟁의 반이야."

"뭐라고?"

"술이 없으면 문제라고 인정하는 거."

"그렇게 말하지 않았어."

잭은 어깨를 으쓱하고 다시 일어섰다. "전화 좀 써도 될까?"

"내 집이 자네 집인데 뭘."

잭이 전화기 쪽으로 걸어갔다. "메시지가 있는 것 같은데. 틀어볼래?"

"전부 안크램이 보낸 거야."

잭은 수화기를 들고 일곱 자리 숫자를 눌렀다. "나야." 잭이 말했다. "우린 여기 있어."

리버스는 잔 가장자리 위로 잭을 쳐다보았다.

"팀이 오고 있어." 잭이 설명했다. "여길 한번 훑어볼 거야. 칙이 말했다고 하던데."

"들었어. 수색영장은 없겠지?"

"원한다면 받아올 수는 있어. 하지만 내가 자네라면 가만 앉아서 내버려두겠어. 금방 끝나. 게다가 법원에 제출하게 되면 세부 조항을 근거로 탄핵할 수 있고."

리버스는 미소를 지었다. "내 편 들어주는 거야, 잭?" 잭은 다시 앉았지만 아무 말도 하지 않았다. "안크램한테 내가 전화했다고 말했지?"

잭은 고개를 저었다. "덫을 쓰면 안 될 것 같을 때는 닫아둬." 몸을 앞으로 기울였다. "칙은 우리가 돌아오리라는 걸 알아. 자네와 나 말이야. 그래서 내가 여기 온 거야."

"무슨 말인지 모르겠네."

"충성심 얘기야. 안크램은 내 충성심을 테스트하고 있어. 내 과거 — 바로 자네와 나 — 를 미래와 겨루게 하지."

"그래서 얼마나 충성하는데?"

"몰아붙이지 마."

리버스는 잔을 비웠다. "재미있는 며칠이 되겠군. 내가 대박 증거물을 가지고 있다면 어떻게 할 생각인가? 요강이나 빌어먹을 부기맨처럼 침대 밑에 숨길 건가?"

"존, 그러지……"

하지만 리버스는 일어섰다. "빌어먹을, 여긴 내 집이야! 바깥세상의 똥 덩어리들에게서 벗어나 숨을 수 있는 곳이지. 가만히 앉아서 내버려두라고? 자네가 보초를 서고, 과학수사팀은 전봇대에 오줌 싸려는 개처럼 냄새 맡으면서 돌아다니고…… 그런데도 그냥 앉아서 손가락만 빨라고?"

"그래."

"그런 건 엿이나 먹으라고 해. 자네도 마찬가지고." 초인종이 울렸다. "자네가 열어줘." 리버스가 말했다. "자네 개들이잖아."

잭은 상처받은 듯한 표정으로 문으로 갔다. 리버스는 현관으로 가 슈트케이스를 들어 침실로 가져갔다. 그는 그걸 침대에 던져놓고 열어보았다. 누가 짐을 쌌는지는 몰라도 깨끗한 것 더러운 것 구별 않고 한데 몰아넣어서 전부 세탁해야 했다. 그는 세면도구 가방을 집어 들었다. 가방 안에는 접은 메모지가 있었다. 메모지에는 '특정한 옷 몇 가지는' '법의학적' 조사를 위해 그람피언 경찰서에서 수거해갔다고 적혀 있었다. 리버스는 옷가지를 살펴보았다. 습격을 받았던 날 입었던 잔디 얼룩이 진 바지, 찢어진 셔츠가 없었다. 그로간은 리버스가 바네사 홀든을 살해했는지 확인하기 위해 그 옷들을 검사할 것이다. 개새끼. 전부 개새끼들이다. 죄다 엿이나 처먹어라. 리버스는 열린 슈트케이스를 벽에 던졌다. 그때 잭이 문가로 다가왔다.

"존, 금방 끝날 거래."

"원하는 만큼 천천히 해도 된다고 해."

"그리고 내일 아침에 혈액 검사를 하고 타액을 채취해갈 거야."

"나중 건 문제 없어. 안크램보고 직접 가져가라 그래."

"안크램 경감이 자원한 게 아니야."

"꺼져, 잭."

"그럴 수 있으면 좋겠네."

리버스는 잭을 밀고 현관으로 나갔다. 거실 안에는 과학수사팀 팀원들이 있었다. 몇몇은 아는 얼굴이었다. 모두 흰색 전신 작업복을 입고 비닐장갑을 꼈다. 소파에서 쿠션을 들어보고, 책의 페이지를 뒤적거렸다. 좋아서 하는 일 같지는 않아 조금 위안이 되었다. 안크램이 에든버러 경찰을 동원한 건 현명한 처사였다. 글래스고에서 불러 모으는 것보다는 쉬웠을 것이다. 모서리 찬장 앞에 쭈그리고 앉았던 대원이 일어나 몸을 돌렸다. 리버스와 눈이 마주쳤다.

"자녠가, 쇼반?"

"안녕하세요, 경위님." 귀와 뺨이 새빨개지며 쇼반 클락이 말했다. 리버스는 그걸로 충분했다. 그는 재킷을 집어 들고 문으로 향했다.

"존?" 잭 모튼이 뒤에서 불렀다.

"잡을 수 있으면 잡아 봐." 리버스가 말했다. 계단을 반쯤 내려갔을 때, 잭이 바로 그렇게 했다.

"어디 가나?"

"펍에." 리버스가 말했다. "내 차로 갈 거야. 자네는 안 마시니까 돌아올 때는 자네가 운전해. 그러면 위법이 아니니까." 리버스는 문을 열었다. "이제 자네의 주스 교회가 얼마나 대단한지 보자고."

리버스는 밖에서 곱슬머리가 희끗희끗한 키 큰 남자와 부딪힐 뻔했다. 마이크가 눈에 띄었다. 뭐라고 질문을 해대는 소리가 들렸다. 이먼 브린이었다. 리버스는 브린의 콧날을 칠 정도로만 머리를 숙였다. '글래스고 키스'*에는 힘이 들어가지 않았지만 리버스가 지나가기엔 충분했다.

"개자식!" 마이크를 떨어뜨리고 두 손으로 코를 감싸 쥐며 브린이 식식거렸다. "이거 찍었어? 찍었냐고?"

리버스는 돌아보았다. 브린의 손가락 사이로 코피가 흘러내렸다. 카메라맨이 고개를 끄덕이는 모습이 보였다. 한쪽에서는 케일리 버지스가 입에 펜을 문 채 반쯤 미소를 지으며 리버스를 쳐다보고 있었다. "저 여자는 자네가 친근한 표정을 지으면 좋겠다고 생각하는 것 같아." 잭 모튼이 말했다.

둘은 옥스퍼드 바에 서 있었다. 리버스는 잭에게 쇼반 이야기를 했다.

"그런 상황이었다면 나라도 그랬을 거야." 잭은 신선한 오렌지주스와 레모네이드를 반 파인트 정도 마셨다. 잭이 한 모금 마실 때마다 얼음이

---

* Glasgow kiss, 레슬링 기술 중 하나로, 머리로 들이받는 동작을 말한다.

달가닥거렸다. 리버스는 벨하벤 베스트*를 두 파인트째 마시고 있었다. 마시는 속도가 점점 빨라졌다. 맥주는 맛있고 부드러웠다. 일요일 저녁의 옥스퍼드 바는 문을 연 지 20분밖에 되지 않아서인지 조용했다. 그들 옆에는 단골 세 명이 퀴즈 프로그램이 방영되는 TV를 올려다보고 있었다. 퀴즈 사회자는 토피어리** 같은 헤어스타일을 했고, 치아는 피아노에서 이식한 듯 가지런했다. 하는 일은 얼굴 바로 아래까지 카드를 들고, 문제를 읽은 다음, 카메라를 응시하고는 마치 그 대답에 비핵화가 달려 있는 것처럼 문제를 반복하는 것이었다.

"그러면 배리." 사회자가 진지하게 말했다. "200점짜리 문제입니다. 셰익스피어의 『한여름 밤의 꿈』에서 벽(Wall) 역할을 한 등장인물은 누구일까요?"

"핑크 플로이드."*** 첫 번째 단골이 말했다.

"스나우트." 두 번째 단골이 말했다.

"잘 가게, 배리." 답이 생각나지 않는 게 분명한 배리를 보며, 세 번째 손님이 TV 쪽으로 손가락을 흔들었다. 버저가 울렸다. 사회자가 다른 두 경쟁자들에게 문제를 돌렸다.

"없습니까?" 사회자가 말했다. "아무도 없어요?" 사회자는 놀란 것 같았지만, 답을 찾으려고 카드를 살펴보았다. "스나우트입니다." 불운한 삼총사를 보며 사회자가 말했다. 그러고는 다음에는 기억할 수 있게 이름을 반복했다. "재스민, 150점짜리 문제입니다. 애크런이라는 마을은 미국의 어느 주에 있을까요?"

---

* Belhaven Best, 스코틀랜드의 에일 맥주.
** topiary, 새나 동물 모양 등으로 가지치기한 나무.
*** 《The Wall》은 핑크 플로이드의 앨범명이다.

"오하이오." 두 번째 단골이 말했다.

"「스타트렉」의 등장인물 아니야?" 첫 번째 단골이 말했다.

"잘 가, 재스민." 세 번째 단골이 말했다.

"그러면," 잭이 말했다. "얘기나 할까?"

"집이 습격당한 게 전부가 아니야. 옷은 압수됐고, 연쇄 살인 혐의까지 덮어썼으니 미칠 노릇이지. 빌어먹을 얘기나 하자고."

"그거 빌어먹게 괜찮겠군."

리버스는 잔에 대고 콧방귀를 뀐 다음, 코에 묻은 거품을 닦았다. "그 망할 놈의 새끼한테 박치기를 먹여서 얼마나 기쁜지 몰라."

"그자는 현장을 다 찍어서 기뻤을 것 같은데."

리버스는 어깨를 으쓱하고는 주머니에 손을 넣어 담배와 라이터를 꺼냈다.

"피워." 잭이 말했다. "나도 한 대 주고."

"끊었다면서?"

"그랬지. 하지만 담배는 중독자 치료 모임이 없어. 어서 줘."

하지만 리버스는 고개를 저었다. "말이라도 고마워, 잭. 하지만 자네가 옳아."

"뭐가?"

"미래를 내다봐야 한다는 말. 지랄 맞게 옳은 말이야. 그러니 무너지지 말고 지켜. 금주, 금연, 내 행동을 칙 안크램에게 보고하는 것도."

잭이 리버스를 쳐다보았다. "진담이야?"

"전부 진담이야." 리버스는 잔을 비웠다. "물론 안크램에 대한 건 좀 빼고."

그러고는 한 잔 더 주문했다.

"정답은 오하이오입니다." 사회자가 말했다. 바에 있는 누구도 놀라지 않았다.

"내 생각엔," 잠시 후 두 번째 주스 잔을 반쯤 비우며 잭이 말했다. "'우리가' 처음으로 신념의 위기를 겪는 것 같아."

"오줌 마려워?" 잭이 고개를 끄덕였다. "집어쳐." 리버스가 말했다. "화장실까지는 같이 안 갈 거야."

"자리에 있겠다고 약속해줘."

"내가 가면 어딜 간다고."

"존……"

"알았어, 알았어. 내가 자넬 곤란하게 할 것 같아?"

"모르겠어. 그럴 생각이야?"

리버스는 잭에게 윙크했다. "화장실 갔다 오면 알게 되겠지."

잭은 최대한 오래 서 있다가 몸을 돌려 재빨리 화장실로 갔다. 리버스는 담배를 피우며 팔꿈치를 바에 기댔다. 지금 당장 가버리면 잭이 어떻게 할지 궁금했다. 안크램에게 보고할까? 아니면 입을 다물까? 보고해서 자기 한 몸이나 챙길까? 결국 안 좋게 보일 것이고, 그건 바라는 바가 아니겠지. 그러니 입을 다물 것이다. 리버스는 안크램 모르게 일을 시작할 수 있었다.

안크램에게 알아낼 방법이 있다는 게 문제였다. 안크램은 잭 모튼에게만 의존하지 않았다. 그렇긴 해도 그게 재미있는 점이었다. 게다가 일요일 밤이었다. 신앙을 이용할 수도 있다. 나중에 잭을 코너 리어리 신부에게 데려갈 수도 있다. 잭은 한때 독실한 청교도였다. 아마 지금도 그럴 것이다. 가톨릭 신부와 술을 마시자면 허둥지둥 도망갈 수도 있다. 리버스는 주위를 둘러보다 잭이 계단 맨 위에 있는 걸 발견했다. 잭은 말 그대로 십 년감수한 표정이었다.

불쌍한 친구라고 리버스는 생각했다. 안크램은 잭에게 공정하게 대하지 않았다. 잭의 입가에서 압박감을 볼 수 있었다. 리버스는 갑자기 피곤해졌다. 아침 6시부터 깨어 있었다는 게 기억났다. 그 이후로 긴장의 연속이었다. 잔을 마저 비우고 문 쪽으로 가자는 몸짓을 했다. 잭은 나가는 것만으로도 너무 좋아하는 것 같았다.

밖에 나왔을 때 리버스는 잭에게 물어보았다. "얼마나 가까이 갔어?"

"뭐에?"

"진짜 술을 주문하는 거."

"거의 그럴 뻔했지."

리버스는 차 지붕에 몸을 기대고 잭이 차 문을 열기를 기다렸다. "이렇게 해서 미안해." 그는 조용히 말했다.

"뭐가?"

"여기 데려온 거."

"펍에 가도 술을 마시지 않을 의지력을 가져야지."

리버스는 고개를 끄덕였다. "고마워." 리버스가 말했다.

그리고 자신에게도 살짝 미소를 지었다. 잭은 괜찮을 것이다. 일러바치지 않을 것이다. 이미 자존심을 너무 많이 잃었다.

"손님용 방은 있어." 차에 타면서 리버스가 말했다. "하지만 시트 같은 건 없어. 괜찮다면 소파에서 자도 되고."

"그게 좋겠네." 잭이 말했다.

잭에게는 좋겠지만 리버스에게는 그렇게 좋지만은 않았다. 침대에서 자야 했기 때문이다. 창가 의자에서 반쯤 옷을 입은 채 잠들 수 없게 되었다. 새벽 2시에 롤링 스톤스를 들을 수도 없게 되었다. 어떻게 해서든 서둘러서 이 일을 빨리 끝내버려야 했다.

내일부터 시작이다.

옥스퍼드 바를 떠나면서 리버스는 우회하기로 결심하고 잭에게 리스 쪽으로 가자고 지시했다. 잭이 잠시 주변을 돌게 한 다음, 불이 꺼진 가게 입구를 가리켰다.

"저기가 그 여자의 자리였어." 리버스가 말했다.

"누구?" 잭이 차를 세웠다. 거리에는 활기가 없었다. 매춘부들은 다른 데서 영업을 했다.

"앤지 리델 말이야. 아는 여자였어, 잭. 몇 번 만났다는 뜻이야. 처음에는 일 때문이었지. 연행했거든. 그다음에는 앤지를 보려고 여기 왔어." 리버스는 재치 있는 한마디를 기대하면서 잭을 쳐다봤지만 그는 진지한 표정이었다. 그는 귀를 기울이고 있었다. "앉아서 얘길 나눴지. 나중에 앤지가 죽었다는 사실을 알게 됐어. 피해자가 아는 사람일 경우에는 얘기가 달라져. 피해자의 눈이 기억나지. 색깔이나 그런 게 아니야. 눈은 그 사람의 모든 것을 말해줘." 리버스는 한동안 말없이 앉아 있었다. "죽인 놈이 누구든, 앤지의 눈을 본 적이 없었을 거야."

"존, 우리는 성직자가 아니야. 이건 일이야. 가끔은 눈을 돌릴 수도 있어야 해."

"자네는 그게 돼? 근무 끝나고 귀가하면 갑자기 모든 게 괜찮아져? 밖에서 무슨 꼴을 봤든 간에 집에 돌아오면 성처럼 안전해지나?"

잭은 어깨를 으쓱하고 핸들에 손을 문질렀다. "그건 내 삶이 아니야, 존."

"다행이네." 리버스는 앤지에 관한 무엇이라도, 그림자의 흔적이라도, 남아 있는 무엇이라도 다시 볼 수 있기를 기대하면서 다시 입구를 쳐다보았다. 하지만 어둠뿐이었다.

"집에 가지." 양손 엄지로 눈을 가리며 리버스는 잭에게 말했다.

페어몬트 호텔은 글래스고의 서쪽 끝, 주요 교통로에서 바로 떨어진 곳에 있었다. 밖에서 보면 그리 눈에 띄지 않는 콘크리트 슬래브 건물이었다. 내부는 중급 정도의 시설로, 주요 업무는 주로 주중에 이루어졌다. 바이블 존은 일요일 밤에만 예약했다.

애송이의 최근 피해자에 관한 뉴스는 일요일 아침에 터졌다. 일반 신문들이 다루기에는 너무 늦은 시간이었다. 대신에 방에 있는 라디오의 여러 채널을 돌려가며 시간마다 속보를 청취했고, 가능하면 TV 뉴스도 보면서 사이사이 메모를 작성했다. 텔레텍스트 채널에서는 짧은 문장들이 점멸했다. 알게 된 사실은 피해자가 20대 후반의 기혼 여성이며, 애버딘에 있는 부두 근처에서 발견되었다는 게 거의 다였다.

또 애버딘이다. 모든 게 맞춰져 간다. 동시에, 만일 애송이의 짓이라면 놈은 자신의 패턴을 깨고 있다. 처음으로 기혼 여성이 피해자였고, 아마도 피해자 중 가장 나이가 많을 것이다. 애초부터 패턴이란 건 없었다는 의미일 수 있었다. 반드시 기존의 패턴을 없앨 필요는 없다. 아직 패턴이 확립되지 않았다는 뜻일 뿐이다.

바이블 존은 바로 그 점을 확신했다.

그동안, 노트북에 있는 '애송이' 파일을 열어 세 번째 피해자에 관한 노트를 읽었다. 친구들 사이에서는 '주주'로 불리는 주디스 케언스였다. 스물한 살이었고, 켈빙그로브 공원 바로 건너 힐헤드에 있는 임대 아파트를 같이 썼다. 창문을 통해 힐헤드를 볼 수 있었다. 실업자로 등록이 되어 있지만, 지하 경제에서 일했다. 점심시간에는 몇몇 바에서, 저녁에는 튀김 음식 전문점에서, 주말 아침에는 페어몬트 호텔의 메이드로 일했다. 바이블 존은 애송이가 여기서 피해자를 만났다고 추측했다. 여행을 다니는 사람은 호텔을 자주 이용한다. 바이블 존은 자신이 애송이와 얼마나 비슷한지 — 육체적인 면이 아닌 정신적인 면에서 — 궁금했다. 이 뻔뻔스러운 애송이 강탈자와 가깝다는 느낌을 갖고 싶지 않았다. 특별한 존재이고 싶었다.

그는 방 안을 서성거렸다. 최근의 조사가 마무리되지 않는 동안 애버딘으로 돌아가 보고 싶었다. 하지만 여기 글래스고에서 해야 할 일이 있었다. 한밤중까지는 끝낼 수 없었다. 주디스 케언스가 켈빙그로브 공원을 가로지르는 걸 상상하며 창밖을 응시했다. 주디스는 수십 번 그랬던 게 분명했다. 그리고 한 번은 애송이와 함께였다. 애송이에게는 한 번으로 충분했다.

오후와 저녁 사이에 피해자에 대한 더 많은 뉴스가 전해졌다. 이제 피해자는 '스물일곱 살의 성공한 회사 임원'으로 묘사되었다. '사업가'라는 단어가 비명처럼 바이블 존의 머리에 파고들었다. 트럭 운전사 같은 직업이 아니다. 그냥 사업가다. 애송이. 컴퓨터 앞에 앉아서 첫 번째 피해자에 대한 노트로 스크롤을 올렸다. 로버트 고든 대학교에서 지질학을 전공하는 학생이었다. 이 피해자에 대해 더 알아내야 했지만, 어떤 방법을 써야 할지 생각해낼 수 없었다. 이제 네 번째 피해자가 자리했다. 네 번째 피해자를 연구해 보면, 처음으로 대상을 추려내지 않아도 전체 그림을 파악할 수 있을 것이다. 오늘 밤에 뭔가 길이 보일지도 모른다.

늦은 시간에 산책을 나갔다. 밤공기는 쾌적하고 아늑했다. 차량도 별로 없었다. 글래스고는 그다지 나쁜 곳이 아니었다. 미국의 도시라면 손으로 꼽을 수 없을 정도로 많이 가봤다. 젊은 시절을 보냈던 도시, 면도칼을 든 조폭들과 맨손으로 싸움을 벌였던 이야기가 떠올랐다. 글래스고는 폭력의 역사를 가지고 있었지만, 그게 전부는 아니었다. 아름다운 도시, 사진작가들과 예술가들의 도시도 될 수 있었다. 연인들의 도시도.

죽이고 싶지 않았어. 그는 글래스고에게 그렇게 말하고 싶었다. 물론 거짓말이었다. 그때, 그 마지막 순간, 무엇보다 원했던 것은 피해자들의 죽음이었다. 누군가가 자신의 느낌을 설명해 주길 바라면서 살인자들과의 인터뷰도 읽었고, 재판의 증언도 여러 번 들었다. 어림도 없었다. 설명하거나이해하는 건 불가능했다.

세 번째 피해자를 고른 이유를 이해하지 못하는 사람이 특히 많았다. 미리 운명 지어진 느낌이었다고 말할 수 있다. 택시에 있던 목격자는 문제되지 않았다. 아무것도 문제 될 게 없었다. 더 높은 힘이 모든 걸 결정했다.

아니면 더 낮은 힘이든가.

머릿속에서 유전적 부조화로 인한 화학물질 간의 충돌이 있었을 뿐인지도 모른다.

그 후에 삼촌이 미국 일자리를 제안해준 덕분에 글래스고를 떠날 수 있었다. 모든 삶을 두고 떠나 새로운 삶, 새로운 신분을 만들어냈다. 마치 남겨둔 것들의 자리를 결혼과 직업이 차지했던 것처럼.

길모퉁이에서 『헤럴드』지의 다음 날 조간을 산 다음, 바로 들어가 몰두해 읽었다. 그는 오렌지주스를 마시고 구석에 앉았다. 아무도 그에게 관심을 보이지 않았다. 애송이의 최근 피해자에 대한 세부 사항이 더 있었다. 피해자는 기업 프레젠테이션 분야에서 일했다. 산업계를 상대로 영상, 디스플레이, 연설문 작성, 전시회 부스 등을 패키지로 준비하는 일이다. 그는 사진을 다시 살펴보았다. 피해자는 애버딘에서 일했고, 거기에는 단 하나의 산업만이 있었다. 석유. 그는 피해자를 알아보지 못했다. 만난 적이 없는 게 확실했다. 그래도 애송이가 왜 이 여자를 골랐는지 의아했다. 바이블 존에게 메시지를 보낸 걸까? 불가능했다. 보냈다면 바이블 존의 정체를 안다는 얘기다. 아무도 모른다. 아무도.

호텔로 돌아왔을 때는 자정이었다. 프런트에는 사람이 없었다. 방으로 올라와 한두 시간 잠깐 눈을 붙였다. 새벽 2시 반, 알람 소리에 잠이 깼다. 카펫이 깔린 계단을 내려와 프런트로 갔다. 아직 사람이 없었다. 30초 만에 사무실에 침입했다. 문을 닫고 어둠 속에서 컴퓨터 앞에 앉았다. 전원은 켜져 있었고 화면 보호 모드였다. 마우스를 움직여 화면을 활성화한 다음 작업을 시작했다. 주디스 케언스가 살해된 날부터 6주 전까지를 검색해 객실 예약과 결제 수단을 확인했다. 애버딘 또는 그 근처에 본사를 둔 회사 앞으로 된 계정을 찾고 있었다. 애송이는 이 호텔에 피해자를 물색하러 온 게 아니라 출장을 왔고, 우연히 피해자를 발견했다는 느낌이 들었다. 새로 드러나기 시작한, 규정하기 힘든 패턴을 찾고 있었다.

15분 후, 회사 스무 개의 목록과 법인 카드로 결제한 개인의 명단을 입수했다. 현재 필요한 건 이게 다였지만, 딜레마에 빠졌다. 컴퓨터에서 파일을 삭제할까, 아니면 그냥 둘까? 정보를 삭제하면 경찰을 애송이에게 유도할 가능성이 생긴다. 하지만 호텔 직원이 알아채면 관심을 보일 것이다. 경찰에 연락할 수도 있다. 플로피 디스크에도 백업했을 것이다. 사실상 경찰을 돕는 일이지만, 경찰이 자신의 존재를 경계하게 된다. 그러면 안 된다. 자료는 남겨두자. 필요한 것 이상의 행동은 하지 말라. 과거에 이 격언이 큰 도움이 되었다.

방으로 돌아와, 노트북에 있는 목록을 꼼꼼히 살펴보았다. 회사의 본사 위치, 주요 사업을 확인하는 건 쉬운 일이다. 나중에 하자. 내일 에든버러에서 회의가 있다. 이것을 이용해 존 리버스에 관해 무슨 조치를 취할 수 있다. 잠들기 전에 마지막으로 텔레텍스트를 확인했다. 그는 불을 끄고 커튼을 연 다음 침대에 누웠다. 하늘에는 별들이 반짝였다. 몇 개는 가로등으로도 볼 수 있을 만큼 밝았다. 천문학자들의 말에 따르면 저들 대부분은 죽은 별이다. 주변에 온통 죽은 것투성이인데 하나쯤 더 죽인다고 뭐가 달라질까?

아무것도 달라지지 않는다. 아무것도.

22

그들은 잭의 차를 타고 하우덴홀로 갔다. 리버스는 뒷좌석에 앉아서 잭을 자신의 '운전사'라고 불렀다. 3년 된 유광 검은색 푸조의 터보 버전이었다. 리버스는 금연 스티커를 무시하고 담뱃불을 붙였지만 옆 창문은 연채로 두었다. 잭은 아무 말도 하지 않았다. 심지어 룸미러로 쳐다보지도 않았다. 리버스는 침대에서 잠을 설쳤다. 식은땀이 흘렀다. 시트는 환자용 구속복 같았다. 쫓기는 꿈 탓에 거의 매시간 잠에서 깼다. 그는 침대에서 뛰어나와 알몸으로 서서 바닥 한가운데서 떨었다.

잭은 무엇보다 목이 뻣뻣하다고 투덜거렸다. 두 번째 불만은 부엌이었다. 냉장고가 텅 비었다는 것이었다. 리버스를 두고 장을 보러 갈 수도 없었다. 그래서 곧바로 차로 갔다.

"배고파 죽겠네." 잭이 툴툴댔다.

"그럼 차 세우고 뭐 좀 먹지."

리버튼에 있는 빵집 앞에 차를 세우고 소시지 롤빵, 커피, 마카롱 몇 개를 샀다. 그들은 버스 정류장 옆 주차 통제 구역에 차를 세우고 그 안에서 먹었다. 버스들이 지나가면서 차를 옮기라는 듯 계속 빵빵거렸다. 몇몇 버스 뒤에는 메시지가 있었다. '이 버스에 양보해 주세요.'

"버스는 괜찮아." 잭이 말했다. "기사들이 문제지. 저들 중 반은 짧은 대화도 못 해. 정비는 신경도 안 쓰고."

리버스가 한마디 했다. "여기서 길을 막고 있는 건 버스가 아니야."

"오늘 아침엔 기분이 좋아 보이네."

"입 다물고 운전이나 해."

하우덴홀에서는 리버스를 맞을 준비가 되어 있었다. 지난밤에 아파트에 왔던 팀이 신발을 모두 가져갔다. 그래서 과학수사팀에서는 조니 바이블의 살인 현장에 남은 발자국과 리버스의 발자국이 일치하는지 확인할 수 있었다. 오늘 아침에 리버스가 해야 할 첫 번째 일은 신고 있는 신발을 벗는 것이었다. 과학수사팀에서는 플라스틱 덧신을 주면서 리버스가 가기 전에 신발을 돌려주겠다고 했다. 덧신은 너무 크고 불편했다. 덧신 안에서 발이 미끄러지는 바람에 발가락을 오므려 신발이 벗겨지는 걸 막아야 했다.

타액 검사는 생략하기로 했다. 신뢰도가 너무 낮았다. 하지만 머리카락은 뽑아갔다.

"검사 끝나면 관자놀이에 이식해줄 수 있나요?"

족집게를 든 여자가 미소를 지으며 자기 일을 했다. 모근을 뽑아야 한다고 설명했다. 그냥 빠진 머리로는 PCR 분석을 할 수 없다고 했다. 몇몇 장소에서 해야 하는 검사도 있다. 하지만……

여자는 대답하지 않았지만 리버스는 알 수 있었다. 그냥 검사하는 시늉만 하고 있는 것이다. 안크램뿐만 아니라 그 누구도 비싼 검사를 해 봐야 결정적인 결과는 나오지 않을 거라고 생각하고 있었다. 유일한 결과는 짜증내고 초조해하는 리버스뿐일 것이다. 이 모든 검사의 목적은 그것이다. 과학수사팀도, 리버스도 알고 있었다.

혈액 검사 ─ 영장 요구권은 포기했다 ─, 그다음에는 지문, 그리고 옷에서 실과 섬유 가닥을 채취했다. 내가 컴퓨터로 들어가는군. 리버스는 생각했다. 난 무죄지만 역사에는 여전히 용의자로 남겠군. 20년 후에 누군가 파일을 조사하면 어떤 경찰관이 심문을 받고 표본을 제출했다는 사실을 알게 되겠지. 암울한 기분이었다. 그리고 일단 DNA가 등록되면 기록에는 그 DNA가 그 자신이 된다. 스코틀랜드의 DNA 데이터베이스는 이제 구축되기 시작했다. 리버스는 영장을 고집하는 게 나았을 거라는 생각이 들기 시작했다.

잭 모튼은 각 검사 내내 시선을 피하며 옆에 서 있었다. 리버스는 검사가 끝나고 신발을 돌려받았다. 과학수사팀 팀원이 지켜보는 것 같은 느낌이었다. 그럴 수도, 아닐 수도 있다. 피트 휴이트가 지나가면서 –지문 채취 검사에 동석하지 않았다– 혹 떼려다 혹 붙였다고 놀렸다. 주먹을 날리려는 리버스를 잭이 말렸다. 휴이트는 눈썹이 휘날리게 도망쳤다.

"페테스에 출석해야 해." 잭이 리버스에게 상기시켰다.

"준비됐어."

잭이 리버스를 쳐다보았다. "먼저 어디 좀 들러서 커피나 마시지."

리버스는 미소를 지었다. "안크램한테 덤벼들까 봐 걱정돼?"

"만일 그럴 생각이면, 안크램이 왼손잡이라는 걸 주의해."

"이 심문을 녹음하는 데 이의 있습니까, 경위?"

"녹음하면 어떻게 되죠?"

"날짜와 시간을 기록하고 복사본도 만들어서 하나는 경위에게 줍니다. 녹취록도 마찬가지입니다."

"이의 없습니다."

안크램은 녹음기 작동을 설정하던 잭 모튼에게 고개를 끄덕였다. 셋은
페테스 경찰서 3층 사무실에 있었다. 사무실은 비좁았고, 불만 있는 임차
인이 서둘러 방을 뺀 것처럼 보였다. 책상 옆에는 비워야 하는 휴지통이
있었다. 종이 클립이 바닥에 어질러져 있었다. 벽에는 셀로판테이프로 붙
인 사진이 떨어져나간 자국이 아직 남아 있었다. 안크램은 긁힌 자리가 있
는 책상 뒤에 앉았다. 스파벤 사건 서류가 한쪽에 쌓여 있었다. 안크램은
열은 파란색 바탕에 어두운 파란색 줄무늬가 있는 정장 셔츠에 타이를 맸
고, 우선 이발부터 한 것 같았다. 책상에는 펜 두 자루가 있었다. 노란색 케
이스의 가는 파란색 빅^{Bic} 볼펜과 비싸 보이는 래커 칠이 된 롤러볼 볼펜이
었다. 그는 깎고 다듬은 손톱으로 깨끗한 A4 용지 패드를 톡톡 두드렸다.
타이프로 친 서류 목록, 질문 내용과 요점이 패드 오른쪽에 있었다.

"그래서 말인데요, 의사 선생님." 리버스가 말했다. "제 생존 가능성은
어느 정도입니까?"

안크램은 그저 미소만 지었다. 그는 녹음을 위해 입을 열었다.

"본인은 스트래스클라이드 CID의 찰스 안크램 경감이다. 지금은," 안크
램이 가는 손목시계를 확인했다. "6월 24일 월요일 오전 10시 45분이다.
로디언 앤 보더스 주 경찰 소속 존 리버스 경위에 대한 예비 심문이다. 본
심문은 에든버러의 페테스 애비뉴에 있는 로디언 경찰청 본청 C25 사무
실에서 실시된다. 배석자는……"

"우편번호를 잊으셨네요." 리버스가 팔짱을 끼고 말했다.

"이것은 리버스 경위의 목소리다. 배석자는 폴커크 CID 소속으로 현재
글래스고의 스트래스클라이드 경찰에 파견 근무 중인 잭 모튼 경위다."

안크램은 메모를 보고 빅 볼펜을 집어 들어 첫 번째 두 줄에 뭔가 적었

다. 그러고는 플라스틱 컵을 집어 들더니 컵 가장자리 위로 리버스를 쳐다보면서 한 모금 마셨다.

"준비되면 언제든 시작하십시오." 리버스가 말했다.

안크램은 준비를 마쳤다. 잭은 녹음기가 놓인 테이블 옆에 앉았다. 마이크 두 개가 녹음기에서 나와 있었는데, 하나는 안크램 쪽, 다른 하나는 리버스 쪽을 향했다. 지금 앉아 있는 자리에서는 리버스가 잭을 잘 볼 수 없었다. 안크램과 자신뿐이었다. 체스판이 준비되었다.

"경위." 안크램이 말했다. "여기 왜 왔는지 압니까?"

"네, 경감님. 조셉 톨이라는 글래스고의 조폭, 애버딘의 마약 시장, 에든버러에서 살해된 석유회사 직원 사이에 존재할 수도 있는 연결 고리 수사를 중단하라는 지시를 거부했기 때문입니다."

안크램은 지루한 표정으로 사건 서류를 뒤적거렸다.

"경위, 레너드 스파벤 사건에 대한 관심이 다시 일어나고 있다는 사실을 압니까?"

"하이에나 같은 TV 기자들이 찔러보고 있다는 건 압니다. 피 냄새를 맡았다고 생각하죠."

"피 냄새가 맞습니까?"

"상한 케첩 냄새일 뿐입니다, 경감님."

안크램이 미소를 지었다. 이건 녹음되지 않겠지.

"안크램 경감이 미소를 지었다." 녹음을 위해 리버스가 말했다.

"경위." 서류를 보며 안크램이 말했다. "이 방송국에서는 왜 관심을 갖기 시작했죠?"

"레너드 스파벤의 자살 때문입니다. 대중적인 악명에 기름을 부었죠."

"악명?"

리버스는 어깨를 으쓱했다. "언론은 갱생한 폭력배나 살인자에게서 간접적인 전율을 느낍니다. 이런 자들이 예술가적인 성향을 보일 때 특히 그렇죠. 언론 자신이 이런 예술을 갈망하는 경우가 종종 있습니다."

안크램은 이야기를 좀 더 기대하는 것 같았다. 셋은 한동안 말없이 앉아 있었다. 카세트가 윙윙거리는 소리와 모터 소음만 들렸다. 복도를 걷던 누군가가 재채기를 했다. 오늘은 햇살 한 점 없었다. 철의 장막을 친 듯한 하늘에 비 예보도 있었다. 북해 쪽으로 거센 바람이 불었다.

안크램은 의자에 등을 기댔다. 리버스에게 전하는 메시지는 이것이었다. 서류는 필요 없다. 이 사건은 잘 알고 있다. "로슨 게데스가 자살했다는 소식을 들었을 때 어떤 느낌이었습니까?"

"참담했습니다. 게데스는 훌륭한 경찰이자 저에게는 좋은 친구였습니다."

"하지만 둘 사이에 불화가 있었다는데요."

리버스는 눈싸움을 했지만 먼저 깜빡이고 말았다. 이런 후퇴가 쌓이면 전투에서 진다고 생각했다.

"그랬나요?" 오래된 기술이다. 질문에는 질문으로 받아치기. 안크램의 표정을 보니 케케묵은 수법이라고 생각하는 것 같았다.

"부하를 시켜 당시부터 근무하던 경찰들에게 물어보았습니다." 안크램이 잭 쪽을 보았다. 눈 깜짝할 사이였다. 잭을 끌어들인다? 의심의 씨를 뿌리는 좋은 전략이다.

"다들 그렇듯 사소한 의견 충돌이 있었습니다."

"그래도 게데스를 존경했습니까?"

"지금도 존경합니다."

안크램이 고개를 숙여 이 점을 확인했다. 여자의 팔을 쓰다듬듯 서류를 손가락으로 만졌다. 소유욕이 강하군. 하지만 위로하거나 안심하기 위해 저런 행동을 할 수도 있다.

"그래서 잘 지냈습니까?"

"아주 잘 지냈죠. 담배 피워도 될까요?"

"휴식 시간이," 안크램이 시계를 확인했다. "11시 45분에 있을 예정입니다. 괜찮죠?"

"버텨 보겠습니다."

"이미 버텼습니다, 경위. 기록을 보면 명백하죠."

"그럼 기록한테 말씀하시죠."

안크램의 얼굴에 미소가 잠깐 스쳤다. "로슨 게데스가 레너드 스파벤에게 집착하는 걸 언제 알았습니까?"

"질문을 이해하지 못하겠습니다."

"이해할 거라 생각하는데요."

"다시 생각해 보시죠."

"게데스가 바이블 존 수사에서 배제된 이유를 압니까?"

"아니요." 힘, 진정한 힘을 가진 질문이었다. 리버스에게 먹힐 수 있었다. 리버스가 답을 알고 싶어 했기 때문이다.

"모른다고요? 게데스가 말하지 않았나요?"

"절대로요."

"바이블 존에 대한 얘기는 했죠?"

"네."

"봅시다. 전부 좀 모호하긴 하지만······" 안크램이 서랍을 연 다음, 두툼한 파일 두 개를 책상 위에 올려놓았다. "게데스의 개인 파일과 보고서를 입수했습니다. 바이블 존 수사에서 나온 자료와 이런저런 것들도 포함되어 있죠. 게데스는 점점 더 집착했던 것 같습니다." 안크램이 파일 하나를 열고는 천천히 페이지를 넘겼다. 그러고는 리버스를 쳐다보았다. "익숙하게 들리지 않습니까?"

"게데스가 레니 스파벤에게 집착했다는 말씀인가요?"

"그랬다는 걸 알 수 있습니다." 안크램은 고개를 끄덕이며 그 말을 음미했다. "당시 경찰들과의 인터뷰를 통해 알 수 있었습니다. 하지만 더 중요한 건, 바이블 존 때문에 알게 됐다는 사실이죠."

이 개자식이 리버스를 낚았다. 심문은 이제 겨우 20분 경과했을 뿐이었다. 리버스는 다리를 꼬고 무관심한 척했다. 얼굴이 팽팽하게 긴장됐다. 피부 아래 근육의 움직임이 보일 것 같았다.

"그래서," 안크램이 말을 계속했다. "게데스는 스파벤을 바이블 존 사건에 엮어 넣으려고 했습니다. 서류가 완전하지 않더군요. 일부가 폐기 또는 유실되거나, 아니면 게데스와 그 상관이 모든 걸 작성하지는 않았던 것 같습니다. 하지만 게데스는 스파벤을 추적했습니다. 의심의 여지가 없죠. 우리는 파일 속에 감춰져 있던 옛날 사진 몇 장을 찾아냈습니다. 스파벤의 사진도 그 안에 있더군요." 안크램이 사진 몇 장을 들어 올렸다. "보르네오 전쟁 때 찍은 겁니다. 게데스와 스파벤은 스코틀랜드 방위군에서 함께 복무했죠. 거기서 어떤 일이 있었고, 그때부터 게데스는 스파벤의 피를 보려고 했던 것 같습니다. 지금까지 내가 한 말이 어떻습니까?"

"시간 때우기에는 딱 좋군요. 사진 좀 봐도 될까요?"

안크램은 어깨를 으쓱하고 사진을 건넸다. 리버스는 사진을 보았다. 모서리에 주름이 잡힌 낡은 흑백사진이었다. 몇 장은 5x3.8센티미터도 되지 않았고, 나머지는 10x15센티미터 크기였다. 리버스는 바로 스파벤의 사진을 집어 들었다. 활짝 웃는 모습에 리버스는 역사 속으로 빨려 들어가는 느낌이었다. 군복에 도그 칼라*를 한 군목**이 있었다. 다른 사람들은 자루 모양의 헐렁한 반바지와 긴 양말 차림이었는데, 땀에 젖어 번들거리는 얼굴에 거의 겁먹은 눈으로 포즈를 취하고 있었다. 몇몇 얼굴은 흐릿해서 리버스는 로슨 게데스를 분간해낼 수 없었다. 밖에서 찍은 사진이었다. 배경에는 대나무 오두막이 있었고, 사진 하나에는 낡은 지프가 얼굴을 내밀고 있었다. 리버스는 사진을 뒤집어 거기 적힌 글 – 보르네오, 1965 – 과 몇몇 이름을 읽었다.

"로슨 게데스가 가지고 있던 것들입니까?" 사진을 돌려주며 리버스가 물었다.

"모르겠습니다. 다른 바이블 존 자료들과 함께 있었습니다." 안크램은 사진 장수를 세면서 파일에 다시 집어넣었다.

"그들은 전부 보르네오에 있었습니다." 리버스가 말했다. 잭 모튼의 의자가 바닥을 긁었다. 잭은 테이프가 얼마나 남았는지 확인했다.

"그래서," 안크램이 말했다. "게데스와 스파벤이 스코틀랜드 방위군에서 함께 복무했다는 걸 알았습니다. 게데스가 바이블 존 사건 수사 중에 스파벤을 쫓다가 퇴출됐다는 사실도 알게 됐죠. 몇 년 후로 가 보니 어떤 사실이 나왔는지 압니까? 게데스는 여전히 스파벤을 쫓고 있었습니다. 하

---

* dog collar, 일부 기독교 성직자들이 목에 두르는, 빳빳이 세운 흰색 칼라.

** 군대 내에 예속되어 있는 목사.

지만 이번에는 엘시 린드 살인 사건이었죠. 이번에도 그는 사건 수사에서 배제됐습니다."

"스파벤은 분명 피해자를 알고 있었습니다."

"그 점은 논란의 여지가 없죠, 경위." 그는 네 박자 쉬었다. "경위도 조니 바이블의 피해자 중 한 사람을 압니다. 그렇다고 경위가 피해자를 죽였다는 얘기가 되나요?"

"내 아파트에 있던 피해자의 목걸이를 가져와서 다시 물어보시죠."

"오, 이거 재미있는 얘기군요."

"그럼요."

"'세렌디피티(Serendipity)'란 단어를 아나요?"

"연설 때 쓰면 감칠맛 날 것 같군요."

"사전적 정의는 이렇습니다. '운 좋게 뭔가를 발견할 수 있는 능력.' 유용한 단어죠."

"아주 쓸모 있죠."

"그리고 로슨 게데스에게는 그 능력이 있었습니다. 경위는 장물인 시계 라디오가 운송되었다는 익명의 제보를 받았습니다. 그래서 수색영장도 없이 차고로 쳐들어갔습니다. 그리고 뭘 발견했을까요? 레너드 스파벤, 시계 라디오, 그리고 모자와 숄더백 — 둘 다 피해자의 소유물이죠 — 이었습니다. 대단히 운 좋은 발견이라고 하고 싶군요. 운이 아니었다는 점만 빼면."

"영장은 있었습니다."

"고분고분한 판사가 소급해 서명해줬죠." 안크램이 다시 미소를 지었다. "경위는 잘 처리했다고 생각했죠? 문제가 될 만한 발언은 없었다고 생각했을 겁니다. 이 말을 하는 건 경위가 현실을 직시하길 바라기 때문입니다. 끝나면 반론할 기회를 주겠습니다."

"기대되는군요."

안크램이 메모를 살펴보았다. 리버스의 생각은 반쯤은 보르네오와 그 사진에 가 있었다. 대체 바이블 존 사건과 무슨 관계가 있지? 좀 더 자세히 살펴볼 걸 하는 마음이 들었다.

"사건에 관한 경위 버전의 진술을 읽어보았습니다." 안크램이 말을 이었다. "왜 경위가 홈스 경사에게 그 진술들을 자세히 살펴보게 했는지 이해가 가더군요." 안크램이 올려다보았다. "꾸며낸 얘기였죠?"

리버스는 아무 말도 하지 않았다.

"당시 경위는 꽤 노련한 경찰이었습니다. 게데스한테 배운 것들을 숙지하고 있었죠. 나무랄 데 없는 보고서를 작성했지만, 경위가 한 거짓말과 꾸며내야 했던 공백을 너무 의식했습니다. 난 행간을 읽는 데 능숙합니다. 실제 비평이라고 할 수 있죠."

리버스가 머릿속에 간직한 장면이 있었다. 몸을 떨며 이글거리는 눈길로 문간에 서 있던 로슨 게데스의 모습이었다.

"내가 보는 전말은 이렇습니다. 게데스는 스파벤을 미행했습니다. 이번에는 위험 부담이 있었죠. 수사에서 빠지라는 명령을 받았으니까요. 차고까지 스파벤을 따라간 후, 스파벤이 떠날 때까지 기다렸다가 침입했습니다. 자신이 본 게 마음에 들었죠. 그래서 증거를 심기로 결심했습니다."

"아닙니다."

"그래서 다시 침입했습니다. 이번에는 피해자의 소지품 몇 개를 가져왔죠. 증거물 보관소에서 가져오지는 않았습니다. 기록에 따르면 모자나 가방을 가져간 사람은 없었으니까요. 그러면 어떻게 가져왔을까요? 두 가지

가능성이 있습니다. 첫 번째는 게데스가 당당하게 피해자의 집으로 가서 가져왔다는 겁니다. 두 번째는 게데스가 이미 가지고 있었다는 겁니다. 애초부터 스파벤에게 덮어씌울 생각이었으니까요."

"아닙니다."

"첫 번째가요? 아니면 두 번째?"

"둘 다 아닙니다."

"그 주장을 고수할 생각입니까?"

"네."

안크램은 책상 앞으로 몸을 더 기울여 각 요점마다 표시를 했다. 그는 다시 천천히 의자에 등을 기대고 시계를 봤다.

"휴식 시간인가요?"

안크램은 고개를 저었다. "아니요. 오늘은 이만하면 된 것 같습니다. 경위는 그 허위 보고서를 작성하는 과정에서 너무나 많은 실수를 했습니다. 그 목록을 만들려면 시간이 걸립니다. 다음 심문에서 그것들을 살펴보죠."

"벌써 흥분되는데요." 리버스는 일어나서 주머니에 손을 뻗어 담배를 찾았다. 잭이 녹음기를 끄고 테이프를 꺼내 안크램에게 건넸다.

"바로 복사본을 만든 다음, 경위에게 보내 확인을 받겠네." 안크램이 리버스에게 말했다.

"감사합니다." 리버스는 숨을 들이쉬었다. 영원히 숨이 멈췄으면 하는 바람이었다. 어떤 사람들은 담배 연기를 내뿜을 때 그런 바람을 가진다. "질문이 하나 있습니다."

"뭔가?"

"잭을 사무실에 데려가게 되면 뭐라고 말해야 하죠?"

"생각해낼 수 있을 거야. 요즘 자네는 거짓말의 달인이니까."

"칭찬받자고 한 말은 아니었지만 어쨌든 감사합니다." 리버스는 방을 나가려고 했다.

"끄나풀 말로는 TV 기자한테 박치기를 먹였다던데."

"발을 헛디디는 바람에 그 기자 쪽으로 넘어졌을 뿐입니다."

안크램은 거의 미소를 지으려고 했다. "헛디뎌?" 그는 리버스가 고개를 끄덕일 때까지 기다렸다. "꽤 볼만했겠군. 전부 카메라에 담았다던데."

리버스는 어깨를 으쓱했다. "경감님의 그 끄나풀 말인데요. 특별한 관계입니까?"

"왜 묻지?"

"정보원을 가지고 계시죠? 신문사에 말입니다. 짐 스티븐스 같군요. 좋은 친구를 두셨네요."

"할 말 없네, 경위." 리버스는 웃고는 몸을 돌렸다. "하나 더 묻지." 안크램이 말했다.

"뭐죠?"

"게데스가 스파벤에게 살인 혐의를 덮어씌우려고 했을 때, 자네는 스파벤의 친구와 공범 몇을 심문했지. 거기에," 안크램은 메모에서 이름을 찾는 척했다. "퍼거스 맥루어가 있었고."

"그런데요?"

"맥루어 씨는 최근에 사망했지. 사망한 날 아침에 자네가 만나러 갔다고 알고 있네."

누가 흘렸지?

"그래서요?"

안크램은 어깨를 으쓱했다. 만족한 것 같았다. "그냥…… 또 다른 우연의 일치라서. 그런데 그로간 경감이 오늘 아침에 전화했었네."

"경감님을 사랑하는 게 분명하네요."

"애버딘에 있는 야드암이란 펍 아나?"

"부둣가에 있죠."

"맞아. 들어간 적 있나?"

"어쩌면요."

"거기에 있는 술꾼 하나가 분명하게 진술했네. 자네가 술을 사주면서 석유 채굴 설비에 대해 얘기했다고."

머리가 크고 키가 작았던 남자다. "그래서요?"

"바네사 홀든이 살해되기 전날 밤에도 자네가 부두에 있었다는 얘기지. 연속해서 이틀 밤을. 그로간은 아주 신경이 곤두섰더군. 자네를 집어넣고 싶은 것 같아."

"절 넘길 생각이십니까?" 안크램은 고개를 저었다. "아니. 자네도 그걸 바라지는 않지?"

리버스는 안크램의 얼굴에 담배 연기를 뿜을 뻔했다. 거의.

"기대만큼 잘 되어가고 있어." 잭 모튼이 말했다. 잭은 운전석에 앉아 있었다. 리버스는 조수석에 앉기로 했다.

"피바다가 될 거라고 생각했기 때문이겠지."

"응급처치 훈련 때를 떠올리려고 했어."

리버스는 긴장을 풀며 웃었다. 두통이 있었다.

"대시보드 밑 사물함에 아스피린 있어." 잭이 말했다. 리버스는 사물함을 열었다. 작은 플라스틱 생수병도 있었다. 리버스는 아스피린 세 알을 삼켰다.

"보이스카우트였어?"

"여섯 살 때 컵스*에 있었어. 스카우트로 올라가지는 못했지. 다른 취미가 있었거든. 아직도 보이스카우트가 있나?"

"그렇다고 하더군."

"봉사활동 주간 기억해? 이웃을 돌아다니며 유리창을 닦아주고 정원을 손질해줘야 했지. 그러고는 현금은 모두 대장에게 줘야 했고."

"그중에 반은 대장이 바로 꿀꺽했을걸."

잭이 리버스를 쳐다보았다. "자네는 냉소적인 면이 있어."

"어쩌면."

"이제 어디로 가지? 아파치 요새?"

"이 고생을 하고 곧장?"

"옥스퍼드 바?"

"눈치가 늘었네."

잭은 토마토주스를 골랐다―체중 관리해야 한다고 했다―. 리버스는 맥주 반 파인트를 주문한 후, 잠시 생각하다 한 모금 마셨다. 아직 점심 식사 시간은 아니었지만 파이와 브라이디가 준비 중이었다. 바텐더가 걸스카우트 출신인 것 같았다. 둘은 잔을 가지고 뒤쪽 룸을 지나 구석 테이블에 앉았다.

"에든버러에 돌아오니 재미있군." 잭이 말했다. "여기서 마신 적은 없

* Cubs, 보이스카우트의 어린이 단원.

405

었지? 그레이트 런던 로드에 있었던 펍 이름이 뭐였더라?"

"기억 안 나." 사실이었다. 수백 번 갔던 게 분명한데도 인테리어조차 떠오르지 않았다. 거긴 그저 술을 마시고 이야기를 하는 장소일 뿐이었다.

"거기다 돈 엄청 갖다 바쳤지."

"갱생하신 주정뱅이께서 말씀하십니다."

잭은 억지로 미소를 지으며 잔을 들어 올렸다. "존, 그래도 말해 봐. 왜 술을 마시지?"

"악몽을 죽여 주니까."

"결국에는 자네 자신도 죽이게 돼."

"어차피 죽을 텐데."

"어떤 얘기를 들었는지 알아? 자네가 세상에서 가장 오래 살아남은 자살 피해자래."

"누가 그래?"

"신경 쓰지 마."

리버스는 웃었다. "기네스북에 올려달라고 신청해야겠네."

잭이 잔을 비웠다. "그래서 오늘 일정은?"

"전화해야 할 사람이 있어. 기자야." 리버스는 시계를 보았다. "집에 있을 거야. 바에 가서 전화해야 해. 같이 갈 거야?"

"아니. 자넬 믿어."

"정말?"

"그렇다니까."

그래서 리버스는 메리에게 전화하러 갔다. 하지만 자동응답기가 받을 뿐이었다. 응답기에 짧은 메시지를 남긴 후, 바텐더에게 가까운 데 사진관이 있는지 물어보았다. 바텐더는 고개를 끄덕이며 방향을 알려준 뒤, 잔을 닦으러 돌아갔다. 리버스는 잭을 불러 펍을 나왔다. 날이 점점 더워지고 있었다. 하늘에는 아직 구름이 짙게 드리웠지만 후텁지근했고 천둥이 칠 것 같았다. 하지 태양이 마치 어린애가 베개 장난을 하듯 계속 구름 뒤를 때리고 있는 것 같았다. 리버스는 재킷을 벗어 어깨에 걸쳤다. 사진관은 한 블록 더 가야 해서 힐 스트리트를 가로질렀다.

사진관 유리창에는 밝게 빛나는 듯한 결혼사진, 미소를 짓는 어린이들의 사진 같은 인물 사진들이 붙어 있었다. 행복한 순간 – 거대한 속임수 – 이 액자 안에 박제되어 캐비닛이나 TV 위에 놓이겠지.

"휴가 때 사진이지?" 잭이 물었다.

"어떻게 입수했는지 묻지 마." 리버스가 경고했다. 리버스는 직원에게 각각의 원판 필름을 현상하고 싶다고 설명했다. 직원은 받아 적고는 내일 된다고 말했다.

"한 시간 안에는 안 되나요?"

"현상의 경우는 불가능해요. 죄송합니다."

리버스는 영수증을 받아서 접은 다음 주머니에 넣었다. 다시 밖으로 나가니 비가 내리고 있었다. 리버스는 재킷을 입지 않았다. 어차피 땀으로 다 젖은 상태였다.

"존." 잭이 말했다. "싫으면 말하지 않아도 돼. 하지만 이 모든 일을 좀 알고 싶어."

"모든 일?"

"애버딘에 갔던 것, 칙과 자네 사이에 오갔던 암호 같은 대화. 그냥⋯⋯ 모든 일."

"모르는 게 좋을 거야."

"왜? 내가 안크램 밑에서 일해서?"

"아마도."

"이런, 존."

하지만 리버스는 듣지 않았다. 사진관에서 두 가게 내려간 곳에 페인트, 브러시, 벽지를 파는 작은 DIY 매장이 있었다. 리버스는 그걸 보고 아이디어가 떠올랐다. 차로 돌아와 방향을 지시하면서 잭에게 미스터리 여행을 할 거라고 말했다. 그는 털장화 마을에서 보낸 첫날 밤에 럼스덴이 같은 말을 했다는 게 기억났다. 세인트 레너즈 경찰서 부근에서 리버스는 잭에게 좌회전하라고 말했다.

"여기서?"

"여기야."

대형 DIY 매장이었다. 주차장이 거의 비어 있어서 매장 입구 근처에 주차했다. 리버스는 차 밖으로 나와서 바퀴 네 개 달린 카트를 찾았다.

"이런 매장에는 있을 거야."

"뭘 사려고?"

"필요한 게 좀 있어."

"자네한테 필요한 건 회반죽이 든 봉지가 아니라 식료품이야."

리버스는 잭 쪽으로 몸을 돌렸다. "그게 바로 자네가 틀린 점이야."

리버스는 페인트, 롤러, 브러시, 테레빈유, 방수포 몇 장, 회반죽, 핫에어 건*, 사포 - 결이 거친 것과 고운 것 - , 니스를 사고 신용카드로 계산했다. 그런 다음, 세인트 레너즈 경찰서에 있을 때부터 자주 다니던 근처 카페에

---

* hot-air gun, 물기 제거 등에 사용되는 총 모양의 열풍기.

서 잭에게 점심을 샀다.

그러고 나서는 집으로 돌아왔다. 잭이 물건 옮기는 걸 도와주었다.

"낡은 옷 가져온 거 있어?" 리버스가 물었다.

"트렁크에 전신 작업복이 있어."

"가져오는 게 좋겠어." 리버스는 발을 멈추고 열려 있는 문을 쳐다보았다. 그는 페인트를 바닥에 놓고 집 안으로 달려 들어갔다. 재빨리 주위를 확인해 보았지만 아무도 없었다. 잭은 문설주를 살펴보고 있었다.

"쇠지렛대를 사용한 것 같아." 잭이 말했다. "없어진 물건은?"

"오디오와 전화기는 그대로 있어."

잭이 들어와서 방들을 확인했다. "떠날 때하고 거의 같은데. 신고할 거야?"

"뭐하러? 안크램이 내 신경을 긁으려고 한 짓인 게 뻔한데."

"그런 것 같지는 않아."

"아니라고? 심문받는 동안에 침입했는데?"

"신고해야 해. 그래야 보험회사에서 새 문틀 대금을 보상해줄 거야." 잭이 주위를 둘러보았다. "아무도 못 들었다는 게 놀랍네."

"귀머거리 이웃." 리버스가 말했지. "에든버러의 명물이지. 알았어. 신고할게. 가게로 돌아가서 새 자물쇠 좀 사다 줘."

"자네는 뭘 하려고?"

"앉아서 여길 지키고 있을게. 약속해."

잭이 문밖으로 나가자 리버스는 전화기 쪽으로 갔다. 그는 전화를 걸어 안크램 경감을 바꿔달라고 했다. 그러고는 방을 둘러보면서 기다렸다. 누군가 침입했는데 오디오는 거들떠보지도 않고 가버렸다. 모욕적이군.

"안크램입니다."

"접니다."

"뭐 생각났나?"

"누군가 제 아파트에 침입했습니다."

"유감이군. 뭐가 없어졌나?"

"아무것도 안 가져갔습니다. 그게 실수였죠. 놈들한테 말해 주십시오."

안크램이 웃었다. "내가 관련됐다고 생각하나?"

"네."

"어째서?"

"경감님이 말씀해 주시죠. '괴롭힘'이란 단어가 떠오르더군요." 그 말을 하는 순간 「저스티스 프로그램」이 생각났다. 그놈들은 얼마나 절박하지? 주거 침입을 할 정도로 절박할까? 그런 것 같지는 않았다. 케일리 버지스는 아니었다. 하지만 이먼 브린은 완전히 다른 문제다…….

"이건 아주 중대한 혐의야. 난 별로 듣고 싶지 않군. 좀 진정한 다음에 생각해 보는 게 어떻겠나?"

리버스는 그렇게 했다. 전화를 끊은 다음, 재킷 주머니에서 지갑을 꺼냈다. 지갑 안은 신문 스크랩, 영수증, 명함으로 가득했다. 그는 케일리 버지스의 명함을 찾아서 사무실로 전화했다.

"오후에는 여기 안 계실 것 같아요." 비서가 말했다. "메시지 전해드릴까요?"

"이먼은요?" 리버스는 친구처럼 들리게 하려고 노력했다. "혹시 지금 있나요?"

"바로 확인해 볼게요. 성함이 어떻게 되시죠?"

"존 리버스입니다."

"잠시만 기다리세요." 리버스는 기다렸다. "죄송합니다. 이먼 씨도 안 계세요. 전화하셨다고 전해드릴까요?"

"아니요, 괜찮습니다. 나중에 다시 걸죠. 어쨌든 고맙습니다."

리버스는 이번에는 좀 더 꼼꼼하게 아파트 안을 둘러보았다. 처음에는 주거 침입이라고 생각했고, 그다음에는 일종의 술책이라고 보았다. 하지만 이제는 누군가 뭔가를 찾으려 했을 수도 있다는 생각이 들었다. 알아내기가 쉽지 않았다. 쇼반과 친구들은 찾아낸 물건을 제자리에 정확히 그대로 두지는 않았다. 하지만 그렇다고 샅샅이 뒤진 건 아니었다. 예를 들면 부엌에는 잠깐만 들어왔고, 리버스가 스크랩과 신문을 넣어두었던 찬장은 열어보지도 않았다.

하지만 누군가는 열어보았다. 리버스는 마지막으로 읽었던 스크랩을 알고 있었다. 그 스크랩은 이제 맨 위에 있지 않았다. 대신에 아래쪽 세 번째나 네 번째 칸으로 옮겨가 있었다. 어쩌면 잭이…… 아니다. 잭이 염탐했던 것 같지는 않았다.

하지만 누군가는 했다.

잭이 돌아왔을 때, 리버스는 청바지와 '댄싱 피그스' 문구가 새겨진 요란한 티셔츠로 갈아입었다. 제복 경관 두 명이 파손된 부분을 조사하고 메모를 작성했다. 그리고 리버스에게 신고 접수증을 주었다. 보험회사에서 필요로 할 것이다.

리버스는 이미 가구 몇 개를 거실에서 현관으로 옮겨 놓고, 그 외 모든 것들에 방수포를 씌웠다. 다른 방수포는 카펫 위에 깔았다. 그는 벽에 걸린 낚싯배 그림을 떼어냈다.

"그 그림 좋은데." 잭이 말했다.

"결혼하고 나서 첫 번째 생일에 로나가 선물로 줬어. 전시회에서 샀는데 파이프를 떠올리게 해 줄 거라고 생각했대." 리버스는 그림을 살펴보고 고개를 저었다.

"그렇지 않았나?"

"난 이스트 눅*이 아니라 파이프 서부 출신이야. 거친 탄광촌이지." 이스트 눅은 낚싯배, 관광객, 은퇴자 전용 아파트들이 있는 곳이었다. "로나는 결코 이해하지 못했겠지." 리버스는 그림을 현관으로 가지고 갔다.

"이런 일을 해야 한다니 믿기지 않네." 잭이 말했다.

"그것도 근무 시간에 말이지. 어떤 작업을 할래? 벽 페인트칠? 문 해체? 아니면 자물쇠 설치?"

"페인트칠." 파란색 전신 작업복을 입은 잭이 벽을 쳐다보았다. 리버스는 롤러를 건네준 다음, 방수포 아래로 손을 뻗어 오디오를 켰다. 롤링 스톤스의 〈메인 스트리트에서 추방되다 Exile on Main Street〉. 지금 상황에 딱 어울리는 곡이었다. 둘은 작업을 시작했다.

---

* East Neuk, 파이프 주의 해안 지대.

23

그들은 잠시 쉬기로 하고 마치몬트 로드까지 걸어가 식료품을 샀다. 잭은 계속 전신 작업복 차림이어서 위장 잠입 경찰이 된 기분이라고 말했다. 얼굴에 페인트 얼룩이 묻었지만 굳이 닦아내려 하지 않았다. 그는 즐기고 있었다. 가사를 모르더라도 노래를 따라 부르곤 했다. 정크푸드와 탄수화물 덩어리가 대부분이었지만, 사과 네 개와 바나나 두 송이도 곁들여 샀다. 잭은 리버스에게 맥주도 살 거냐고 물어보았다. 리버스는 고개를 저었다. 대신 아이언브루와 오렌지주스 한 팩을 골랐다.

"이 작업이 대체 무슨 도움이 돼?" 집으로 걸어 돌아오면서 잭이 물었다.

"머리 좀 정리하려고." 리버스가 대답했다. "생각할 시간도 좀 벌고. 모르겠어. 팔 생각이 들었나 봐."

"아파트를 판다고?"

리버스는 고개를 끄덕였다.

"그리고 또 뭘 할 건데?"

"글쎄. 세계 일주 여행이라도 할까? 한 6개월 떠나는 거야. 아니면 은행에 집어넣고 이자로 먹고살 수도 있고." 리버스는 잠시 말을 멈췄다. "교외에 집을 살지도 몰라."

"어디쯤에?"

"바닷가 가까운 쪽."

"괜찮겠는데."

"괜찮지?" 리버스는 어깨를 으쓱했다. "맞아. 나도 그렇게 생각해. 그냥 변화를 주고 싶어."

"해변 바로 옆에?"

"절벽 꼭대기가 될 수도 있지."

"어쩌다 그런 생각이 들었어?"

리버스는 생각해 보았다. "집이 더 이상 나만의 성 같지 않아."

"그래. 하지만 페인트를 산 건 주거 침입을 알기 전이었잖아."

리버스는 대답할 말이 없었다.

둘은 남은 오후 내내 일한 후, 페인트 냄새가 빠져나가도록 창문을 열었다.

"오늘 밤에 여기서 자야 해?" 잭이 물었다.

"손님용 방이 있어." 리버스가 말했다.

5시 반에 전화벨이 울렸다. 자동응답기가 작동하기 전에 리버스가 전화를 받았다.

"여보세요?"

"존, 브라이언이에요. 돌아오셨다고 쇼반이 말해줬어요."

"쇼반이야 당연히 알지. 자네는 어때?"

"제가 먼저 물어봐야 하지 않나요?"

"괜찮아."

"저도 그렇습니다."

"이번 주에는 안크램 경감한테 안 걸렸으니까."

잭 모튼이 통화 내용에 관심을 보이기 시작했다.

"그럴지도 모르죠. 하지만 안크람 경감이 제 상관은 아니니까요."

"하지만 감찰권은 있어."

"그러라죠."

"브라이언, 자네가 뭘 알아냈는지 알아. 만나서 그 얘기를 하고 싶네. 우리가 그리로 가도 될까?"

"우리요?"

"사연이 길어."

"그럼 제가 갈 수도 있는데요."

"여긴 지금 건설 현장이야. 한 시간쯤 후에 거기서 보자고. 괜찮지?"

홈스는 망설이다가 괜찮다고 대답했다.

"브라이언, 여긴 내 오랜 친구 잭 모튼이야. 폴커크 CID 소속인데 지금은 존 리버스 경위 담당으로 파견 나와 있지."

잭이 브라이언에게 눈을 찡긋했다. 얼굴과 손의 페인트 얼룩은 씻은 후였다. "존이 문제를 일으키지 않게 지킨다는 뜻이지."

"UN 평화유지군이시네요? 어쨌든 들어오세요."

브라이언 홈스는 한 시간 동안 거실을 치웠다. 홈스는 리버스가 거실을 평가한다는 걸 알았다.

"부엌에만 들어가지 마세요. 아파치 돌격대가 휩쓸고 간 상태니까요."

리버스는 미소를 짓고 소파에 앉았다. 잭이 옆에 앉았다. 브라이언은 마실 거라도 원하는지 물어보았다. 리버스는 고개를 저었다.

"브라이언, 잭에게는 그간의 일을 좀 알려줬어. 좋은 친구니까 잭 앞에서는 얘기해도 돼. 알겠지?"

리버스는 계산된 위험을 감수했다. 오후에 같이 일하면서 생긴 유대감이 작용하길 바랐다. 그렇지 않다 해도, 적어도 아파트는 좋아졌다. 벽 세 곳에는 애벌 페인트칠을 했고, 문 한쪽의 반은 해체했다. 덤으로 새 자물쇠도 달았다.

브라이언 홈스는 고개를 끄덕이고 의자에 앉았다. 가스난로 위에는 넬의 사진이 있었다. 새로 액자에 넣어서 거기 놓은 것 같았다. 임시변통으로 만든 성지였다.

"넬은 어머니 집에 있나?" 리버스가 물었다.

브라이언은 고개를 끄덕였다. "하지만 대부분 도서관에서 야간 근무조로 일해요."

"돌아올 가능성은?"

"모르겠어요." 브라이언은 손톱을 물어뜯으려고 하다가 남은 손톱이 없다는 걸 알았다.

"이게 답인지 모르겠군."

"뭐가요?"

"사표 낼 용기가 없으니까 안크램이 쫓아내 주길 바라는 거잖아. 협조도 하지 않고 고집불통인 척하면서."

"훌륭한 선배님한테 배운 방법이죠."

리버스는 미소를 지었다. 어쨌든 사실이었으니까. 자신에게는 로슨 게데스가 있었고, 브라이언에게는 리버스가 있었다.

"전에도 한 번 이런 적 있어요." 브라이언이 말을 이었다. "학교 다닐 때 정말 좋은 친구가 있었죠. 같이 대학에 가기로 했어요. 그 친구가 스털링 대학에 가겠다고 해서 나도 가려고 했죠. 하지만 제1지망이 에든버러 대학이었고, 에든버러 대학의 입학 제안을 거절하려면 상급 독일어 시험을 망쳐야 했어요."

"그래서?"

"시험장에 갔죠. 가만히 앉아서 아무 대답도 하지 않으면 성공할 거라고 생각했어요."

"하지만 대답했군?"

브라이언은 미소를 지었다. "안 할 수가 없었어요. C를 받아서 통과했죠."

"이것도 같은 문제야." 리버스가 말했다. "이 길로 간다면 언제나 후회할 거야. 마음속으로는 그만두고 싶지 않기 때문이지. 경찰 일을 좋아하잖아. 그 일로 자기 자신에게 상처를 입힌다면……"

"다른 사람들에게 상처를 주는 건요?" 브라이언은 이 질문을 하면서 리버스를 똑바로 바라보았다. 멘탈 민토의 멍 자국 얘기다.

"잠깐 정신이 나갔던 거야." 리버스는 강조하듯 손가락 하나를 들어 보였다. "도를 넘긴 했지. 하지만 이제 벗어났잖아. 자네가 또 그런 일을 저지르리라고는 생각하지 않아."

"경위님 말이 맞았으면 좋겠네요." 홈스가 잭 모튼 쪽으로 몸을 돌렸다. "용의자를 취조실에 집어넣고 구타했어요."

잭이 고개를 끄덕였다. 리버스가 이미 전부 얘기했었다. "나도 그런 적이 있어, 브라이언." 잭이 말했다. "주먹질을 한 적은 없지만 그럴 뻔한 적은 많았지. 벽을 쳐서 상처가 났어."

홈스가 열 손가락을 들어 보였다. 손가락마다 찰과상이 있었다.

"이봐." 리버스가 말했다. "내가 말했듯이, 자네는 자신에게 상처를 입히고 있어. 멘탈도 상처를 입었지만 곧 괜찮아질 거야." 그는 머리를 톡톡 쳤다. "하지만 여기에 상처가 생기면……"

"넬이 돌아왔으면 좋겠어요."

"물론 그렇겠지."

"하지만 경찰 일은 계속하고 싶어요."

"넬한테 두 가지를 다 명확하게 납득시켜."

"맙소사." 브라이언이 얼굴을 문질렀다. "계속 설명하려고 했지만……"

"자네 보고서는 언제나 훌륭하고 명료했어."

"무슨 뜻이죠?"

"말이 제대로 나오지 않는다면, 글로 써 봐."

"편지를 보내라고요?"

"편지라고 해도 되겠지. 자네가 말하고 싶은 걸 글로 적어. 왜 그렇게 느끼는지 설명할 수도 있겠지."

"『코스모폴리탄』이라도 구독하세요?"

"독자 상담 코너만 읽어."

웃을 만한 얘기는 사실 아니었지만 모두 웃음을 터뜨렸다. 브라이언이 의자에서 몸을 쭉 폈다. "자야겠어요." 그가 말했다.

"일찍 자. 내일은 편지부터 쓰고."

"그럴게요."

리버스는 일어나기 시작했다. 브라이언이 그 모습을 보았다.

"믹 하인 얘기 듣고 싶지 않으세요?"

"그게 누군데?"

"전직 사기꾼이요. 레니 스파벤과 마지막으로 얘기한 자예요."

리버스는 다시 앉았다.

"그자를 추적했어요. 내내 여기 있었더군요. 노숙자예요."

"그리고?"

"얘기를 나눠봤죠." 브라이언이 잠시 말을 멈췄다. "경위님도 그러셔야 할 것 같아요. 레니 스파벤에 대해 아주 다른 이미지를 갖게 될 겁니다. 믿어주세요."

리버스는 홈스의 말은 뭐든 믿었다. 믿고 싶지 않았지만 믿었다.

잭은 그 생각에 대놓고 반대했다.

"이봐, 존. 내 상관은 이 하인이란 자를 심문하겠지?"

"그렇겠지."

"자네 친구 브라이언뿐만 아니라 자네까지 먼저 이자와 만난 걸 경감이 알게 된다면 그게 어떻게 보이겠어?"

"좋게 보이지야 않겠지. 하지만 그러지 말란 얘기도 없었잖아."

잭은 불만스러운 듯 툴툴댔다. 둘은 차를 아파트에 다시 놓고 멜빌 드라이브까지 걷고 있었다. 길 한쪽은 브런츠필드 링크스 골프장이었고, 다른 한쪽은 메도우스였다. 풀밭이 고르게 펼쳐져 있어서, 더운 여름날 오후에 제격인 ―휴식을 취하거나 축구를 하는― 곳이었다. 하지만 밤에는 으스스했다. 길에는 가로등이 있었지만 밝기가 시원치 않았다. 좋게 생각하면 빅토리아 시대 분위기가 나는 밤도 있었다. 하지만 지금은 여름이었고, 하늘은 아직 분홍빛이었다. 에든버러 왕립병원과 대학의 고층 건물에서 나오는 정사각형의 빛이 조지 광장 근처에 모여 있었다. 여학생들은 무리지어 메도우스를 가로지르고 있었다. 야생의 세계에서 배운 교훈이었다. 오늘 밤엔 보행자들이 없을지도 모른다. 하지만 공포는 실감 났다. 정부는 '범죄의 공포'와 싸울 것을 선언했다. 이 선언은 TV 뉴스에서 보도되었는데, 바로 다음에 할리우드의 최신 총격전 영화 소식이 나왔다.

리버스는 잭 쪽으로 몸을 돌렸다. "보고할 거지?"

"그래야 해."

"맞아, 그래야지. 하지만 정말 그럴 생각이야?"

"모르겠어, 존."

"우정 때문에 망설이지 마."

"고마운 말이네."

"이봐, 잭. 난 지금 깊은 물속에 있어. 물러나면 잠수병으로 죽을 수도 있어. 차라리 여기 그대로 있는 게 나아."

"마리아나 해구*라고 들어봤어? 안크램이 그런 걸 준비하고 기다릴 거야."

"자네 실수했어."

"뭐라고?"

"전에는 '칙'이라고 부르더니 이제는 '안크램'? 조심하는 게 좋겠어."

"안 취했군."

"판사처럼 맨정신이지."

"그럼 술김에 하는 소리는 아니고, 그냥 미친 거네."

"내 세상에 온 걸 환영해."

둘은 왕립병원 뒤쪽으로 향했다. 거기에는 외벽의 이쪽에만 제공된 벤

---

* 북태평양의 북마리아나 제도와 괌 동쪽에 위치한 해구. 최대 깊이는 11,034미터다.

치가 있었다. 떠돌이, 나그네, 노숙자 같은 사람들이 여름에는 이 벤치를 침대로 이용했다. 그중에 프랭크라고 하는 노인이 있었다. 리버스는 매년 여름마다 프랭크를 봤다. 그는 매년 여름이 끝나면 철새처럼 사라졌다가 다음 해에 다시 나타났다. 하지만 올해…… 프랭크는 올해에는 나타나지 않았다. 리버스가 올해 본 노숙자들은 프랭크보다 훨씬 젊었다. 프랭크의 손자는 아니라도 대자代子라고 할 수 있었다. 하지만 프랭크와는 달랐다. 더 거칠고 겁에 질렸으며, 초조하고 피곤해했다. 다른 규칙이 적용되는 다른 게임이었다. 에든버러의 '거리의 신사들'은 기껏해야 수십 명이었다. 하지만 요즘은 아니었다. 전혀 아니었다.

리버스는 노숙자들 몇 명을 깨워보았다. 자신들은 믹 하인이 아니며 누군지도 모른다고 했다. 세 번째 벤치에서 행운이 찾아왔다. 하인은 옆에 신문을 쌓아놓고 똑바로 앉아 작은 트랜지스터라디오를 귀에 가까이 대고 있었다.

"귀가 먹었나? 아니면 새 배터리가 필요해?" 리버스가 물었다.

"귀머거리도 벙어리도 장님도 아니야. 다른 경찰이 얘기하러 올 수도 있다고 그가 말했지. 앉을래?"

리버스는 벤치에 앉았다. 잭 모튼은 그 뒤 벽에 기댔다. 소리가 들리지 않는 거리에 있는 것 같았다. 리버스는 5파운드 지폐를 꺼냈다.

"이걸로 배터리 사."

믹 하인은 돈을 받아들었다. "그럼 당신이 리버스군?" 하인은 리버스를 오래 바라보았다. 40대 초반에 머리가 벗어졌고, 약간 사팔뜨기였다. 그런대로 괜찮은 양복을 입었지만 양 무릎에 구멍이 나 있었다. 재킷 안에는 요란한 빨간색 티셔츠를 입었다. 슈퍼마켓 쇼핑백 두 개가 하인의 옆쪽 땅

바닥에 놓여 있었는데, 물건들로 터질 것 같았다. "레니가 당신 얘기를 했어. 당신은 좀 다르다고 생각했지."

"다르다?"

"더 젊은 줄 알았어."

"레니가 나를 알 때는 젊었지."

"맞는 말이야. 영화배우들만 젊어진다는 거 눈치챘나? 나머지 우리는 주름살에 백발만 늘어가지." 하인은 윤을 낸 구리처럼 얼굴이 살짝 탔고, 머리카락은 검은색이었지만 바랜 지 오래였다. 뺨과 턱, 이마, 손가락 관절에 찰과상이 있었다. 넘어졌거나 싸워서 생겼을 것이다.

"넘어졌나, 믹?"

"가끔 어지러울 때가 있어."

"의사는 뭐래?"

"응?"

의사를 찾아간 적은 없군. "저기 호스텔이 있잖아. 노숙할 필요 없어."

"만원이야. 줄 서는 건 질색이라 언제나 여기 뒤쪽으로 나오지. 당신의 관심사는 이 마이클 에드워드 하인이 언급했지. 얘기를 들어보고 싶나?"

"준비가 됐으면."

"레니하고는 교도소에서 알게 됐어. 같은 감방에 넉 달 정도 있었지. 조용하고 사색적인 타입이었어. 전에도 곤란을 겪었고, 여전히 교도소 생활에 적응하지 못했어. 나한테 십자말풀이 하는 법, 중구난방인 편지들을 분류하는 법을 알려줬지. 인내심이 있었어." 하인의 이야기가 곁가지로 빠지는 듯하다가 본론으로 돌아왔다. "누군가 쓴 글의 주제를 보면 그 사람을 알 수 있어. 그는 자기 자신에 대해 말해줬지. 악한 짓을 저질렀지만 처벌

받지 않았대. 하지만 그렇다고 자기가 저지르지도 않은 범죄로 처벌받는 건 견디기 쉽지 않지. 그는 가끔 말하곤 했어. '난 하지 않았어, 믹. 신이든 누구한테든 맹세해.' 레니에겐 그게 강박이었지. 만일 글쓰기가 없었다면 더 일찍 자신을 놔버렸을 거야."

"그가 자살했다고 보지 않는 거야?"

하인은 생각해 보더니 고개를 세게 저었다. "자살한 건 맞다고 생각해. 마지막 날, 레니는 마음을 굳힌 듯 평온해 보였어. 침착했고, 고요했지. 하지만 눈은…… 나를 보지 않았어. 더 이상 사람들과 관계를 맺지 못할 것 같았어. 나와 얘기했지만 사실은 자기 자신과 얘기하고 있었지. 난 레니를 많이 좋아했어. 레니의 글은 아름다웠어."

"마지막 날?" 리버스가 상기시켰다. 잭이 병원 철책 사이로 엿보고 있었다.

"마지막 날," 하인이 되풀이했다. "그 마지막 날은 내 인생에서 가장 영적인 날이었어. 난 정말 느꼈어. 은총의 손길을."

"착한 아이네." 잭이 이죽거렸다. 하인은 잭의 말을 듣지 못했다.

"레니의 마지막 말이 뭐였는지 알지?" 하인은 눈을 감고 회상했다. "'신께서는 내가 무고하다는 걸 아셔, 믹. 하지만 그 얘기를 되풀이하는 것에 지쳤어.'"

리버스는 몸을 꼼지락거렸다. 늘 그랬듯이 무례하게 비꼬고 싶었다. 하지만 이제 모든 것을 스파벤의 묘비명, 심지어는 -조금이긴 하지만- 스파벤이라는 사람 그 자체와 너무 쉽게 동일시할 수 있다는 사실을 알게 되었다. 로슨 게디스가 정말 그의 눈을 가렸던 것일까? 리버스는 스파벤에 대해 거의 알지 못했다. 그런데도 모든 규정과 절차를 위반하면서, 증오에 가득 차고 복수에 눈이 먼 사람을 거들어서, 스파벤을 살인죄로 감옥에 집어넣는 데 한몫했다.

그런데 무엇에 대한 복수였을까?

"레니가 목을 그었다는 소식을 듣고도 놀라지 않았어. 온종일 목을 두드리고 있었으니까." 하인이 목소리를 높이며 갑자기 몸을 앞으로 기울였다. "그리고 레니는 죽는 날까지 당신이 누명을 씌웠다고 주장했어! 당신과 당신 친구가!"

잭이 벤치 쪽으로 몸을 돌려 만약의 사태에 대비했다. 하지만 리버스는 걱정하지 않았다.

"날 보고 말해. 그런 게 아니라고!" 하인이 내뱉었다. "레니는 최고의 친구였어. 가장 친절하고 점잖은 사람이었지. 모두 가버렸어. 전부 사라졌어……." 하인은 얼굴을 손에 묻고 울었다.

모든 옵션이 있었지만, 리버스는 자기가 어떤 걸 선호하는지 알았다. 도망치는 것이다. 그리고 바로 그 옵션을 골랐다. 그가 풀밭을 가로질러 멜빌 드라이브 쪽으로 되돌아갈 때 잭이 죽을힘을 다해 쫓아왔다.

"기다려!" 잭이 외쳤다. "거기 서!" 둘은 운동장을 반쯤 가로질러, 오솔길로 경계가 이루어진 삼각형의 땅거미 한가운데 있었다. 잭은 리버스의 팔을 잡아 속도를 늦추려고 했다. 리버스는 몸을 돌려 팔을 뿌리치고는 주먹을 날렸다. 주먹이 뺨에 맞으면서 잭의 몸이 돌아갔다. 잭은 충격을 받은 표정이었지만, 두 번째 공격을 대비해 팔뚝으로 막으면서 오른손 주먹을 날렸다. 잭은 왼손잡이가 아니었다. 잭이 속임 동작을 취하자 리버스는 머리를 노린다고 생각했지만, 무방비상태인 배에 강력한 주먹이 날아들었다. 리버스는 신음했다. 고통이 느껴졌지만 버티면서 두 걸음 뒤로 물러선

후 덤벼들었다. 두 남자는 땅 위를 굴렀다. 주먹 힘이 떨어지자 우위를 점하기 위해 몸싸움을 했다. 리버스는 잭이 그의 이름을 계속해서 부르는 소리를 들었다. 리버스는 잭을 밀어버리고 쭈그려 앉았다. 자전거를 타고 가던 사람 둘이 길에 멈춰 서서 구경하고 있었다.

"존, 대체 무슨 짓이야?"

리버스는 이를 드러내며 심지어 더 세게 주먹을 날렸다. 잭이 피하면서 반격의 주먹을 날리기에 충분한 시간이었다. 리버스는 거의 방어할 수 있었지만 하지 않기로 했다. 대신에 충격이 몰려오길 기다렸다. 잭은 리버스의 급소를 쳤다. 상처를 입히지 않고 상대방을 쓰러뜨릴 수 있는 종류의 공격이었다. 리버스는 몸을 웅크리며 엎드렸다. 그리고 땅에 토했다. 뱉어져 나오는 건 대부분 액체였다. 게워낼 게 남지 않았는데도 계속 전부 토해내려고 했다. 그러고는 울기 시작했다. 자기 자신을 위해서, 로슨 게데스를 위해서, 심지어는 레니 스파벤을 위해 울었다. 그리고 무엇보다 엘시 린드와 그 자매들, 자신이 도울 수 없었고 앞으로도 영원히 도울 수 없는 모든 피해자들을 위해 울었다.

잭은 조금 떨어진 곳에서 팔뚝을 무릎에 대고 앉아 있었다. 그는 거칠게 숨을 몰아쉬고 땀을 흘리면서 재킷을 벗었다. 울음은 영원히 계속될 것 같았다. 리버스의 코에서는 콧물이 방울져 나왔고, 입에서는 침이 가늘게 흘러내렸다. 그러더니 떨림이 줄어들다가 완전히 멈추는 게 느껴졌다. 리버스는 등을 대고 누웠다. 가슴이 오르락내리락했다. 그는 팔을 이마 위로 가로질러 올렸다.

"빌어먹을." 리버스가 말했다. "난 이게 필요했어."

"10대 이후로 이런 싸움은 처음 해 보네." 잭이 말했다. "좀 나아졌어?"

"훨씬." 리버스는 손수건을 꺼내 손과 입을 닦고는 코를 풀었다. "자네한테 미안해."

"무고한 행인보다야 내가 낫지."

"맞는 말이야."

"그래서 술을 마신 거야? 이 일이 일어나는 걸 멈추려고?"

"모르겠어. 술을 마신 이유는 언제나 마셨기 때문이야. 술이 좋았어. 그 맛과 느낌이. 펍에 서 있는 게 좋았어."

"악몽을 꾸지 않고 잠드는 것도 좋았고?"

리버스는 고개를 끄덕였다. "대부분은 그게 이유지."

"다른 방법도 있어, 존."

"그런 식으로 주스 교회를 팔아먹으려고?"

"자네는 어른이야. 스스로 결정해야지." 잭은 일어나서 리버스를 자기 쪽으로 끌어당겼다.

"떠돌이 한 쌍 같아 보이겠군."

"글쎄. 자네야 그렇겠지. 난 몰라도."

"품격 있어, 잭. 멋지고 품위 있어 보여."

잭은 리버스의 어깨에 손을 얹었다. "이제 괜찮지?"

리버스는 고개를 끄덕였다. "바보 같은 짓이었어. 하지만 그 어느 때보다 기분이 나아졌어. 이제 산책이나 가지."

그들은 왕립병원 쪽으로 발길을 돌렸다. 잭은 어디로 가는지 묻지 않았다. 하지만 리버스는 목적지를 생각해뒀다. 조지 광장에 있는 도서관이었다. 들어갔을 때는 폐관을 바로 앞둔 시간이어서 학생들이 가슴에 폴더를 안은 채 도서관을 떠나고 있었다. 덕분에 메인 데스크로 갔을 때는 자리가 많았다.

"도와드릴까요?" 어떤 남자가 그들을 위아래로 살펴보며 물었다. 하지만 리버스는 데스크를 돌더니 책 더미에 고개를 파묻고 있는 젊은 여자 쪽으로 향했다.

"안녕, 넬."

넬이 올려다보았다. 처음에는 리버스를 알아보지 못했다. 그러더니 얼굴에서 핏기가 가셨다.

"어떻게 된 일이에요?"

리버스는 손을 들어 올렸다. "브라이언은 별일 없어요. 여기 잭과 내가, 음, 우리가……"

"발을 헛디뎌서 굴렀죠." 잭이 말했다.

"계단이 있는 펍에서 마시지 말았어야죠." 이제 넬은 브라이언이 무사하다는 걸 알고는 빠르게 평정을 되찾았다. 그리고 조심스럽게 말했다. "무슨 일이죠?"

"잠깐 얘기 좀 하려고요." 리버스가 말했다. "밖에서요."

"5분 있으면 퇴근해요."

리버스는 고개를 끄덕였다. "기다리죠."

둘은 밖으로 나왔다. 리버스는 담뱃불을 붙이려고 했지만 담뱃갑이 으스러진 걸 발견했다. 담배도 엉망이 되었다.

"젠장, 딱 한 개비면 됐는데."

"이제 자네도 담배를 끊은 느낌이 어떤지 알겠군."

그들은 계단에 앉아 조지 광장 공원과 주변 건물을 바라보았다. 옛 건물과 새 건물이 뒤죽박죽이었다.

"공기에서도 지성이 느껴지는 것 같군." 잭이 한마디 했다.

"요새는 경찰의 반이 대졸이야."

"그런 애들은 친구와 주먹다짐도 하지 않겠지?"

"미안하다고 그랬잖아."

"새미는 대학에 갔어?"

"단과대학. 비서학과였던 것 같아. 지금은 자선단체에서 일해."

"어딘데?"

"SWEEP."

"전직 사기꾼들하고 일한다고?"

"맞아."

"자네 속 터지라고 그러는 건가?"

리버스는 자신에게 같은 질문을 수도 없이 했다.

"부녀 사이가 그렇지 뭐."

뒤쪽에서 문이 열렸다. 넬 스테이플턴이었다. 키가 크고, 어두운색의 짧은 머리에 반항적인 얼굴을 하고 있었다. 귀걸이나 장신구는 하지 않았다.

"버스 정류장까지 함께 걸어가요." 넬이 말했다.

"이봐요, 넬." 미리 생각하고 연습해뒀어야 했다는 걸 깨달으며 리버스가 입을 뗐다. "내가 하고 싶은 말은 이거예요. 당신하고 브라이언한테 미안해요."

"고마워요." 넬은 빠르게 걸었다. 따라가느라 리버스의 무릎이 아팠다.

"내가 결혼 생활 상담에 부적격자라는 건 알아요. 하지만 당신이 알아둬야 할 게 있어요. 브라이언은 타고난 경찰이에요. 당신을 잃고 싶지 않아 해요. 당신을 잃는 건 죽는 거나 마찬가지일 테니까요. 하지만 경찰을 떠나면 브라이언은 서서히 죽어갈 거예요. 스스로 사직할 수 없으니까 일부러 문제를 일으키려고 하죠. 그러면 높은 양반들로서는 브라이언을 자를 수밖에 없어요. 문제를 정리하려면 그 방법뿐이니까요."

넬은 한동안 아무 말도 하지 않았다. 그들은 신호등에서 길을 건너 포터로우로 향했다. 그들은 그레이프라이어스로 갔다. 거기에는 정류장이 많이 있었다.

"경위님이 무슨 말씀하시는지 잘 알아요." 마침내 넬이 말했다. "절망적인 상황이라는 얘기죠."

"전혀 그렇지 않아요."

"제발 제 말 좀 들어보세요." 가로등 불빛에 넬의 눈이 빛났다. "나쁜 소식이 있다는 전화를 기다리면서 남은 생을 보내고 싶지 않아요. 주말이나 휴가 계획을 짰다가 사건이나 법원 출두 때문에 취소되는 걸 원하지 않아요. 그건 너무 무리한 요구예요."

"정말 무리한 요구죠." 리버스는 동의했다. "안전망도 없이 외줄 타기를 하는 꼴이니까요. 하지만 그래도……"

"그래도, 뭐죠?"

"당신은 잘할 수 있어요. 많은 사람들이 그렇게 해요. 너무 이르게 계획을 세울 수는 없을지도 모르죠. 취소돼서 울 수도 있고요. 기회가 올 때 잡아야 해요."

"제가 우연히 닥터 루스 쇼*에 나온 건가요?" 리버스는 한숨을 쉬었다. 넬이 걸음을 멈추고 리버스의 손을 잡았다. "존, 왜 이러시는지 알아요. 브

---

* Dr Ruth show, 영국의 성생활 상담 토크쇼.

라이언이 상처를 입었고, 그 모습을 보고 싶지 않으시겠죠. 저도 그래요."

멀리서 사이렌이 울렸다. 하이 스트리트로 내려가는 쪽이었다. 넬이 몸을 떨었다. 리버스는 그 모습을 보고 넬의 눈을 응시했다. 그리고 고개를 끄덕일 수밖에 없었다. 넬의 말이 옳다는 걸 알고 있었다. 리버스의 아내도 같은 얘기를 했었다. 그리고 잭이 서 있는 모습과 표정을 보니, 잭도 전에 마찬가지 상황을 겪었다는 걸 알 수 있었다. 넬이 다시 걷기 시작했다.

"브라이언은 경찰을 그만둘 거예요, 넬. 쫓겨나는 식으로요. 하지만 브라이언의 남은 인생은……" 리버스는 고개를 저었다. "전과 똑같지 않을 거예요. 같은 사람이 아니게 되겠죠."

넬은 고개를 끄덕였다. "감당할 수 있어요."

"확신하지 못하는군요."

"아니요. 확신해요."

"그 위험은 감수하면서, 브라이언이 경찰을 계속하는 건 감수할 수 없나요?"

넬의 얼굴이 굳어졌다. 하지만 리버스는 맞받아칠 시간을 주지 않았다. "버스 왔어요. 그냥 생각이나 해 봐요, 넬."

리버스는 몸을 돌려 메도우스 쪽으로 되돌아갔다.

손님방에 잭의 잠자리를 준비했다. 듀란듀란과 마이클 잭슨의 포스터로 뒤덮인 새미의 예전 침실이었다. 그들은 샤워를 하고 차를 함께 마셨다. 술도, 담배도 없었다. 리버스는 침대에 누워 천장을 바라보았다. 쉽게 잠들지 못하리라는 걸, 그리고 잠이 들면 끔찍한 악몽이 찾아오리라는 사실을 알고 있었다. 그는 일어나 불도 켜지 않고 발끝으로 걸어 거실로 갔

다. 거실은 추웠다. 늦게까지 창문을 열어놓았기 때문이다. 아직 새 페인트
와 문 쪽에서 나는 탄내 섞인 오래된 페인트 냄새가 남아 있었다. 리버스
는 의자 커버를 벗기고 베이 윈도우 쪽으로 끌고 왔다. 의자에 앉아 담요
를 끌어당겼다. 편안한 느낌이 들었다. 길 건너편에는 불빛이 있었다. 리버
스는 거기에 집중했다. 자신이 엿보기 좋아하는 관음증 환자라고 리버스
는 생각했다. 하지만 그보다 더하다는 걸 알고 있었다. 주변 사람들의 삶
에 연관되는 게 좋았다. 관음증을 넘어서 뭔가를 알 필요가 있었다. 마약
과도 같았다. 문제는, 이 모든 것을 알고 난 후에는 술의 힘을 빌려 싹 지
워버린다는 사실이었다. 그는 창문에 비친 자신을 보았다. 2차원으로 된
귀신같은 모습이었다.

　난 여기 없는 거나 매한가지야. 그는 생각했다.

24

잠에서 깬 리버스는 뭔가 문제가 생긴 걸 알았다. 샤워를 하고 옷을 입었지만 아직 뭐가 문제인지 알 수 없었다. 그때 잭이 구부정한 자세로 부엌으로 와 잘 잤느냐고 물었다.

리버스는 잘 잤다. 그게 달랐다. 게다가 아주 푹 잤다. 머리도 맑았다.

"안크램한테서 전화 왔어?" 냉장고 안을 들여다보며 잭이 물었다.

"아니."

"그럼 오늘은 별일 없을 거야."

"다음 시합을 준비하고 있을 게 분명해."

"그럼 집 안 장식이나 열심히 할까? 아니면 정말로 일하러 갈까?"

"한 시간만 페인트칠하지." 리버스가 말했다. 그들은 정말 그렇게 했다. 리버스는 계속 바깥 거리를 곁눈질했다. 기자들도, 「저스티스 프로그램」 관계자도 없었다. 겁을 먹고 도망쳤는지도 모른다. 아니면 때를 엿보고 있을 수도 있다. 폭행 고소가 있었다는 얘기는 듣지 못했다. 브린은 현장을 비디오로 찍은 게 너무 좋아서 추가 조치는 고려하지 않고 있는 것 같았다. 프로그램이 방영된 후에도 고소할 시간은 충분하니까.

페인트칠이 끝난 후, 둘은 잭의 차를 타고 아파치 요새로 갔다. 잭의 첫 반응은 리버스를 실망시키지 않았다.

"이런 거지 같은 데가 다 있네."

경찰서 안은 짐 포장과 운반으로 난장판이었다. 대형 운송 상자와 박스는 이미 밴에 실려 새 경찰서로 갔다. 내근 경사는 소매를 걷어붙인 현장 감독이 되어, 케이스에 레이블이 제대로 붙어 있는지, 운반 담당 직원이 목적지에 도착하면 가야 할 곳을 알고 있는지 확인하고 있었다.

"계획대로 되면 기적이죠." 경사가 말했다. "CID분들은 백지장 하나 안 들어 주더군요."

잭과 리버스는 박수를 쳐 주었다. 케케묵은 농담이었지만 의도는 좋았다. 그러고는 헛간으로 갔다.

맥클레이와 베인이 자기 자리에 있었다.

"돌아온 탕자여!" 베인이 외쳤다. "대체 그동안 어디 계셨습니까?"

"안크램 경감의 감찰에 협조하고 있었지."

"여기 들르셨어야죠. 맥카스킬 경감님이 자기하고(toot-sweet) 얘기 좀 하자고 하셨어요."*

"그렇게 부르지 말라고 했지?"

베인은 히죽거렸다. 리버스는 잭 모튼을 소개했다. 목례와 악수, 불평이 이어졌다. 의례적인 과정이었다.

"경감님을 만나러 가는 게 좋겠어요." 맥클레이가 말했다. "계속 조바심내고 계셨거든요."

"나도 경감님이 보고 싶었지."

"애버딘에서 뭐라도 가져오셨습니까?"

리버스는 주머니를 뒤졌다. "정신을 거기 두고 왔나 보네."

---

* 'toot-sweet'은 원래 '즉시, 바로'란 의미인데 'to-sweet'으로 말장난한 것.

"글쎄요." 베인이 말했다. "바쁘셨나 보네요."

"자네 둘보다야 바빴지. 하지만 그렇게 힘들진 않았어."

"경감님한테 가 보세요." 맥클레이가 말했다.

"저희한테 잘해주셔야 해요. 안 그러면 *끄나풀*들이 물어온 정보를 알려드리지 않을 수도 있습니다."

"뭔데?" 지역 *끄나풀*들이었다. 토니 엘의 공범자에 관한 소문이었다.

"맥카스킬 경감님 만나고 오신 다음에요."

그래서 리버스는 잭 모튼을 문밖에 남겨두고 경감을 만나러 갔다.

"존." 짐 맥카스킬이 말했다. "대체 뭘 하고 있었나?"

"여러 가지 게임을 했습니다."

"뭐 하나 제대로 한 건 없다고 들었는데."

맥카스킬의 사무실은 비워지고 있었지만, 일정한 방식이 있었다. 파일 캐비닛은 서랍이 열린 채 세워져 있었고, 파일은 바닥에 펼쳐져 있었다.

"악몽이지." 리버스가 보는 걸 눈치채고 맥카스킬이 말했다. "자네 짐은 어떻게 되고 있나?"

"짐을 별로 가지고 다니지 않습니다."

"여기서 근무한 지 얼마 안 되었다는 걸 잊었군. 가끔은 영원처럼 느껴지는데."

"제가 사람들한테 그런 느낌을 주죠."

맥카스킬이 미소를 지었다. "물어볼 게 하나 있는데, 이 스파벤 사건 수사 재개 말이야. 어떻게 되어가고 있나?"

"제 방식대로는 안 굴러가더군요."

"음, 칙 안크램이 꽤 집요하지······ 철저하고. 뭔가 못 보고 넘어갈 거라고는 기대하지 말게."

"알겠습니다."

"세인트 레너즈 시절의 자네 상관한테 들은 말이 있네. 이런 일은 다반사라고 하더군."

"잘 모르겠습니다. 제가 핸디캡을 안고 경기한다는 말 같은데요."

"존, 내가 해 줄 수 있는 게 있으면······"

"감사합니다."

"칙의 게임 방식을 알아. 소모전이지. 자네의 진을 빼고 쳇바퀴를 돌게 할 거야. 계속 진실을 말하기보다는 거짓말로 유죄를 인정하는 게 더 쉽다고 생각하게 만들지. 그 점 주의하게."

"명심하겠습니다."

"그나저나 물어볼 게 하나 있네. 기분은 어떤가?"

"좋습니다."

"여기서 처리하지 못할 일은 별로 없네. 그러니 휴식이 필요하면 그렇게 해."

"감사합니다."

"칙의 구역은 서해안이야. 여기 오는 게 아니었어." 맥카스킬이 머리를 흔들고는 서랍으로 가서 아이언브루 한 캔을 꺼냈다. "젠장." 그가 말했다.

"무슨 문제라도?"

"무설탕으로 잘못 사 왔군." 어쨌든 그는 캔을 땄다. 리버스는 맥카스킬을 짐과 함께 두고 방을 나왔다.

잭은 문 바로 밖에 있었다.

"뭐라도 건졌나?"

"엿듣지 않았어."

"원하면 언제든 자리를 비워도 된다고 하더군."

"거실 작업을 마무리할 수 있다는 얘기네."

리버스는 고개를 끄덕였다. 하지만 대신 다른 일을 마무리할 생각을 하고 있었다. 그는 헛간으로 가서 베인의 책상 앞에 섰다.

"그래서?"

"그래서," 베인이 등을 기대며 말했다. "시키신 대로 했습니다. 끄나풀들한테 얘기를 퍼뜨렸죠. 그랬더니 이름을 하나 가져왔습니다."

"행크 샹클리입니다." 맥클레이가 덧붙였다.

"전과 기록은 화려하지 않지만, 조금이라도 돈이 되는 일이라면 양심의 가책을 느끼지 않고 끼어드는 놈이죠. 그리고 오지랖이 넓습니다. 요점은 샹클리가 뜻밖의 횡재를 했고, 술 몇 잔만 들어가면 자신의 '글래스고 인맥'을 자랑한다는 사실이죠."

"얘기해봤나?"

베인이 고개를 저었다. "때를 기다리고 있었습니다."

"경위님이 오시길 기다렸죠." 맥클레이가 덧붙였다.

"말 맞추는 연습이라도 했나 보군. 이자는 어디서 찾을 수 있지?"

"수영 마니아입니다."

"특별히 자주 가는 데는?"

"에든버러 공공 수영장이요."

"어떻게 생겼지?"

"달케이스 로드 맨 위에 있는 대형 건물입니다."

"샹클리 말이야."

"못 알아볼 수가 없습니다." 맥클레이가 말했다. "30대 후반입니다. 키는 180센티미터이고 젓가락처럼 말랐죠. 짧은 금발에 북유럽계 외모입니다."

"우리가 입수한 인상착의에 따르면," 베인이 정정했다. "알비노*입니다."

리버스가 고개를 끄덕였다. "수고 많았네. 신사양반들."

"누가 찔러줬는지 못 들으셨죠?"

"누군데?"

베인이 씩 웃었다. "크로 샌드라고 기억하십니까?"

"자기가 조니 바이블이라고 주장하던 놈?" 베인과 맥클레이가 고개를 끄덕였다. "자네들 끄나풀이란 얘길 왜 안 했나?"

베인이 어깨를 으쓱했다. "동네방네 소문내고 싶지 않아서요. 하지만 크로는 경위님 광팬입니다. 거칠게 대해 주는 걸 좋아하죠. 그다음에는……"

리버스는 밖으로 나왔다. 잭은 차 쪽으로 갔지만 리버스는 다른 계획이 있었다. 가게에 가서 무설탕 아닌 아이언브루 여섯 캔을 산 다음 경찰서로 돌아갔다. 내근 경사는 땀을 흘리고 있었다. 리버스는 쇼핑백을 건넸다.

"뭘 이런 걸 다." 경사가 말했다.

"짐 맥카스킬 경감님 거야." 리버스가 말했다. "다섯 개만 드리면 돼."

이제 준비가 끝났다.

---

* albino, 선천성 색소 결핍증에 걸린 사람. 피부와 털은 하얗고 얼굴은 핑크빛이다.

1970년대 영연방경기대회를 위해 세워진 공공 수영장은 아서스 시트
* 기슭, 달케이스 로드 맨 위에 자리하고 있었다. 세인트 레너즈까지는 500
미터도 채 떨어져 있지 않았다. 수영을 하던 시절, 리버스는 점심때 이곳
을 이용했다. 레인에 들어서면 −빈 레인은 절대 없었다. 마치 고속도로
진입로를 빠져나가는 것과 같았다− 앞쪽에 있는 사람을 따라잡지 않거
나, 뒤쪽에 있는 사람이 가까워지지 않을 속도로 수영해야 한다. 상관없긴
하지만 다소 엄격하게 지켜지는 면이 있었다. 다른 선택으로는 레인이 없
는 개방형 수영장에서 여유 있게 수영하는 게 있었다. 하지만 거기는 아
이들과 그 부모들로 가득했다. 별도의 유아용 수영장이 있었고, 리버스가
결코 타 본 적 없는 물미끄럼틀도 세 개 있었다. 건물 다른 곳에는 사우나,
체육관, 카페가 있었다.

그들은 혼잡한 주차장에서 자리 하나를 찾아 주차한 후, 중앙출입구를
통해 들어갔다. 매점에 신분증을 제시하고 샹클리의 인상착의를 말했다.

"단골이에요." 매점 주인이 말했다.

"지금 여기 있습니까?"

"모르겠어요. 저도 방금 왔거든요." 주인은 부스에 있는 다른 여자에게
물었다. 여자는 동전지갑에 동전을 세어 넣고 있었다. 잭 모튼이 리버스의
팔을 톡톡 치고 고개를 끄덕였다.

매점 뒤는 활짝 열린 공간이었다. 메인 수영장이 내려다보이는 유리창
이 달려 있었다. 거기에 한 남자가 캔 콜라를 꿀꺽꿀꺽 마시며 서 있었다.
키가 컸고, 아주 말랐으며, 표백된 머리는 젖어 있었다. 남자가 몸을 돌렸

---

* Arthur's Seat, '아더 왕의 의자'로 불리는 이곳은 한때 수몰된 화산의 잔재로, 에든버러 여행 시 꼭 가
봐야 하는 절경으로 알려진 곳이다.

을 때, 리버스는 남자의 눈썹과 속눈썹이 금발인 걸 보았다. 샹클리는 두 사람이 자신을 살펴보는 걸 알고 바로 눈치를 챘다. 리버스와 모튼이 자기 쪽으로 다가오자 도망쳤다.

샹클리는 개방형 구조의 카페로 들어서는 모퉁이를 돌았지만, 출구를 찾을 수 없었다. 그래서 계속 달려가다가 어린이 놀이터 옆에 이르렀다. 거기에는 미끄럼틀과 통로, 어린아이가 도전할 수 있는 다른 놀이기구들이 구비된, 그물망이 쳐진 총 3층의 구조물이 있었다. 리버스는 수영을 마친 후에는 커피를 마시며 아이들이 노는 걸 구경했었다. 어떤 아이가 최고의 병사가 될까 생각하면서.

샹클리는 막다른 골목에 몰렸다는 걸 알았다. 그는 몸을 돌려 두 사람을 마주 보았다. 리버스와 잭은 미소를 짓고 있었다. 샹클리는 직원들을 밀치면서 나가 놀이터로 향하는 문을 열고는 몸을 수그리고 들어갔다. 패드를 댄 거대한 롤러 두 개가 마치 대형 탈수기처럼 바로 눈앞에 서 있었다. 샹클리는 말라서 그 사이를 비집고 빠져나갈 수 있었다.

잭 모튼이 웃었다. "저기서 어디로 갈 생각이지?"

"모르겠어."

"차나 한잔하면서 놈이 지칠 때까지 기다리지."

리버스는 고개를 저었다. 제일 위층에서 시끄러운 소리가 들렸다. "저기 애들이 있어." 직원에게 몸을 돌렸다. "그렇죠?"

직원이 고개를 끄덕였다. 리버스는 잭 쪽으로 몸을 돌렸다. "애들을 인질로 잡을 수 있어. 안으로 들어갈게. 여기 있으면서 샹클리가 어디 있는지 말해줘."

리버스는 재킷을 벗고 안으로 들어갔다.

롤러가 첫 번째 장애물이었다. 리버스는 롤러 사이를 빠져나가기에는 너무 덩치가 컸지만, 롤러와 옆 그물망 사이의 공간을 통해 간신히 지나갈 수 있었다. SAS 훈련이 기억났다. 믿지 못할 수준의 도전 코스가 있었다. 계속 달렸다. 색색의 고무공으로 된 풀장을 지나면 1층을 향해 위로 구부러진 튜브가 있었다. 리버스는 가까이에 있는 미끄럼틀을 올라갔다. 그물을 통해 잭이 위쪽 제일 끝 모서리를 가리키는 걸 보았다. 펀치백, 거대한 틈을 가로질러 쳐진 그물, 기어서 통과해야 하는 실린더, 더 많은 미끄럼틀과 줄타기용 로프. 저기였다. 제일 끝 모서리에 갈팡질팡하고 있는 행크 샹클리가 있었다. 카페에 있는 사람들은 이제 수영 따위는 안중에도 없고 이 장면에 시선을 집중하고 있었다. 한 층만 더 올라가면 아이들이 있는 곳이다. 리버스는 샹클리보다 먼저 거기 도착하거나 그 전에 샹클리를 잡아야 했다. 샹클리는 여기 누가 있는지 몰랐다. 잭이 소리를 지르며 주의를 딴 데로 돌리게 하고 있었다.

"이봐, 행크! 우린 여기서 종일 기다릴 수 있어! 필요하면 밤도 새울 수 있다고! 이리 나와! 잠시 얘기만 하면 돼! 행크, 거기 있으니까 바보 같아 보여. 자물쇠를 채워서 동물원 원숭이 신세로 만들지도 몰라!"

"닥쳐!" 샹클리의 입에 게거품 얼룩이 있었다. 몸이 마르고 수척했다. 리버스는 에이즈 걱정은 미친 짓이라고 생각했지만 염려하지 않을 수 없었다. 에든버러는 아직 에이즈의 도시였다. 샹클리에게서 5미터 정도 거리에 접근했을 때, 휙 하는 소리가 리버스 쪽으로 빠르게 다가왔다. 튜브 중 하나의 출구 쪽을 지나갈 때 발 한 쌍이 리버스를 쳤다. 리버스는 옆으로 넘어졌다. 여덟 살쯤 되어 보이는 남자애가 쳐다보고 있었다.

"아저씨는 너무 커서 여기 오면 안 돼요."

리버스는 일어났다. 샹클리가 다가오는 것을 보고 아이의 목덜미를 잡고 끌어당기기 시작했다. 그는 물러나서 아이를 미끄럼틀에 태워 내려보냈다. 샹클리와 맞서려고 몸을 돌렸을 때 다른 발이 날아들었다. 샹클리의 발이었다. 리버스는 그물 벽에 튕겨 패드를 댄 미끄럼틀 아래로 굴렀다. 남자애는 직원들이 서두르라고 하는 몸짓을 따라 입구 쪽으로 달려갔다. 샹클리는 두 주먹을 내밀고 미끄러져 내려와 리버스의 목을 쳤다. 남자애 쪽으로 달려갔지만 아이는 이미 롤러 사이를 통과했다. 리버스는 샹클리에게 몸을 던져 고무공 풀장으로 끌고 들어가 제대로 주먹을 날렸다. 샹클리의 팔은 수영하느라 힘이 빠진 상태였다. 리버스의 옆구리를 계속 쳤지만 솜방망이였다. 리버스는 고무공을 집어 들어 샹클리의 입에 쑤셔 넣었다. 공을 밀어 넣자 입술이 팽팽해지며 핏기가 사라졌다. 그러고는 샹클리의 사타구니를 가격했다. 한 번, 두 번. 그걸로 끝이었다.

잭이 와서 전의를 상실한 샹클리를 끌어내는 걸 도왔다. "괜찮아?"

"꼬마한테 맞은 데가 더 아파."

아이의 엄마가 아들을 안고는 괜찮은지 확인했다. 엄마는 리버스에게 비난의 눈초리를 보냈다. 아이는 아직 10분 남았다고 투정을 부렸다. 직원이 리버스를 따라왔다.

"죄송하지만," 직원이 말했다. "고무공 돌려주실 수 있나요?"

엎어지면 코 닿을 곳에 있는 세인트 레너즈로 샹클리를 끌고 갔다. 빈 취조실이 있느냐고 물었다. 냄새도 채 안 빠진 방 하나만 있었다.

"앉아." 리버스가 샹클리에게 말했다. 그러고는 잭을 밖으로 데리고 나가 낮은 목소리로 말했다.

"자네한테도 알려줄게. 토니 엘이 앨런 미치슨을 죽였어. 정확한 이유는 아직 몰라. 토니는 지역에 조력자가 있었어." 리버스는 문 쪽으로 고개를 기울였다. "행크가 뭘 알고 있는지 알아내야겠어."

잭이 고개를 끄덕였다. "입 다물고 가만있을까? 아니면 거들어 줄까?"

"자넨 좋은 친구야, 잭." 리버스가 잭의 어깨를 토닥였다. "항상 그랬어."

"샹클리 씨." 리버스가 입을 열었다. "체포에 저항하고 경찰관을 폭행하셨죠. 목격자가 한 트럭입니다."

"난 아무 짓도 하지 않았어."

"이중 부정이군요."

"네?"

"아무 짓도 하지 않았다는 얘기는, 반드시 뭔가를 했다는 뜻이죠."

샹클리는 침울해 보였다. 리버스는 이미 판단을 내렸다. 베인이 말한 '양심의 가책을 느끼지 않고'가 실마리였다. 샹클리는 '자기 이해관계가 걸린 일'이 아니면 규범 따위는 아랑곳하지 않고 살았다. 어떤 일에도, 어떤 사람에게도 관심을 보이지 않았다. 뿌리 깊은 생존 본능 외에 지성이라곤 없었다. 리버스는 그 점을 이용할 수 있다고 봤다.

"토니 엘한테 신세진 게 없잖아요. 그런데 같이 일했죠?"

"토니 누구?"

"앤서니 엘리스 케인. 애버딘으로 옮겨간 글래스고 조폭이죠. 일을 맡아서 여기로 왔어요. 조수가 필요했죠. 결국 당신을 골랐고."

"당신 탓이 아닙니다." 잭이 주머니에 손을 찔러 넣은 채 끼어들었다. "당신은 액세서리였죠. 살인 혐의를 씌울 생각은 없습니다."

"살인?"

"토니가 쫓던 그 젊은이요." 리버스가 설명했다. "당신은 그 친구를 데려갈 장소를 물색했어요. 그게 당신이 맡은 역할이었죠? 나머지는 토니가 하고."

샹클리는 윗입술을 깨물었다. 좁고 고르지 못한 아랫니가 드러났다. 눈은 옅은 파란색이었는데 어두운 반점이 있었다. 동공이 연필로 찍은 점처럼 수축했다.

"물론," 리버스가 말했다. "다른 식으로 구성해볼 수도 있죠. 당신이 피해자를 창밖으로 집어 던졌다고."

"난 어떤 것도 몰라요."

"'아무것도 몰라요'겠죠." 리버스가 상기시켰다. 샹클리는 팔짱을 끼고 긴 다리를 벌렸다.

"변호사 불러줘요."

"「코작」* 애청자인가 봐, 행크?" 잭이 물었다. 잭이 리버스를 쳐다보자 리버스가 고개를 끄덕였다. 좋은 경찰 놀이는 여기까지였다.

"지겨워 못 보겠네. 그거 알아, 행크? 이제 네 지문을 뜰 거야. 현장에 지문을 도배했더군. 테이크아웃 식기도 남겼고. 거기에도 지문이 묻어 있겠지. 병 만진 거 기억나? 캔은? 그것들이 들어 있던 봉지는?" 샹클리는 기억을 떠올리려 무진 애를 썼다. 리버스의 음성은 더 조용해졌다. "넌 독 안에 든 쥐야, 행크. 완전 망했지. 10초 주겠어. 그 안에 입을 안 열면 끝이야. 다음 기회는 없어. 우린 거들떠도 안 볼 테니까. 판사도 마찬가지일 거고. 혼자서 헤쳐 나가야 해. 왜 그런지 알아?" 리버스는 샹클리의 주의를 끌 때까지 기다렸다. "토니 엘이 뒈졌거든. 누군가 욕조에서 썰어 버렸어.

* Kojak, 1970년대 미국 수사물.

다음은 네 차례겠지." 리버스는 고개를 끄덕였다. "넌 친구가 필요해, 행크."

"잠깐만요……"토니 엘 이야기에 행크가 퍼뜩 정신을 차렸다. 그는 의자를 앞으로 당겨 앉았다. "저기, 나, 나는……"

"천천히 해, 행크."

잭이 마실 거라도 원하는지 물었다. 샹클리는 고개를 끄덕였다. "콜라나 뭐 그런 거요."

"나도 한 잔 갖다 줘, 잭." 리버스가 말했다. 잭은 복도 자판기로 갔다. 리버스는 방을 서성거리며 샹클리에게 어느 정도 얘기를 할지, 얼마만큼 각색을 할지 결심할 시간을 주면서 시간을 보냈다. 잭이 돌아와서 한 캔은 샹클리에게, 다른 하나는 리버스에게 던졌다. 리버스는 캔을 따 마셨다. 이건 진짜 음료가 아니었다. 너무 차갑고 달았다. 각성 효과는 알코올이 아니라 카페인 때문이었다. 리버스는 잭이 자신을 응시하는 걸 보고는, 대답으로 얼굴을 찡그려주었다. 담배도 필요했다. 잭이 그 표정을 읽고는 어깨를 으쓱했다.

"그럼 이제," 리버스가 말했다. "말해 줄 게 생각났나, 행크?"

샹클리는 트림을 하고는 고개를 끄덕였다. "당신이 말한 것과 비슷해. 토니는 일 때문에 여기 왔다고 말했어. 글래스고에 연줄이 있다고 했어."

"그게 무슨 뜻이지?"

샹클리는 어깨를 으쓱했다. "물어본 적 없어."

"애버딘 얘기는 전혀 없었나?"

샹클리는 고개를 저었다. "글래스고 얘기만 했어."

"계속해봐."

"누군가를 데려다 놓을 장소를 찾아주면 50장 주겠다고 했어. 뭘 할 생각이냐고 물었지. 토니는 몇 가지 질문을 하고, 행동으로 보여줄지도 모른다고 하더군. 그게 전부야. 우린 이 상류층 아파트 블록 바깥에서 기다렸어."

"금융가?"

샹클리가 다시 어깨를 으쓱했다. "로디언 로드와 헤이마켓 사이였을 거야." 바로 그거였다. "그 젊은 친구가 나오는 걸 기다려서 따라갔지. 잠시 동안은 지켜보기만 했어. 그러고는 토니가 이제 친분을 쌓을 시간이라고 말했어."

"그러고는?"

"그 친구에게 말을 걸었지. 재미있었어. 무슨 일이 일어나는지 잊을 정도였지. 토니도 그런 것 같았어. 취소하려나 보다 생각했지. 밖에 나와서 택시를 잡았어. 그 친구가 우릴 보고 있지 않을 때, 토니가 눈짓을 했어. 아직 진행 중이라는 사실을 깨달았지. 하지만 맹세해. 정말 재미 삼아 좀 손봐주는 거라고 생각했어."

"그렇지 않았지."

"그래." 샹클리의 목소리가 약해졌다. "토니는 가방을 가지고 있었어. 아파트에 도착하자, 테이프와 이런저런 물건들을 꺼냈지. 비닐 시트를 깔고 그 친구의 머리에 봉지를 씌웠어." 샹클리의 목소리가 갈라졌다. 그는 목청을 가다듬고는 콜라를 한 모금 더 마셨다. "그리고 토니는 가방에서 물건들을 꺼냈어. 목수가 쓰는 것 같은 도구를 말이야. 톱, 스크류드라이버 같은 거."

리버스는 잭 모튼을 쳐다보았다.

"피가 묻는 걸 막기 위해 비닐 시트를 준비했다는 걸 그제야 깨달았어.

그냥 손봐주는 정도가 아니었지."

"토니는 고문할 생각이었나?"

"그랬던 것 같아. 모르겠어…… 막았어야 했을지도 몰라. 난 그런 짓은 해 본 적이 없어. 이런저런 짓을 저지르긴 했지만, 절대로……"

다음 질문은 중요했다. 리버스는 더 이상 확신하지 못했다. "앨런 미치슨은 스스로 뛰어내렸나? 어떻게 된 거야?"

샹클리가 고개를 끄덕였다. "등을 돌리고 있었어. 토니는 도구를 꺼내는 중이었고, 나는 그걸 보고 있었지. 그 젊은 친구는 우리가 봉지를 씌우기 전에 도구를 본 것 같아. 우리 사이로 달려가 창밖으로 몸을 던졌지. 죽고 싶을 정도로 무서웠던 게 분명해."

리버스는 샹클리를 보고 앤서니 케인을 떠올리면서, 극악무도함이라는 것이 얼마나 평범하게 보일 수 있는지 실감했다. 얼굴과 목소리만으로는 알 수 없다. 뿔이나 기다란 송곳니가 달린 것도 아니다. 피를 뚝뚝 흘리거나 뒤틀린 증오를 보이지도 않는다. 악이란 건 거의…… 거의 어린애 같다. 순진무구하고 지나칠 정도로 단순하다. 게임을 한 다음 잠에서 깨어, 그게 장난이 아니었음을 알게 될 뿐이다. 현실 세계의 괴물들은 그로테스크하지 않다. 조용한 남자 아니면 여자다. 거리에서 스쳐 지나가지만 알아채지 못하는 사람들이다. 리버스는 사람들의 마음을 읽지 못하는 게 다행이라고 생각했다. 지옥 그 자체였을 테니까.

"그러고는 뭘 했지?" 리버스가 물었다.

"짐을 싸 자리를 떴어. 먼저 내 집으로 와 몇 잔 했지. 난 몸을 떨고 있었어. 토니는 일을 망쳤다고 말했지만 걱정하는 것 같지는 않았어. 술을 두고 왔다는 걸 깨달았어. 지문을 남겼는지 기억할 수 없었어. 남았을 것 같긴 했어. 토니가 떠났을 때 생각났어. 내 몫은 남겨졌지. 그건 인정해."

"그 아파트에서 어느 정도 떨어진 곳에 살았지?"

"걸어서 2분도 안 걸릴 거리야. 자주 있지는 않았어. 아이들하고도 친한 편이지."

인생이란 참으로 잔인하다고 리버스는 생각했다. 2분. 리버스가 현장에 도착했을 때, 토니 엘은 겨우 2분 거리에 있었을 것이다. 하지만 스톤헤이븐에서야 만나게 되었다.

"앨런 미치슨을 왜 쫓는지 토니가 말해 준 적 있어?" 샹클리는 고개를 저었다. "너한테 처음 접근한 게 언제였지?"

"며칠 전이었어."

그럼 사전에 계획됐단 얘기다. 물론 그랬겠지. 앨런 미치슨이 아직 애버딘에 있는 동안에 토니 엘이 에든버러에 와서 계획을 짜고 있었다는 뜻이다. 앨런 미치슨이 죽은 날은 휴가 첫날이었다. 그러니 토니 엘은 애버딘에서부터 남쪽으로 앨런을 따라온 것이 아니었다. 토니는 앨런 미치슨의 외모와 주소를 알고 있었다. 아파트에는 전화가 있었지만 전화번호부에 올라 있지 않았다.

앨런 미치슨은 알고 있던 사람에게 설계를 당한 것이다.

잭 모튼의 차례였다. "잘 생각해봐, 행크. 토니가 일에 대해 얘기한 게 아무것도 없어? 누가 돈을 댔다든가 하는 그런 거."

샹클리는 생각해 보더니 천천히 고개를 끄덕였다. 안도하는 표정이었다. 뭔가를 기억해낸 것이다.

"미스터 H." 샹클리가 말했다. "미스터 H에 관해 뭔가 얘기한 적이 있어. 나중에는 그런 적 없다는 듯 입을 다물었지만." 샹클리는 의자에서 거의 춤을 출 지경이었다. 리버스와 모튼이 자길 좋아해 주길 바랐다. 리버스와 모튼의 미소는 마치 그런 것 같았다. 하지만 리버스는 죽어라 머리를 굴리고 있었다. 떠올릴 수 있는 H는 제이크 할리뿐이었다. 들어맞지 않는다.

"잘했어." 잭이 꼬드겼다. "이제 또 생각해봐. 다른 걸 알려줘."

하지만 리버스는 물어볼 게 하나 있었다. "토니가 마약 하는 거 본 적 있어?"

"아니. 하지만 알고는 있었어. 그 젊은 친구를 따라서 들어간 첫 번째 바에서, 토니는 화장실에 갔어. 화장실에서 나왔을 때 뭔가 했다는 걸 알 수 있었지. 내가 사는 동네에서는 척 보면 알 수 있거든."

토니 엘은 약쟁이였다. 그렇다고 꼭 살해당했다는 뜻은 아니다. 스탠리의 일이 더 쉽게 되었다는 의미일 뿐이다. 준비를 갖췄을 때보다는 약에 취한 상태의 토니 엘을 죽이기가 더 쉽다. 애버딘으로 운반된 마약…… 버크 클럽은 그 소굴이었다. 토니 엘은 그 마약을 하고, 팔았을까? 리버스는 에릭 스테몬스에게 토니 엘에 관해 물었기를 바랐다.

"화장실 좀 가야겠어." 샹클리가 말했다.

"순경 애들 불러다 데려다줄게. 기다려." 리버스와 모튼은 방을 나왔다.

"잭, 날 믿어줬으면 좋겠어."

"어느 정도로?"

"여기 남아서 샹클리의 진술서를 받아."

"그 동안에 뭘 할 생각인데?"

"누구하고 점심을 하려고." 리버스는 시계를 확인했다. "3시까지는 돌아올게."

"이봐, 존……"

"가석방인 셈 쳐. 점심 먹으러 갔다가 돌아오는 거야. 두 시간만." 리버스는 손가락 두 개를 들어 보였다. "딱 두 시간이야, 잭."

"어느 레스토랑인데?"

"뭐?"

"목적지를 말해줘. 15분마다 전화할게. 자리 지키는 게 좋을 거야." 리버스는 넌더리 난다는 표정이었다. "상대가 누군지도 알고 싶군."

"여자야."

"이름은?"

리버스는 한숨을 쉬었다. "협상이 힘들다는 얘긴 들어 봤지만, 자넨 정말 돌부처처럼 꿈쩍도 안 하는군."

"이름은?" 잭은 미소를 짓고 있었다.

"질 템플러. 질 템플러 경감이야. 됐어?"

"좋아. 레스토랑은?"

"모르겠어. 도착하면 알려줄게."

"전화해. 안 하면 칙한테 알릴 거야."

"다시 '칙'으로 돌아왔네?"

"칙도 알아야 하니까."

"알았어, 전화할게."

"레스토랑 전화번호도 함께야."

"레스토랑 번호도 함께. 그거 알아, 잭? 자네 때문에 식욕이 싹 가셨어."

"남은 건 싸 와."

리버스는 질을 찾으러 나갔다가 사무실에서 만났다. 질은 이미 점심을 먹었다고 했다.

"그럼 내가 먹는 거라도 봐요."

"재미있겠군요."

클럭 스트리트에 이탈리안 레스토랑이 있었다. 리버스는 피자를 주문
했다. 잭에게 가져갈 수 없는 것이라면 뭐든 먹을 수 있었다. 그런 다음 세
인트 레너즈로 전화를 걸어 레스토랑 전화번호를 남긴 후, 잭에게 전해달
라고 했다.

"그래서," 리버스가 자리에 다시 앉자 질이 말했다. "바빴나 봐요?"

"엄청 바빴죠. 애버딘에 갔다 왔어요."

"무슨 일로요?"

"겁쟁이 퍼기의 패드에 있던 전화번호 때문에요. 다른 일도 몇 개 더 있
었고."

"어떤 다른 일인데요?"

"꼭 연관된 건 아니었어요."

"말해 봐요. 일은 무사히 마쳤나요?" 질은 막 도착한 마늘빵 한 조각을
집어 들었다.

"꼭 그런 건 아니었죠."

"놀랍네요."

"아슬아슬한 관계를 유지하고 있다고 해 두죠."

질은 빵을 한 입 씹었다. "그래서 뭘 찾아냈죠?"

"버크 클럽은 더러운 곳이었어요. 조니 바이블의 첫 번째 피해자가 살
아 있는 모습이 마지막으로 목격된 장소이기도 했죠. 미국인 두 명이 경영
하고 있는데, 그중 하나하고만 얘기해봤어요. 이자의 파트너가 더 지저분

한 놈 같아요."

"그리고요?"

"그리고 버크 클럽에서 글래스고의 범죄자 집안 가족 둘을 봤어요. 엉클 조 톨이라고 알아요?"

"들어봤어요."

"그자가 애버딘으로 마약을 운반하는 것 같아요. 거기서 일부가 유전으로 가고. 전속 시장*이죠. 채굴 설비는 아주 지루한 곳이니까."

"물론 당신은 잘 알겠죠?" 질이 농담했다. 그러고는 리버스의 표정을 보고 눈을 가늘게 떴다. "설비에 가 봤어요?"

"내 생에서 가장 끔찍한 경험이었지만, 카타르시스적이었죠."

"카타르시스적이요?"

"옛날 여자친구가 그 단어를 쓰곤 했어요. 한참 후에 이해했죠. 클럽 주인인 에릭 스테몬스는 퍼기 맥루어를 모른다고 했어요. 그 말을 거의 믿어요."

"그래서 스테몬스의 파트너를 의심하게 된 건가요?"

"추측뿐이에요."

"기껏해야 추측뿐이라고요? 증거는 없고요?"

"하나도요."

피자가 나왔다. 초리조, 버섯, 엔초비 토핑이었다. 질은 고개를 돌려야 했다. 피자는 여섯 개의 두툼한 조각으로 잘려 있었다. 리버스는 한 조각을 접시 위에 얹었다.

"어떻게 그걸 먹을 생각을 했어요?"

---

* 선택의 여지없이 특정 상품을 사지 않을 수 없는 소비자층.

"그러게요." 피자 냄새를 맡으며 리버스가 말했다. "하지만 싸 가기엔 좋잖아요?"

레스토랑에는 담배자판기가 있었다. 리버스가 질의 오른쪽 어깨 너머를 본다면, 벽에 자판기가 있는 걸 발견했을 것이다. 다섯 개 상표의 담배가 있었다. 재떨이에는 성냥갑이 대기하고 있었다. 리버스는 하우스 화이트와인을, 질은 생수를 주문했다. 와인 - 메뉴에 따르면 '세심하게 향을 조합한' - 이 도착했다. 리버스는 마시기 전에 냄새를 맡아보았다. 차갑고 시큼했다.

"향이 어때요?" 질이 물었다.

"조금만 더 세심했다간 사람 잡겠네요." 음료 메뉴를 적은 카드가 작은 홀더에 끼워져 리버스 앞에 세워져 있었다. 식전주인 아페레티프, 칵테일, 식후주인 디제스티프, 와인, 맥주, 라거, 증류주가 열거되어 있었다. 요 며칠 동안 리버스가 유일하게 읽은 글이었다. 다 읽고 나서 다시 읽었다. 목록을 작성한 사람과 악수라도 하고 싶었다.

그는 피자 한 조각이면 충분했다.

"배 안 고파요?" 질이 물었다.

"다이어트 중이에요."

"정말요?"

"해변을 따라 산책할 수 있을 정도의 몸을 만들려고요."

질은 그 말을 이해하지 못했고, 엉뚱한 추측을 떨쳐버리려는 듯 고개를 저었다.

"핵심은," 리버스는 와인을 한 모금 더 마시고 말했다. "당신이 뭔가 큰 건을 잡은 것 같아요. 그걸 건져낼 수 있다는 생각이 들어요. 당신이 주도

권을 잡게 해 주고 싶어요."

질이 리버스를 쳐다보았다. "왜요?"

"크리스마스 선물을 준 적이 없었으니까요. 받을 자격이 있어요. 당신이 받는 첫 번째 선물이 될 거예요."

"당신이 일을 다 해 버리면 의미가 없죠."

"의미가 있어요. 내가 한 건 정찰일 뿐이니까."

"아직 마무리하지 못했다는 뜻인가요?"

리버스는 고개를 젓고는, 웨이터에게 남은 피자를 상자에 싸 달라고 부탁했다. 리버스는 마지막으로 남은 마늘빵을 집어 들었다.

"마무리 근처에도 못 갔어요." 리버스가 말했다. "하지만 당신 도움이 필요할지도 몰라요."

"아하. 드디어 본심이 나왔군요."

리버스는 재빨리 말했다. "안크램이 질문 공세를 퍼부으며 닦달하고 있어요. 벌써 한 번 겪었죠. 우리끼리 얘긴데, 안크램은 적당한 선에서 끝낼 것 같아요. 하지만 시간을 잡아먹고 있죠. 한 번 더 북쪽으로 가 보고 싶은데……"

"존……"

"당신한테 바라는 건…… 당신이 해 줄 수도 있는 건…… 안크램에게 전화해서 내가 당신을 위해 급한 일을 처리해야 한다고 얘기해 주는 거예요. 그러면 심문 일정을 재조정하겠죠. 안크램의 시선을 돌려서 나한테 시간을 벌어줘요. 필요한 건 그게 다예요. 가능하다면 당신이 말려들지 않게 할게요."

"요약하자면, 내부 감찰을 맡고 있는 동료 경찰에게 거짓말을 하라는 거군요? 그사이에 당신은 증거도 증인도 부족한 상태에서 마약 밀반입 사건을 해결하고?"

"잘 정리했네요. 왜 당신이 나보다 먼저 경감으로 승진했는지 알겠어요." 리버스는 일어나 공중전화로 달려갔다. 그는 레스토랑에 있는 누구보다도 먼저 전화 소리를 들었다. 잭의 점검 전화였다. 잭은 리버스에게 남은 음식을 싸 오라고 상기시켰다.

리버스가 테이블로 갔을 때, 질이 계산서를 확인하고 있었다.

"내가 낼게요."

"팁이라도 낼게요. 빵은 내가 거의 다 먹었으니까. 게다가 내가 마신 생수가 당신 와인보다 비싸요."

"당신이 이익을 본 거래네요. 그렇게 할 건가요?"

질이 고개를 끄덕였다. "당신이 원하는 대로 안크램에게 말해 줄게요."

25

잭은 아직도 옛 친구를 놀라게 만드는 능력이 있었다. 피자를 게걸스레 먹어치운 것이다. 유일한 한마디는 "별로 안 먹었네"였다.

"내 입맛에는 좀 밍밍하더라고."

리버스는 지금 간절했다. 담배와 애버딘 둘 다. 애버딘에는 원하는 뭔가가 있었다. 단지 그게 뭔지 모를 뿐이었다.

아마도 진실이겠지.

술도 고파야겠지만 와인 덕분에 좀 덜해졌다. 위가 출렁거리면서 속이 쓰렸다. 그는 책상에 앉아서 샹클리의 진술서를 읽었다. 샹클리는 아래층 유치장에 있었다. 잭은 빠르게 일을 처리했다. 부족한 부분을 찾을 수 없었다.

"어쨌든," 리버스가 말했다. "가석방에서 복귀했어. 이제 뭘 하지?"

"매일 이러지는 말자고. 심장에 해로울 것 같아."

리버스는 미소를 짓고 수화기를 들었다. 집에 있는 응답기를 확인해, 앤 크램이 계획하는 게 있는지 알아보려 했다. 있었다. 내일 아침 9시였다. 다른 메시지도 있었다. 케일리 버지스였다. 얘기를 하고 싶다고 했다.

"3시에 모닝사이드에서 약속이 있어요. 그러니 4시에 브룬츠필드에 있는 호텔에서 차라도 한잔하는 게 어때요?" 중요한 일이라고 했다. 리버스는 거기로 가서 기다리기로 했다. 잭을 남겨두고 가는 게 편했다.

"그거 알아, 잭? 자넨 내 스타일을 심각하게 구기고 있어."

"무슨 소리야?"

"여자하고 함께 있을 때 말이야. 만나야 할 사람이 있어. 하지만 졸졸 따라오겠지?"

잭은 어깨를 으쓱했다. "원한다면 문밖에서 기다려 줄게."

"있는 걸 아는데 참 편하기도 하겠다."

"더 나빠질 수도 있지." 마지막 피자를 욱여넣으며 잭이 말했다. "샴쌍 둥이가 연애하면 어떨 것 같아?"

"어떤 질문에는 대답하지 않는 게 최선이지." 리버스가 말했다.

리버스는 생각했다. 비록 좋은 질문일지라도.

조용한 호텔이었다. 꽤 고급이었다. 리버스는 머릿속에서 가상의 대화를 생각해 보았다. 안크람은 부엌에 있던 스크랩을 알고 있었다. 가능한 출처는 케일리뿐이었다. 당시에는 열이 머리끝까지 뻗쳤지만 지금은 좀 누그러들었다. 어쨌든 그건 케일리의 일이었다. 정보를 찾고, 그 정보를 다른 정보와 연결하는 것. 그래도 여전히 마음에 걸렸다. 그리고 스파벤과 맥루어의 커넥션이 있었다. 안크람은 그걸 알아냈고, 케일리는 그 사실을 알고 있었다. 그리고 무엇보다 결정적으로 침입 사건이 있었다.

둘은 라운지에서 케일리를 기다렸다. 잭은 『스코티시 필드』지를 뒤적이다가 부동산 매물 설명을 읽었다. '케이스네스 소재 7,000에이커 대지. 사냥 오두막, 마구간, 농장 있음.' 잭이 리버스를 올려다보았다.

"이거 괜찮은데? 어디서 7,000에이커를 이런 가격에 구하겠어?"

"'7:84'라는 연극 단체가 있어. 무슨 뜻인지 알아?"

"뭔데?"

"인구의 7%가 부의 84%를 지배한다는 의미야."

"우린 그 7%에 속하나?"

리버스는 코웃음을 쳤다. "근처에도 못 가."

"그래도 꿈은 높게 가져도 되잖아."

"뭘 대가로?"

"응?"

"그 대신에 뭘 내놓겠냐고?"

"아니. 로또 같은 거 얘기야."

"그럼 불기소를 대가로 뇌물은 안 받겠군?"

잭의 눈이 찌푸려졌다. "무슨 소리야?"

"이봐, 잭. 내가 글래스고 갔던 거 기억하지? 명품 양복에 보석까지 한 걸 봤어. 뭔가 거들먹거리는 분위기가 보였어."

"잘 차려입는 걸 좋아할 뿐이야. 중요한 사람이라고 느끼게 해 주니까."

"엉클 조가 공짜로 뿌리는 건 아니고?"

"만일 그렇더라도 난 모르는 일이야." 잭은 잡지를 들어 얼굴을 가렸다. 얘기 끝이었다. 그리고 케일리 버지스가 문을 지나 걸어들어왔다.

케일리는 곧바로 리버스를 알아보고 목부터 빨개졌다. 리버스가 일어난 자리까지 왔을 때는 뺨까지 빨개졌다.

"메시지 받으셨군요, 경위님." 리버스는 눈도 깜빡하지 않고 고개를 끄덕였다. "어쨌든 와 주셔서 감사해요." 케일리는 잭 모튼 쪽으로 몸을 돌렸다.

"잭 모튼 경위입니다." 악수하며 잭이 말했다.

"차 드시겠어요?"

리버스는 고개를 저으며 빈 의자를 가리켰다. 케일리는 자리에 앉았다.

"그래서요?" 다시는 호락호락하게 당하지 않겠다고 결심하며 리버스가 말했다.

케일리는 숄더백을 무릎에 놓고 앉아서 끈을 꼬고 있었다. "저기요." 케일리가 말했다. "경위님께 사과할 게 있어요." 케일리는 리버스를 쳐다보다가 고개를 돌리고는 심호흡을 했다. "안크램 경감한테 스크랩 얘기는 하지 않았어요. 퍼거스 맥루어가 스파벤을 알고 있다는 사실도요."

"하지만 안크램이 알고 있다는 사실은 알았죠?"

케일리는 고개를 끄덕였다. "이먼이 말해줬어요."

"이먼한테는 누가 말해줬죠?"

"내가요. 어떻게 해야 좋을지 몰랐어요. 누구한테든 얘기하고 싶었죠. 우린 팀이라서 이먼한테 말했어요. 경위 정도 직급의 누군가를 조사하는 경우에, 이먼은 언제나 그 대상보다 윗선을 알아보고, 상급자들과 얘기해서 대상의 속을 뒤집어놓고 싶어 했어요. 게다가 경위님은 우리 사회자에게 좋은 인상을 주지도 못했고요."

"사고였어요." 리버스가 말했다. "발을 헛디뎠죠."

"그거야 경위님 말이고요."

"영상을 보니 어떻던가요?"

케일리는 잠시 생각했다. "이먼 뒤에서 찍은 거라서 대부분 등밖에 안 나왔어요."

"그럼 난 빠져나온 건가요?"

"그렇게 말하진 않았어요. 하던 얘기나 계속하죠."

리버스는 케일리가 말하는 의도를 알고 고개를 끄덕였다. "고마워요. 하지만 브린은 왜 안크램한테 갔죠? 내 상관이 아니라?"

"안크램이 감찰 책임자라는 사실을 알았으니까요."

"어떻게 알아냈죠?"

"비밀 정보망이죠."

정보원 몇으로 이루어진 정보망. 리버스는 다시 짐 스티브스를 떠올렸다. 그는 도발하듯 리버스의 아파트 유리창을 올려다보고 있었다.

리버스는 한숨을 쉬었다. "마지막으로 하나만요. 내 아파트 침입 사건에 대해 아는 거 있어요?"

케일리가 눈썹을 치켜떴다. "내가요?"

"찬장에 있던 바이블 존 자료 기억나죠? 누군가 쇠지렛대로 문을 열고 침입했어요. 그 자료를 뒤져보는 게 유일한 목적이었죠."

케일리는 고개를 저었다. "우린 아니에요."

"아니라고요?"

"주거 침입이라니요? 맙소사, 우린 기자라고요."

리버스는 손을 들어 진정하라는 몸짓을 했다. 하지만 조금 더 밀어붙여 보고 싶었다. "브린이 그런 위험을 감수할 가능성은 있나요?"

이제 케일리는 웃었다. "워터게이트 사건 같은 게 터져도 그럴 가능성은 없어요. 이면은 프로그램을 진행해요. 조사 같은 건 전혀 안 하죠."

"당신이나 당신 조사원은 하고요?"

"네. 하지만 누구도 쇠지렛대를 쓸 타입은 아니죠. 나도 용의자인가요?"

잭은 케일리가 다리를 꼬는 모습을 자세히 보았다. 잭의 눈은 어린애가

장난감 자동차 경주장을 살펴보듯 케일리의 전신을 훑고 있었다.

"얘기는 이 정도로 끝내죠." 리버스가 말했다.

"하지만 사실인가요? 누군가 침입했다는 게?"

"얘기 끝났어요." 리버스가 되풀이했다.

케일리는 거의 뿌루퉁한 표정이었다. "그나저나 감찰은 어떻게 돼 가요?" 그녀는 손을 들었다. "염탐하는 거 아니에요. 개인적인 흥미라고 해두죠."

"어떤 감찰 얘기냐에 따라 다르겠죠." 리버스가 말했다.

"스파벤 사건이요."

"아, 그거요." 리버스는 반응을 계산하며 콧방귀를 뀌었다. "안크램 경감은 믿을 만해요. 부하들을 진심으로 신뢰하죠. 무고하다고 주장하면 액면 그대로 받아들여요. 그런 상관이 있으면 편해요. 예를 들면, 찰거머리 같은 경호원을 붙여줄 정도로 나를 아주 신뢰하죠." 리버스는 잭 모튼 쪽으로 고개를 까딱했다. "모튼 경위는 절대로 나를 놓치면 안 되죠. 심지어 내 아파트에서 잠도 자요." 리버스는 케일리의 눈을 마주 보았다. "어때요?"

케일리는 겨우 말을 생각해냈다. "가증스럽네요."

리버스는 어깨를 으쓱했지만 케일리는 가방에 손을 뻗어 수첩과 펜을 꺼냈다. 잭은 리버스에게 도끼눈을 했지만, 리버스는 윙크로 맞받아주었다. 케일리는 수첩을 뒤적인 끝에 빈 장을 찾았다.

"언제부터 시작됐죠?" 케일리가 말했다.

"어디 보자." 리버스는 생각하는 척했다. "일요일 오후부터인 것 같아요. 애버딘에서 심문을 받고 여기로 끌려온 다음부터죠."

케일리가 올려다보았다. "심문을 받았다고요?"

"존……" 잭 모튼이 경고했다.

"몰랐어요?" 리버스의 눈이 휘둥그레졌다. "난 조니 바이블 사건의 용의자예요."

아파트로 돌아오는 길에 잭은 화를 냈다.

"대체 무슨 생각으로 그런 거야?"

"케일리의 관심을 스파벤 사건에서 떼어놓으려고."

"무슨 말인지 모르겠네."

"그 여자는 스파벤 사건에 관한 프로그램을 제작하려고 하고 있어. 경찰이 다른 경찰을 괴롭히는 사건을 다루는 게 아니야. 조니 바이블 사건도 아니고."

"그래서?"

"지금쯤 머릿속이 내가 말한 얘기들로 뒤죽박죽이겠지. 그중 어느 것도 스파벤 사건과는 전혀 관련이 없고. 그것 때문에 그 여자는 아마 거기에…… 그걸 뭐라 그러지?"

"정신이 팔린다?"

"바로 그거야." 리버스는 고개를 끄덕이고 시계를 보았다. 5시 20분이었다. "젠장." 리버스가 말했다. "사진 찾아야 하는데!"

중심가로 우회해 들어왔을 때는 차들이 거북이걸음을 하고 있었다. 요새 에든버러의 러시아워는 악몽 그 자체다. 리버스는 빨간 신호등과 뿜어져 나오는 매연 때문에 신경이 날카로워져서 손가락을 두드리게 되었다. 사진관에 도착했을 때는 이미 문을 닫은 상태였다. 그는 개점 시간을 확인했다. 아침 9시였다. 페테스로 가는 길에 사진을 찾으면 안크램과의 약속에는 약간만 늦을 것 같았다. 안크램을 생각하기만 해도 감전되는 것 같은 느낌이었다.

"집에 가지." 리버스는 잭에게 말했다. 그러다가 교통 상황을 떠올렸다. "아니야. 다시 생각해 보니 옥스퍼드 바에 들르는 게 좋겠어." 잭이 미소를 지었다. "자네가 날 치유했다고 생각해?" 리버스는 고개를 저었다. "가끔 며칠씩 계속해서 안 들르기도 해. 별거 아니야."

"그럴 수도 있겠지."

"또 설교하려고?"

잭은 고개를 저었다. "담배는 어떻게 하고?"

"자판기에서 사면 돼."

리버스는 한 발은 발걸이에, 팔꿈치 하나는 윤이 나는 나무에 댄 채 서 있었다. 앞에는 물건 네 개가 있었다. 뜯지 않은 담배, 스코티시 블루벨 성냥, 티처스 위스키 35밀리리터, 벨하벤 베스트 맥주 한 파인트였다. 그는 물건을 옮기려는 초능력자처럼 이것들을 집중해 쏘아보고 있었다.

"3분 지났어." 바에서 단골 하나가 한마디 했다. 마치 리버스가 얼마나 참는지 세고 있었던 것 같았다. 리버스의 머릿속에 심오한 질문이 스쳐 갔다. 내가 저것들을 원하는 걸까? 아니면 저것들이 나를 원하는 걸까? 데이비드 흄*이라면 어떻게 했을지 궁금했다. 리버스는 맥주를 들어 올려 보았다. '무겁다'고 하는 데 이론의 여지가 없을 것이다. 바로 그런 상태였으니까. 그는 냄새를 맡아보았다. 그렇게 유혹적이지는 않았다. 맛이 괜찮기는

---

* David Hume, 인식론으로 유명한 에든버러 출신의 철학자.

하겠다. 하지만 다른 것들이 더 낫겠지. 위스키의 향취는 아주 좋았다. 훈제 향기가 콧구멍과 폐를 가득 채웠다. 입 안을 화끈거리게 하고, 타는 듯 흘러 내려가 녹아내리겠지. 그 효과는 계속되겠지만 오래가지는 않을 것이다.

니코틴은? 담배를 며칠 끊으면, 몸 - 피부, 옷, 머리카락 - 에서 나는 냄새가 얼마나 지독한지 깨닫게 된다. 정말 넌더리 나는 습관이다. 본인이 암에 걸리거나, 불운하게도 너무 가까이 있었던 사람에게 암에 걸릴 가능성을 선물하게 된다. 바텐더 해리는 리버스가 무슨 행동을 하길 기다렸다. 바 전체가 그랬다. 무슨 일이 일어나리라는 걸 알았다. 리버스의 얼굴에 쓰여 있었다. 거의 고통에 가까웠다. 잭은 숨을 참으며 옆에 서 있었다.

"해리." 리버스가 말했다. "이것들 좀 치워줘." 해리가 고개를 절레절레 흔들며 잔 두 개를 치웠다.

"기념사진 찍어둬야겠는데요." 해리가 말했다.

리버스는 바에서 담배를 피우던 사람에게 담뱃갑을 밀었다. "이거 받아. 그리고 너무 가까이 있지 마. 생각이 바뀔지도 모르니까."

흡연자는 놀라서 담뱃갑을 집어 들었다. "전에 빌려 간 담배들 갚는 거야?"

"이자도 포함해서야." 해리가 맥주를 싱크대에 붓는 걸 보며 리버스가 말했다.

"통에다 다시 넣는 거 아니었어, 해리?"

"다른 거 줄까? 아니면 그냥 앉아 있으려고 왔어?"

"콜라하고 감자칩 줘." 리버스는 잭 쪽으로 몸을 돌렸다. "감자칩은 괜찮지?"

잭은 리버스의 등에 손을 대고 부드럽게 토닥였다. 그리고 미소를 지었다.

둘은 아파트로 돌아오는 길에 가게에 들러 식재료를 샀다.

"마지막으로 요리한 게 언젠지 기억나?" 잭이 물었다.

"손재주가 젬병이라." 질문에 대한 대답은 '아니'였다.

잭은 요리를 즐겼지만, 리버스의 부엌에는 솜씨를 뽐내는 데 필요한 도구가 부족하다는 걸 알게 되었다. 레몬 껍질 탈피기도, 마늘 다지는 도구도 없었다.

"마늘은 이리 줘." 리버스가 제안했다. "내가 빻을게."

"난 게을렀어." 잭이 말했다. "오드리가 떠난 후, 토스터에다 베이컨을 구울 정도였지. 하지만 요리는 하다 보면 익숙해져."

"그나저나 뭘 만들 건데?"

"저지방 볼로냐 스파게티. 자네가 좀 도와주면 샐러드도 곁들일 수 있어."

리버스는 거들려고 했다. 드레싱을 만들려면 정육점에 가야 했다. 구태여 재킷을 걸치지는 않았다. 밖은 포근했다.

"날 믿을 수 있겠어?"

잭은 소스를 맛보더니 고개를 끄덕였다. 그래서 리버스는 혼자 나왔다. 돌아가지 않을 생각을 해 봤다. 다음 모퉁이에 문을 연 펍이 있었다. 하지만 돌아가야 했다. 아직 식사를 하지 못했다. 잭이 잠들고 나서 서둘러 나오면 될 것 같았다.

둘은 거실 탁자에 앉았다. 리버스의 아내가 떠난 후, 식사를 하기 위해서는 처음 사용하는 것이었다. 이게 진짜인가? 리버스는 손에 포크와 숟가락을 쥐고 잠시 서 있었다. 그렇다. 진짜였다. 그의 아파트, 그의 피난처가 어느 때보다도 횅해 보였다.

또 넋두리. 리버스가 술을 마시는 또 다른 이유였다.

리버스와 잭은 건배를 하고 하이랜드 생수를 나눠 마셨다.

"파스타가 신선하지 못해서 아쉽네." 잭이 말했다.

"그래도 요리잖아." 파스타를 우물거리며 리버스가 말했다. "이 집에선 드문 일이지."

그다음에는 샐러드를 먹었다. 프렌치 스타일이라고 잭이 말했다. 리버스는 전화가 울리자마자 손을 뻗었다. 수화기를 들었다.

"존 리버스입니다."

"리버스 경위, 나 그로간 경감이네."

"그로간 경감님." 리버스가 잭을 쳐다보았다. "무슨 일이십니까?" 잭이 가까이 와서 귀를 기울였다.

"경위의 신발과 옷에 대한 예비 검사를 실시했네. 무고하다는 사실을 알고 싶어 할 것 같아서."

"의심을 하긴 했나요?"

"자네도 경찰이니 절차를 알잖나."

"물론이죠. 전화 주셔서 감사합니다."

"다른 게 있네. 플레처 씨와 얘기를 해 봤어." 헤이든 플레처. T-버드의 홍보 담당자. "최근 피해자를 안다는 사실은 인정했네. 피해자가 살해당한 날 밤의 행동을 상세하게 진술했어. 도움이 된다면 DNA 검사를 위한 혈액도 제출하겠다고 했네."

"건방 떠는 것 같군요."

"딱 맞는 얘기야. 그런 경우가 별로 없는데, 그자는 꼴 보기 싫더군."

"저도 그렇지 않았습니까?" 리버스가 잭에게 미소지었다. 잭은 입 모양으로 '진정해'라고 했다.

"자네도 그 정도는 아니었지." 그로간이 말했다.

"그러면 용의자 둘이 제외되었군요. 추가 계획이 있으십니까?"

"없네." 그로간이 말했다. 리버스는 그로간이 피곤한 눈을 비비는 모습을 상상했다.

"이브와 스탠리는요? 제 충고를 따르셨습니까?"

"그랬네. 자네가 럼스덴 경사-어쨌든 훌륭한 경찰이야-를 불신한다는 점을 고려해서, 내 판단에 따라 다른 부하 둘을 배치하고 나한테 직접 보고하게 했네."

"감사합니다."

그로간이 기침을 했다. "둘은 공항 근처 호텔에 묵고 있어. 5성급 호텔인데 보통 석유회사에서 이용하지. BMW를 몰고 있어." 엉클 조의 집에 있었던 게 분명하다. "차의 외형과 번호판 관련 사항을 입수했네."

"필요 없습니다."

"부하들이 몇 군데 나이트클럽까지 그들을 미행했네."

"영업시간 중에요?"

"낮이었네. 그들은 빈손으로 들어가서 그대로 나왔네. 하지만 중심가의 은행 몇 군데에 들렀어. 부하 하나가 가까이 접근해서 그들이 현금을 예금하는 걸 봤네."

"은행이요?" 리버스는 얼굴을 찡그렸다. 엉클 조가 은행을 신뢰하는 타입이었나? 불법으로 취득한 자산 근처에 외부인이 접근하게 놔둘까?

"대충 그렇네, 경위. 함께 몇 번 식사를 하고, 차를 타고 부두까지 드라이브를 했지. 그러고는 떠났네."

"가버렸다고요?"

"오늘 밤에 떠났어. 부하들이 밴코리까지 미행했는데 퍼스 쪽으로 가는 것 같았네." 그리고 그다음은 글래스고지. "호텔에선 체크아웃한 걸 확인해줬어."

"단골이냐고 물어보셨나요?"

"그렇다고 하더군. 6개월 전부터 이용하기 시작했대."

"객실은 몇 개를 썼나요?"

"항상 두 개를 예약했다더군." 그로간의 목소리에 웃음기가 서렸다. "하지만 실상인즉, 메이드는 늘 방 하나만 청소하면 됐대. 방 하나를 같이 쓰고, 나머지 하나는 손도 안 댔지."

빙고. 리버스는 생각했다. 척하면 척이야. 내 그럴 줄 알았지.

"감사합니다, 경감님."

"도움이 됐나?"

"큰 도움이 됐습니다. 또 연락 드리겠습니다. 참, 여쭤볼 게 있는데……"

"뭔가?"

"헤이든 플레처요. 피해자하고는 어떻게 알게 됐답니까?"

"사업상 아는 사이라더군. 노스 시 컨벤션에서 T-버드의 부스를 준비했대."

"'기업 프레젠테이션'이 그건가요?"

"그런 것 같더군. 홀든 씨가 스탠드 대부분을 디자인하고, 홀든 씨 회사에서 실제 제작과 설치를 했대. 플레처는 그 과정에서 만났고."

"네, 경감님. 알려주셔서 감사합니다."

"경위, 다시 이쪽에 오게 되면 미리 전화하게. 알겠나?"

리버스는 오후의 티타임 초대가 아니라는 걸 알 수 있었다.

"알겠습니다." 리버스가 말했다. "안녕히 주무십시오."

그는 전화기를 내려놓았다. 애버딘이 부르고 있었다. 사전에 알리고 간다면 망할 것이다. 하지만 애버딘 일은 하루쯤 시간이 있었다. 이번 범행의 피해자인 바네사 홀든이 석유 산업계와 관련이 있군…….

"무슨 일이야, 존?"

리버스는 친구를 올려다보았다. "조니 바이블이야, 잭. 그자에 대해 다른 느낌이 들기 시작했어."

"뭔데?"

"석유회사 관계자라는 생각."

그들은 남은 재료를 치우고 설거지를 한 다음, 커피를 마셨다. 그러고는 실내 장식을 계속하기로 했다. 잭은 조니 바이블, 그리고 이브와 스탠리에 대해 더 알고 싶어 했지만, 리버스는 어디서부터 시작해야 할지 몰랐다. 머리가 꽉 막힌 느낌이었다. 계속해서 새 정보를 채워 넣기만 하고 아무것도 비워내지 못했다. 조니 바이블의 첫 번째 피해자는 석유회사와 밀접한 제휴를 맺고 있는 대학의 지질학과 학생이었다. 네 번째 피해자는 컨벤션의 부스를 제작하고 애버딘에서 일했다. 리버스는 피해자에게 최고의 고객이 누구였는지 짐작할 수 있었다. 첫 번째 피해자와 네 번째 피해자 사이에 연결 고리가 있다면, 두 번째 피해자와 세 번째 피해자 사이에도 연관성이, 리버스가 놓친 무언가가 있지 않을까? 매춘부와 바텐더, 한 사람은 에든버러, 다른 한 사람은 글래스고…….

전화기가 울려서 사포를 내려놓고 –문은 멋져 보였다– 수화기를 집어 들었다. 잭은 사다리에 올라가 처마돌림띠에 손을 뻗고 있었다.

"여보세요?"

"존? 메리예요."

"계속 연락했어요."

"미안해요. 다른 일이 있어서요. 돈이 걸린 문제라."

"위어 소령에 대해서는 좀 알아냈어요?"

"어느 정도는요. 애버딘은 어땠어요?"

"상쾌했죠."

"그럴 거예요. 이 메모들…… 전화상으로 불러 주기엔 너무 많아요."

"그럼 만나죠."

"어느 펍에서요?"

"펍 말고요."

"전화선에 문제가 생겼나 봐요. '펍 말고요'라고 하신 게 맞나요?"

"더딩스톤 빌리지는 어때요? 중간쯤 되는 장소잖아요. 호수 옆에 주차할게요."

"언제요?"

"30분 후?"

"그렇게 해요."

"거실 작업은 절대 마무리하지 못할 거야." 사다리에서 내려오며 잭이 말했다. 그의 머리카락에 흰색 페인트가 묻어 있었다.

"자네한텐 회색이 어울려." 리버스가 말했다.

잭이 머리를 문질렀다. "또 다른 여자?" 리버스는 고개를 끄덕였다. "어떻게 관리하려고 그래?"

"이 아파트에는 방이 많잖아."

도착했을 때 메리는 기다리고 있었다. 잭은 오랫동안 아서스 시트를 본적이 없었다. 그래서 구경할 수 있게 먼 길을 택했다. 밤이라 구경할 게 별로 없긴 했지만. 쭈그려 앉은 코끼리의 모습 그 자체인 — 어린아이라도 알수 있을 정도였다 — 아서스 시트의 거대한 언덕은, 복잡한 문제와 머릿속의 잡다한 일들을 떨쳐내기에 더할 나위 없는 장소였다. 하지만 밤에는 조명이 별로 없었고, 가기에는 너무 멀었다. 에든버러에는 이렇게 장엄하게 빈 공간이 많았다. 멋지고 은밀한 장소였다. 단 약쟁이, 노상강도, 강간범, 게이 혐오자를 만나기 전까지의 얘기다.

더딩스톤 빌리지가 바로 그런 곳이다. 도시 중심부, 아서스 시트 아래숨어 있는 마을이었다. 더딩스톤 협만峽灣 — 진정한 협만이라기보다는 큰호수에 가까운 — 이 조류 보호 구역과 '이노센트 철길'이라고 알려진 길을내려다보고 있었다. 리버스는 그 이름의 유래가 궁금했다.

잭이 차를 세우고 비상등을 깜빡였다. 메리가 차 시동을 끄고 밖으로나와 그들에게 천천히 달려왔다. 리버스가 등을 기대 뒷문을 열자 메리가들어왔다. 리버스는 잭 모튼에게 메리를 소개했다.

"아!" 메리가 말했다. "'매듭과 십자가' 사건을 존과 함께 수사하신 분이군요!"

리버스는 눈을 깜빡였다. "어떻게 알죠? 당신이 기자 하기 전 일인데?"

메리가 눈을 찡긋했다. "조사를 좀 해 봤죠."

리버스는 메리가 뭘 더 알고 있는지 궁금했다. 하지만 추측해볼 시간이 없었다. 메리가 갈색 A4 사이즈 봉투를 건네주었다.

"이메일이 있어 다행이었죠.『워싱턴 포스트』에 아는 사람이 있어서 연락했더니, 그쪽에 있는 자료 대부분을 구해줬어요."

리버스는 실내등을 켰다. 독서용 스팟 램프였다.

"보통은 펍에서 만나자고 해요." 메리가 잭에게 말했다. "특히 지저분한 곳에서요."

잭은 메리에게 미소를 짓고, 팔을 머리받침대에 걸친 채 시트에서 몸을 돌렸다. 리버스는 잭이 메리를 좋아하는 걸 알 수 있었다. 누구나 처음부터 메리를 좋아한다. 리버스는 그 비밀을 알고 싶었다.

"지저분한 펍이 존의 성격에 어울리죠." 잭이 말했다.

"이봐." 리버스가 끼어들었다. "둘이 나가서 오리 구경이라도 하지 그래?"

잭은 어깨를 으쓱하더니 메리에게 괜찮은지 물어보았다. 그러고는 문을 열었다. 혼자 남은 리버스는 좌석에 깊게 몸을 파묻고 읽기 시작했다.

첫째, 위어 소령은 소령이 아니었다. 사춘기 때 얻은 별명이었다. 둘째, 위어 소령의 부모는 스코틀랜드에 대한 사랑을 물려주었다. 여기에는 독립에 대한 열망까지 포함되었다. 산업계에서 보낸 초창기, 석유 업계에서 보낸 후반기와 관련된 사실들, 톰 버드의 사망에 관한 보고서가 있었다. 수상쩍은 내용은 없었다. 미국 기자 하나가 허락 없이 위어의 자서전을 집필하기 시작했지만 포기했다. 책을 쓰지 않는 대가로 돈을 받았다는 소문이 돌았다. 입증되지 않은 이야기들도 있었다. 아내와 안 좋게 헤어졌고, 나중에 더 많은 이혼 수당을 지급했다. 아들에 대한 이야기도 있었다. 사망했거나 상속에서 제외됐을 것이라고 했다. 아쉬람으로 떠났거나, 아프리카에서 기아 구호 활동을 벌이거나, 햄버거 가게에서 일할 수도 있고, 월스트리트의 유망주일 수도 있다. 리버스는 다음 장으로 넘어 갔지만 아무것도 없었다. 문장은 중간에서 끝나 있었다. 그는 차 밖으로 나와 메리와 잭이 몸을 움츠리고 대화하는 쪽으로 갔다.

"전부가 아니네요." 손에 든 종이를 흔들며 리버스가 말했다.

"아, 맞아요." 메리는 재킷에 손을 넣어 접은 종이 한 장을 꺼낸 다음 리버스에게 건넸다. 리버스는 설명을 요구하며 메리를 쳐다보았다. 메리는 어깨를 으쓱했다. "예고편이라고 해 두죠."

잭이 웃기 시작했다.

리버스는 헤드라이트 불빛 앞에 서서 그걸 읽었다. 눈이 휘둥그레지고 입이 딱 벌어졌다. 다시 읽었다. 그리고 세 번째 읽고는 마치 정수리가 날아가지 못하게 하려는 듯 머리카락에 손을 넣고 헝클어뜨리기 시작했다.

"괜찮아요?" 메리가 물었다.

리버스는 메리를 응시했지만 사실은 아무것도 보고 있지 않았다. 그런 다음 메리를 끌어당겨 볼에 입맞춤했다.

"메리, 당신은 완벽해요."

메리는 잭 모튼 쪽으로 몸을 돌렸다.

"동감이에요." 잭이 말했다.

바이블 존은 차에 앉아서 리버스와 친구가 아든 스트리트를 떠나는 모습을 바라보았다. 사업 때문에 에든버러에 하루 더 머물러야 했다. 불만스러웠지만, 적어도 리버스를 한 번 더 볼 수 있었다. 멀리 있어서 자세히 보이진 않았지만, 리버스는 얼굴에 멍이 들었고, 옷은 부스스했다. 바이블 존은 조금 실망하지 않을 수 없었다. 좀 더 그럴듯한 적수이길 바랐기 때문이다. 리버스는 어림도 없는 것 같았다.

사실 리버스를 적수로 생각하는 건 아니었다. 리버스의 아파트를 충분히 뒤져 보진 않았지만, 리버스가 바이블 존을 애송이와 연관시키는 데 흥미가 있다는 사실은 드러났다. 아파트에는 원하는 만큼 오래 머물진 못했다. 열쇠를 딸 수 없었기 때문에 억지로 문을 열어야 했다. 이웃 사람들에게 언제 발각될지 알 수 없었다. 그래서 서둘렀지만, 아파트에서는 주의를 끌 만한 게 거의 없었다. 아파트는 리버스에 대해 몇 가지를 알려주었다. 그는 이제 적어도 어느 정도까지는 리버스를 안다고 느꼈다. 리버스의 고독한 삶을, 감정과 따뜻함, 사랑이 있어야 할 빈자리를 느낄 수 있었다. 집 안에는 음악과 책이 있었지만 둘 다 양이나 질 면에서 최고라고 할 수는 없었다. 옷은 실용적이었다. 재킷은 비슷비슷했다. 신발은 없었다. 그게 가장 이상했다. 한 켤레만 신고 다니나?

부엌에 가 보았다. 조리 도구도 식재료도 부족했다. 욕실은 인테리어를 다시 해야 할 것 같았다.

하지만 부엌으로 돌아왔을 때 약간 놀라운 일이 있었다. 리버스가 서둘러 숨겨둔 신문과 스크랩들을 그는 손쉽게 찾았다. 바이블 존과 조니 바이블에 관한 것들이었다. 그리고 리버스가 고생해 모은 증거들이 있었다. 판매상으로부터 구입한 게 분명한 옛날 신문 원본들이었다. 공식 수사 범위 내의 다른 수사 같았다. 바이블 존은 여기서 리버스에게 더 흥미가 생겼다.

침실에는 서류들이 있었다. 옛날 편지 상자, 은행 거래 명세서, 몇 장밖에 없는 사진. 하지만 리버스가 한 번 결혼했었으며 딸이 하나 있다는 사실을 알아내기엔 충분했다. 최근 것들은 없었다. 성장한 딸의 사진이나 최근 사진은 전혀 없었다.

하지만 여기 온 이유는 하나였다. 자신이 건네준 명함. 그런데 흔적도 보이지 않았다. 리버스가 버렸거나 재킷이나 지갑 안에 아직 가지고 있을 것이다.

그는 거실에서 리버스의 전화번호를 적은 다음, 아파트 구조를 머리에 새겨 넣었다. 쉬웠다. 한밤중에 들어와 누구의 눈에도 띄지 않고 돌아다닐 수 있다. 원한다면 아무 때나 존 리버스를 없앨 수 있다. 언제든.

그는 리버스의 친구가 궁금했다. 리버스는 사교적인 타입 같지는 않았다. 둘은 함께 거실을 페인트칠했다. 침입 사실과 관련이 있는지는 알 수 없었다. 아마 아닐 것이다. 친구는 리버스 나이 또래거나 조금 아래 같았고, 꽤 터프하게 보였다. 경찰일까? 그럴 수도 있다. 친구의 얼굴에는 리버스가 가진 강렬함이 부족했다. 리버스에게는 뭔가 있었다. 처음 만났을 때부터 느꼈고, 오늘 밤 그 느낌이 더 강해졌다. 목표에 대한 전력투구, 그리고 판단력이었다. 신체적으로는 리버스의 친구가 더 강해 보이지만, 그렇다고 리버스가 호락호락한 건 아니다. 신체적인 힘은 어느 정도까지만 도움이 된다.

그다음부터는 정신력에 좌우된다.

26

다음 날 아침, 그들은 사진관 밖에서 문이 열리길 기다리고 있었다. 잭은 스무 번 가까이 시계를 들여다보았다.

"우린 죽었어." 잭은 열 번 가까이 말했다. "농담 아니야. 우린 죽은 몸이라고."

"진정해."

잭은 똥 마려운 강아지처럼 안절부절못하고 있었다. 사진관 매니저가 문을 열기 시작하자, 둘은 차에서 튀어나왔다. 리버스는 손에 꽁초를 쥐고 있었다.

"잠깐만 기다려요!" 매니저가 말했다.

"우리 지금 늦었어요!"

매니저는 코트를 입은 채 사진 꾸러미가 든 상자를 여기저기 뒤적였다. 리버스는 가족 행사, 해외에서 보낸 휴가, 눈이 빨개진 생일, 흐릿한 결혼 피로연을 상상했다. 사진 모음에는 어렴풋하게 간절하지만 감동적인 뭔가가 있었다. 리버스는 근무 중에 수많은 사진 앨범을 훑어보았다. 보통은 살인 사건의 단서, 피해자의 지인을 찾기 위해서였다.

"계산대 열기 전까지는 어쨌든 기다려야 합니다." 매니저는 사진 꾸러미를 건네주었다. 잭은 가격을 보고는 그보다 많은 금액을 던져 놓고 리버스를 사진관 밖으로 끌고 나왔다.

잭은 살인 사건 현장에 출동이라도 하는 듯한 속도로 페테스까지 차를 몰았다. 스턴트 장면을 찍는 듯한 운전에 차들이 방향을 틀고 급정거를 했다. 이미 20분 늦었다. 하지만 리버스는 상관하지 않았다. 그는 현상한 사진을, 앨런 미치슨의 선실에서 사라진 사진들을 갖고 있었다. 그건 다른 단체 사진들과 비슷했지만 인원수가 적었다. 그리고 그 사진 전부에서 땋은 머리가 미치슨 옆에 서 있었다. 미치슨의 몸에 팔을 두르고 있는 사진도 하나 있었다. 키스하는 사진이었다. 입을 맞추며 활짝 웃고 있었다.

리버스는 놀라지 않았다. 이제는.

"돈값을 하는 사진이었길 바라네." 잭이 말했다.

"하고도 남지."

"그런 의미가 아니야."

칙 안크램은 두 손을 꽉 쥐고 앉아 있었다. 얼굴이 시뻘겠다. 앞에는 파일들이 펼쳐져 있었는데, 마치 지난번 심문 이후 한 번도 움직이지 않은 듯했다. 목소리는 약간 떨리고 있었다. 자제하고 있었지만 잠시뿐이었다.

"전화를 받았네." 안크램이 말했다. "케일리 버지스라는 사람한테."

"그래요?"

"몇 가지 질문을 하더군." 안크램이 말을 멈췄다. "자네에 대해서. 모든 경위가 현재 맡고 있는 역할에 대해서 말이야."

"소문일 뿐입니다. 잭과 저는 좋은 친구입니다."

안크램은 양손으로 책상을 내리쳤다. "우리가 거래를 했다고 생각했네만."

476

"기억이 나지 않는군요."

"그럼 자네의 장기 기억은 좀 상태가 낫기를 바라네." 안크램이 파일을 열었다. "이제 정말 재미있는 일이 시작되니까." 안크램은 당황해하고 있는 잭에게 고개를 끄덕여 테이프 레코더를 켜게 한 다음, 날짜와 시간, 배석 경관을 말하면서 녹음을 시작했다. 리버스는 폭발할 것 같았다. 1초만 더 앉아 있으면 장난감 가게에서 파는, 스프링 달린 안경처럼 눈알이 튀어나올 것 같았다. 전에도 이런 느낌이 든 적이 있었다. 공황 발작이 일어나기 직전이었다. 하지만 지금 안크램은 패닉에 빠진 게 아니었다. 격앙되었을 뿐이다. 리버스는 자리에서 일어났다. 안크램은 말을 중단했다.

"무슨 일인가, 경위?"

"경감님." 리버스는 이마를 문질렀다. "지금은 집중이 안 되는군요. 스파벤 사건 말입니다. 오늘은 안 되겠습니다."

"자네가 아니라 내가 결정할 일이야. 몸이 안 좋으면 의사를 불러주겠네. 하지만 그렇지 않으면……"

"아픈 게 아닙니다. 그저……"

"그럼 앉게." 리버스는 다시 자리에 앉았고 안크램은 다시 수첩을 보기 시작했다. "경위, 자네가 말한 그날 밤 얘기네. 게데스 경위의 집에 있었는데 전화가 왔다고 보고서에 썼지?"

"네."

"통화를 실제로 들은 건 아니고?"

"아닙니다." 땋은 머리와 미치슨…… 미치는 공연 기획자이자 시위대였다. 석유회사 직원이었다. 엉클 조의 심복인 토니 엘에게 살해당했다. 스탠리와 이브는 애버딘에서 일하며 한방을 쓰고 있다…….

"하지만 게데스 경위는 스파벤과 관련된 통화였다고 말해줬지? 제보라고."

"그렇습니다." 버크 클럽. 경찰들이 모이는 곳이다. 석유회사 직원들도 모이는 곳일 것이다. 헤이든 플레처는 거기서 술을 마셨다. 루도빅 럼스덴도 거기서 술을 마셨다. 미셸 스트라챈은 거기서 조니 바이블을 만났다…….

"게데스는 누구한테서 온 전화라고는 밝히지 않았지?"

"아닙니다." 안크램이 올려다보았다. 리버스는 틀린 대답을 했다는 걸 알았다. "말하지 않았다는 뜻입니다."

"말하지 않았다고?"

"그렇습니다."

안크램이 리버스를 쳐다보았다. 코웃음을 치고는 다시 수첩에 집중했다. 수첩에는 이 심문을 위해 특별히 준비한 페이지들이 있었다. 물어야할 질문, 재확인한 '사실'들, 해체해 재조립한 사건 전체가 있었다.

"내 경험상 익명의 제보라는 건 매우 드문 일이야." 안크램이 말했다.

"그렇습니다."

"그리고 그런 제보는 언제나 경찰 민원실로 들어오지. 동의하나?"

"그렇습니다." 애버딘이 핵심이었을까? 아니면 더 북쪽에 대답이 있을까? 제이크 할리는 무슨 관계가 있지? 그리고 위어 소령은 마이크 서트클리프 ─ 양가죽 씨 ─ 에게 입 다물고 있으라고 경고했을까? 서트클리프가 말한 내용이 뭐였지? 비행기에서 무슨 얘기를 하다가 갑자기 그만뒀더라…… 배에 관한 얘기였는데……

이 중에 어떤 게 조니 바이블과 연관돼 있지? 조니 바이블은 석유회사 직원일까?

"그렇다면 게데스 경위는 전화한 사람을 알고 있었다고 추론하는 게 합리적이지 않을까?"

"아니면 제보자가 게데스를 알고 있는가요."

안크램은 이 말을 대수롭지 않게 취급했다. "이 제보는 우연히 스파벤 씨와 관련이 있었던 거였군. 당시에는 우연이라고 생각하지 않았나, 경위? 게데스가 이미 스파벤 사건 수사에서 퇴출된 걸 알지 않았나? 게데스가 스파벤에게 집착하고 있다는 걸 자네는 분명히 알고 있지 않았나?"

리버스는 다시 일어나서 작은 취조실 안을 최대한 빠르게 걷기 시작했다.

"앉아!"

"죄송하지만 안 되겠습니다. 더 이상 앉아 있다간 경감님 면상에 주먹을 날릴 것 같으니까요."

잭 모튼이 한 손으로 눈을 가렸다.

"지금 뭐라고 했나?"

"테이프를 뒤로 감아서 들어보시죠. 제가 일어나서 걷는 이유가 그거니까요. 일종의 위기관리죠."

"경위, 경고하는데……"

리버스는 웃었다. "경고요? 웃기시네." 안크램이 일어섰다. 리버스는 몸을 돌려 제일 끝쪽 벽까지 간 후 다시 몸을 돌렸다.

"경감님." 리버스가 말했다. "간단한 질문 하나 하죠. 엉클 조가 망하는 꼴을 보고 싶으십니까?"

"난 그러려고 온 게……"

"우린 여기서 쇼를 하고 있죠. 경감님도 저도 아는 사실입니다. 윗선에서는 언론 때문에 진땀을 빼고 있죠. 프로그램에서 경찰이 좋은 모습으로 보이길 바랍니다. 그러려면 감찰을 실시했다고 말해야 하죠. 윗선에서 두려워하는 건 TV뿐이니까요. 악당 따위에는 눈썹 하나 까딱 안 하면서 부정적인 내용의 10분짜리 프로그램은 더럽게 무서워하죠. 그래서는 안 됩니다. 몇백만 명이 그 프로그램을 시청한다고 가정해 보죠. 그중 절반은 소리를 줄이고 보고, 나머지 절반은 제대로 집중하지도 않습니다. 그리고 바로 다음 날이면 잊어버려요." 리버스는 심호흡을 했다. "예 또는 아니오로만 대답해 주십시오." 안크램이 아무 말도 하지 않아서 리버스는 질문을 되풀이했다.

안크램이 잭에게 녹음기를 끄라고 신호했다. 그러고는 다시 자리에 앉았다.

"그러고 싶네." 안크램이 조용히 말했다.

"그럴 거라고 생각했습니다." 리버스는 목소리 톤을 유지했다. "하지만 경감님 단독으로 책임을 지는 건 바라지 않습니다. 책임은 질 템플러 경감이 맡아야 합니다." 리버스는 의자로 돌아가서 끝에 걸터앉았다. "그리고 두어 가지 질문이 있습니다."

"전화가 오긴 했나?" 안크램이 말했다. 리버스는 놀랐다. 둘은 서로를 쳐다보았다. "녹음기는 껐네. 우리 셋만 아는 얘기야. 전화가 오긴 했나?"

"저는 경감님 질문에 대답하고, 경감님은 제 질문에 대답하는 건가요?" 안크램이 고개를 끄덕였다. "물론 전화가 왔습니다."

안크램은 거의 미소를 지었다. "거짓말. 게데스는 자네 집에 왔어. 그렇지? 뭐라고 말했나? 수색 영장은 필요 없을 거라고 했나? 자네는 게데스가 거짓말하고 있다는 걸 분명히 알았어."

"게데스는 훌륭한 경찰이었습니다."

"그 얘기를 할 때마다 점점 자신감 없게 들리는군. 문제가 뭔가? 스스로도 확신할 수 없나?"

"훌륭한 경찰이었습니다."

"하지만 문제가 있었어. 레니 스파벤이라고 하는 작은 악마였지. 자네는 게데스의 친구였어. 말렸어야지."

"말린다고요?"

안크램이 고개를 끄덕였다. 눈이 달처럼 빛나고 있었다. "자네가 게데스를 도왔어야 해."

"해 봤습니다." 리버스가 말했다. 목소리가 거의 속삭이는 수준이었다. 이 또한 거짓말이었다. 당시 게데스는 구제불능의 중독자 수준이었다. 도움이 될 수 있는 건 단 한 가지, 신념 그 자체뿐이었다.

안크램은 만족한 것처럼 보이지 않으려고 애쓰며 다시 앉았다. 안크램은 리버스가 무너지고 있다고 생각했다. 그가 리버스의 마음에 의심의 씨앗을 뿌렸다. 처음은 아니었다. 이제 연민이라는 물을 줄 수 있었다.

"알다시피," 안크램이 말했다. "자네를 탓하는 게 아니야. 자네가 어떤 상황이었는지 알 것 같아. 하지만 은폐 공작이 있었어. 핵심적인 거짓말 하나가 있었지. 익명의 제보 말이야." 안크램은 수첩을 책상 위로 살짝 들었다. "모든 문제의 핵심은 거기 있어. 다른 건 아무것도 아니지. 만일 게데스가 스파벤을 미행했다면, 증거를 조금 심어두는 것쯤은 문제도 아니었을 테니까."

"그건 게데스의 스타일이 아닙니다."

"막판까지 몰린 상황이었는데도? 그렇게 된 게데스를 본 적 있나?"

리버스는 할 말이 생각나지 않았다. 안크램은 손바닥을 책상에 대고 다시 몸을 앞으로 기울였다.

"그래, 묻고 싶은 게 뭔가?"

리버스는 어렸을 때 옆집과 클로즈*로 구분된 두 가구 연립주택에 산 적이 있었다. 클로즈는 두 집의 뒤뜰로 이어졌다. 리버스는 거기서 아버지와 축구를 했다. 가끔은 클로즈의 양쪽 벽에 발을 디디고 지붕까지 올라가보았다. 가끔은 클로즈 중간에 서서 단단한 고무공을 돌바닥에 있는 힘껏 던져보았다. 고무공은 엄청난 속도로 앞뒤로, 바닥에서 지붕까지, 벽에서 바닥까지, 바닥에서 지붕까지 튀었다.

지금 머리가 딱 그때의 상태였다.

"뭐라고요?"

"질문이 두 개 있다고 했잖나."

리버스의 머리가 천천히 현실로 돌아왔다. 그는 눈을 비볐다. "네." 리버스가 말했다. "첫 번째는 이브와 스탠리입니다."

"그들이 왜?"

"둘이 가깝나요?"

"사이가 좋냐고? 괜찮지."

"그냥 괜찮다?"

"보고서에는 특별한 건 없었네."

"저는 '질투' 생각을 했습니다."

안크램은 무슨 말인지 알아챘다. "엉클 조와 스탠리?"

리버스는 고개를 끄덕였다. "이브는 둘 사이에 싸움을 붙일 만큼 영악

---

* close. 극히 비좁은 골목 같은 공간.

한가요?"리버스는 이브를 만난 적이 있었다. 이미 답은 나와 있었다. 안 크램은 어깨를 으쓱할 뿐이었다. 대화가 예상치 못한 방향으로 흘러가는 게 분명했다.

"애버딘에 있을 때," 리버스가 말했다. "둘은 호텔에서 한방을 썼습니다."

안크램이 눈을 가늘게 떴다. "확실한가?" 리버스는 고개를 끄덕였다. "미쳤군. 엉클 조가 알면 둘 다 죽은 목숨이야."

"그런 일은 없을 거라고 생각할 수도 있죠."

"무슨 얘긴가?"

"자기들이 엉클 조보다 강하다고 생각할 겁니다. 부하들이 자기들 편을 들 거라고 예상하겠죠. 말씀하셨듯이 요즘은 스탠리가 공포의 대상이니까요. 게다가 토니 엘도 죽었고요."

"토니는 어쨌든 전설이었지."

"그런 것 같지도 않습니다."

"설명해 보게."

리버스는 고개를 저었다. "우선 몇 사람과 얘기를 해 봐야 합니다. 이브 와 스탠리가 전에 함께 일했다는 얘기 들어보셨습니까?"

"아니."

"그럼 이번에 애버딘에 간 건?"

"둘이 불륜 여행이라도 갔나 보군."

"호텔 기록에 따르면 지난 6개월간이었습니다."

"그럼 문제는 이거군. 엉클 조는 무슨 일을 꾸미고 있지?"

리버스는 미소를 지었다. "알고 계실 텐데요. 마약이죠. 엉클 조는 글래 스고 시장을 잃었습니다. 이미 조각조각 갈라졌죠. 몇 푼 안 되는 분량을 두고 싸우느니 먼 데서 판을 벌일 생각을 한 겁니다. 버크 클럽에서 물량을 인수해서 팔겠죠. CID의 누군가를 손아귀에 넣고 말입니다. 애버딘은 아직 괜찮은 시장입니다. 15년, 20년 전 같은 황금 어장은 아니라도 쓸 만하죠."

"말해 보게. 우리가 할 수 없는 걸 자네는 어떻게 할 생각인가?"

리버스는 고개를 저었다. "경감님을 믿을 수 있을지 모르겠습니다. 눈치싸움만 할 수도 있으니까요."

안크램은 이번에는 정말 미소를 지었다. "자네와 스파벤 사건에 대해서도 같은 얘기를 할 수 있지."

"그럴 수도 있죠."

"나는 전말을 알게 될 때까지는 만족할 수 없네. 그런 점에서 우리 둘은 비슷하지."

"게데스와 저는 창고로 들어갔고, 쇼핑백이 거기 있었습니다. 어떻게 거기 가게 되었는지가 중요합니까?"

"미리 갖다 놓았을 수도 있지."

"제가 알기로는 아닙니다."

"게데스가 털어놓지 않았나? 자네들 둘은 가까웠잖아."

리버스는 일어났다. "하루나 이틀 자리를 비울 수 있습니다. 괜찮겠죠?"

"아니. 안 괜찮네. 내일 같은 시간에 여기 오게."

"맙소사······."

"아니면 지금 당장 녹음기를 다시 틀고, 자네가 아는 걸 얘기하는 방법도 있지. 그렇게 하면 자네는 시간이 남아돌게 돼. 자존심도 더 쉽게 지킬 수 있고."

"자존심 같은 건 애초부터 문제가 아니었습니다. 경감님 같은 인간들하고 같은 공기를 마시는 게 문제였죠."

"이미 말했잖나. 스트래스클라이드 경찰과 강력반이 작전을 준비하고 있다고."

"소용없는 짓입니다. 제가 알기로 글래스고 경찰의 절반은 엉클 조의 손아귀에 있으니까요."

"난 캐퍼티의 소개를 받고 엉클 조 집에 찾아가지는 않았어."

갑자기 리버스의 가슴 주위가 조였다. 관상 동맥 같았다. 하지만 리버스가 안크램에게 달려드는 걸 막으려고 잭 모튼이 팔로 붙잡고 있었던 것뿐이다.

"내일 아침이네." 마치 심문이 성과가 있었던 것처럼 안크램이 말했다.

"알겠습니다." 잭이 말하고는 서둘러 리버스를 데리고 나갔다.

리버스는 잭에게 M8 고속도로로 가자고 말했다.

"어림없는 소리."

"그럼 웨이벌리 역 근처에 세워. 기차를 타자고."

잭은 리버스의 모습이 마음에 들지 않았다. 배선 장치가 고장 난 것 같았다. 눈 뒤에서 불꽃이 보일 정도였다.

"글래스고에서 뭘 하려고? 엉클 조를 깨워서 '이봐, 당신 마누라가 당신 아들과 붙어먹고 있어'라고 할 생각이야? 아무리 자네라도 그 정도로 멍청하진 않겠지."

"당연히 아니지."

"글래스고야, 존." 잭이 간청했다. "우리 구역이 아니라고. 난 몇 주만 있으면 폴커크로 돌아가고, 자네는……"

리버스가 미소를 지었다. "난 어디로 가지, 잭?"

"신과 악마만 알겠지."

리버스는 여전히 미소를 지으며 속으로 생각했다. 악마가 낫겠네.

"언제나 영웅이 되고 싶었지, 존?" 잭이 물었다.

"시대가 영웅을 필요로 해, 잭." 리버스가 말했다.

M8 도로를 타고 가던 중, 에든버러와 글래스고 중간에서 교통 체증에 발목이 잡혔다. 잭이 다시 말했다.

"이건 미친 짓이야. 정말 미친 짓이라고."

"날 믿어, 잭."

"자넬 믿어? 이틀 전에 날 때려눕히려고 했는데? 자네 같은 친구가 있으면……"

"사방에 적이지."

"아직 시간은 있어."

"사실 없어. 자네가 그렇게 생각할 뿐이야."

"말도 안 되는 소리만 골라 하는군."

"자네가 귀를 기울이지 않는 탓이겠지." 가고 있는 지금, 리버스는 더 차분해졌다. 잭이 보기에는 누군가 리버스에게서 플러그를 뺀 것 같았다. 더 이상 불꽃은 없었다. 차라리 배선이 잘못된 것 같은 상태가 나을 지경이었다. 감정이 거의 실리지 않은 리버스의 목소리를 들으면 과열된 차 안에서도 등골이 오싹했다. 속도계는 계속 시속 60킬로미터 언저리였다. 추

486

월 차선인데도 그랬다. 옆 차선의 차들은 거의 기다시피 했다. 자리만 나면 그 차선으로 들어가고 싶었다. 도착하는 걸 늦출 수만 있다면 뭐든 할 생각이었다.

잭은 리버스가 존경스러울 때가 자주 있었다. 리버스에 대한 동료 경찰들의 찬사도 들었다. 리버스는 끈기가 있었다. 테리어처럼 성가실 정도로 사건을 파고들어 은밀한 동기와 숨겨진 시체를 빈번히 찾아냈다. 하지만 끈기는 또한 약점이기도 했다. 위험을 보지 못하게 하고, 초조하고 무모하게 만들었다. 잭은 왜 글래스고로 가는지 알고 있었다. 리버스가 거기서 뭘 하려 하는지도 잘 알 것 같았다. 그리고 안크램이 지시한 것과 같이, 잭은 리버스가 화장실에 갈 때도 근처에 있을 것이다.

리버스와 잭이 함께 일한 건 오래전 일이었다. 환상적인 팀이었지만, 잭은 에든버러를 떠나게 된 게 기뻤다. 숨이 막힐 것 같았다. 에든버러도, 파트너도. 그 후로 리버스는 타인과 어울리기보다는 자기만의 세계에서 더 많은 시간을 보내는 것 같았다. 심지어 펍도 정신 사납지 않은 곳만 골라 다녔다. TV, 슬롯머신 하나, 담배자판기 하나만 있는 곳으로. 낚시 여행이나 골프 대회, 버스 여행 같은 단체 활동에도 일체 참가하지 않았다. 단골아닌 단골이었고, 군중 속에서도 고독했으며, 머리와 마음은 사건 수사에만 전적으로 매달렸다. 잭은 그 심정을 너무나도 잘 알았다. 일은 자신을 둘러싸는 보호막이고, 세상을 차단하는 방법이었다. 사교적으로 만나는 사람들이 의심이나 노골적인 적대감을 가지고 대하기 때문에, 결국 동료 경찰들하고만 어울리게 된다. 그 때문에 아내나 여자친구와도 멀어진다.

잘 대처하는 경찰들도 많았다. 이해심 많은 파트너가 있거나, 귀가한 후에는 일과 담을 쌓거나, 일은 그냥 대출금을 갚기 위한 수단으로 생각하는 사람들이다. 잭은 CID에는 두 가지 타입이 있다고 보았다. 경찰 일을 소명이라고 생각하는 사람, 그리고 다른 직장 생활과 마찬가지로 그저 거기에 맞춰가는 사람.

존 리버스가 경찰 말고 다른 일을 할 수 있을 것 같지 않았다. 경찰에서 쫓겨나면…… 아마도 연금은 술로 탕진하고, 같은 사람들에게 똑같은 옛날 얘기를 너무 자주 되풀이하며 돈을 구걸하고, 하나의 고립을 다른 고립으로 바꾸는 늙은 전직 경찰이 될 것이다.

존은 반드시 경찰에 남아야 했다. 이 엿 같은 세상에서 리버스를 떼어놓는 것도 중요했다. 잭은 인생에 왜 이렇게 쉬운 게 없을까 생각했다. 리버스에게 '눈을 떼지 말라'는 지시를 칙 안크램에게 받았을 때는 기뻤다. 리버스와 함께 다니고, 옛날 사건과 인물들, 자주 갔던 곳, 재미있던 일들을 떠올리게 되리라고 생각했다. 그 너머를 봤어야 했다. 잭 자신은 달라졌을 수 있지만 ─서류 작업과 경력 관리를 중시하는 '예스맨'이 되었다─ 존 리버스는 언제나 그대로였다. 더 나빠졌을 뿐이다. 세월이 흐르면서 리버스의 냉소주의는 더 심해졌다. 이제는 테리어가 아니라 강철 같은 턱의 투견이었다. 일단 물면 아무리 힘들고 고통스러워도 죽을 때까지 놓지 않는다.

"차들이 좀 움직이기 시작하네." 리버스가 말했다.

사실이었다. 무엇인지는 몰라도 체증의 원인이 해소된 것 같았다. 속도계는 시속 90킬로미터를 가리키고 있었다. 곧 글래스고에 도착할 것이다. 잭은 리버스를 훑어보았다. 리버스는 길에서 눈을 떼지 않은 채 윙크했다. 잭은 바에 죽치고 앉아 연금을 술에 쏟아붓는 자신의 모습이 갑자기 떠올랐다. 빌어먹을. 친구를 위해 90분을 뛰어줄 것이다. 하지만 그게 전부다. 연장전도, 승부차기도 없을 것이다.

그들은 패트릭 경찰서로 향했다. 거기 사람들과 안면이 있기 때문이었다. 고반도 생각해 보았지만 거기는 안크램의 본거지였고, 비밀스럽게 작업할 수 있는 곳이 아니었다. 최근의 살인 사건 때문에 조니 바이블 사건이 약간 탄력을 받긴 했지만, 글래스고 수사팀에서 실제로 하는 일이라고는 애버딘에서 받은 자료를 읽고 정리하는 게 다였다. 리버스는 버크 클럽에서 바네사 홀든과 스쳐 지나갔다는 사실에 전율을 느꼈다. 럼스덴이 리버스에게 뒤집어씌우려고 온갖 수작을 다 부렸지만, 애버딘 CID는 한 가지 제대로 한 일이 있었다. 리버스와 조니 바이블 수사 사이에 너무나 많은 우연의 일치를 엮어 넣은 것이다. 너무 많아서 리버스는 그 우연의 일치가 정말 관련이 있는 건 아닐까 의심하기 시작했다. 정확하게 말할 수는 없었지만, 조니 바이블은 리버스가 수사 중인 다른 사건 중 하나와 연관된 것 같았다. 현재로서는 단순한 예감일 뿐이었고 할 수 있는 게 없었다. 하지만 분명 뭔가 있다는 느낌이 자꾸 들었다. 자신이 생각보다 조니 바이블에 대해 더 많이 알고 있는 건 아닐까 하는 궁금증이 생겼다.

패트릭은 밝고 편안한 신축 건물 - 보통 생각하는 첨단 경찰서 - 이었지만, 여전히 적지였다. 리버스는 이곳에 엉클 조의 끄나풀이 얼마나 많이 있는지 알 수 없었다. 하지만 자신과 잭이 은밀하게 일할 수 있는 조용한 장소는 알고 있었다. 건물 안을 돌아다니는 동안, 몇몇 경찰들이 잭에게 친근하게 목례나 인사를 했다.

"여기가 베이스캠프야." 바이블 존 사건 자료를 임시로 모아둔 버려진

사무실로 들어서며 리버스가 말했다. 여기 바이블 존이 있었다. 자료를 책
상과 바닥에 펼쳐놓았고, 벽에 테이프와 핀으로 붙여놓았다. 전시장 한가
운데 있는 것 같았다. 세 번째 피해자의 여동생의 진술에 따라 작성된 합
성 사진은, 진술한 인상착의에 따라 방 전체에 반복적으로 펼쳐져 있었다.
이미지가 되풀이해 겹쳐지면서, 그 사진들은 실체적인 존재로, 종이와 잉
크에서 피와 살을 가진 인간으로 변한 듯한 느낌이었다.

"이 방 마음에 안 들어." 리버스가 문을 닫자 잭이 말했다.

"보기만 해도 다들 그럴 거야. 차 마시러 나가서는 시간만 보내거나, 다
른 일이 있다는 핑계를 대겠지."

"여기 경찰의 절반은 바이블 존이 활동했던 당시에는 태어나지도 않았
을 거야. 바이블 존은 의미 없는 존재가 되었어."

"하지만 그런 경찰들은 손자에게 조니 바이블 얘기를 하겠지."

"그건 맞아." 잭이 말을 멈췄다. "시작할 거야?"

리버스는 자신의 손이 수화기 위에 놓인 걸 보았다. 그는 수화기를 집
어 든 다음 번호를 눌렀다. "날 의심해?" 리버스가 물었다.

"한동안은 아니야."

전화기 속의 목소리는 반갑지 않은 듯 거칠었다. 엉클 조도, 스탠리도
아니었다. 리버스는 최대한 점잖게 말했다.

"말키 있습니까?"

상대방은 주저하는 듯했다. 친한 친구들만이 말키라고 부르니까. "누구
시죠?"

"조니라고 해 주십시오." 리버스가 잠시 말을 멈췄다. "여긴 애버딘입
니다."

"잠깐 기다려요." 수화기가 딱딱한 표면에 놓이면서 덜컥거리는 소리가 들렸다. 리버스는 귀를 기울였다. TV 소리, 퀴즈 쇼의 박수 소리가 들렸다. 엉클 조 아니면 이브가 보는군. 스탠리는 퀴즈 쇼를 좋아하지 않을 것이다. 제대로 답을 아는 게 없을 테니까.

"전화 받아요!" 떡대가 외쳤다.

리버스는 오래 기다렸다. 누군가의 소리가 멀리서 들렸다. "누군데?"

"조니래요."

"조니? 조니 누구?" 목소리가 가까이서 들렸다.

"애버딘이래요."

수화기를 드는 소리가 들렸다. "여보세요?"

리버스는 심호흡을 했다. "태연한 척 말하는 게 좋을 거야. 너와 이브 사이 알아. 애버딘에서 뭘 했는지도. 그러니 비밀 지키고 싶으면 태연하게 말해. 떡대가 조금도 의심하지 않게."

바스락거리는 소리가 들렸다. 스탠리는 은밀하게 통화하기 위해 몸을 돌리고 수화기를 턱에 가까이 댔다.

"하고 싶은 얘기가 뭔데?"

"괜찮은 건수를 진행하고 있더군. 수사에 꼭 필요하지 않으면 망칠 생각은 없어. 그러니 내가 그렇게 하는 일이 없게 해. 알겠지?"

"물론이야." 머릿속에서 계산이 서는 한 경솔한 말은 하지 않을 것 같은 목소리였다.

"잘하고 있어, 스탠리. 이브가 자랑스러워할 거야. 이제 얘기 좀 해야겠어. 우리 둘뿐만 아니라 셋이."

"아버지하고?"

"이브."

"아, 알았어." 다시 잠잠해졌다. "그건 문제없어."

"오늘 밤?"

"음, 좋아."

"패트릭 경찰서로 와."

"잠깐만……"

"그게 조건이야. 얘기만 하면 돼. 어떤 일에도 말려들지 않아. 걱정되면 자세한 얘기 들을 때까지 입 다물고 있으면 돼. 마음에 안 들면 그냥 가면 되고. 아무것도 말하지 않는다면 걱정할 것도 없잖아. 기소도 하지 않을 거고 속임수도 없어. 내가 관심 있는 건 네가 아니야. 받아들이겠나?"

"아직 모르겠어. 다시 전화해도 되나?"

"지금 당장 네, 아니요로만 대답해. 아니라면 아버지한테 넘기면 되잖아."

궁지에 몰린 자는 더 재치 있는 척 웃는다. "나는 문제없어. 하지만 다른 당사자가 있잖아."

"이브한테 내가 말한 대로 얘기해. 이브가 안 오면 너도 올 필요 없어. 가명으로 방문증을 준비해둘게." 리버스는 앞에 펼쳐진 책에서 이름 두 개를 바로 골랐다. "윌리엄 프리처드와 매들린 스미스야. 기억할 수 있겠어?"

"그럴 것 같아."

"불러봐."

"윌리엄 뭐였는데……"

"프리처드."

"그리고 매기 스미스."

"거의 비슷했어. 바로 올 수 없다는 건 아니까 시간을 주지. 가능할 때 와. 그만둘 생각이면, 은행 계좌들을 떠올려봐. 주인이 없으면 계좌가 무슨 소용이겠어?"

리버스는 수화기를 내려놓았다. 손이 거의 떨리지 않았다.

27

프런트에 연락해서 방문증을 준비하게 했다. 그러고 나서는 기다릴 일만 남았다. 잭은 방이 추우면서도 퀴퀴한 냄새가 난다며 나가야겠다고 했다. 구내식당이나 복도에 가 있자고 제안했지만 리버스는 고개를 저었다.

"자네는 가. 난 여기 있을게. 보니와 클라이드*에게 무슨 얘기를 할지 생각해야겠어. 커피랑 롤빵이나 가져다줘." 잭이 고개를 끄덕였다. "아, 위스키도 한 병." 잭이 리버스를 쳐다보았다. 리버스는 미소를 지었다.

마지막으로 술을 마셨던 게 언제였는지 떠올려 보았다. 옥스퍼드 바에서 잔 두 개와 담배 한 갑을 앞에 뒀던 게 기억났다. 하지만 그 전에는…… 질과 와인을 마셨던가?

잭은 방이 춥다고 말했다. 리버스는 방이 답답하게 느껴져서 재킷을 벗고 넥타이를 느슨하게 한 다음 셔츠 맨 위 단추를 풀었다. 그는 방을 서성거리면서 책상 서랍과 판지 상자를 들여다보았다.

심문 녹취록은 커버 색이 바랬고 모서리가 주름져 있었다. 수기로 작성한 보고서, 타이프로 작성한 보고서, 증거 요약서, 대부분 손으로 그린 지도, 근무 일지, 계속 이어지는 증인 진술서, 배로우랜드 무도회장에서 목격된 남자의 인상착의가 있었다. 그리고 사진들이 있었다. 흑백에 크기는

---

* 영화 「우리에게 내일은 없다」의 주인공인 남녀 2인조 강도.

25x20센티미터 또는 그보다 작았다. 무도회장 자체의 내부와 외부 사진도 있었다. '무도회장'이란 단어에서 떠올리는 것보다는 현대적인 건물이었다. 리버스는 평범한 외벽에 가끔 창문이 있던 옛날 학교를 떠올렸다. 콘크리트 차양 위에 점 세 개가 찍혀 있었다. 점은 창문과 하늘 쪽을 가리키고 있었다. 차양 –입장을 기다리거나 입장 후 엘리베이터를 기다리면서 비를 피할 때 쓸모 있었다– 위에는 '배로우랜드 무도회장'과 '댄스'라는 글자가 있었다. 외부 사진 대부분은 비 오는 날에 찍은 것이어서, 여자들은 우산을 쓰고 주변에 서 있고 남자들은 보닛 모자*와 롱코트 차림이었다. 사진이 더 있었다. 경찰 잠수부가 강을 수색하고 있었다. 현장이었다. CID는 트레이드마크인 포크파이 모자에 레인코트를 입고 있었다. 뒷길, 공동 주택의 뒷마당, 또 다른 뒷길이 이어졌다. 포옹하고 애무할 수 있는 전형적인 장소다. 그 이상 진도를 나갈 수도 있다. 피해자에게는 너무 나가버렸지만. 바이블 존의 몽타주를 손에 든 조 비티 경정의 사진도 있었다. 몽타주와 비티를 보니 둘이 비슷해 보였다. 몇몇 사람들은 그 점을 언급했다. 맥키스 스트리트와 얼 스트리트. 두 번째와 세 번째 피해자는 자신들이 살았던 거리에서 살해당했다. 바이블 존은 피해자를 집 가까이 데려갔다. 왜? 경계심을 풀게 하려고? 아니면 마음이 흔들려서 범행을 미루려고? 키스와 포옹을 청하기에는 너무 불안했나? 아니면 그저 두려웠거나 양심이 깊이 자리한 욕망과 싸우고 있었기 때문에? 파일에는 이러한 방향 잃은 추론, 전문 심리학자와 정신과 의사들이 내린 더욱 구체적인 이론들이 가득했다.

리버스는 바로 이 방에서 올더스 제인과 만난 걸 생각했다. 제인은 서

---

* bonnet, 베레모와 비슷한 납작한 모자.

류에도 나와 있었다. 최근 현장을 조사하고, 마찬가지로 장황하게 떠벌린 후 집으로 돌아갔다. 리버스는 짐 스티븐스가 지금 뭘 하고 있을지 궁금했다. 리버스는 제인의 악수, 그 얼떨한 느낌이 기억났다. 바이블 존에 대한 제인의 묘사는 짐 스티븐스가 배석했는데도 신문에 실리지 않았다. 현대적인 집의 다락방에 있는 트렁크. 리버스는 신문사에서 고급 호텔만 제공해준다면, 제인보다 훨씬 범인을 잘 묘사할 수 있었을 것이다.

럼스텐은 리버스에게 고급 호텔을 제공해주었다. 아마 CID는 절대 모를 거라고 생각했겠지. 럼스텐은 리버스와 친해지려고 애썼다. 둘이 비슷하다고 말하면서, 자신이 도시에서 나름 지명도가 있음을 —공짜 식사와 음료, 버크 클럽 무료입장— 과시했다. 럼스텐은 리버스가 검은돈에 얼마나 관대할지 지켜보면서 테스트하고 있었다. 하지만 누구의 지령이었을까? 클럽 주인? 아니면 엉클 조?

사진이 더 있었다. 끝도 없는 것 같았다. 리버스의 흥미를 끈 건 구경꾼들이었다. 후세에 남겨질 사진이 찍히고 있는지도 몰랐던 사람들. 그중 멋진 다리에 하이힐을 신은 여자가 있었다. 하이힐과 다리만 보였다. 몸의 나머지 부분은 재개발에 참여 중인 WPC 간판 뒤에 가려져 있었다. 제복 경관들이 피해자의 핸드백을 찾으려고 맥키스 스트리트 뒷마당을 수색하고 있었다. 마당은 폭격을 맞은 것 같았다. 자라다 만 잔디와 돌무더기 위로 빨랫줄용 장대가 솟아 나와 있었다. 길가에는 한 세대 전의 자동차들이 있었다. 상자 하나에는 포스터 한 무더기가 있었다. 묶었던 고무줄은 삭아버린 지 오래였다. 바이블 존의 합성 사진이 다양한 인상착의와 함께 있었다. '세련된 글래스고 악센트를 사용하며 자세가 바름.' 픽이나 도움이 되겠군. 수사본부의 전화번호도 있었다. 수천 통의 전화를 받은 기록만도 여러 박스였다. 모든 전화마다 간략한 세부 내용이 있었고, 전화가 확인해 볼 가치가 있었던 경우에는 더 상세한 추가 메모가 덧붙여져 있었다.

리버스는 남은 상자들을 보다가 그중에서 무작위로 하나를 골랐다. 크고 평평한 판지 상자였다. 상자 안에는 당시의 신문들이 있었는데 읽지 않은 상태로 사반세기 동안 온전하게 보존되어 있었다. 그는 앞면을 훑어본 다음, 뒤로 넘겨 스포츠면을 보았다. 반쯤 푼 십자말퀴즈가 몇 개 있었다. 지루했던 형사가 했을 것이다. 머리기사 위에는 바이블 존 기사가 실린 페이지가 적힌 종이가 스테이플러로 부착되어 있었다. 하지만 리버스는 그 페이지를 찾아볼 생각이 없었다. 대신 다른 기사를 읽어보고, 광고 몇 개를 보며 미소를 지었다. 몇몇 광고는 오늘날의 기준으로 보면 예술성이 빵점이었고, 전혀 달라지지 않은 것들도 있었다. 개인 광고 코너에서는 잔디 깎는 기계, 세탁기, 레코드플레이어를 폭탄가에 판다는 얘기가 있었다. 몇몇 신문에서 리버스는 공고문 같아 보이는, 테두리가 쳐진 동일한 광고를 보았다. '미국에서 일자리와 새로운 삶을 찾으십시오 – 홍보 책자 참조'. 맨체스터에 있는 주소로 우표 몇 장을 보내야 했다. 리버스는 다시 앉아서 바이블 존이 그렇게 멀리까지 갔을까 생각했다.

1969년 10월에 패디 미한Paddy Meehan이 에든버러고등법원에서 선고를 받고 "당신들은 끔찍한 실수를 저질렀어! 난 무죄야!"라고 외쳤다. 리버스는 이 사건에서 레니 스파벤을 떠올렸다. 고개를 저어 그 생각을 떨쳐내고 새 신문을 보았다. 11월 8일. 강풍 때문에 스태플로 채굴 설비에서 사람들이 철수했다. 11월 12일. 토리 캐넌 석유회사의 사주들이 영국 해협에서 쿠웨이트산 원유 5천 톤을 유출시킨 사건에 대해 300만 파운드를 배상했다. 그 외에는 던펌린*에서 「조지 수녀의 살해」** 상영을 허가했다는 기사, 3500cc 엔진의 신형 레인지로버가 출시되었으며 가격은 1700파운드라는 기사가 있었다. 12월 하순의 신문으로 넘어갔다. 스코틀랜드 국민당***의 당 대표는 스코틀랜드가 '운명의 시간을 앞두고 있다'고 예언했다. 대단한 예측이군요, 대표님. 12월 31일. 섣달그믐 기념행사. 『헤럴드』지는 독자들이 행복하고 번창하는 1970년을 맞기를 기원했다. 고반힐에서 총격전이 있었다는 기사가 이어졌다. 경찰 한 명이 사망하고 세 명이 부상을 입었다. 리버스는 신문을 내려놓았다. 책상 위에 있던 사진 몇 장이 바람에 날렸다. 리버스는 사진을 집어 들었다. 세 명의 피해자들이었다. 그들은 생기에 차 있었다. 첫 번째와 세 번째 피해자는 얼굴이 좀 비슷했다. 셋모두 마치 꿈꾸던 것을 미래에는 모두 이룰 것처럼 희망차 보였다. 희망을 가지고 절대로 포기하지 않는 건 좋은 일이다. 하지만 리버스는 많은 사람들이 그렇게 하고 있는지 의문이었다. 카메라 앞에서는 미소를 짓지만, 모르는 사이에 찍힌다면, 마치 사진 속의 행인들처럼 후줄근하고 지친 모습으로 보일 가능성이 더 높았다.

피해자가 몇이나 되지? 바이블 존이나 조니 바이블뿐만 아니라 모든 살인범―처벌을 받은 살인자와 검거되지 않은 살인자―들의 피해자들 얘기다. 월드 엔드 살인 사건, 크롬웰 스트리트 사건, 닐슨 사건, 요크셔 리퍼 사건, 그리고 엘시 린드…… 스파벤이 린드를 죽인 게 아니라면, 살인범은 재판 내내 코웃음 치며 비웃었을 게 분명하다. 그리고 다른 미해결 사건 피해자의 머리 가죽을 점수표에 더해 가면서 아직 저 밖에 있을 것이

---

* Dunfermline, 파이프 주의 도시.

** 로버트 알드리치 감독의 1968년 영화로 동성애 관련 내용이 나온다.

*** 스코틀랜드의 분리 독립을 주장하는 정당.

다. 엘시 린드는 복수하지 못한 채 무덤에 누워 있다. 잊힌 피해자다. 스파벤은 무고함의 무게를 견디지 못했기 때문에 자살했다. 그리고 로슨 게데스는…… 아내에 대한 그리움 때문에 자살했을까? 아니면 스파벤 때문에? 결국에는 냉혹한 깨달음이 엄습해온 것일까?

개자식들은 전부 가버렸다. 존 리버스만 남았다. 놈들은 짐을 전부 리버스에게 넘기고 싶어 했다. 하지만 그는 거절해 왔다. 계속 손사래 치며 거부할 것이다. 달리 뭘 할 수 있을지 몰랐다. 술 말고는. 술이 필요했다. 한 잔이 간절했다. 하지만 마시지 않을 것이다. 아직까지는. 언젠가, 나중에 마실 것이다. 사람들이 죽었다. 되살리지 못한다. 그중 몇은 끔찍하게, 젊은 나이에, 이유도 모른 채 잔인하게 죽임을 당했다. 리버스는 상실감에 휩싸인 느낌이었다. 모든 유령들이 소리 지르고 있었다…… 간청하고 있었다…… 악을 쓰고 있었다.

"존?"

리버스는 책상에서 고개를 들었다. 잭이 한 손에는 커피를, 다른 손에는 롤빵을 들고 서 있었다. 리버스는 눈을 깜빡였다. 시야가 움직였다. 마치 신기루를 통해 잭을 보고 있는 것 같았다.

"맙소사. 자네 괜찮아?"

리버스는 자신이 울고 있었다는 걸 깨닫고 손수건을 꺼냈다. 잭이 머그컵과 롤빵을 내려놓고 리버스의 어깨에 팔을 올린 다음, 부드럽게 쥐었다.

"내가 왜 이랬는지 모르겠어." 코를 풀며 리버스가 말했다.

"아니. 자넨 알아." 잭이 조용히 말했다.

"그래, 알아." 리버스는 인정했다. 그는 사진과 신문을 모아 다시 상자에 쑤셔 넣었다. "그런 식으로 보지 마."

"어떤 식으로?"

"자네한테 한 말 아니야."

잭은 엉덩이를 책상에서 들어 올렸다. "방어 수단이 많지 않지?"

"아닌 것 같은데."

"행동을 시작할 때가 됐어."

"아, 스탠리와 이브는 금방은 오지 않을 거야."

"그 얘기가 아닌 거 알잖아."

"알아. 안다고. 자네 말이 맞아. 행동을 시작할 시간이지. 어디서 시작하지? 알아맞혀 볼게…… 주스 교회?"

잭은 그저 어깨만 으쓱했다. "자네가 알아서 할 일이지."

리버스는 롤빵을 집어 들고 한입 베어 물었다. 실수였다. 목이 메어 삼키기 힘들었다. 커피를 꿀꺽꿀꺽 마셔 간신히 넘겼다. 무자극성 햄과 축축한 토마토가 들어 있었다. 그는 전화를 걸어야 할 곳이 하나 있다는 게 기억났다. 셰틀랜드 번호였다.

"금방 돌아올게." 리버스는 잭에게 말했다.

그는 화장실에서 세수를 했다. 흰자위의 실핏줄이 터졌다. 술을 진탕 퍼마신 느낌이었다.

"입에도 안 댔는데." 리버스가 혼잣말을 하며 전화기 쪽으로 돌아갔다.

제이크 할리의 여자친구인 브리오니가 전화를 받았다.

"제이크 있습니까?" 리버스가 물었다.

"아니요. 미안합니다."

"브리오니 씨, 전에 만난 적 있는 리버스 경위입니다."

"아, 네."

"제이크와 연락했습니까?"

긴 침묵이 흘렀다. "죄송해요. 못 들었어요. 전화 상태가 좋지 않네요."

그 정도면 괜찮았다. "제이크가 연락했냐고 물었습니다."

"아니요."

"아니라고요?"

"아니라고 했잖아요." 이제 목소리에 날이 섰다.

"알았어요. 걱정되지 않나요?"

"뭐가요?"

"제이크요."

"왜 그래야 하죠?"

"생각한 것보다 오래 소식이 없으니까요. 무슨 일이 생겼는지도 모르잖습니까."

"제이크는 괜찮아요."

"어떻게 알죠?"

"그냥 알아요!" 이젠 거의 소리를 지르고 있었다.

"진정해요. 저기, 제가……"

"그냥 우릴 내버려 둬요!" 전화가 끊겼다.

우리. '우릴' 내버려 둬요. 리버스는 수화기를 응시했다.

"저기서도 들리던데." 잭이 말했다. "정신적으로 힘든가봐."

"그런 것 같네."

"남자친구랑 문제가 있나?"

"남자친구'에게' 문제가 생겼지." 리버스는 수화기를 내려놓았다. 그러자 수화기가 울렸다.

"리버스 경위입니다."

프런트였다. 방문객이 도착했다는 전갈이었다.

이브는 리버스가 호텔 바에서 봤을 때와 거의 같았다. 업무용 투피스 정장, 뱀파이어 레드보다는 보수적인 블루 톤의 메이크업, 손목과 손가락과 목에는 금으로 된 장신구를 했고, 과산화수소수로 염색한 머리칼은 같은 금색 머리핀으로 당겨 묶었다. 핸드백은 방문증을 단 쪽 팔 아래에 집어넣었다.

"매들린 스미스가 누구죠?" 계단을 오르며 이브가 물었다.

"책에서 봤어요. 살인자였던 걸로 압니다."

이브는 리버스를 쳐다보았다. 딱딱하면서도 동시에 재미있어 하는 표정이었다.

"이쪽입니다." 리버스가 말했다. 잭이 기다리고 있는 바이블 존 수사본부로 이브를 안내했다. "잭 모튼입니다." 리버스가 소개했다. "이쪽은 이브, 성은 모르겠군요. 톨은 아니죠?"

"쿠든이에요." 이브가 쌀쌀맞게 말했다.

"앉으시죠, 쿠든 씨."

이브는 자리에 앉았다. 핸드백으로 손을 뻗어 검은 담배를 꺼냈다. "피워도 되죠?"

"사실은 금연입니다." 잭이 사과하듯 말했다. "그리고 리버스 경위와 저는 담배를 피우지 않습니다."

이브는 리버스를 쳐다보았다. "언제부터요?"

리버스는 어깨를 으쓱했다. "스탠리는 어디 있죠?"

"올 거예요. 따로 오는 게 낫겠다고 생각했죠."

"엉클 조의 의심을 사지 않게?"

"그건 당신네가 아니라 우리 문제예요. 조가 알게 되면, 말키는 아니라 며 난리를 치겠죠. 난 친구를 찾아가고요. 좋은 친구라 입을 열진 않을 거예요."

전에도 그 친구를 ―다른 때, 다른 일로― 이용한 것 같은 목소리였다.

"어쨌든," 리버스가 말했다. "당신이 먼저 와서 다행입니다. 비밀 얘기가 있었거든요." 리버스는 책상에 걸터앉으며, 손이 떨리는 걸 막으려고 팔짱을 꼈다. "호텔에서의 그날 밤, 날 함정에 빠뜨릴 속셈이었죠?"

"아는 걸 말해 봐요."

"당신과 스탠리에 대해?"

"스탠리라고 부르지 말아요." 이브가 얼굴을 구겼다. "그 별명은 질색이에요."

"좋아요. 그럼 말키라고 하죠. 내가 뭘 아냐고요? 거의 전부를 알죠. 당신 둘은 종종 엉클 조를 위해 북부로 출장을 갑니다. 중개자 역할이겠죠. 엉클 조는 믿을 수 있는 사람이 필요하니까." 리버스는 마지막 단어를 비꼬듯 말했다. "방 하나는 비워 놓고 다른 방을 같이 쓰는 그런 사람을 믿는 건 아니겠죠. 자기 걸 훔치려는 사람도 믿지 않겠고."

"우리가 조의 걸 훔친다고요?" 이브는 잭의 말을 무시하고 담뱃불을 붙였다. 재떨이가 보이지 않았다. 리버스는 자기가 담배를 피우는 것처럼 연기를 들이마시며 휴지통을 이브 옆에 가져다주었다. 담배 연기가 끝내줬다. 거의 마약에 취하는 느낌이었다.

"그래요." 책상으로 물러가며 리버스가 말했다. 바닥 가운데 이브의 의자를 놓고 리버스가 한쪽에, 잭이 다른 한쪽에 있었다. 이브는 이런 배치가 편안해 보였다. "엉클 조는 은행을 신뢰하는 타입으로 보이지 않아요. 글래스고 은행도 믿지 않을 겁니다. 애버딘 은행은 말할 것도 없죠. 그런데 당신과 말키는 거기 있었어요. 현금 뭉치를 여러 계좌에 집어넣었죠. 날짜, 시간, 은행에 관한 세부 기록을 가지고 있습니다." 과장이었지만 먹힐 거란 생각이 들었다. "호텔 직원들 진술도 받았습니다. 말키의 방을 청소할 필요도 없다는 메이드의 진술도 포함되어 있죠. 재미있어요. 내가 보기에 말키는 깔끔한 타입이 아닌데."

이브는 콧구멍으로 연기를 내뿜으며 억지로 미소를 지었다. "맞아요." 이브가 말했다.

"그러면," 리버스는 말을 이었다. 이브의 자신감 넘치는 미소를 지워버리고 싶었다. "엉클 조는 이 모든 일에 대해 뭐라고 할까요? 말키는 혈육이지만 당신은 그렇지 않죠. 소모품이란 얘깁니다." 잠시 말을 멈췄다. "당신도 알면서 벌인 일이라고 생각합니다."

"무슨 얘기죠?"

"당신과 말키는 오래갈 사이가 아니라는 말이죠. 말키는 당신에게 너무 뚱뚱하고, 그걸 메워줄 만큼의 돈도 갖지 못할 겁니다. 말키가 당신을 어떻게 보는지 알 수 있어요. 유혹에 능숙한 여자죠."

"그렇게 능숙하진 않아요." 이브의 눈이 리버스와 마주쳤다.

"아주 충분해요. 말키를 낚기엔 충분하고도 남죠. 애버딘의 돈을 빼돌리자고 구슬리기엔 충분해요. 돈이 충분히 모이면 함께 도망갈 생각이었죠?"

"말이 안 통하겠네요." 이브의 눈은 빠져나갈 구멍을 계산하고 있었지만, 미소는 사라졌다. 이브는 리버스가 거래를 제안하리라는 걸 알고 있었다. 그렇지 않다면 여기 오지 않았을 것이다. 그녀는 어떻게 하면 빠져나갈 수 있을지 생각하고 있었다.

"하지만 그렇게 하진 않을 거죠? 우리끼리 얘긴데, 당신 혼자서 내뺄 생각이잖아요?"

"내가요?"

"확실해요." 리버스는 일어서서 이브 쪽으로 걸어갔다. "우린 당신은 필요 없어요, 이브. 빌어먹을 행운이 있길 바라요. 돈을 챙겨서 도망가요." 그는 목소리를 낮췄다. "하지만 말키는 필요해요. 토니 엘 사건 때문이죠. 몇 가지 질문에 대한 답도 원하고요. 말키가 오면 협조하라고 설득해요. 그러면 우린 얘길 할 수 있고, 테이프에 녹음할 거예요." 이브의 눈이 커졌다. "이게 당신이 도망가지 않을 경우를 대비한 내 보험이에요."

"하지만 실제로는요?"

"말키를 잡아넣을 생각이에요. 엉클 조도 함께."

"그리고 난 보내주고?"

"약속해요."

"당신을 어떻게 믿죠?"

"난 신사거든요. 기억나죠? 당신이 바에서 바로 그렇게 말했어요."

이브는 리버스에게서 눈을 떼지 않으며 미소를 지었다. 고양이 같았다. 몸가짐도, 본능도 똑같았다.

말콤 톨은 15분 후에 경찰서에 도착했다. 리버스는 취조실에 말콤과 이브 둘만 남겨두었다. 저녁이라 경찰서는 조용했지만, 펍에서 소동이 일어나거나, 칼부림이 벌어지거나, 여자 꼬시다 문제가 생기기에는 이른 시간이었다. 잭은 리버스에게 자신이 무슨 역할을 하길 바라냐고 물었다.

"그냥 앉아서 내가 하는 얘기가 신의 말씀인 것 같은 표정으로 보기만 하면 돼. 그러면 충분해."

"스탠리가 말썽을 부리면?"

"우리 선에서 처리할 수 있지." 스탠리가 무기를 가져왔는지 알아보라고 이브에게 미리 말해뒀다. 가져왔다면 돌아갈 때까지 그 무기를 책상 위에 놓게 할 생각이었다. 리버스는 다시 화장실에 가서 숨을 고르고 거울에 비친 모습을 바라보았다. 그는 턱 근육을 풀려고 했다. 과거에는 주머니에 있는 미니어처 위스키에 손을 뻗었었다. 하지만 오늘 밤에는 위스키병이 없어서 술김에 용기를 낼 수도 없었다. 이번에는 오로지 자신에게 의지해야 했다.

취조실로 돌아가자, 말키가 레이저 광선처럼 쏘아보았다. 이브가 제대로 말했다는 걸 알 수 있었다. 스탠리 나이프 두 개가 책상 위에 놓여 있었다. 리버스는 만족해 고개를 끄덕였다. 잭은 녹음기를 준비하고 테이프의 봉인을 뜯느라 분주했다.

"쿠든 씨가 상황은 설명했죠, 톨 씨?" 말키는 고개를 끄덕였다. "당신 두 사람 사이에 대해서는 흥미 없습니다. 하지만 그 밖의 일에 대해서는 관심이 있죠. 당신은 실수를 했습니다. 하지만 계획했던 대로 빠져나갈 방법은 있습니다." 리버스는 이브를 보지 않으려고 했다. 이브는 애인에게 버림받은 말키만 보고 있었다. 맙소사, 보통이 아니네. 리버스는 정말로 이브가 좋아지기 시작했다. 그날 밤 바에서 봤을 때보다 더 좋아졌다. 녹음기가 돌아가고 있다고 잭이 고개를 끄덕였다.

"좋습니다. 이 녹음은 나중에 당신들이 도망갈 경우에 내 개인적인 신변 보장을 위한 것이고, 당신들에게 불리하게 사용하지 않을 것임을 분명히 밝혀둡니다. 먼저 자기소개를 해 주시죠." 말키와 이브는 그렇게 했다. 잭이 음량 수준을 점검하고 조정했다.

"나는 존 리버스 경위입니다." 리버스가 말했다. "그리고 잭 모튼 경위가 배석했습니다." 리버스는 말을 잠시 멈추고 테이블에 있는 세 번째 의자를 당겨 앉았다. 이브가 오른쪽에, 말키가 왼쪽에 있었다. "호텔 바에서의 그날 밤 일부터 시작하죠, 쿠튼 씨. 나는 우연의 일치를 그다지 믿지 않습니다."

이브가 눈을 깜빡였다. 그녀는 리버스가 하려는 질문이 말키하고만 관련이 있을 것이라고 생각했다. 이제 이브는 리버스가 정말 일종의 보험을 들어 두려고 한다는 사실을 알 수 있었다.

"우연이 아니었어요." 소브라니 담배를 찾으려고 더듬으며 이브가 말했다. 담뱃갑이 떨어졌다. 말키가 집어 올려 담배를 꺼내 불을 붙인 다음, 이브에게 건넸다. 이브는 겨우 받아들었다. 아니면 리버스가 그렇게 생각해주길 바라는 것일 수도 있었다. 하지만 리버스는 말키를 보며 그 몸짓에 놀랐다. '미친 말키'에게는 생각지도 못한 애정이 있었다. 이런 상황에서도 연인에게 가까이 다가갈 수 있다는 걸 진심으로 기뻐하고 있었다. 리버스가 폰더로사에서 만났던, 쩨려보는 투덜이와는 완전히 달라 보였다. 더 젊어졌고, 얼굴에는 빛이 났고, 눈은 더 커졌다. 냉혹하게 살인을 저지르는 자라고는 믿기 어려웠다. 하지만 불가능한 건 아니다. 전에 만났을 때와 마찬가지로 멋이라고는 하나도 찾아볼 수 없는 옷차림이었다. 평상복 바지에 오렌지색 가죽 재킷, 파란색 무늬 셔츠를 입고 검은색 닳은 슬립온 슈즈를 신었다. 입 속에 아무것도 없는데도 껌을 씹는 것처럼 입이 움직였다. 다리를 벌리고 의자에 낮게 앉아 있었다. 양손은 허벅지 사이, 사타구니에 가까운 곳에 놓았다.

"일종의 계획이었죠." 이브가 말을 이었다. "당신이 자러 가기 전에 바에 들를 가능성이 높다고 생각했거든요."

"어떻게 그런 생각을 했죠?"

"당신이 술을 좋아한단 얘기가 있었어요."

"누가 그러던가요?"

이브는 어깨를 으쓱했다.

"내가 묵는 호텔은 어떻게 알았죠?"

"얘기를 들었어요."

"누구한테요?"

"양키들한테요."

"이름을 말해요." 규정대로 하자, 존.

"저드 풀러하고 에릭 스테몬스요."

"둘 다 그랬나요?"

"스테몬스가 특히 그랬죠." 이브가 미소를 지었다. "겁쟁이거든요."

"계속하세요."

"스테몬스는 당신을 우리한테 넘기는 게 풀러가 당신을 맡는 것보다 나은 옵션이라고 생각했던 것 같아요."

"풀러가 나를 더 심하게 다룰 것이기 때문에?"

이브는 고개를 저었다. "스테몬스는 자기 생각만 한 거죠. 우리가 당신을 쫓으면 자기네 둘은 빠질 수 있으니까. 저드는 가끔 다루기가 힘들거든요." 말키가 그 말에 콧방귀를 뀌었다. "에릭은 속 썩을 일이 없는 쪽을 택하죠."

아마도 스테몬스가 풀러를 말렸을 것이다. 그래서 풀러의 부하들은 리버스를 없애기보다는 총으로 가격하는 것으로 끝냈다. 첫 번째 옐로카드다. 리버스는 풀러가 두 번째 옐로카드를 꺼낼지 알 수 없었다. 리버스는 이브에게 더 묻고 싶었다. 그녀가 리버스가 알고 있는 걸 알아내기 위해 어느 정도까지 나갈 생각이었는지 알고 싶었다. 하지만 질문을 계속하면 말키가 완전히 뚜껑이 열릴 수도 있다는 생각이 들었다.

"양키들한테 내가 묵는 곳을 알려준 건 누구죠?"

답은 이미 알고 있었다. 루도빅 럼스덴이다. 하지만 가능하다면 테이프에 남기고 싶었다. 하지만 이브는 어깨를 으쓱했고 말키는 고개를 저었다.

"애버딘에서 뭘 하고 있었는지 말씀해 주십시오."

이브는 담배를 피우느라 바빴다. 그래서 말키는 목청을 가다듬었다.

"아버지를 위해 일했습니다."

"정확히 어떤 일이죠?"

"그걸 판매했습니다."

"판매요?"

"마약이죠. 각성제, 헤로인, 종류 불문하고요."

"편안하게 말씀하시는 것 같군요, 톨 씨."

"단념했다는 말이 더 가깝겠죠." 말키가 자세를 바로했다. "이브가 당신은 믿을 수 있다고 하더군요. 그건 잘 모르겠지만, 우리가 돈을 빼돌리고 있다는 걸 알면 아버지가 어떻게 나올지는 알고 있죠."

"그래도 내가 덜 나쁜 쪽이다?"

"내가 아니라 당신 입으로 말했죠."

"좋아요. 애버딘 일로 돌아가 봅시다. 마약을 공급했습니까?"

"네."

"누구에게요?"

"버크 클럽에요."

"사람 이름은?"

"에릭 스테몬스와 저드 풀러입니다. 주로 저드와 거래했지만, 에릭도 스코어*는 알고 있었죠." 말키는 이브에게 미소를 지었다. "스코어요." 말키는 되풀이했다. 이브는 농담을 알아들었다는 듯 고개를 끄덕였다.

"왜 주로 저드 풀러였죠?"

"에릭은 클럽을 운영했습니다. 사업 쪽을 맡고 있었죠. 손을 더럽히는 걸 싫어했습니다. 모든 게 깨끗한 척했죠."

리버스는 스테몬스의 사무실을 떠올렸다. 사방이 서류였다. 사업가 티를 내더라니.

"풀러의 인상착의를 말씀해 주시겠습니까?"

"벌써 만났을걸요. 당신을 구타한 놈입니다." 말키가 씩 웃었다. 권총을 가졌던 남자. 미국식 말투였던가? 리버스는 그렇게 귀 기울여 듣지는 않았다.

"그래도 얼굴은 못 봤습니다."

"키는 180센티미터입니다. 머리카락은 검은색인데 항상 젖은 것처럼 보이죠. 헤어크림 같은 걸 바를 겁니다. 길게 길러서 뒤로 빗어 넘겼죠. 「토요일 밤의 열기」에 나왔던 배우처럼."

---

* score, 흔히 '점수'의 뜻으로 쓰이나 '진실', '내막'이라는 뜻도 있다.

"존 트라볼타?"

"네. 그거 말고 다른 영화에서요." 말키는 총질을 하는 시늉을 했다.

"「펄프 픽션」?"

말키는 손가락을 탁 튕겼다.

"저드의 얼굴이 좀 더 말랐다는 점만 빼고요." 이브가 덧붙였다. "사실 온몸이 말랐어요. 그런데도 어두운색 슈트를 입는 걸 정말 좋아하죠. 한쪽 손 손등에 흉터가 있어요. 너무 빽빽하게 꿰맨 것 같이 보이죠."

리버스는 고개를 끄덕였다. "풀러는 마약만 거래합니까?"

말키는 고개를 저었다. "아니요. 사방에 손을 뻗죠. 매춘, 포르노, 카지노, 불법 장기이식, 짝퉁 명품 시계나 옷 같은 거요."

"문어발 사업가죠." 휴지통에 담뱃재를 털며 이브가 덧붙였다. 그녀는 죄를 뒤집어쓸 수 있는 말은 하지 않으려고 조심하고 있었다.

"저드와 애력이 다가 아닙니다. 애버딘에는 더 지독한 양키들도 있어요. 에디 시걸, 무스 멀로니……" 말키는 이브의 표정을 보고는 입을 다물었다.

"말콤." 이브가 다정하게 말했다. "우리 살아서 빠져나가야 하잖아?"

말키의 얼굴이 빨개졌다. "내가 말한 건 잊어줘요." 리버스는 고개를 끄덕였다. 하지만 녹음기는 잊지 않겠지.

"그나저나," 리버스가 말했다. "토니 엘은 왜 죽였죠?"

"내가요?" 말키가 말했다. 그는 연기를 하고 있었다. 리버스는 한숨을 쉬고 신발 끝을 보았다.

"내 생각에," 이브가 끼어들었다. "이 형사는 전부를 원하는 것 같아. 우리가 말하지 않으면 네 아버지한테 얘기할 거야."

말키는 이브를 쏘아보았지만 이브는 피하지 않았다. 말키가 먼저 눈을 돌렸다. 손이 다시 샤타구니 쪽으로 갔다. "그래요." 말키가 말했다. "명령을 받았습니다."

"누구한테서요?"

"당연히 아버지죠. 토니는 계속 우리 밑에서 일했습니다. 애버딘 쪽 일을 임시로 맡아서 했죠. 떠났다는 건 그냥 소문일 뿐이었습니다. 하지만 당신이 와서 아버지하고 얘기한 후에는…… 아버지는 머리끝까지 화가 났습니다. 외부의 청부를 받고 일을 저질러, 사업을 위험에 빠뜨렸기 때문이죠. 그리고 이제 당신이 알게 됐으니……"

"그래서 토니를 없애야 했군요?" 리버스는 토니 엘이 '글래스고 커넥션'에 대해 행크 샹클리에게 허풍을 떨었던 게 기억났다. 토니는 거짓말을 한 게 아니었다.

"맞습니다."

"당신은 토니를 없애버리고 싶을 만큼 열 받진 않은 것 같은데요?"

이브가 미소를 지었다. "그렇게 화를 내진 않았어요."

"자기 코가 석 자였으니까요. 토니는 당신들 둘 사이를 눈치챘죠?"

"우리가 돈을 빼돌리고 있는 건 몰랐어요. 하지만 호텔 일은 알았죠."

"토니가 저지른 최악의 실수였죠." 다시 씩 웃으며 말키가 말했다. 말키는 시간이 갈수록 거만해졌다. 신나서 이야기를 했고, 별일 없을 거라는 사실을 마음껏 즐겼다. 말키가 점점 더 거만해지면서, 이브도 말키에게 점점 호의를 보이지 않게 되었다. 말키에게서 벗어나면 안심할 것이다. 리버스는 그 사실을 알 수 있었다. 불쌍한 개자식.

"CID를 속여 넘겼죠. 자살이라고 생각하더군요."

"경찰 한둘만 손아귀에 넣고 있으면……"

리버스는 말키를 쳐다보았다. "다시 말씀해 주시죠."

"경찰 한둘에게 돈을 주고 있었어요."

"이름은?"

"럼스덴." 말키가 말했다. "그리고 젠킨스."

"젠킨스?"

"석유 업계와 관련이 있어요." 이브가 설명했다.

"연락 담당관?"

이브가 고개를 끄덕였다.

리버스가 도착했을 때 휴가 중이었던 경찰이다. 럼스덴이 그 자리를 대신했다. 이 둘만 자기 편으로 두고 있으면, 원하는 물건을 석유 시설에 공급하는 건 땅 짚고 헤엄치기다. 진정한 전속 시장이다. 직원들이 육지에 나오면 클럽, 매춘, 술, 도박 같은 더 많은 유흥을 제공한다. 법과 불법이 손을 잡고 일하며, 서로의 뒷배를 봐준다. 럼스덴이 배녹까지 따라붙은 건 당연하다. 자기 투자처를 보호해야 하니까.

"퍼거스 맥루어에 대해서 아는 사실은요?"

말키는 이브를 쳐다보았다. 말하기 전에 허락을 구하고 있었다. 이브는 자기는 입을 다물면서 고개를 끄덕였다.

"작은 사고를 쳤어요. 저드한테 너무 접근했죠."

"풀러가 맥루어를 죽였나요?"

"저드 말로는 손을 봐줬다고 하더군요." 말키의 목소리에는 영웅을 숭배하는 듯한 뉘앙스가 있었다. "맥루어에게 벽에도 귀가 있으니 은밀하게 얘기하자고 했어요. 운하까지 천천히 걸어가다가 총으로 머리를 가격한

513

다음 운하에 던졌죠." 말키가 어깨를 으쓱했다. "그는 늦은 아침 식사 시간에 맞춰 애버딘으로 돌아왔어요." 말키가 이브에게 미소를 지었다. "느지막하게." 아마도 다른 농담인 것 같았지만, 이브는 미소를 마주 지어주지 않았다. 그저 여기서 나가고 싶은 듯했다.

리버스는 물어볼 게 더 있었지만 지치기 시작했다. 그는 질문들을 그만두기로 했다. 그는 일어나서 잭에게 고개를 끄덕여 녹음기를 끄게 하고는 이브에게 가도 좋다고 말했다.

"나는?" 말키가 물었다.

"둘이 동시에 떠나는 건 안 좋아." 리버스가 상기시켰다. 말키는 수긍하는 것 같았다. 리버스는 이브가 복도를 지나 계단을 내려가는 걸 보았다. 둘 다 아무 말도, 심지어 인사도 하지 않았다. 하지만 리버스는 이브가 떠나는 걸 본 후, 프런트의 경관에게 취조실로 제복 경관 몇 명을 되도록 빨리 보내달라고 요청했다.

취조실로 돌아왔을 때, 잭은 테이프를 되감는 작업을 마무리했고, 말키는 서서 스트레칭을 하고 있었다. 노크와 함께 제복 경관 두 명이 들어왔다. 말키는 뭔가 잘못됐다는 걸 직감하며 몸을 똑바로 폈다.

"말콤 톨." 리버스가 말했다. "앤서니 엘리스 케인을 살해한 혐의로 체포한다. 범행 일시는……"

매드 말키가 고함과 함께 리버스에게 달려들어 목을 할퀴었다.

제복 경관들은 마침내 말키를 유치장에 처넣었다. 리버스는 취조실 의자에 앉았다. 손이 떨리고 있었다.

"괜찮아?" 잭이 물었다.

"그거 알아, 잭? 자네 꼭 고장 난 녹음기 같아."

"그거 알아, 존? 자넨 언제나 이렇게 물어주길 바라잖아."

리버스는 미소를 짓고 목을 문질렀다. "난 괜찮아."

말키가 달려들자, 리버스는 움직이지 못하게 할 정도의 힘만 실어 그의 사타구니를 무릎으로 차 버렸다. 그런 다음에야 제복 경관들이 말키의 경동맥을 움켜잡고 겨우 제어할 수 있었다.

"뭘 할 생각이야?" 잭이 물었다.

"테이프 하나 복사해서 여기 CID에 줘. 그 정도면 우리가 돌아올 때까지 처리할 수 있을 거야."

"애버딘에 가려고?" 잭이 추측했다.

"그리고 더 북쪽으로." 리버스는 녹음기를 가리켰다. "녹음기 더 뒤로 돌려서 켜봐." 잭이 그렇게 했다. "질, 작은 선물 하나 보내요. 이걸로 뭘 해야 할지 알 거예요." 리버스가 고개를 끄덕였다. 잭이 녹음을 끝내고 테이프를 꺼냈다.

"세인트 레너즈에 전해줘야 해."

"그럼 에든버러로 돌아가는 거야?" 잭은 내일 있을 안크램의 심문을 생각했다.

"옷 갈아입고 의사 처방전만 받을 거야."

주차장 밖에서 한 사람이 기다리고 있었다. 이브였다.

"자기 식대로 할 생각이죠?"

"어떻게 알았어요?"

이브는 교활해 보이는 미소를 지었다. "당신이나 나나 같은 처지니까요. 애버딘에서 끝내지 못한 일이 있죠. 난 은행 몇 군데 들러서 계좌만 폐쇄하면 그만이지만, 호텔 객실 두 개가 남아서……"

좋은 지적이었다. 기지가 필요했다. 되도록 럼스덴이 모르는 곳으로.

"유치장에 있나요?" 이브가 물었다.

"네."

"몇 사람 필요했죠?"

"둘이면 됐어요."

"놀랍네요."

"가끔 자기 자신에 대해 놀랄 때가 있죠." 이브가 탈 수 있게 잭의 차 뒷문을 열어주면서 리버스가 말했다.

리버스는 질 템플러의 사무실 문이 밤에는 닫혀 있는 걸 보고도 놀라지 않았다. 야간 근무조가 있나 둘러보다가 쇼반 클락을 보았다. 쇼반은 눈에 띄지 않으려고 했다. 팀의 일원으로 리버스의 아파트를 수색한 후에 처음으로 만나게 된 걸 두려워하고 있었다. 리버스는 노란색의 푹신한 봉투를 들고 쇼반에게 걸어갔다.

"괜찮아." 리버스가 말했다. "자네가 왜 거기 있었는지 알아. 감사할 일이지."

"제 생각엔 그저……"

리버스는 고개를 끄덕였다. 쇼반의 얼굴에 떠오른 안도감을 보고 리버스는 그녀가 어떤 일을 했는지 의아했다.

"조사하고 있는 게 있나?" 쇼반이 잠깐 얘기를 하고 싶어 한다고 판단한 리버스가 물었다. 잭과 이브는 차 안에서 서로를 알아가고 있었다.

"조니 바이블의 배경 조사를 했어요. 엄청 지겨웠죠." 쇼반의 말에 생기가 돌았다. "한 가지 일뿐이었는데도 그랬어요. 국립도서관에서 옛날 신문을 훑어봤죠."

"그런데?" 리버스도 거긴 가 봤다. 쇼반이 하고 싶은 얘기가 그건지 궁금했다.

"사서 하나가 말해줬어요. 어떤 사람이 최근 신문을 보면서 1968년부터 1970년까지의 신문에 열람 신청했던 사람들에 대해 물어본다고요. 좀 이상한 조합이라고 생각했어요. 최근 신문은 전부 조니 바이블의 첫 번째 사건 이후의 것들이었거든요."

"다른 신문은 바이블 존이 활동하던 시대의 것이었고?"

"네."

"기자인가?"

"사서 말로는 그렇대요. 다만 사서에게 건네준 명함은 가짜였어요. 전화로만 사서에게 연락했다더군요."

"사서한테는 뭐 없었나?"

"이름 몇 개요. 혹시 몰라서 적어뒀죠. 둘은 정말 기자였어요. 하나는 경위님이었고요. 나머지는 누군지 모르죠."

맞다. 리버스는 옛날 기사를 세세히 살펴보고, 관련 페이지를 복사해 정리하며 오랜 시간을 보냈다. 수집품을 만들어온 것이다.

"그 수수께끼의 기자는?"

"모르겠어요. 인상착의는 알아냈지만 별 도움은 안 됐어요. 50대 초반, 키가 크고 금발."

"범위를 좁히기는 무리겠군. 왜 최근 신문에 관심을 가졌지? 잠깐만, 실수한 걸 찾고 있나?"

쇼반이 고개를 끄덕였다. "저도 그렇게 생각했어요. 그리고 원래의 바이블 존 사건에 흥미를 보였던 사람들에 대해서도 동시에 묻더래요. 미친 소리 같지만, 바이블 존이 자기의 후예를 찾고 있는 게 아닌가 싶어요. 문제는 그가 누구든 간에 경위님의 이름을 알고 있다는 거죠. 그리고 주소도요."

"팬이 생기니 좋군." 리버스는 잠시 생각에 잠겼다. "그 다른 이름들 좀 볼 수 있을까?"

쇼반은 노트에서 관련 페이지를 찾았다. 이름 하나가 튀어나왔다. 피터 마누엘.

"뭐가 있나요?" 쇼반이 물었다.

리버스가 가리켰다. "가짜 이름이야. 마누엘은 1950년대의 살인마였어."

"그러면 누가……"

바이블 존에 관해 읽고, 살인자의 이름을 별명으로 사용한다. "조니 바이블이야." 리버스가 조용히 말했다.

"그 사서와 얘기를 더 해 봐야겠어요."

"당장 내일 아침에 해." 리버스가 충고했다. "말이 나온 김에……" 그는 쇼반에게 봉투를 건넸다. "질 템플러에게 전해줄 수 있나?"

"물론이죠." 쇼반이 봉투를 흔들었다. 카세트가 달그락거렸다. "제가 알아야 하는 일인가요?"

"절대 아니지."

쇼반이 미소를 지었다. "호기심이 돋는데요."

"그럼 가라앉혀." 리버스는 몸을 돌려 떠났다. 자신이 얼마나 동요하고 있는지를 쇼반에게 보이고 싶지 않았다. 누군가 조니 바이블을 쫓고 있다. 이제는 리버스의 이름과 주소도 알고 있다. 쇼반의 말이 떠올랐다. 바이블 존이 자기의 후예를 찾고 있어요. 인상착의는 키가 크고 금발, 연령대는 50대 초반. 바이블 존과 비슷하다. 그게 누구든 간에 리버스의 주소를 알고 있다. 그리고 누군가가 아파트에 침입했다. 도난당한 것은 없었지만 신문과 스크랩에 손을 댔다.

바이블 존이 자기의 후예를 찾고 있다.

"감찰은 어떻게 됐어요?" 쇼반이 물었다.

"어떤 감찰?"

"스파벤 사건이요."

"식은 죽 먹기야." 리버스는 걸음을 멈추고 쇼반 쪽으로 몸을 돌렸다. "그나저나 자네가 정말 지루하다면······"

"네?"

"조니 바이블 말이야. 석유회사와 관련이 있을 수 있어. 마지막 피해자는 석유회사를 위해 일했고 석유회사 직원과 술을 마셨어. 첫 번째 피해자는 로버트 고든 대학의 지질학 전공 학생이었던 것 같아. 석유회사와 관련이 있는지 찾아보고, 두 번째와 세 번째 피해자를 연결시킬 수 있는지 확인해봐."

"조니 바이블이 애버딘에 산다고 생각하세요?"

"지금 당장은 거기에 걸겠어."

그는 자리를 떴다. 북부로 먼 길을 떠나기 전에 들를 곳이 한 군데 더 있었다.

바이블 존은 차를 몰고 애버딘의 거리를 지나가고 있었다.

동네는 조용했다. 마음에 들었다. 글래스고 여행은 도움이 되었다. 하지만 네 번째 피해자는 훨씬 더 쓸모 있다는 게 입증되었다.

호텔 컴퓨터에서 회사 목록 20개를 입수했다. 주디스 케언스가 살해되기 전주에 법인카드로 계산한 페어몬트 호텔 투숙객은 20명이었다. 20개의 회사는 북동부에 본사를 두고 있었다. 20명의 투숙객을 확인해야 한다. 그중 하나가 애송이일 수 있다.

피해자들 사이의 연관성을 살펴본 결과, 첫 번째와 네 번째 피해자에게서 답이 나왔다. 석유회사였다. 첫 번째 피해자는 로버트 고든 대학의 지질학과 학생이었고, 북동부 지역에서의 지질학 연구는 석유 탐사라는 주제와 여러 방식으로 연관되어 있었다. 네 번째 피해자의 회사는 최고 고객 중에 석유회사와 그 자회사가 다수를 차지하고 있었다. 석유 산업과 관련이 있는 사람, 자신과 아주 비슷한 사람을 찾아보았다. 그 깨달음에 동요했다. 한편으로는 애송이를 추적할 때 더 요긴하게 쓸 수 있었다. 다른 한편으로는 이 게임이 훨씬 위험해졌다. 신체적인 위험이 아니었다. 그 공포는 오래전에 극복했다. 힘들게 쌓아 올린 라이언 슬로컴이라는 정체성을 잃어버릴 위험이었다. 그는 자신이 거의 라이언 슬로컴이라고 느꼈다. 하지만 라이언 슬로컴은 죽은 사람이었다. 신문 부고란에서 우연히 찾아낸 이름이다. 그래서 출생증명서 원본이 화재로 소실됐다며 재발급을 신청했다. 전산화 이전 시대라 속여 넘기기 쉬웠다.

그래서 자신의 과거는 사라졌다. 적어도 한동안은. 물론 다락에 있는 트렁크를 보면 얘기가 달라진다. 정체성을 바꿨다는 게 거짓임을 보여준다. 사람은 변하지 않는다. 트렁크는 소지품으로 가득했다. 대부분은 미국인들 것이었다. 아내가 집에 없을 때, 트렁크를 곧 옮길 수 있도록 정리했다. 이삿짐 회사가 운반 차량을 보낼 것이다. 트렁크는 셀프 보관 창고로 옮겨지게 된다. 적절한 예방조치였다. 하지만 여전히 후회스러웠다. 애송이가 이겼다고 인정하는 것 같았다.

결과가 어떻게 되든 상관없다.

20개 회사를 확인해야 했다. 지금까지 네 명의 잠재적 용의자를 배제했다. 너무 늙었기 때문이다. 7개 회사는 그가 아는 한 어떤 식으로든 석유 업계에 포함되지 않았다. 목록 맨 아래로 내려갔다. 9개 회사가 남았다. 작업 속도는 느렸다. 각 회사 사무실로 전화할 때는 속임수를 썼지만 한계가 있었다. 전화번호부를 활용해 이름과 주소를 찾아내고, 얼굴을 볼 목적으로 집을 관찰했다. 애송이를 보면 알아챌 수 있을까? 가능할 것 같았다. 적어도 어떤 유형인지는 알아볼 수 있을 것이다. 하지만 예전에 조 비티도 같은 말을 했다. 사람들로 붐비는 방에서도 바이블 존을 알아챌 수 있다고 했다. 마음이 사람의 얼굴에 주름살과 윤곽으로 나타나는 것과 같다고 했다. 일종의 범죄자 골상학인 셈이다.

다른 집 밖에 차를 세우고, 사무실에 전화해 메시지가 있는지 확인했다. 업무와 관련해 회사에서는 그가 한 번에 며칠이나 몇 주까지는 아니더라도, 하루 대부분을 외근하는 것으로 생각했다. 정말 완벽한 직업이었다. 메시지는 없었다. 애송이와 그 자신에 대해 생각하게 할 만한 메시지는 없었다.

예전에는 인내심이 부족했다. 이제는 그렇지 않다. 애송이를 이렇게 느리게 스토킹하면, 마침내 맞서게 될 그 순간은 더 달콤할 것이다. 하지만 이 생각은 다른 생각 때문에 김이 샌다. 그 경찰도 다가오고 있다. 결국 정보는 누구나 찾을 수 있다. 문제는 연관성을 찾아내는 것이다. 지금까지는 에든버러의 매춘부만이 패턴에 들어맞지 않았다. 하지만 넷 중에 셋만 연결할 수 있어도 만족스러울 것이다. 그리고 일단 애송이의 신원을 알아내기만 하면, 매춘부가 살해당했을 당시에 애송이가 에든버러에 있었다는 걸 밝혀낼 수 있다. 호텔 기록, 주유소 영수증…… 피해자는 네 명이다. 이미 60년대의 바이블 존보다 한 명 더 많다. 짜증난다고 말할 수밖에 없었다. 정말 거슬렸다.

누군가는 대가를 치르게 된다. 이제 곧.

지옥의 북쪽

스코틀랜드는 마지막 수상이 마지막 『선데이 포스트』로
목매달려 죽는 날 다시 태어나게 될 것이다.

_톰 네언*

---

* 스코틀랜드와 영국의 통합을 강력히 주장했던 20세기 초 스코틀랜드의 극좌파 정치 이론가.

28

호텔에 도착했을 때는 자정이 지나 있었다. 호텔은 공항 근처였는데, 리버스가 T-버드 석유회사로 가는 길에 지나쳤던 반짝거리는 신축 건물 중 하나였다. 로비는 너무 밝았고, 보잘것없는 짐을 든 세 사람의 피곤한 모습을 비추는 전신 거울도 너무 많았다. 수상쩍어 보일 수도 있었지만, 이브가 단골인 데다 사업자 계정도 가지고 있었던 덕분에 그럭저럭 넘어갔다.

"전부 택시회사 명의로 계산돼요." 이브가 설명했다. "그러니 이건 내가 낼게요. 일을 마치고 나서 서명만 하면 돼요. 청구서는 조의 택시회사 앞으로 나갈 거예요."

"늘 쓰시던 방입니다, 쿠든 씨." 호텔 직원이 열쇠를 건네주며 말했다. "추가 객실은 좀 떨어진 곳에 있습니다."

잭은 호텔 안내 책자를 보고 있었다. "사우나, 헬스클럽, 체육관. 우리 여기 꼭 들러야겠어."

"전부 석유회사 임원용이에요." 엘리베이터로 안내하며 이브가 말했다. "이런 것들을 좋아하거든요. 자위(hokey-cokey)할 수 있을 정도로 건강을 지키려는 거죠. 춤 얘기가 아니에요."*

"모든 걸 풀러와 스테몬스에게 직접 판매하나요?" 리버스가 물었다.

---

* 'hokey-cokey'는 원래 강강술래와 비슷한 춤을 말하며 속어로 '자위'라는 의미가 있다.

이브가 하품을 참았다. "내가 직접 거래하냐고요?"

"네."

"내가 그렇게 바보인 줄 알아요?"

"손님은 어떤가요? 아는 이름은요?"

이브는 고개를 절레절레 흔들며 피곤한 듯 미소를 지었다. "멈출 줄을 모르는군요."

"다른 데 신경 쓰지 않게 해 주니까요." 특히 바이블 존과 조니 바이블. 그들은 저 밖 어딘가에 있다. 어쩌면 그리 멀리 있지도 않을 것이다.

이브는 리버스와 잭에게 객실 열쇠를 건네주었다. "잘 자요, 아저씨들. 일어나 보면 난 아마 멀리 가고 없겠죠. 다시는 돌아오지 않을 거예요."

리버스는 고개를 끄덕였다. "얼마나 챙겨갈 건가요?"

"380만 정도요."

"적당한 금액이군요."

"여러모로 적당한 수익이죠."

"엉클 조는 언제쯤 말키 일을 알게 될까요?"

"글쎄요. 말콤은 서두르지 않을 거예요. 조는 말콤이 바빠서 이틀이나 사흘 정도 모습을 보이지 않는 데 익숙해요. 운이 좋으면 폭탄이 터졌을 때 난 이 나라에 없을 수도 있겠죠."

"내가 보기에 당신은 운이 좋은 타입이에요."

그들은 엘리베이터를 타고 3층으로 올라가 객실 번호를 확인했다. 리버스의 방은 이브의 방 바로 옆이었다. 스탠리가 전에 쓰던 방이었다. 잭은 거기서 두 객실 옆이었다.

스탠리가 쓰던 방은 꽤 넓었고, 회사 출장용 객실에 있으리라고 리버스가 생각했던 비품들은 다 갖추고 있었다. 미니바, 바지 전용 다리미, 베개 위에 놓인 작은 받침 모양 초콜릿, 펼쳐진 침대 위에 놓인 목욕용 가운. 목욕용 가운 위에는 안내문이 클럽에 끼워져 있었다. 집에 가지고 가지 말라는 내용이었다. 원한다면 헬스클럽에서 구입할 수 있다고 했다. '배려해주셔서 감사합니다'라는 문구도 있었다.

그 배려심 많은 손님은 손수 카페 해그* 한 잔을 탔다. 미니바 위에는 가격표와 함께 성분이 자세히 적혀 있었다. 리버스는 가격표를 서랍에 집어넣었다. 옷장에는 미니 금고가 있었다. 그래서 리버스는 미니바 키를 가져와 안에 넣고 잠갔다. 정말 술을 마시고 싶을 때 넘어야 할 장애물이, 생각을 바꿀 수 있는 기회가 하나 더 생겼다.

그나저나 커피는 괜찮았다. 리버스는 샤워하고 목욕용 가운을 두른 후 침대에 앉아 연결문을 쳐다보았다. 당연히 연결문이 있어야 했다. 스탠리가 아무 때나 복도를 뛰어다니게 할 수는 없었을 테니까. 리버스 쪽으로는 간이 자물쇠만 있었다. 반대쪽도 마찬가지일 것이다. 만약 자물쇠를 열면 무엇을 보게 될까 궁금했다. 이브의 방 문도 열려 있을까? 노크를 하면 이브가 들여보내줄까? 이브가 노크한다면? 리버스는 문에서 눈을 떼고 미니바에 앉았다. 배가 조금 고팠다. 미니바 안에는 견과류와 감자칩이 있을 것이다. 열어도 되지 않을까? ……아니, 아니, 안 된다. 다시 연결문 쪽으로 시선을 돌리고 귀를 기울였지만 이브의 방에서는 아무런 소리도 들리지 않았다. 벌써 자고 있을지도 모른다. 일찍 잠자리에 들었겠지. 더 이상 피로로 느껴지지 않았다. 이제 여기서 일을 시작하고 싶었다. 그는 커튼을 열었다. 비가 내리기 시작했다. 타맥 도로가 거대하고 뚱뚱한 딱정벌레의

---

* Cafe Hag, 디카페인 커피 브랜드.

등처럼 검은색으로 번들거렸다. 리버스는 의자를 창가로 당겼다. 비가 바람에 날리면서 나트륨 불빛에 움직이는 패턴을 만들고 있었다. 쳐다보는 동안 비는 점점 연기와 비슷해지며 어둠 속에서 피어올랐다. 아래 주차장은 반쯤 차 있었다. 주인들이 젖지 않고 아늑하게 지내는 동안, 차들은 소처럼 옹송그리며 모여 있었다.

조니 바이블이 저 밖에 있다. 아마도 애버딘에 있을 것이다. 석유 업계와 관련이 있을 것이다. 위어 소령부터 안내 담당 월트에 이르기까지 지난 며칠 동안 만났던 사람들을 전부 생각해 보았다. 자신을 이리로 오게 한 사건의 당사자 - 앨런 미치슨 - 는 석유 업계와 관련이 있을 뿐만 아니라 유일하게 배제할 수 있는 용의자라는 사실이 아이러니했다. 바네사 홀든이 살인범을 만나기 전에 이미 미치슨은 죽었으니까. 리버스는 미치슨에게 죄책감이 들었다. 미치슨 사건은 연쇄 살인에 덮여 버렸다. 미치슨 사건은 리버스가 해결해야 하는 일이었다. 하지만 조니 바이블처럼 목구멍에 걸려서 뱉어내거나 질식해버리는 그런 사건은 아니었다.

하지만 조니 바이블에게 관심을 가지고 있는 건 리버스만이 아니었다. 누군가 아파트에 침입했다. 누군가가 도서관 기록을 확인했다. 누군가가 가짜 신분을 사용하고 있었다. 숨길 게 있는 사람이다. 기자도, 다른 경찰도 아니다. 바이블 존이 아직 활동하고 있는 걸까? 활동을 중단하고 있다가 조니 바이블 때문에 다시 깨어났나? 모방 범행에, 무모함에, 원래 사건이 다시 조명되게 만들었다는 냉혹한 사실에 분노했을까? 분노했을 뿐만 아니라 외적으로나 내적으로나 위협을 느꼈겠지. 걸려서 붙잡히는 것에 대한 두려움, 더 이상 부기맨이 되지 못한다는 사실에 대한 두려움을.

90년대의 새 부기맨, 다시 두려움의 대상이 된 존재. 하나의 신화가 지워지고 다른 신화가 그 자리를 차지했다.

맞다. 리버스는 느낄 수 있었다. 자기를 사칭하는 젊은 놈에 대한 바이블 존의 적대감을 느낄 수 있었다. 모방은 칭찬받을 일이 아니다. 절대 아니다.

그리고 그놈은 내 주소를 알지. 리버스는 생각했다. 그놈은 거기 있었다. 내가 집착하는 대상을 건드렸다. 내가 얼마나 나갈지 궁금하겠지. 하지만 왜? 왜 위험을 자초하면서까지 대낮에 내 아파트에 침입했지? 정확히 뭘 찾고 있었지? 특별히 찾는 무언가가 있었나? 하지만 그게 뭐지? 리버스는 머릿속으로 질문을 곱씹었다. 술이 도움이 될까 하는 생각에 금고 앞까지 갔다가 돌아와 방 한가운데 섰다. 술 생각에 전신에 금이 가는 것 같았다.

호텔은 잠이 든 느낌이었다. 나라 전체가 잠이 들어 애먼 꿈을 꾸고 있다고 상상하기는 쉬웠다. 스테몬스와 풀러, 엉클 조, 위어 소령, 조니 바이블…… 모두 꿈속에서는 죄가 없었다. 리버스는 연결문으로 가 자물쇠를 열었다. 이브의 문은 약간 열려 있었다. 리버스는 조용히 그 문을 활짝 열었다. 이브의 방은 어둠에 싸여 있었다. 커튼은 닫혀 있었다. 리버스의 방에서 나온 불빛이 바닥을 따라 화살표처럼 깔리면서 킹사이즈 침대 쪽으로 향했다. 이브는 모로 누워 있었다. 한 손이 이불 끝에 놓여 있었다. 그녀는 눈을 감고 있었다. 리버스는 이브의 방 쪽으로 한 걸음 들어섰다. 이제는 단순히 훔쳐보는 게 아니라 침입하는 것이다. 그러고는 거기 서서 이브를 바라보았다. 그렇게 오랫동안 보고 있었던 것 같았다.

"얼마나 오래 걸리나 궁금했어요." 이브가 말했다.

리버스는 침대로 걸어갔다. 이브가 양팔을 활짝 벌렸다. 이불 아래는 알

몸이었다. 따뜻하고 달콤한 냄새가 났다. 리버스는 침대에 앉아서 이브의 손을 잡았다.

"이브." 리버스는 조용히 말했다. "떠나기 전에 부탁 하나만 들어줬으면 해요."

이브는 일어나 앉았다. "이거 말고요?"

"이거 말고요."

"뭔데요?"

"저드 풀러에게 전화해요. 만나야 한다고 해요."

"그자는 건드리면 위험해요."

"알아요."

이브는 한숨을 쉬었다. "하지만 안 그럴 수 없죠?" 리버스는 고개를 끄덕였다. 이브는 손등으로 그의 뺨을 만졌다. "알았어요. 하지만 보답으로 내 부탁도 하나 들어줘요."

"뭔데요?"

"오늘 밤 같이 있어 줘요." 리버스를 끌어당기며 이브가 말했다.

리버스는 이브의 침대에서 혼자 일어났다. 아침이었다. 쪽지 같은 걸 남겼나 확인해 봤지만 당연히 없었다. 이브는 그런 타입이 아니었다.

그는 열린 통로를 지나 자신의 방문을 닫은 다음 불을 껐다. 노크 소리가 들렸다. 잭이었다. 팬티와 바지를 입고 문으로 반쯤 가다가 뭔가를 기억해냈다. 그는 침대로 가서 베개에서 초콜릿을 치운 다음 이불을 아래로 당기고 헝클어놓았다. 침대를 살펴본 다음 베개를 주먹으로 쳐 머리 모양으로 움푹 들어가게 하고는 노크에 대답했다.

잭이 아니었다. 호텔 직원이 쟁반을 들고 있었다.

"안녕하십니까?" 리버스는 직원이 들어오게 옆으로 비켜섰다. "깨웠다면 죄송합니다. 쿠든 씨가 시간을 지정하셔서요."

"괜찮습니다." 리버스는 젊은 직원이 창가 옆 테이블에 쟁반을 밀어 놓는 것을 지켜보았다.

"제가 딸까요?" 얼음통 안에 있는 반병 크기 샴페인 얘기였다. 신선한 오렌지주스가 담긴 포트, 크리스털 잔, 접힌 『프레스 앤 저널』도 있었다. 호리호리한 자기 꽃병엔 빨간 카네이션 한 송이가 꽂혀 있었다.

"아니요." 리버스는 얼음통을 들어 올렸다. "이건 가져가세요. 나머지는 괜찮습니다."

"알겠습니다. 서명만 해 주시면……"

리버스는 직원이 내민 펜을 받아 서명을 하고는 계산서에 두둑하게 팁을 보탰다. 젠장, 계산은 엉클 조가 하는데. 젊은 직원은 입이 귀에 걸렸다. 그 모습을 본 리버스는 아침마다 이렇게 통이 컸으면 좋겠다고 생각했다.

"정말 감사합니다."

직원이 나간 후, 리버스는 주스 한 잔을 따랐다. 신선한 압착 주스였다. 슈퍼마켓에서 사려면 돈깨나 들 것이다. 바깥 도로는 아직 젖어 있었고, 하늘에는 구름이 가득했지만 아침이 밝기 전에 활짝 갤 것 같았다. 경비행기가 다이스 공항에서 이륙했다. 셰틀랜드행이겠지. 리버스는 시계를 보고 잭의 방에 전화를 걸었다. 잭은 질문과 욕설 중간쯤 되는 소리를 웅얼거리며 받았다.

"모닝콜입니다." 리버스는 전자음처럼 말했다.

"시끄러워."

"와서 오렌지주스하고 커피 마셔."

"5분 뒤에 갈게."

리버스는 천천히 오라고 했다. 그런 다음 쇼반의 집에 전화했다. 자동응답기가 받았다. 세인트 레너즈에도 전화했지만 없었다. 지시한 임무에 서둘러 착수했으리라는 건 알고 있었다. 하지만 가까이 있고 싶었다. 쇼반이 얻어낸 결과를 곧바로 알아야 했다. 그는 수화기를 내려놓고 쟁반을 쳐다본 다음 미소를 지었다.

이브가 결국 메시지를 남겼군.

식당은 조용했다. 대부분의 테이블에는 남자 한 명씩만 있었다. 일부는 휴대폰과 노트북으로 이미 일을 시작했다. 리버스와 잭은 주스와 콘플레이크, 그다음에는 큰 포트에 담긴 차와 함께 '하이랜드 아침 식사 정식'*을 먹어치웠다.

잭이 시계를 톡톡 쳤다. "지금부터 15분 후면 안크럼은 뚜껑 열릴 거야."

"그러다가 식겠지." 리버스는 토스트에 버터를 발랐다. 5성급 호텔인데도 토스트는 차가웠다.

"우리의 공격 계획은 뭐야?"

"여자를 찾고 있어. 앨런 미치슨과 사진을 찍었어. 환경 운동가야."

"어디서부터 시작하지?"

"정말 이 일에 뛰어들려고?" 리버스는 주위를 둘러보았다. "여기서 시간을 보낼 수 있어. 헬스클럽에도 가고 영화도 봐. 돈은 전부 엉클 조가 내."

---

* 대부분의 스코틀랜드 호텔에서 제공하는 아침 식사 코스로 과일, 요거트, 주스, 베이컨, 소시지, 토스트 등으로 구성된다.

"존, 난 자네 옆에 있을 거야." 잭은 잠시 말을 멈췄다. "친구로서 말이야. 안크램의 졸개로서가 아니라."

"이 사건에서 우리의 첫 번째 기항지는 애버딘 전시회장이야. 이제 식사 마무리하지. 긴 하루가 될 거야."

"하나만 물어볼게."

"뭔데?"

"오늘 아침에 오렌지주스는 어디서 났어?"

전시회장에는 사람이 거의 없었다. 다양한 진열대와 부스 – 이제 리버스는 조니 바이블의 네 번째 피해자가 이 중 다수를 디자인했다는 걸 알았다 – 는 해체, 철거되었고 바닥은 진공청소기로 청소한 후 광택이 나게 닦았다. 밖에는 시위대도, 공기 주입식 고래 모형도 없었다. 책임자를 만나게 해 달라고 요청하자 사무실로 안내되었다. 안경을 쓴 딱딱한 여자가 자신을 '차장'이라고 소개하면서 어떻게 도와주면 되느냐고 물었다.

"북해 오염 관련 컨퍼런스요." 리버스가 설명했다. "시위대 때문에 문제가 좀 있었죠."

여자는 미소를 지었지만 생각은 딴 데 가 있었다. "그 일 때문이라면 좀 늦지 않았나요?" 여자는 뭔가를 찾으면서 책상 주변의 서류를 움직였다.

"시위대 중 한 사람에게 관심이 있습니다. 시위 단체 이름이 뭐였죠?"

"조직된 그룹이 아니었어요. 온갖 곳에서 왔어요. '지구의 친구들', '그린피스', '고래 구하기 운동 본부'. 그러니 알 수가 없죠."

"그들이 어떤 문제를 일으켰나요?"

"우리가 처리할 수 있는 건 없었어요." 그녀는 또다시 차갑게 미소를 지었다. 하지만 아주 피곤해 보였다. 정말 뭔가를 찾지 못하고 있는 것 같았다. 리버스는 일어섰다.

"귀찮게 해 드려 죄송합니다."

"전혀요. 도움이 못 돼서 안타깝네요."

"그 점은 염려 마십시오."

리버스는 몸을 돌려 떠났다. 잭은 허리를 굽혀 바닥에서 종이 한 장을 주운 다음 여자에게 건넸다.

"감사합니다." 여자가 말했다. 그런 다음 그녀는 사무실 밖까지 그들을 따라왔다. "토요일에 지역의 압력 단체가 행진을 주최했어요."

"어떤 행진이요?"

"더치 공원에서 끝났어요. 그러고는 무슨 음악 공연이 있었죠."

리버스는 고개를 끄덕였다. 댄싱 피그스 공연이었다. 리버스가 배넉을 방문한 날이다.

"전화번호 알려드릴게요." 여자가 말했다. 그녀는 이제 좀 인간적인 미소를 지었다.

리버스는 그 단체의 사무실에 전화했다.

"앨런 미치슨의 친구를 찾고 있습니다. 이름은 모르지만 짧은 금발에 땋은 머리를 했어요. 구슬 같은 걸 달았고요. 땋은 머리 하나는 이마를 지나 코까지 늘어뜨렸어요. 미국 억양을 썼던 것 같아요."

"그런데 누구시죠?" 교양 있는 듯한 목소리였다. 어떤 이유에선지 리버스는 통화 상대가 턱수염을 기른 모습을 떠올렸다. 하지만 킬트를 입은 제리 가르시아는 아니었다. 악센트가 달랐다.

"저는 존 리버스 경위입니다. 앨런 미치슨이 살해된 사실은 알고 계십니까?"

잠시 침묵이 흐른 후 숨을 내쉬는 소리가 들렸다. "들었습니다. 정말 유감스러운 일이죠."

"잘 아는 사이였습니까?" 리버스는 사진 속의 얼굴을 떠올리려고 했다.

"숫기 없는 타입이었어요. 몇 번 만났던 게 전부입니다. 댄싱 피그스의 열성팬이었죠. 그래서 공연에 섭외하려고 무진 애를 썼습니다. 성사된 걸 알고 놀랐죠. 편지를 퍼붓다시피 했더라고요. 수백 통은 넘게 보냈을 겁니다. 댄싱 피그스도 두 손 들었겠죠."

"여자친구 이름은요?"

"외부인에게는 알려줄 수 없습니다. 제 말은, 전화상으로는 그쪽이 경찰인 걸 확인할 수 없다는 얘깁니다."

"제가 방문할 수도……"

"그러지 마십시오."

"이봐요. 전 정말 얘기를……"

하지만 전화가 끊어졌다.

"거기까지 갈까?" 잭이 제안했다.

리버스는 고개를 저었다. "하고 싶지 않은 얘기는 말해 주지 않을 거야. 게다가 우리가 도착할 때쯤이면 이미 나가고 없겠지. 시간 낭비할 필요 없어."

리버스는 펜으로 이를 톡톡 쳤다. 그들은 리버스의 침실로 돌아와 있었다. 전화기에는 스피커폰 기능이 있었다. 리버스는 잭이 들을 수 있게 그걸 켜 놓았다. 잭은 어젯밤에 있었던 초콜릿을 먹고 있었다.

"지역 경찰." 수화기를 집어 들며 리버스가 말했다. "그 공연은 허가를 받아야 했을 거야. 아마 퀸 스트리트 경찰에 공연 주최자 기록이 있겠지."

"가볼 만하겠네." 포트 플러그를 꽂으며 잭이 동의했다.

그래서 리버스는 20분 동안 이 사무실에서 저 사무실로 뺑뺑이를 돌며 전화를 했다. 그는 소비자보호원 공무원인 척했다. 지난번에 있었던 댄싱 피그스 공연의 해적판과 관련된 사안이라고 했다. 잭은 고개를 끄덕여 인정해 주었다. 그럴싸한 이야기였다.

"네. 에든버러 소비자보호원의 존 벡스터입니다. 동료분한테 방금 설명했는데……" 그리고 또 다른 번호로 돌려졌다. 돌려진 번호를 받은 게 맨 처음에 얘기했던 사람이라는 걸 알아차리고는 수화기를 집어던졌다.

"원숭이만도 못한 놈들이네."

잭이 차 한 잔을 건넸다. "막다른 골목인가?"

"천만에." 리버스는 수첩을 뒤적거렸다. 그는 다시 수화기를 들고 T-버드의 스튜어트 민첼에게 전화했다.

"경위님, 정말 오랜만이네요."

"계속 성가시게 해 드려 죄송합니다, 민첼 씨."

"수사는 어떻게 돼 갑니까?"

"솔직히 말하면, 도움이 좀 필요합니다."

"말씀만 하십시오."

"배넉 얘깁니다. 제가 저번에 거기 갔을 때, 시위대 몇 명이 설비로 올라갔었습니다."

"네, 들었습니다. 난간에 수갑으로 자신들의 몸을 결박했죠." 민첼은 재미있어 하는 것 같았다. 리버스는 플랫폼이, 엄청난 강풍이, 안전모가 제대로 맞지 않았던 게, 머리 위에 헬기가 나타나서 모든 걸 촬영하던 게 기억 났다.

"시위대가 어떻게 되었는지 궁금합니다. 체포되었나요?" 그렇게 되지 않았다는 걸 알고 있었다. 그들 중 몇몇은 콘서트장에 있었다.

"헤이든 플레처에게 물어보시는 게 제일 좋습니다."

"저 대신 물어봐 주시겠습니까? 아무한테도 알리지 말고요."

"그렇게 하죠. 에든버러 번호를 가르쳐 주십시오."

"괜찮습니다. 제가 다시 걸죠. 20분쯤이면 될까요?" 리버스는 창밖을 내다보았다. T-버드 본사가 보일 것 같았다.

"상황에 따라 다르겠죠."

"20분 후에 다시 걸겠습니다. 참, 민첼 씨?"

"네?"

"배닉에 연락하실 때, 저 대신 윌리 포드에게 질문 하나 해 주시겠습니까?"

"어떤 질문이죠?"

"앨런 미치슨에게 여자친구가 있었다는 걸 포드가 알고 있었는지입니다. 금발에 땋은 머리를 했습니다."

"땋은 머리." 민첼이 받아 적었다. "가능합니다."

"포드가 알고 있다면, 이름과 전화번호도 부탁드립니다." 리버스는 다른 걸 생각했다. "시위대가 본사에 난입했을 때 영상으로 촬영했죠?"

"기억나지 않습니다."

"찾아봐 주시겠습니까? 아마 보안팀이 했을 겁니다."

"20분 안에 이 일을 다 해야 합니까?"

리버스는 미소를 지었다. "아닙니다. 30분으로 하죠."

그는 수화기를 내려놓고 찻잔을 비웠다.

"이제 전화 한 통 더 하는 게 어때?" 잭이 물었다.

"누구한테?"

"칙 안크램."

"잭, 날 봐." 리버스는 자기 얼굴을 가리켰다. "이렇게 아파서 골골하는데 수화기를 들 수 있겠어?"

"어지러워 보이네."

"골이 시계추처럼 흔들리는 것 같아."

리버스는 스튜어트 민첼에게 40분을 주었다.

"경위님. 이 일에 비하면 회사 업무는 완전 거저먹기더군요."

"애써 주셔서 감사합니다. 뭘 알아내셨나요?"

"대부분이요." 종이가 바스락거리는 소리가 들렸다. "우선, 시위대는 체포되지 않았네요."

"상황을 감안하면 꽤 관대한 조치였네요."

"대중에게 나쁜 이미지만 주니까요."

"당장은 그럴 필요가 없다?"

"회사에서는 시위대들 이름을 적었지만 가짜였어요. 적어도 유리 가가린과 주디 갈란드는 가명인 걸 알겠더군요."

"그럴듯하네요." 주디 갈란드. 땋은 머리. 재미있는 선택이군.*

"시위대는 일단 구금했어요. 마실 것도 줬죠. 그런 다음에 육지로 돌려

---

* 「오즈의 마법사」에서 주디 갈란드가 땋은 머리를 했었다.

보냈습니다."

"T-버드로서는 적절한 조치였네요."

"그렇죠?"

"비디오는요?"

"짐작하셨듯이 우리 회사 보안팀 직원이 촬영했습니다. 예방 조치였다고 들었어요. 문제가 생기면 증거가 되는 거죠."

"비디오를 이용해 시위대의 신원을 확인하진 않습니까?"

"우리는 CIA가 아닙니다, 경위님. 석유회사죠."

"죄송합니다. 계속 말씀하시죠."

"윌리 포드 말로는 미치가 애버딘에서 누군가를 만났던 걸 알았다고 합니다. 과거형이죠. 하지만 그 여자 얘기는 하지 않았다더군요. 미치는 '연애 생활에 관해서는 소리 없는 강자'였다고 합니다."

사면초가군.

"그게 전부인가요?"

"그렇습니다."

"고맙습니다. 정말 감사합니다."

"천만의 말씀입니다. 그런데 경위님, 다음번에 부탁하실 때는 제가 저희 직원들을 잘라야 하는 날은 피해 주십시오."

"불경기(hard times)군요?"

"디킨스의 책 제목 그대로죠.* 그럼 이만."

잭이 웃고 있었다. "성과가 퍽 좋군." 그는 만족스러운 듯 말했다.

"그랬어야 했는데." 리버스가 말했다. "한 발짝도 진전이 없어." 그는 창

---

* 찰스 디킨스의 『힘든 시절(Hard Times)』을 말하는 것이다.

가로 걸어갔다. 가까운 거리에서 다른 비행기가 이륙하는 모습을 쳐다보았다. 비행기가 북쪽으로 향하면서 제트엔진의 굉음도 사그라들었다.

"오늘 아침은 이 정도면 되지 않았어?"

리버스는 아무 말도 하지 않았다. 그는 이브의 전화를 기대하고 있었다. 부탁한 게 있었다. 이브가 들어줄지는 의문이었다. 이브는 그에게 신세를 졌다. 하지만 저드 풀러와 엮이는 것은 별로 달갑지 않은 일이다. 지금까지 혼자서 나름 잘해 왔는데 이제 와서 무리할 이유가 있을까?

잭이 되풀이해 물었다.

"옵션이 하나 더 있어." 몸을 돌려 마주 보며 리버스가 말했다.

"뭔데?"

"비행."

리버스는 다이스 공항에서 신분증을 제시하고 술롬 보행 항공편이 있는지 물어보았다.

"당장은 없습니다." 공항 측 대답이었다. "네다섯 시간 기다리셔야 합니다."

"어떤 비행기든 상관없습니다."

공항 직원은 어깨를 으쓱하며 고개를 저었다.

"중요한 일입니다."

"섬버그 공항까지 차로 가실 수 있습니다."

"거긴 술롬 보 코앞이잖아요."

"도움이 될까 해서요. 차를 렌트하실 수도 있고요."

리버스는 그 생각도 해 봤다. 그러다 더 좋은 아이디어가 떠올랐다. "여기서 제일 빨리 떠나는 비행기가 언제죠?"

"섬버그 공항까지요? 30~40분 후입니다. 니니안까지 가는 도중에 거기 들르는 헬리콥터가 있습니다."

"좋습니다."

"연락해 보겠습니다." 직원이 수화기를 들었다.

"5분 안에 돌아올게요."

잭은 공중전화까지 리버스를 따라갔다. 리버스는 세인트 레너즈로 전화를 걸었다. 질 템플러와 연결되었다.

"보내준 테이프를 반쯤 들었어요." 질이 말했다.

"「주말 밤의 극장」*보다 낫죠?"

"나중에 글래스고에 갈 생각이에요. 직접 얘기해봐야겠어요."

"좋은 생각이에요. 패트릭 CID에도 복사본 하나 남겨 뒀어요. 오늘 아침에 쇼반 봤어요?"

"아니요. 어느 근무조죠? 괜찮다면 찾아볼게요."

"그럴 필요 없어요, 질. 장거리 전화는 비싸요."

"맙소사, 지금 어디예요?"

"안크램이 물어보면 아파서 침대에 있는 걸로 해 줘요."

"그리고 다른 부탁은요?"

"사실은 전화번호가 필요해요. 러윅 경찰서요. 그런 데가 있는지 모르겠지만."

"있어요." 질이 말했다. "북부 경찰청 관할이에요. 작년에 인버네스에서 회의가 있었는데, 오크니와 셰틀랜드 지역을 관장하는 업무에 대해 불평

---

* 「Saturday Night Theatre」, BBC의 라디오 드라마.

하더군요."

"질……"

"찾아보는 중이에요." 질이 번호를 불러주었다. 리버스는 수첩에 받아
적었다.

"고마워요, 질. 안녕."

"존!"

하지만 리버스는 전화를 끊었다. "잔돈 있어, 잭?" 잭은 동전 몇 개를 보
여주었다. 리버스는 동전 대부분을 가져가서 러윅 경찰서에 전화했다. 반
나절쯤 차를 빌릴 수 있는지 물어보았다. 로디언 앤 보더스 주의 살인 사
건 수사라고 설명했다. 귀찮게 할 생각은 없고, 피해자의 친구 몇 명만 인
터뷰할 거라고 말했다.

"글쎄요, 지금 차가……" 상대방은 마치 리버스가 우주선이라도 빌려
달라고 하는 것 같이 느릿느릿 말했다. "언제쯤 도착하시나요?"

"30분쯤 뒤에 헬리콥터로 출발합니다."

"두 분 다요?"

"둘 다요." 리버스가 말했다. "그래서 오토바이는 무리죠."

상대방은 목구멍이 울리는 듯한 웃음을 터뜨렸다. "꼭 그렇지는 않아
요."

"구해 주실 수 있나요?"

"못할 건 없죠. 다만 차가 다른 데 가 있으면 안 돼요. 오지에서 호출이
오는 경우도 있으니까요."

"섬버그 공항에 사람이 나와 있지 않으면 다시 전화할게요."

"지금 하셔도 돼요, 그럼."

안내소로 돌아오니, 35분 후에 떠나는 헬리콥터에 자리가 나 있었다.

"헬리콥터는 처음 타 봐." 잭이 말했다.

"절대 잊지 못할 경험이 될 거야."

잭은 얼굴을 찡그렸다. "말투가 시큰둥한 게 왠지 못 미더운데?"

29

섬버그 공항 활주로에는 비행기가 여섯 대, 그리고 같은 수의 헬리콥터가 있었다. 대부분 옆의 연료 탱크와 탯줄처럼 연결되어 있었다. 리버스는 월스니스 터미널로 가면서 구명복의 지퍼를 내렸다. 잭이 아직 밖에서 해안과 황량한 내륙 평지 풍경을 보고 있는 게 눈에 들어왔다. 거센 바람이 불어서 잭은 턱을 구명복에 밀어 넣었다. 비행 후에 잭은 얼굴이 창백해지고 약간 속이 메스꺼워 보였다. 리버스는 비행 내내 과식한 아침 식사를 떠올리지 않으려고 애썼다. 리버스가 신호를 보내는 걸 보고는 잭이 추운 밖에서 안으로 들어왔다.

"바다가 푸른색으로 보이지 않아?"

"2분 더 밖에 있다 와도 마찬가지 색깔일 거야."

"그리고 하늘이…… 굉장해."

"뉴에이지* 같은 얘기 그만해. 이 구명복이나 벗자고. 우리를 에스코트해 줄 사람이 에스코트**를 타고 방금 도착했어."

사실 차는 아스트라***였다. 셋이 타니 꽉 찼다. 특히 운전하는 제복 경

---

* New Age, 20세기 후반에 나타난 운동으로 자연과 영성을 강조한다.

** Escort, 포드 사의 자동차.

*** Astra, 호주 홀덴 사의 자동차.

관이 바위 같은 근육질의 덩치라서 더 그랬다. 경관의 머리는 다이스캡*을 벗고도 차 지붕에 닿을 정도였다. 목소리는 전화에서 듣던 것과 같았다. 그는 악수할 때 리버스의 손을 마치 외국 대사를 맞는 것처럼 흔들었다.

"셰틀랜드에 가 보신 적 있으십니까?"

잭은 고개를 저었다. 리버스는 한 번 가 봤다고 인정했지만 자세한 내용은 덧붙이지 않았다.

"그럼 어디로 모셔다 드릴까요?"

"자네 기지로." 비좁은 뒷좌석에서 리버스가 말했다. "자네를 내려주고, 우리가 일을 마친 후 차를 돌려주겠네."

제복 경관 – 이름은 알렉산더 포레스였다 – 은 실망감에 웅얼거렸다. "하지만 저는 경찰 생활 20년째입니다."

"그런데?"

"살인 사건은 이게 처음이란 말입니다!"

"이봐, 포레스 경사. 우리는 피해자의 친구와 얘기하러 온 것뿐이야. 판에 박히고 지루한 배경 조사지."

"그래도…… 상당히 기대하고 있었는데요."

그들은 A970 도로를 타고 러윅으로 향하고 있었다. 섬버그에서 20여 마일 떨어진 곳이었다. 바람에 차가 흔들렸다. 포레스의 큼직한 손이 마치 거인이 갓난애 목 조르듯 핸들을 꽉 잡고 있었다. 리버스는 화제를 돌리기로 했다.

"길 상태가 좋군."

"석유가 벌어다 준 돈 덕분이죠." 포레스가 말했다.

---

* diced cap, 애버딘 경찰 특유의 납작하고 챙이 없는 모자.

"인버네스의 통제를 받는 건 어떻게 생각하나?"

"누가 그렇답니까? 거기서 매주 와서 점검하는 줄 아세요?"

"그럴 것 같진 않군."

"맞는 말씀입니다, 경위님. 로디언 앤 보더스 주와 비슷해요. 페테스에서 하윅까지 내려와 점검하는 게 자주 있는 일입니까?" 포레스는 룸미러로 리버스를 쳐다보았다. "여기는 '업 헬리 아(Up-Helly-Aa)' 때만 불을 켤 줄 아는 바보들만 있다고 생각하지 마십시오."

"업 헬리 뭐?"

잭이 리버스 쪽으로 몸을 돌렸다. "배를 불태우는 바이킹 축제 얘기야."

"1월 마지막 화요일이죠." 포레스가 말했다.

"중앙난방을 이상하게 하는군." 리버스가 중얼거렸다.

"저 친구는 원래 냉소적이야." 잭이 경사에게 말했다.

"사는 게 한 번뿐이라 슬프겠네요." 포레스의 눈은 아직도 룸미러를 보고 있었다.

그들은 러윅 외곽에서 끔찍한 조립식 건물을 지나갔다. 리버스는 석유업계와 관련이 있을 거라고 생각했다. 경찰서 자체는 뉴타운에 있었다. 포레스를 내려준 다음 메인랜드 지도를 가져오게 했다.

"길을 잃으실 염려는 없습니다." 경사가 말했다. "큰길 세 개만 기억해두시면 되니까요."

리버스는 지도를 보고 그 말의 의미를 알았다. 메인랜드는 애매한 십자가 모양으로 구성되어 있었다. A970 도로가 등뼈였고, 971과 968 도로가 양팔이었다. 브래는 방금 도착한 곳에서 한참 북쪽이었다. 리버스가 운전하고 잭이 길을 찾기로 했다. 잭의 결정이었다. 그래야 경치를 구경할 수 있을 것 같다고 했다.

운전해 가는 길은 장엄함과 황량함의 반복이었다. 해변 풍경은 내륙의 황야, 흩어진 정착지, 수많은 양떼들 - 대부분은 길에 있었다 -, 몇 안 되는 나무들로 바뀌었다. 그래도 잭의 말이 맞긴 했다. 하늘은 놀라웠다. 포레스는 이 계절이 일종의 '백야(simmer dim)', 즉 1년 중 진정한 의미의 어둠이 없는 시기라고 했다. 하지만 겨울에는 햇빛이 소중한 자산이 된다. 당연하게 생각하는 것들과 멀리 떨어져 사는 사람들을 존경해야 한다. 도시에서 사냥꾼이나 약초꾼으로 사는 건 쉽다. 하지만 여기는…… 대화하고 싶은 영감을 일깨우는 종류의 풍경이 아니다. 둘은 대화가 점점 신음과 끄덕거림으로 파편화되는 것을 발견했다. 달리는 차 안에 가까이 있으면서도 점점 상대방에게서 고립되어 갔다. 리버스는 자신이 여기서는 살 수 없다는 걸 확신했다.

브래 방향 왼쪽 분기점으로 들어서자 갑자기 섬의 서해안이 나타났다. 뭘 어떻게 해야 할지 아직도 난감했다. 셰틀랜드 출신이라고는 포레스밖에 몰랐다. 러윅에서 본 건물들은 스코틀랜드와 스칸디나비아식이 뒤섞여 있었다. 일종의 고급 이케아 스타일이라고 할까. 교외로 나가니 작은 농장은 웨스턴아일스와 똑같았지만, 정착지의 이름에서는 스칸디나비아의 영향이 보였다. 버르보를 지나 브래로 들어서면서, 리버스는 평생 어느 때보다도 이질적인 느낌을 받고 있다는 걸 깨달았다.

"이제 어디로 가지?"

"잠깐만 기다려. 지난번에 왔을 때는 다른 길로 해서 중심가로 갔거든……." 리버스는 현재 위치를 파악한 끝에 제이크 할리와 브리오니가 함께 사는 집으로 향하기로 했다. 이웃들이 경찰차를 처음 보는 듯 내다보고 있었다. 처음 보는 게 맞을 것이다. 리버스는 브리오니 집 문을 두드렸다. 응답이 없었다. 더 세게 두드렸다. 메아리가 공허하게 울렸다. 그는 거실 창문을 통해 안을 들여다보았다. 깔끔하지는 않았지만 엉망진창도 아니었다. 여자가 어질러 봐야 한계가 있다. 리버스는 차로 돌아갔다.

"브리오니는 수영장에서 일해. 그리로 가자."

파란색 금속 지붕이 달린 수영장은 찾기 쉬웠다. 브리오니는 수영장 가장자리를 걸어 다니며, 노는 아이들을 보고 있었다. 마지막으로 봤을 때와 똑같은 러닝셔츠와 조깅 바지로 된 유니폼 차림이었고 테니스화를 신고 있었다. 양말을 신지 않은 맨발이었다. 인명 구조 요원은 양말을 신을 필요가 없다. 목에는 심판이 쓰는 작은 금속 호루라기를 걸었지만, 아이들은 규칙을 지키며 놀고 있었다. 브리오니는 리버스를 보고 누군지 알아챘다. 그녀는 호루라기를 입에 대고 짧게 세 번 불었다. 잘 알려진 신호였다. 다른 직원이 수영장 가장자리에서 브리오니의 자리를 대신했다. 브리오니는 리버스와 잭에게 다가왔다. 온도는 열대지방 수준이었고 습도도 마찬가지였다.

"말씀드렸죠." 브리오니가 말했다. "제이크는 아직 안 왔어요."

"압니다. 걱정하지 않는다고도 했죠."

브리오니는 어깨를 으쓱했다. 짧은 흑발은 끝에서 구불거리게 말았다. 헤어스타일 때문에 몇 년은 젊어 보여서 마치 10대 같았지만, 얼굴의 나이는 속일 수 없는 듯 약간 딱딱했다. 기온 때문인지 아니면 상황 때문인지 리버스는 알 수 없었다. 눈은 작았고, 코와 입도 그랬다. 햄스터를 생각하지 않으려고 했지만, 브리오니가 코를 씰룩이자 그림이 완성되었다.

"제이크는 프리랜서예요."

"하지만 지난주에는 걱정했잖아요."

"내가요?"

"문을 닫았을 때의 표정만 봐도 충분했죠."

브리오니는 팔짱을 꼈다. "그래서요?"

"둘 중 하나죠, 브리오니. 제이크는 생명의 위협 때문에 숨어 있는 거예요."

"아니면?"

"벌써 죽었거나요. 어느 경우든 당신이 도와줄 수 있어요."

브리오니는 마른침을 삼켰다. "미치……"

"미치가 살해당한 이유를 제이크가 얘기해줬나요?"

브리오니는 고개를 저었다. 리버스는 미소를 짓지 않으려고 했다. 마지막으로 얘기한 후에 제이크가 연락을 하긴 했군.

"제이크는 살아 있죠?"

브리오니가 입술을 깨물고는 고개를 끄덕였다.

"제이크와 얘기하고 싶어요. 이 상황에서 빼내 줄 수 있어요."

브리오니는 이 말이 진심인지 알아내려고 했다. 하지만 리버스는 무표정이었다. "제이크가 곤경에 처해 있나요?" 그녀가 물었다.

"네. 하지만 우리와 함께 있으면 그렇지 않죠."

브리오니는 수영장 쪽을 뒤돌아보고, 아무 문제가 없는 걸 확인했다. "안내할게요." 그녀가 말했다.

황야 지대를 통과하고 러윅을 지나, 메인랜드 동쪽에 있는 샌드윅이라는 곳으로 향했다. 처음에 헬리콥터에서 내렸던 곳에서 16킬로미터 북쪽이었다.

브리오니는 가는 내내 말이 없었다. 리버스는 그녀가 아는 게 별로 없다고 생각했다. 샌드윅은 오래된 정착지와 석유 시대의 주택들이 펼쳐진곳이었다. 브리오니는 해안가 오두막으로 둘러싸인 지역인 리비튼을 가리켰다.

"제이크가 여기 사나요?" 차에서 내리며 리버스가 물었다. 브리오니는 고개를 젓고 바다 쪽을 가리켰다. 섬이 하나 있었지만 주거지의 자취는 없었다. 절벽과 바위투성이 진입로뿐이었다. 리버스는 브리오니를 쳐다보았다.

"'무사'라는 곳이에요."

"저기까지 어떻게 가죠?"

"보트요. 언제든 기꺼이 데려다줄 사람이 있어요." 브리오니는 어느 오두막 문을 두드렸다. 중년 여자가 문을 열었다.

"브리오니." 여자가 간단하게 말했다. 인사라기보다는 사실의 진술에 가까웠다.

"안녕하세요, 먼로 부인. 스코트 있나요?"

"있어." 여자는 문을 더 열었다. "들어올 거지?"

그들은 부엌과 거실을 겸하는 것 같은 괜찮은 방으로 들어갔다. 큰 나무 식탁이 공간 대부분을 차지했다. 난로 옆에는 안락의자가 두 개 있었다. 의자 하나에서 어떤 남자가 끈 달린 독서용 안경을 벗으며 일어났다. 남자는 안경을 접어 조끼 주머니에 넣었다. 읽던 책이 바닥에 펼쳐져 있었다. 검은색 가죽 장정에 구리 걸쇠가 달린 가정용 성경이었다.

"안녕, 브리오니." 남자가 말했다. 중년이거나 그보다 좀 더 들어 보였다. 하지만 햇볕에 거칠어진 얼굴은 노인의 그것이었다. 은발 머리를 짧으면서도 세심하고 단정하게 깎은 건 집에서 한 이발 솜씨였다. 남자의 아내는 싱크대로 가서 포트에 물을 채웠다.

"괜찮아요, 먼로 부인." 남자에게로 몸을 돌리기 전에 브리오니가 말했다. "요새 제이크 보신 적 있어요, 스코트?"

"며칠 전에 들러 봤는데 괜찮아 보였어."

"우리 데려다주실 수 있어요?"

스코트 먼로는 손을 내미는 리버스를 쳐다보았다.

"리버스 경위입니다, 먼로 씨. 이쪽은 모튼 경위고요."

먼로는 두 사람과 악수했다. 손에 힘은 주지 않았다. 힘자랑할 이유가 없었다.

"글쎄, 바람이 좀 약해지긴 했네." 턱에 까칠하게 자란 회색 수염을 문지르며 먼로가 말했다. "괜찮을 것 같군." 먼로는 아내 쪽으로 몸을 돌렸다. "메그, 이 사람들한테 빵이랑 햄 좀 줄 수 있어?"

먼로 부인은 고개를 끄덕이고 말없이 일을 시작했다. 그사이에 먼로도 준비를 했다. 모두가 쓸 방수포와 자신이 신을 방수 부츠를 찾아냈다. 그때쯤 샌드위치 한 꾸러미와 차 한 병이 준비되었다. 리버스는 병을 보다가 잭도 같은 행동을 하고 있다는 걸 알았다. 둘 다 차 한 잔이 간절했다.

하지만 그럴 시간이 없었다. 그들은 곧장 출발했다.

작은 보트였다. 새로 페인트칠을 했고 보트 바깥쪽에 모터가 달려 있다. 리버스는 노를 저어 가야 하는 줄 알았다.

"부두가 있어요." 가는 중에 브리오니가 말했다. 일렁이는 파도에 보트가 오르락내리락했다. "보통은 페리선으로 건너죠. 하이킹을 좀 하게 될 거예요. 오래는 안 걸려요."

"황량한 곳을 골랐군요." 리버스는 바람 때문에 외치다시피 말했다.

"그렇게 음산하진 않아요." 브리오니가 엷게 미소 지으며 말했다.

"저건 뭐죠?" 무언가를 가리키며 잭이 말했다.

그것은 섬 끝 쪽에 서 있었다. 바위의 경사진 단층이 어두운 물속으로 잠기기 시작하는 곳 옆이었다. 그 건조물 주변 잔디에서는 양들이 풀을 뜯고 있었다. 리버스의 눈에는 거대한 모래성이나 뒤집힌 꽃병처럼 보였다. 가까이 다가가면서 보니 건조물의 높이는 12미터가 넘었고, 바닥 지름은 15미터쯤 됐고, 수천 개의 평평하고 거대한 석판 위에 지어져 있었다.

"'무사 브로흐'예요." 브로니가 말했다.

"그게 뭔데요?"

"'요새' 같은 거죠. 거기 살았대요. 방어하기 쉽거든요."

"누가 살았는데요?"

브리오니는 어깨를 으쓱했다. "개척자들이요. BC 100년쯤에요." 브로흐 뒤에는 낮은 벽으로 된 구역이 있었다. "저건 하(Haa)예요. 지금은 껍데기뿐이죠."

"제이크는 어디 있나요?"

브리오니는 리버스 쪽으로 몸을 돌렸다. "당연히 브로흐 안에 있죠."

그들은 섬에 상륙했다. 먼로는 섬을 돌아볼 거라면서, 한 시간 안에 돌아오겠다고 했다. 브리오니는 음식이 든 가방을 들고 브로흐 쪽을 향해 출발했다. 천천히 풀을 씹어 먹는 양떼와 뽐내며 걷는 새 몇 마리가 그들을 바라보고 있었다.

"자넨 평생 시골에서만 살았지." 잭이 말했다. 바람을 막으려고 방수포 후드를 쓰고 있었다. "바다 쪽에 이런 게 있으리라고는 생각도 못 했을 거야."

리버스는 고개를 끄덕였다. 이상한 곳이었다. 발에 느껴지는 잔디의 감촉도 잔디밭이나 들판을 걷는 것과는 달랐다. 새 잔디를 처음으로 밟는 것 같은 느낌이었다. 브리오니를 따라 복도를 지나 브로흐 자체의 중심부로 향했다. 중심부는 바람은 피할 수 있었지만 거세지는 비를 막아줄 지붕은 없었다. 먼로가 말한 '한 시간'은 경고였다. 더 늦으면 위험까지는 아니더라도 건너갈 때 고생깨나 하게 될 것 같았다.

파란색 나일론으로 된 1인용 텐트가 브로흐의 중앙 가운데 트인 공간에 어울리지 않게 솟아 있었다. 남자 하나가 텐트에서 나와 브리오니와 포옹했다. 브리오니는 차와 샌드위치가 든 가방을 건넸다.

"흠." 제이크 할리가 말했다. "먹을 건 넘칠 정도로 충분한데."

할리는 리버스를 보고도 놀라지 않는 것 같았다. "브리오니가 압력에 무너질 거라 생각했죠." 그가 말했다.

"압력은 필요 없었습니다, 할리 씨. 브리오니는 당신을 걱정하고 있었어요. 그게 전부입니다. 저도 한동안 걱정했죠. 당신이 사고를 당할지도 모른다고 생각했습니다."

할리는 억지로 미소를 지었다. "정말로 '사고'를 말씀하시는 건 아니죠?" 리버스는 고개를 끄덕였다. 할리를 응시하면서, 그를 앨런 미치슨의 처형을 지시한 '미스터 H'로 생각하려고 해 보았다. 하지만 얼토당토않은 것 같았다.

"숨어 계셨던 걸 탓하고 싶진 않습니다." 리버스가 말했다. "제일 안전한 방법이었으니까요."

"가엾은 미치." 할리는 바닥을 내려다보았다. 키가 크고 체격이 좋았다. 검은색 머리카락은 짧고 가늘었으며 금속 테 안경을 꼈다. 얼굴에는 학생 티가 남아 있었지만, 면도를 하고 머리를 감아야 할 필요가 심각했다. 텐트의 덮개는 열려 있었다. 바닥 매트, 침낭, 라디오, 책 몇 권이 보였다. 브로흐의 내부 벽에는 빨간색 배낭이 기대어 놓여 있었고, 근처에는 캠핑용 난로와 쓰레기가 가득 든 비닐봉지가 있었다.

"그 얘기 좀 할 수 있을까요?" 리버스가 물었다.

제이크 할리는 고개를 끄덕였다. 그는 잭 모튼이 대화보다도 브로흐 자체에 더 관심을 갖는 걸 보았다. "굉장하죠?"

"정말 그래요." 잭이 말했다. "지붕은 원래 없었나요?"

할리는 어깨를 으쓱했다. "그들은 여기에 달개*를 지었어요. 그러니 위에 지붕을 달 필요가 없었겠죠. 벽은 격벽이라 속은 비었고 두께는 두 배였죠. 통로 하나는 아직도 꼭대기까지 이어집니다." 할리는 주위를 둘러보았다. "아직도 모르는 게 많아요." 그러고는 리버스를 쳐다보았다. "2천 년이나 여기 있었는걸요. 석유가 고갈된 후에도 여기 오래 남아 있을 겁니다."

"물론이죠."

"그걸 모르는 사람들도 있어요. 돈에 환장한 거죠."

"이 일이 전부 돈과 관련 있다고 봅니까, 제이크?"

"전부는 아닐 거예요. 이리 오세요. '하'를 보여드리죠."

그래서 그들은 다시 바람 속으로 나와 풀밭을 가로질러 한때는 꽤 큰

---

* 큰 건물 등에 지붕을 비스듬히 달아내어 붙여 지은 별채.

돌집이었던 곳 주변의 낮은 벽에 도착했다. 돌집은 이제 껍데기만 남아 있었다. 그들은 경계표 주위를 돌았다. 브리오니도 함께 걸었다. 잭은 브로흐를 떠나는 걸 주저하며 조금 뒤로 물러섰다.

"무사 브로흐는 쫓기는 사람들에게는 언제나 행운의 장소였죠. '오크니잉가 영웅 전설'*에 나오는 이야기가 있어요. 어떤 커플이 정처 없이 도망가다 여기에서 몸을 피했다고 하죠……" 할리는 브리오니에게 미소를 지었다.

"미치가 살해됐다는 걸 아셨군요?" 리버스가 물었다.

"네."

"어떻게요?"

"조한테 전화했어요."

"조?"

"조안나 브루스요. 전에 미치하고 사귀었어요." 드디어 땋은 머리에게 이름이 생겼군.

"조는 그걸 어떻게 알았죠?"

"에든버러 신문에 났대요. 조는 언론 담당이거든요. 아침마다 신문을 전부 읽고 다양한 압력 단체가 알아야 할 사실이 있는지 확인하죠."

"브리오니한테는 말하지 않았나요?"

제이크는 여자친구의 손을 잡고 그 손에 키스했다. "걱정 많이 했겠네." 그가 브리오니에게 말했다.

"질문이 두 개 있습니다, 할리 씨. 왜 미치가 살해당했다고 생각하셨나요? 그리고 누구 짓이라고 보시나요?"

---

* Orkneyinga saga, 오크니 제도와 셰틀랜드 제도의 역사에 관한 전설.

할리는 어깨를 으쓱했다. "누가 죽였는지에 관해서라면…… 난 아무것도 입증할 수 없어요. 하지만 미치가 왜 살해당했는지는 압니다. 내 잘못이에요."

"당신 잘못이라고요?"

"네그리타 호에 대해 의심하는 내용을 미치한테 얘기했거든요."

술롬 보로 가는 비행기 안에서 양가죽이 언급했던 배 이름이다. 나중에는 입을 다물었지.

"무슨 일이 있었죠?"

"몇 달 전이었어요. 술롬 보에서 가장 엄격한 절차가 진행 중인 건 아시죠? 유조선이 해안에 접근하면서 더러운 빌지*를 흘려보내던 때가 있었습니다. 터미널에서 펌프로 내보내지 않아도 되니 시간이 절약됩니다. 돈이 절약된다는 얘기예요. 유럽바다비둘기, 큰아비, 가마우지, 솜털오리, 심지어 수달까지 사라졌습니다. 지금은 그런 일이 일어나지 않죠. 절차가 엄격해졌으니까요. 하지만 여전히 실수는 발생합니다. 네그리타가 바로 그거죠. 실수."

"석유 유출?"

할리가 고개를 끄덕였다. "큰 사고는 아니었어요. 우리가 브래어와 시임프레스 석유회사와 함께 정한 기준에 따르면요. 항해를 책임져야 할 일등 항해사는 선내 병실에 있었어요. 지독한 숙취였다고 하더군요. 전에 이런 일을 해 본 적 없던 선원이 레버를 잘못 작동시켰어요. 문제는 그 선원이 영어를 못했다는 거죠. 요즘으로선 드문 일도 아니에요. 항해사나 기관사들은 영국인이지만 보조로는 제일 싼 인력들을 고용하니까요. 보통 포

* bilge, 배 바닥에 괸 물이나 기름의 혼합물.

르투갈, 필리핀, 그 밖에 수많은 나라 사람들이죠. 제 생각에는 그 불쌍한 선원이 지시를 이해하지 못한 것 같아요."

"사고를 은폐했나요?"

할리는 어깨를 으쓱했다. "무엇보다 뉴스 자체가 되지 않았어요. 대형 유출 사고가 아니었으니까요."

리버스는 얼굴을 찡그렸다. "그럼 뭐가 문제죠?"

"말했듯이, 내가 미치한테 말한 것 자체요."

"당신은 어떻게 알았는데요?"

"터미널에 상륙한 선원들한테 들었어요. 구내식당에 있었거든요. 스페인어를 좀 할 줄 알아서 선원 중 하나와 얘기해봤죠. 겁에 질린 것 같았어요. 자기가 했다고 하더군요."

리버스는 고개를 끄덕였다. "미치는요?"

"미치는 정말로 은폐되었던 걸 찾아냈어요. 다시 말해 유조선의 진짜 소유자를요. 유조선의 경우는 쉽지 않아요. 세계 각지의 항구에 등록되어 있고, 항구를 지날 때마다 서류로 흔적을 남기죠. 등록된 항구에서 세부 사항을 입수하는 게 언제나 쉬운 건 아니에요. 때로는 서류상의 명의만으로는 충분하지 않아요. 회사가 다른 회사를 소유하기도 하고, 여러 국가가 포함되기도 하니까요."

"미로가 따로 없군요."

"고의로 그러는 거죠. 현재 운항 중인 유조선 다수의 상태는 충격적이에요. 하지만 해사법海事法은 국제적인 성격을 띠고 있죠. 상륙을 저지하려고 해도 할 수 없어요. 다른 모든 서명국의 동의가 없으면요."

"미치는 T-버드가 유조선 소유자라는 걸 알아냈군요?"

"어떻게 아셨죠?"

"경험에서 나온 추측입니다."

"어쨌든 미치가 말한 게 그거예요."

"그래서 T-버드의 누군가가 미치를 죽였다고 생각했군요? 하지만 왜 죠? 뉴스에 나올 만한 유출 사고도 아니었는데?"

"T-버드밖에 의심 가는 데가 없으니까요. T-버드는 자기네 플랫폼을 바다에 폐기할 수 있게 해 달라고 온갖 수단을 써서 정부를 설득하고 있었 어요. 환경과 그 분야에서 자신들의 기록을 강조하죠. 우리는 깨끗한 회사 이니 우리가 원하는 일을 하게 해 달라는 겁니다." 할리가 말할 때마다 깨 끗하고 하얀 치아가 드러났다. 하지만 그가 내뱉는 말은 경멸에 가까웠다. "말씀해 주세요, 경위님. 제가 피해망상인가요? 미치가 창문에서 뛰어내 렸다면 살해당한 게 아닌가요?"

"살해당한 건 맞습니다. 하지만 네그리타 사건과 크게 관련이 있는 것 같진 않군요." 할리는 걸음을 멈추고 리버스를 쳐다보았다. "집에 가도 안 전할 것 같네요, 제이크." 리버스가 말했다. "사실, 안전할 거라고 확신해 요. 하지만 먼저 필요한 게 있습니다."

"뭐죠?"

"조안나 브루스의 주소요."

30

돌아오는 길은 숨 쉴 틈도 없다고 할 정도로 갈 때보다 훨씬 빽빽한 일정이었다. 제이크와 브리오니를 브래에 데려다주고 난 다음, 러윅에 들러 차를 반납하고 섬버그까지 가는 비행기를 수배했다. 포레스는 아직 화가 안 풀렸지만, 결국에는 누그러져서 돌아가는 항공편을 알아봐 주었다. 그중 하나는 경찰서에서 인스턴트 수프를 먹고 가도 될 만큼 시간이 넉넉했다.

그들은 다이스 공항에서 잭의 차에 다시 탄 다음, 지상에 적응하기 위해 몇 분간 가만히 앉아 있었다. 그러고는 제이크 할리가 알려준 대로 A92 도로를 타고 남쪽으로 향했다. 토니 엘이 살해당한 날 밤에 리버스가 이용했던 길과 같은 도로였다. 어쨌든 그 사건으로 스탠리를 잡아넣었다. 리버스는 그 젊은 사이코패스가 더 털어놓기나 할지 의문이었다. 특히 이브도 없는 지금에는. 스탠리는 이브가 떠났다는 걸, 한 푼도 남겨두지 않았다는 걸 알 것이다. 질이 스탠리에게서 얘기를 더 짜낼 수 있을지도 모르지.

그건 질에게 달린 일이다.

리버스는 코브 베이로 가는 표지판을 보았다. 할리가 가르쳐준 길을 따라가 도로의 임시 주차 구역에 도착했다. 주차 구역 뒤에는 수많은 밴, 이동식 주택, 버스, 캠핑카가 주차되어 있었다. 쓸모없어 보이는 흙 언덕을 올라가니 숲 앞 공터가 나타났다. 개들은 짖고, 아이들은 바람 빠진 공으

559

로 축구를 하고 있었다. 나뭇가지 사이에는 빨래가 널려 있었고, 누군가가 모닥불을 피우고 있었다. 어른 몇 명이 모닥불 주변에 서서 마리화나를 주고받고 있었고, 여자 하나는 기타를 치고 있었다. 리버스는 여행자 캠프에 가 본 적이 있었다. 거기에는 두 가지 유형이 있었다. 하나는 옛날 스타일의 집시 캠프로 최신식 이동 주택과 건설용 트레일러가 있었다. 그리고 거주자들 – 루마니아인들 – 은 올리브색 피부에 리버스가 알아들을 수 없는 언어로 떠들었다. 다른 하나는 '뉴에이지 여행자'다. 보통 자동차 검사 기간이 경과해 수명이 간당간당한 버스를 타고 다닌다. 젊고 요령도 좋다. 죽은 나무를 잘라 연료로 사용하고, 정부가 폐지하려고 하는 사회보장 제도를 이용한다. 아이들에게는 자라면 지워버리고 싶어질 이름을 붙여준다.

리버스와 잭이 캠프파이어 쪽으로 다가가도 아무도 관심을 보이지 않았다. 리버스는 주머니에 손을 찔러 넣었다. 그는 주먹을 쥐지 않으려고 했다.

"조를 찾는데요." 리버스가 말했다. 그는 기타 코드를 알아들었다. 〈설교자의 시간Time of the Preacher〉이었다. 리버스는 다시 말했다. "조안나 브루스요."

"호모들이네." 누군가 말했다.

"마리화나 소지죄로 잡아넣는 수가 있어." 잭이 주의를 주었다.

마리화나가 손에서 손으로 전해졌다. "지금으로부터 10년 후에는," 다른 누군가가 말했다. "합법화될 거야. 처방전에 올라갈 수도 있지."

씩 웃는 입 사이로 연기가 피어올랐다.

"조안나는?" 리버스가 상기시켰다.

"영장 있어?" 기타 치던 여자가 물었다.

"잘 알 텐데." 리버스가 여자에게 말했다. "여기를 쑥대밭으로 만들 때나 영장이 필요하지. 가서 가져올까?"

"마초맨!" 누군가 노래했다.

"뭘 원해?"

고물 랜드로버에 연결된 작은 흰색 이동식 주택이 있었다. 그녀는 이동 주택의 문을 위쪽 반만 열고 바깥으로 몸을 내밀었다.

"경찰냄새가 났어?" 기타 치던 여자가 물었다.

"얘기 좀 합시다, 조안나." 이동식 주택으로 다가가며 리버스가 말했다. "미치 일이에요."

"무슨 일인데요?"

"미치가 죽은 이유요."

조안나 브루스는 동료 여행자들을 쳐다보았다. 리버스가 그들의 관심을 끄는 것을 보고 문의 아래쪽 절반을 열었다. "들어오는 게 좋겠군요." 조안나가 말했다.

이동식 주택은 비좁고 난방도 되지 않았다. TV는 없었지만 잡지와 신문이 여기저기 쌓여 있었다. 그중 몇 개는 기사가 오려져 나가 있었다. 작은 접이식 테이블 – 양쪽에 긴 의자가 있었고 전체를 침대로 바꿀 수 있었다 – 과 노트북 컴퓨터가 있었다. 일어선 리버스의 머리가 지붕에 닿았다. 조안나는 노트북을 닫고 리버스와 잭에게 의자에 앉으라고 손짓했다. 자신은 잡지 더미 위에 균형을 잡고 앉았다.

"그래서," 팔짱을 끼며 조안나가 말했다. "어떻게 된 일이죠?"

"바로 제가 묻고 싶은 얘기네요." 리버스가 대답했다. 그는 조안나 뒤쪽 벽으로 고개를 끄덕였다. 장식용으로 사진 몇 장이 핀으로 꽂혀 있었다. "스냅 사진이군요." 조안나가 사진을 돌아보았다. "다른 사진들을 현상한 걸 입수했습니다." 리버스가 설명했다. 미치의 봉투에서 없어진 원본들이었다. 조안나는 딱딱한 표정으로 앉아서 아무 말도 하지 않았다. 눈가에는 콜*이 있었고, 머리카락은 가스 불빛에 흰색으로 타는 것처럼 보였다. 30초가 넘게 이동 주택 안에서는 점화된 가스가 부드럽게 타오르는 소리만 들렸다. 리버스는 조안나에게 생각을 바꿀 시간을 줬지만, 그녀는 그 시간을 바리케이드를 더 치는 데 썼다. 눈은 가늘게 감았고 입은 굳게 다물었다.

"조안나 브루스." 리버스가 혼잣말했다. "재미있는 이름이군요." 조안나는 입을 반쯤 열었다가 다시 다물었다.

"조안나가 진짜 이름인가요, 아니면 그것도 바꾼 건가요?"

"무슨 뜻이죠?"

리버스는 잭을 보았다. 잭은 등을 기대고 앉아서 긴장을 푼 방문객처럼 보이려고 애쓰고 있었다. 조안나에게 2대 1이 아니니 걱정할 필요 없다고 말하고 있었다. 리버스는 입을 열고 잭의 얼굴 쪽으로 말했다.

"진짜 성은 위어잖아요."

"그걸 어떻게…… 누구한테 들었죠?" 웃어넘기려고 하는군.

"들을 필요도 없었어요. 위어 소령에게는 딸이 하나 있었습니다. 부녀는 갈라섰죠. 위어 소령은 의절했고요." 그리고 자식의 성별을 아들로 바꿨다. 아마도 문제를 흐리기 위해서였을 것이다. 메리의 정보원이 그렇게 말했었다.

"위어가 딸과 의절한 게 아니에요! 딸이 위어와 의절했죠!"

---

* kohl, 특히 동양 일부 국가에서 여성들이 화장용으로 눈가에 바르는 검은 가루.

리버스는 조안나 쪽으로 몸을 돌렸다. 그녀의 얼굴과 몸에 이제 생기가 돌아와 진흙에서 사람이 됐다. 그녀의 주먹이 무릎을 파고들었다.

"두 가지 사실이 실마리가 됐죠." 리버스는 조용히 말했다. "첫째, 그 성말이에요. 브루스에 로버트가 붙으면…… 스코틀랜드 역사를 배운 사람은 다 아는 이름이죠. 위어 소령은 스코틀랜드 역사 마니아입니다. 심지어 유전 이름도 배넉번을 따서 지을 정도죠. 로버트 더 브루스가 차지한 땅이니까요. 브루스와 배넉. 당신이 그 이름을 택한 건 위어 소령을 화나게 하기 위해서였죠?"

"제대로 먹혔죠." 조안나는 반쯤 미소를 지었다.

"두 번째는 미치였어요. 한때 당신 둘이 친구였다는 사실을 알았죠. 제이크 할리는 미치가 네그리타에 대한 일급 기밀 정보를 입수했다고 말해 줬어요. 미치가 발이 넓긴 했어도 어떻게 서류를 추적하는 작업까지 했을지 궁금했죠. 미치는 짐을 적게 가지고 다녔어요. 아파트나 선실에도 노트 같은 건 없었어요. 당신에게서 정보를 입수했죠?" 조안나는 고개를 끄덕였다. "그리고 당신은 T-버드에 원한이 있었기 때문에 무엇보다 이런 종류의 복잡한 사실에 주의를 기울였을 거고요. 하지만 우린 이미 당신이 T-버드에 맺힌 게 있다는 사실을 알고 있었어요. 본사 앞에서의 시위, TV 카메라가 보는 앞에서 배넉에 자신을 결박했죠. 뭔가 개인적인 게 있겠다는 생각이 들었어요."

"맞아요."

"위어 소령이 아버지인가요?"

조안나의 얼굴은 뚱했고, 이상하게 어린아이 같았다. "생물학적으로만 그래요. 심지어 그렇더라도 만일 유전자 이식이 가능하다면 제일 먼저 신청할 거예요." 그녀의 목소리가 어느 때보다도 미국인처럼 들렸다. "위어가 미치를 죽였나요?"

"그렇게 생각하십니까?"

"그렇게 생각하고 싶어요." 조안나가 리버스를 바라보았다. "그 정도로 인간 말종이 되었다고 생각하고 싶어요."

"하지만?"

"하지만 모르겠어요. 죽였을 수도, 아닐 수도 있죠."

"동기가 있다고 보나요?"

"물론이죠." 조안나는 자기도 모르는 새 손톱 하나를 잡아당겨 물어뜯고는, 다른 손톱도 그렇게 하기 시작했다. "네그리타 호 사건과 T-버드가 과실을 은폐한 사실, 이제는 설비 폐기까지. 경제적인 쪽으로 따지면 이유는 수없이 많아요."

"미치가 이 사실을 언론에 폭로하겠다고 위협했나요?"

조안나는 혀에 붙은 손톱 조각을 떼어냈다. "아니요. 미치는 먼저 협박부터 해 봤을 것 같아요. T-버드가 배넉의 생태학적 폐기를 진행하는 한 모든 것을 비밀로 하고 있었죠."

"모든 것?"

"뭐라고요?"

"방금 '모든 것'이라고 했잖아요. 마치 뭔가가 더 있는 것처럼."

조안나는 고개를 저었다. "아니요." 하지만 그녀는 리버스를 보고 있지 않았다.

"조안나, 뭐 좀 물어볼게요. 왜 언론에 폭로하거나 아버지를 협박하지 않았나요? 왜 미치가 했죠?"

조안나는 어깨를 으쓱했다. "미치는 대담했어요."

"그랬나요?"

그녀는 다시 어깨를 으쓱했다. "다른 건요?"

"내가 보기에 당신은 아버지를 가능한 한 공개적으로 괴롭히는 걸 주저하지 않는 것 같아요. 모든 시위에서 맨 앞에 서고, TV에 사진이 나오게 하고. 하지만 정말로 나서서 당신이 누군지를 세상에 밝히는 게 더 효과적이지 않을까요? 왜 숨기죠?"

조안나의 얼굴이 다시 어린아이 같아졌다. 입으로는 분주하게 손톱을 물어뜯고 두 무릎을 모았다. 땋은 머리 하나가 눈 사이로 흘러내렸다. 세상에서 숨고 싶으면서도 동시에 나서고 싶어 하는 것 같았다. 어린아이의 게임이다.

"왜 숨겼죠?" 리버스가 되풀이했다. "내가 보기에 이건 당신과 아버지 사이의 개인적인 문제이기 때문이에요. 일종의 사적인 게임이죠. 당신은 아버지를 괴롭히는 걸, 당신이 언제 대중에게 이 사실을 밝힐지 몰라서 아버지가 전전긍긍하는 걸 즐기고 있어요." 리버스는 잠시 말을 멈췄다. "당신이 미치를 이용한 것 같네요."

"아니에요!"

"미치를 이용해 아버지를 괴롭힌 거예요."

"아니에요!"

"당신이 쓸모 있다고 생각한 걸 미치가 가지고 있었다는 뜻이죠. 그게 뭐였죠?"

조안나가 일어섰다. "나가요!"

"당신들 둘을 한데 묶은 거겠죠."

조안나는 양손으로 귀를 막고 머리를 흔들었다.

"당신의 과거…… 어린 시절에 관한 일이겠죠. 당신들 사이의 혈연 같은 거. 언제까지 거슬러 올라가죠? 당신과 당신 아버지…… 어디까지 거슬러 올라갑니까?"

조안나가 팔을 휘둘러 리버스의 얼굴을 때렸다. 강했다. 리버스는 버티고 섰지만 얼굴이 꽤 얼얼했다.

"비폭력 저항 운동이라더니." 맞은 부위를 문지르며 리버스가 말했다.

조안나는 잡지 위에 다시 털썩 앉아서 손으로 머리를 헝클어뜨렸다. 손이 땋은 머리 하나에 닿더니 초조하게 빙글빙글 돌렸다. "당신 말이 맞아요." 그녀가 말했다. 너무 조용하게 말해서 리버스는 잘 듣지 못했다.

"미치요?"

"미치." 마침내 미치를 기억해낸 듯 조안나가 말했다. 그녀는 그 고통을 받아들였다. 뒤에서는 불빛이 사진들 위로 깜빡거렸다. "처음 만났을 때 미치는 너무 불안했어요. 우리가 사귀기 시작했을 때 아무도 믿지 않았죠. 성격이 완전히 달랐으니까요. 그 말은 틀렸어요. 시간이 걸렸지만 어느 날 밤 미치가 털어놨어요." 조안나가 올려다보았다. "미치의 배경을 아시죠?"

"고아였죠." 리버스가 말했다.

조안나가 고개를 끄덕였다. "그러고는 시설에 수용됐어요." 그녀는 잠시 말을 멈췄다. "그리고 학대를 당했어요. 미치는 나서서 사람들에게 얘기하고 싶은 때가 있었다고 했어요. 하지만 아직까지도 그게 무슨 소용이 있었을까 생각한다더군요." 조안나는 고개를 저었다. 눈물이 맺혔다. "미치는 내가 만난 중에 가장 순수한 사람이었어요. 하지만 그 내부는…… 괴로움에 점점 갉아 먹히고 있었죠. 그리고 난 그 느낌을 알아요."

리버스는 알아챘다. "당신 아버지?"

조안나는 코를 훌쩍였다. "사람들은 아버지를 석유 산업계의 '보호 시설'이라고 부르죠. 난, 나는, 그 보호 시설에 수용된 거였어요……." 그녀는 심호흡을 했다. 과장은 없었다. 필요한 말만 했다. "그리고 추행당했죠."

"맙소사." 잭이 조용히 말했다. 리버스의 심장이 빨리 뛰었다. 그는 목소리 톤을 유지하려고 애썼다.

"얼마나 오래였죠?"

조안나는 화난 얼굴로 리버스를 쳐다보았다. "내가 그 괴물을 두 번이나 빠져나가게 했다고 생각하죠? 난 최대한 빨리 도망쳤어요. 몇 년 동안 계속 도망쳤죠. 그러다가 생각했어요. 빌어먹을. 내 탓이 아니야. 내가 이래야 할 이유가 없어."

리버스는 이해하면서 고개를 끄덕였다. "그래서 당신과 미치 사이를 이어주는 걸 찾아낼 수 있었군요?"

"맞아요."

"당신 얘기도 털어놨고요?"

"모든 일에는 대가가 있어야 하니까요."

"당신 아버지 정체도 포함해서?" 조안나는 고개를 끄덕이기 시작하다 멈췄다. 대신 마른침을 삼켰다. "미치가 당신 아버지를 협박한 내용이…… 근친성폭력이었나요?"

"모르겠어요. 알아내기 전에 미치가 죽었어요."

"하지만 그게 미치의 의도였죠?"

조안나는 어깨를 으쓱했다. "그런 것 같아요."

"조, 진술을 받아야 할 것 같습니다. 지금 말고 나중에요. 괜찮죠?"

"생각해 볼게요." 조안나는 잠시 말을 멈췄다. "우린 아무것도 입증할 수 없죠?"

"아직까지는요." 아마도 영원히 못 할 거라고 리버스는 생각했다. 그는 자리에서 일어나 밖으로 나갔다. 잭이 따라왔다.

밖에서는 사람들이 계속 노래를 부르고 있었다. 나무 사이에 걸린 중국식 등 안에서 촛불이 일렁였다. 사람들 얼굴은 호박처럼 빛나는 오렌지색으로 바뀌었다. 조안나 브루스는 아까처럼 문 아래쪽에 몸을 기대고 현관에서 지켜보고 있었다. 리버스는 몸을 돌려 작별 인사를 했다.

"한동안 여기서 캠핑할 건가요?"

조안나는 어깨를 으쓱했다. "어쩌면 이게 우리가 사는 방식이겠죠."

"지금 하는 일이 마음에 들어요?"

그녀는 그 질문을 심각하게 생각해 보았다. "그게 인생이죠."

리버스는 미소를 짓고 자리를 떴다.

"경위님!" 조안나가 불렀다. 리버스는 그녀 쪽으로 몸을 돌렸다. 콜 가루가 뺨으로 흘러내리고 있었다. "세상이 그렇게 아름답다면, 왜 모든 게 그렇게 엉망이죠?

리버스는 대답할 수 없었다. 대신 이렇게 말했다. "사람들 보는 데선 울지 말아요."

돌아가는 길에 리버스는 조안나의 질문에 답을 찾아보려고 했지만 찾을 수 없었다. 어쩌면 그 대답은 모두 균형, 원인과 결과와 관련이 있을 것이다. 빛이 있는 곳에는 반드시 어둠이 있어야 한다. 설교를 시작하는 것처럼 들렸다. 설교라면 끔찍했다. 대신에 자신의 개인적 주문을 말해 보았다. 마일스 데이비스의 〈그래서 어쩌라고? So What?〉. 지금 상황에선 그다지 재치 있게 들리지 않는다는 게 문제지만.

잭은 얼굴을 찌푸렸다. "왜 조안나는 이 사실을 밝히지 않았지?" 그가 말했다.

"조안나 문제는 우리와는 관련이 없으니까. 심지어 미치하고도 관련이 없어. 미치는 우연히 말려들게 된 것뿐이야."

"초대받았다는 얘기처럼 들리네."

"거절했어야 할 초대지."

"위어 소령 짓이라고 생각해?"

"확실히는 모르겠어. 그게 중요한지조차도 확실하지 않아. 위어는 아무 데도 가지 않으니까."

"무슨 얘기야?"

"위어는 조안나가 둘을 위해 만들어낸 이 작고 은밀한 지옥 안에 있어. 자신이 소중하게 여기는 것에 대해 조안나가 밖에서 저항한다는 사실을 아는 한, 그게 위어에게는 형벌이고 조안나에게는 복수지. 둘 다 빠져나올 길이 없어."

"그 아버지에 그 딸?"

"응." 리버스는 동의했다. 그리고 과거의 작은 잘못이고 그들이 벗어나길 거부하는 길이지.

호텔로 돌아왔을 때 그들은 완전히 녹초가 되었다.

"골프 한 라운드 돌까?" 잭이 제안했다.

리버스가 웃었다. "커피하고 샌드위치 먹을 힘밖에 없어."

"그거 좋지. 내 방에서 10분 후에 봐."

방은 말끔히 정리되어 있었다. 베개 위에는 새 초콜릿이, 침대에는 깨끗한 목욕 가운이 놓여 있었다. 리버스는 옷을 빨리 갈아입고 프런트에 전화를 해 메시지 온 게 있는지 물었다. 아까는 확인하지 않았다. 메시지를 기다리고 있다는 걸 잭에게 알리고 싶지 않았다.

"네, 손님." 프런트 직원이 밝게 말했다. "전화 메시지가 있습니다." 리버스의 심장이 두근거렸다. 그녀는 아직 떠나지 않았다. "읽어드릴까요?"

"그래 주세요."

"이런 내용입니다. '버크 클럽. 문 닫고 한 시간 후. 다른 시간과 장소를 시도해봤지만 소용없었음'. 보낸 분 이름은 없네요."

"괜찮아요. 고맙습니다."

"별말씀을요."

당연히 별말씀이지. 사업자 계정이잖아. 회사라면 세상 사람들이 다 껌뻑 죽는다. 외부 전화를 걸어 쇼반이 집에 있는지 확인했지만 이번에도 응답기가 받았다. 세인트 레너즈에 걸었지만 없다고 했다. 전화번호를 남겨야겠다고 생각하면서 다시 집으로 걸었다. 반쯤 얘기했을 때 쇼반이 받았다.

"집에 있으면서 응답기는 왜 켜놔?" 리버스가 물었다.

"통화를 걸러내려고요." 쇼반이 말했다. "거친 숨소리나 내뱉는 변태는 아닌지 확인해야죠."

"내 숨소리는 정상이니 말해봐."

"첫 번째 피해자요." 쇼반이 말했다. "로버트 고든 대학 학생 하나하고 얘기해봤어요. 피해자는 지질학 전공이었는데, 해안 연구도 포함된대요.

해안 지대의 지질학을 연구하는 학생은 거의 언제나 석유 업계에 취직하고, 모든 수업 과정은 그쪽에 중점을 두고 있죠. 피해자는 해안 지대에서 지내면서 생존 모듈을 연구했어요."

리버스는 헬리콥터 시뮬레이터, 수영장에 빠뜨리기 같은 걸 생각했다.

"그래서," 쇼반이 말을 이었다. "피해자는 OSC에서 지냈어요."

"해상 생존 센터 말이군."

"석유회사 직원만 대상으로 하는 곳이죠. 직원과 학생 명단을 팩스로 보내달라고 요청했어요. 첫 번째 피해자에 대해서는 그 정도예요." 쇼반이 잠깐 말을 멈췄다. "두 번째 피해자는 완전히 달라요. 나이도 더 많고, 친구들 유형도 다르고, 사는 도시도 다르죠. 하지만 피해자는 매춘부였어요. 사업가들 다수가 출장 가서는 그런 종류의 서비스를 이용하죠."

"그건 몰랐네."

"네 번째 피해자는 석유 업계와 밀접하게 관련된 분야에서 일했어요. 글래스고의 피해자인 주디스 케언스만 남았네요. 여러 직업을 전전했는데, 시내 중심가 호텔에서 파트타임 청소부로도 일했죠."

"또다시 사업가군."

"내일 팩스가 오기 시작할 거예요. 고객 비밀 유지 어쩌고 하면서 까다롭게 굴던데요."

"하지만 자네는 설득하는 능력이 있잖아."

"맞아요."

"그럼 뭘 기대해야 하지? 페어몬트 호텔 손님 중에서 로버트 고든 대학과 관련 있는 사람?"

"그걸 바라야죠."

"내일 언제쯤이면 알게 되지?"

"호텔 맘이죠. 여차하면 직접 가서 받아낼 생각이에요."

"전화하지."

"응답기가 받으면 연락드릴 수 있게 번호 남겨 주세요."

"그럴게. 수고해." 리버스는 수화기를 내려놓고 잭의 방으로 갔다. 잭은 목욕 가운을 입고 있었다.

"이럴 때 돈 좀 써야지." 잭이 말했다. "샌드위치하고 커피를 큰 포트로 시켰어. 올라오는 중이야. 난 샤워 좀 하려고."

"좋아. 쇼반이 뭔가 알아낸 것 같아." 리버스는 잭에게 자세히 말했다.

"꽤 조짐이 좋아 보이네. 하지만 또······" 잭이 어깨를 으쓱했다.

"흠, 냉소적인 사람이 누군지 모르겠군."

잭은 눈을 찡긋하고 욕실로 갔다. 리버스는 잭이 샤워하는 소리가 들릴 때까지 기다렸다. 잭은 〈철없는 사랑 Puppy Love〉 비슷한 곡을 콧노래로 부르고 있었다. 잭의 옷은 의자 위에 있었다. 리버스는 재킷을 뒤져 자동차 키를 찾아낸 다음 자기 주머니에 집어넣었다.

리버스는 버크 클럽이 목요일 밤에는 몇 시에 문을 닫을까 생각했다. 저드 폴러에게 무슨 얘기를 할지 생각했다. 그게 무엇이든 폴러가 얼마나 나쁘게 받아들일지 생각했다.

샤워 소리가 멈췄다. 노래는 〈철없는 사랑〉에서 〈밀워키를 유명하게 한 것 What Made Milwaukee Famous〉으로 넘어갔다. 리버스는 폭넓은 취향을 가진 사람을 좋아했다. 목욕 가운을 걸치고 권투 선수 같은 포즈를 취하면서 잭이 나왔다.

"에든버러에는 내일 돌아가?"

"일어나면 바로." 리버스는 말했다.

"욕 무진장 들어먹겠군."

리버스는 욕이라면 그 전에도 들어먹을지 모른다는 말은 하지 않았다. 하지만 샌드위치가 도착했을 때 입맛이 싹 가신 걸 알았다. 그래도 목은 말라서 커피를 네 잔이나 마셨다. 깨어 있어야 했다. 긴 밤이 오고 있었다. 하늘에는 달도 없었다.

어둠 속에서 짧은 거리를 운전해 가는 길에 실비가 내리고 있었다. 리버스는 커피 때문에 머리가 흔들리는 느낌이었다. 신경이 있어야 할 자리에 전기 불꽃이 튀는 것 같았다. 새벽 1시 15분이었다. 버크 클럽 바 옆에 있는 공중전화에서 전화를 걸어, 손님에게 클럽이 몇 시에 닫는지 물어보았다.

"파티는 거의 끝났어, 이 또라이야!" 거칠게 수화기를 내려놓는 소리가 들렸다. 뒤에 흐르는 음악은 〈알바트로스Albatross〉였다. 블루스 타임이라는 얘기다. 느린 템포의 곡이 두세 곡 이어진다. 밤을 같이 보낼 파트너를 구할 마지막 기회. 댄스 플로어는 절박하다. 중년 남녀들이 10대처럼 몸이 달아 파트너를 찾는다.

리버스는 라디오를 틀었다. 멍청한 팝, 쿵쾅거리는 디스코, 전화 잡담들이었다. 그리고 재즈가 나왔다. 재즈는 괜찮았다. BBC 라디오지만 재즈는 좋았다. 버크 클럽 근처에 주차하고 멍청한 쇼를 구경했다. 경비원 둘이 시골뜨기 청년 셋을 붙들고 있었고, 시골뜨기의 여자친구들이 그들을 말리고 있었다.

"숙녀분들 말 들어." 리버스가 중얼거렸다. "오늘 밤은 그만하면 충분해."

싸움은 삿대질과 욕설로 마무리되었고, 팔뚝 굵은 경비원들은 클럽 안으로 뒤뚱대며 돌아갔다. 시골뜨기들은 마지막으로 문을 한 번 차고, 선실처럼 둥근 창에 침을 뱉고는 거리 위쪽으로 가버렸다. 북동부 지역 주말의 또 다른 개막식이었다. 리버스는 차에서 나와 문을 잠그고 시내의 공기를 들이마셨다. 유니온 스트리트에는 고함과 사이렌 소리가 들렸다. 그는 길을 건너 버크 클럽으로 향했다.

문은 잠겨 있었다. 발로 차 봤지만 응답이 없었다. 아마 시골뜨기들이 돌아왔다고 생각했을 것이다. 누군가 안쪽 문 주위로 얼굴을 내밀더니, 손님은 아닌 것 같은 리버스를 보고는 클럽 안쪽으로 뭐라고 소리쳤다. 열쇠를 찰렁거리면서 경비원이 나왔다. 일을 마치고 잠자리에 들고 싶은 것 같았다. 문이 덜거덕거리더니 살짝 열렸다.

"뭐야?" 경비원이 으르렁거렸다.

"풀러 씨와 약속 있어."

경비원은 리버스를 쳐다보고는 문을 활짝 열었다. 메인 바에는 불이 들어와 있었다. 직원들은 재떨이를 비우고, 테이블을 닦고, 엄청난 수의 잔들을 정리하고 있었다. 불을 켠 상태에서 보니, 내부는 황무지 풍경만큼 휑했다. DJ처럼 보이는 남자 둘-꽁지머리, 검은색 민소매 티셔츠-이 바에 앉아서 맥주병을 기울이며 담배를 피우고 있었다. 리버스는 경비원 쪽으로 몸을 돌렸다.

"스테몬스 씨는?"

"풀러 씨와 약속이 있다며?"

리버스는 고개를 끄덕였다. "스테몬스 씨도 만날 수 있을까 해서." 스테몬스와 먼저 말해야 한다. 둘 중에 제정신인 인간이고, 사업가니 얘기를 들어줄 것이다.

"위층에 계실 거야." 그들은 로비 쪽으로 돌아가 스테몬스와 풀러의 사무실이 있는 곳으로 올라갔다. 경비원이 문을 열었다. "들어가."

리버스는 들어갔다. 몸을 숙였지만 너무 늦었다. 쇳덩이 같은 손에 목을 강타당하면서 쓰러졌다. 손가락이 목을 조르며 경동맥을 찾아 압력을 가했다. 뇌 손상은 안 되는데. 눈앞이 흐려지는 것을 느끼며 리버스는 생각했다. 제발 뇌 손상만은 없게 해 줘.

31

리버스는 익사 직전에 정신이 들었다.

코와 입으로 거품과 물이 밀려 들어왔다. 탄산 맛이 났다. 물이 아니라 맥주였다. 그는 머리를 거칠게 흔들고 눈을 떴다. 라거가 목구멍을 타고 넘어갔다. 기침을 해 뱉어내려고 했다. 뒤에서 누군가가 빈 병을 들고 빙그레 웃으며 서 있었다. 리버스는 몸을 돌리려고 애써 보았다. 팔이 불타고 있는 걸 보았다. 말 그대로였다. 위스키 냄새를 맡을 수 있었다. 바닥에 산산조각 난 병이 널려 있었다. 팔은 위스키에 흠뻑 젖었고 그 위에 불이 붙어 있었다. 리버스는 비명을 지르며 몸을 꿈틀거렸다. 긴 수건이 불길을 덮었고 불은 꺼졌다. 불에 탄 수건은 탁 소리와 함께 바닥에 떨어졌다. 웃음소리가 벽을 타고 메아리쳤다.

사방에 알코올 냄새가 지독했다. 지하 저장고였다. 알전구와 작은 알루미늄 맥주통, 병과 잔 상자가 있었다. 벽돌 기둥 여섯 개가 천장을 떠받치고 있었다. 리버스를 그중 하나에 묶지는 않았다. 대신 갈고리에 걸었다. 밧줄이 손목에 쓸렸고, 팔은 탈구될 것 같았다. 리버스는 발에 더 체중을 실었다. 뒤에 있던 사람이 빈 병을 상자에 던지고는 돌아 나와 리버스 앞에 섰다. 앞쪽 끝이 구불구불한 매끄러운 흑발이었고, 술에 찌든 얼굴 한가운데 자리한 코는 크고 구부러졌다. 이빨 하나에는 다이아몬드가 반짝였다. 검은색 양복에 흰색 티셔츠를 입었다. 리버스는 저드 풀러라고 짐작했지만, 소개할 시간은 이미 지나갔다는 생각이 들었다.

"토니 엘처럼 도구를 다루는 재주가 없어서 미안하네." 풀러가 말했다. "하지만 내가 할 수 있는 걸 해 주지."

"내가 보기엔 잘하고 있는데."

"고맙군."

리버스는 주위를 둘러보았다. 둘은 지하 저장고에 있었다. 아무도 리버스의 발을 한데 묶을 생각은 하지 않았다. 풀러의 불알을 찰 수 있을 것이다. 그리고……

아래쪽으로 주먹이 날아들더니 사타구니 바로 위를 가격했다. 팔이 자유로웠다면 몸을 웅크렸을 것이다. 마치 그런 것처럼 본능적으로 무릎을 올렸다. 발이 바닥에서 떴다. 어깨 관절이 비명을 질렀다.

풀러는 물러서서 오른손 손가락들을 풀었다. "그래서 경찰 나리." 리버스에게서 등을 돌리고 그가 말했다. "지금까진 어땠나?"

"괜찮다면 좀 쉬고 싶군."

"쉬는 건 죽고 나서야." 풀러가 리버스 쪽으로 몸을 돌렸다. 그는 씩 웃더니 맥주병을 집어 들고는 벽에 쳐서 깬 다음 병 안에 남은 맥주 절반을 마셨다.

알코올 냄새가 역했다. 그리고 이미 삼킨 알코올의 영향이 나타나는 것 같았다. 눈이 얼얼했고 불이 붙었던 손도 따끔거렸다. 손목에는 이미 물집이 생겼다.

"여긴 멋진 클럽이야." 풀러가 말했다. "다들 즐기는 곳이지. 사람들한테 물어봐. 인기 만점인 장소야. 네가 뭔데 파티를 망쳐?"

"무슨 말인지 모르겠네."

"에릭이 너하고 얘기한 후에 완전 당황했어."

"에릭이 이 일을 알아?"

"절대 알 수 없겠지. 모르는 게 약이야. 궤양이 있거든. 에릭은 걱정하고 있어."

"왜 그러는지 모르겠군." 리버스가 풀러를 쳐다보았다. 적당한 그늘 속에서 보면 젊은 시절의 레너드 코헨과 닮았다. 존 트라볼타와의 비교는 말도 안 되고.

"넌 눈엣가시야. 그 이상도 이하도 아니지. 긁어서 없애야 하는 가려움증이야."

"모르는군, 저드. 여긴 미국이 아니야. 시체를 숨겨 놓고 사람들 눈에 띄지 않길 바랄 수는 없어."

"안 될 건 또 뭐야?" 풀러가 팔을 활짝 벌렸다. "애버딘에서는 항상 배가 떠나. 싣고 나가서 북해에 가라앉히면 돼. 거기 물고기들이 꽤 게걸스럽거든."

"어류 남획으로 유명한 곳이지. 내 시체가 저인망 어선 그물에 걸리기를 바라나?"

"두 번째 옵션." 손가락 두 개를 들어 올리며 풀러가 말했다. "산이야. 빌어먹을 양들이 뼈만 남을 때까지 널 뜯어먹겠지. 옵션은 많아. 안 써 봤다고 생각하지 마." 풀러가 잠깐 말을 멈췄다. "오늘 밤에 여긴 왜 왔지? 뭘 하려고 했어?"

"모르겠어."

"이브가 전화했을 때…… 감춰도 소용없었어. 이브의 목소리였거든. 이브가 날 엿 먹이려는 걸, 함정에 빠뜨리려는 걸 알았지. 하지만 인정하지. 뭔가 좀 더 자극적인 상황을 기대했어."

"실망시켜서 미안하군."

"그래도 네가 와서 다행이야. 한 번 더 보고 싶었거든."

"그래서 왔잖아."

"이브가 뭐라고 했지?"

"이브? 아무 말도 안 했어."

돌려차기는 시간이 걸린다. 리버스는 할 수 있는 걸 했다. 몸을 옆으로 틀며 풀러의 갈비뼈를 찼다. 풀러가 리버스의 얼굴에 주먹을 날렸다. 손이 느리게 움직여서 리버스는 손등의 흉터를 볼 수 있었다. 길고 흉한 채찍 자국이었다. 리버스의 이 하나가 반으로 부러졌다. 뿌리관 치료를 받았던 이 중 하나였다. 리버스는 부러진 이빨과 피를 풀러에게 뱉었다. 풀러는 충격을 받고 조금 물러섰다.

리버스는 좋게 봐 줘야 종잡을 수 없는 놈, 최악으로 보면 완전 미친놈과 상대하고 있다는 사실을 알았다. 스테몬스가 만류하지 않았다면 저드 풀러는 무슨 짓이든 저질렀을 것 같았다.

"내가 한 일은," 리버스가 혀 짧은 소리를 냈다. "이브하고 거래를 한 것뿐이야. 너와 만날 수 있게 주선해줬지. 그리고 난 이브를 풀어줬고."

"너한테 무슨 얘기를 한 게 틀림없어."

"이브한테는 바늘 하나 들어가지 않았어. 스탠리한테도 별거 못 건졌지." 리버스는 낭패한 것처럼 들리게 하려고 했다. 어렵지 않았다. 풀러에게 전체 얘기를 듣고 싶었다.

"스탠리와 이브가 같이 내뺐다고?" 풀러가 다시 씩 웃었다. "엉클 조가 완전 좆됐군."

"말 좀 곱게 써."

"말해봐, 경찰 나리. 얼마나 알고 있지? 제대로 얘기해. 우리가 손잡을
수도 있으니까."

"제안은 언제나 환영이야."

풀러는 고개를 저었다. "그렇게 생각하지 않아. 루도가 이미 냄새 맡았
어."

"루도에게는 네가 가진 카드가 없어."

"그건 그렇지." 풀러는 깨진 병의 목으로 리버스의 얼굴을 문질렀다. 병
에 힘을 가하는 대신 리버스의 뺨에 입김을 훅 불었다. "다음에는," 풀러가
말했다. "손이 삐끗할지도 몰라. 얼굴에 상처를 낼 수도 있어."

마치 야수가 미녀를 걱정해 주는 것 같았다. 하지만 리버스는 몸이 떨
렸다.

"내가 무슨 범죄에 환장한 줄 알아? 그냥 일이라서 하는 거야. 그래야
돈을 받으니까. 좋아서 하는 게 아니라고!"

"하지만 계속 저지르잖아."

"빌어먹을 럼스덴 때문이야. 내 등 뒤에서 마약을 한다고!" 말하라고
하지도 않은 기억들이 쏟아져 나왔다. 옥스퍼드 바의 문 닫는 시간, 그들
이 추운 바깥으로 비틀거리며 나와서, 술 저장고에 갇혀서 죄다 마셔치우
면 좋겠다고 했던 농담들. 이제 리버스가 원하던 게 전부 나왔다.

"얼마나 알지?" 깨진 유리가 리버스의 코앞으로 다가왔다. 풀러는 병이
리버스의 콧구멍 밑에 닿을 때까지 팔을 쭉 뻗었다. 맥주의 독기와 유리병
의 차가운 감촉이 위쪽으로 눌렸다. "옛날 농담 기억해?" 풀러가 물었다.

"코가 없으면 어떻게 냄새를 맡을지 스스로에게 물어봐."

리버스는 콧방귀를 뀌었다. "전부 알아."

"어느 정도까지?"

"마약이 글래스고에서 여기로 바로 오지. 네가 팔고, 설비로도 운반해. 이브와 스탠리가 수금하지. 토니 엘은 엉클 조의 손발이었고."

"증거는?"

"거의 없어. 특히 토니 엘의 죽음과 이브와 스탠리의 도주에 관해서는. 하지만……"

"하지만 뭐?"

리버스는 입을 다물었다. 풀러는 병을 위로 튕긴 다음 움직였다. 리버스의 코에서 피가 뚝뚝 떨어졌다.

"온몸의 피를 다 뽑아버릴 수도 있어! '하지만' 뭐?"

"하지만 상관없어." 셔츠로 코를 닦으려고 하며 리버스가 말했다. 눈에는 눈물이 맺혔다. 그는 눈을 깜빡였다. 눈물이 두 뺨으로 흘렀다.

"왜 상관없는데?" 풀러가 관심을 보였다.

"사람들이 정보를 흘리니까."

"누가?"

"말할 수 없다는 거 알 텐데?"

병이 오른쪽 눈으로 왔다. 리버스는 눈을 질끈 감았다. "알았어, 알았어!" 병은 그 자리에 있었다. 너무 가까이 있어서 병을 피해 초점을 잡아야 했다. 그는 심호흡을 했다. 잔잔한 호수에 돌을 던질 때였다. 큰 그림을 그려야 했다. "돈을 먹인 경찰이 얼마나 되지?"

풀러는 얼굴을 찌푸렸다. "럼스덴?"

"럼스덴이 계속 얘기했어. 그리고 누군가가 럼스덴에게 얘기했고."

리버스는 풀러의 머릿속에 의심이 파고드는 소리가 들리는 것 같았다. 하지만 그렇더라도 알아내야 했다.

"미스터 H?" 풀러의 눈이 커졌다. "미스터 H가 럼스덴에게 말했군. 듣긴 했어. 하지만 죽은 여자에 관한 얘기인 줄 알았는데……" 풀러가 분주하게 머리를 굴렸다.

미스터 H. 토니 엘에게 돈을 낸 사람이다. 이제 리버스는 미스터 H가 누군지 알 수 있었다. 헤이든 플레처다. 바네사 홀든에 관해 럼스덴에게 심문을 받았다. 플레처는 토니 엘에게 앨런 미치슨을 손봐주라며 돈을 줬다. 둘은 아마 여기서 만났을 것이다. 풀러 자신이 주선했겠지.

"너뿐만이 아니야. 에디 시걸, 무스 멀로니에 관한 정보도 흘렸어." 리버스는 스탠리가 언급했던 이름들을 꺼냈다.

"플레처와 럼스덴?" 풀러는 혼잣말했다. 풀러는 고개를 저었지만 리버스는 그가 반쯤 납득했다는 걸 알 수 있었다. 풀러는 리버스를 쳐다보았다. 리버스는 최대한 지친 표정을 했다. 대단한 연기력이 필요하지도 않았다.

"스코틀랜드 경찰청 강력반에서 작전을 계획 중이야." 리버스가 말했다. "럼스덴과 플레처는 그들 손아귀에 있지."

"놈들은 이제 죽은 몸이야." 풀러가 마침내 말했다.

"한창 재미 볼 때 왜 그만두지?"

풀러는 냉혹하고 사악한 미소를 지었다. 플레처와 럼스덴은 나중 일이다. 하지만 리버스는 바로 여기 있었다.

"잠깐 함께 어딜 갈 거야." 풀러가 말했다. "걱정마. 잘했어. 빠르게 끝내줄게. 뒷머리에 총알 한 방. 비명 지를 새도 없을 거야." 풀러는 병을 바닥에 버리고, 유리 조각을 밟으며 계단으로 갔다. 리버스는 재빨리 주위를 둘러보았다. 풀러가 언제 올지 알 수 없었다. 갈고리는 꽤 단단해 보였다. 지금까지 그의 몸무게를 지탱했으니 문제가 없다. 상자 위에 올라서서 일정한 높이만 확보한다면 밧줄을 풀 수 있을 것이다. 1미터도 안 되는 곳에 빈 상자가 있었다. 리버스는 몸을 뻗었다. 팔이 아팠다. 발끝에 상자 가장자리가 닿자 끌어당기기 시작했다. 풀러는 트랩도어*를 통해 올라갔지만 아직 문이 열려 있었다. 리버스는 바에서 풀러의 목소리가 울리는 걸 들을 수 있었다. 리버스가 죽는 걸 목격할 경비원을 찾는 것 같았다. 상자가 바닥에 파인 부분에 걸려 움직이지 않았다. 리버스는 신발 끝으로 들어 올리려고 했지만 실패했다. 온몸이 피와 술, 땀으로 흠뻑 젖었다. 상자가 움직였다. 그는 발밑으로 상자를 끌었다. 그러고는 상자 위로 올라가 무릎으로 밀었다. 갈고리에서 밧줄을 빼내고 팔을 천천히 아래로 내렸다. 고통을 즐기려고 해 보았다. 피가 팔을 따라 내려오면서 따끔거리는 게 느껴졌다. 손가락에는 여전히 감각이 없고 차가웠다. 밧줄의 매듭을 풀려고 해 봤지만 꼼짝도 하지 않았다. 주변에는 깨진 유리 조각이 있었지만 그걸로 잘라내기엔 시간이 너무 많이 걸린다. 몸을 굽혀 깨진 병을 집어 들다가 더 좋은 걸 보았다.

분홍색의 싸구려 플라스틱 라이터였다. 아마 풀러가 리버스의 팔에 부은 위스키에 불을 붙이는 데 쓰고 나서 던져 버렸을 것이다. 리버스는 라이터를 집어 들고 주위를 둘러보았다. 사방에는 술이 많이 있었다. 사다리 말고는 출구가 없었다. 리버스는 해진 천을 찾아냈다. 그는 위스키병을 열고 천을 위스키병 목에 쑤셔 넣었다. 진짜 화염병은 아니더라도 어쨌든 무

---

* trapdoor, 바닥이나 천장에 나 있는 작은 문.

기가 되었다. 첫 번째 옵션. 불을 붙이고 클럽 안으로 집어 던져 화재경보기를 작동시킨 다음, 기병대가 오길 기다린다. 기병대는 올 것이다. 저드 풀러를 막아줄 것이다.

두 번째 옵션. 다시 생각해 보자.

주위를 둘러보았다. CO_2 실린더, 플라스틱 상자, 고무관이 있었다. 벽에는 작은 소화기가 있었다. 소화기를 붙잡고 준비한 다음, 위스키병을 들고 계단을 올라갈 수 있게 팔 아래 끼웠다.

클럽은 쥐죽은 듯 조용했고 조명은 흐릿했다. 누군가가 미러볼이 돌아가는 상태로 두고 가서, 벽과 천장 여기저기에 불빛이 깜빡거렸다. 리버스가 댄스 플로어를 반쯤 가로질렀을 때 문이 열렸다. 풀러가 거기 서 있었다. 로비의 불빛이 뒤쪽에서 비치고 있었다. 풀러가 입을 딱 벌렸다. 그가 이빨 사이에 물고 있던 차 열쇠가 바닥에 떨어졌다. 풀러가 주머니로 손을 뻗었다. 그때 리버스가 천에 불을 붙이고 양손으로 병을 던졌다. 병이 공중에서 돌며 날아가 풀러의 발 앞에서 산산조각 났다. 파란색의 불구덩이가 바닥을 가로질러 퍼져나갔다. 리버스는 소화기를 들고 계속 다가갔다. 풀러의 손에 총이 있었지만 분사된 소화액이 풀러의 얼굴에 정통으로 맞았다. 리버스는 따라가 풀러의 콧등에 박치기를 먹이고 사타구니를 무릎으로 세게 찼다. 정확하게 교과서적인 자세는 아니었지만 충분히 강력했다. 풀러가 무릎을 꿇고 쓰러졌다. 리버스는 풀러의 얼굴을 발로 차고는 달려나갔다. 문을 열고 밖으로 나와 잭 모튼의 팔 안에 거의 쓰러졌다.

"맙소사, 세상에, 대체 무슨 짓을 당한 거야?"

"놈이 총을 가지고 있어. 빨리 여기서 나가야 해."

둘은 차로 달려갔다. 잭은 리버스의 주머니에서 열쇠를 꺼냈다. 차에 타액셀을 밟았다. 리버스는 오만 가지 감정이 뒤섞이는 걸 느꼈다. 그중 최고는 의기양양함이었다.

"맥주 양조장 냄새가 나." 잭이 말했다.

"잭, 여긴 어떻게 왔어?"

"택시를 탔지."

"아니, 내 말은……"

"자넨 셰틀랜드에 감사해야 해." 잭이 코를 훌쩍였다. "거기 바람 때문에 감기에 걸렸어. 바지 주머니에 있는 손수건을 찾으려고 했는데 차 열쇠가 사라졌더군. 주차장에는 차가 없고, 존 리버스도 없었지."

"그래서?"

"프런트에서는 자네한테 온 메시지만 반복하더군. 그래서 택시를 불렀어. 대체 무슨 일이 있었던 거야?"

"구타당했어."

"그런 말로는 모자란데. 총을 가진 놈은 누구야?"

"저드 풀러. 미국인이야."

"제일 가까운 공중전화에 내려서 경찰 기동대를 부르자."

"안 돼."

잭이 몸을 돌렸다. "안 된다고?" 리버스는 고개를 저었다. "왜?"

"계산된 위험이었어."

"그 계산기 고장 났나 보네."

"제대로 작동한 것 같아. 이제는 좀 기다리기만 하면 돼."

잭은 생각해 보았다. "놈들이 서로 치고받길 바라는군?" 리버스가 고개를 끄덕였다. "규정대로 할 생각은 애초부터 없었지? 메모는 이브가 보냈고?" 다시 고개를 끄덕였다. "날 따돌릴 수 있겠거니 생각했고. 그거 알아? 열쇠가 없어진 걸 알고 화가 났어. '젠장, 멋대로 해라. 죽어도 제 탓이지' 하고 말할 뻔했지."

"거의 그렇게 될 뻔했어."

"자넨 어리석은 개자식이야."

"오랜 연습의 결과지. 차 세우고 결박 좀 풀어주겠어?"

"그냥 묶여 있는 게 낫겠는데. 응급실로 갈까, 아니면 의사를 부를까?"

"난 괜찮아." 코의 피는 벌써 멈췄다. 죽은 치아에서는 통증이 느껴지지 않았다.

"그래서 거기서 뭘 했는데?"

"풀러에게 미끼를 던졌지. 헤이든 플레처가 앨런 미치슨의 살인자를 고용했다는 것도 알아냈고."

"그게 제일 쉬운 방법이었다고 말하려는 거지?" 잭이 고개를 천천히 저었다. "100년을 살아도 자넬 이해하지 못할 거야."

"칭찬으로 받아들이지." 시트에 머리를 기대며 리버스가 말했다.

호텔로 돌아온 그들은 이제 애버딘을 떠나기로 결정했다. 리버스가 목욕을 하고 나오자 잭이 그의 상처를 살폈다.

"엄밀히 말하자면 우리의 저드 풀러 씨는 아마추어 사디스트야."

"시작할 때 사과했어." 리버스는 벌어진 치아로 짓는 미소를 거울에서 확인해 보았다.

전신이 쑤셨지만 어쨌든 살아 있었다. 리버스의 말에 동의해 줄 의사도 필요 없었다. 그들은 차에 짐을 싣고 조용히 서명한 다음 길을 떠났다.

"휴가 마무리 한번 대단하군." 잭이 한마디 했다. 하지만 리버스가 이미 잠든 후였다.

그는 명단을 네 사람과 네 개의 회사로 좁혔다. 이제 '열쇠'를 사용해야 했다. 바네사 홀든.

다수의 용의자들은 너무 늙었거나 다른 면에서 맞지 않았다. 처음 나왔던 이름인 알렉스는 여자로 밝혀졌다.

바이블 존은 자기 사무실에서 문을 닫고 전화를 걸었다. 그는 자기 앞에 노트패드를 놓아두었다. 네 개의 회사, 네 사람.

에스크플로	제임스 맥킨리
랜서테크	마틴 데이비드슨
그리빈	스티븐 제이콥스
예틀랜드	올리버 하우슨

그는 바네사 홀든의 회사로 전화를 걸었다. 안내 담당이 받았다.

"안녕하세요." 그가 말했다. "퀸 스트리트 CID의 콜리어 경사입니다. 에스크플로 회사를 위해 일하신 적이 있는지 확인하려고요."

"에스크플로요?" 안내 담당은 미심쩍어하는 것 같았다. "웨스터만 씨께 연결해 드리겠습니다."

바이블 존은 그 이름을 노트패드에 적고 동그라미를 쳤다. 웨스터만이 받자 같은 질문을 반복했다.

"바네사와 관련 있나요?" 남자가 물었다.

"아닙니다. 홀든 씨 소식은 저도 유감입니다. 깊은 조의를 표합니다. 여기 경찰들은 모두 같은 심정입니다." 바이블 존은 사무실 벽을 둘러보았다. "이런 힘든 시기에 전화 드리게 돼서 죄송합니다."

"감사합니다, 경사님. 정말 큰 충격이었죠."

"물론입니다. 홀든 씨 사건은 몇 가지 실마리를 추적하고 있으니 걱정 마십시오. 하지만 지금 요청하는 건 사기 용의자와 관련 있습니다."

"사기요?"

"웨스터만 씨 회사와는 관련 없습니다. 하지만 몇몇 회사를 수사하고 있죠."

"에스크플로도 포함해서요?"

"지금부터," 바이블 존은 잠시 말을 멈췄다. "제가 말씀드리는 내용은 엄격하게 비밀로 지켜 주셔야 합니다."

"아, 물론이죠."

"제가 주시하는 회사는……" 바이블 존은 눈을 노트패드에 고정한 채 서류를 뒤적이는 시늉을 했다. "여기 있군요. 에스크플로, 랜서테크, 그리빈, 예틀랜드입니다."

"예틀랜드요." 웨스터만이 말했다. "최근에 그 회사를 위해 몇 가지 작업을 했습니다. 아니군요, 잠깐만요. 계약을 따내려고 했지만 실패했습니다."

"다른 회사는요?"

"제가 다시 걸어도 될까요? 파일을 찾아봐야 해서요. 집중하기가 힘드네요."

"이해합니다. 제가 호출을 받고 나가야 해서…… 한 시간 후에 다시 걸어도 될까요?"

"제가 준비되면 걸어도 되는데요."

"한 시간 안에 다시 전화 드리죠, 웨스터만 씨. 정말 감사합니다."

바이블 존은 수화기를 내려놓고 손톱을 물어뜯었다. 웨스터만이 퀸 스트리트 CID에 전화를 걸어 콜리어 경사를 찾을까? 웨스터만에게 40분 줄 생각이었다.

하지만 결국 35분 만에 전화했다.

"웨스터만 씨? 호출이 생각보다 오래 걸리지 않아서요. 뭐 찾아내신 게 있습니까?"

"네, 경사님이 필요로 하신 걸 입수했습니다."

바이블 존은 말투에 집중했다. 의심이나 의혹이 느껴지거나, 상대방이 경찰이 아니라는 걸 눈치채지는 않았는지 귀를 기울였다. 그런 것 같지는 않았다.

"말씀드렸듯이," 웨스터만이 말을 이었다. "우리 회사는 예틀랜드와 계약하려고 시도했지만 실패했죠. 올해 3월이었습니다. 랜서테크의 경우, 2월에 패널 디스플레이 작업을 했죠. 해양 안전 컨퍼런스에 부스를 설치했습니다."

바이블 존은 명단을 살펴보았다. "상대측 계약 담당자가 누구였는지 아십니까?"

"죄송합니다. 바네사가 처리했어요. 고객 대응이 능숙했거든요."

"마틴 데이비드슨이라는 이름 기억나시나요?"

"모르겠습니다."

"알겠습니다. 다른 두 회사는요?"

"글쎄요. 에스크플로와는 과거에 일한 적이 있지만 최근 몇 년 동안은 아니었습니다. 그리고 그리빈은······ 솔직히 말씀드리면 들어보지 못한 회사입니다."

바이블 존은 마틴 데이비드슨의 이름에 동그라미를 쳤다. 제임스 맥킨리 옆에는 물음표를 찍었다. 몇 년간 거래가 없다? 불확실하지만 가능성은 있다. 예틀랜드는 가능성이 떨어지는 것 같았지만 확실히는 해야 한다.

"예틀랜드 계약은 직접 하셨습니까, 아니면 홀든 씨가 했습니까?"

"당시에 바네사는 휴가 중이었습니다. 해양 안전 컨퍼런스가 끝난 직후라서 녹초가 됐죠."

바이블 존은 예틀랜드와 그리빈을 목록에서 제외했다.

"웨스트만 씨, 정말 큰 도움이 되었습니다. 진심으로 감사합니다."

"도움이 됐다니 다행입니다. 하나만 부탁드려도 될까요, 경사님?"

"네. 뭐죠?"

"바네사를 죽인 개자식을 찾아내면, 저 대신 한 방 먹여 주십시오."

전화번호부에는 M. 데이비드슨이 두 명, 제임스 맥킨리가 한 명, J. 맥킨리가 두 명 있었다. 주소도 첨부되어 있었다.

그는 전화를 한 통 더 했다. 이번에는 랜서테크의 고객센터였다.

"안녕하세요. 여기는 상공회의소입니다. 일반적인 질문 하나만 드리려고요. 석유 산업과 관련된 지역 회사 데이터베이스를 구축하고 있습니다. 랜서테크도 여기 포함되죠?"

"아, 그럼요." 안내 직원이 말했다. "확실해요." 그녀는 약간 지친 것 같았다. 직원들이 얘기하는 소리, 복사기 소리, 다른 전화가 울리는 소리가 배경 소음으로 들렸다.

"회사에 대해 간략하게 설명해 주시겠습니까?"

"네, 음, 우리 회사는 석유 채굴 플랫폼, 보조 선박의 안전 부분을 설계합니다⋯⋯." 마치 커닝 페이퍼를 읽는 것 같았다. "그런 종류의 일이죠." 목소리가 차츰 작아졌다.

"받아 적었습니다." 바이블 존이 말했다. "안전 설계 작업을 하신다면, RGIT(로버트 고든 기술 연구소)와도 연관이 있나요?"

"아, 물론이죠. 밀접한 연관이 있어요. 여섯 개 정도의 프로젝트에서 협력합니다. 우리 직원 두어 명이 부분적으로 거기 상주하고 있죠."

바이블 존은 마틴 데이비드슨 이름 밑에 줄을 쳤다. 두 번 쳤다.

"감사합니다." 바이블 존이 말했다. "안녕히 계십시오."

전화번호부에는 M. 데이비드슨이 두 명 있었다. 하나는 아마 여자일 것이다. 전화를 할 수도 있었지만 그건 애송이에게 사전 경고를 해 주는 셈이다. 그놈을 어떻게 할까? 그놈을 어떻게 하고 싶은 걸까? 작업을 시작할 때는 분노했지만 지금은 차분해졌고 꽤 흥미도 생겼다. 경찰에 전화해 익명의 제보를 할 수도 있다. 경찰은 바로 그걸 기다리고 있다. 하지만 이제 그렇게 하지 않을 것이다. 바이블 존은 어느 시점에서 자신이 악마 같은 본성을 가볍게 던져 버리고 과거와 같은 삶으로 돌아갈 수 있을 거라고 생각했다. 하지만 그렇게 할 수 없었다. 애송이가 모든 걸 바꿔버렸다. 그는 손가락으로 넥타이를 만져 매듭을 확인했다. 노트패드에서 종이를 뜯어내 작은 조각으로 찢은 다음 쓰레기통에 넣었다.

미국에 남았어야 했다는 생각이 들었다. 아니다. 언제나 고향을 그리워했을 것이다. 그는 자신에 관한 초기의 이론 하나가 기억났다. 바이블 존이 '배타적 형제단'*의 단원이라는 것이다. 그리고 어떤 의미에서 그는 계속 배타적 형제단 단원이었고, 지금도 그렇다.

'좋은 이해는 호의를 불러오지만 배신자들의 길은 어렵다.'**

어려웠다. 언제나 어려울 것이다. 그는 자신이 애송이에 대해 '이해'하고 있는지 생각해 보았다. 의심스러웠다. 정말 이해하고 싶은지조차 확실하지 않았다.

진실은 이렇다. 이제 여기까지 왔지만, 자신이 뭘 원하는지 알 수 없었다.

하지만 뭐가 필요한지는 알고 있었다.

---

* Exclusive Brethren, 성직자 제도를 인정하지 않는 기독교의 한 분파로 19세기 영국에서 시작해 널리 퍼졌다.
** 구약성서 잠언 13장 15절.

32

리버스와 잭은 아침 식사 시간에 겨우 아든 스트리트에 도착했다. 둘 다 식욕이 별로 없었다. 리버스는 던디에서부터 핸들을 잡았고, 잭은 뒷좌석에서 한 시간 정도 수면을 취할 수 있었다. 밤을 새우고 나서 다시 운전해돌아오는 느낌이었다. 도로는 조용했고, 들판에는 토끼와 꿩이 보였다. 하루 중 가장 맑은 시간이었다. 좀 있으면 사람들이 엉망으로 만들 테지만.

아파트 문 뒤에는 우편물이 있었고, 자동응답기에 남겨진 메시지는 너무 많아서 빨간 표시등이 거의 움직이지 않는 것처럼 보일 정도였다.

"나갈 생각은 하지도 마." 손님용 방으로 발을 질질 끌며 들어가기 전에 잭이 말했다. 문은 열어둔 채였다. 리버스는 커피 한 잔을 타서 창가 의자에 털썩 주저앉았다. 손목의 물집은 두드러기처럼 보였고, 콧구멍은 피가 말라붙어 딱딱했다.

"뭐 사실," 리버스는 잠이 깬 세상에 대고 말했다. "예상했던 대로 잘됐지." 그는 5분 동안 눈을 감았다. 다시 눈을 떴을 때는 커피가 차갑게 식어 있었다.

전화가 울렸다. 그는 응답기가 작동하기 전에 받았다.

"여보세요."

"저기, 이러면 안 되긴 하는데, 비공개를 엄격히 전제로 해서 말씀드리면……." 하우덴홀의 피트 휴이트였다.

"뭔데?"

"경위님을 대상으로 했던 모든 감식 결과 아무것도 안 나왔어요……. 과학수사팀에서 공식적으로 통지해드릴 테지만, 미리 알려서 마음 편하게 해 드리려고요."

"그렇군."

"간밤에 힘드셨어요?"

"기록적이었지. 고맙네, 피트."

"안녕히 계세요, 경위님."

리버스는 수화기를 내려놓지 않고 바로 쇼반에게 전화를 걸었다. 자동 응답기가 받았다. 리버스는 자신이 집에 왔다고 말하고 끊었다. 그리고 곧 장 다른 집 번호를 눌렀다.

"여보세요." 피곤에 지친 목소리였다.

"안녕, 질."

"존?"

"원기 왕성하네요. 어떻게 돼 가요?"

"말콤 톨하고 얘기해봤어요. 예의 바르던데요. 적어도 유치장 벽에 머 리를 박지는 않더라는 얘기예요. 하지만……."

"하지만?"

"모든 서류를 강력반에 넘겼어요. 어쨌든 그쪽이 전문가니까요." 침묵 이 흘렀다. "존? 내가 포기한 거라고 생각했다면 미안해요……."

"내가 미소 짓는 걸 봐야 하는데. 잘했어요. 당신 몫의 영예를 얻겠죠. 지저분한 일은 그쪽에 넘기고요. 가르친 보람이 있네요."

"선생님이 훌륭해서 그럴 거예요."

리버스는 조용히 웃었다. "아니, 그런 건 아니에요."

"존…… 모든 게, 고마워요."

"비밀 하나 알려줄까요?"

"뭔데요?"

"나 금주 중이에요."

"다행이군요. 감동이에요. 무슨 일 있었어요?"

잭이 하품을 하고 머리를 긁으며 구부정한 자세로 거실에 들어왔다.

"훌륭한 선생님이 있어서요." 수화기를 제자리에 놓으며 리버스가 말했다.

"통화 들었어." 잭이 말했다. "커피 남은 거 있어?"

"포트에."

"한 잔 갖다줘?"

"그러든지." 리버스는 현관에 가서 우편물을 집어 들었다. 다른 것들보다 두툼한 봉투가 하나 있었다. 거기에는 런던 소인이 찍혀 있었다. 그는 부엌으로 가면서 봉투를 뜯어 열었다. 안에는 다른 봉투가 들어 있었다. 두툼했고, 리버스의 이름과 주소가 겉면에 인쇄되어 있었다. 수첩 종이 한 장도 있었다. 리버스는 식탁에 앉아서 그걸 읽어보았다.

로슨 게데스의 딸 아일린이 보낸 것이었다.

아버지가 봉인된 봉투를 남기셨는데 경위님께 보내라는 지시문이 있었어요. 전 방금 란사로테에서 돌아온 길입니다. 장례식도 준비하고, 부모님의 집을 매각하고 소지품을 정리해 처분해야 했습니다. 기억하실지 모르겠지만, 아버지는 잡동사니 수집가셨죠. 편지를 보내는 게 좀 늦어져서 죄송하지만, 양해해 주시리라 믿습니다. 경위님과 가족 모두 건강하시길 기원합니다.

"그게 뭐야?" 두 번째 봉투를 뜯었을 때 잭이 물었다. 리버스는 첫 번째 두 줄을 읽고 잭을 쳐다보았다.
"아주 긴 자살 유서야." 리버스가 말했다. "로슨 게테스가 보냈어."
잭이 자리에 앉아서 함께 읽었다.

　존, 죽기 전에 완전한 확신을 가지고 이 편지를 쓰네. 우리가 언제나 자살은 겁쟁이가 택하는 길이라고 했던 거 기억나나? 난 지금은 확신할 수 없네. 하지만 난 정확히 말해 겁쟁이보다는 이기적인 건지도 모르겠어. 이기적이라고 하는 건, TV에서 스파벤 사건을 다시 파헤친다는 사실을 내가 알고 있기 때문이지. 심지어 방송국에서는 이 섬에 팀까지 파견했어. 이건 스파벤 때문이 아니라 에타 때문이야. 에타가 그립고 함께 있고 싶어. 내세라는 것이 있다면 내 뼈는 어딘가에 있는 에타의 뼈 옆에 누워 있을 거야.

리버스는 편지를 읽는 동안 지난 세월이 주마등처럼 스쳤다. 로슨의 목소리가 들렸고, 거들먹거리며 경찰서 안으로 들어오거나, 마치 건물주라도 된 듯 펍으로 당당하게 들어와 아는 사람 모르는 사람 관계없이 얘기를 나누던 모습이 보였다. 잭은 잠시 일어나 있다가 커피 두 잔을 가지고 돌아왔다. 둘은 계속 편지를 읽었다.

스파벤은 죽었고, 내가 세상을 떠나면 방송국에서 괴롭힐 사람은 자네뿐이야. 생각만 해도 끔찍해. 자네가 그 일과 아무 관계없다는 걸 아니까. 그래서 그로부터 오랜 세월이 지난 후에 이 편지를 쓰네. 이 편지가 모든 걸 설명해 줄 거야. 필요하면 어디든 공개하게. 사람이 죽을 때는 그 말이 착하다고 하지. 그러니까 아래의 내용이 진실이라는 것도 다들 인정할 거야.

레니 스파벤은 스코틀랜드 방위군 시절부터 알고 있었어. 스파벤은 언제나 말썽에 휘말렸고, 군 교도소나 영창 신세였지. 늘 뺀질거렸어. 그래서 목사하고 인연이 닿았는지도 몰라. 스파벤은 교회의 일요일 예배에 참석하곤 했어('교회'라고는 했지만 보르네오에서는 텐트였고, 고향에서는 반원형 막사였지). 하지만 내 생각에 신의 눈으로 보면 많은 곳이 교회가 될 수 있지 않나 싶었어. 신을 만나게 되면 물어볼지도 몰라. 밖은 섭씨 30도가 넘는 불볕더위였고 나는 독한 술 - 오래 묵은 위스키 - 을 퍼마셨지. 어느 때보다도 술이 달았어.

리버스는 갑자기 입 안쪽에 위스키의 싸한 맛이 느껴졌다. 추억이 불러온 착각이었다. 로슨은 커티 삭을 마시곤 했다.

스파벤은 목사를 보조했어. 의자 위에 찬송가집을 놓았고, 끝나고 나면 다시 숫자를 확인하며 수거했지. 자네도 알겠지만, 군대에서는 찬송가집도 훔치는 놈들이 있으니까. 예배에 꼬박꼬박 나오는 사람은 많지 않았어. 전황이 악화되었다면 죽지 않게 해 달라고 기도하는 몇 명이 더 나왔을지도 모르지. 내가 말했듯이 스파벤은 편하게 지냈어. 난 스파벤과 가깝지도 않았고 교회의 열성 신자들과도 친하지 않았어.

중요한 건, 살인 사건이 일어났다는 사실이야. 기지 근처에 사는 매춘부였어. 말레이시아의 작은 마을 출신의 토착민 여자였지. 마을 사람들은 우리 짓이라고 했고, 심지어 구르카인*들도 영국군이 범인이란 걸 짐작했지. 민간과 군이 합동으로 수사했어. 사실 좀 우습다고 생각했어. 우린 사람 죽이라고 고용된 군인인데 사람을 죽였다는 이유로, 그것도 단 한 사람을 죽였다고 지옥에 가게 됐으니 말이야. 어쨌든 수사 당국은 범인을 잡지 못했어. 하지만 중요한 게 있어. 그 매춘부는 교살당했고, 샌들 한 짝이 없어졌다는 사실이야.

리버스는 페이지를 넘겼다.

어쨌든 전부 과거 일이지. 난 경찰관이었고, 스코틀랜드로 돌아와 만족스럽게 살았어. 그러다가 바이블 존 사건에 말려들었지. 기억할 거야. 우린 아주 나중에야 그자가 '바이블 존'인 걸 알게 됐어. 세 번째 피해자가 생기고, 범인의 인상착의를 설명하는 중에 성경을 인용한다는 사실이 알려진 뒤였지. 신문이 그 이름을 붙였어. 성경을 인용하고, 강간 후 교살하는 자를 생각하다 보니까 보르네오가 기억났어. 상사한테 가서 전부 얘기했지. 상사는 뜬구름 잡는 얘기라고 하면서도, 원한다면 남는 시간에 조사해 보라고 했어. 날 알지, 존? 절대 도전을 피하는 사람이 아니라는 걸. 게다가 난 지름길을 준비했어. 레니 스파벤이었지. 스파벤이 스코틀랜드에 돌아왔다는 것과 교회 신자들에 대한 정보를 전부 가

---

* Gurkha, 네팔인들로 구성된 영국군 용병 부대.

지고 있다는 사실을 알았지. 그래서 스파벤에게 연락했어. 하지만 스파벤은 더 최악의 인간이 되어 있었어. 그는 무엇에도 연관되지 않으려고 했지. 난 집요하게 따라다녔지만, 스파벤이 상사한테 항의했어. 적당히 하라는 경고를 받았지만 적당히 할 생각은 없었지. 내가 원하는 걸 알고 있었으니까. 레니가 보르네오 시절의 사진을 갖고 있을 거라 생각했어. 레니 자신뿐만 아니라 나머지 신자들과 함께 찍은 사진 말이야. 그 사진들을 바이블 존과 택시를 같이 탔던 여자에게 보여주고 싶었어. 그녀가 누군가를 알아보길 바랐지. 하지만 빌어먹을 스파벤은 계속 방해했어. 결국 간신히 사진 몇 장을 구했어. 먼 길을 돌아야 했어. 먼저 군 측에 요청했고, 그다음에는 당시의 목사들을 찾아봤지. 몇 주 걸렸어.

리버스는 잭을 쳐다보았다. "안크램이 보여준 사진이야." 잭이 고개를 끄덕였다.

목격자에게 사진을 보여줬어. 문제는 8~9년 전 사진이라 상태가 별로 좋지 않았고, 몇 장은 물에 젖어 손상됐어. 목격자는 확신할 수는 없지만 사진 속 인물 중의 하나가 ─그녀 말에 따르면─ '범인과 비슷하다'고 했어. 하지만 상사는 이 넓은 세상에 살인자와 신체적으로 비슷한 사람은 수도 없이 많다고 하더군. 사진 속의 인물들 대부분을 심문했어. 그걸로는 부족했지. 이름도 알아냈어. 레이 슬로언이라고 하더군. 특이한 이름이라 추적하기가 어렵지 않았어. 사라졌다는 게 문제였지. 슬로언은 공구 제작자로 일하면서 에어*의 단칸방에 살았어. 하지만 최

---
* Ayr, 글래스고 남서쪽의 항구도시.

근에 통고한 후 이사했어. 어디로 갔는지는 아무도 모르더군. 속으로 우리가 찾던 범인이 바로 이자라는 확신이 들었지. 하지만 전 인력을 동원해서 이자를 찾아야 한다는 확신을 상사에게 주진 못했어.

이봐, 존. 내가 군 측하고 교섭하느라 지체된 건 전부 스파벤 탓이야. 스파벤이 도와줬다면 슬로언이 짐을 싸서 자취를 감추기 전에 잡을 수 있었을 거야. 난 알아. 느낄 수 있었어. 잡을 수 있었다고. 대신에 분노와 좌절만 남았지. 그 감정을 대놓고 표출했어. 상사는 날 수사팀에서 쫓아냈지. 그렇게 된 거야.

"커피 식겠어." 잭이 말했다. 리버스는 커피를 꿀꺽꿀꺽 마시고 다음 장으로 넘겼다.

하다못해 스파벤이 내 삶 속으로 돌아오지만 않았어도 좋았을 거야. 스파벤은 나와 거의 동시에 에든버러로 이사해 왔어. 날 쫓아다니는 것 같았지. 난 그놈이 한 짓을 용서할 수 없었어. 오히려 시간이 갈수록 점점 더 경멸했지. 그래서 엘시 린드 살인 사건 때 잡아넣으려고 했어. 자네뿐만 아니라 이 편지를 읽는 모든 사람에게 단언하건대, 잡아넣고 싶은 마음이 너무 간절해서 배를 째야 꺼낼 수 있을 정도로 큰 바윗덩이가 속에 들어앉은 것 같았어. 수사에서 빠지라는 명령을 받았지만 듣지 않았지. 멀리하란 얘기를 들을수록 더 가까이 갔어. 남는 시간에 스파벤을 미행했지. 밤낮으로 따라다녔어. 사흘 내내 잠도 자지 않고 버텼지. 하지만 성과가 있었어. 스파벤은 우리가 몰랐던 차고로 향했어. 난 의기양양해졌고 들떴지. 차고 안에서 뭘 찾게 될지는 몰랐지만, 뭔가를 찾게 되리라는 느낌이 들었어. 그래서 자네 집으로 달려가 거기까지 데려간 거야. 자네는 수색영장에 대해 물었지만 난 바보 같은 소리 말라고 했지. 우리의 우정을 협박 수단으로 이용해 자네에게 엄청난 압력을 줬어. 무슨 일이라도 할 수 있을 정도로 몹시 흥분했고, 규정 같은 건 안중에도 없었지. 이제 와서 보면 그 규정이란 게 경찰을 벌주고 악당을 보호하는 것 같아. 아무튼 우리는 안으로 들어가 상자 더미를 발견했지. 전부 퀸스페리의 공장에서 만든 짝퉁들이었어. 그리고 엘시 린드의 것으로 밝혀진 숄더백이 있었지. 그걸 찾은 것에 대해 무릎을 꿇고 신에게 감사하고 싶은 심정이었어.

자네를 포함해서 많은 사람들이 어떻게 생각할지 알 수 있었어. 내가 거기에 심어놨다고 생각했겠지. 내가 죽음을 맞게 될 이 자리(이 편지를 쓰고 있는 책상은 빼야겠지)에 맹세해. 난 그러지 않았어. 비록 규정을 어기면서 들어가긴 했지만, 공명정대한 방법으로 찾아냈어. 하지만 자네도 알겠지. 그 결정적인 증거 하나는, 우리가 그걸 찾아낸 방법 때문에 법정에서 인정되지 않으리라는 것을. 자네는 그 방법에 반대했지만 − 자네 판단이 옳았어 − 난 지어낸 얘기를 고집하며 자네를 설득했지. 그 행동을 후회하느냐고? 그렇기도 하고 아니기도 해. 지금도 자네는 그리 편안할 수 없을 거야. 그 모든 세월 동안 지고 살아가는 게 결코 쉬운 일이 아니지. 하지만 우린 살인범을 잡았어. 정말 중요한 사실은 그거야. 얼마나 오랫동안 그 일을 생각하고 상상 속에서 다시 떠올리고 돌이켜봤는지 몰라.

존, 이 모든 소란이 가라앉았으면 좋겠어. 스파벤은 그럴 가치가 없어. 아무도 엘시 린드에겐 관심을 기울이지 않잖아? 피해자는 절대 이

길 수 없어. 엘시 린드의 관점으로 생각해 봐. 글재주가 있다고 해도 악당은 악당이야. 유대인 강제수용소의 소장들이 밤마다 누워서 베토벤을 들으며 고전을 탐독했다는 얘기를 읽은 적이 있어. 괴물들이나 그런 짓을 할 수 있지. 이젠 알 수 있어. 레니 스파벤 때문에 알게 됐어.

자네의 친구, 로슨

잭이 리버스의 등을 토닥였다. "게데스가 자네를 해방시켜줬어, 존. 이 편지를 안크램 눈앞에서 흔들어줘. 그럼 게임 끝이야."

리버스는 안도감이나 어떤 다른 감정을 느낄 수 있길 바라면서 끄덕였다.

"왜 그래?" 잭이 물었다.

리버스는 편지를 톡톡 쳤다. "이 편지는," 입을 뗐다. "대부분은 맞는 얘기겠지. 하지만 여전히 거짓말이야."

"뭐라고?"

리버스는 잭을 쳐다보았다. "우리가 차고에서 찾은 물건…… 처음에 엘시 린드의 집에 갔을 때 봤어. 로슨이 분명 나중에 가져왔을 거야."

잭은 이해하지 못하는 것 같았다. "확실해?"

리버스는 벌떡 일어났다. "아니, 확실하지 않아. 그래서 엿 같아. 난 결코 진실을 알 수 없을 테니까."

"벌써 20년 전 일이니까 착각하는 거 아닐까?"

"알아. 심지어 당시에도 백 퍼센트 확신은 못 했어. 본 적은 있어. 다른 백이나 모자일 수 있겠지. 린드의 집에 가서 한 번 더 둘러봤어. 스파벤이 갇혀 있을 때 일이야. 거기서 봤던 모자와 백을 찾아봤지…… 근데 사라졌어. 젠장, 아예 처음부터 못 봤는데 봤다고 생각했던 건지도 몰라. 그렇다고 내가 봤다고 '생각한다는' 사실이 달라지지는 않아. 난 레니 스파벤이 누명을 썼다고 생각해. 늘 그 생각을 했어. 그리고 그 일에 대해 손도 쓰지 못했지." 리버스는 다시 자리에 앉았다. "지금까지 아무한테도 말을 못 했어." 그는 커피잔을 들려고 했지만 손이 떨렸다. "떨림섬망*이야." 억지로 미소를 띠며 리버스가 말했다.

잭은 생각에 잠겼다. "그게 중요해?" 마침내 잭이 말했다.

"내가 옳았냐 아니냐를 말하는 거야? 맙소사, 잭. 난 모르겠어." 리버스는 눈을 문질렀다. "전부 오래전 일이야. 살인자가 도망갔다면 문제가 될까? 당시에 내가 이 사실을 밝혔더라면 스파벤은 풀려났을지 몰라도, 진짜 살인범을 잡게 되는 건 아니잖아?" 리버스는 숨을 내쉬었다. "긴 세월 내내 그 생각을 머릿속에서 돌리고 또 돌려보았어. 닳아서 없어질 정도로."

"이젠 새 레코드를 사야겠는데?"

리버스는 이번에는 진심으로 미소를 지었다. "자네 말이 맞을지도 몰라."

"이해할 수 없는 게 하나 있어. 스파벤은 왜 이 일을 밝히지 않았을까? 자기 책에서 한 번도 언급하지 않았잖아. 왜 게데스가 자기에게 앙심을 품었는지 말할 수 있었는데."

리버스는 어깨를 으쓱했다. "위어와 그 딸을 봐."

"개인적인 문제란 얘기야?"

"모르겠어, 잭."

잭은 편지를 집어 들고 뒤적거렸다. "그래도 보르네오 사진 이야기는

---

* 중증 알코올 중독증 환자에게 생기는 이탈증상의 하나로 떨림, 의식 혼탁, 환각 등이 나타난다.

흥미롭네. 안크램은 관련이 있다고 생각하겠지. 스파벤이 나왔으니까. 이제 게데스가 쫓던 게 이 슬로언이라는 놈이란 걸 알아냈고." 잭은 시계를 확인했다. "빨리 페테스에 가서 이 편지를 안크램에게 보여줘야 해."

리버스는 고개를 끄덕였다. "그러지. 하지만 먼저 로슨의 편지를 복사해야 해. 자네가 말했듯 난 이 편지를 믿지 않을지도 몰라. 하지만 여기 글로 존재하고 있어." 리버스는 친구를 올려다보았다. "「저스티스 프로그램」도 이거면 나가떨어지겠지."

안크램은 압력 밸브에 낀 듯한 모습이었다. 너무 화가 나서 가라앉히려고 무진 애를 쓰고 있었다. 안크램의 목소리는 휴화산에서 처음 피어나오는 연기 같았다.

"그게 뭔가?"

리버스는 반으로 접은 종이 한 장을 안크램에게 건네던 참이었다. 둘은 안크램의 사무실에 있었다. 안크램은 앉았고, 리버스와 잭은 서 있었다.

"일단 보십시오." 리버스가 말했다.

안크램은 리버스를 쳐다보고는, 이름과 주소가 인쇄된 종이를 폈다.

"진단서입니다." 리버스가 설명했다. "48시간 안정이 필요한 장염이라더군요. 커트 박사는 저에게 스스로를 격리시켜야 한다고 분명히 말했습니다. 전염성이 있다면서요."

안크램이 입을 뗐다. 목소리가 거의 속삭임 수준이었다. "언제부터 법의학자가 병가 증명서를 발급했지?"

"제가 다니는 병원이 만원이라서요."

안크램은 종이를 공 모양으로 구겼다.

"날짜하고 모든 게 다 기재되어 있습니다." 리버스가 말했다. 당연히 그 랬다. 이브와 함께 북부로 가기 전에 마지막으로 전화한 데가 커트 박사였으니까.

"닥치고 앉아. 그리고 자네가 징계 절차에 회부된 이유를 내가 말할 때는 잘 들어. 그리고 징계만 받으면 일이 끝난다고 생각하지 마."

"이걸 먼저 읽어보셔야 할 것 같습니다, 경감님." 게데스의 편지를 건네며 잭이 말했다.

"이게 뭔데?"

"일의 끝 같은 건 아닙니다." 리버스가 말했다. "문제의 핵심에 가깝죠. 읽으시는 동안 전 파일들을 살펴보겠습니다."

"왜?"

"그 보르네오 사진이요. 한 번 더 보고 싶습니다."

안크램은 로슨 게데스의 고백문의 처음 몇 문장을 읽자마자 빨려 들어갔다. 리버스는 파일을 팔에 끼고 몰래 빠져나갈 수도 있었다. 하지만 꾸러미에서 사진들을 꺼낸 다음 자세히 살펴보았다. 이름을 확인하기 위해 사진 뒷면도 대조했다.

왼쪽에서 세 번째 있는 사람에게 R. 슬로언 이등병이라고 표시된 사진이 하나 있었다. 조금 흐릿했고 물에 젖은 데다 색도 바랬다. 10대를 벗어난 지 얼마 되지 않은 풋풋한 얼굴의 젊은이였다. 미소는 약간 비뚤어졌는데, 아마 치아 구조 때문일 것이다.

목격자에 따르면 바이블 존은 덧니가 있었다.

리버스는 고개를 저었다. 사실상 증거의 범위를 늘리는 것이다. 당시에 로슨 게데스가 그들 둘을 위해 이미 그런 짓을 했다. 리버스는 안크램이 아직 편지에 푹 빠져 있는 걸 확인하면서, 이유는 정확히 모르는 채 그 사진을 자기 주머니에 집어넣었다.

"음." 안크램이 마침내 입을 뗐다. "이 편지는 분명 논의해봐야겠군."

"물론입니다. 그러면 오늘은 더 이상 심문이 없는 겁니까?"

"두어 가지 질문만 하지. 첫째, 자네 코와 이는 대체 어쩌다 그렇게 됐나?"

"주먹에 너무 가까이 있었죠. 다른 질문은요?"

"대체 잭하고 무슨 짓을 했나?"

리버스는 뒤를 돌아보고 안크램이 무슨 말을 하는지 알았다. 잭은 벽 옆에 있는 의자에서 깊게 잠들어 있었다.

"그래서," 잭이 말했다. "이건 굉장한 도전이야."

둘은 옥스퍼드 바에 왔다. 있어야 할 곳이 필요했기 때문이었다. 리버스는 오렌지주스 두 잔을 주문하고 잭 쪽으로 몸을 돌렸다. "아침 식사는?" 잭이 고개를 끄덕였다. "감자칩 네 봉지 줘요. 아무 맛으로나." 리버스가 바텐더에게 말했다.

둘은 잔을 든 다음 '건배'라고 말하고 마셨다.

"담배 피우고 싶어?" 잭이 물었다.

"죽고 싶을 정도로." 리버스가 웃으며 말했다.

"그럼," 잭이 말했다. "지금까지의 성과가 뭐야?"

"자네의 관점에 따라 다르지." 리버스가 말했다. 스스로에게도 같은 질문을 하고 있었다. 강력반에서는 엉클 조, 풀러, 스테몬스 같은 마약상들을 모두 잡아들일 수 있을 것이다. 그렇게 되기 전에 풀러가 루도빅 럼스덴과 헤이든 플레처에게 무슨 짓인가를 할 수도 있다. 어쩌면. 헤이든 플레처는 버크 클럽 단골이었다. 토니 엘을 거기서 만났다. 토니에게 코카인을 샀을 수도 있다. 어쩌면 플레처는 조폭들과 어울리는 걸 좋아하는 타입일 수도 있다. 그런 사람들이 있다. 소령이 염려하는 걸 보고, 앨런 미치슨이 문제라는 걸 알아냈다. 토니에게 그 얘기를 귀띔해 주기는 쉬웠을 것이고, 토니는 손쉽게 돈을 챙길 수 있는 기회가 생겼지. 어쩌면 위어 소령이 미치를 죽이라고 지시했을 수도 있다. 위어는 벌 하나를 받고 있었다. 딸이 그렇게 만들었다. 토니는 정말 미치를 죽일 생각이었을까? 리버스는 그것조차 확신할 수 없었다. 어쩌면 죽기 직전에 미치에게 씌웠던 봉지를 찢었을 수도 있다. 그리고 T-버드에 대해 전부 잊으라고 경고했을 수도 있다.

마치 더 큰 패턴의 일부분처럼, 사고들 그 자체가 모여서 어떠한 연계성을 만들어내는 것처럼 보였다. 아버지와 딸, 아버지와 아들, 배우자에 대한 배신, 때로 추억이라고 부르는 환상들이 과거의 잘못을 계속 떠벌리거나, 거짓 고백을 통해 미화한다. 시체는 세월 속에 깔리고, 가해자가 꺼내지 않는 한 대부분 잊는다. 역사는 뒤틀리거나 아니면 오래된 사진처럼 사라져 간다. 결말에는 어떠한 이유도 제시되지 않는다. 결말은 그저 일어날 뿐이다. 죽거나, 사라지거나, 잊힌다. 오래된 사진 뒷면에 적힌 이름에 지나지 않는 존재가 된다. 때로는 그것조차도 되지 못한다.

제쓰로 툴의 〈과거에 살며〉. 리버스는 너무나도 오랫동안 그 리듬에 빠져 있었다. 정말 와 닿는 곡이었다. 형사로서 리버스는 사람들의 과거 속에 살고 있었다. 현장에 도착하기도 전에 범행은 저질러졌다. 그는 증인의 기억을 뒤졌다. 리버스는 역사가가 되었고, 그 역할은 사생활에 스며들었다. 유령, 악몽, 메아리로.

하지만 이제 기회가 생겼는지도 모른다. 잭을 보라. 자신을 개조했다. 좋은 뉴스가 있는 한 주였다.

전화가 울렸다. 바텐더가 받고는 리버스 쪽으로 고개를 끄덕였다. 리버스는 수화기를 받아들었다.

"여보세요?"

쇼반이었다. 리버스는 몸을 쭉 폈다.

"뭘 알아냈나?"

"이름이요. 마틴 데이비드슨이에요. 주디스 케언스가 살해되기 3주 전에 페어몬트 호텔에 묵었어요. 계산은 랜서테크라는 회사 앞으로 했어요. 기술지원부 소속이에요. 랜서테크는 애버딘 바로 밖인 알텐스에 본사가 있어요. 플랫폼 설비의 안전 부품을 설계하는 그런 종류의 일을 해요."

"회사에 연락해 봤어?"

"이름을 알아내자마자요. 걱정마세요. 데이비드슨을 언급하지는 않았어요. 일반적인 질문 몇 개만 했죠. 안내 직원 말로는 이틀 전에 똑같은 내용을 물어본 사람이 있었대요."

"그게 누군데?"

"상공회의소였대요." 둘은 잠시 말이 없었다.

"데이비드슨은 로버트 고든 대학과는 관련 있나?"

"올해 초에 세미나를 몇 번 개최했대요. 직원 명단에 있었어요."

단단한 연결 고리다. 리버스는 확실히 느낄 수 있었다. 그는 손가락 관절이 하얗게 될 정도로 수화기를 움켜잡았다.

"더 있어요." 쇼반이 말했다. "회사들이 하나의 호텔 체인만 이용하는 경우가 있다는 거 아시죠? 페어몬트 호텔은 여기 자매 호텔이 있어요. 랜서테크의 마틴 데이비드슨은 앤지 리델이 살해되던 날 밤 여기 시내에 묵었어요."

리버스는 그녀의 모습이 다시 떠올랐다. 앤지, 이제 안식을 얻을 수 있게 되길.

"쇼반, 자넨 천재야. 다른 사람한테 말했나?"

"경위님이 처음이에요. 어쨌든 힌트를 주신 건 경위님이죠."

"자네에게 예감만 말해줬을 뿐이야. 난 한 게 없지. 전부 자네 공이야. 이제 질 템플러에게 사건을 가져가. 질이 자네 상사니까. 방금 나한테 했던 얘기를 질에게 하고, 조니 바이블 팀에게 넘기게 해. 절차 엄수하고."

"이자가 조니 바이블이죠?"

"소식을 전달하고 확실하게 신임을 얻어. 그리고 기다리면서 보는 거야. 알겠지?"

"알겠습니다."

리버스는 수화기를 내려놓고, 잭에게 방금 들은 얘기를 했다. 그런 뒤 둘은 그저 서서 바 뒤 거울을 응시하며 주스를 마셨다. 처음에는 침착했지만, 점점 초조해졌다. 둘 다 아는 사실을 리버스가 먼저 말했다.

"우린 거기 가야 해, 잭. 난 거기 있어야 해."

잭이 리버스를 쳐다보고는 고개를 끄덕였다. "누가 운전할 차례였지?"

33

브리티시 텔레콤에는 애버딘에 사는 두 명의 마틴 데이비드슨의 명단이 있었다. 하지만 금요일 오후라 둘 다 직장에 있을 가능성이 높았다.

"알텐스에서 찾을 수 있다는 의미는 아니야." 잭이 말했다.

"어쨌든 그리로 가 보지." 사실 리버스는 전체 여정만 생각했다. 마틴 데이비드슨을 만나야 했다. 꼭 얘기를 해야 하는 건 아니었다. 직접 보기만 하면 됐다. 눈을 마주 보는 것. 리버스는 그 기억을 원했다.

"OSC(해상 생존 센터)나 그 비슷한 곳에서 일할 수도 있어." 잭이 말을 이었다. "심지어 애버딘에 없을 수도 있고."

"어쨌든 그리로 가 보자고." 리버스가 되풀이해 말했다.

알텐스 공업 단지는 도시 남부에 있었다. A92 도로에 나들목이 있었다. 공단 입구에서 찾은 지도를 이용해 랜서테크 기술지원부로 가는 길을 알아냈다. 한 지점에서는 교통체증 같은 게 있었다. 차들이 도로를 막고 있어서 아무도 갈 수 없었다. 리버스는 밖으로 나와 주위를 보았다. 보지 말걸 하는 생각이 들었다. 도로를 막고 있는 건 경찰차였다. 표시는 되어 있지 않았지만 라디오에서 무선이 나오고 있었다. 쇼반이 정보를 전달했고, 누군가가 먼저 손을 쓴 것이다.

남자 하나가 리버스에게 다가왔다. "대체 여기서 뭘 하고 있나?"

리버스는 주머니에 손을 찔러 넣고 어깨를 으쓱했다. "비공식 참관인이라고 할까요?"

그로간 경감이 눈을 가늘게 떴다. 하지만 생각은 딴 데 가 있어서 말싸움할 겨를이 없었다.

"안에 있나요?" 랜서테크 기술지원부 건물 쪽으로 고개를 끄덕하며 리버스가 물었다. 창문이 없는 하얀색 물결 모양의 전형적인 공단 건물이었다.

그로간은 고개를 저었다. "여기 오면서 연락을 들었네. 오늘 출근하지 않은 것 같아."

리버스는 얼굴을 찌푸렸다. "쉬는 날인가요?"

"공식적으로는 아니래. 교환실에서 집으로 전화했는데 받지 않는다더군."

"그리로 가시는 길입니까?"

그로간이 고개를 끄덕였다.

리버스는 따라가도 되는지 물어보지 않았다. 안 된다고 할 게 뻔했다. 하지만 일단 경찰차들이 움직이기 시작하면, 꽁무니에 한 대 더 따라붙어도 아무도 눈치채지 못할 것이다.

리버스는 푸조로 돌아가서 잭에게 자초지종을 얘기했다. 잭은 차를 돌려 길가 주차 구역을 찾았다. 둘은 경찰차들이 3점 방향 전환*을 해 공단 밖으로 다시 나가는 것을 본 다음 맨 뒤에서 편하게 따라갔다.

그들은 북쪽으로 디 강을 지나 앤더슨 도로를 따라 달렸다. 로버트 고든 대학 소속의 몇몇 건물, 석유회사 본사 몇 개를 지나갔다. 그들은 마침내 앤더슨 도로를 빠져나와, 서머힐 아카데미를 지나, 바깥쪽에 미개발 건

---

* 좁은 공간에서 차를 전진, 후진, 다시 전진하여 방향을 돌리는 방법.

설현장이 있는 미로 같은 교외 도로로 들어섰다.

경찰차 중 두 대가 떠났다. 아마 도주로를 차단하기 위해 우회해서 다른 방향에서 데이비드슨의 집으로 갈 것이다. 브레이크등이 들어왔고, 경찰차들이 도로 중간에 섰다. 문이 열리며 형사들이 나왔다. 빠르게 모여들자 그로간이 좌우를 가리키며 지시했다. 대부분 형사들의 시선이 커튼이 쳐진 집 하나를 향하고 있었다.

"도망친 것 같아?" 잭이 물었다.

"알아봐야지." 리버스는 안전벨트를 풀고 차 문을 열었다.

그로간은 이웃집들에 부하들을 보냈다. 몇몇은 질문을 하고, 몇몇은 재빠르게 뒷문으로 돌아 용의자의 집 뒤쪽으로 향했다.

"헛심 쓰는 게 아니었으면 좋겠는데." 그로간이 중얼거렸다. 그로간이 리버스 쪽을 보았지만 아직 그의 존재를 알아채지는 못한 것 같았다.

"배치 완료했습니다, 경감님."

무슨 일인지 의아해하며 사람들이 집에서 나왔다. 리버스는 멀리서 아이스크림 판매 밴의 차임벨 소리를 들었다.

"경찰 기동대가 대기 중입니다."

"필요할 것 같진 않군."

"맞는 말씀입니다."

그로간은 코를 훌쩍이고는 코 밑에 손가락을 댔다. 그러고는 부하 둘과 함께 용의자의 집 문으로 갔다. 그는 초인종을 눌렀다. 기다리는 동안 다 같이 숨을 죽였다. 그로간이 다시 초인종을 눌렀다.

"뒤쪽에서는 뭐가 보이나?"

그로간의 부하 하나가 무전으로 물었다. "위층과 아래층 커튼이 모두 닫혀 있다. 사람의 흔적은 보이지 않는다."

앞쪽과 마찬가지였다.

"판사에게 전화해서 수색영장이 필요하다고 해."

"알겠습니다."

"그 사이에 대형 해머로 저 빌어먹을 문 박살 내."

형사가 고개를 끄덕이고 신호를 보냈다. 그러자 차 트렁크가 열렸다. 마치 건축업자의 밴 트렁크 같았다. 거기서 대형 해머가 나왔다. 망치질 세 번에 문이 열렸다. 10초 후에 구급차를 부르라는 외침이 들렸다. 그리고 10초 후, 누군가가 구급차 대신 영구차를 제안했다.

잭은 뛰어난 경찰이었다. 차 트렁크에는 현장 감식 장비가 실려 있었다. 덧신과 장갑, 입으면 걸어 다니는 콘돔처럼 보이는 전신 비닐 작업복까지 있었다. 경찰들은 현장을 오염시키지 않으려고 집 밖에 나와 있었다. 뭘 할 수 있는지 알아보려고 현관에 몰려 있었다. 리버스와 잭이 들어서도 아무도 알아보지 못하고 과학수사팀이라고 생각했다. 모인 경찰들이 잠시 반으로 갈라졌고, 리버스와 잭은 안으로 들어갔다.

현장 오염 금지 규정은 선임 경찰과 그 부하들에게는 적용되지 않는 것 같았다. 그로간은 거실에 서서 주머니에 손을 찔러 넣고 현장을 살펴보고 있었다. 젊은 남자의 시체가 검은색 가죽 소파 위에 누워 있었다. 깊게 베인 상처 위로 금발이 엉겨 붙은 채였다. 얼굴과 목에는 더 많은 피가 말라 붙어 있었다. 싸운 흔적이 있었다. 유리잔과 크롬 테이블은 뒤집혔고, 발밑에는 잡지들이 구겨져 있었다. 남자의 가슴 위에는 검은색 가죽 재킷이 덮여 있었다. 유혈극이 끝난 후에 보인 정중한 예의였다. 가까이 다가서자,

목에 자국이 보였다. 혈관 아래였다. 시체 앞 바닥에는 체육관이나 주말여행을 갈 때 쓰는 대형 녹색 여행 가방이 있었다. 리버스는 가방 안을 들여다보았다. 배낭, 신발 한 짝, 앤지 리델의 목걸이 그리고 긴 플라스틱 빨랫줄이 있었다.

"자살 가능성은 배제해도 되겠군." 그로간이 중얼거렸다.

"구타당해 정신을 잃은 후 교살당했습니다." 리버스가 추측했다.

"그자라고 생각하나?"

"가방을 재미 삼아 저기 둔 게 아닙니다. 누구 짓인지는 몰라도 피살자의 정체를 알고 있었습니다. 우리한테도 알려주려는 거죠."

"공범일까?" 그로간이 물었다. "정보를 흘려준 동료?"

리버스는 다시 어깨를 으쓱했다. 그는 시체의 얼굴에 집중했다. 속임수에 당한 기분이었다. 감긴 눈, 누워 있는 자세. 네 덕분에 여기까지 왔다, 이 개자식아……. 리버스는 가까이 다가가서 재킷을 몇 센티미터 들어 올리고 아래를 들여다보았다. 검은색 슬립온 슈즈가 데이비드슨의 왼쪽 겨드랑이 아래 쑤셔 밟혀 있었다.

"오, 맙소사." 리버스는 그로간과 잭 쪽으로 몸을 돌리며 말했다. "바이블 존 짓입니다." 리버스는 그들의 얼굴에서 두려움 섞인 불신의 표정을 보았다. 신발을 볼 수 있게 잭이 재킷을 조금 더 들어 올렸다. "놈은 계속 여기 있었군요." 리버스가 말했다. "멀리 간 적이 없다고요……."

과학수사팀은 자신들의 일을 했다. 사진과 영상을 촬영하고, 잠재적 증거를 봉지에 넣어 테이프로 봉했다. 검시관은 시체를 살펴본 후, 영안실로 가져가도 된다고 말했다. 밖에는 기자들이 경찰 통제선 옆에서 자리를 지키고 있었다. 과학수사팀이 위층에서의 작업을 마치자, 그로간은 리버스와 잭을 데리고 살펴보러 갔다. 둘이 여기 있는 걸 개의치 않는 것 같았다. 아마 잭 더 리퍼가 옆에 있어도 상관하지 않겠지. 그로간은 오늘 밤 TV의 주인공이었다. 조니 바이블을 잡은 사람이었다. 그로간이 한 게 아니라는 게 문제였지만. 누군가가 그들 앞에 던져주고 간 것이었다.

"다시 말해 보게." 계단을 올라가면서 그로간이 말했다.

"바이블 존은 신발, 옷, 핸드백 같은 기념품을 가져갔습니다. 하지만 왼쪽 겨드랑이 밑에 생리대도 놓아두었습니다. 아래층에서 보셨듯…… 그놈 짓입니다. 누가 한 일인지를 우리에게 알려주려는 거죠."

그로간은 고개를 저었다. 그도 어느 정도는 납득했을 것이다. 그로간은 리버스와 잭에게 보여줄 게 있었다. 그들은 안방 침실로 갔다. 침대는 평범했지만, 침대 아래에 잡지와 비디오가 든 상자가 있었다. 토니 엘의 침실에 있던 것과 비슷한 하드코어물이었다. 영어와 몇몇 다른 언어로 되어 있는. 리버스는 미국 조폭 중 하나가 애버딘에 가져온 건 아닌가 생각했다.

집 안에는 맹꽁이자물쇠가 걸린 작은 손님용 침실도 있었는데 쇠지렛대로 열어 놓은 상태였다. 이 방은 추론 중 하나가 틀렸음을 보여주고 있었다. CID 중에는 조니 바이블이 경찰을 속인 게 아닌가, 즉 무고한 사람을 죽인 후 살인자처럼 보이도록 꾸민 게 아닌가 하는 의문을 가진 사람이 일부 있었다. 손님용 침실은 마틴 데이비드슨이 조니 바이블임을 보여주고 있었다. 그곳은 바이블 존과 다른 살인자들을 위한 성지로 바뀌어 있었다. 수많은 스크랩북, 벽을 따라 늘어선 코르크 보드 위에 핀으로 꽂힌 기사 스크랩과 사진들, 연쇄살인범에 관한 다큐멘터리 비디오, 빽빽하게 주석을 단 페이퍼북, 그리고 이 모든 것의 중심에 크게 확대된 바이블 존 수배 전단 하나가 있었다. 얼굴은 거의 미소 짓는 듯했고, 친절한 표정을 하

고 있었다. 그리고 그 위에 마찬가지로 기본적인 질문이 있었다. '이 남자를 보신 적 있습니까?'

리버스는 '네'라고 대답할 뻔했다. 얼굴 모습에 뭔가가 있었다. 전에 어딘가에서 봤는데…… 최근 어딘가에서…… 그는 주머니에서 사진을 꺼내 레이 슬로언을 보고, 다시 포스터를 보았다. 둘은 아주 비슷했다. 하지만 리버스를 계속 신경 쓰이게 만드는 그런 유사성은 아니었다. 다른 게 있었다. 다른 누군가가……

그때 잭이 현관에서 리버스에게 뭔가를 묻는 바람에 그는 그 생각을 놓쳐버렸다.

둘은 모두를 따라 퀸 스트리트 경찰서로 돌아왔다. 리버스와 잭은 사건에 관계되었기 때문에 수사팀의 일원이 되었다. 조용한 승리감도 있었지만, 관할 구역 안에 다른 살인자가 있다는 사실 때문에 잠잠해졌다. 형사하나가 이렇게 말했다. "그놈이 그 개자식을 해치운 거라면, 행운이 있었으면 하네요."

리버스는 바이블 존이 이런 반응을 원했을 거라고 생각했다. 자기를 찾느라 너무 애쓰지 않기를 바랄 것이다. 만일 바이블 존이 은퇴했다 복귀했다면, 그 목적은 단 하나뿐이다. 자신의 모방자를 죽이는 것이다. 조니 바이블이 전임자의 영광과 업적을 빼앗아버린 것에 대한 복수.

리버스는 CID 사무실에 앉아서 허공을 쳐다보며 생각에 잠겼다. 누군가가 컵을 건넸고, 리버스는 그 컵을 입술에 가져다 댔다. 그때 잭의 손이 그걸 막았다.

"위스키야." 잭이 경고했다. 리버스는 컵을 내려다보았다. 벌꿀색의 달콤한 술이 보였다. 그는 잠시 쳐다보다가 컵을 책상 위에 내려놓았다. 사무실에 웃음과 함께 환호와 노래가 울려 퍼졌다. 경기가 끝난 후의 축구 관중석이 따로 없었다. 같은 노래, 같은 구호였다.

"존." 잭이 말했다. "로슨을 기억해." 마치 경고처럼 들렸다.

"로슨이 왜?"

"집착했잖아."

리버스는 고개를 저었다. "이건 달라. 난 바이블 존의 짓이라는 걸 알아."

"그렇다고 뭐가 달라져?"

리버스는 천천히 고개를 저었다. "이봐, 잭. 그렇게 얘기했는데도 모르겠어? 스파벤이랑 다른 얘기까지 했는데도? 그런 질문은 하지 않는 게 좋아."

그로간이 리버스를 전화기 쪽으로 손짓해 불렀다. 그는 위스키 냄새를 풍기면서 미소를 짓는 리버스에게 수화기를 넘겨주었다.

"누가 얘기 좀 하자는군."

"여보세요?"

"대체 거기서 뭘 하고 있는 거예요?"

"아, 안녕, 질. 축하해요. 이번에는 모든 일이 제대로 된 것 같네요."

질은 조금 누그러졌다. "내가 아니라 쇼반이 한 일이죠. 난 정보를 전달했을 뿐이에요."

"기록에 꼭 올려놔요."

"그럴게요."

"나중에 얘기해요."

"존…… 언제 돌아와요?" 질이 묻고 싶었던 말이 아니었다.

"오늘 밤, 어쩌면 내일요."

"알았어요." 질이 잠시 말을 멈췄다. "그럼 그때 봐요."

"토요일에 같이 뭐 좀 할래요?"

질은 그 질문에 놀란 것 같았다. "어떤 종류의 일이죠?"

"모르겠어요. 해안 쪽으로 드라이브나 산책?"

"알았어요. 좋아요."

"전화할게요. 안녕, 질."

"안녕."

그로간은 컵을 다시 채웠다. 거기엔 위스키 두 상자와 병맥주 세 상자
가 있었다.

"이건 어디서 났습니까?" 리버스가 물었다.

그로간은 미소를 지었다. "자네도 알걸."

"펍? 클럽? 경감님한테 신세 진 곳?"

그로간은 눈만 찡긋했다. 계속해서 경찰들이 들어왔다. 제복 경관, 민간
인 직원, 심지어 비번처럼 보이는 경찰도 있었다. 다들 소식을 듣고 함께
하고 싶어 했다. 윗사람들은 어색해 보였지만, 미소를 지으며 잔을 거절하
고 있었다.

"루도빅 럼스덴이 줬나요?"

그로간의 얼굴이 구겨졌다. "그 친구가 자네를 속였다고 생각하는 거
알아. 하지만 루도는 좋은 경찰이야."

"지금 어디 있죠?"

그로간은 주위를 둘러보았다. "모르겠는데."

럼스덴이 어디 있는지 아는 사람은 아무도 없었다. 그는 하루 종일 모
습을 보이지 않았다. 누군가 집에 전화를 해 봤지만 응답기가 받았다. 호

출기는 켜져 있었지만 연락하지 않았다. 루도빅 집 주위를 지나던 순찰차가, 럼스덴의 차가 밖에 있는데도 사람의 흔적이 보이지 않는다고 보고했다. 리버스는 아이디어를 떠올리고 통신실로 내려갔다. 여기서는 직원들이 정상 근무를 하고 있었다. 오는 전화를 받고, 순찰차 및 순찰 경관과 통신을 유지하고 있었다. 하지만 여기에도 위스키는 있었고, 플라스틱 컵이 돌고 있었다. 리버스는 오늘의 통신 기록을 볼 수 있는지 물었다.

한 시간 전의 기록만 보면 됐다. 남편이 실종됐다는 플레처 부인의 전화가 있었다. 보통 때처럼 아침에 출근했는데 회사에는 오지 않았고, 집에도 돌아오지 않았다는 내용이었다. 통신 기록에는 플레처의 차에 대한 세부 내용과 간단한 인상착의가 열거되어 있었다. 순찰대는 이 내용을 계속 주목하고 있으라는 지시를 받았다. 열두 시간 정도가 더 지나면 심각한 사건으로 받아들이기 시작할 것이다.

실종자의 이름은 헤이든이었다.

리버스는 바다나 내륙, 아무도 가지 않기 때문에 결코 찾지 못할 곳에 시체를 버린다는 저드 풀러의 말을 떠올렸다. 럼스덴과 플레처가 그런 운명을 맞은 게 아닐까 하는 생각이 들었다. 아니, 풀러가 그렇게 하게 둘 수는 없다. 리버스는 통신 기록표 뒷면에 메시지를 쓴 다음 근무 중인 경관에게 건네주었다. 경관은 조용히 읽더니 마이크에 손을 뻗었다.

"시내 중심가 부근에 있는 순찰차는 칼리지 스트리트의 버크 클럽으로 가라. 공동소유자인 저드 풀러를 체포한 후, 심문을 위해 퀸 스트리트 경찰서로 이송하라." 통신실 경관은 리버스 쪽으로 몸을 돌렸다. 리버스는 고개를 끄덕였다. "그리고 지하 저장고를 확인하라." 경관이 말을 이었다. "잡혀 있는 사람이 있을 가능성이 있다."

"반복해 주길 바란다." 순찰차 한 대에서 무전이 왔다. 메시지가 반복되었다. 리버스는 위층으로 돌아갔다.

파티가 열리고 있어도 진행되는 일은 있었다. 리버스는 잭이 비서 하나를 구석으로 데려가 빠르게 작업을 걸고 있는 걸 보았다. 근처에는 내근 경찰 두 명이 전화를 하고 있었다. 리버스는 남는 수화기를 집어 들어 질에게 전화를 걸었다.

"나예요."

"무슨 일 있어요?"

"아니요. 톨과 애버딘에 관한 모든 자료를 스코틀랜드 경찰청 강력반에 넘겼죠?"

"네."

"그쪽 연락관이 누구였죠?"

"왜요?"

"그쪽에 전할 말이 있어서요. 저드 풀러가 루도빅 럼스덴 경사와 헤이든 플레처라는 남자를 잡아가서 없애 버릴 것 같아요."

"뭐라고요?"

"순찰차가 클럽으로 갔어요. 거기서 찾을 수 있을지는 모르겠어요. 하지만 강력반에서는 거기를 계속 감시해야 해요. 만약 둘을 찾아내면 퀸 스트리트 경찰서로 보내요. 강력반에서는 누군가 현장에 있기를 원할 거예요."

"연락해볼게요. 고마워요, 존."

"천만에요."

나이 때문에 물러졌나 하는 생각이 들었다. 아니면 방금 양심이 제자리를 찾았는지도 모르지.

리버스는 경찰서 안을 여기저기 돌아다녔다. 그는 술 마시던 경찰 몇 명에게 같은 질문을 한 끝에 마침내 석유 업계 연락 담당관을 찾아냈다. 누군가가 젠킨스 경위를 가리켰다. 리버스는 그저 얼굴을 확인하고 싶었다. 스탠리가 자백하던 중에 럼스덴과 함께 젠킨스를 언급했었다. 강력반에서는 아마 젠킨스와 얘기하려고 할 것이다. 젠킨스는 미소를 짓고 있었다. 무사태평해 보였고, 휴가를 마치고 와서인지 피부가 탔고 원기를 회복한 것 같았다. 조만간 내부 감찰에 땀 뺄 걸 생각하니 따뜻한 눈빛을 보내지 않을 수 없었다.

어쩌면 아직 그렇게 물러터지지 않았는지도 모르겠군.

리버스는 일하고 있는 경관들에게로 가서 어깨 너머로 내려다보았다. 그들은 마틴 데이비드슨 살인 사건에 대한 예비 작업을 하고 있었다. 이웃과 회사에서 수집한 정보를 분석하고, 친척들을 찾아보고, 언론의 접근을 차단했다.

경찰 하나가 전화기를 세게 내려놓고는 갑자기 얼굴에 활짝 미소를 지었다. 그러고는 위스키 잔에 손을 뻗어 마셔 버렸다.

"무슨 일인가?" 리버스가 물었다.

공처럼 뭉친 종이가 경찰의 머리를 쳤다. 경찰은 웃으면서 맞받아 던졌다.

"야간 근무를 마치고 돌아온 이웃 사람입니다." 경관이 말했다. "차가 진입로를 막고 있어서 길가에 주차해야 했다는군요. 처음 보는 차인데 혹시나 해서 다시 봤다는군요. 점심때쯤 일어났더니 사라졌다고 합니다. 메탈릭 블루 색깔의 BMW 5시리즈입니다. 번호판 일부도 기억하고 있더군요."

"제기랄."

경관이 전화기 쪽으로 손을 뻗었다. "너무 오래 걸리면 안 될 텐데요."

"그렇진 않을 거야." 리버스가 대답했다. "아니면 그로간 경감이 대처하지 못할 정도로 만취했다는 얘기니까."

34

그로간은 복도 중간에서 리버스를 잡고 팔을 때렸다. 넥타이는 없어졌고, 셔츠 맨 위 단추 두 개는 풀어져서 뻣뻣한 회색 가슴 털이 보였다. 여러 명의 여자 경찰들과 지그*를 춰서 땀에 흠뻑 젖어 있었다. 근무조는 교대했다. 교대라기보다는 새 근무조는 왔지만 전 근무조가 분위기에 취해서 계속 남아 있는 쪽에 가까웠다. 펍과 레스토랑, 나이트클럽, 볼링장에서 가끔 오고 갈 만한 대화들이 이어졌고, 아무도 떠날 기색을 보이지 않았다. 근처 인도 레스토랑에서 음식 상자와 봉지가 배달되었을 때는 −먼저 자리를 떴던 윗사람들의 배려였다− 너나 할 것 없이 박수가 터져 나왔다. 리버스는 파코라**, 다진 고기를 곁들인 난 빵, 치킨 티카***를 배불리 먹었다.

입 냄새로 보아하니 그로간은 식사는 하지 않은 것 같았다. "친해하는 로랜드 친구." 그로간이 말했다. "어떤가? 우리의 하이랜드식 접대를 즐기고 있나?"

"대단한 파티네요."

"그런데 왜 죽상이야?"

리버스는 어깨를 으쓱했다. "긴 하루였으니까요." 그리고 긴 밤이 앞에

---

* jig, 빠른 춤곡의 일종.
** pakora, 고기나 채소를 넣은 튀김.
*** tikka, 고기나 채소를 양념에 절여 두었다가 익힌 남아시아 요리.

놓여 있다고 덧붙이고 싶었다.

그로간은 리버스의 등을 툭툭 쳤다. "아무 때나 와도 돼. 언제든." 그로
간은 화장실로 가다 걸음을 멈추고 돌아봤다. "루도 소식은?"

"시립병원에 있답니다. 헤이든 플레처라는 남자 옆 침대에요."

"뭐?"

"병실에는 강력반 형사도 있습니다. 두 사람이 깨어나서 진술을 하길
기다리고 있죠. 럼스덴이 깨끗한지 알 수 있겠네요. 경감님도 사실에 눈을
뜰 때가 됐습니다."

리버스는 아래층으로 내려가 전에 자신이 심문을 받았던 취조실의 문
을 열었다. 강력반 경관 두 명이 더 있었다. 그리고 저드 풀러가 테이블 앞
에서 담배를 피우고 있었다. 리버스는 아까 내려와서 잠깐 상황을 보면서,
경관들에게 질의 메모와 테이프를 전해 주며 자초지종을 설명했다.

"잘 있었나, 저드?" 리버스가 말했다.

"날 알아?"

리버스는 풀러 가까이 다가갔다. "멍청한 놈. 날 놓치고 나서도 계속 지
하 저장고를 썼더군." 리버스는 고개를 저었다. "에릭이 실망할 거야."

"빌어먹을 에릭."

리버스는 고개를 끄덕였다. "다들 제 몸 챙기기에 바쁘지?"

"이제 그만 끝내지."

"뭘?"

"네가 여기 온 이유." 풀러가 리버스를 올려다보았다. "마음 놓고 날 한
대 치려고 온 거잖아. 그럴 기회는 지금밖에 없어. 그러니 잘해봐."

"넌 때릴 가치도 없어, 저드." 부러진 이를 보이며 리버스가 씩 웃었다.

"겁쟁이군."

리버스는 천천히 고개를 저었다. "전에는 그랬지. 하지만 더 이상은 아니야."

그는 몸을 돌려 자리를 떴다.

CID 사무실에 돌아와 보니 파티가 한창이었다. 카세트테이프는 늘어져서 고장 난 아코디언처럼 소리가 찌그러졌다. 두 커플만이 춤을 추고 있었는데, 그렇게 잘 추는 건 아니었다. 파티꾼들의 책상 사이에는 공간이 거의 없었다. 서너 명이 팔에 머리를 대고 책상에 엎드려 있었다. 바닥에 엎드려 누운 사람도 있었다. 리버스가 세어보니 빈 위스키병이 아홉 개였고, 그보다 더 많은 수의 맥주 상자가 비어 있었다. 잭은 아직도 비서와 얘기를 하고 있었는데, 방의 열기 때문에 뺨이 불그스레했다. 사무실은 밤샘 근무를 마친 후의 탈의실 같은 냄새가 나기 시작했다.

리버스는 방 주위를 따라 걸었다. 벽에는 아직도 조니 바이블의 지역 내 피해자 관련 자료-지도, 도표, 근무자 명단, 사진 같은 것들-가 붙어 있었다. 리버스는 미소 짓는 얼굴들을 기억이라도 하려는 것처럼 사진을 살펴보았다. 팩스가 방금 뭔가를 배출하는 게 보였다. 메탈릭 블루 BMW의 소유자 관련 세부 내용이었다. 애버딘에는 네 대가 있었지만, 목격자가 기억하는 번호판 문자열과 같은 차는 하나뿐이었다. 피터헤드에 주소를 둔 '유진 건설'이라는 회사 앞으로 등록되어 있었다.

유진 건설? 유진 건설?

리버스는 주머니 속의 물건들을 책상 위에 꺼내놓았다. 주유소 영수증, 수첩, 전화번호가 적힌 신문 스크랩, 껌, 성냥갑…… 찾았다. 명함이었다. 컨벤션에서 만났던 남자가 줬던 명함이다. 리버스는 명함을 읽어보았다.

라이언 슬로컴. 엔지니어링 부서 영업부장. 회사는 피터헤드에 주소를 둔 유진 건설이었다. 리버스는 몸을 떨면서 보르네오 사진을 꺼냈다. 바에서 만났던 그 남자를 떠올리며 사진을 들여다보았다.

"스코틀랜드가 망해가는 것도 당연하죠. 그리고 우린 독립을 원하고."

남자는 명함을 건넸다. 그러고 나서 리버스는 자신이 경찰이라고 밝혔다.

"제가 혹시 범죄가 될 만한 발언을 한 건 아니죠? ……조니 바이블 사건인가요?"

얼굴, 눈매, 키…… 사진 속의 남자와 비슷했다. 아주 비슷했다. 레이 슬로언…… 레이 슬로컴. 누군가 리버스의 아파트에 침입했다. 뭔가를 찾고 있었지만 아무것도 가져가지 않았다. 의심받을 수도 있는 뭔가를 찾고 있었나? 리버스는 다시 명함을 들여다보았다. 그러고는 전화기에 손을 뻗었다. 마침내 집에 있는 쇼반과 연결되었다.

"쇼반, 자네가 국립도서관에서 만났던 사서 말이야."

"네?"

"기자라고 했다던 사람의 인상착의를 나한테 알려줬었지?"

"네."

"다시 말해봐."

"잠깐만요." 쇼반은 수첩을 가지러 갔다. "그런데 이게 왜 필요하죠?"

"나중에 얘기해줄게. 읽어봐."

"'키가 크고 금발. 50대 초반. 긴 얼굴. 눈에 띄는 특성 없음.'"

"악센트에 관한 건 없나?"

"적어놓은 건 없네요." 쇼반이 잠깐 말을 멈췄다. "아, 있어요. 뭔가를 말했대요. 코맹맹이 소리였대요."

"미국인처럼?"

"하지만 스코틀랜드인이었죠."

"그놈이야."

"누구요?"

"바이블 존. 자네가 말한 그대로야."

"뭐라고요?"

"자기 후예를 스토킹했어." 리버스는 이마를 문지르고 콧등을 꼬집었다. 그는 눈을 질끈 감았다. 맞나? 아닌가? 집착일까? 조니 바이블의 성지와 리버스의 부엌, 스크랩으로 펼쳐진 식탁이 얼마나 다를까?

"모르겠어." 리버스는 말했다. 하지만 그는 알고 있었다. 확실하게. "나중에 얘기할게."

"잠깐만요!"

리버스는 기다릴 수 없었다. 지금 당장 알아야 했다. 그는 방을 둘러보았다. 술에 떡이 됐거나 잠든 사람들 천지였다. 운전도 지원도 불가능했다.

잭 빼고는.

잭은 비서에게 한쪽 팔을 두르고 귀에다 속삭이고 있었다. 여자는 떨리지 않는 손으로 컵을 쥐고 미소를 짓고 있었다. 아마 잭과 같은 걸 마셨을 것이다. 콜라. 잭이 차 열쇠를 줄까? 설명하지 않으면 안 줄 것이다. 리버스는 이 일을 혼자 하고 싶었다. 그래야 했다. 악령과 대결해 쫓아내는 것. 그게 리버스의 동기다. 게다가 바이블 존은 리버스를 속여서 조니 바이블을 가로챘다.

리버스는 아래층에 전화했다. "차 남는 거 있나?"

"술 드셨으면 쓰실 수 없습니다."

"음주 측정 해 보게."

"밖에 에스코트 한 대 있습니다."

리버스는 서랍을 뒤져 전화번호부를 찾았다. 피터헤드…… 슬로컴 R. 없었다. 브리티시 텔레콤에 전화해볼 수도 있었지만, 전화번호부에 올라 와 있지 않은 이름을 확인하는 데는 시간이 걸린다. 다른 옵션은 거리로 나가는 것이다. 리버스는 어쨌든 그걸 원했다.

도시의 거리는 떠들썩했다. 금요일 밤이라 젊은이들 세상이었다. 리버스는 〈이제 괜찮아All Right Now〉를 흥얼거렸다. 노래는 〈너무 오래 붙잡혀 있었어Been Down So Long〉로 이어졌다. 피터헤드에서 48킬로미터 북쪽에 원양 항구가 있었다. 유조선과 플랫폼이 수리를 위해 그리로 갔다. 리버스는 속도를 올렸다. 시외로 나가는 차량은 별로 많지 않았다. 하늘이 탁한 핑크빛으로 빛나고 있었다. 셰틀랜드 사람들이 말하는 백야였다. 리버스는 지금하고 있는 일을 생각하지 않으려고 했다. 그는 다른 사람에게 위반하지 말라고 충고했던 규정을 위반하고 있었다. 지원도 없다. 본거지에서 멀리 떨어진 이곳에서는 실제로 권한도 없다.

리버스는 라이언 슬로컴의 명함에서 유진 건설의 주소를 알아냈다. 바에서 내가 바이블 존 옆에 서 있었다…… 바이블 존이 나에게 술을 샀다……. 리버스는 고개를 저었다. 회사의 전화번호는 명함에 있었지만, 응답기로 연결되었다. 아무도 없다는 의미는 아니었다. 보안 요원이 꼭 전화를 받아야 하는 건 아니니까. 명함에는 슬로컴의 호출기 번호도 있었지만, 리버스는 쓸 생각이 없었다.

회사는 긴 철망 울타리 뒤에 자리했다. 차로 20분 넘게 다니면서 물어본 끝에야 찾을 수 있었다. 예상했던 것과는 달리 부둣가는 아니었다. 시내 끝자락에 있는 상업 지구였고, 유진 건설이 그 경계였다. 리버스는 정문까지 차로 올라갔다. 잠겨 있었다. 경적을 울렸다. 경비실이 있었는데, 불은 들어와 있었지만 안에는 아무도 없었다. 정문을 지나서는 빨간색과 흰색으로 페인트칠한 장애물이 있었다. 헤드램프가 장애물을 비췄다. 그러자 장애물 뒤에서 경비원 제복을 입고 느릿느릿 걷던 사람이 앞으로 다가왔다. 리버스는 차의 시동을 켠 채로 두고 정문으로 갔다.

"뭡니까?" 경비원이 물었다.

리버스는 철망에 신분증을 댔다. "경찰입니다. 직원 한 사람의 집 주소가 필요합니다."

"내일 아침에는 안 됩니까?"

리버스는 이를 악물었다. "안 됩니다."

경비원─60대에 은퇴를 앞둔 나이였고, 배가 처졌다─은 턱을 거칠게 내밀었다. "모릅니다." 경비원이 말했다.

"비상시에는 누구와 연락합니까?"

"경비반이요."

"그러면 회사 사람 누군가와 연락되나요?"

"그럴걸요. 해 보지는 않았어요. 몇 달 전에 애들 몇이 울타리를 넘어오려고 했지만……"

"전화해줄 수 있나요?"

"내가 오는 소리를 듣고 재빨리 내뺐죠. 네? 뭐라고요?"

"전화해줄 수 있느냐고요!"

"네. 정말 비상 상황이라면요." 경비원은 경비실 쪽으로 걸어갔다.

"들어가게 해 주시겠습니까? 전화를 써야 해서요."

경비원은 머리를 긁으며 뭐라 중얼거리더니 주머니에서 열쇠뭉치를 꺼내 정문으로 왔다.

"감사합니다." 리버스가 말했다.

경비실에는 가구가 별로 없었다. 주전자, 머그컵, 커피, 우유 포트가 녹슨 쟁반 위에 놓여 있었다. 바 하나짜리 전기 히터, 의자 두 개, 그리고 책상에는 페이퍼백 한 권이 놓여 있었다. 서부극 소설이었다. 리버스는 전화를 넘겨받아 경비 반장에게 상황을 설명했다. 반장은 다시 경비원을 바꿔 달라고 했다.

"네, 반장님." 경비원이 말했다. "신분증이랑 전부 확인했습니다." 경비원은 리버스가 강도단의 두목인 것처럼 쏘아보았다. 경비원은 다시 리버스를 바꿔주었고, 경비 반장은 담당자의 이름과 전화번호를 알려주었다. 리버스는 전화를 걸고 기다렸다.

"여보세요?"

"스터지스 씨입니까?"

"그런데요."

"이런 시간에 죄송합니다. 저는 존 리버스 경위입니다. 선생님 회사 경비실에서 전화를 걸고 있습니다."

"강도 같은 건 아니겠죠?" 남자가 한숨을 쉬었다. 강도 사건이라면 옷을 입고 이리로 달려와야 한다.

"아닙니다. 직원 한 사람에 대한 정보가 좀 필요할 뿐입니다."

"내일 아침까지 기다릴 순 없나요?"

"안 됩니다."

"그나저나 누군데요?"

"라이언 슬로컴입니다."

"라이언? 무슨 일이죠?"

"심각한 병 때문입니다." 리버스는 전에도 이 거짓말을 써먹었다. "연세가 많으신 친척이 있는데, 수술 전에 슬로컴 씨의 동의를 받아야 합니다."

"세상에."

"그래서 비상 상황인 겁니다."

"네, 알겠습니다." 할머니가 아프다는 얘기는 언제나 먹힌다. "제가 모든 직원의 주소를 기억하는 건 아닙니다."

"하지만 슬로컴 씨 주소는 아시죠?"

"몇 번 거기서 저녁을 함께 먹었거든요."

"기혼자인가요?" 방정식에 배우자를 입력했다. 리버스는 바이블 존이 결혼했으리라고는 상상도 하지 못했다.

"부인 이름은 우나입니다. 금슬 좋은 부부죠."

"주소는요?"

"전화번호를 원하시는 게 아닌가요?"

"사실은 둘 다입니다. 그러면 집에 아무도 없을 때 사람을 보내서 기다리게 할 수 있으니까요."

리버스는 수첩에 주소를 적은 다음, 남자에게 감사의 말을 하고 전화를 끊었다.

"스프링뷰까지는 어떻게 가는지 아십니까?" 리버스가 경비원에게 물었다.

35

스프링뷰는 시내 남쪽 해안 도로에 있는 주택 단지였다. 리버스는 시동을 끄고 집을 오랫동안 바라보았다. 앞쪽에는 잘 손질된 잔디, 암석정원, 관목, 화단으로 이루어진 그림 같은 정원이 있었다. 앞쪽의 보도와 정원을 나누는 담이나 울타리는 없었다. 다른 집들도 마찬가지였다.

집 자체는 박공지붕을 얹은 현대식 2층 주택이었다. 집 오른쪽에는 내장 차고가 있었다. 침실 창문 중 하나에는 위에 알람 상자가 달려 있었다. 거실 커튼 뒤에는 불이 들어와 있었다. 자갈 진입로에 주차된 차는 푸조 106이었다.

"지금 아니면 절대 못 해, 존." 심호흡을 하고 차에서 나오면서 리버스는 혼잣말했다. 그는 앞문으로 가 초인종을 누른 다음 문간 계단에서 한 걸음 아래로 물러섰다. 라이언 슬로컴 본인이 대답한다면 리버스는 약간 거리를 두고 싶었다. 군대 훈련 ― 맨손 격투 ― 과 함께 오래된 격언을 떠올렸다. 먼저 쏘고 질문은 나중에 해라. 버크 클럽에 갔을 때 기억했어야 했던 것들이었다.

여자의 목소리가 문에서 흘러나왔다. "네, 누구시죠?"

리버스는 누군가 문구멍으로 자기를 보고 있었다는 사실을 깨달았다. 그는 잘 보일 수 있게 문간 계단 위로 한 걸음 올라갔다. "슬로컴 부인?"

그는 신분증을 앞으로 들어 올렸다. "CID입니다."

문이 열렸다. 키가 작고 마른 여자가 서 있었다. 눈 아래 검은색 돌출부가 있었다. 머리카락은 짧고 검은색이었으며 흐트러져 있었다.

"어머." 여자가 말했다. "무슨 일이 생겼나요?" 미국식 악센트였다.

"아무 일도 아닙니다, 부인." 여자의 얼굴에 안도감이 퍼졌다. "왜 그렇게 생각하셨죠?"

"라이언 때문이에요." 여자는 눈물을 삼켰다. "지금 어디 있는지 모르겠어요." 그녀는 휴지를 찾았지만, 티슈 상자가 뒤쪽 거실에 있다는 걸 깨닫고 리버스에게 들어오는 게 좋겠다고 말했다. 리버스는 여자를 따라 넓고 가구가 잘 갖춰진 거실로 들어갔다. 여자가 휴지를 꺼내는 동안, 그는 커튼을 살짝 열었다. 파란색 BMW가 나타나면 바로 알아야 했다.

"늦게까지 일하시는 게 아닐까요?" 대답을 이미 알면서도 리버스가 말했다.

"사무실에 전화해봤어요."

"그렇군요. 하지만 영업부장이시니 고객을 접대하는 중일 수도 있겠죠."

"그럴 때면 늘 전화를 했어요. 그 점에선 아주 착실했죠."

착실하다. 특이한 단어 선택이군. 거실은 더러워지기 전에 늘 청소하는 것 같았다. 우나 슬로컴은 청소부 같았다. 손에는 휴지 뭉치를 초조하게 쥐고 있었고, 얼굴에는 긴장한 빛이 역력했다.

"진정하세요, 슬로컴 부인. 약 드시는 게 있나요?" 집 어딘가에 처방약이 있을 것 같았다.

"욕실에요. 하지만 먹고 싶지 않아요. 멍해지거든요."

방 가장 끝쪽에는 커다란 마호가니 식탁과 평평한 등판의 의자 여섯 개가 세 개의 붙박이장 앞에 놓여 있었다. 유리 뒤에는 중국 인형이 조명을 받고 있었다. 은 식기도 몇 개 있었다. 가족사진은 없었다.

"친구들이 알 수도……"

우나 슬로컴은 앉았다가 손님이 있는 걸 기억하고 다시 일어났다. "차 드릴까요? 성함이……"

"리버스. 리버스 경위입니다. 차 고맙습니다."

여자에게 할 일을 줘서 생각을 계속하게 해야 했다. 부엌은 거실보다 약간 작은 정도였다. 리버스는 뒤뜰을 몰래 내다보았다. 담으로 에워싸인 것 같았다. 라이언 슬로컴이 몰래 집 안으로 들어오기에는 쉽지 않아 보였다. 리버스는 차 소리에 신경을 곤두세우고 있었다.

"남편은 떠났어요." 여자가 한 손에는 주전자를, 다른 손에는 찻주전자를 들고 오다 중간에서 갑자기 멈춰 서며 말했다.

"왜 그런 말씀을 하시죠, 슬로컴 부인?"

"슈트케이스 하나와 옷 몇 벌이 사라졌어요……."

"출장 아닐까요? 급하게 떠나셨을 수도 있잖아요."

슬로컴 부인은 고개를 저었다. "그럴 때는 메모 같은 걸 쓰거나 응답기에 메시지를 남겼어요."

"확인해 보셨습니까?"

고개를 끄덕였다. "종일 애버딘에 있었어요. 쇼핑을 하며 돌아다녔죠. 돌아왔을 때 집이 뭔가 달라진 것 같은 느낌이 들었어요. 더 휑했죠. 바로 알았던 것 같아요."

"떠난다는 얘기를 내비친 적이 있습니까?"

"아니요." 슬로컴 부인이 엷은 미소를 지었다. "하지만 아내는 알게 돼요, 경위님. 다른 여자가 생긴 거예요."

"여자요?"

우나 슬로컴은 고개를 끄덕였다. "그렇지 않나요? 남편은…… 모르겠어요. 최근에 좀 달라졌어요. 까다롭게 굴고, 정신이 딴 데 가 있었죠. 사업상 회의가 없을 때도 집을 나가서 오랫동안 시간을 보냈어요." 스스로에게 확인하려는 듯 그녀는 계속 고개를 끄덕이고 있었다. "남편은 떠났어요."

"어디 계실지 짐작 가는 데 없으신가요?"

슬로컴 부인은 고개를 저었다. "어디든 그 여자가 있는 곳이겠죠. 그게 다예요."

리버스는 거실로 돌아와서 창문을 확인했다. BMW는 없었다. 리버스의 팔을 만지는 손이 있었다. 몸을 돌렸다. 우나 슬로컴이었다.

"세상에!" 리버스가 말했다. "놀라 죽는 줄 알았네요."

"라이언은 제가 소리를 내지 않는다고 늘 불평했어요. 카펫 때문이에요."

바닥에는 1센티미터 두께의 윌튼 카펫이 넓게 깔려 있었다.

"자녀가 있으십니까, 슬로컴 부인?"

그녀는 고개를 저었다. "라이언은 언제나 아들이 있었으면, 했던 것 같아요. 어쩌면 그게 문제였는지도 모르죠."

"결혼하신 지는 얼마나 되셨죠?"

"오래됐어요. 15년, 16년 가까이 되네요."

"어디서 만나셨나요?"

슬로컴 부인은 회상하며 미소를 지었다. "텍사스 주 갤버스턴에서요. 라이언은 엔지니어였고 저는 어떤 회사 비서였어요. 라이언은 스코틀랜드에서 이민 온 지 좀 됐어요. 고향을 그리워한다는 걸 알 수 있었어요. 언젠가는 우리가 돌아가리라는 걸 늘 알았죠."

"여기선 얼마나 사셨나요?"

"4년 반 됐어요." 그리고 그 시기 동안에는 살인 사건이 없었다. 그렇다면 바이블 존은 이 일 하나를 위해 복귀한 것이다. "물론," 우나 슬로컴이 말했다. "제 가족들을 보려고 가끔 미국으로 가긴 했어요. 마이애미에 살거든요. 라이언은 1년에 서너 번 사업상 출장을 갔고요."

사업상이라. 리버스는 전에 했던 생각에 추가 사항을 덧붙였다. 그게 아닐 수도 있지.

"슬로컴 씨는 교회에 다니셨나요?"

슬로컴 부인이 리버스를 쳐다보았다. "우리가 만났을 때는 다녔어요. 그러다 뜸해졌죠. 하지만 다시 나가기 시작했어요."

리버스는 고개를 끄덕였다. "잠깐 둘러봐도 될까요? 어디로 갈지 실마리를 남겼을 수도 있습니다."

"글쎄요…… 그래요, 괜찮을 것 같네요." 주전자의 물이 끓으며 달그락거리기 시작했다. "차를 타 올게요." 슬로컴 부인이 몸을 돌려 가다가 잠시발을 멈추고 뒤돌아보았다. "경위님, 여긴 왜 오셨죠?"

리버스는 미소를 지었다. "남편분의 일과 관련된 통상적인 조사입니다."

그녀는 모든 설명을 들은 것처럼 고개를 끄덕였다. 그러고는 조용히 부엌으로 돌아갔다.

"라이언의 서재는 왼쪽에 있어요." 슬로컴 부인이 큰 소리로 말했다. 그래서 리버스는 거기서부터 시작했다.

서재는 작은 방이었다. 가구와 책장 때문에 더 작았다. 전체 벽이 도배될 정도로 제2차 세계대전에 관한 책이 수십 권 있었다. 종이들은 책상 위에 가지런하게 놓여 있었다. 슬로컴의 업무 관련 서류였다. 서랍에는 업무 관련 파일들이 더 많았고, 세금, 주택, 생명보험, 연금 관련 파일들도 있었다. 칸칸으로 정리된 삶이었다. 작은 라디오가 있었다. 리버스가 그걸 켜 보았다. 라디오 3*이었다. 리버스는 라디오를 껐다. 그때 우나 슬로컴이 문 쪽으로 머리를 들이밀었다.

"거실에 차 준비했어요."

"감사합니다."

"아, 하나 더 있어요. 남편이 컴퓨터를 가져갔어요."

"컴퓨터요?"

"노트북이에요. 많이 사용했죠. 작업할 때는 문을 잠갔지만, 키보드가 달가닥거리는 소리를 들을 수 있었어요."

문 안쪽에는 열쇠가 있었다. 슬로컴 부인이 자리를 뜨자, 리버스는 문을 닫고 열쇠를 잠갔다. 그런 다음 몸을 돌려 여기가 살인자의 아지트라고 상상해 보았다. 불가능했다. 여기는 작업실에 지나지 않았다. 전리품도, 전리품을 숨길 곳도 없다. 조니 바이블이 수집했던 것 같이 기념품으로 가득한 가방도 없다. 성지도, 공포의 스크랩북도 없었다. 이 사람이 이중생활을 했다는 표시는 어디에도 없었다.

리버스는 문을 열고 거실로 가 창문을 다시 확인했다.

---

* 클래식을 위주로 하는 BBC의 라디오 방송국.

"뭐라도 찾으셨어요?" 우나 슬로컴이 멋진 도자기 잔에 차를 따르고 있었다. 잔과 어울리는 접시 위에는 바텐버그 케이크*가 얇게 썰려 있었다.

"아니요." 리버스가 말했다. 그는 슬로컴 부인에게서 찻잔과 케이크 한 조각을 받아들었다. "감사합니다." 그러고는 다시 창가로 갔다.

"남편이 영업사원이면," 슬로컴 부인이 말을 이었다. "남편을 보는 시간이 불규칙한 것, 지루한 파티와 모임에 참석하는 것, 자기를 위해 고른 게 아닌 손님을 접대하는 저녁 파티를 여는 것에 익숙해져요."

"쉬운 일은 아니겠군요." 리버스는 맞장구쳤다.

"하지만 불평한 적은 없어요. 그랬다면 라이언이 나한테 더 많은 관심을 쏟았을 텐데." 슬로컴 부인이 리버스를 쳐다보았다. "남편한테 문제가 생긴 건 아니죠?"

리버스는 가장 진심 어린 표정을 지었다. "그럼요, 슬로컴 부인."

"전 신경통이 있어요. 모든 걸 시도해봤죠. 알약, 물약, 최면 요법……하지만 자신 안에 뭔가가 있다면, 할 수 있는 일은 별로 없잖아요? 만약 그게 태어날 때부터 가지고 있는 작은 시한폭탄이라면……" 슬로컴 부인은 주위를 돌아봤다. "아마 이 집 때문일 거예요. 새집이고 모든 게 갖춰져 있죠. 내가 할 일이 없어요."

올더스 제인은 이런 집을 예언했었다. 현대식 주택.

"슬로컴 부인." 창문에 시선을 두고 리버스가 말했다. "바보 같은 부탁처럼 들릴 수도 있지만, 달리 설명할 방법이 없네요. 다락방을 볼 수 있게 해 주시겠습니까?"

---

* Battenberg Cake, 격자무늬의 독특한 단면이 인상적인 영국의 케이크.

2층 층계참에는 체인이 걸려 있었다. 체인을 당기자 트랩도어가 열리고 나무로 된 계단이 밀려 내려왔다.

"영리하군." 리버스는 계단을 오르기 시작했다. 우나 슬로컴은 층계참에 머물러 있었다.

"전등 스위치는 일어섰을 때 오른쪽에 있어요." 슬로컴 부인이 큰 소리로 말했다.

리버스는 빈 공간으로 머리를 집어넣었다. 혹시 삽 같은 게 머리를 후려치지 않을까 반쯤은 생각했다. 그는 더듬거리며 스위치를 찾았다. 알전구 하나가 바닥재가 깔린 다락방을 밝혔다.

"개조할까 얘기도 해 봤어요." 우나 슬로컴이 큰 소리로 말했다. "하지만 뭐하려요? 이 집은 지금도 우리에겐 너무 커요."

다락방은 집 다른 곳보다 몇 도 정도만 더 추웠다. 현대식 단열의 효과를 보여주는 증거였다. 리버스는 주위를 돌아보았다. 뭘 찾을 수 있을지 확실하지 않았다. 제인이 뭐라고 했지? 깃발. 성조기와 나치 십자가. 슬로컴은 미국에 살았고, 제3제국*에 매료되었다. 하지만 제인은 큰 현대식 주택의 다락방에 있는 트렁크도 보았다. 글쎄. 리버스는 그런 건 찾지 못했다. 포장 케이스, 크리스마스 장식이 든 상자, 부러진 의자 두어 개, 예비 문, 속이 빈 것처럼 보이는 슈트케이스 몇 개……

"지난 크리스마스 이후로는 올라가 보지 않았어요." 우나 슬로컴이 말했다. 리버스는 그녀가 마지막 계단 몇 개를 올라오는 걸 도왔다.

"넓네요." 리버스가 말했다. "왜 개조하려고 하셨는지 알겠습니다."

"개조 허가를 받는 게 문제였겠죠. 모든 주택은 현재 상태를 유지할 걸

---

* 히틀러의 나치 독일.

예상하니까요. 집을 사는 데 돈을 쓰고 나면, 집에 뭘 하는 게 허용되지 않아요." 슬로컴 부인은 슈트케이스 하나에서 접힌 빨간색 옷을 꺼내 들고 먼지를 털었다. 식탁보 같았다. 커튼일지도 모른다. 하지만 슬로컴 부인이 흔들자, 커다란 깃발이 펼쳐졌다. 빨간색 테두리가 쳐진 흰색 원에 검은색이 있었다. 나치 십자가였다.

"남편은 이런 종류의 물건들을 수집하곤 했어요." 슬로컴 부인은 주위를 돌아보았다. 얼굴이 찌푸려지며 주름이 생겼다. "이상하네요."

리버스는 마른침을 삼켰다. "뭐가요?"

"트렁크가 없어졌어요." 그녀는 바닥의 한쪽 공간을 가리켰다. "라이언이 가져간 게 틀림없어요." 슬로컴 부인은 주위를 둘러보았지만, 다락방 안에는 없는 게 분명했다.

"트렁크요?"

"크고 오래된 트렁크예요. 남편이 내내 가지고 있었죠. 왜 가져갔을까요? 그것보다, 어떻게 가져갔을까요?"

"무슨 뜻이죠?"

"무겁거든요. 계속 잠가놨고요. 오래된 물건들, 우리가 만나기 전의 자기 삶의 기념품으로 꽉 차 있다고 했어요. 언젠가는 보여주겠다고 했는데…… 남편이 가져간 걸까요?"

리버스는 다시 마른침을 삼켰다. "그럴 수 있습니다." 그는 계단으로 향하면서 말했다. 조니 바이블은 여행 가방을 가지고 있었다. 하지만 바이블 존은 트렁크 전체가 필요했다. 리버스는 속이 메스꺼워지기 시작했다.

"찻주전자에 차가 더 있어요." 거실로 돌아왔을 때 슬로컴 부인이 말했다.

"감사합니다만 가 봐야 합니다." 리버스는 슬로컴 부인이 실망감을 감추려고 하는 걸 보았다. 유일한 말동무가 남편을 쫓는 경찰이라면 그 삶은 잔인하다.

"유감입니다." 리버스가 말했다. "라이언 씨 일이요." 그리고 마지막으로 한 번 더 창밖을 내다보았다.

경계석 옆에 파란색 BMW가 서 있었다.

리버스는 심장이 튀어나올 것 같았다. 차 안에는 사람이 보이지 않았다. 집 쪽으로 오는 사람도 없었다.

그리고 초인종이 울렸다.

"라이언?" 슬로컴 부인이 문 쪽으로 향했다. 리버스는 그녀를 잡고 등을 당겼다. 슬로컴 부인이 비명을 질렀다.

리버스는 손가락을 그녀의 입에 대고 그대로 있으라는 몸짓을 했다. 속이 뒤틀렸다. 아까 먹은 카레를 토할 것 같았다. 온몸에 전기가 흘렀다. 그는 심호흡을 하고 문으로 달려가 활짝 열었다.

젊은 남자가 서 있었다. 데님 재킷과 청바지 차림에, 머리카락은 젤을 발라 세웠고, 여드름이 났다. 차 열쇠 세트를 들고 있었다.

"어디서 났지?" 리버스가 고함쳤다. 남자는 한 걸음 물러서며 계단에서 발을 헛디뎠다. "차 어디서 났냐고?" 이제 리버스는 문밖으로 나가 남자에게 다가섰다.

"회사에서요." 젊은 남자가 말했다. "서, 서비스의 하, 하나입니다……."

"뭐라고?"

"차, 차를 집으로 돌려 보내드리는 거요. 공항에서요." 리버스는 다그치듯 남자를 노려보았다. "저희는 대리 세차를 해 드립니다. 그게 다예요. 그리고 차를 어디다 둔 다음에 집에 갖다놓길 원하면, 그 서비스도 해 드려요. 싱클레어 렌트카 회사입니다. 확인해 보세요!"

리버스는 손을 내밀어 남자를 일으켜 세웠다.

"차를 차고에 넣으실지 여쭤보려고 한 것뿐이에요." 얼굴이 흙빛이 된 남자가 말했다.

"그대로 둬요." 리버스는 떨리는 걸 가라앉히려고 애썼다. 다른 차가 다가오더니 경적을 울렸다.

"저를 태워갈 차예요." 남자가 설명했다. 얼굴에는 아직 두려움이 완전히 가시지 않았다.

"슬로컴 씨는 어디로 간다고 했죠?"

"누구요?"

"차 주인이요."

남자는 어깨를 으쓱했다. "제가 어떻게 알겠어요?" 그는 리버스의 손에 열쇠를 놓고는 도로로 향했다. "우린 게슈타포가 아니에요." 남자의 작별 인사였다.

리버스는 열쇠를 슬로컴 부인에게 건넸다. 그녀는 물어볼 게 있는 듯, 처음부터 다시 시작하고 싶은 것처럼 리버스를 바라보았다. 리버스는 고개를 젓고 자리를 떴다. 슬로컴 부인은 손에 든 열쇠를 쳐다보았다.

"차가 두 대나 있는 게 무슨 소용이죠?"

하지만 리버스는 가버렸다.

리버스는 그로간에게 그동안의 일을 얘기했다.

경감은 술이 거의 깼고 집에 막 가려던 참이었다. 리버스는 강력반에게 이미 이야기를 들었다. 내일 물어볼 게 더 있다고 했다. 전부 루도빅 럼스덴과 관계된 일이었다. 경감은 점점 더 조바심내며 들었다. 그러고는 증거가 있느냐고 물었다. 리버스는 어깨를 으쓱했다. 아침의 특이한 시간대에 범죄 현장에 슬로컴의 차가 있었다고 주장할 수 있었다. 하지만 그 이상은 무리였다. 과학수사팀에서 뭔가 연관성을 찾아낼 수도 있을 것이다. 하지만 그러기에는 바이블 존이 너무 영리하다는 걸 둘 다 알고 있었다. 그리고 로슨 게데스의 편지—죽은 사람의 말이지만—에서 대략 나온 이야기와 보르네오에서 찍은 사진이 있었다. 그렇지만 자신이 한때 레이 슬로언이었고, 60년대 후반에 글래스고에 살았으며, 과거에 –그리고 지금도 –바이블 존이라는 라이언 슬로컴의 자백이 없다면 아무 의미가 없었다.

하지만 라이언 슬로컴은 사라졌다.

다이스 공항에 연락해봤지만, 슬로컴이 거기서 출발하는 비행기를 탔다는 기록은 없었다. 슬로컴을 봤다는 택시나 렌터카 회사도 없었다. 벌써 외국으로 떠난 것일까? 트렁크는 어떻게 했을까? 이 소란이 잦아들길 기다리면서 근처 호텔에 숨어 있는 걸까?

그로간은 수사에 착수하고, 공항과 항구에 수배령을 내리겠다고 했다. 그 외에는 뭘 해야 할지 몰랐다. 사람을 보내 슬로컴 부인과 얘기할 수도 있고, 집을 먼지 털듯이 수색할 수도 있다. 아마도 내일, 아니면 모레……그로간은 그다지 열의를 보이지 않았다. 자기가 수사하던 연쇄살인범을 오늘 잡았다. 그리고 유령을 쫓는 일에는 큰 관심이 없었다.

리버스는 구내식당에서 잭을 보았다. 잭은 차를 마시며 감자칩과 콩 요리를 먹고 있었다.

"어디 갔다 왔어?"

리버스는 잭 옆에 앉았다. "자네 작업에 방해될까봐."

잭은 고개를 저었다. "어떻게 됐는지 얘기해 줄게. 그 여자한테 호텔로 가자고 할까 했어."

"그런데 왜 안 했어?"

잭은 어깨를 으쓱했다. "술 안 마시는 남자는 믿을 수 없다나. 과거로 돌아가고 싶지 않아?"

"그러게 말이야."

"존, 대체 어디 가 있었어?"

"집에 가면서 얘기해 줄게. 잠이 번쩍 깰 거야."

36

다음 날 아침, 의자에서 겨우 몇 시간 눈을 붙이고 난 뒤 리버스는 브라이언 홈스에게 전화했다. 홈스가 어떻게 지냈는지, 로슨 게테스의 편지 덕분에 안크램의 위협이 사라졌는지 알고 싶었다. 누군가 바로 전화를 받았다.

"여보세요?" 여자 목소리였다. 넬이었다. 리버스는 조용히 수화기를 내려놓았다. 돌아왔군. 브라이언의 일을 인정했다는 뜻일까? 아니면 브라이언이 그만두겠다고 약속했을까? 나중에 알게 되겠지.

잭이 집 안을 서성거렸다. '경호원' 역할은 끝났다고 생각했지만, 어쨌든 여기서 잤다. 너무 피곤해서 폴커크에 있는 집까지 돌아갈 엄두가 나지 않았다.

"주말이라서 정말 다행이야." 양손으로 머리를 문지르며 잭이 말했다. "계획 있어?"

"페테스에 잠깐 들러 보려고. 안크램이 어떻게 처리했는지 확인해야지."

"좋은 생각이야. 같이 갈게."

"그럴 필요 없어."

"그러고 싶어."

여느 때와는 달리 그들은 리버스의 차를 탔다. 하지만 페테스에 가 보니 안크램의 사무실은 비어 있었다. 아예 처음부터 사람이 없었던 것 같았다. 리버스는 고반에 전화했다. 안크램에게 연결되었다.

"끝난 겁니까?" 리버스가 물었다.

"보고서에 쓸 생각이네." 안크램이 말했다. "자네 상사가 분명 자네하고 논의하고 싶어 하겠지."

"브라이언 홈스는요?"

"보고서에 전부 있어."

리버스는 기다렸다. "전부요?"

"말해 보게, 리버스. 자넨 영리한가, 아니면 그냥 무모한가?"

"차이가 있나요?"

"자네가 일을 완전히 망쳐놨어. 우리가 엉클 조에게 먼저 손을 썼다면, 우리 내부의 스파이를 잡아낼 수 있었어."

"대신 엉클 조를 잡게 될 겁니다." 안크램이 짜증스러운 반응을 보였다. "스파이가 누군지 아십니까?"

"감은 잡았어. 레녹스야. 자네도 그날 '더 로비'에서 봤지." 앤디 레녹스 경사. 주근깨와 연한 적갈색 곱슬머리. "문제는 확실한 증거가 없다는 거지."

똑같은 오래된 문제다. 법에서는 아는 것만으로는 부족하다. 게다가 스코틀랜드 법률은 더 엄격하다. 반드시 보강 증거가 있어야 한다.

"다음 기회가 있겠죠." 리버스는 그렇게 말하고 수화기를 내려놓았다.

그는 잭이 차를 가져갈 수 있게 아파트로 돌아왔다. 하지만 잭은 놓고 온 물건이 있어서 리버스와 함께 계단을 올라가야 했다.

"나 혼자 남겨두려고?" 리버스가 물었다.

잭이 웃었다. "그래도 가야지."

"그럼 물건들 다시 거실로 옮기는 것 좀 도와줘."

오래 걸리지 않았다. 리버스는 마지막으로 낚싯배 그림을 벽에 다시 걸었다.

"이제 뭘 할 거야?"

"이빨 때문에 치과 알아봐야 할 것 같아. 그리고 질과 만나기로 했어."

"일이야, 데이트야?"

"근무 시간 아닐 때."

"일 얘기로 끝난다는 데 5파운드 걸지."

리버스는 미소를 지었다. "그 말이 맞는 것 같아. 자네는?"

"시내에 있는 동안 알코올 중독 방지 협회에 들러서 모임이 있는지 확인해 볼 생각이야. 안 나간 지 너무 오래됐거든." 리버스는 고개를 끄덕였다. "자네도 같이 갈래?"

리버스는 잭을 올려다보고는 고개를 끄덕였다. "그럴까?" 리버스가 말했다.

"집 안 장식도 계속해야지."

리버스는 코를 찡그렸다. "별로 그럴 기분 아닌데."

"팔 생각이었잖아?" 리버스는 고개를 저었다. "바닷가 오두막은?"

"내가 있는 자리에 만족할 것 같아. 그게 나한테 맞아."

"자네가 있는 자리가 정확히 어딘데?"

리버스는 대답할 말을 생각했다. "지옥의 북쪽 어딘가겠지."

리버스는 질 템플러와 일요일 산책을 마치고 돌아왔다. 봉투 안에 5파운드를 넣은 후, 잭 모튼 앞으로 보냈다. 질과 리버스는 테이프를 이용해 톨과 미국인들을 어떻게 잡아넣을까에 대해 얘기했다. 리버스의 말만으로는 헤이든 플레처를 살인교사죄로 잡아넣기에는 충분하지 않을 수 있다. 하지만 그는 아주 좋은 패를 가지고 있다. 플레처는 심문을 위해 남부로 압송될 것이다. 바쁜 한 주가 기다리고 있었다. 거실을 치우고 있을 때 전화가 울렸다.

"존?" 목소리가 말했다. "브라이언이에요."

"다 잘됐어?"

"괜찮아요." 하지만 브라이언의 목소리에는 힘이 없었다. "생각해 봤는데…… 요점은…… 사직할 거예요." 그는 잠시 말을 멈췄다. "듣고 계세요?"

"맙소사, 브라이언……"

"전 경위님한테서 배우려고 했어요. 하지만 그게 올바른 선택인지 모르겠어요. 너무 힘들겠죠? 경위님이 얻은 게 무엇이든, 전 그걸 갖지 못할 거예요." 더 긴 침묵이 흘렀다. "솔직히 말하면, 제가 정말 그걸 갖고 싶은지조차도 모르겠어요."

"좋은 경찰이 되려고 꼭 나처럼 할 필요는 없어. 나처럼 되지 않기 위해 노력해야 한다고 하는 사람도 있어."

"글쎄요…… 전 일과 가정이라는 두 가지에서 모두 노력해왔어요. 양립시키려고도 해 봤죠. 하지만 소용없었어요. 둘 다 엉망이 됐죠."

"미안하네, 브라이언."

"나중에 뵐 수 있겠죠?"

"물론이지. 잘 지내게."

리버스는 의자에 앉아서 창밖을 내다보았다. 밝은 여름 오후였다. 메도우스를 산책하기 좋은 시간이었다. 하지만 방금 산책에서 돌아온 참이었다. 또 산책을 하고 싶을까? 전화기가 다시 울렸다. 그는 응답기가 받게 내버려 두었다. 메시지를 기다렸지만, 지지직거리는 잡음과 뒤에서 들리는 숙덕거리는 소리뿐이었다. 누군가 있었다. 전화를 끊지 않고 있었다. 하지만 메시지를 남기려 하지 않았다. 리버스는 수화기에 손을 얹고 잠시 있다가 들어 올렸다.

"여보세요?"

상대방이 수화기를 내려놓는 소리, 그다음에는 끊어진 전화의 응응 소리가 들렸다. 리버스는 잠시 서 있다가 수화기를 내려놓고 부엌으로 갔다. 찬장 문을 열고 신문과 스크랩을 꺼냈다. 그걸 전부 쓰레기통에 집어넣었다. 그는 재킷을 집어 들고 산책을 나갔다.

후기

이 책의 기원은 내가 1995년 초에 들었던 이야기였다. 그리고 그해 내 내 집필한 끝에 크리스마스 직전에 만족스러운 초고를 완성할 수 있었다. 그리고 편집자가 막 원고를 읽기 시작하던 1996년 1월 24일에 『선데이 타임스』는 '바이블 존이 글래스고에서 조용히 살고 있다'는 제목의 기사를 실었다. 기사의 근거는 4월에 메인스트림 출판사에서 나올 예정인 책에 담긴 정보였다. 그 책은 도널드 심슨이 쓴 『피의 힘Power in the Blood』이었다. 심슨은 자신이 어떤 남자와 만나 친구가 되었으며, 결국 이 남자는 자기가 바이블 존임을 고백했다고 주장했다. 또한 이 남자가 어느 시점에선가 자신을 죽이려고 했으며, 글래스고 외곽에 살고 있었다고도 주장했다. 게다가 서해안 지대에서는 미제 살인 사건이 많았고, 여기에 1979년과 1981년에는 던디에서 두 건의 미제 살인 사건이 발생했다. 두 피해자는 모두 옷이 벗겨지고 교살당했다.

물론 우연의 일치일 수 있다. 하지만 같은 날 『스코틀랜드 온 선데이』지는 스트래스클라이드 경찰이 현재 진행 중인 바이블 존 수사에서 새로운 증거를 확보했다고 보도했다. DNA 분석 기술의 발전 덕분에 세 번째 피해자의 허벅지에 남은 정액을 추적해 유전자 지문을 찾아낼 수 있었으며, 경찰은 찾을 수 있는 범위에 있는 원래의 용의자들에게 출석을 요구하여 혈액 샘플을 제출하고 분석하게 해줄 것을 요청했다는 것이다. 이런 용의자들 중 하나가 존 어빈 맥키네스였다. 맥키네스는 1980년에 자살했기 때문에, 대신 유족이 혈액 샘플을 제출했다. 그 결과 충분한 일치성이 입증되어, 추가 테스트 실시를 위해 맥키네스의 시체를 발굴하라는 법원 명령을 받을 수 있게 되었다. 2월 초에 맥키네스의 시체가 발굴되었다 - 맥키네스의 어머니 시체도 함께 발굴되었다. 어머니의 관이 맥키네스의 관 위에 놓여 있었기 때문이다 - . 사건에 관심을 가진 사람들에게는 오랜 기다림의 시작이었다.

이 글을 쓰는 동안에도 - 1996년 6월 - 그 기다림은 계속되고 있다. 하지만 경찰과 경찰 측 과학자들이 명백한 증거를 찾아내지 못할 것이라는 예감이 든다. 어떤 사람들에게는 어쨌든 의심의 씨앗이 뿌려졌고 - 그들 머릿속에서 존 어빈 맥키네스는 가장 유력한 용의자다 - , 맥키네스의 개인적 이력은 당시에 정리된 바이블 존의 심리 프로파일과 비교되면서 흥미로운 읽을거리가 되었다는 것도 사실이었다.

하지만 진정한 의문 또한 존재한다. 그 의문의 일부 또한 범죄자 프로파일링에 기초한다. 연쇄살인범이 살인을 그만두고 11년간 기다린 끝에 자살한다? 어떤 신문에서는 바이블 존이 수사 때문에 '겁에 질렸으며', 이로 인해 다시 살인하는 걸 그만뒀다고 단정했다. 하지만 해당 분야의 전문가 상당수는 이것이 알려진 패턴과 맞지 않는다고 보았다. 그리고 조 비티 경감이 전폭적으로 신뢰한 목격자가 있었다. 어빈 맥키네스는 세 번째 살인 사건이 있은 후 며칠간 범인 식별 절차에 들어갔다. 헬렌 퍼트콕의 여동생은 맥키네스를 골라내지 못했다. 그녀는 살인범과 택시를 함께 탔고, 언니가 살인범과 춤추는 것을 봤으며, 살인범과 함께 몇 시간을 보냈다. 1996년에 존 어빈 맥키네스의 사진을 보았을 때도, 그녀는 같은 얘기를 했다. 언니를 죽인 남자는 맥키네스처럼 귀가 튀어나오지 않았다고 했다.

다른 의문점들이 있다. 살인자는 진짜 이름을 말했을까? 두 자매와 택시에 함께 있는 동안 살인자가 했다는 얘기는 사실일까, 아닐까. 목격자가 있다는 것을 알면서도 바로 세 번째 피해자를 죽인 걸까? DNA가 일치하더라도 납득하지 못하는 사람은 경찰이나 나같이 따지기 좋아하는 사람을 포함해 많이 있다. 우리 같은 사람이 보기에 범인은 아직 잡히지 않았다. 그리고 그들은 ─ 로버트 블랙*과 프레드릭 웨스트** 사건에서 볼 수 있듯이 ─ 절대 하나가 아니다.

---

* 10여 명의 소녀를 강간 후 살해한 소아성애자이자 연쇄살인마.
** 아내와 함께 친딸을 포함해 여성 10여 명을 강간 후 살해한 연쇄살인마.

버티고 시리즈 출간 목록

블랙 앤 블루

초판 1쇄 인쇄 2020년 2월 14일
초판 1쇄 발행 2020년 2월 21일

지은이 | 이언 랜킨
옮긴이 | 정세윤
펴낸이 | 정상우
편집 | 이민정
디자인 | 김해연
관리 | 남영애 김명희

펴낸곳 | 오픈하우스
출판등록 | 2007년 11월 29일 (제13-237호)
주소 | 서울시 마포구 동교로13길 34(04003)
전화 | 02-333-3705 팩스 | 02-333-3745
facebook.com/vertigo.kr
instagram.com/vertigo_mysterybook

ISBN 979-11-88285-74-7 04840
      979-11-86009-19-2 (세트)

VERTIGO는 (주)오픈하우스의 장르문학 시리즈입니다.

이 도서의 국립중앙도서관 출판예정도서목록(CIP)은 서지정보유통지원시스템 홈페이지(http://seoji.nl.go.kr)와
국가자료공동목록시스템(http://www.nl.go.kr/kolisnet)에서 이용하실 수 있습니다.(CIP제어번호: CIP2020004299)